# 女同志

NU TONG ZHI

范小青
长篇小说系列
FAN XIAO QING

人民文学出版社

图书在版编目(CIP)数据

女同志/范小青著.—北京:人民文学出版社,2015
(范小青长篇小说系列)
ISBN 978-7-02-010983-8

Ⅰ.①女… Ⅱ.①范… Ⅲ.①长篇小说—中国—当代 Ⅳ.①I247.5

中国版本图书馆 CIP 数据核字(2015)第 120718 号

责任编辑　包兰英
装帧设计　陶　雷
责任印制　史　帅

出版发行　人民文学出版社
社　　址　北京市朝内大街 166 号
邮政编码　100705
网　　址　http://www.rw-cn.com

印　　刷　北京季蜂印刷有限公司
经　　销　全国新华书店等

字　　数　415 千字
开　　本　680 毫米×1000 毫米　1/16
印　　张　32.75　插页 3
印　　数　1—5000
版　　次　2016 年 10 月北京第 1 版
印　　次　2016 年 10 月第 1 次印刷

书　　号　978-7-02-010983-8
定　　价　52.00 元

如有印装质量问题,请与本社图书销售中心调换。电话:010-65233595

第一部

一

**走出会场的时候,伊豆豆对万丽说,你的好戏要开场了。**

　　大学毕业的时候,康季平留校了,万丽被分配到市郊的一所中学当老师。同学们都在背后说,是康季平出卖了万丽自己挤上去的。万丽有什么好出卖的,就是谈恋爱。那时候读大学跟现在不一样,谈恋爱是有的,但都是地下工作,被发现了也不能说出你的秘密。就像地下工作者,被敌人捉住了,说不说都是个死,即使当了叛徒,敌人不杀你,自己的同志也要杀你,反正都是一死,还不如死硬到底,保持节气。万丽确实是谈恋爱了,跟谁谈呢,就是跟康季平。这样说起来,康季平的人品太有问题了。
　　万丽去责问康季平,她以为康季平会摆出一大堆的理由洗刷自己,并痛击那些流言蜚语。但出乎万丽意料的是,康季平并没有为自己辩护,因为有一个铁的事实摆在那里:最后毕竟是他留校了。万丽说,康季平,你不觉得可耻吗?康季平说,万丽,你不适合留在学校工作。万丽气得眼泪哗哗地淌下来,扭头就走。
　　万丽在市郊的中学当了两年语文老师,日子过得没精打采,谈过两次恋爱,都没有成功,该死的康季平还在她心里作梗。两年后的一天,康季平把电话打到万丽学校,那时候学校电话少,几间办公室共用一个电话,喊接电话是通过连接在每个办公室以及走廊上的小广播。小广播喊着，万老师电话，高一万丽老师电话。万丽穿过长长的走廊，到另一个办公室接电话，不知怎么的，一看到横搁在桌上的黑色的电话筒，她心里竟然"怦"地跳了一下，紧接着就听到电话那头的人说，万丽，我是康季平。万丽一失手，就把电话撂下了，心里乱跳了一阵。康季平没有再打过来，过了两天，万丽收到一封信，是康季平寄来的，万丽本想一扔了之，但思想斗争了半天，还是拆开来看了。康季平自己一个字也没写，只是寄了一份两天前的报纸，上面有市级机关向社会公开招聘机关干部的通告。

　　这个消息万丽已经知道，办公室老师也议论过，万丽也曾动了一动心，但细细一想，又觉得这事情有点缥缈，好像离她很远，她够不着。但是康季平不着一字的信，却让万丽再次动摇起来。她鬼使神差，偷偷去报了名，又请病假去应聘考试，结果也没怎么费神，竟然被录取了，分在市妇联，从一个中学老师就变成了机关干部。万丽不知道要不要告诉一下康季平，她通过114查号台，查到了母校的电话总机，拨通后，就可以直接转到母系了，但最后她还是没打这个电话。

　　那时候机关向社会招干还是很新鲜很少见的事情，万丽又是妇联里头一个被招来的大学生，单位也比较重视这件事。万丽大学念的是中文，就被分在宣传科写材料。她刚去的几天，其他科的同志还有人专门跑过来看过她。那个亲切慈祥的妇联主任许大姐，拉着万丽的手，一直不放，说，好，好，小万，下面就看你的了。

　　宣传科代科长余建芳向万丽交代工作时说，小万，你别看我们宣传科人手少，但妇联工作的情况，都从我们这里走出去，我们的工作要是做得不好，别人就无法了解妇联工作的情况，甚至还会遭到曲解。万丽说，我懂了，大家干的工作，由我们科写了文章让别人知道。余建芳说，我们做工作，不是为了让别人知道，但也不能不让别人知道，知道也是一种监督。万丽心服口服地点了点头。

余建芳虽然朴素得有点土,发型、服饰、气质,像农村老大妈,但说话却有水平。人不可貌相。万丽知道,机关可是藏龙卧虎之地,自己要好好地向她们学习,才能进步。

万丽上班没几天,就发现了余建芳的另一个特点:工作积极。万丽新来乍到,要表现得好一点,每天都提早到办公室,但是余建芳比她更早。万丽进来的时候,余建芳总是在埋头看材料,手里拿支红笔,在材料上画画写写,听到万丽进来,就抬头打个招呼,又埋头看材料。万丽不知道她已经来了多久,也不知道她在看什么材料。万丽希望余建芳能跟她说说工作上的事情,比如说,她每天都在看些什么材料,看了是干什么用的,也好让她对自己即将要开展的工作心中有个数。但余建芳并不说自己在干什么,只是跟万丽说,小万,在宣传科工作,主要的就是积极主动。万丽想,可能这就是机关的规矩,应该多长点心眼自己留神。有一次万丽趁余建芳上厕所,悄悄看了一下,发现余建芳看的是市委书记在一次大会上作的报告,报告是三个月前作的,不算长,大约有十几页纸,已被余建芳翻得有些烂了,上面画满了红杠杠,还有一些惊叹号,有一处打了一个问号,但又被划掉了。万丽看了一处被打了红杠杠的内容是这样的:我们要按照省委扩大会议的要求,以实际行动来积极响应党的十二届六中全会的号召,努力开创两个文明建设的新局面。万丽看了两遍,怎么也不觉得这段话有用红笔画出来的必要,正想再看看其他,负责收发的小林来了,送来一些新的材料,见余建芳没在,就往万丽面前一放。万丽拿起来一看,又是市委书记的报告,不过这是一份新的报告,是在三天前刚刚召开的"大力发展外向型经济座谈会"上的讲话,万丽正要看看内容,余建芳进来了,问道,小林送材料来了?万丽正拿着,说,就是这个。余建芳从万丽手里接了过去,坐下,就埋头看,却没有用红笔画什么。万丽的办公桌和余建芳的办公桌是面对面连着的,万丽看到余建芳的红笔滚到她的这一端了,便给余建芳递过去,说,余科长,您的笔在这里。余建芳接过笔去,却又搁下了,说,头几遍是通读,然后是精读,才知道什么是重点。原先看的那一份报告,就搁在一边了。一直到下班,余建芳认真看材料,没有说一句话。

下班了,万丽去车库推自行车,伊豆豆也过来了,看到万丽就说,嘿,你这件衣服,是买的还是做的?万丽说,裁缝做的。伊豆豆说,你这个裁缝水平不错,几时介绍给我呢?万丽说,他从前在上海做,是个老师傅了。伊豆豆说,但是他的观念蛮新潮的,你看这个衩,就开得非常有道理,一个小衩,就使一件衣服生动起来,与众不同了。万丽点了点头。伊豆豆在妇联办公室做行政工作,万丽还没有和她正式接触过,今天算是头一次。她们各自推了自行车要骑上走了,伊豆豆忽然停下来,说,怎么样?余建芳怎么样?万丽以为伊豆豆问她余建芳在哪里,说,还没有出来,在看材料。伊豆豆"扑哧"一声笑了,说,她永远是看材料。万丽也笑了一下,但不好说什么。伊豆豆说,余科长看材料是有功夫的,所有的领导报告,她都看得滚瓜烂熟,倒背如流,只是永远赶不上趟,旧报告背得再熟,一会儿新报告就到了。万丽刚才在办公室正赶上这个情形,被伊豆豆说了出来,不由也笑了,说,那前边的不是白看白背了?伊豆豆说,你我的想法是这样,可余科长不这样想,你知道她这代科长怎么当上的?就是背报告背出来的。伊豆豆没有再说具体的事情,万丽也不好追问,只是"嘿"了一声。伊豆豆又说,不过那是郑江花做正的时候,到了许大姐这里,恐怕就没有这样好的事情。万丽虽然还不了解妇联机关里发生过什么事情,但多少听得出伊豆豆的一点意思,随口道,许大姐水平挺高的。伊豆豆说,你慢慢了解吧。她们就分头走了。

下午上班后不久,伊豆豆就到万丽办公室来了,拿来几块布料,抖开来给万丽看,哇啦哇啦半天,隔壁组织科的两个女同事听到这边说话也过来了。伊豆豆说,嘿,没办法,女人天生就是服装的奴隶。组织科的小肖说,那天我看到一本书上说,很古很古时代的妇女,就知道用一种天然的什么东西,涂在身上,有香味。伊豆豆说,有些女同志我看不惯,担子有多重似的,把自己弄得像个农村老大妈,以为这样别人就知道她在努力工作。我的想法正相反,依我看,女同志越是对工作有热情,越是有成就,就越要注意自己的形象。她们议论了好一会儿服装打扮之类的话题,才散去。余建芳始终没有参与,连眼皮也没有动一下,心无二用地看着报告,好像眼前根本就没有这几个哇啦哇啦的女同事在。但等伊豆豆她们一走,余建芳却抬起头来,皱着眉说,小万,机关里有些不良的作风,你不仅要学会判断,还要敢于抵制。万丽知道她是说上班时间谈衣服,觉得余建芳有点小题大做,就说了说衣服,也用不着这么上纲上线,变成什么不良作风。但毕竟自己理亏,就没有吭声。余建芳又说,本来我们科的小张,也是这样的,后来被我批评了几次,改了。伊豆豆是个串门王,但就不串到我们办公室来,这说明我们科的作风端正。万丽说,余科长,我来了这些天,还是没有找到工作的窍门,心里也有些急。余建芳说,这个不急,慢慢来,你慢慢地学到我这样,你就会觉得,时间不是不好打发,而是根本不够用。万丽说,这我相信。余建芳说,而且你从中能够体会到,学习的乐趣是无穷无尽的。万丽说,这我也相信。余建芳满意地点了点头,又说,另外,我不作为科长吧,作为也是一个女同志,我也提醒你小万,我们虽然是女同志,但是要有志向,不能像有些同志那样,整天是吃啦穿啦漂亮啦难看啦,那是最没有出息的,我是最看不起的。万丽觉得余建芳的话还是有道理的。等余建芳又埋头看材料了,万丽也拿出一份材料来,想学着余建芳的样子,认真地看一看,寻找学习中的乐趣,可是那些枯燥干巴不痛不痒的文字,实在是难以看下去,她看着看着都快打瞌睡了,可抬眼看看一声不吭的余建芳,仍然是那么的投入,万丽实在无法体会,余建芳能够从这里边体会到什么乐趣。

过了两天,市里有通知下来,要开一个外向型经济的动员大会,要求各单位有两位负责同志和一位搞宣传的同志参加。开会前一天,办公室李主任拿了通知来征求余建芳的意见,但余建芳早就已经排定这一天要下基层搞调研。余建芳说,我们科就不去人了吧,反正冯主任是分管宣传的,她去了,也就一个顶两个了。李主任说,但是通知要求另外有个搞宣传的同志参加,你没有空,不能让小万去吗?余建芳说,我再和小万商量一下吧。在李主任走后,余建芳对万丽说,小万,我考虑你还是别参加了,你刚来,许多情况不熟,万一领导问起什么,回答不出来,反而影响不好,会让领导觉得我们科工作不得力。小万,你说是不是?万丽本来也不知道这种会议是个什么情形,也谈不上想去或者不想去,但听余建芳的口气,分明是不要她去,万丽只好说,我听余科长安排。余建芳就跑到办公室去跟李主任说了。

　　两天后,许大姐开会回来向大家传达会议精神,会上许大姐批评了宣传科,说人家单位搞宣传的同志都去了,就我们妇联没有人,发展外向型经济,是我市当前的头等大事,怎么能如此不重视。大家都朝余建芳看,余建芳说,小万,我是因为安排了下基层调研的活动,去不了,你应该去的。万丽想不到余建芳会推到她身上来,觉得委屈,也顾不得考虑其他,就说,余科长,是你叫我不要去的,你说我情况不熟,弄得不好反而会给领导留下不好的印象。余建芳还想说什么,许大姐朝她摆了摆手说,余科长,我倒想不通了,你作为一个科长,对一个新来的同志,应该多给她机会锻炼才是。余建芳说,我是怕——她的话又被许大姐打断了,许大姐有点生气地说,你这是什么理由嘛,小万只是去参加会议,听听会而已,又不要她作大会发言,难道小万会去对领导胡说八道什么吗?不知道你哪来的这种莫名其妙的想法嘛。万丽到妇联这些日子,见到许大姐都是和和气气,这会儿许大姐生气了,虽然批评的是余建芳,但与自己多少也有点关系,想解释什么,却又不知道怎么说,发现伊豆豆正朝她挤眼睛,一脸幸灾乐祸的样子。再去看余建芳的脸,却看不出她有什么尴尬,她虚心地听许大姐的批评,一边做着笔记,一边点着头,最后还作了诚恳的自我批评,说,这件事情,是我的错,我只考虑了自己科里的影响,没有考虑市委的大事,是本位主义,眼光短浅,我会吸取教训,改正错误。万丽觉得余建芳也说得太严重了,心里倒有点替她难过。但看许大姐和其他人,好像都没有这种感觉,好像余建芳就应该这么检讨。

散会后,回到办公室,万丽一直不敢正视余建芳的眼睛,好像是她做了亏心事,心里还准备着余建芳回来会拿她出气,但余建芳却没事似的,倒水喝茶,平心静气。万丽在一边倒落了个没趣,十分尴尬。余建芳喝过水后说,小万,正好还有一点时间,我把下一阶段的工作安排一下。就一件工作一件工作地谈起来,万丽一听,不都是刚才许大姐在会上说的内容吗,有的与宣传科有关,有的与宣传科根本就没有关系,余建芳也认真地说一遍,万丽只能耐心地听着。最后余建芳总算谈到了与宣传科有关的一个活动,也是许大姐在会上布置了的,妇联不久要召开一个全市妇女干部工作会议,主要的内容是传达市委关于大力发展外向型经济的重要精神,号召全市广大妇女群众,都参与到党的中心工作中来,发挥妇女的作用,贡献妇女的力量。余建芳说,许大姐要在会上讲话,要准备讲话稿。万丽说,这是秘书科的事情吧,许大姐也说了,让秘书科的同志准备。余建芳摇了摇头,说,小万你刚来没有经验,秘书科虽然有人准备讲话稿,但那几个同志,我知道的,不一定弄得好,出手也慢,我们也要准备一份,到时候万一她们的不行,我们的就顶上去了。万丽也不好说余建芳的主意不对,但总觉得余建芳有点咸吃萝卜淡操心。虽然万丽没有说出来,余建芳却好像知道她想的什么,所以又说,小万,凡事预则立,不预则废,我们做工作,就是要想到可能发生的问题,要做好充分的准备,才能立于不败之地。余建芳不像个宣传科的代科长,倒是站在许大姐的角度看问题了。万丽说,既然这样,就准备。余建芳说,许大姐批评了我,要我给新来的同志提供机会，小万，这篇讲话稿，就由你先写个初稿。万丽说，我还摸不着头脑呢，能写出来吗？余建芳说，反正是初稿嘛，再说了，我这里忙着，一时还腾不出手。

万丽找了一些文件做参考，写出初稿，交给余建芳，看余建芳收进了抽屉，也没有下文了。万丽也知道，自己的辛苦很可能就白搭，除非秘书科的讲话稿真的像余建芳说的那样，通不过，又来不及改，才有可能动用到她的稿子，但这种可能真是微乎其微。一直到会议召开的前一天下午，事情却果然出现了一点变化，不过并不是因为秘书科的稿子不行，妇联向市委作会议筹备报告，市委领导很重视，希望能够安排一天的会议，把市委中心工作的精神讲透领会透。本来是准备的半天会议，许大姐讲话，再讨论一下，最后由冯副主任总结一下，就结束了，现在增加了半天，一个人讲话就不够了。许大姐临时召开了中层干部会议，听听大家的想法。按理应该是冯副主任或妇联另一个副主任再讲一番话，但那两位副主任都不太会讲话，就想推托。冯副主任说，不如让余建芳讲一讲，她是搞宣传的，领导的报告她又吃得透。许大姐说，这倒也是一个办法。就问余建芳，余科长，你来得及准备吗？余建芳说，我已经写好讲稿了，就把带在身上的讲话稿交给了许大姐。许大姐看了一遍，只改动了几个字，又交回给余建芳，好像想问什么，但没有问出来，改口说，宣传科的工作很主动，其他科室的同志，要向她们学学。余建芳回来后，跟万丽说，明天的会，许大姐和我讲话，就再也没有第二句了，仍然低着头看材料。万丽想问问自己写的讲话稿行不行，但是看余建芳一心不能二用的样子，话到嘴边还是咽了下去。又觉得余建芳不是一个能说会道的人，明天会上要面对全市上上下下一百多位妇女干部，如果作报告时磕磕巴巴，那才丢脸呢。但又觉得这不干自己什么事情，替她操什么心呢。又想起从前听到的笑话，说一个领导干部念秘书写的讲稿，连"接下页"都念出来了。

第二天会上余建芳的讲话，却让万丽大感意外，她脱稿作报告，一个多小时，从头到尾，一字不漏地背了出来，中间连停都没有停一下，连口水都没有喝，万丽惊得目瞪口呆。只是余建芳背出来的这篇东西，并不是万丽写的，但万丽却觉得有点耳熟，正在奇怪，听到旁边伊豆豆说，不就是钱书记的报告嘛。万丽才知道，是余建芳从市委书记的报告中摘录下来，再背出来的。相比之下，许大姐的讲话虽然也是有水平的，但毕竟是照着稿子念，就不如余建芳那样潇洒，而且妇联秘书科的报告，毕竟比不上钱书记报告的水平，所以大家听下来，尤其是下面乡镇来的一些妇女干部，反而对余建芳的讲话印象深了，散会的时候，她们都走到余建芳跟前，说，余科长，你笔头子好，口才又好。余建芳脸蛋红扑扑的，情绪很高，还意犹未尽，跟大家说，我只是初步体会，初步体会。她们边走边说话，走得慢，弄得余建芳像个首长似的被众星捧月了。许大姐走在前边，走了几步停下来，等余建芳上了前，许大姐说，余科长，昨天你给我看的，好像是另一篇讲话稿。余建芳说，是的，可是我昨天晚上想来想去，觉得我们的水平无论如何也比不上钱书记的水平，最后决定还是不用自己的讲话稿了。许大姐说，噢，是这样。万丽这才有一点明白过来，余建芳天天看材料、背材料，真是养兵千日用兵一时，只是不知道这兵用得好不好。走出会场的时候，伊豆豆对万丽说，你的好戏要开场了。

二

陈书记高兴地拍了拍万丽的手背，说，万丽，你是美丽的丽吧。

万丽第一次外出参加活动，是跟着许大姐到乡镇去开一个妇女干部的座谈会。那天许大姐亲自跑到她们办公室点将,许大姐说,小万,明天你跟我去元洲县吧。余建芳明显地愣了一愣,但很快就调整过来,她对万丽说,小万,许大姐血压有点高,到了下面,不要让下面的同志灌她酒。万丽说,我知道了。余建芳又说,你不知道许大姐的脾气,太爽,心肠又软,人家一劝,她就不好意思不喝。万丽说,我知道了。余建芳还是摇了摇头。许大姐却笑道,小万,你别听余科长的,把我说得像个女酒鬼似的。余建芳仍然一脸担心的样子,问许大姐:还有谁去?许大姐说,伊豆豆。余建芳这才松了一口气,那我还放心一点。万丽想,为什么余建芳听说伊豆豆去就放心一点,可能伊豆豆酒量大,必要的时候能够替许大姐抵挡一阵。

　　果然不出余建芳所料,中午的饭局摆出来,就是要喝酒的阵势,一套餐具里摆着三种酒杯,乡党委陈书记一到,就嚷着,大杯去掉,大杯去掉!服务员就忙不迭地把大杯撤了,另几个服务员互相传递着信息,一个问,上什么?一个答,大杯都拿掉了,当然上白的。万丽看看许大姐和伊豆豆,许大姐始终是沉稳地笑,伊豆豆则显得有点兴奋,眼睛也格外地明亮起来。上午的会因为是妇联开的专题座谈会,开会的时候,除了一位女副乡长,其他乡领导都没有参加会,但到了吃饭的时候,他们都来了,坐了满满一桌。陈书记居中,许大姐是主宾的位子,伊豆豆也不等别人安排,就把万丽往陈书记左手边的位子上一按,自己坐到对面远一点的位子上。万丽说,咦,你熟悉,应该你坐。伊豆豆说,距离美,距离美。意思是说,她和陈书记坐得远一点才有美感。但是万丽感觉到伊豆豆是特意把书记旁边的位子让给她的。万丽差一点跟她开玩笑说,那你怎么不把距离美留给我呢。但毕竟还没有熟到什么话都可以随便说的地步,结果就没有说出来。

　　伊豆豆果然八面玲珑,像个主人似的,张罗着大家入座,谁的杯子酒上少了,谁的杯子酒上多了,她都伸长手臂一一地指出来,要加以纠正。凡被她指出来的,也没有不立刻纠正的,一个比一个听伊豆豆的话。最后加到万丽的酒杯了,伊豆豆说,万丽,我不了解你的情况,你自己坦白吧。万丽说,我不行,从来没有喝过白酒。伊豆豆说,那倒也是,你原来在学校里教书,没有这样的应酬。陈书记刚要发表反对意见,伊豆豆却没有让他说出来,又补了后半句说,但是,不管喝没喝过,到了陈书记这里,酒是一定要上满的,能不能喝,一会儿再说。万丽的酒杯就被加满了,陈书记满意地笑着,点头,眼睛直勾勾地看着那酒汩汩地从酒瓶里流出来,又汩汩地流入了万丽的杯子。伊豆豆忙完了大家的杯子,跟陈书记说,书记,你看我,给你当个公关小姐还可以吧,干脆把我调你们乡来算了。陈书记说,我可不敢在许大姐跟前抢人,更何况我们这小庙又穷又破,哪容得下你这大菩萨,啊不,是大观音。伊豆豆说,观音和菩萨是同一个人哎。大家笑着,就举杯喝酒了。

　　酒席上的话题,先是尽着许大姐说,敬许大姐的酒,说许大姐的工作作风、水平、为人等,又说了过去的一些小故事、小往事,对万丽来说,都是头一次听到,很新鲜,才知道许大姐不仅在机关里,而且在基层,也有相当高的威信。从前在学校时,老师们也常议论机关的一些事情,说机关钩心斗角厉害,阶级斗争是你死我活的,都是踩着别人的肩爬上去的。又说到机关的上级和下级的关系,下级就是上级的一条狗,谁马屁拍得好,谁就能上去,有一个"某局长您老亲自上厕所"的笑话,就是从机关里传出来的。万丽现在回想起这些议论,还是很庆幸自己的,至少许大姐不是那种"亲自上厕所"的领导。万丽还注意到许大姐的一举一动,永远都是那么的沉稳,那么的从容,无论别人怎么说,就算是带着了明显的吹捧的意思,她也始终是笑眯眯的。说过许大姐以后,话题就转到伊豆豆那里了,先是那位女副乡长说,每次看到伊主任,都是那么光鲜,伊主任穿什么都好看。她管伊豆豆叫伊主任,其实伊豆豆只是妇联办公室的一般办事员,不是主任。万丽以为副乡长搞错了,伊豆豆可能会纠正她,但是伊豆豆好像没有注意到这个错误的称呼,甚至许大姐也没有注意到,大家沿着副乡长的话题就说起了女同志的着装问题。陈书记发表了自己的高见,说,伊主任,我们背后都议论你,你在机关里,就像是黑夜里的一道闪电,噢不,不说是闪电,闪电过得太快,不好,那是什么呢,对了,是一盏霓虹灯,嘿嘿,霓虹灯。陈书记很得意自己能够想到霓虹灯这个比喻。另一副书记也说,是呀,我们乡下的同志,到市里开会,本来以为乡下人进城,可以大开眼界看个够呢,哪知道机关的女同志,穿得比男同志还老气,那我们进城,进市机关,不是白进了吗?女副乡长笑道,史书记,却原来你进城开会是为了看女人啊。史副书记说,开会学习为主,开会学习为主。大家又笑,伊豆豆拉扯了一下自己的衣服,说,其实我这衣服,很一般般的。陈书记说,那才叫水平,一般般的衣服,穿在身上,就那么华丽,要是华丽的衣服,穿在你身上,你还不成仙女了。于是大家轮番敬仙女的酒,仙女也爽快,来者不拒,一一地喝了,立刻面若桃花。万丽难免有一点被冷落的感觉,她又看了看许大姐,许大姐依旧微笑着,但她的衣着,在大家的话题下,就显得格外的朴素,万丽还没有来得及多想什么,伊豆豆却已经截断了大家的思路,引导到万丽身上来了,嘿,我这算什么,我们万姐的衣服,这才叫服装呢。因为先前的不熟悉,大家的目光,也不便多停留在万丽身上,现在既然伊豆豆引过来了,他们也就有机会细细考查万丽一番了。万丽本来是觉得受冷落了,但大家的目光一过来,却又不自在了,想说什么,又不知道该说什么,心里却深深地留下了伊豆豆对她的称呼:万姐。伊豆豆比万丽小一岁,称她万姐,也是理所当然。但毕竟万丽刚进单位不久,对伊豆豆这么亲热的称呼,有点不适应,也有点不踏实,不知道伊豆豆什么意思,琢磨了片刻,觉得伊豆豆的个性就是这样,也就释然了一些。伊豆豆接着说,我穿衣打扮,只知道花哨,就是你们说的光鲜,万姐那才是真正的有气质。许大姐,您说呢?许大姐颔首微笑。万丽这天穿着藏青的西装,也是那个老裁缝做的,收腰收得很讲究,恰到好处地勾勒出窈窕的身材,里边衬着米色的低领毛衣,大方得体,又颇有女人味,比起伊豆豆的玫瑰红夹克,确实是不同的韵味。陈书记高兴地拍了拍万丽的手背,说,万丽,你是美丽的丽吧。你们说到衣服,我也说说,我们的红花羊毛衫厂,刚刚接了一批外贸加工活,是现在欧美流行的什么,什么……他说不出来,显得有点窘,但这又不是真正的窘,是一种骄傲的窘。果然又说,唉,我这个人,事情一多,就记不得细节。他看着女副乡长问道,是羊毛衫吧?女副乡长说,是羊绒衫,一字领的。伊豆豆"哇"了一声,说,那是最领潮流的,高领、低领、鸡心领,都过时了,现在就是这种一字领。陈书记又拍了一下万丽的手背说,万丽,一会儿去看看,要是喜欢,就拿。伊豆豆叫嚷起来,好啊,好啊,陈书记你喜新厌旧,见了万丽,就没有我啦?陈书记说,哪能呢,衣不如新,人不如故嘛。万丽心想,这个陈书记,看起来像个没文化的农民,竟然也能说出这种文绉绉的话来。陈书记跟伊豆豆说了,又侧过脸来跟万丽说,万丽,我们之间,现在也不是"新"关系了,也已经是"故"了,从前说,一回生两回熟,但现在时代不同了,什么事情都得加快节奏,一回就熟了嘛,干吗要等两回,是不是?万丽边笑着又想,难怪这个乡的乡镇企业发展得这么快,这个陈书记还真是有两下子的,他恐怕每天都得应对不同的对象,看什么人说什么话,几年干下来,都成人精了。于是心里感叹着,自己进了机关,也得这么练,可练到哪一天才抵得了陈书记一半的一半哟。伊豆豆说,陈书记你真会套近乎。陈书记说,不会套近乎,乡镇怎么发展啊?伊豆豆说,原来你是有用心的,可惜我们这些妇联干部——说到一半,发现自己说漏嘴了,赶紧收住,好在许大姐并不在意,她一直笑眯眯地看着"哇啦哇啦"的伊豆豆,疼爱的目光,就像看着自己的女儿。

宴席结束后,三人一起去上厕所,伊豆豆捂着发红的脸,不好意思地说，许大姐，我今天喝多了，话也多。许大姐说，我怎么不知道，你这是引火烧身，要保护我嘛。许大姐能这么理解伊豆豆，万丽心中不免一阵感动。这一顿饭间，开始虽然也围绕许大姐说了一些话题，但毕竟很快就说不出什么了，后来大半的内容，都是在说伊豆豆和万丽，其实许大姐也未必不明白，她虽然德高望重，但毕竟年龄上有了一定的差距，陈书记他们给她的，只能是敬重。一般说起来，在一个被敬重的人面前，别人多半说不出很多话来。许大姐不仅不怪伊豆豆和万丽喧宾夺主，还反过来替伊豆豆洗刷这种喧宾夺主的可能性。

陈书记果然带她们去了羊毛衫厂，他所说的这种外贸加工的羊绒衫，果然质地式样颜色都非同一般，伊豆豆说，你看看，你看看，人家的眼光和技术水平，就是过得硬。万丽也没有听明白她说的"人家"，是说陈书记的厂，还是说来料来样加工的外国人。每人挑了一件，颜色各不相同，万丽要的是水灰的，伊豆豆要豆绿的，伊豆豆说，豆绿是最难着好的颜色，也是最难伺候的颜色，但到了人家手里，就能弄得这么养眼，所以我要豆绿的。许大姐也说，这倒是的，我们要是在国内商场里买个豆绿色，要多香气有多香气。这几乎是许大姐第一次主动说起与今天的座谈活动无关的话。任何时候都胸有成竹的许大姐，在面对多种颜色的时候，反倒没有了万丽和伊豆豆的果断，她考虑来考虑去，也拿不定主意，万丽说，许大姐，你穿深色点的好。这是一个通常的道理，许大姐比较发福，穿深色衣服人会显得瘦一点。但伊豆豆却抓起一件鲜红色的，提到许大姐下巴处，比画了几下，果断地说，就这件！许大姐的眼睛，被红毛衣染红了，她有点不好意思地说，这么红，我穿不出去的。伊豆豆说，许大姐，你的气质，和我们不一样，这大红的，别说我，连万丽也撑不住，还就你能撑得住。许大姐说，你别哄我，买这么艳的回去，戴部长会骂死我的。伊豆道，才不呢，你就说是我帮你挑的，许大姐你是大富大贵的气派，能撑住这样的红。伊豆豆开始说的时候，万丽有些不以为然，但听着听着，再细想想，再去体会许大姐的气质，倒也不得不承认伊豆豆的眼光厉害，许大姐虽然上了年纪，身材也微胖，但她身上确实有一种气度，就像一些外国老太太，穿大红大绿反而更显出她们的优雅和高贵。许大姐还在犹豫，伊豆豆说，许大姐你要是不相信我的眼光，你干脆试穿一下。许大姐同意了，由伊豆豆陪着到屋子一角去试穿。女副乡长仍然陪着万丽，但她一直没有吭声。万丽觉得应该跟她说几句，就说，不好意思，吃了还要拿。女副乡长说，这是外贸上的活，是定料加工，少一件都很麻烦的。万丽原以为她会说没事没事别客气之类的话，却不料听她这么说，有点尴尬。女副乡长又说了，不过万同志你别在意，他们有办法的。万丽说，有什么办法？女副乡长说，有次品废品比例的，如果超过这个比例，就拿钱赔上。万丽说，那，那，我们，我们这样……女副乡长笑着朝她摆摆手，说，万同志，我随便说说，你可别往心里去，你们能来我们乡，能看得起我们的产品，我们感谢还来不及呢。要不是你们下基层，我们想送也送上不上门呢。万丽还想说什么，许大姐和伊豆豆已经过来了，许大姐是穿着那件红羊绒衫过来的，效果果然不错，从她的脸上可以看出来，她已经决定要这件红的了。不过许大姐似乎还把握不太准，所以又说了一句，回去再说了，我要是不能穿，就给女儿穿。女副乡长说，伊主任，这种式样的不多，司机给他另外拿一件行不行？伊豆豆说，行，小伙子还没结婚呢，拿件普通男式羊毛衫就行。

她们挑毛衣的时候，陈书记没有在场，等她们挑定当了，陈书记就出来了，手里还提着一个袋子，一边送她们到车边，一边将袋子交到许大姐手上，许大姐，一点土特产，也算一点心意，替我带给戴部长。许大姐不接，说，这不行，戴部长要批评我的。陈书记说，要批评也是批评我。说着就替许大姐去开车门，并将袋子放到了许大姐的座位上，动作十分果断，好像容不得许大姐再有什么推托，许大姐几乎被陈书记驾着上了车，也确实不好再说什么了。

万丽和伊豆豆也分别坐到自己的位子上,就挥了手,道别了。

车子走出好远,万丽心里还没有平静,她拨弄着装羊绒衫的袋子,忍不住说,真不好意思,他们这毛衣,是定料加工的,少了要自己赔上的。但是车上没有人回应她的话,司机专心地开着车,坐在前排的伊豆豆一言不发,眼睛直愣愣地盯着前边的路,不知在想什么,许大姐在闭目养神,脸色仍然是平静温和,闭着眼也仍然笑眯眯的,好像是早晨从家里出来上班去,万丽有话也不好再说了。大约过了二十分钟,许大姐养过神了,先是"嘿"了一声,接着侧了侧身子问万丽,小万,今天的活动,有什么感想和收获?万丽想了想,说,我觉得,今天的会开得很成功。许大姐"噢"了一声,又问,为什么呢?万丽说,大家畅所欲言,说的都是心里话。许大姐点了点头,说,我也有这种感觉,可能因为都是女同志的缘故,大家能谈得来,才肯说心里话。万丽想说,我也觉得是这样的。但她还没有说出来,一直在前边发呆的伊豆豆却已经说了,那是因为许大姐平易近人,不摆官架子。许大姐说,我们做妇联工作的,又不是什么大领导,伊豆豆你用词不当。伊豆豆说,这我不承认的,我也跟别的领导下过基层,就不一样的,一开场几句官腔一说,大家就沿着官腔的路子走了,怎么虚伪,怎么虚假,就怎么说,整个会开下来,没有一句是人话。许大姐"扑哧"一声笑出来,说,伊豆豆你说话总是不知道轻重,注意一点。伊豆豆吐了吐舌头,扮了个怪相。

## 三

后来许大姐突然问她,小万,你从前就跟向秘书长认识吧?

万丽从乡下回来后,整理了座谈会的材料,边整理边觉得自己有许多想法,可以写成一篇既有实际内容又有一定理论高度的文章。她把自己的想法向余建芳汇报了,余建芳觉得不错。余建芳告诉万丽,在机关工作,就是要有主动性和积极性,机关里有的同志,会觉得整天无事可干,一杯茶,一支烟,一张报纸看半天,余建芳自己的体会,事情多得忙也忙不过来。其实这样的内容,余建芳已经跟万丽说过好多次,但每一次都像是头一次说。余建芳说,小万,你刚来不久,就表现出主动性和积极性,很难能可贵,我一定会全力支持你的。但是余建芳也表示出一点怀疑,她说,你开了一个座谈会,就能写出文章来了吗?万丽说,我已考虑过,如果决定写这篇文章,我还要下去的。余建芳说,你刚来,这篇文章到底应该怎么写,科里不作安排,你自己看着办,有什么困难,就跟我说。万丽说,我知道了。

万丽忙了一阵,把文章的初稿写出来了,就交给余建芳看,余建芳接过去,先是感觉到了纸页的厚薄,一下子翻到最后一页,看了最后一页的页码,说,呀,你写了这么多?接着回过来看了一眼标题"乡镇女干部的心理弱势",便微微皱了一下眉头,说,为什么只写弱势呢?万丽说,那天的座谈会,主要是谈的这个。余建芳说,这不大好,事物都有主次之分,我们不能只看次要不看主要,小万,你不会觉得乡镇妇女干部的弱势是她们的主要问题吧?万丽说,当然不是,但就我这篇文章而言,我是专门写这个问题的。余建芳说,这样写我不同意,要写就应该写全面的,既写弱势也写优势,既写优势也写弱势,这才是辩证法。万丽面子上有点过不去,说,我们在大学里学过哲学,学过辩证法。这话说得不大好,因为余建芳没有上过大学,好像万丽瞧不起她似的。万丽话一出口,也知道自己说得不好,好在余建芳并没有往心里去,不过她仍然坚持自己的观点,说,学过辩证法不一定就懂辩证法,辩证法更多的是在实践中体会出来的,小万,我建议你重新写一稿,尽量全面地反映乡镇妇女干部的情况。万丽说不过她,但心里有点别扭,觉得余建芳虽然嘴上说鼓励她的积极性,但对她的第一篇文章就持全盘否定的态度,是不是有意在刁难她?万丽跑到许大姐那里,想争取许大姐的支持,不料许大姐却不支持她,说,小万,余科长的考虑是有道理的。万丽急着说,但是那天的座谈会上,大家谈得比较多——许大姐笑眯眯地抬了抬手,不经意地阻止了万丽一下,说,是的,那天的座谈会,正因为谈了这些负面的问题,才会开得那么热烈,但是小万你想想,你也是女同志,平也是女同志,平心而论,在我们的生活中,在我们的工作中,到底是弱势多还是优势多呢?万丽哑口无言。许大姐又说,再说了,虽然大家谈弱势谈得多,但你写文章,总要有自己的观点,你的观点,不会是觉得弱势是好事情,要大张旗鼓地宣传吧,是不是,小万?你也一定是希望我们的妇女干部克服弱势,增强优势,是不是?万丽不由自主地点了点头。许大姐笑了,最后说,这不就行了。许大姐拍了拍搁在桌上的万丽的稿子,回去再改一稿,相信你能写好,来一个开门红。

万丽回去细细想了想,觉得许大姐的话是有道理的,心里对余建芳的一点看法也消除了,她重新拟了题目"乡镇女干部的心理优势和弱势"。余建芳看过后,没有再说什么话,稿子就送到许大姐那里去了。许大姐在文章上批了两行字:"这是一篇好稿子,发下一期《妇女通讯》。"

万丽受到鼓励,积极性高涨,很快又写出了第二篇"农村女党员的素质"。这两篇文章在市妇联自己的内部刊物《妇女通讯》上发表后,很快都被市委办公室办的《情况通报》转载了,其中乡镇女干部心理问题的那一篇,发在那一个栏目的头条,还加了"编者按",是上了规格的。许大姐看到万丽,拉着她的手,高兴地说,小万,市委向秘书长那天还专门向我打听你的情况呢。伊豆豆特意跑到这边办公室来,说,万姐,请客吃糖。余建芳说,小万写出好文章,给我们妇联争了光,应该你请她吃糖。伊豆豆说,到底一个科的,胳膊肘子总是往里拐啊。伊豆豆走后,余建芳郑重地对万丽说,小万,你还年轻,刚开始写文章,我提供一点意见。万丽说,你说。余建芳道,一定要力避华而不实的不良文风。万丽正沉浸在喜悦中,不爱听余建芳的话,觉得余建芳小心眼儿,不平衡,挑她的刺,她心里不服气,针锋相对地说,我觉得我这两篇文章的优点就是实在。万丽说的也是实在话,尤其是写"乡镇女干部的心理优势和弱势"一文,她先后几次去基层,除了开会听取意见,还一家一家地跑乡镇妇女干部所在的乡镇机关、乡镇企业,跑她们的家,甚至跑到她们在农村的老家、娘家,搜集了大量的事实,倾听她们的声音,也认真听取别人对她们的看法和想法,最后才写成了这篇文章,在市委《情况通报》的编者按中,还说"材料翔实,行文生动",余建芳却说她华而不实,万丽不能接受,说话有点用意气。余建芳没想到万丽跟她顶嘴,听了也有点不高兴,说,小万,你才写了两篇文章,就骄傲,那可不行。万丽气不过,不客气地说,文章不在多少,有的人写二十篇二百篇,水平还是臭水平,想骄傲也骄傲不起来呢。余建芳愣了一下,忽然就哭起来了。余建芳是前些年从基层提拔起来的干部,曾经在公社和县里做过通讯干事,也写过一些文章,要不然也不会放在宣传科,但毕竟不是科班出身,没有正儿八经学过怎么写文章,都是在实践中自己摸索出来的,摸索得对摸索得不对,她自己恐怕也不怎么明白。人家背后都说,余建芳的文章太干巴,只有观点,没有文采。余建芳当然也知道别人对她的看法,所以,万丽的话是戳在了余建芳最痛的地方。更何况,万丽的文章一开始就受到这样的重视,一下子显示出她大大超越余建芳的优势来了,余建芳来市妇联好多年了,和市委向秘书长,也见过好几次,一起开过会,聊过天,但向秘书长心里,根本就没有留下她的一点点印象,万丽才写了两篇文章,向秘书长就来打听情况了。余建芳是个克制自律的女同志,从来不放纵自己的感情,这时是到了伤心处,泪水哗哗地流淌下来。万丽却是有嘴无心,她也并不很了解余建芳的过去和这些年的经历,只是觉得余建芳小心眼儿,就直话直说了,想不到余建芳哭了,她倒有些手足无措了。但想想是余建芳先来惹她的,她没有科长的胸怀,她也不必去跟她道歉,两个人就闷着不说话了。

　　过了一天,余建芳却主动来向万丽道歉了,万丽被她感动了,觉得这件事情是自己得理不饶人,太过分了一点,就赶紧说了自己的不是。毕竟不是什么大不了的事情,过去也就过去了,没留在心里。但后来伊豆豆告诉万丽,余建芳找许大姐告状,结果被许大姐批了一顿,才来向万丽道歉的。伊豆豆说,万姐哎,你有两下子。万丽莫名其妙。伊豆豆却是一副"你别跟我装,我什么都知道"的表情,弄得万丽一头雾水。事后万丽回味这件事情,真心体会到余建芳的委屈,便跑到许大姐办公室,想汇报一下自己的想法,许大姐正好有事情忙着,就说,小万,不如你晚上来我家,我们聊聊,你也正好认认门。

　　万丽去许大姐家,许大姐家客厅的茶几上,搁着一张照片,许大姐说是上个星期才拍的,许大姐的女儿在外地读大学,上星期回来,一家三口难得凑在一起,就拍了这张照片。万丽意外地看到照片上许大姐女儿穿的毛衣,是豆绿色的,一字领,很像伊豆豆那次在羊毛衫厂拿的那一件。万丽忍了几次,才忍住没有问出口,但眼睛却止不住地要往照片上看。许大姐注意到万丽的目光,误以为她是因为不认得戴部长才反复看的,就说,那个就是老戴。老戴是市委组织部的副部长,这个万丽已经知道,但没有见过本人。许大姐在外面经常有人跟她提到戴部长,许大姐也是依着别人的口气称戴部长的,但现在在许大姐口中戴部长是"老戴",让万丽感觉到,到底在家里和在机关说话是不一样的。万丽顺着许大姐的话说,戴部长文质彬彬的。许大姐说,是呀,老戴很书呆子气的。万丽更想不到许大姐会说这样的话,要是在办公室,恐怕是不会说的。不过许大姐没有再多说戴部长,而是和万丽拉了很多家常,许大姐问了万丽的家庭、父母亲的情况,又问了万丽当时应聘机关干部的经过，又问了万丽有没有对象等，万丽一一如实地说了，许大姐也一一地听了，并不停地点着头。万丽也不知道许大姐问这么多情况干什么，她一点也觉察不出许大姐的用心，觉得许大姐是没有用心的。后来许大姐突然问她，小万，你从前就跟向秘书长认识吧？万丽赶紧摇头，许大姐却好像不太相信，探究似的看着她，但后来还是相信了她，说，向秘书长真是一位非常爱才的领导，我听说，好几次会上，他都提了你的名字。既然你们从前不认识，那向秘书长就是从文章中认识你的。万丽说，他说我什么？许大姐却没有说向秘书长说万丽什么，换了个话题说，小万，在机关工作，不仅要有工作能力和水平，机会也是很重要的。万丽点点头，但她并不是很明白许大姐的意思，只知道许大姐肯定是为她好。许大姐又说，既然向秘书长这么关心你，你也应该主动跟领导汇报汇报。万丽还摸不着头脑，说，汇报什么？许大姐说，比如吧，你哪天再写了文章，自己觉得满意的，可以专程给向秘书长送过去，请他看看——当然，要有点分量的文章，最好是有关当前党的重大政策一类的。万丽想了想，说，重大政策什么的，我自己也吃不大透，怕写不好。许大姐说，正因为怕写不好，才去请教向秘书长嘛。万丽点头，但仍然觉得这事情不太好操作，就把顾虑说了出来，可是我不认识向秘书长，连面也没有见过，到时候，怎么——许大姐笑起来，说，小万你真是个典型的知识分子，我知道你的意思，要过河，没有桥，是不是，怎么没有桥呢，你的文章就是桥呀——再说了，不是有我在吗，你还怕我不给你牵线搭桥？万丽这才踏实了，说，那太好了，谢谢许大姐。许大姐让万丽喝茶，又剥了橘子让万丽吃，然后又说，余科长那儿，你照请她看，照听她的意见，另外再给我一份就是了，这样不耽误时间。万丽说，好的。她这会儿至少听出一点许大姐的意思了，送向秘书长的文章，不一定通过余建芳。万丽想，但余建芳总会知道的，知道了她又要小气了。不过有许大姐在，万丽也不怕她，再说了，这都是工作，也不存在谁怕谁,要说怕,应该余建芳怕许大姐才是。万丽忽然就想到,要不是有许大姐,余建芳会对她怎么样呢,会给她穿小鞋吗?如果穿小鞋,那又是怎么个穿法呢?胡乱想着,许大姐又说了,小万,余建芳这个同志,思想觉悟还是相当高的,工作尤其认真,你可能还不太了解她,有很多地方你要向她学习的。万丽说,我知道了。许大姐说,当然,女同志嘛,有时候有点小心眼儿,你也要理解她,她毕竟是基层上来的,自己觉得底气不足,你要体谅她一点。万丽点着头,打心底里体会着许大姐的思想境界和对她的特殊关照。

## 四

机关里的人际关系,应该是打太极拳,伊豆豆这样的做派,倒像是西方人的决斗,将白手套一扔,就公开地干起来了。

许大姐的指点,却使得万丽有了思想负担,她急于要把下一篇文章写好,要写得能够直接送去给向秘书长看,而不是等着《情况通报》转载后再让向秘书长注意到。万丽开始的时候完全是轻装上阵,觉得写文章是件很容易的事情,理一理思路,一下笔,就出来了,现在背了思想包袱,就觉得文章原来是那么的不好写,写下来了,看看这一句也不对,看看那一句也不好,写了又划掉,划掉了再写还是不满意。有一天晚上在家里磨到快十点也没有磨出几个字来,心里就急,要查资料,才知道书到用时方恨少,想起办公室的文件柜里有这方面的材料,便骑上自行车往办公室去,到了大门口,就发现宣传科办公室的灯亮着,万丽"咦"了一声,传达室的老钱说,是你们余科长在。办公室的门虚掩着,万丽推开的时候,余建芳正埋头写东西,握笔的姿势看上去很用力,头几乎低到桌上了,桌上搁着一杯白水,还有一包苏打饼干,万丽进来她都没有听见。万丽喊了一声"余科长",她才回过神来,说,万丽你怎么来了?万丽说,我写篇稿子,来查一点资料。余建芳示意柜子里有资料,就没再多说什么,仍然埋头写字,万丽附过身子看看她写的什么,但是余建芳的另一条手臂明显地拐到纸的上方,遮着了万丽的视线。万丽心里笑了一下。万丽在柜子里找到了要查的资料,看余建芳也没有走的意思,就说,余科长,你还不走?余建芳说,我再写一会儿。万丽就回去了。

几天后单位组织郊游活动,到郊区去爬山,余建芳请了假,仍然在办公室赶稿子。上车后伊豆豆负责清点人数,没有看到余建芳,问万丽,万丽说,她请假了。伊豆豆说,她家里有事?李主任说,不是,说是赶一篇稿子。伊豆豆的嘴角明显地撇了一下。伊豆豆点完了人头,让司机发车,前边有空位子却没有坐,走到后边坐到万丽的边上,说,万姐,你快培养出一个作家来了。万丽明白她是说余建芳的,因为这一阵余建芳老是埋头写,而且弄得妇联机关里上上下下都知道她在写稿。万丽说,怎么是我培养她,应该是她培养我呀。伊豆豆说,怎么不是你培养她,你没来的时候,她不怎么写稿,只是看材料,你一来了,就看到她写稿了。万丽心里又觉得好笑,原来没进机关的时候,对机关干部还有一种神秘的感觉,尤其是对女干部,觉得她们都挺像个干部的,一走出来,就是干部的样子,跟女工、跟女营业员、跟干其他工作的女同志到底不一样。现在自己进了机关,才知道机关的女干部也和别的女同志一样,该有的都有,该没有的都没有。万丽说,这几天她天天在加夜班呢。伊豆豆说,加夜班倒是余建芳的家常便饭,不过过去她总是看材料,现在不一样了,现在是写材料了。伊豆豆又跟万丽说了一些余建芳的事情,余建芳生了一对双胞胎男孩,才三岁,但她不大管孩子,全是丈夫一个人带的,有时候她几天都不回家,回去的时候,孩子都不大认得她,有一回还管她叫阿姨。万丽听了就不相信,说,有你说的这么严重吗?伊豆豆说,你不信可以自己去问余建芳,这都是她自己说出来的,要不然我们怎么会知道。万丽说,我才不会去问她,这不是戳她的心窝嘛。伊豆豆说,余建芳才不会难过呢,她要是难过,她还会说出来吗,她说不定还当成骄傲的资本呢。万丽觉得伊豆豆说余建芳说得有点过分,但她不知道她们之间过去有没有什么过节,也不好妄作评判,只是考虑到前前后后其他座位上的同志,要是听到了,传到余建芳耳朵里,总是不太好,就把话题引到伊豆豆身上,说,伊豆豆,听说你对象是打篮球的,高大英俊吧?伊豆豆说,高大个屁,小瘦猴一个。说着的时候,脸上流露出幸福的表情。这种表情使得万丽的心也动了一下,这一动,康季平的影子又在眼前晃动起来,但康季平的影子一出来,她心里就堵住了。其他的同志听到她们谈伊豆豆对象的事情了,也都插上了嘴,都要伊豆豆哪天带过来看看,又跟万丽说,万丽你别听她的,肯定英俊潇洒。伊豆豆说,你们又没见过,凭什么说呢。大家说,就凭你伊豆豆的眼界嘛。这话万丽是相信的,怎么说伊豆豆也应该是个眼界很高的女孩子。果然,坐在万丽前排的秘书科的小潘回头来了,对万丽说,她连王公子都看不上呢。小潘的声音并不高,坐在前排的人应该是听不清的,但一直坐在前边没有吭声也一直没有回头的许大姐,这时候却回头看了后面一眼,笑眯眯的,好像是带着鼓励的意思。万丽不知道"王公子"是谁,正想问小潘,却发现小潘已经回过身去,从她的后背和后脑勺,传递出一种不再和万丽说话的意思,万丽有点莫名其妙,却也只能欲言又止了。

　　到了风景区,大家分散着往山上爬,许大姐爬了一段,就坐下了,说,我不上去了,你们继续上。伊豆豆说,歇一下再爬,能上得去。许大姐摇头笑道,不行了,年龄不饶人。有几个人也停下来,都说爬不动了,陪着许大姐坐在山腰间。许大姐指着伊豆豆、万丽等说,你们到山顶上看风景,我们在山腰里看风景,都体会自己眼里的风景。万丽觉得许大姐的话,里边挺有些哲理的。

　　伊豆豆和万丽等继续往上爬,热了,伊豆豆脱了外衣,里边是一件墨绿的毛衣，万丽一下想起了那件穿在许大姐女儿身上的豆绿羊绒衫，不由得说，伊豆豆你好像比较喜欢绿色，上次在乡里，你挑的是豆绿的。伊豆豆似乎愣了一下，但很快就说，上次挑的那一件，小了一号，我穿不了，送给许大姐的女儿了。万丽万万没有想到伊豆豆会这么直爽地说出来，倒为自己的有意试探感到有点惭愧了，一时不知说什么了。伊豆豆似乎并没有察觉万丽的心思，她忽然叹息了一声，说，没有用的。见万丽听不明白，又说，刚才小潘说的"王公子"，他爸爸就是前一任的市委王书记，我刚到妇联时，许大姐做的介绍，后来没谈成。万丽问，为什么？伊豆豆摇摇头说，为什么并不重要，重要的是没谈成以后，我就没戏了。万丽说，王书记不是已经退了吗？伊豆豆说，但许大姐没有退呢。万丽体会到伊豆豆心里的感受，想安慰她几句，却又不知怎么安慰，总不能说，许大姐也要退了，或者说，许大姐也总要退的。伊豆豆却已经抢先说了，虽然许大姐也是要退的，但是我的机会就错过了，一再地错过，提李主任之前，我就在办公室了，李主任比我晚进来，工作能力也一般般，但结果提了她。你们宣传科一直缺一个正职，余建芳水平不行，我跟许大姐说，办公室不提我，我能不能到宣传科。万丽说，许大姐怎么说？伊豆豆说，你认为呢？万丽沉默了，心情有点沉重，但细细地想了一会儿，觉得伊豆豆的话也不太符合实际情况，说，其实，我怎么觉得，许大姐对你还是挺好的，你说那次去乡里开会，许大姐整个把你当女儿看，我还满心的嫉妒呢。伊豆豆却笑了起来，女儿，嘿嘿，女儿。她扬了扬手里拿着的那件外衣，说，哎，万姐，我这件衣服怎么样？万丽的思维没有她转变得那么快，稍愣了一下，才说，蛮有品位的。伊豆豆说，刚才我说你要培养余建芳当作家了，其实你也培养了我，自从你来了，我的着穿开始变化了，别人都看出来了，就你没有看出来。万丽又是一个意想不到，说，怎么会，你的穿着，很有个性的。伊豆豆说，有个性，但是没有品位，我现在也开始研究品位了。万丽"哈"了一声，怎么又是与我有关呢？伊豆豆说，你不来，我在机关里，就算是高品位了，你一来了，我就是没品位了，你想，我能不研究、不改变？要是不研究不改变不进步，天下还不都是你的了。万丽只觉得伊豆豆直率得可以，却也不能说她的话没道理。万丽忽然想起上大学时康季平曾经对她说过的一句话，人因为对手的强大而强大。此时觉得伊豆豆的话，也就是这个道理。只是她没有想到，自己刚进机关不久，就被好些人当作对手。当然，这种人与人之间的竞争意识，其实是与生俱来的，哪怕伊豆豆不说，万丽也会感觉得到，哪怕现在暂时还感觉不到，早晚也会感觉到，现在却早早地被伊豆豆点破了，万丽觉得有点难堪。机关里的人际关系，应该是打太极拳，伊豆豆这样的做派，倒像是西方人的决斗，将白手套一扔，就公开干起来了。而余建芳，还是她的顶头上司呢，就算是对手，也还不是一个级别上的对手，她大可不必如临大敌。比起伊豆豆，余建芳的竞争是隐蔽的，但也只是她自以为隐蔽而已。

她们登上了山顶，山顶上有照相的，她们合拍了一张照片，拍照的人问她们要不要写上"某某山留影"，伊豆豆说，写无限风光在险峰。万丽说，这是毛主席给江青提的。伊豆豆说，毛主席是怎么认识江青的？毛主席在台上讲课，江青坐在第一排，一边记笔记，一边眼睛一眨不眨地崇拜地看着毛主席。万丽笑道，眼睛一眨不眨地看着，还怎么记笔记啊？伊豆豆说，这就是本事嘛。

## 五

这个人却一迭连声地说，不怪我，不怪我，是你自己撞上来的，是你自己撞上来的。

机关里每个办公室的热水，都是办公室的同志自己到供水间去打来的。机关是个大院,市委市政府很多单位都在这同一个大院里,但单位与单位之间来往并不多,有许多干部,在大院里工作好多年,看到大院里走着其他部门的干部,脸都熟的,也都点头打招呼,但却不知道对方叫什么名字,别的情况就更不了解了。但是每天在供水间,倒是会有一些小小的交流,因为热水是现烧起来的,一锅用完了,等第二锅的时候,就会等相当长的一段时间,这时候大家闲着没事了,就交谈起来。万丽和其他部门的一些同志,也都是这样慢慢认识起来的。因为万丽是新来的,特别受到一些关注,何况打水的人群里,男同志比女同志多得多,机关大多数的部门,男同志是占大半的,有的单位,女同志就是凤毛麟角,听说市委组织部,上上下下三四十人,总共只有两位女同志,真是稀世之宝了。不像在妇联,满眼睛看到的,都是女性,所以机关里有嘴贫的男同志就说,要是把我调到妇联去工作,我要幸福死了。但也有男同志是反过来说,哎呀,家里一个女领导就受不了了,这么多女同志领导我,还让我活不活啊。人家说,那你去领导她们得了。他说,见过妇联主任是男的吗?

有一天等水的时间长了些,供水间又是热气蒸人,好不容易打到了水出来,万丽眼前都有点迷茫了,刚出门的时候,就撞到一个人,万丽一失手,水瓶打碎了,幸好没有烫着,但万丽被吓着了,看着一地的碎片发愣,这个人却一迭连声地说,不怪我,不怪我,是你自己撞上来的,是你自己撞上来的。万丽以为他至少会说一声对不起,不料他却迫不及待地要推卸自己的责任,万丽心里很来气,说,我又没有叫你赔,你急什么?旁边一个嘴贫的男同志说,孙国海,你不如晚一步,让我来撞了多好,我想赔她热水瓶都没有个机会。万丽才知道这个人叫孙国海,看他穿着黄军装,估计是部队回来的,但是这种怕事的样子,又哪里像个当兵的人?果然孙国海一听那个男同志的话,又赶紧解释说,不是我撞她的,是她撞我的。那个男同志说,我还蓄谋很久想撞她一下呢。孙国海说,我不是的,我不是的。万丽一扭头,再也没看他一眼,走了。

以后早晨出来打水,万丽发现孙国海老是躲着她,如果在路上,本来是一起往供水间去,孙国海就有意放慢脚步,往后蹭,避开与她正面接触,如果是面对面地碰上了,孙国海便低头看路,硬是不看她。起先几次万丽心里也很不高兴,不就是一个热水瓶嘛,也不至于这样吧。长得倒是人高马大,气宇轩昂,偏是这么的小心眼儿。但是后来万丽发现他低着头走过的时候脸红得像猴子屁股,万丽心里一下子就乐了,就有一种暖融融的东西在心里弥漫开来了。也不知怎么的,她一改平时的习惯,停下来主动喊他,孙国海。孙国海一愣,但离得太近,躲避不过了,只好站定,抬了眼睛,也只抬到万丽下巴的位置,不再往上看了,嘴里支吾着,噢,噢,是的,是的,打水。万丽说,你还没赔我的水瓶胆呢。孙国海一急,说,我、我是打算赔的,但是好几天没有碰到你——万丽道,你怎么想通了,承认是你撞的我了?孙国海说,撞确实是你撞的我,但是后来我想了想,一个水瓶胆,也不贵,我可以赔的。万丽差一点又笑喷出来,硬是忍住了笑说,那你把钱给我。孙国海愣住了,愣了半天,才憋出一句,你真的要?

万丽先前,一谈恋爱,就走神,一走神,就总是走到康季平那儿,一想到康季平,她的情绪就低落下去,就不想谈了。现在站在孙国海面前,她的眼前,照例又浮现出康季平的样子了,但这一回不同的是,康季平出现以后,她的情绪并没有低落,她只是在想,康季平,孙国海,这两个人,是多么的不同啊。

认识孙国海不久,有热心人给万丽做介绍,万丽也没有拒绝,去相了一次亲。那天大家在说着话的时候,万丽又走神了,但这回没有走到康季平那儿,却走到孙国海那里去了,她想着孙国海否认撞碎水瓶的情形,想着想着,万丽笑了起来,觉得自己心里有满满的欢喜,都快溢出来了。

下一天她在打水的路上碰见孙国海,她对孙国海说,孙国海,我昨天去相亲了。孙国海的脸,一下红到了耳根,扭头就走。

又过了几天,万丽下班时正好在门口碰上许大姐,许大姐说,小万,听说你谈恋爱了?万丽从许大姐脸上,也看不出她是高兴她谈恋爱还是不高兴她谈恋爱,也看不出她指的是不是前两天蒋立英给她介绍对象相亲的事情,再往下想,万丽都不敢直视许大姐的眼睛了,她觉得许大姐的眼睛像X光机,把她内心最隐秘的东西也看到了,所以万丽犹豫了一下,没有立刻做出反应。许大姐也不等万丽有所反应,又把话说在前面了,小万,你刚刚进机关,心思要多放在工作上,不是不能谈恋爱,但恋爱结婚是一辈子的大事,要慎而又慎。许大姐说这话,万丽觉得她有点像余建芳的口气,而不大像平时那个通达的许大姐了。许大姐又说,我那天碰到蒋立英,我还说了她几句。万丽才知道是说蒋立英介绍相亲的事情,松了一口气,亲又没相成,许大姐也是瞎操心了,她为了让许大姐放心,就说,许大姐,没有的事。许大姐狐疑地看了看她。万丽又说得更清楚一点,去是去了一次的,但不是谈恋爱,我不谈。许大姐脸上这才露出了满意的意思,点了点头,说,不着急,是吧,又朝她扬扬手,走了。

# 六

我要是有勇气一个人出击,我才不带你呢。带上你,我们是双飞燕,再风光的事情我们得平分秋色,不带上你,我是一枝独秀。

中秋节,妇联组织了一次大型的联欢团圆会,放在市委大会堂,邀请全市各界妇女代表参加,摆了几十张大桌。妇联机关的干部,分到各个桌子上,陪着大家,边喝茶吃月饼水果,边聊天,边听领导讲话,边看文艺演出。万丽分到的是六号桌,虽然是序号还挺靠前的,但恰恰是离一号桌最远的一桌,因为桌子的排列是按序号排下去,再折转过来,离一号桌最近的是二号、七号和十二号。万丽知道自己是六号桌的时候,还觉得李主任伊豆豆挺关照自己的,至少没有排到最后的桌上,因为以她在单位里的资历,也是可以把她排到最后的。万丽心生着感激,在大厅里寻找自己的桌子,结果发现是在最远的角落里。各界妇女中,最有头有脸的几个,当然是在一号桌上,其他一些有知名度的人物也都在靠近主桌的桌上,到了万丽这一桌上,就是比较一般的人了。也都写着席位卡,但万丽看了看,却基本上都不知道谁是谁。万丽一边往指定的位子上坐,一边听到主桌那边打招呼的高潮不断地传过来,她这一桌上,互相间都不认识,有一点冷场,万丽心里不免有一点落寞,但还是以工作为重,这桌上她是唯一的主人,她得热情招呼大家,便赶紧坐下来,先自我介绍了,又看着席位卡说,我们都互相认识一下好吗?你是张娟?哪个单位的?那个叫张娟的女同志正要说话,李主任却穿过前边的几桌一路喊过来,小万,小万,万丽,你在哪一桌?万丽站起来答,我在这里。李主任已经到了跟前,说,小万,你过去,坐那边,右边那排的第一桌,我看看,是几号桌?因为隔得比较远,看不清那个桌号,李主任在心里数了一下,说,是十二号桌,你过去吧。万丽有点不知道所措,李主任说,是许大姐叫你过去的。

万丽过来的时候,果然就被第一桌上的许大姐叫住了,被介绍给第一桌上的市领导,许大姐说,这是我们妇联的才女,万丽。领导们看着万丽都笑眯眯的,万丽没有思想准备,一下子闹了个大红脸。许大姐也向万丽一一介绍了桌上的领导,介绍到向问向秘书长的时候,万丽慌乱的心情已经平静一点了,她以为向秘书长会跟她多说几句,至少会提一提她的文章,不料向问却和别的领导一样,只是微微点了一点头,笑意甚至还比别人少一些,倒是市人大的方副主任"啊哈"了一声,说,想起来了,万丽万丽,我说这名字怎么这么熟啊,向秘书长跟我推荐过你的文章。他说话的声音很大,哈哈的,旁边桌上的人都听见了,有人往这边看着,万丽被向问的态度稍稍冷落的心情,又热了起来。方主任的情绪很高,握着万丽的手又说,万丽万丽,你是中文系毕业的吧?因为他是坐着,万丽站着,所以她得微微躬着腰,凑近一点,万丽点了点头,感觉着方主任手心里的温暖。方主任说,怪不得向秘书长那么欣赏你的文章呢。许大姐笑道,难道方主任不欣赏吗?方主任说,欣赏也要有水平的啊,我这样的大老粗,要想欣赏还怕欣赏不到点子上呢。许大姐的位子在方主任和向秘书长中间,她站起来张望了一下,看到李主任还在穿梭着,就对万丽说,小万,你替我陪一陪领导,我找李主任交代个事。说着,手在万丽的肩头轻轻按了一下,万丽不由得就坐下了,心里却是乱的,理不清思绪,想不通许大姐为什么要把这样一个机会给她。

万丽虽然被方主任拖着说话,但她的心思却在向问身上,虽然向问表情严肃,不苟言笑,对她的态度不冷不热,但不知怎么的,万丽一坐到他身边,就有一种奇怪的感应,觉得他们的心是沟通的,所以在方主任说话停歇的空当里,她主动跟向问说,向秘书长,谢谢您对我的鼓励。向问点了点头,说,你那篇"女干部在经济振兴中的作用和贡献",我看了。万丽脱口说,您已经看到了?"女干部在经济振兴中的作用和贡献"就是万丽在许大姐的指点下精心写成,准备送给向问看的。万丽写成初稿后,根据许大姐的意思,给许大姐和余建芳各交了一份。万丽原以为许大姐要提意见,让她修改后再说的,却不料许大姐已经送给向秘书长了。万丽自己并不是十分满意这篇文章,本来不应该这么快就拿出去的,因为许大姐催了,也因为考虑到还有着许大姐这一关,至少还有个修改的机会,所以才交了。现在知道向秘书长已经看了,心里就有点忐忑,等着向秘书长的评判。但是向问没有提这一篇,却说,小万,其实你有一篇文章,题目好像是"当代妇女自然人格和社会人格和谐统一论",别人可能没怎么注意,我倒觉得有点意思。这篇文章市委的《情况通报》并没有转,只是登在妇联的《妇女通讯》上,想不到向秘书长也注意到了,万丽心里一激动,不由得说,向秘书长,您对我——向秘书长没让她说出感激的话,说,你以当前农村妇女地位仍然低下的具体情况为出发点,从封建社会妇女的初夜权谈起,谈到妇女解放和回归的问题,理论联系实际,很生动,也很有说服力——向秘书长的一番话,说得万丽倍感振奋,可没想到向秘书长突然话锋一转,说,可是你自己有没有感觉出这篇文章有一个致命的缺陷?他看万丽有些茫然,又说,你自己的观点呢?在这篇文章里,你的观点是模糊的,是不确定的,你强调妇女要从封建的牢笼中解放出来,分析得很好,你对激进的女权主义进行了剖析和批判,这也不错,虽然你在文章最后提出当代妇女应该让自然人格和社会人格达到和谐统一,但是你没有对你的这个观点进行论述,可以看出来,在妇女自然人格和社会人格统一的这个问题上,你自己就是左右摇摆的,你不知道出路在哪里,是不是?万丽红着脸点了点头。向秘书长又说,小万,你要记住,写文章,最重要的是要有自己,观察事物,就要有自己的眼光,观察事物以后,要形成自己的观点,不要人云亦云,人云亦云是写不出好文章的,这是一;第二,观察事物也好,形成观点也好,人要站得高一点,要把眼光放远一点,如果当下发生什么,就看到什么,虽然看起来贴得近,实际上却是落在了形势后面,因为形势的发展,快得不以你的意志为转移,所以,要有一点超前的意识。向问说这些话的时候,面部几乎没有什么表情,语气也不重,很平淡,但每一个字都深深烙在万丽的心里了。万丽自己也不太明白,怎么能够从向问的格外严肃的外表下,看到他对她的真心而深切的关怀,与方主任那样热情握手打哈哈性质是不一样的。

　　会快开始的时候,许大姐归位,万丽到了十二号桌,那里没有她的席位卡,但是已经空出一张给她的位子,她就坐下了。领导和妇女代表讲了话后,就开始文艺演出了,会场的气氛更宽松一些,有人开始走动,先前没有打上招呼的,去补打招呼,也有的干脆调换了位子,坐到一起,谈工作的谈工作,拉家常的拉家常。伊豆豆像只燕子一样在会场上来来回回地飞着,她穿了一件桃红色的羊毛套裙,围了一条金光闪闪的围巾,因此又像明亮的闪电,一会儿闪一下,一会儿闪一下,吸引了好多人的注意。所以,虽然是妇女云集的会场,甚至还有一些文艺界的女名人,穿得也一样光彩照人,但伊豆豆仍然是会场上最亮的一道色彩。但在万丽看来,伊豆豆今天的打扮,品位又落回去了。伊豆豆那天说,要开始研究品位了,伊豆豆是有悟性的,怎么可能研究出这样的结果来?万丽起先还有一点疑惑,但是看到会场上大家集中的目光,才明白了伊豆豆的用意,在今天的会场上,伊豆豆是降低了自己的审美水平,委曲求全,这才达到了她所要的效果。相比起来,万丽的决定就带有盲目性了,她今天穿就是那件外贸加工的水灰羊绒衫,虽然质地档次款式都不差,但是因为色彩的暗淡,尤其是在那样大的场合下,一下子就被淹没了。如果不是许大姐先前拉她到主桌上转了一下,万丽在今天的会场上,存在就等于是不存在的。但反过来说,正是因为许大姐的这一拉,万丽本来灰暗的色彩就显得亮堂多了,与伊豆豆的靓丽,是一种不同的效果,但似乎更具分量。一直到散会的时候,有个女演员走在万丽身边,说,你这件衣服,是在外头买的吧?万丽心想,到底还是有人识货的,可惜这样的人不多。万丽又想,下一次有这样的场合,我是像伊豆豆那样降低水平迎合大家呢,还是坚持自我?她忽然又想起向问的话,写文章最重要的是要有自己,做人难道不也是吗?穿衣服难道不也是吗?

　　伊豆豆后来也跑到万丽这桌上来了,这一桌的主要领导,是政府办公室的刘主任,伊豆豆就直接跑到刘主任的身后,倚着,手搭在刘主任的肩上,脸勾到刘主任的脸边,说,刘主任哎,我们的报告你交给马市长了吗?刘主任笑道,伊豆豆派给我的活,我敢不干吗?伊豆豆道,刘主任不关照我,谁关照我呀。刘主任说,关照你的人,不要太多噢。一桌上的人,都在朝他们笑。刘主任又说,对了,你们的报告有没有给财政局也送一份,这件事情,马市长就是批了,也还得财政局拿钱操办。伊豆豆轻轻地拍了拍自己的脸颊,说,哎呀,我这眼睛里只有刘主任、马市长,就没有别人了。伊豆豆跟刘主任说话的声音语气,都和平时在单位里呱啦呱啦的爽快又不大一样了,声音又轻又软,语气又柔又嗲,语速也慢了许多,还拖着长长的尾调。伊豆豆应酬过刘主任,就到万丽这边来,屁股和万丽挤在一张凳子上,手搂着万丽的腰,示意万丽朝后面一张桌上的余建芳看,说,你看看余建芳,小脸都气白了。万丽知道伊豆豆说的是许大姐拉她到主桌上介绍给领导的事情,她不便回答,只好笑了一下。伊豆豆也"嘿"了一声,就跑开了,过了片刻,端着自己的茶杯来了,对万丽说,拿起你的茶杯。万丽说,干什么?伊豆豆说,交际。万丽说,又不是酒。伊豆豆说,茶话会以茶代酒嘛。前边舞台上演出在继续,伊豆豆要拉着万丽举着茶杯去给人家敬茶。万丽觉得这样做太没道理,也太张扬,也太做作,要想引人注目也不应该是这样的做法,也许伊豆豆可以这样做,与她身上的气息还是吻合的,但万丽不行,她觉得自己不合适。就不肯走,说,你自己去吧,我都不认识,交什么际。伊豆豆说,不认识才要交际嘛。万丽仍然不去,赖着说,你去就得了,干吗要拉着我。伊豆豆说,你以为我是许大姐,要隆重推出你啊?才不呢,我是拉你壮我的胆,我要是有勇气一个人出击,我才不带你呢。带上你,我们是双飞燕,再风光的事情我们得平分秋色,不带上你,我是一枝独秀。你别看我脸上笑得灿烂,心里还是有点抖乎乎的。万丽拿伊豆豆没有办法,不由笑了说,你也有胆怯的时候?伊豆豆说,要是敬酒,我有足够的勇气,这敬茶嘛,本来有点不伦不类,怪怪的感觉,是不是?万丽说,知道怪怪的,就别去了。伊豆豆说,你不懂这是机会?你懂的!就应该去抓住它。万丽说,看见一个人的钱包掉在地上,旁边又没有人,是不是机会?你会去捡起来放进自己的口袋吗?伊豆豆说,你也把这事情看得太那个什么了。顿了一顿,又说,但是你这样看了,我倒也不能去了,要不然,不等于我捡了人家掉的钱包放进自己的口袋吗。伊豆豆这么一说,万丽倒觉得自己有点过分顶真了,不仅自己不去抓住机会,还把伊豆豆要抓的机会给搅了,她心肠一软,想说,要不,我就陪你去。但话到口边,硬是没有说出来。伊豆豆也没往心上去,端着茶杯回到自己的桌上,一坐下去又谈笑风生了,倒是万丽心里疙疙瘩瘩了好半天,一会儿觉得伊豆豆说的抓住机会是对的,尤其像她这样新来乍到的同志,不利用这样的场合给别人留下深刻一点的印象,以后要想结识这么多的人和关系,还不知要到猴年马月呢。但是想到穿梭在会场上,众目睽睽之下浑身不自在的滋味,却又是很不好受的。这么想过来想过去,犹豫来犹豫去,心里很烦,觉得自己才进机关这么几天,怎么就已经变得这么患得患失、小肚鸡肠,过去听人家形容机关的女同志,是捂熟的花,开也是会开的,但不新鲜,不生动,因为不是自然界的阳光雨露培育出来,而是呼吸着机关里特殊的空气长起来的,刚刚开出来,就好像已经枯萎了。万丽没想到,自己刚来不久,就已经开始有了被捂的感觉。

## 七

**万丽说,我不明白,我和许大姐无亲无故,她为什么要把机会一次次给我?伊豆豆说,你以为她是给你的吗?说出来后,打了打自己的嘴说,这张烂嘴。**

中秋节联欢会后不久,市里召开全市宣传工作会议,是个大规模的会,纪律比较严,与会代表即使是家在本市的,也都要吃住到会上。妇联这头,应该是余建芳去的,余建芳也作了些准备,打算在小组讨论的时候发言,发言的内容,也都跟许大姐汇报过,许大姐在基本赞许的前提下,提了几点建议,余建芳回来重新整理过,就形成了一篇完整的发言材料。但开会前一天,许大姐却接到桥州市妇联的一个邀请,桥州市召开新一届妇女代表大会,许大姐要去祝贺,让余建芳陪她去,余建芳愣了愣,说,明天是市里的宣传工作会议。许大姐说,那是个大呼隆的会,一直开到村一级呢,村的宣传委员都参加,你想想这会能不大呼隆?就让小万去吧。余建芳不好再说什么,她是个组织纪律性很强的同志,对领导的话从来说一不二的,领导布置的任务也从来没有讨价还价的。这天下午,余建芳就埋头写贺词,万丽作参加会议的准备工作,但心里有些不摸底,幸好余建芳先前已经认真地写了一份发言材料,万丽就向余建芳要过来看看,好对会议的情况有所了解。余建芳听到万丽问她要发言材料,头从稿子上抬起来,因为写得投入,眼睛都有点迷茫,她开始好像没听懂,呆呆地看着万丽,万丽又说了一遍,余科长,我想借你的发言稿——余建芳这才听懂了,拉开抽屉,翻了翻,脸上有点奇怪的表情,说,咦,怎么不见了?万丽知道余建芳不愿意给她,还玩这种低劣的小把戏,开始万丽差一点要笑出来,但看着余建芳装傻的样子,心里却倍感窝囊,余建芳人虽老实,甚至有点愚蠢,但实在是那种傻进不傻出的自私的人,心胸也太狭窄了,气量也太小了,天天守着这么个人上班,也真没劲,这么想着,不仅笑不出来,脸也不由自主地板了起来。余建芳倒是注意到了,说,小万,我这会儿正赶这篇贺词,一会儿空下来再替你找一找。正说着,伊豆豆进来了,手里拿着一张纸,说,余科长,这是贺词,许大姐已经看过了,你要不要再看一看?余建芳张了张嘴,愣了好一会儿,才说,许大姐看过了,我就不看了。万丽想,余建芳不用写贺词了,她刚才答应替她找发言稿,也肯定不会替她找,不知道下面又会拿什么鬼话来应付她,她不想听,就跑出来上厕所。伊豆豆也跟出来了,说,万姐,今天情绪不高嘛。万丽说,开会又不是开我的会,都是单位的事情,她写好的现成的发言稿都不肯让我看一看,也太狭窄了。伊豆豆说,换了我,我也会狭窄的。万丽说,你不至于吧。伊豆豆说,你换到她的位子想一想呢,你不来的时候,是怎么样的,你一来了,连市里的会都不要她参加,要你参加了。万丽说,这是冤枉的,许大姐也是临时接到人家邀请,要带中层干部去,她是科长,中层干部,我们小兵一个,想去给人家祝贺还挨不上呢,她吃的哪门子醋呢?伊豆豆说,你还真信许大姐啊?人家桥州那妇联大会的邀请,一个月前就来了。伊豆豆看万丽不相信的样子,两手一摊,说,是我收的信嘛,我怎么不知道,关键是许大姐需要它什么时候出现才出现嘛。万丽说,那你的意思,是许大姐有意不要余建芳去参加这个会?她自己说的,这可是个大呼隆的会,一直开到村宣传委员呢。伊豆豆说,大呼隆是对一些人而言,对大部分人而言,但对另一些人,对少数人来说,再大的呼隆也是机会。万丽说,我不明白,我和许大姐无亲无故,她为什么要把机会一次次地给我?伊豆豆说,你以为她是给你吗?说出来后,打了打自己的嘴说,这张烂嘴,无遮拦。一边笑着又说,不过你也别自我感觉太好了,余建芳刚来的时候,许大姐也是这样抬举她的,只可惜她是个扶不上的刘阿斗,成事不足败事有余。万丽不承认伊豆豆说的话,说,你也把余建芳说得太没用了吧,我看余建芳可是个处处用心的人。伊豆豆说,正因为她太用心,太巴结,但水平低,智商又不高,就坏事嘛。伊豆豆说,余建芳刚进妇联时,有一次许大姐开会讲话,讲完之后,让大家谈体会,余建芳不会说话,还偏不肯落后,要抢先,结结巴巴地说,许大姐的讲话,讲得非常好,真的非常好,非常非常的好,还很重要,真的很重要,非常非常重要——说了半天,就没有一句是实在的话,连许大姐都忍不住了,说,余建芳,你不要左一个好右一个重要,说得实在一点好不好,比如,我的讲话,到底说明了什么问题,你可以结合自己的体会谈一谈嘛。余建芳说,我的体会就是,许大姐的讲话,说明了,说明了许大姐德高望重。大家差一点喷出隔夜饭来。许大姐笑道,德高望重,一般是职位很高的同志,或者年纪很老的同志了,我的职位也没有那么高,我这人,也没有那么老吧?余建芳竟没有自己的脑子了,顺着许大姐的话往下说,有的,有的,您有那么老的。

万丽实在忍不住,喷地笑出来了,回到办公室,笑还没有收得住,一看到余建芳的脸,就又想联到余建芳说"您有那么老"的样子,就笑得更厉害了,眼泪都渗出来,肚子疼得弯下了腰。余建芳莫名其妙地看着她,嘀咕了一句,痴了,就出去上厕所了。万丽笑过之后,静下来想一想,如果伊豆豆说的都是真话,余建芳的事情,也包括她说自己和"王公子"谈对象没有成功的事情,如果都是真的,那倒说明许大姐是个相当有涵养,心胸相当宽广的领导。至少许大姐在万丽面前谈起伊豆豆,谈起余建芳,评价都是很公道的,很实事求是,不带偏见。

第二天去开会前,万丽犹豫了一下,总结了上次妇联茶话会的经验教训,穿了一件红白相间的蝙蝠袖毛衣,照了照镜子,觉得有点刺眼,想换掉,但一瞬间脑海里涌现出上次伊豆豆穿桃红套装时的风采和自信,就坚持下来,没有换。路上有点堵,万丽赶到会场时,已经稍稍迟了一点点,后面大半的座位都已经坐满了。一眼看过去,全是深色的西装和乡镇企业生产的土灰夹克衫,给人的感觉特别沉闷。因为往后面坐的人多,就有负责会议安排的同志站在会场的过道上,扬着手,对每一个进会场的人喊道,往前排坐,往前排坐。万丽本想挑个后排的座位随便一坐的,却被硬往前边拱,这一拱,这一走,她的服装,她的轻盈的身材,就给黑压压灰沉沉的会场中带来一道惹眼的亮丽。主席台上长长的一排,也已经有好些领导入座了,他们在台上也注意到会场上的这点亮色,虽然不好老盯着看,但毕竟也多给了几眼,看看这个给沉闷的会场带来春风的女同志是谁。

上午的会议结束后，是工作餐，主持人餐前说，因为下午的安排很紧，先开大会，再小组讨论，再集中，中午就不安排酒水，晚上市领导宴请大家。因为人多，餐也简单，大家乱哄哄地一吃，就回房午睡了，也都没有来得及打什么招呼。万丽早晨进房间的时候，同住的女同志已经到了，可能放下东西就走了，万丽没有碰上。现在万丽用了餐回来，她还没有到，万丽就在靠墙的床上坐了，将会议的材料再翻看了一下，犹豫着下午小组讨论时要不要发言，该发什么样的言，就听到钥匙开门了，同住的人进来了。两个人自我介绍一下，同住的叫徐英，是元洲县委宣传部的，三十多岁，是个热情的自来熟，一开口就说，吃饭时我们一桌上的人，都在议论你的衣服。万丽心里一下子有点乱，觉得自己可能没有把握好分寸，太惹人注意了，会场上也有好多女同志，难道她们的审美眼光都那么差，难道她们都不知道什么衣服好看什么衣服不好看？徐英好像看出了万丽的心思，赶紧说，小万你别误会，大家说你好呢，尤其那些男同志说得厉害，都说，现在都什么年代了，你们这些女同志，干吗都还穿得跟老大妈似的，这不是存心跟我们的眼球过不去吗。墙边一溜放着几个包，都是徐英带的，徐英边说话，边去打开其中一个，说，其实我也带了衣服，只是不知道穿不穿得出去，现在好了，有你做榜样，下午我就穿。取出两件衣服给万丽看，都比她身上穿的要亮多了。徐英想说的话很多，问万丽，小万，你中午有没有午睡的习惯？万丽说，一般不睡。徐英说，那就好，我也从来不午睡。她一直和万丽聊天，先讲衣服，又讲自己的家庭，后来又说基层工作的辛苦和下面的一些实际情况，最后还说到了这次会议的主题等。

到下午万丽才发现，徐英还代表了相当一部分女同志的想法，因为下午的会场上，万丽就已经不是一枝独秀了，好些女同志都换了衣服，会场的气氛，鲜活多了。下午的下半段是小组讨论，万丽被分在市机关一组，组里的同志，多半是市级机关各部门宣传科的科长副科长,大家都张科长李科长地打着招呼,老同志为多,也有少数几个像万丽这样新来不久的,多少有些拘谨。召集人是市委宣传部的李副部长,他先让大家自我介绍了一下,调节一下气氛,凡是李部长认识和熟悉的,在他们自我介绍的时候,李部长就插一两句话,补充一下,比如一位王科长自我介绍,多说了自己几句,李部长就善意地说,今天不是王婆卖瓜,是王公卖瓜,大家也是一阵善意的笑,气氛果然活跃多了。万丽介绍自己的时候,李部长"哦"了一声,说,你就是万丽啊。万丽也不太知道他什么意思,但推想起来,至少李部长听说过她的名字,果然李部长又说,万丽是妇联的女才子啊。大家都友好地朝万丽看,万丽脸面上有点不好意思,但心里是很高兴的。

  小组人很多,时间却不多,只有半个下午,而且有好几个人手里都已经拿着准备好的书面讲话稿了,这些人是肯定要讲的,所以万丽衡量了一下,觉得基本上轮不到她发言,心里也踏实了些,毕竟第一次见这么多的宣传干部,要是叫她发言,她还真有些心慌。果然大家争先恐后地发言,连续讲了五个人以后,第六个准备发言的人已经咳嗽了一声,大家的目光也都盯着他去了,这时候李部长却笑着做了一个并不太明确的手势,说,我们宣传这条线,年轻的同志不多,是不是听听年轻同志的想法?小组会上年轻同志虽然不多,但也不是只有万丽一个,可不知为什么,大家一听李部长说"年轻的同志",就都觉得这"年轻同志"指的是万丽,目光就齐齐地从那个准备发言的同志身上,转到万丽身上来了。万丽一下子有点手足无措,心里慌了一慌,但知道事情已经逼到眼前,不说是不行的了,心里迅速地闪过了中午徐英提到过的一个话题,就按照自己的理解简短地说了一下,大家反应平平,万丽就很懊悔,觉得还不如不说呢。

  晚宴果然是热闹的,因为有酒,菜也丰富,大家的情绪与午餐时完全不一样了。开席不久,万丽就看到徐英举着酒杯到处跑,这一桌赶到那一桌,万丽不由想到了伊豆豆,她甚至还想拿着茶杯一桌一桌地跑呢。万丽不知道自己该不该也离开桌子去敬一敬酒,但她可以敬的也只有向问的那一桌,可如果只是去向问那一桌敬酒,给人的感觉,就是只敬主桌,只敬市领导。万丽考虑了半天,最后还是没有去。

晚餐结束回房后,徐英赶紧给自己泡了杯茶,也顾不得烫,扑扑地吹了几口就喝起来,说,人家都说酒后不能喝茶,可是我习惯的,酒后不喝茶,我的酒就下不去。她用手比画着,好像那些酒正堵在她的胸口。徐英喝过茶,就到墙角去扒拉那些包包,一个一个地打开来,万丽看到里边是一袋一袋用塑料网兜装着的白果,徐英也不避万丽,一边往外拿一边说,这是刚刚下来的新鲜白果,营养价值很高的,还防癌,日本人喜欢这个东西。万丽也知道元洲县的南山乡是水果之乡,盛产白果,她点了点头,说,是南山的吧。徐英说,难得来市里开一次会,许多老领导,对我们元洲都很关心的,借这个机会,给他们带一点心意。说着,提了一袋放在万丽床边,小万,你也尝尝鲜。万丽有点不好意思,但徐英不等万丽说什么,提了几袋就走,走到门口又回头说,一次拿不下,一会儿我还回来拿,要跑几趟呢。话音未落,就出门了。屋里刚静下来,万丽就听到外面的声音,大概是一个熟人在走廊里看到徐英了,说,徐英,急急忙忙到哪里去啊?徐英说,哎呀,是张科长,正好碰到你了,正要去找你呢——下面的声音就听不太清了。

徐英像一阵突然而至的大风,把万丽的心刮得有点乱,现在这阵风虽然刮出去了,但万丽的心却平静不下来,情绪不太稳定,好像觉得自己不应该坐在屋里发呆,但是不坐屋里发呆又能干什么呢。她毕竟和徐英不一样,一则,她是新来的同志,跟其他人还不太熟悉,徐英有一直关心她的老领导,她没有;二来呢,徐英是基层来的,性格又很外向,大大咧咧,好像全然无所顾忌的,换了自己,就算具备徐英这样的条件,恐怕也不肯提着一兜一兜的白果去一房间一房间地送领导。正胡乱想着,就听钥匙开门的声音,徐英已经又进来了,又弯腰去提白果,边苦笑看了看万丽,说,还是你省心。万丽说,送掉了?徐英"嘿"了一声,说,送东西也不好送啊,本来不在计划中的人,你碰到了,看到你手里提着东西,你不能不给他呀。万丽开玩笑地指指徐英给她的那一袋,说,我这一袋也是半路打劫来的。徐英说,你另当别论,你是朋友。万丽听她这么说,心里有些感动。徐英说,所以,每次我都是备足了的,都会比名单多备几份,但到后来,总是该送的没有全送到。顿一顿,又说,也怪我,心肠不硬,人家心肠硬的人,谁看到了也无所谓,名单上没有的,就不送,打个哈哈就过去了,可我就是过不去,人家明明看到你送礼去。万丽体会得到徐英的这种心情,说,这倒是的,看见了是挺尴尬的,换了我,我也做不到。徐英本来已经提了白果要走,听到万丽说话,停了下来,说,有时候,我倒觉得,女同志和女同志说话,更能互相理解和体谅。说着干脆坐下了,又喝茶,又说,唉,每次来开会,怎么说呢,又高兴,又是个负担,渐渐地,就负担大于高兴了。她将杯子里的茶水喝个精光,万丽替她加满了水,徐英说,不喝了,还是得鼓足勇气去送呀。万丽原以为徐英大大咧咧什么也不在乎,现在才发现她心里也是有别扭的,万丽点了点头,表示能理解。徐英说,来之前,光排这送礼的名单,就好难排啊。理解的人,还能理解,不理解的人,就说是拍马屁,拉关系,跑官,什么都说。其实这一点点白果,真的就是一点点心意,要是一袋白果就能跑到官,那这官也太好跑了。万丽说,不送怎么样呢?干脆不送,就没有负担了。徐英说,唉,开会是个机会,你不抓住机会,下次还不知等到哪一天再有机会呢。再说了,这个机会你不抓,那个机会你不抓,最后机会就不理你了。万丽想起伊豆豆那天在联欢会上也说机会,也要去抓机会用茶水去敬人,结果却被她无意中用捡钱包的比喻打消了念头。其实徐英的话也是自相矛盾的,既是一点点心意,又是抓机会,到底要抓什么机会呢。但万丽觉得,自己多多少少能够体会一点徐英的意思。

　　徐英又走了，屋里有点闷，万丽推开窗朝楼下看看，楼下是一个很大的院子，天色虽然已经暗下来，但依稀能够看到有三三两两的人在院子里散步聊天，万丽带上房门，也下来，刚走出大楼，迎面就看到向问和几个人一起从对面边说话边过来。万丽到会上后，一直是处在许多陌生的面孔中，甚至有一点孤立无助的感觉，这会儿看到了向问，好像一下子看到一个亲人，不由喊了一声，向秘书长！向问微微笑着向她点了点头，这是万丽头一次见到向问的微笑，心里顿时涌起一股暖流。另几个走在向问身边的干部，都和向问打招呼说，向秘书长，我们先走了。向问点着头，他们就走开了，万丽说，向秘书长，您也住在会上？向问说，市委特意找这么个偏远的饭店开会，就是为了让大家回家不方便，安心开会，要不然，这会儿恐怕都跑差不多了。万丽点了点头，这么近地站在向问面前，刚才一瞬间产生的向问像亲人的那种感觉已经被紧张的情绪取代了，下边都不知道该说什么了。好在向问知道万丽紧张，所以一直没有放下和蔼的微笑，说，小万啊，头一次参加这样规模的会议，觉得有点乱吧。万丽说，大部分人我都不认识，也不知道该怎么办。向问说，那我就算是你的一个熟人了。说得万丽不好意思起来，紧张的情绪也缓解了一些，但还是没有更多的话可说，也许因为站在当院，不太自在的缘故，万丽觉得，面也照过了，招呼也打过了，应该走开了，但心底深处却有个声音在说，机会，机会。好像是伊豆豆的声音，又好像是徐英的声音。这个声音拖住了万丽的脚步，更拖住了万丽想逃离的心思。心思一集中，万丽忽然就有词了，说，向秘书长，上次那篇稿子，听了您的意见，我明白了许多，后来又改了一稿，这次带来了，想请您再看看。向问点了点头，但没有说话。万丽看不出他是欢迎还是不欢迎，硬着头皮说，您晚上还有工作吗，过一会儿我送到您房间可以吗？向问说，行。

　　其实万丽的稿子还没有来得及改，带是带来了，但仍然是给向问看的那第一稿,是不可能再原样送给向问看的。刚才情急之中,要有借口,就这么说了,现在要拿了稿子去,倒是逼到绝境了,赶紧坐下来,试着能不能立刻改出一点来。也是奇怪了,本来这一天下来,脑子里乱哄哄的,可一坐下来,一看到稿子,一进入思考,万丽不仅思想高度集中,而且思维也意外地活跃,意外地兴奋,把那天联欢会上向问跟她说的话,一句一字都回忆了起来,以向问的观点为指导,哗哗哗地就把文章改了一遍,通读了一下,自己也意想不到这么顺利。

万丽一进向问的房间,就注意到他房间的墙角也像徐英的墙角那样排着一排东西,但不同的是,这不是向问带来的东西,而是别人送他的,所以那些袋袋包包都不一样。有的看得出是烟酒茶之类的,也有的包得严严实实,看不出是什么东西。万丽想到这时候徐英还得提着白果一房间一房间地敲门,不由想起一句老话,罗汉拜观音好拜,观音拜罗汉难拜。徐英和向问都是观音,但徐英这个观音,要去拜好多罗汉,而向问这个观音,却有好多罗汉来拜他,到底是不一样的。向问走过去拿了一袋茶叶来,放到万丽面前,说,小万,这是北坞乡茶场的雨雾茶,虽然名气不大,但品位相当高,你拿一点去尝尝。万丽一下子站了起来,脸都红了,说,向秘书长,这怎么可以,我什么都没有——向问却摆了摆手,不让她往下说,继续说道,写文章,我是深有体会的,要集中注意力,要镇定神经,像我们男同志呢,还有个烟可以依赖,你们女同志,恐怕也不会去抽烟,茶是镇定神经的好东西,而且对身体有益无害。万丽心里很过意不去,但也只能点点头。向问又说,过去你可能只是听说茶会使人神经兴奋,有的人到了晚上,甚至到了下晚、下午就不能泡茶喝了,喝了晚上睡不着觉,头一回听说茶能镇定神经吧。万丽说,是的。向问说,那就是各人的体会不同了,我对茶的体会就是这样,我睡觉前,还就喜欢喝一开新泡的茶呢,以后你试试。向问不跟万丽说文章,也不说会议上的事情,却说起茶来,万丽虽然不太了解茶,但话题到了这里,也不能不说一点茶。她说,我老家是产峰泉茶的,峰泉茶从前也是五大名茶之一,后来渐渐不行了,但这一两年又有点起来了,峰泉人又重新重视茶文化了,要打茶文化的牌子。向问奇怪地看了看她,说,你不是南州人吗?万丽说,我父母亲是峰泉人,但我是生在南州的。向问说,那你应该算是南州人。万丽说,是的。向问抓了一点茶叶给万丽和自己各泡了一杯,端到万丽面前,万丽赶紧要站起来接杯子,向问说,坐着坐着。万丽就坐着接了向问递过来的杯子,她的手接触到了向问的手,感觉向秘书长的手很柔软,就在这片刻间,万丽忽然想起到妇联工作后第一次下乡开会吃饭,伊豆豆把她安排到陈书记旁边坐,陈书记吃饭时,一高兴起来,一激动起来,或者一说到什么有意思的话题,都会拍一拍她的手背,他的手又硬又糙。那样一拍一拍的,虽然很自然,并无什么不健康的意思和格调,可万丽却更愿意像伊豆豆那样,有一点"距离美"。只不过,如果真的要了"距离美",这会儿,她恐怕也不会坐在向秘书长的房间里了。万丽胡乱想着,心里不由有些紧张慌乱起来,房间虽然很大,窗也开着,很通风,但她却有些憋闷,有些透不过气的感觉。向问已经坐回到自己的沙发上,指了指茶杯,说,小万你自己看情况,要是晚上不能喝茶就别喝。万丽这才把心放平稳了些,说,我倒没有试过,今天试试看。向问的话题很广泛,谈得最多的是他自己的一些经历,他说,小万,人要想干出点成绩来,不经历千辛万苦甚至千难万险是不行的。万丽听了向问的话,对向问的敬佩和尊重更多了几分。她本来鼓足勇气找了借口来见向问,是要跟向问说点什么,至少给他再留下点文章以外的印象,但这会儿却意识到了,自己在向问面前,说什么都是多余的。后来向问也说到了写文章,但没有具体谈万丽的稿子,他说写文章也一样是要下苦功的,没有捷径可走。

万丽匆匆改就的稿子还一直没有拿出来,她一直在等机会,看向秘书长是不是会问起,但是向问始终没有问,使得万丽越来越觉得这稿子拿不出来了。开始她还有点着急,觉得自己是以稿子为借口来看向秘书长的,结果却不拿出来,这不大好交代了,但后来她也渐渐地有些明白了,就像她自己并不完全是想请向秘书长看稿子才来找向秘书长,而向秘书长,恐怕也不完全是为了要看她的稿子才约她来的。向问的烟瘾很大,说话的时候,一根接一根的,中间甚至不间断,都不用火柴的。他就这样说话,抽烟,和万丽先前的印象大不一样。他的言谈,彻底打消了万丽因为见向秘书长而产生的乱七八糟的杂念。一直到谈话快结束的时候,万丽想跟向秘书长说听君一席话,胜读十年书,这是她的真心话,又觉得有点俗,但除了这话,别的又不知道说什么好,方才体会到自己有多笨多蠢,连句现成的好话都不会说,想得到的,又说不出口来,又有多迂。倒是向问反过来向她表示感谢,说,小万,跟你东扯西扯,不知不觉,谈了这么久,耽误你的时间了。向秘书长站了起来,万丽也赶紧站起来,两人面对面站着了,万丽又感觉呼吸有点困难,心头"怦怦"乱跳,向问却微微笑着伸出手,和万丽握了握,送着万丽到门口,向问拉开了门,万丽走出去,向问向万丽摆了摆手说,小万,回去早点休息吧。万丽点头说,向秘书长再见。

万丽回到房间,徐英已经回来了,正在卫生间洗漱。徐英放在墙角的东西全拿走了,房间里空空的,但万丽却觉得自己的心里很充实,正品味着这种满足的感觉,徐英已经从卫生间出来了,看到万丽已回来,高兴地说,嘿,小万回来了。万丽点了点头。徐英坐到床上,拿过自己的包,从里边掏出钱包,拿出一张照片,递给万丽,小万,这是我儿子,小胖子。万丽接过照片一看,果然一个可爱的小胖墩。万丽说,几岁了?徐英说,五岁,我二十七岁结婚,已经晚了,婚后两年又都在忙工作、学习进修,所以耽搁了。那几年我压力很大,我婆婆一看到我,眼睛就盯住我的肚皮,亲戚朋友也是不断地打听,快有了吧,快有了吧,后来甚至还怀疑我不能生,有一次,有个亲戚抱了自己的孩子来我家,一定要过继给我,我问为什么,她说听我大姑子说,我们夫妻俩想得开,不想要孩子,所以要过继给我,小万,你想想,一个女同志,正当工作刚刚开始往上走的时候,想晚一点生孩子,多腾出点精力干工作,可压力就是那么大,本来我还想再拖一拖,后来实在也顶不住,就退了一步想想,一个女同志,早晚都得过这一关,就生吧,本来单位正考虑要提我,可一生孩子,一耽搁就是两年。万丽说,女同志没有办法。徐英说,我生孩子时都快三十了。万丽说,也不算太晚。徐英说,还是早一点的好,又问,小万,你有对象了吧?万丽心里一动,摇了摇头,随即又点了点头,但点过之后又有点犹豫。徐英好像很理解万丽又想说又不想说的心情,一边收起儿子的照片,一边说,小万你累了吧,脸色也没有白天好了,洗一洗睡吧,我也要睡了。万丽就去卫生间洗了一下,出来的时候,徐英已经睡着了。万丽轻手轻脚也躺下了,却怎么也睡不着。那边徐英睡着睡着,打起了呼噜,虽然不太响,但万丽失了眠,几次打开床头灯看表,想灯光亮了,能不能让徐英在睡梦中感觉到,从而停止打呼噜,结果灯一亮的时候,徐英果然有所感觉,但只是在睡梦中"嗯"了一声,翻一个身,又继续打。万丽有点急躁,敲了敲床板,徐英张开了眼睛,朝她看了看,说,小万,你睡不着吗?万丽说,睡不着,可能晚上喝了茶。徐英翻身坐起来,下床去取了包,从包里取出两颗药片,放在万丽手里,又替万丽去倒了杯开水端过来,万丽说,是安眠药?徐英说,安定,没事的,我睡不着的时候也常吃的。万丽把药吃下去,说,你也失眠吗?徐英说,我生小孩前,睡眠可好了,头一沾上枕头,就着了,生了小孩就差一点了,但也没有个定数,刚才好像快睡着了。万丽想,你倒已经睡了半夜去了。徐英边躺下去边说,好了,不跟你多说,你就闭上眼睛数数字吧。万丽也曾经听说过睡不着觉数数字的方法,但有人说根本没有用,就问道,有用吗?徐英说,光数数字没有用的,吃了药再数,就有用了。徐英翻身背对了万丽,开始睡了。万丽关了灯,闭上眼,开始数数,刚数到十一,徐英又坐了起来,说,哎,小万,今天我们小组讨论会上,向秘书长提到你了,他说有的人写文章思路特别混乱浑浊,是污泥浊水,后来就说到你了,说你的思路像一条清晰的小溪。万丽说,向秘书长在你们那组?徐英说,连我都感到荣幸呢,我跟我们组的人说,万丽就是和我住一房间的,长得才漂亮呢。他们说,我们知道,就是穿蝙蝠衫的那个人。说完,又躺下,再也没有声音了。万丽又数了一会儿数字,没数多少就睡着了。这是万丽有生以来头一次吃安眠药,效果特别好。

　　第二天大会总结,市委书记在总结报告中,引用了一些小组发言的内容,其中就有万丽说的话。小组讨论的时候,是有记录员的,将小组发言记录后统一交到大会秘书处,万丽猜测这又是向秘书长的作用。虽然书记报告中并没有指名道姓,但重要的是万丽知道这是她说过的话,和她同组讨论的也有几个人坐在她旁边,他们听到书记讲话,也向她微笑、示意。

　　会议下午就结束了,万丽回到妇联,许大姐和余建芳去桥州还没有回来,万丽坐到自己的办公室,想平静一下心情,伊豆豆却后脚跟前脚地进来了,嚷道,嘿,对我还保密啊!万丽摸不着头脑地看着她。伊豆豆又说,哈,看起来对我保密的事情还不止一桩,你在犹豫先说出哪一桩。万丽拿她没办法,我的秘密,都在你手里捏着,还是你先说吧。伊豆豆叹息一声,还说什么废话呢,鲜花插在牛粪上了。万丽乐得合不拢嘴,说,我就喜欢牛粪。

## 八

　　康季平劈头就说,万丽,孙国海不适合你。万丽气得脸都白了,立刻反唇相讥,孙国海不适合,谁适合,你适合?

　　爱情就是这样。爱情来了,牛粪也是香的。别人眼里的孙国海,可能也就是个一般的人,但万丽就觉得他特别好。一想起那天孙国海一迭连声地说不怪我不怪我是你撞我的是你撞我的,她就忍不住要笑,这种甜蜜的笑,从心底最深处的地方出来,又一直笑回到心底最深处去。笑着笑着,康季平的影子,就渐渐地淡了,更淡了。

许大姐从桥州回来后,特意把万丽叫到她的办公室,她已经听说宣传工作会议上,市委书记在总结报告中,引用了万丽小组讨论时发言的内容,许大姐很高兴,鼓励万丽再接再厉。谈完工作,万丽就把自己和孙国海的事情向许大姐汇报了。虽然许大姐并没有提这个话题,但万丽觉得自己应该主动告诉许大姐。许大姐听了,脱口说,小万,你性这么急呢。话出了口,又觉得不大对,万丽已经二十七岁了,再不努力,就进老姑娘的行列了。所以许大姐又说,万丽,我还一直把你当小孩子看呢,其实这个年龄,也是应该谈了。孙国海,是司法局的那个孙国海吧,前些时我也听她们议论过,我不相信,以为她们瞎扯呢。万丽甜蜜地红着脸,说,是真的。许大姐点了点头,停顿了一下,又说,我那天问你,你还说没有对象,我差点给你穿针引线了呢。她虽然口气有一点嗔怪的意思,但万丽听得出来,她并不生她的气。

事后万丽听伊豆豆说,那次中秋节的联欢会上,市委分管农业的副书记替自己的外甥看中了万丽,但不太好意思直接说出来,拖了一段时间,才拐弯抹角地向许大姐打听,可惜已为时过晚。伊豆豆点了点万丽的额头说,幸亏不是分管干部的书记。

万丽万万没有想到,有一个人会跳出来反对她和孙国海,这个人就是康季平。康季平是突然出现在万丽面前的。那一天万丽正在商场替自己未来的新家挑选装饰,康季平突然站到了她的面前,说,万丽,是我。万丽一下子就感觉这不是巧遇,康季平是特意来找她的,但康季平没有说怎么知道她在这里,她也没有问。康季平劈头就说,万丽,孙国海不适合你。万丽气得脸都白了,立刻反唇相讥,孙国海不适合,谁适合?你适合?康季平宽厚地笑笑,仍然坚持自己的观点,孙国海配不上你。万丽冷笑道,你知道他的优点是什么?为人厚道,品格端正……康季平再次笑起来,微微地摆了摆手说,我理解,现在这时候,他在你眼里,什么都是好的,但你们不是一类人,以后会有麻烦的。万丽,听我一句话,你再慎重考虑一下。

毕业四年后头一次见面,就是这样的谈话,谈话的方式和从前一样,康季平一如既往兄长似的关心万丽,但万丽不再是他的小妹妹,因为在最关键的时候,康季平不是兄长,他不配——万丽再次冷笑了,说,谢谢你的提醒,我打算明天就去登记。康季平说,我本来也犹豫过,到底要不要来找你,现在看来我的决定是错了,我不来,你还不会这么急,我一来,反而刺激了你。万丽说,不是因为你,是因为他,因为孙国海,因为我爱孙国海!康季平点头微笑,说,我相信。康季平这么说了,万丽倒傻了,她激烈不起来了,在她内心最隐秘的地方,好几年时间,康季平是一直藏在那里的,一直到孙国海的出现,慢慢地,慢慢地才将康季平的影子挤走,但是现在,这块阴影好像又爬出来。康季平说,万丽,你还是那个聪明可爱的傻女孩,但你要记住,你是一个有野心的傻女孩,你这一辈子,会在无休止的欲望和善良天性的矛盾中痛苦到底,你会将这两者的斗争进行到底。万丽愣了半天,说,我听不懂。康季平固执地说,你听得懂。万丽又顿了顿,说,那谁又不是这样?康季平说,但是,万丽,你是你,你是万丽,你不是任何一个谁,所以,我会跟你说,孙国海帮不上你。话题又绕回来了,康季平一说孙国海的不是,万丽就急,气道,你是想说,只有你帮得上我,但是你无脸再见我,所以你急急忙忙地结了婚。康季平说,你说对了一半,还有一半就是,我会帮你的。万丽说,我要谁帮了?我谁都不要,我靠自己。

谈话不欢而散。万丽赌着气,去找孙国海,要他立刻到单位打证明,第二天就去登记。孙国海被这突如其来的决定弄蒙了,结结巴巴地说,为什么?为什么?万丽气道,你竟然问得出为什么,你不想结婚是不是?孙国海更蒙了,说,谁不想结婚?谁不想结婚?我想结婚的,我说早一点的,可你说要等到五一,今天你又突然要提前,所以,所以我问一问为什么。万丽的一肚子气,在孙国海面前突然就消了,看着孙国海涨红的脸,笑意已经爬满了她的内心,万丽指指自己的肚子,为什么,等不及啦,有孩子啦!孙国海大惊,脸色突然变得煞白,瞬间又转青了,孩子?什么孩子?我们还没有、没有那个什么呢,怎么会有孩子?怎么可能,怎么会有这种事情,不可能的,不可能的!万丽笑得前仰后合,孙国海却好半天没有回过神来。

向问秘书长的到场,使得万丽的婚宴规格提高了许多。本来孙国海单位的几位领导,也因为有其他事情不一定能来,但后来听说向秘书长要到,他们都推掉了其他事情,齐齐地到了。过了些日子,许大姐到市委开会,碰到了市委一把手洪书记,洪书记特意停下来,笑眯眯地看着许大姐,说,老许啊,给你们那个小万带个信,她结婚,请了张三请了李四,就是不请我啊。许大姐有些猝不及防,脱口说,洪书记,小万哪敢请您啊。洪书记笑着摇了摇头,又说,我这个当一把手的,给下面的印象,就这么凶啊,连喜酒都不敢请我喝。许大姐已经调整过来,赶紧说,您工作忙,不敢惊动您。洪书记笑道,还是个不敢嘛。你跟小万说,叫她补请,不然我心理不平衡。走廊里还有其他人,都跟着笑起来。

万丽几乎是双喜临门,结婚不久,就提了宣传科的副科长。征求余建芳意见的时候,余建芳说,我们科一直没有副科长,按道理是应该提一个副科长了,不过万丽来的时间不长,是不是再考察一段时间?但是组织上没有接纳她的意见,组织上认为万丽提副科长已经成熟,就毫不犹豫地提起来了。

余建芳虽然没有完全支持提万丽,但也没有十分反对,她可能考虑到，只要组织上考虑提万丽副科长了，那么她代了很长时间的这个代字，也该拿掉了。可能不止余建芳一个人这么想，万丽也这么想，包括单位里许多人，都这么想。但结果提了万丽，余建芳的代字却并没有拿掉。余建芳左等右等，一直没有等到，她忍不住去找许大姐。许大姐说，余建芳，你是个组织性很强的同志，这些事情，组织上会考虑的，你要服从组织的安排，自己不应该有太多的想法。后来大家说余建芳去找了市委组织部长，在组织部长那里哭了，但是部长也没有给她什么承诺。当然，这都是单位里的人在传说，并没有经过余建芳自己的证实。余建芳一如既往地认真工作，刻苦律己，唯一改变的就是对万丽的称呼，从前她叫她小万，现在叫她万科长。正如许大姐所说，余建芳是个党性很强的同志，对组织的决定，她从来都是没有二话的。

万丽却有点于心不忍，这一阵，自己实在有点春风得意，但好像是建立在余建芳的痛苦之上的，好像自己就是踩在余建芳的肩上爬上去的。其实这种想法是大大的错误的，现在万丽还毕竟只是个副科长，余建芳的科长虽然是"代"，却毕竟是科长，如果有一天，万丽的官衔比余建芳大了，反过来直接领导余建芳了，那又怎么样呢。在机关里，这样的事情多的是。

但在万丽和余建芳这里，这样的事情却没有发生，至少暂时没有发生，因为到下一年，万丽就被调到市委办公室秘书处去了。欢送会上，许大姐作了热情洋溢的讲话，也很动情，她希望万丽不要忘记娘家，妇联本来就是广大妇女的娘家，又是万丽进机关头一个待过的单位，更是亲上加亲，万丽也动情地说，我不会忘记的，永远也不会忘记。

## 九

  **金美人的脸说变就变,刚才还笑眯眯的,一下子就板了起来,说,我告诉你,靠背景是靠不住的,靠脸蛋也是靠不住的。**

  市委办公室的工作和生活,给了万丽一个全新的感觉。虽然一样是机关,一样是坐在办公室里写稿子,但这里是全市的中心位置,与别的部门是有所区别的。就说这机构的设置,在市里,大多数的部委办局,都是相同的处级,既然是处级,那么部委办局里的中层,就是科级。比如在妇联,管宣传的那个部门就叫宣传科,管理论的叫理论科,可在市委办公室就不一样,同样的科级部门,在这里一概都称为处。万丽进的,明明是市委办公室的秘书科,但却称为秘书处,还有后勤处、信访处、接待处等。

  接待处专门负责接待外来宾客,这个部门在其他部委办局是没有的,一般的对口接待工作都由这个单位的办公室统管了。但市委办公室情况不一样,他们的客人,下至兄弟市的市委领导,往上,那就没有底数了,省一级的、中央的干部,甚至党中央国务院领导人,甚至来访的外国元首,都归在这个口子上。后来成立了外办,情况就好些了,但重要的外国客人,也仍然要接待处和外办共同承担的。

  接待处处长是个女同志,绰号金美人,万丽刚来的时候,还没有和她打照面,就听到了这个绰号,以为是个绝世美人。那也是应该,搞接待工作的,如果选了个丑八怪,先就输了几分。但等到一见了面,却把万丽吓了一跳,金美人已经五十开外,又胖又矮,五短身材,五官虽然没有什么特别的缺陷,搭配也不歪不斜,但堆到她的脸上,就眼不是眼,鼻子不是鼻子了。万丽正愣着,金美人朝她笑道,把你吓了一跳吧?万丽尴尬地红了脸,因为自己的心思被金美人看穿了。金美人又说，但同时也松了一口气吧。万丽一下子没听明白，正琢磨着金美人的话是什么意思，金美人已经抢先解释了，本来以为金美人是个大美人，不就没你的戏了，现在一看金美人这副嘴脸，你大可放心啦。说得万丽脸上红一阵白一阵，什么话也回不上来。金美人的脸说变就变，刚才还笑眯眯的，一下子就板起来了，说，我告诉你，靠背景是靠不住的，靠脸蛋也是靠不住的，有本事的拿出工作成绩来！她们说话的时候，办公室还有其他人在场，虽然万丽很窘，但大家都笑，并没有谁觉得金美人过分，但金美人这话，毕竟牵涉向秘书长一点了。

万丽简直不敢相信，接待处处长这么重要的位置，怎么会是这样一个女同志坐着，要水平没水平，要相貌没相貌，要修养没修养，她开始还以为金美人是哪位首长的夫人，后来渐渐地知道，金美人什么背景也没有，这使得万丽更加无法相信这个事实。

好在万丽是在秘书处工作，和金美人不在一个部门办公，工作性质也完全不一样，很少走到一起，最多就是走廊里碰个面，点个头就交叉而过了。万丽始终有点惧怕金美人，能避的时候就避一避。金美人也知道万丽避她，笑道，万丽，你老躲我干吗，丑又不会传染的。

这一年过得特别快，万丽调到办公室不久，就到年底了，按惯例，过年前，单位集体吃年夜饭。这一天的宴会，办公室所有在家的同志都来参加，气氛热烈。金美人情绪特别高涨，放开了量喝酒，跟所有的人都碰杯，一一硬逼着人家干杯，一个也不放过。开始的时候大家还都有点酒兴，跟着金美人一起闹，但金美人酒量奇大，大有不放倒几个不肯收场的气概，惹了张三惹李四，后来大家都有点发怵了，都往后躲，能避的都想避开她。

金美人一直没有来惹万丽，可能因为万丽是新来的，也可能因为万丽确实不怎么能喝酒。万丽调办公室工作后，有一次拉她陪客人，被灌了几杯，当场就跑到厕所去吐了，正好被金美人看见，金美人毫不客气地说，不能喝就别逞能，你以为女人在酒上席上逞英雄，男人会喜欢吗？

说得万丽哑口无言,又不好解释不是她要喝的,但不解释心里又憋屈得很,便嘀咕了一声,我没有逞能。虽然说得很轻,但金美人还是听见了,回头瞪了她一眼,我是为你好,你不要好心当作驴肝肺!

万丽坐的这一张桌子上,多半是些文弱的女同志,搞收发文书工作的、打字员等,都和风细雨地吃着,一边看着金美人端着酒杯穿梭在各桌之间,有人打趣道,金处长,中华儿女多奇志,飒爽英姿五钱杯!大家哄笑,金美人更来劲了,举杯畅饮,谈笑风生。万丽不由得想起在妇联工作的时候,也有过几次大规模的聚会,伊豆豆也是这种样子,只不过,金美人和伊豆豆,无论从年纪、从外貌,从气质上看,都相差太远,伊豆豆那才叫英姿飒爽,风情万种呢。万丽又想起那次中秋茶话会,没有酒,伊豆豆按捺不住要拿茶代酒一桌一桌去敬茶,当时万丽完全不能体会,不明白干什么要这样做,现在看着金美人在酒场上如鱼得水的样子,万丽似乎渐渐地明白了其中的一些道理,有表现欲的人,到了这样的场合,是抑制不住按捺不下的,他们的血液中似乎与生俱来就有这么一种东西,一到这样的时候,血液就沸腾了。

金美人一开始好像是要饶过万丽她们这一桌的,好像根本没把这一桌的几个弱女子放在眼里,但后来不知怎么的,眼睛朝这边一瞄,就盯上了小周。端着杯子就冲小周来了,往小周旁边的空位子上一坐,端着酒杯的手伸着,就等小周举杯下酒。

小周是单位的打字员,人很老实,不大会说话,说出话来,总是文不对题,惹人发笑,时间一长,她干脆闭上嘴什么也不说了,她也从来没有出头露面过,以至于进办公室两三年时间了,有几位领导甚至都不认得她。这会儿金美人过来将她的军,小周欲站起来逃走,金美人眼明手快,一下子抓住了她,怎么,看不起我金老太是不是?小周吓慌了,赶紧说,不是不是,我看得起、看得起金老——金处长。话音未落,大家哄堂大笑,金美人却绷着个脸说,看得起我还不肯喝?小周说,我,金、金处长,金处长,我不能喝酒,我过敏——金美人笑道,喝酒过敏的人多啦,我也过敏,不能因为过敏就不喝酒啊,要不,酒厂都该关门了是吧?小周哭丧着脸说,我,金处长,我胃疼,我胃——金美人又笑,胃疼?哪个不胃疼啊,就今天这场合,你打听打听,有谁不胃疼?小周都快要哭出来了,说话更结结巴巴了,我,我实在是,实在是不会喝,你问、问她们——小周无意间就把矛头调到了别人身上。果然,金美人借着酒意,有点欺人的样子,眼睛横扫了这张桌子上所有的人,挑衅地说,你们谁知道小周不能喝?一时有点冷场,没有人回答,谁回答战火就会引到谁身上,谁也不敢替小周扛这个事情,因为扛的可不光是一杯酒,还有金美人的压力,谁知道呢,金美人一高兴起来,非让你喝三杯,喝六杯,喝九杯,甚至更多更多,不喝她不走,你怎么办?因为没有人敢回答,金美人的气势就更足了,她笑眯眯地看着小周,说,小周,这下你没话说了吧?小周苦着脸,看着杯中的酒发愁,嘴上说,这是高度哎,这是高度哎。金美人笑道,你连高度低度都知道,说明你懂酒,喝!小周紧皱眉头,紧闭双眼,举起酒杯,一副英勇就义的悲壮样子,一仰脖子,就将酒灌了下去,结果呛了半天,眼泪都呛出来了。大家连说带笑道,还是金美人厉害,上回刘书记让小周喝,小周都没喝。金美人道,那是,刘书记什么资格,我金老太又是什么资格,我进办公室的时候,他还穿开裆裤呢。大家又笑,好在今天的宴会,领导们一概不参加,加之酒的作用,大家说话随便些,不像平时,在领导眼皮底下工作,说话行事都得小心着点。

　　以为金美人灌过小周,就放过这一桌了,哪知金美人意犹未尽,眼睛就扫到万丽身上了,万丽心头一紧,还不来得及多说什么,金美人已经开口了,说,小万啊,你新来乍到,很看不惯我这样的作风吧?万丽开始以为金美人扫到她,肯定也是要灌她的酒,在短暂的一瞬间,她已经有了心理准备,大不了就向小周学习,心一横,眼一闭,也就下去了,哪知金美人不和她喝酒,却和她说起话来,而且金美人的话,实在是让万丽接也不是,不接也不是。金美人不等万丽回答,又说了,小万啊,在你的眼里,我这个老太婆,很倚老卖老是吧?万丽这次不能不回答了,赶紧说,没有,没有,金处长您老资格是真的,但没有倚老卖老。金美人笑道,小万你这就不实事求是了,我自己都知道我是倚老卖老的,你偏说不是。大家又哄笑起来,让万丽罚酒。万丽也想罚一杯酒逃过算了,但金美人还偏偏不想这么快就结束游戏,挡住万丽说,小万,你等等,我还没敬你呢,你先喝了,分明是不想要我敬你酒啊!这话一说,万丽又僵住了,喝也不是,不喝也不是。眼睛无意间扫到小周那边,发现小周正用同情的眼光看着自己,万丽想,你同情我又有什么用,你们只会看好戏,又不会出来帮助我,又想,自己也是活该,刚才小周尴尬的时候,自己不也是往后闪的吗,连同情的眼光都不敢给呢。金美人又说了,你们看我喝了这么多,大概都在想,快倒了吧,快倒了吧,连我自己也在想,快倒了吧,快倒了吧,哎,还偏偏不倒,还能喝,啊哈哈,啊哈哈,我是个不倒翁哎……立刻有人接上去说,金处长,您不是不倒翁,您是不倒妪。金美人说,是呀,不倒翁,不倒妪,就是我,我就是这样的,倚老卖老。我知道,你们一个个都看不惯我,但你们能拿我怎么办?你们就是拿我没办法。你们想我倒,我就是不倒——眼看着金美人的舌头大起来,眼色也迷离了,果真喝多了。万丽心里暗暗庆幸,希望金美人醉得再厉害一点,兴许就能放过她了,哪知金美人醉归醉,头脑很清醒,目标也很明确,看准了的事情,不做好,她是不肯罢休的,只见她噔噔噔跑到自己那桌上,干脆将酒瓶也拿过来了,又拿来六只酒杯,哗哗地加满了,往自己和万丽面前一摆,大家看得明白,她要和万丽连干三杯。万丽一咬牙,说,金处长,就这三杯!金美人说,好!两人都喝下了三杯酒,万丽正想起身上洗手间,被金美人一把拉住,举起万丽的杯子让大家看,原来喝第三杯的时候,万丽实在喝下不去了,就留了一点残余在杯中,被细心的金美人抓住了把柄,金美人说,小万,你懂不懂规矩,喝酒要有青蛙声,喝完要做探照灯,边说,边把自己的酒杯做探照灯状给万丽示范,然后指着万丽的杯子,看万丽怎么表态。其他桌上的人,也都挤过来看热闹,瞎起哄,还有好几个人帮着金美人喊,小万罚酒,小万罚酒!有人手脚麻利地给万丽的杯子加满了酒,金美人笑眯眯地看着万丽,等着万丽罚酒。万丽开始还笑着,还带着玩笑游戏的心态,但这会儿心情忽然恶劣起来,觉得很气,凭什么金美人就能这么欺负人,大家还助纣为虐,心里一气,喝下去的酒往上冲,顿时脸红了,万丽把杯子一推,说,我不喝了。金美人说,小万你不给我面子?万丽说,不存在面子问题,我不能喝了!金美人没想到万丽敢这么冷冰冰地对待她,愣住了,愣了一会儿,指着酒杯说,这一杯你就是得喝下去。万丽针锋相对地说,就是不喝!热闹的场面,一下子僵住了。本来是喝酒辞旧迎新,大家高高兴兴闹新年的,结果弄成这样,大家都觉得尴尬了,有人悄悄地要想撤退了,就在这时候,金美人嗓门突然抬高了,大声说,万丽,别以为你是向问的人,我就不敢说你,不就一杯酒吗,又不是毒药,我就算给你下毒药,你也得喝下去!全场哑然,大家面面相觑。万丽气得脸色铁青,眼泪"哗"一下就淌下来了,金美人大概也没料到万丽会如此失态,一时倒也很难堪,脸也涨红了,但仅仅过了几秒钟,金美人已经调整过来,脸上堆满了笑,上前搂住了万丽,柔声柔气地道,喔哟哟,喔哟哟,我的小公主,开开玩笑的,你还当真了啊?万丽千想万想也没想到金美人会来这一招,她的眼泪,一下子变得那么不值钱,那么无所谓。在金美人的调笑声中,大家的情绪也迅速地调整过来了,有个人立刻过来拍着万丽的肩,安慰她说,哎哎,小万,你可别当真,金处长是和你开玩笑呢。另一个人也说,是呀,你刚来不久,还不太了解金处长,她这个人,就是这样,喜欢逗人。金美人说,你说清楚了,是哪个斗字?那人立刻道,当然是斗争的斗啦。金美人笑道,你还真了解我,我这个人,就是喜欢斗争嘛。大家又开始说说笑笑,气氛美好如初,好像什么事也没有发生过。而万丽心里的别扭,一时却还顺不过来,反而显得她小题大做,白白地掉了一大串眼泪。倒是金美人还关心着万丽,她拿起万丽的酒杯,说,小万,谁让我惹你了,是我该罚,我罚!话音刚落,一杯酒已经下去了,万丽甚至都没有来得及"哎"一声。

谁都看得出,事情是金美人惹起来的,弄得尴尬了,但救场的也是金美人,是金美人的大度和其他同事的配合,挽救了这场迎新宴会。看着他们若无其事的样子,一方面,万丽的气还未消,她一时还无法适应重新恢复了气氛的场面;但另一方面,很奇怪的,在她的内心深处,却对她的同事们,包括金美人,渐渐地生出一种敬意,这是一种敬畏的佩服。

这一种想法,是她在妇联工作所没有感受到的。万丽想,也许,在办公室这样的要害部门工作,确实是要培养自己非同一般的适应性和灵活性,说到底,是要把自己的感情埋得深一点,藏得紧一点。她不由自主地去看一眼小周,小周真是不胜酒力,只喝了一杯,就两颊绯红,连眼睛,连耳朵都红了,但小周的情绪没有受到任何的影响,她虽然红着脸,但神态却与往常一样,少言寡语,笑眯眯地平静安详地看着大家热闹。

万丽想,我一直自以为聪明能干,八面玲珑,其实连小周也不及,连小周的一点边还不及呢。

一〇

万丽尖声叫道,孙国海,你要是敢去找金美人,我就跟你、跟你——离婚!从万丽嘴里蹦出"离婚"两个字,如万里晴空突然地响了一个惊天的霹雳,把孙国海炸晕了,大急之下,他也弹了起来,脸色铁青地坐在床上仰视着万丽变了形的脸。

在单位里受了金美人的气,万丽一回家就迫不及待地跟孙国海诉起苦来。孙国海虽然也同在一个机关大院,却不是个伸长耳朵听是非的人,关于接待处的大名鼎鼎的金美人,他以前也听别人说过,但与己无关,听了就忘了,现在万丽一说,孙国海就跳了起来,什么东西,她什么东西?万丽赶紧说,你别急,又没有什么大事情。孙国海说,她对你说什么屁话!万丽又赶紧解释,她就那样的脾气,办公室大家都知道她的,都不跟她计较的。孙国海说,可是你刚刚进这个单位,她不说照顾你一点,一进去就对你这种态度,分明是和你过不去。万丽说,你误会了,她不是专门针对我的,她跟谁都这样,她还敢骂书记呢。孙国海说,她骂别人我不管,我不能让她欺负你,哪天看到了,我倒要问问她。见孙国海这么顶真,万丽倒有点急了,怕他真的去跟金美人啰唆,赶紧又把话收回来,说,这事情算了,就算我没有说过,好不好?你别挂在心上了。但是她的话已经到了孙国海心上,她是收不回了。孙国海道,万丽,人不能忍气吞声地生活,你忍让她一回,她就会欺你十回百回,最后爬到你头上拉屎撒尿。万丽语气加重地说,你误会了,她没有欺负我,一点也没有!孙国海说,没有最好,不过我碰到她,还是要跟她说一说,提醒她一声。万丽急得说,孙国海你怎么就盯住了不肯放呢,我只是随便跟你说说闲话,没有要你去做什么,你千万不要去乱说什么,真的什么事情也没有。孙国海说,这跟你没有关系,是我的事情。万丽急得直跺脚,孙国海,我在外面受了气,回来还要受你的气?孙国海愣住了,想了半天,好像想不明白万丽是什么意思,过了好一会儿才说,我怎么是气你呢,我是替你抱不平。万丽更不能接受了,她的语气更加激烈,声音也尖利起来,孙国海,我不要你替我抱不平,我自己的事情我自己会处理!

　　这是他们婚后头一次争执。在恋爱结婚的这一段过程中,在大大小小的问题上,他们也有过各种不同的想法,对某一件事情,对某一个决定,哪怕是购买某一件家具,也都会有不同的观点,但是万丽都不觉得是什么大不了的矛盾,孙国海也不是个很固执的人,双方都是愿意让步的人,这架就吵不起来,气也生不起来,统一了想法以后,就更觉得恩爱的甜蜜。但这一回万丽却真的气起来,而且气得不轻,她平时最看不惯有些女同志的做法,和丈夫有了什么矛盾,就闹到丈夫的单位去,找组织;或者丈夫在单位遭到什么不公正的待遇,她也会吵出去,替丈夫出头,万丽自己是绝不可能这样做的。但是现在孙国海反过来要干涉她的工作,干涉她和同事的相处,她是万万不能接受的。万丽一生气,就再不跟孙国海说话,也没有洗漱,就上了床,背对着孙国海。孙国海并没有注意到万丽情绪和行为的反常,他自己照常洗脸洗脚,然后上床,跟万丽亲热,却扳不动万丽的肩,奇怪道,万丽,怎么啦?万丽不吭声。孙国海更奇了,说,刚才还好好的,一会儿怎么不说话了,是不是哪里不舒服?万丽"哼"了一声,从牙缝里挤出几个字,心里不舒服。孙国海认真了,急道,心里?哪里?是心口还是哪里?要不要去医院?万丽冷冷地说,问你呀。万丽这么一说,孙国海才知道万丽不是真的生病,而是不高兴了,但他一时不明白她为什么不高兴,想了想,也还是想不明白,就不说话了,躺下,过了一小会儿,就睡着了。

其实孙国海躺到身边,万丽心里的气也已经消了一大半,只等孙国海再好言劝她两句,只要孙国海答应不要去跟金美人啰唆,本来也不是多大个事,也就过去了。哪知孙国海自己先睡去了,把她一个人扔在边上,不闻不问了,万丽一气,就把孙国海推醒了,说,孙国海,你竟然睡得着!孙国海被惊醒,一眼看到万丽气势汹汹地瞪着他,吓了一跳,以为出了什么大事,急着问,怎么啦,怎么啦?万丽你怎么啦?万丽看着他懵懵懂懂的样子,气更是不打一处来,说,你把我气得睡不着,自己却倒头就睡,你心里根本就没有我!孙国海还没有完全清醒,但万丽这话他听得懂,他不服地说,你说别的我认,你说我心里没有你,我不承认的。万丽说,那你明知我不高兴,也不劝劝我,就自己睡了?孙国海说,我妈告诉过我一个诀窍,一个人生气的时候,旁边的人不一定立时三刻就要去劝他,如果劝得不恰当,反而会火上浇油。让他自己一个人冷静一下,说不定反而会平静下来。所以我就想,我先睡了,让你自己平静一下。万丽气道,这叫夫妻吗?这应该是夫妻之间的做法吗?是你妈教你这样对付我的吗?孙国海说,我妈怎么会让我对付你,我小时候就听我妈这么说的。万丽说,你妈的话就是圣旨,我的话就什么也不是。孙国海说,也不是的,其实刚才我也想劝劝你,叫你不要不高兴,但我真不知道你为什么不高兴,我怎么劝啊?万丽简直不敢相信自己的耳朵,她在那里跟他争执了半天,互不相让,最后他竟然说什么也不知道,万丽已经不再是气,而是觉得很荒谬,连话都说不出来了,只能连连地冷笑几声。孙国海也看得出万丽真的很生气,赶紧说,万丽,你先别气、别急,有什么事情,说出来我替你分析分析。万丽朝孙国海瞪着眼睛,怎么看,她也看不出孙国海说的是真话还是假话,但孙国海满脸的焦急和真诚让万丽不能不相信他,所以万丽只得重新说过,刚才,我跟你说金美人的事情,你说要去找金美人说话,我叫你不要去,你偏要去。孙国海"啊哈"了一声,说,你就为这事情不高兴?还睡不着觉?嘿嘿——万丽说,你还笑,我叫你不要去,你偏说要去,你就是跟我过不去!孙国海说,我不是跟你过不去,我只是跟你说个道理,要不是因为你,什么金美人,我看都不要看的,去找她说话,也是给她面子!万丽说,我不要你去!孙国海说,我又不怕她的。万丽心里憋得只有出气没有进气,嗓门不由自主又抬高了,你绕来绕去还是不肯听我的!孙国海委屈地说,我听你的,我哪样不是听你的?结婚那时候,我妈在老家已经请好了客人,订好了酒席,你说不去了,不就没有去嘛,硬是叫我妈把酒席退了,把客人回了。万丽说,是我不想去吗?你也知道,正好在赶年终的总结报告,能走得了吗?你当时是支持我的,叫我要以工作为重,现在倒来怪我了。孙国海说,我没有怪你,我只是想说明,我是听你的。万丽道,其实你心里是有疙瘩的,你一直放在心上,你觉得我不应该,让你妈没了面子……不说了,我不想跟你说了。孙国海说,那就对了,好好地睡吧。万丽哪里想睡,根本是气得不知道再说什么了,憋了一会儿,忽然又拍打了孙国海一下,孙国海刚要迷糊过去,被拍醒了,就听得万丽劈头盖脸地说,孙国海,我们将心比心,如果反过来,要是你回来跟我说说你单位的事,我就冲到你单位去跟他们吵架,你受得了吗?孙国海说,你去好了,没关系的。万丽说,孙国海,你这个人,有没有脑子,讲不讲道理?孙国海说,是我不讲道理吗?他瞌睡连天,万丽却不给他睡,也有点烦躁了,但又不敢朝万丽发火,便冲着金美人去了,大声道,什么金美人,丑八怪,老太婆!万丽急得说,孙国海,你怎么骂人?孙国海说,我就骂她了,我碰到她,当面也敢骂她,她不要来惹我,她要是惹我,我揍她都敢!万丽费尽口舌,差不多都要呕出血来,为的就是让孙国海明白,以后不要干涉她在工作单位的事情,她自己会处理好工作中的问题包括单位的人际关系。更何况,金美人跟她,也扯不上什么人际关系,她们虽然同在市委办公室,但具体工作却是井水不犯河水的,没有任何的利害关系和利益冲突,说到底,也就是万丽刚进新单位,在大大的顺利中,受了一点点小委屈,回来向丈夫诉诉苦发个嗲而已,本来小事一桩,孙国海哄一哄她,劝上两句,或者不轻不重地贬金美人两下,事情也就过去了,哪知孙国海说的话,句句是不中听的,甚至句句都像在跟她过不去,万丽就憋上气了,非要把他说明白过来,可是折腾了半个晚上,孙国海却越发糊涂了,最后竟然要揍金美人,把芝麻大的事,要弄得惊天动地了。

本来他们是躺着说的,到这时,万丽"呼"地从床上跳下地,凶神恶煞般地站在床前,手指着孙国海,尖声叫道,孙国海,你要是敢去找金美人,我就跟你、跟你——离婚!从万丽嘴里蹦出"离婚"两个字,如万里晴空突然地响了一个惊天的霹雳,把孙国海炸晕了,大急之下,他也弹了起来,脸色铁青地坐在床上仰视着万丽变了形的脸,急切地问,万丽,到底出什么大事了?金美人到底怎么你了,把你气成这样?万丽想对着他大喊"不是金美人把我气成这样,是你,是你!"但她看着孙国海焦急担心甚至是很无辜的脸,一口气终于彻底地憋住了,再也透不出来,也再说不出一句话来了,她颓然地坐下,怎么也忍不住,两行眼泪缓缓地淌了下来。孙国海和万丽结婚以后,还是头一次见万丽这么难过伤心,却又摸不准她到底是怎么回事,也不敢再说什么,也不敢再睡,只是坐在万丽身边,耐心地等着她的进展。

万丽已经心力交瘁,再也进展不动了,闷坐了一会儿,便躺下了,拉了被子盖上。孙国海没敢马上躺下,又坐了好一会儿,见万丽平静了,才躺下去,不一会儿他又睡着了。万丽却一直没有睡着,眼前尽是刚才最后看到的孙国海满脸无辜的模样,后来渐渐地也觉得自己这么和孙国海闹,是不大应该。孙国海平时并不是一个不讲理的人,大家都说他待人和气,单位里要是群众投票选个什么先进之类,孙国海的票常常是最高的,比领导都高,这说明他在单位群众关系也相当的好。所以,说到底,孙国海也是为了她,因为爱她,心疼她,才会说出那些无理的话来,但自己却被他的爱气成这样,是不是过分了,是不是小题大做了。万丽反省了一阵,又觉得孙国海也是有问题,其实他只要说一声,只要你不愿意我做的事情,我就不做,你不要我去找金美人理论,我就不去,但孙国海偏就不说这句话,万丽思前想后,还是不能明白孙国海是有意不说,还是不知道万丽希望他说这句话。在这两者之间,万丽一会儿觉得孙国海其实是个明白人,很聪明的,一会儿又觉得孙国海太老实、太笨,不能明白她的心思。想到前边的那个孙国海,她心里就气,想到后边的孙国海,她心里就充满了甜蜜,最后连她自己都暗笑起来,难道宁可喜欢一个呆瓜,也不希望自己的丈夫是个明白人?

几天后的一个休息日,万丽和孙国海逛街,迎面碰到了金美人,万丽一阵紧张,怕孙国海用什么不好的言语去冒犯金美人,她拉着孙国海的手,示意他往旁边走,想假装不见,但孙国海却不领会她的意思,还摇着她的手提醒她,万丽,是你们金处长哎!万丽赶紧跟金美人打招呼,孙国海也朝金美人点头、微笑,金美人笑眯眯地朝他们挥了挥手,说了声小两口逛街啊,就匆匆地过去了。万丽虚惊一场,回头才感到手心里都汗津津的了,差一点对孙国海说"你对她态度蛮好的嘛",但话到口边,硬是咽了下去。

下个星期上班,万丽在走廊里和金美人打照面,金美人特意停下匆匆的脚步,说,万丽,你们孙国海怎么样?万丽头皮一麻,说话也结巴起来,怎、怎么,他怎么了?金美人说,万丽,这件事情上,你倒是有眼光的,你们孙国海,是个好人,心地很不错,给你选准了。万丽一口气松下来,赶紧说,我回去告诉他,金处长夸你呢。金美人说,我几次看到他,对清洁工都很友好,还给他们烟抽,还跟他们聊天,站在那里,一聊能聊老半天,就能看出一个人的品德来。万丽心里高兴,表面上还谦虚,说,金处长你说他说得这么好,他哪有这么好。金美人的脸说严肃就严肃起来,说,你别高兴得太早,我说他好,只是一面,他的群众关系是好,但是在机关里,仅仅群众关系好是不够的,这一点,他可能还没明白。她稍一停顿,又补充一句,人一定要弄明白,什么重要,什么更重要。万丽没想到金美人会说这样的话。孙国海比万丽早进机关,在司法局工作也有好几年了,仍然是个科员。万丽进机关比孙国海迟,倒已经提到副科,但万丽不想拿自己的例子跟他比,因为大家都认为是向秘书长器重她,才进步得快。可是孙国海自己单位的例子更多,比他迟进司法局的人,也有好几个提了副科,还有一个已经是正科了,虽然群众也有议论,也有人觉得看不过去,但无论群众怎么看,对于孙国海的提拔和进步,是没有丝毫作用的。万丽知道金美人这是真心实意关心她、关心孙国海,心里不由一阵感动,眼眶都有点湿润了,点着头,说,谢谢金处长。

回家万丽忍不住把金美人的关心告诉了孙国海,她最后说,所以,对一个人的了解是要慢慢来的,一开始我对金美人的印象真是不好,现在,慢慢地,就开始改变了。哪知孙国海不领情,说,我明白不明白,轮得着她来指手画脚说三道四吗?万丽说,你真是不识好人心。孙国海说,我看见她围在领导身边奔来奔去的样子,我就不要看。万丽说,那是她的工作,她搞接待,不这样怎么做得好工作?孙国海说,我不管她工作不工作,我不要看的东西就是不要看。万丽又气起来,不客气地说,孙国海你没道理。孙国海说,我没道理就没道理好了。万丽说,机关里人家都说你脾气好,待人和气,怎么跟我说话就这么不讲理呢?你存心跟我作对?孙国海说,怎么是跟你作对呢,说的是金美人嘛,又不是说你。万丽说,但金美人是我单位的,就跟我有关系。孙国海说,但我就是看不惯她!万丽血涌到脸上,脸通红的,咬牙切齿地说,孙国海,我再跟你提金美人,我就烂舌头!孙国海不解地看着万丽,茫然道,为什么?为了一个不搭界的金美人,跟我生这么大的气,我也不知道你到底为什么?万丽听孙国海这么说,也在心里问了问自己,到底为什么,跟孙国海一谈起金美人,就觉得话不投机,问题到底出在哪里,万丽迷惑之间,忽然想起金美人说的话,好像一下点亮了她内心的那块昏暗不明的地方,金美人说,人一定要弄明白,什么重要,什么更重要,孙国海确实不明白,他一直只是按照他自己的那一根筋在思考、在行动,没有明白什么是重要,什么是更重要,更没有明白重要与更重要之间的关系。万丽觉得,她自己是有些明白了,至少已经开始明白,那么,她就有责任去帮助孙国海一起明白一些事情。万丽终于调整了自己的纷乱头绪,她找到了方向。

万丽想到了章一程。章一程原先在一个区的司法办工作,因为工作上的来往和孙国海认识后,三天两头有事没事往孙国海这里跑,孙国海又是个喜欢交朋友的人,两人便成了哥们儿,后来靠了孙国海的关心,章一程结识了孙国海的科长,又结识了局长,最后终于如愿以偿地调进了市局。为了罩着点章一程,孙国海还腆着脸请求局长把章一程放在他们科里。章一程自是对孙国海感激不尽,干脆管孙国海叫孙大哥,到处说,没有孙大哥,就没有我章一程的今天。但后来孙国海引进来的章一程反而先于孙国海提拔了,做了他们这个科的副科长,可孙国海从来不喊章科长,人前人后都不喊,我凭什么喊他科长?孙国海说,他还是我一手弄进来的呢。人多的时候,孙国海会当着大家的面,拍着章一程的肩,说,小章,去帮我拿包烟来。常常弄得章科长很没面子。章一程当面还是笑眯眯的,背后却忍不住向局长诉苦。局长开会的时候不点名地批评了这种现象。局长说,虽然我们说人人平等,但在机关里,上下级关系还是存在的,这是事实嘛,一个单位要想做好工作,就得有规有矩,如果人人没大没小没上没下,那就乱了套,不成方圆了,那这个单位的工作是必定做不好的。

大家知道局长说的是孙国海,也知道是章一程去汇报的,都以为孙国海会跟章一程急,但是孙国海却好像满不在乎,也不改正,仍然要拍章一程的肩,仍然叫他小章,也仍然对章一程指手画脚的,好像局长的话是放屁,甚至比屁话都不如。不光章一程拿他没办法,连局长也拿他没办法。惹不起就躲,过不久,章一程就调了一个科。

其实一开始万丽并没有把章一程的事情放在心上,本来她自己单位里的人际关系,就已够她操心的,孙国海的事情,她顾不了那么多,但这会儿却突然想起了章一程,万丽觉得,提章一程的事情,可以刺激孙国海,她要谈的话题也就可以单刀直入了。

为了让单刀直入的谈话更具震撼力,万丽一开头就有意篡改事实,说,孙国海,听说章一程已经是正科了?孙国海不屑地拿鼻子"哼"了一声,正科?他正科,阿猫阿狗都可以当局长了。万丽说,但不管怎么样,他比你出息嘛,本来他是在你后面进来的,现在人家跑到你前面去了,你就不跟他比比?孙国海说,我跟他比?怎么可能？万丽说，为什么？孙国海说，他也不配跟我比！我什么水平，他什么水平！万丽愣了愣，又说，你的意思是，他水平低你水平高？那他本来是在你手底下的，现在这样，你心里就不难过？孙国海说，难过？什么难过？你是说我会不会嫉妒他？笑话了。万丽说，为什么？孙国海说，这还用问，我水平比他高得多，不在一个档次上。万丽说，那怎么不提你，提他呢？孙国海说，我想要当官，早就当上了。万丽哭笑不得，一时没了下文。一开始觉得自己准备得很充分了，但没想到第一个回合就被孙国海打了回来，她闷住一口气，过了片刻，缓了缓神，又换了一个方向，说，但不管怎么说，人家章一程现在是副科长，你就得把他当科长，不能老是小章小章地叫。孙国海说，叫他小章还是给他面子呢，我就是不叫他，不理他，又怎么样。万丽说，那就是你没道理了。一看孙国海马上要说"我怎么没道理啦"这样的话了，万丽赶紧说在前面，你要弄明白，这是在机关，不是在别的什么随随便便的地方。孙国海说，机关怎么样呢，我就不叫他科长，能拿我怎么样？万丽说，不拿领导当领导，那你还想进步，还想提上去？孙国海说，领导？什么领导，才不在我眼里呢。不如我的领导，我就不把他当领导。万丽每说一句，孙国海就答一句，答得快，答得不假思索，好像是早就准备着的，而且他的口气一点也不激动，很心平气和，好像一直在和万丽拉家常，但他说话的内容却是强硬的，滴水泼不进。万丽跟他说着说着，自己先沉不住气，恼了，声音也强硬起来，说，孙国海，你怎么句句话跟我别扭？孙国海这次稍稍停顿了一下，好像不太明白地想了想，说，哪有啊？不是好好的吗，我跟你闹什么别扭。他的态度很正常，很自然，完全不是装出来的，但正因为如此，万丽再次被闷住了，跟他谈不出个所以然来，跟他恼又恼不起来，因为他自己根本不恼不生气，他觉得一切正常。哪怕今天章一程提的不是副科，是副处、副局，哪怕是正局，他也一样是这个心态，刺激不着他。万丽的情绪一下子就跌落下去，没精打采地说，那你就准备当一辈子小科员吧。这句话说出来之后,万丽才觉得分量是蛮重的,有些瞧不起人的意思,如果她自己不是副科级,那倒还好一些,关键她自己是副科了,说这样的话,就不太妥当了,而且还在科员前面加了个"小"字。万丽说了以后,也有一点后悔,哪料孙国海却一点也不生气,一点也没觉得受到什么刺激,反而笑眯眯地说,你别着急呢,我会出息的,我会有大出息的。孙国海笑眯眯的一句话,却说得万丽差点掉下眼泪来,顿时觉得自己是有点过分了,不就是因为章一程提了一个副科吗,犯得着这么大动干戈穷凶极恶地去刺激孙国海吗?眼光也太短浅,目标也太低了一点,对自己看中的人这么没信心,实在是太不应该,幸好没怎么伤害着孙国海,这么想着,一股温情涌上心间,忍不住过去搂住了孙国海。

一一

**你以为今天的向秘书长还是昨天的向秘书长吗,一朝天子一朝臣你都不懂,还想在机关混?**

机关的人都知道,机关其他部门好进,有两个部门,好像是不大欢迎外人去串门的,一个是组织部,一个就是办公室。组织部是管干部升迁调动的,太敏感,而且组织部的干部,在外人看起来,一般都比较严肃,个个沉默寡言,紧闭嘴巴,好像他们嘴里时时埋着提拔谁不提拔谁的秘密,只要稍稍一张口,秘密就跑出来了。所以机关的同志,心里都愿意常到组织部走走,但一想到组织部威严的大门和组织部干部们严肃的脸,就收回了脚步。办公室呢,虽然没有组织部那么多的秘密,却同样是要害的部门,因为在这里,所有的活动,都是在书记们、常委们的眼皮底下进行,大家基本上是如履薄冰的。机关的同志,如果有胆量经常往组织部、办公室跑,别人看你的眼光,肯定就不一样了。而伊豆豆这个人,却是不大在乎别人的眼光的,所以自从万丽调到办公室后,她常常过去串门,办公室的同志,开始的时候,也有些看不惯,觉得这个人太不知趣,但后来也都习惯了,伊豆豆几天不过来,还挺惦记她的呢。

　　伊豆豆来了,就坐在万丽对面,七扯八拉地说些不着边际的话,等到和万丽同办公室的另一位秘书走开,伊豆豆就和万丽咬耳朵,传说一些机关的风言风语。洪书记到人大,平书记来后不久,伊豆豆跟万丽说,万丽,在机关工作,分寸一定要掌握好,跟人呢,是要跟的,但是既不能太松更不能太紧啊!万丽起初没有听明白,后来琢磨了半天,明白了一点,伊豆豆是在提醒她,跟向秘书长不要跟得太紧。万丽当然是不以为然的,第一,她就是向秘书长一手培养起来的,不跟向秘书长跟谁?第二,她觉得这个"跟"字她不能认同,她与向秘书长之间,不存在跟与被跟的关系。如果说,开始的时候,确实是向秘书长给了她一个机会,创造了一个起点,那么今后,她会凭自己的努力,证明自己是当之无愧的,一定不会辜负向秘书长的。伊豆豆听了万丽的这番表述,叽叽呱呱地笑了一阵,然后说,万丽啊,你以为今天的向秘书长还是昨天的向秘书长吗?万丽一愣,不知道伊豆豆指的什么。伊豆豆说,一朝天子一朝臣你都不懂,还想在机关混?

　　有一天下班的时候,万丽发现许大姐走在她前面,但走得很慢,走走停停,万丽估计许大姐是有意在等着她,就加快了脚步追上去,喊了一声许大姐。但许大姐并没有表现出是在等万丽的意思,回头看到万丽,"哦"了一声,说,是小万啊,好久不见你了,到底办公室工作忙啊。万丽说,还好。许大姐说,小万,你走了之后,妇联大家还挺想念你的。万丽估计许大姐是有什么事情找她,但许大姐不说,她也不好直接问,只能心不在焉地和许大姐打着哈哈。两人走了一段,说了些无关紧要的话,许大姐突然说,小万,听说伊豆豆也要调办公室了,到接待处,跟金处长是吧?这个突如其来的消息，使万丽顿时愣住了，片刻之后，她脱口问道，谁说的？许大姐宽容地一笑，说，小万，你进步了啊，组织上的事情，确实不应该道听途说的，以文件为准嘛。不过我也是关心伊豆豆，才问你的。万丽说，我真的不知道，心里就有点打鼓，所谓的无风不起浪，伊豆豆三天两头跑到办公室来跟她套近乎，却从来没有听她谈到过这方面的事情，可见伊豆豆这个人，并不像她外表表现得那么简单，城府相当深，这么想着，又听许大姐说，小万，你的谨慎也是应该的，不过呢，既然都是妇联出来的干部，你在妇联的时候，也就数伊豆豆对你最好，你现在回过头关心伊豆豆，帮助她调动，也是应该的。再说了，伊豆豆的工作能力，也是没得说，调接待处，更是顺理成章，还更能发挥她的长处。万丽想否认，但看到许大姐一脸"别瞒我了，我都知道"的表情，她觉得说什么都是多余的。许大姐叹息了一声，又说，在机关工作，能力水平固然重要，但是机遇更重要啊。万丽不知道她指的谁，是说她万丽呢，还是说伊豆豆，也无法表态，只能暧昧地点了一下头。许大姐说，就说我们老戴吧，就是没有机会呀，老戴在组织部待了那么多年，好几个在他后面的副部长，有的提了正部长，有的到市委、政府工作，都进四套班子了，我们老戴，还一直是个副部长。万丽听许大姐这么一说，心里一直迷惑着的问题，突然清晰了，两根断着的线头一搭，就连上了，许大姐以为伊豆豆是万丽帮的忙要进办公室了，所以许大姐大概断定万丽在市委领导面前说话很管用，当然戴部长不是伊豆豆，无论市领导怎么重视万丽，戴部长的事，是轮不到万丽说话的，但至少可以从万丽这里听一点口风，探一点消息，万丽想到这里，差一点笑起来，但看到许大姐严肃的神色，她不仅笑不出来，甚至有点想哭了，她赶紧说，许大姐，您可能误会了。许大姐却摇了摇头，叹息一声，说，唉，我们老戴，就是太书呆子气了。

许大姐又往前走了，万丽跟在她身边，觉得心情好沉重，许大姐突然之间，把一种无形的却是非常沉重的压力压到了她心上,她摆脱不了。许大姐当然是明白万丽的心思的,她很快调整过来,一扫刚才的紧张和严肃,笑眯眯地拍了拍万丽的肩说,小万,你是个人才,向秘书长是伯乐。她侧过脸认真地看了看万丽,忽然压低了嗓门说,机关里前一阵都传说向秘书长可能要动位子,所谓的一朝天子一朝臣嘛,但向秘书长偏偏不动,这正好证实了我听到的消息——万丽赶紧问,什么消息?许大姐说,向秘书长和平书记,先前是有渊源关系的,关系还很铁呢。万丽一颗悬着的心,一下子放松多了,听着许大姐说,他们曾经在一个工作组工作过。万丽因为心放下了许多,不由脱口说道,那太好了!许大姐似乎从万丽这句话中听出什么含义,意味深长地看了万丽一眼,说,小万,我以前也跟你说过这个话题,现在忍不住还想说,在机关工作,政治上的敏感,政治上的嗅觉,是最要紧的啊!这话和向秘书长说得一模一样,连口气都差不多,万丽真切地感受到了许大姐的关心,心头不由一热,说,其实在机关工作也不容易,尤其在办公室,碰到什么事情,什么工作,如果领导意见一致,还好一点,如果领导意见不一致,下面的人就比较麻烦的,起草文件也不知道听谁的。许大姐说,那当然要听一把手的。她稍一停顿,又说,小万,今天我是随便跟你聊聊的,好久不见你,还蛮想念的呢,觉得有许多话想跟你说,你说奇怪吧。有时候,还真觉得怪亲的呢。万丽说,我也是,挺想念妇联的同事的。许大姐又说,今天我们随便聊聊,东拉西扯的,你也别往心里去。万丽知道许大姐在提醒她戴部长的事情,万丽无法,只得说,许大姐,伊豆豆的事情,我确实不知道。许大姐的脸色在一瞬间有点发灰,但也就是在一瞬间,很快就过去了,又恢复了正常和自信,不再说敏感的话题了,把话题拉回到伊豆豆身上,说,其实,只要是组织调动,妇联的同志到哪里,我都是支持的,就像你,当时要调你进办公室,我如果坚决反对,你的调动也不可能这么顺利,是不是?我也是有理由的,你是我们妇联的一支笔,你走了,妇联的工作会大受影响的,我们如果强调这一点,上面也会考虑妇联实际情况的嘛。再说了,老戴一直是在组织部的,你说是不是?但当时我是这样想的,小万是个人才,放在妇联会埋没她的,出去更有发展前途嘛,哪像我,在妇联一待就是一二十年,没出息啊。万丽说,许大姐,真的要谢谢你。许大姐和万丽拉了拉手,说,不用谢。又朝她挥挥手,就走了。

许大姐的话一会儿说过去,一会儿又说回来,但万丽能够感受到的,分明只有一层意思,正是这一层意思,让万丽在以后的好长时间里,坐卧不安。按道理说,无论出于什么目的,事实上许大姐确实是有恩于她,现在许大姐对她有所求,她能怎么办呢?人微言轻的一个新来的小秘书,能起到什么作用呢?许大姐怎么会认为伊豆豆要进办公室,就一定是她的作用呢?这个伊豆豆,看起来大大咧咧,什么话都跟她说,要调进办公室的事情,却能够如此守口如瓶,也太凶险啦。

万丽左思右想,也没有个两全其美的好办法想出来,一急之下,就找伊豆豆,先把她的事情问个清楚。伊豆豆在电话里听了万丽带着责问口气的询问,哈哈大笑起来,说,万丽啊万丽,我调办公室你这么紧张干什么吗?怕我抢了你的风头?万丽说,我没有紧张,我只是听许大姐说了这事,觉得很突然,你都要调进来了,都没给我透一点点风声,口风好紧啊,可以进组织部了。伊豆豆仍然笑道,你想让我进组织部,别挤到办公室来是吧?我还偏不,我就认定市委办公室了,你拿我怎么办?万丽说,伊豆豆你别把人想得那么坏好不好,说实在的,你来了,我还多了个说话的人,这办公室的人,一个比一个话少,闷得死人。伊豆豆说,这倒也是你的心里话。另外嘛,其实你心里也明白,我不是吃笔头子饭的人,不会去跟你抢生意,我要进,也是进到金美人那里,跟在她屁股后面忙着伺候人,永远也比不上你那么优雅,所以你大可不必担心。万丽说,那你是真的要调办公室了?伊豆豆狡猾地道,那还得靠万姐在领导面前替我美言几句呢。这个伊豆豆,永远是让人捉摸不透的,万丽一会儿觉得她是个让你能够掏心掏肺的亲密无间的朋友,一会儿又觉得她的内心深不可测,好像有个黑洞,深不见底,你要是朝里边看,能吓出一身冷汗来。伊豆豆见万丽不吭声了,主动出击说,怎么啦,觉得我这个人不好对付是不是?万姐哎,你可千万别以为我有多么的复杂,有多么的阴险,有多么的无耻,我嘛,就是你眼中的没心没肺的小丫头一个——万丽说,是呀,没心没肺的小丫头,你要是把我卖了,我还得替你数钱呢。伊豆豆说,那是你自己的事情,是你太愚蠢。万丽说,那你到底要不要调来办公室?伊豆豆说,万丽,虽然我比你早进机关不几天,但机关的事情,我可比你看得透,告诉你一条道理,凡是组织上要动一个人了,要提了,或者要挪位子了,如果八字还没见一撇,风声就传开了,这事情啊,八成成不了;如果已经考查完毕,组织决定了,风声再传开来,哪怕传得再大,哪怕反对的呼声再高,这事情也能成。所以啊,我进办公室的事情,十有八九是黄了的。万丽说,那到底是谁要调你的呢?伊豆豆说,我不如你福气呀,你背靠的可是真正的大树,我的这棵树呢,说起来也是老资格了,但也只是她自以为是而已——万丽忽然明白过来,赶紧说,是金处长吧?伊豆豆道,金美人想让我替她打打下手,毕竟她也一把年纪了,奔了几十年,也累了。万丽说,这倒也是,现在的接待处,虽然金处长手下有好几个人,都不得力,金处长要是能够有你协助,倒确实是件好事情。伊豆豆停顿了一下,忽然问道,哎,万丽,许大姐跟你说我的事情,她什么意思?万丽没有把许大姐真实的意图说出来,只是含混了一下,说,她关心你吧。伊豆豆显然不能相信,说,你不跟我说实话。万丽想了想,说,你得把许大姐的工作做好了,别到时候她硬不肯放人,也麻烦的。伊豆豆说,你提醒得好,我从今天开始,就下死劲拍!万丽笑道,难道今天以前你就没拍过?伊豆豆说,拍,天天在拍,但下的死劲还不够嘛。说着两人都笑起来,到说再见挂断电话的时候,都觉得心头轻松了许多。万丽和伊豆豆通过电话后,想明白了一个道理,机关是个是非之地,伊豆豆的事情,就是一个很好的说明,仅仅是金美人想要伊豆豆,整个调动的事情一步还没有跨出,都已经传得人人皆知了,人言可畏,万丽想定了主意,把许大姐的托付忘掉,只当没这回事。

只是,有些事情却是万丽想回避也回避不了的,正所谓树欲静而风不止。许大姐自从和万丽谈过以后,几乎每天下班都有意无有地守着时间等万丽,弄得万丽很尴尬,很心虚,下班竟要偷偷摸摸,要不就早一点溜走,要不就干脆拖拖拉拉,比别人晚上半个小时。但许大姐似乎很快也就掌握了万丽的行动轨迹,无论万丽走得早还是走得晚,总能看见许大姐的身影在机关大院里候着她。许大姐虽然是候着万丽,但她永远只是在万丽前面慢慢地走,并不停下来,更不跟万丽说话,但万丽从后面看过去,许大姐无言的背影,就是这一种无形的重压。在万丽心目中,许大姐一直是个有水平有分寸很自信的女干部,但这一次,许大姐显得有点沉不住气了。其实万丽也很理解许大姐的心情,组织部的正部长要调市委当副书记,正部长的空缺到底由谁填坐,这对戴副部长来说,是最关键、也几乎是最后的时刻了,他已经错失过几次机会,这一次再错过,戴部长恐怕就难有再升迁的机会了。

万丽最后还是没有抵挡得了这种无形的压力,这天她去资料室找一份材料,经过向秘书长的办公室,门大开着,向秘书长一人在里边看文件,万丽就进去了,这天向秘书长的情绪很高,也没问万丽是不是有事来找他,就和万丽东拉西扯说了许多话,后来向秘书长才注意到万丽有点心不在焉,停下来,耐心地看着万丽,等万丽把事情说出来。万丽被逼到墙角了,支支吾吾地说到许大姐,又勉勉强强地提到了戴部长,在万丽说话的过程中,向秘书长始终微微地笑着,虽然万丽说得支支吾吾,结结巴巴,但向秘书长却听得明明白白,清清楚楚,等万丽说好了,向秘书长说,小万,想不到你也会当说客了。万丽的脸一下子红到了脖子根。向秘书长的脸色却一下严厉起来,毫不客气地说,小万,你才进机关几天,你懂什么机关规矩?万丽的脸一下子由红转白,僵在那里了,这是万丽认识向秘书长以来,头一回见向秘书长用这样的态度对她。向秘书长继续严厉地说,记住了,只有这一回,以后,你少搅和,尤其是机关人事方面的事情,没有你说话的分!向秘书长虽然严厉,但万丽明白他是出于对她的爱护,向秘书长说得对,她才进机关几天,她有什么资格搅和这些事情?这么想着,心里的一点点委屈也就消了。向秘书长批评过后,脸色也渐渐好转,像是自言自语,又像是对万丽说,这个老许,也是个老机关了,怎么做出这种事情,智商也太低了。说着自己都忍不住笑起来。万丽心里还很害怕,也想跟着笑一笑,却没敢笑出来。向秘书长说,小万啊,老话说,人无欲则刚,人无欲则明,但是人哪能无欲?所以,我们要努力做到的,就是在欲望的驱使下,尽可能地保持自己的人格和清醒的头脑。稍停顿一下,又补充说,这恐怕是我们一辈子也达不到的高度,但是只要努力,我们就会离高度近一点,更近一点。万丽点着头,眼里快要涌出眼泪来,喃喃地说,向秘书长,对不起,我——向秘书长和蔼地笑了,说,小万,你还年轻,你可以犯错误,你可以犯许多错误,这件小事,算不了什么。

一二

连万丽都听出来,林处长在提醒向秘书长,修路可是南州的头等大事,或者干脆说,是平书记当前的头等大事啊。

在市委市政府的高度重视下,外向型经济在南州市的城乡迅速升温,每一级的党委政府,都把指标下到下一级,创办合资独资企业数,就是干部的工作表现,就是考察干部的标准,还与干部的工资奖金挂钩,所以一时间,村村寨寨都使出浑身解数去招商引资。港商台商,外国企业,纷纷来南州考查,人们欢欣鼓舞,只等着合资独资企业如雨后春笋,在南州的城乡蓬勃地生长。但事情却没有想象中的那么顺利,外向型经济的发展碰到了一只巨大的拦路虎,那就是普遍存在的交通问题。交通问题处处都有,但南州的情况更特殊,南州是水乡,四通八达的水道很多,过去用船载人载货比较多,因此在公路建设方面,就比别的地区相对缓慢落后些了。本来水乡小船是一种特色,是一种令人向往的景象,现在成了很大的负面因素。外商坐了飞机,转火车,转了火车又上汽车,这才到了乡政府,要想深入投资办企业的第一线,说不定还得坐上机帆船走一段,经过这么七绕八转,头都晕了,时间也耗去无数,你的地再便宜,劳动力再低廉,市场再大,他也没有胃口了,打两句哈哈,就跟你再见,其实是再也不见了。

　　恰好这段时间,市委换班子,洪书记到年龄,进了人大,新来的市委书记平剑刚似乎就是冲着这"外向型"来的,一到任,就连着召开了好几个座谈会,都是为了解决南州城乡交通阻碍外向型经济发展的情况,在经过了大量的调查研究和听取意见后,平书记提出了"要想富,先修路"的口号,在全市范围内,发动起一场大规模的修路拓路行动。

　　修路是要占地的,这些地,有的是农田,有的是民房,这样一来,就涉及群众利益了。虽然这些利益只是眼前利益、小利益,而修路致富是大利益,是长远利益,但群众的觉悟可能没有那么高,或者说,他们也知道这些大道理,也知道这是为了长远的大利益,但是在大利益还没有到来之前,就损害了他们的小利益,他们接受不了,大部分的人呢,也只是背后发发牢骚,甚至骂骂娘,近一点的,骂骂村干部,远一点的,就骂上级的领导,骂了几句,也就无可奈何地接受了现实,因为你顶得过今天也顶不过明天,顶得过明天也顶不过后天,说什么也不可能在一条大路的中间有你一幢房子竖在那里的,哪里见过这样的情形呢?更何况,毕竟政府拆你的房子,也是要给你一定的补偿的,这么想着,他们也就认了命,就搬家吧,就不种地了吧。但也有的人,就是想不通,我好好的房子,才刚刚千辛万苦地造起来,媳妇还没进门呢,你倒要来拆我的房子,我就不让你拆,你赔多少我也不要。跟村长说,说了没用,就找乡长,找乡长也没用,就找县长,县长没用,再找市长,反正一级一级往上找,再不行,我就找党中央评理,没有钱买车票,我走也要走到北京去,这样的人虽然不多,但有那么一两个,也能搅得你头昏脑涨。

在市委办公室这一头,工作也受到相当的影响,因为来信来访多起来,信访处忙得焦头烂额,一向勤恳工作从来没有怨言的傅处长也忍受不了,向向秘书长叫苦了,他抱着一大堆的来信和上访记录给向秘书长看,向秘书长正在修改秘书处写的一篇稿子,他让傅处长把材料先留下,等他空了再翻翻。

等向秘书长空了点,翻出这些信访材料一看,真是不看不知道,一看吓一跳,才知道下面是怎样在修路。

市委秘书长一般较少单独行动,他主要的任务是安排和随从市委书记副书记们的重大活动,而这几天一把手平书记正好去了省里开会,向秘书长就丢下几个副书记,自己出了一趟差,他带着秘书处的林处长和万丽,下了趟乡,去作一点实地考察调研。

这也是万丽进市委办公室头一趟出差,虽然不远,就是到南州下属的一个县,但毕竟是出了南州城,也算是正式出差了。万丽事先并不知道下乡调研的内容,林处长只是告诉她,明天早晨和他一起,跟向秘书长出发,到长洲县去。

长洲县是离南州市最远的一个县,也是南州八个县中条件最差经济最落后的一个县,一直被称为南州的北大荒。县领导们决心抓住外向型这个机会,摘掉小八子的帽子,至于能挺进到第几子,或者想挺进到第几子,那就要看县委一把手的决心有多大了。再往下说,只要县委书记的决心有多大,下面乡镇一级的书记镇长的决心,也就会有多大。

车快到长洲县城的时候,向秘书长对司机说,小胡,我们不进县城,直接到江洋乡去。小胡点点头,但林处长却微有反应,过了一会儿说,向秘书长,要不要通知江主任一下?林处长说的江主任,是长洲县委办公室主任,向秘书长到长洲,市委办公室事先已经通知了长洲县,这是规矩。至于向秘书长到长洲干什么,因为向秘书长跟谁都没有说,所以谁都不知道。江主任隔天已和林处长说定,上午在县委恭候向秘书长。现在向秘书长临时改变路线,不去县委了,江主任那边,不是白等了吗。按规矩,江主任还应该报告县委,县委至少会有一名副书记等着的。向秘书长听林处长这么说了,笑了笑,说,我们不是不去县里,先到江洋乡看一看,回头再到县里。

车就越过县城直往江洋乡去了。在往江洋乡去的路上,向秘书长跟坐在前排的万丽说,万丽,江洋乡的党委书记,也是位女同志。万丽"噢"了一声,向秘书长又说,是个知识分子,林处长熟的吧?林处长说,聂小妹,不是很熟,但知道一些她的情况。万丽"嘿"了一声说,聂小妹,好像《聊斋志异》里的名字。向秘书长和林处长都笑了笑。林处长又说,是工农兵大学生,学医的。万丽"咦"了一声,说,学医的?林处长说,她大学毕业时放弃留校,要求回乡支援家乡建设,就放在乡文教卫生办,后来就提上来了。

江洋乡离县城不远,说话间,就已经到了江洋乡的地盘。一进江洋乡的地盘,就看到一条正在修筑中的宽大的路,但路上很混乱,房子有的拆了有的没拆,有的拆到一半,推土机、挖掘机、拖拉机轰轰轰地开来开去,还有不少人东一堆西一堆地挤在路上叽叽哇哇。小胡为难地说,不好过去了。向秘书长说,就停这儿,我们走过去看看。车停在较远的地方,三人下车,往修路的地方走过去,走近了,才发现这里的情况更混乱,有几个老太太就躺在一台推土机前,她们的身后,是几座新盖的平房。情况是一目了然的,修路要拆她们家的新房子,她们正拼死捍卫。向秘书长和林处长、万丽还没有来得及再往前去,就看到了一位眉目清秀,戴着眼镜的女同志冲了过来,她沉着冷静,向高高坐在推土机驾驶室里的人声嘶力竭地喊道,小伙子,你只管往前开,出了事情我负责!推土机手犹豫着,可能对这位女领导的话有些不敢相信、不敢确定。小伙子也确实为难,如果不往前开,这拦路的房子就铲不掉,路就修不起来,他自己的工作也做不成,但如果往前开呢,这房子前边躺的可是人啊,是活生生的人,而且是老人,老太太,都白发苍苍,一瞬间使他想起了自己的奶奶和外婆。再退一步,就算他没有想到自己的奶奶和外婆,就算这些躺在他的推土机前的不是老人,不是老婆婆,而是些年轻人,甚至是坏人,他也不能往前开呀,推土机是推土的,不是轧人的。所以,尽管聂书记在使劲地撑他的腰,他也挺不起腰杆来,推土机一直没有熄灭火,他的手一直握着操纵杆,但他实在是拉不动这个细细的杆子。

聂小妹见推土机手还在犹豫,回头看了一眼紧紧跟在她身后的工程队长,问道,刘队长,还有没有其他人会开?工程队长说,有。就向另一个小伙子招招手,那个被招过来的小伙子,虎头虎脑地站在聂书记面前,聂小妹点点头,便朝坐在推土机上的司机喊,你下来!那个小伙子就下来了,这个小伙子利索地爬上去,聂小妹喊道,开!推土机"轰"的一声,开始往前冲。周围的人,心都吊到了嗓子眼上,有的紧张得都闭了眼。

此时向秘书长和万丽他们站得已经很近了,随着推土机一声轰响,万丽的心也跟着抖起来,腿都打软了,她万万想不到在修路的现场会看到如此激烈如战场一般的气氛,她下意识地看了一眼向秘书长,向秘书长的表情没有什么明显的变化,但细心的万丽还是从他的眉宇间,感觉出眉头微皱的意思。也就在万丽注意向秘书长的一刹那间,推土机毫不客气地往前开,现场已经有妇女吓得尖叫起来,但说时迟那时快,那几个本来死死地躺在地上一动不动而且看起来是死也不会动弹的老太太,突然连爬带滚地逃离了推土机巨大的利铲,人群中顿时发出乱七八糟的声音,有人拍着胸脯说,吓煞我了,吓煞我了。有人哈哈哈地大笑,分明是嘲笑那几个老太太,还有一个妇女"哇"的一声就痛哭起来,边哭边念叨,我的房呀,我的房呀——那声调就像是农村里哭死人的调调。

向秘书长他们站的地方,离聂小妹并不远,聂小妹是面对着他们这个方向的,应该看得见,但她好像没有看见。万丽开始以为因为现场人多,聂小妹没有注意,后来又想,会不会聂小妹也不认得向秘书长,所以没有过来迎接。但是等老太太爬起来逃走后,事情平息了,聂小妹几步就跨过来,和向秘书长林处长万丽一一握手,说,向秘书长,其实您一到我就看见了,为了不把麻烦引到您身上,我就没有过来迎接您。向秘书长微微点一下头,脸色正常,但语气比较重,聂书记,你不觉得刚才那一出戏很危险吗?万一老太太不肯走,或者,她们动作慢一点,不就出人命了吗?聂小妹文静地笑了一下,说,向秘书长,决不会有这样的事情发生。向秘书长说,你凭什么这么有把握?聂小妹仍然平静地笑道,这些人,我太了解他们了,我就是从村里出来的,农民嘛,就是这样,又自私,又胆小,你的气势压过他,他就软了,你要是被他们拿住,让他们爬到你头上,那就什么事都别想干了。向秘书长说,你的气势是不是也太大了一点,拿人的生命当赌注,万一真出了事情怎么办?聂小妹说,我说过,真出了事情我负责,我负全部负责!向秘书长终于忍不住了,不光声音,连脸色也严厉起来,说,聂书记,你负得起这个责吗?这是人,是人命,你负得起吗?向秘书长发火了,聂小妹稍稍停顿了一下,但她并没有改变自己的思维,也没有改变自己一直平静的态度,相比之下,倒是向秘书长显得沉不住气了。聂小妹说,向秘书长,正因为我知道不会有事,我才会说这样的话,但是向秘书长您批评得好,提醒得及时,以后的工作中,我会做更有把握的事。另外,向秘书长,正好您来了,我向您汇报一下,这一个季度,我们江洋乡修路的进展和成绩——向秘书长摆了摆手,说,不用了,我都看见了。聂小妹说,您看见的只是其中的一条路,我们江洋乡,同时上马的,还有五条这样的路。向秘书长说,看一条就足够了。聂小妹还想说什么,正在这时,长洲县委魏副书记和县委办公室江主任一行匆匆地赶到了,他们是得到了消息,特地赶来接向秘书长到县里去的。

但是向秘书长没有再进长洲县城,直接打道回府了,临上车时,万丽听到魏副书记在问聂小妹,向秘书长说什么了?聂小妹怎么回答的,万丽没有听见。在回去的路上,向秘书长拿出信访处傅处长交给他的部分群众来信和上访记录给林处长和万丽看,向秘书长说,一开始,我看了这些信,总觉得有些夸大其词,不敢完全相信,今天看到聂小妹的行为,我才知道事实是怎么样的。林处长和万丽都没回答。向秘书长又说,我为什么到江洋乡?因为江洋乡的聂小妹,是我们乡镇一级书记中文化层次工作水平都比较高的一位书记,说心里话,我并不想看到群众来信中反映的那些问题,我才挑到江洋乡来的,但是来了我才知道,是白黑不了,是黑白不了,连聂小妹都是这样做工作的,那其他的乡镇党委书记们,就更可想而知了。向秘书长再次停顿下来的时候,轻微地叹了一口气。过了一会儿,林处长小心翼翼地带着试探的口气边说边等向秘书长的反应,是呀,平时我们听下面对聂小妹的反应,说她的工作很细致的,因为是女同志嘛,考虑问题比男书记更周到更稳妥,大家都是有所反映的。这一次,是不是因为市里修路的任务压得比较重……因为向秘书长没有反映,林处长就停了下来,他停下来,向秘书长才说,修路是为了什么?是为发展外向型经济。发展外向经济是为什么?是为了让老百姓、让农民过上好日子。但现在的情况,你首先就破坏了农民的正常生活,而且毫不讲理,毫不顾忌农民的利益,别说利益,连生命都是可以牺牲的,这种做法,有悖于我们做工作的最终目标。林处长点点头,更小心地试探说,全市动员大会上,平书记下死命令下到各个县,各个县又下到各乡镇,所以,下面——连万丽都听出来,林处长在提醒向秘书长,修路可是南州的头等大事,或者干脆说,是平书记当前的头等大事啊。林处长这么一说,向秘书长果然不作声了。车子沉闷地往前开,因为没有人说话,车声显得响了起来,但是在万丽的感觉中,好像是向秘书长的心情烦起来发出的噪声。

下面的一段路程,走得非常闷,向秘书长再也没有说一句话,微微闭着眼睛,好像在闭目养神了,林处长和万丽包括司机小胡,自然也都不再说话。

按常规,下过基层回来,多少要写点什么的,万丽也以为向秘书长会布置下来,如果向秘书长布置给林处长,林处长一般都会跟万丽说一说,由万丽先起草,但万丽等了两天,也没见林处长布置任务,她也不便多问什么。到了第二天下班前,林处长对万丽说,你到向秘书长办公室去一下。万丽看着林处长,等着林处长的下文,想知道向秘书长叫她干什么,但林处长做了一个表情,意思是我也不知道,万丽只好自己过去了。

向秘书长还是决定要将下面修路的情况认真地向领导汇报一下,但他没有按规矩先布置到处里,却是直接让万丽写材料。为了认真负责地写好这份报告材料,万丽还得下几趟乡,再去了解其他地方修路的实际情况。向秘书长说,小万,这件工作,就交给你了,相信你能够做好。万丽说,我一定会尽力的,我想再跑一跑黎湖县和元和县。向秘书长说,好,你选的这几个地方,都是有典型意义的。万丽问,向秘书长,您什么时候要这个报告?向秘书长想了想说,当然越快越好。不过,你得用事实说话。这样,给你一星期吧。停了一下又说,小万,在机关工作,有一点你以后要用心去观察,用心去体会,那就是一个人的政治头脑。这话说得并不十分明白,但万丽觉得自己听得懂,修路这件事情,看起来是经济发展中碰到的问题,但也同样涉及政治,万丽点着头,为自己在向秘书长的帮助下，政治上开始成熟而感到高兴。向秘书长最后说，小万，林处长这一阵在忙平书记的报告，你的材料，写好了直接给我。万丽一边说，好的，一边想起刚进妇联那阵子，她写的文章，一会儿是要经过余建芳的，一会儿是要直接送给许大姐的，虽然过了不长时间，但现在回想起来，就像是上辈子的事情了。

林处长果然一直忙着搞平书记的会议讲话，也没顾得上来关心万丽的材料，万丽写好后，就直接交给了向秘书长。

## 一三

**向秘书长咧了咧嘴，似笑非笑地说了一句，赌注下错啦。**

向秘书长拿到了万丽写好的材料后，花了好几天时间，反反复复地修改了两稿，完稿后，又把万丽喊过去，把材料交给万丽，说，小万，我改了一下，你再看看。万丽看了后，立刻有点错愕。万丽的初稿，只是就修路谈修路，暴露了修路中的一些问题，并作了一些分析。但是向秘书长在修改的时候，不仅把问题提得比较高，上纲上线了，而且还引用了平书记的讲话，并用大量的不争的事实，对平书记的讲话进行了批评和驳斥。虽然没有直接点出平书记的名，但知情人一看就知道。而这机关上上下下，又有哪个不是知情人？

看到万丽错愕的表情，向秘书长笑了笑，说，小万，我以前就跟你说过，在机关工作，政治的敏感，政治的嗅觉，是第一位的。万丽忍不住问，向秘书长，这个材料，您打算——向秘书长说，我已经通过关系，与《省委内参》说定了，给他们发。万丽心里忽然就"怦"地一跳，紧接着就慌张起来，脸也微微地红了。向秘书长看在眼里，当然明白，但他却一点也不动声色，朝她点了点头，说，小万，我今天让你来,是有件事情跟你商量,这篇文章,虽然是你起草,但我的改动很大,几乎改了个遍,你说是不是?万丽点了点头,没敢说什么。向秘书长说,几乎已经没有了你那份材料的影子了。万丽又点了点头。向秘书长又笑起来,说,那我就对不起了,要用我的名字署名了,你不会告我剽窃吧?万丽心头一时间被许多东西堵满了,她说不出话来,也不知道该怎么说,但她隐约的有一些感觉,向秘书长看上去平静,但这平静之中,正酝酿着巨大的风暴,风暴还没有来,万丽的心,却已经被风暴吹刮得颤抖起来。

一直到下班走出办公室,走在机关大院子里,万丽的心情还没能平静下来,仍然十分混乱。走了几步,就看到许大姐站在前边,但这一回许大姐并不再慢慢往前走,而是停在那里,就是告诉万丽,她有意在等她。果然,等万丽走近了,许大姐招呼说,小万,下班了。万丽说,下班了。许大姐又说,我在等你呢,你下班后没有要紧的事情吧。万丽赶紧说,没有没有。许大姐说,那我们一起走吧,边走边说说话,我也好久没和你聊聊了。万丽只得硬着头皮说,许大姐,我,我,一直忙,也没来得及跟您汇报,上次,上次您说的事情——许大姐微微地皱了皱眉,似乎听不明白万丽的话,小万,你说什么?万丽毕竟是聪明人,立刻听出许大姐的意思,在机关里,有许多事情,是只可意会不可言传的,何况是最最敏感的人事问题,哪有像她这样直来直去的。万丽不好意思地冲许大姐笑了一下,说,对不起,许大姐,反正,反正,您知道——许大姐却不笑,脸色很严肃地摆了摆手,说,小万,你误会了,我今天找你,是想跟你说件事情。最近,我们妇联组织大家学习平书记关于"要想富,先修路"的指示精神,但是总觉得学得不够深入,体会也不够深刻。你呢,是在办公室起草文件的,对平书记的指示精神肯定理解得要比我们深,所以呢,我考虑,想请你抽空来妇联给我们讲一讲,怎么更深刻地领会平书记的指示精神——她看万丽有点犹豫,又放松了口气说,就当你回一趟娘家嘛,你调走之后,还没有回来看看呢。万丽犹豫着说，我，我可能不大合适的，我自己也——许大姐说，小万，说实在的，我也是有难处啊，妇联的中心工作，也是围绕平书记提出的中心工作开展的，但是，这一阵，全市大规模修路建桥，机关里的争议也很多，甚至说市委领导里有两大派，支持派和反对派，但我就不相信，要想富，先修路，是平书记号召的，反对修路不就是反对平书记的倡议吗？许大姐说者无心，万丽听者有意，立刻想起向秘书长要发《省委内参》的那份材料，虽然最后是向秘书长自己署名，但毕竟是她起草的，更何况，万丽不能眼看着向秘书长去反对平书记呀，心里一急，就问许大姐，许大姐，您知不知道《省委内参》的情况？许大姐有些奇怪，留意地看了一眼万丽，说，《省委内参》？你应该更了解嘛，就和《市委内参》一样，就是专门提供给省委主要领导看的，主要是省内的大事要事、敏感问题，不能直接见报的，就发《省委内参》嘛。万丽，你问这个干什么？万丽眼前看到的是许大姐像妈妈一样关切关注的目光，跟着心里一软，差一点就把事情跟许大姐说了，但话到嘴边，硬是咽了下去，支吾道，没什么，没什么，我随便问问的。在许大姐不太满意的目光中，万丽到底坚持住了底线。但许大姐忽然间好像有点乱方寸，两眼茫然而游离，神色慌乱，文不对题地说，啊，是的，是这样的，好啊——就匆匆地走开了。

　　第二天上班后，向秘书长让林处长和万丽去他办公室，布置下一步的文件起草工作，正在这时候，电话铃响了起来，响得惊心动魄，猝不及防的万丽，心里一阵乱跳。

　　向秘书长接电话的时候，林处长和万丽都不知道是该走开还是不走开，向秘书长也完全没有在意林处长和万丽在场与否，他只是无声地听着对方说话，一言不发，但他的脸色，却让万丽不忍看下去了。

　　万丽第一个反应就是，出大事情了！

　　向秘书长背着市委给《省委内参》的那篇文章，不仅没有刊登出来，还转回到了平书记的手里。电话是《省委内参》的副主编打来的,他和向秘书长是多年的老关系,他告诉向秘书长,本来已经发排,是临时抽下来的,他还据理力争了,但最后是省委秘书长签了字让抽下来的,因为平书记以南州市委的名义,给省委发了一封加急电报,阻止了文章的发表。

向秘书长只问了一句,他怎么会知道的?电话那边可能还在解释什么,但是向秘书长没有再听下去,"啪"地挂断了电话。

看到林处长和万丽还愣在他面前,向秘书长咧了咧嘴,似笑非笑地说了一句,赌注下错啦。他站起身,撇下林处长和万丽就走出去了。事后万丽才知道,向秘书长是一直走到了平书记的办公室,短兵相接地叙述了自己对修路的看法,平书记也毫不客气毫不留情地驳回了向秘书长的说法,回答道,螳臂当车不行,螳臂当路同样行不通。

时隔不久,平书记得了一个"开路先锋"的美称,因为路修得快修得好,外向型经济在南州迅猛发展,南州市很快成为经济大踏步前进的楷模,几乎一夜之间,南州从一个一向被称作后花园的消费小城,发展成为一个经济大市,不仅在全省,在全国也都赫赫有名了,各地来参观学习者络绎不绝。

向秘书长调到里和县当了一个排名很靠后的副书记,看起来,一场轩然大波,随着时间的流逝,就渐渐地平息下去了,但是波及的人何止向秘书长一个,连林处长也没有得好果子吃,万丽就更不用说了。

万丽开始尝到坐冷板凳、看冷脸子的滋味了,虽然她只是一个小小的副科长,不是什么重要的力量,再说,这之前万丽虽然得宠,但她不是个犯嫌的人,跟大家相处得也不错,别人似乎犯不着跟她过不去,但是不行,不冷淡是不行的,万丽是向秘书长的人,向秘书长倒了,如果大家还对她一如既往地友好热情,就涉及对向秘书长的态度,也涉及对平书记的态度了。

这是万丽人生最苦闷的一个阶段,就在这时候,她发现自己怀孕了。

## 一四

孙国海还没有听完，就翻身坐起来，涨红了脸，瞪大眼睛问道，他们把你怎么了？

万丽的妊娠反应很严重，吃不下东西，孙国海每天一早起来，就跑菜场，大包大揽，生鱼活虾，新鲜时蔬，见什么买什么，恨不得把整个菜场拖回来给万丽吃下去。孙国海原本也是个少爷作风，虽然当过兵，也吃过苦，但他有个能干的母亲，包揽了所有的家务活。所以，虽然家庭并不怎么富裕，孙国海从小倒也是衣来伸手、饭来张口享受惯了的。和万丽结婚后，尤其是万丽调到市委办公室工作后，不仅工作忙，而且上下班时间没有规律，孙国海不得不学着做家务了，煮饭烧菜，没几天时间，就做穿了几个锅底，水壶也烧坏了好几个。平时还马马虎虎好凑合，反正中午一顿，都在机关食堂对付，晚上回来，再弄几个小菜，如果万丽加班不回来，孙国海也干脆不起油锅，下碗面吃就行了，甚至面也不下，买两个面包就顶了一顿。但是现在情况不一样了，万丽怀了孩子，是最需要营养的时候，孙国海为了提高做菜的水平，还特意去买了菜谱回来研究实践，每次都是一手拿着菜谱一手拿着铲子，口中念念有词。等到把万丽喊过来一看，满满一桌子的菜，七盘八碟，热气腾腾，孙国海忙得满脸通红，浑身油腻，但情绪却很高涨，他的眼睛总是巴巴地盯着万丽，希望能看到她品尝过后露出哪怕一点点的笑容。可是万丽笑不出来，她实在吃不下去，无论清蒸还是红烧，无论油炸还是水煮，到她嘴里，都是味同嚼蜡。

一个星期天的早晨，他们睡迟了一点，孙国海爬起来赶紧出去买菜,万丽洗漱后不久,就听到有人敲门,开门一看,一个笑眯眯胖乎乎的男子站在门口冲着她笑道,嫂子你好。万丽就估计是孙国海的一个朋友,但看起来这个人要比孙国海和她年纪大一些,却喊她嫂子,万丽有些不好意思,赶紧让座,泡茶,那人很自来熟地说,嫂子,你就叫我二道吧。我大名叫王尔淘,他们都喊我二道,口齿不清的,不过,我这个人,好说话的,二道就二道吧。万丽不由得笑起来,还没说什么,二道就说,对,就是二道贩子的二道,说着朝万丽看了看,微微摇了摇头,说,人家怀孕都会胖起来,你倒真是瘦了,难怪大哥这么着急。万丽奇怪地说,你见过我?二道笑道,我怎么没见过你,我几乎天天见得着你。万丽更奇怪了,但下面的问话还没来得及问出来,孙国海买菜回来了,一见二道,高兴地直拍他的肩,说,二道贩子,你来啦!二道咧着嘴笑,他见到孙国海,是特别亲切的感觉,让万丽感觉到他们的友情很厚很重。孙国海回头跟万丽说,二道是我哥们儿,在机关食堂工作,司务长兼大厨师。二道说,我正跟嫂子自我介绍呢,嫂子不认识我,我倒很认识嫂子,当初你们刚谈恋爱,我就听说了,你来食堂吃饭,我就观察过你了,我们几个还私下议论过。万丽开玩笑说,是不是觉得你们大哥吃亏了?二道说,那倒也不是,你们两个,各有长短嘛。万丽和孙国海结婚,机关里好多人和她开玩笑都说她是鲜花插在牛粪上,万丽虽然不认为孙国海是牛粪,也知道人家纯粹是说着玩的,但心里毕竟是受用的,不料二道却说各有长短,万丽不由得问,那你说说,我们的长长短短是些什么。看二道的样子还真想说了,却被孙国海打断,说,哎,二道,别忘了你今天来干什么的。二道"哎呀"了一声,拍拍自己的脑袋,说,我这个人,就是这毛病,一高兴起来,就把正事忘了。万丽看了孙国海一眼,说,孙国海也是这毛病。二道说,不对不对,嫂子,大哥做事可认真负责啦,那一回,我儿子玩滑梯,摔坏了腿,我又不在家,就是大哥背着我儿子跑到医院,一直守了大半夜,等我赶到医院他才离开——你不知道,我儿子像我,胖墩一个,大哥背着他奔来奔去,挂号,找医生,拍片子,上石膏——孙国海说,好啦好啦。万丽更奇怪了,问道,你儿子几岁了?二道说,十岁。万丽说,你儿子都十岁啦,那你应该比孙国海大得多?二道不好意思地笑笑说,虚长几岁虚长几岁。万丽说,那应该孙国海喊你大哥,你怎么倒过来喊他大哥?二道连连摆手,说,那不对的,那不对的,谁大哥谁二哥,不是按年龄划分的,要看威信和水平。万丽"扑哧"一声笑起来,看起来,孙国海在他的这些狐朋狗友中,还真有点威信呢。

二道是孙国海专门请来教他厨艺的,聊了一会儿,孙国海让万丽歇着,他就跟二道进了厨房,杀鸡宰鸭,整整忙了一上午,做了一桌子的菜,色香味俱全,万丽的胃口还真的被吊起来了,吃了不少菜,也能感觉出菜的滋味了。孙国海高兴得直搓手,连连说,太好了,太好了!吃过饭,二道又抢着洗碗,又给孙国海泡茶,弄得他像个主人,而孙国海倒像个尊贵的客人。

下午万丽睡了一觉,醒来的时候,听到外面客厅里没有了声音,以为二道走了,拉开房门一看,二道却还在,一个人闷坐在那里抽烟呢,看到万丽出来,吓了一跳,赶紧把烟掐了,说,嫂子,大哥去买菜了。万丽说,怎么又买菜?二道说,还做晚饭呢,嫂子,晚饭你想不想吃咸肉煮饭,那是很开胃的。万丽说,不用了,真的不用了,已经麻烦你大半天了。二道说,这算什么,嫂子你别放在心上。万丽知道今天是劝不住他了,等孙国海回来,也顾不得讲究礼貌了,就把孙国海喊进卧室,说,二道忙了大半天了,让他回去吧。孙国海说,二道还要替我们弄晚饭。万丽说,中午还有那么多菜没吃呢,再做也是浪费了。孙国海说,二道说,弄晚饭时,还要教我几招。万丽说,时间太长了。孙国海说,没事的,二道这个人,就是这样,热心肠。万丽哭笑不得,她差一点说"不是他时间太长,是我觉得时间太长",但话到嘴边,没有说出来,毕竟人家一片好心,放弃休息时间,来帮助他们,总不能赶人家走吧。

晚饭端出来的时候,孙国海更兴奋了,说,万丽,我今天又学了三个菜,田螺嵌肉、清蒸鲈鱼,还有蒜泥蕹菜——二道也高兴地说,嫂子,大哥在厨艺方面很有天赋的,你猜猜看,哪几个菜是大哥做的。万丽说,他能把稀饭烧成烂干饭,就是水平了。大家笑了,气氛很好,孙国海开了一瓶黄酒和二道两人对喝起来,喝了点酒,话就更多了,东拉西扯,万丽很快就发现,他们对每一个涉及的话题,都兴致勃勃,而且,转换话题也是出人意料的快,有时候一秒钟前还在说着一个话题,一秒钟后其中的一个突然把话题转移了,另一个也就非常迅速几乎不假思索地跟上了。一顿饭吃吃聊聊,进行得很慢,万丽有点坐不住了,孙国海和二道都感觉不出来,万丽只好说,国海,你和二道还要喝吗?孙国海和二道同时看看酒瓶,同时说,才喝了大半瓶呢。万丽说,那,你们慢慢喝,我休息一会儿。孙国海和二道又同声说,你休息你休息。万丽就退出了,回到卧室,拿出一份办公室急等着要的材料写了起来。外面的两个人谈兴仍然十足,声音虽然不大,但也断断续续地传进卧室,只是万丽心用在工作上,也没再在意他们又谈了些什么。一直到快十点了,万丽才听到外面有一点不同的动静了,以为二道要走了,便开了门出来看看,才发现,他们只是从餐桌移到了沙发,茶几上多了两个杯茶,孙国海跷着二郎腿坐着,二道站在电视机边上,拨弄着电视的天线,一边弄一边摇头说,大哥,这不行,图像太差了,过天我请人过来帮你装个室外天线。说着也到沙发上坐下,两个人眼睛看着电视,说的却是其他的内容。二道说,你知道薛方吧?孙国海说,是机关工会的老薛?二道说,就是老薛,上个星期他们单位组织去南方考察,买了一大堆假金子回来,后来发现上当了,硬要单位补偿他。孙国海说,怎么要单位补偿呢?二道说,他说去南方考察是公差,既然是出公差时受的损失,公家就应该赔偿。孙国海说,小子倒也想得出来。二道又说,油要涨价了,米也要涨价了。孙国海说,涨价怎么样呢,你去囤米积油吗?放在哪里呢,浴缸放米,油放在哪里呢?二道笑道,你住得比我宽畅,我寄到你这里。

两人专心说话,也没有发现万丽出来,一直到万丽走到他们面前,才看到万丽,二道站了起来,说,嫂子还没休息啊?万丽说,时间也不早了,明天还要上班呢,你们也该休息了。二道又坐下去,说,我们没事的。孙国海说,是呀,我们身体好,也不困,喝了点酒还兴奋,要不,你就早点睡吧。这一整天万丽都没能跟孙国海说几句话,本来她还想和孙国海一起上街转转,看看婴儿用品,可二道一来,菜虽然吃得可口,但时间却全泡给二道了,这会都已经十点了,二道还没有走的意思,孙国海也没有让他走的意思,万丽心里早有点不耐烦了,说,国海,我还有点事要跟你商量一下呢。二道这回听明白了,又站了起来,说,大哥,你们有事,我就早点走了。孙国海说,不急的,你再坐坐。二道又想坐下了,万丽赶紧对孙国海说,你就别留二道了,他一个星期天全泡在我们家了,这么晚了还不回去,他爱人要怪你怪我不懂道理的。二道说,她才不会呢,她只要儿子在跟前,我在不在无所谓的。孙国海说,是呀,二道我们平时一起玩都知道他的,不怕老婆。万丽说,不管怕不怕老婆,这么晚了不回家总是不大好的。说着话的时候,她的身体动作已经让人感觉到要送客了,二道也接收到这种感觉,就离开了沙发,孙国海见此情形,也只好站了起来。万丽赶紧抓住机会说,二道那就谢谢你了。二道说,不用谢不用谢。又回头朝孙国海说,大哥,那我就先走了,以后,只要你愿意,我每个星期都可以来。万丽赶紧说,不用不用,那太不好意思了,你家里也有事情的。二道说,没事的。万丽说,你爱人会有意见的。二道说,才不会呢,我说是到大哥这里来帮忙的,她不会有二话,她还恨不得自己来做呢。万丽拿眼光去恳求孙国海,希望他阻止一下,但孙国海却看不懂她眼睛里的意思,还附和着二道说,那就太好了,说实在的,今天我看到万丽吃菜吃出滋味来了,我真的好高兴,二道你不知道,万丽有一两个月都没好好吃东西了。二道说,小事一桩,包在我身上,只要大哥你的烹饪水平还不如我,我就来给嫂子做菜,等你的水平达到或超过我了,我就不来了。好不容易送走了二道,孙国海洗了一下脚,就钻进被窝了,等万丽洗好了过来,他已经双眼迷离睁不开了。万丽说,你刚才还说不困,怎么一会儿就要睡着了?孙国海含混道,怎么不困,天天上班,星期天又忙了一天。万丽说,二道待的时间太长了,把大家拖得很疲劳,尤其是精神上。孙国海虽然睡意蒙眬,头脑却还清醒,说,精神上有什么疲劳,和二道说话,最放松,无话不谈,谈什么都不要紧的。万丽说,那是你,对我来说不一样,家里平白无故多出一个人来,挺难受挺别扭的。孙国海说,但人家是来帮助我们的呀,不能帮助的时候要帮助,一帮助完了,就赶人家出门。万丽听孙国海这么说,就有点来气,说,你的许多朋友都来过我们家,我赶谁走过吗?孙国海说,万丽你误会了,我没有说你赶谁走,我是说和朋友聊聊天,是开心的事情。万丽说,你只顾自己开心。孙国海的睡意被赶跑了些,他愣了愣,好像没有明白万丽说的话,想了想,才说,你是不是不想要二道教我做菜?万丽没有直接回答,过了一会儿,她才慢慢地说,国海,我单位那边的情况,你也知道,向秘书长调走后,我的境遇不是太好——孙国海还没有听完,就翻身坐了起来,涨红了脸,瞪大眼睛问道,他们把你怎么了?万丽差点脱口说出些什么,但一想到上次的金美人事件,心头一紧,赶紧吸取教训,立刻把想说的话收了回去,改口道,没有没有,他们没有把我怎么样,只是,我这一阵,反应严重,我想请一阵病假。孙国海说,那太好了,我早就想让你请病假了,又怕你太看重工作,办公室的工作,关你什么事?万丽一听孙国海这话,又觉得不中听,便说,这是两回事,我是因为身体的原因,一个人,如果连自己的工作都不关心,不管不问,怎么能进步呢?孙国海说,你再卖力,向秘书长调走了,你的卖力也没有什么意思了。万丽说,你总是哪壶不开提哪壶,总是要刺激我是不是?孙国海叫屈了,我怎么是要刺激你?我是想劝劝你,想开点。万丽说,我很想得开。

万丽第二天就到医院开了半个月的请假条,交到办公室后,就回家休息了。她也开始研究菜谱,每天孙国海下班回来,都能尝到万丽新学的手艺,孙国海一高兴,就说,唉,有人建议女人回归家庭,回归厨房,我是举双手赞成的!万丽说,我回归了厨房,你养我啊?孙国海更是得意忘形了,说,本来嘛,就应该男主外女主内。万丽听了又不高兴,说,你主外?你主外了没有?孙国海说,外面哪件事情我办不成的?万丽说,那倒是,别人的事情你样样办得成,就自己的事情不成。孙国海说,我自己什么事情不成的?万丽发现话题又回到"进步"上去了,就闭嘴不说了。这天晚上来了一个客人,是文化系统的,喜欢画画,这人也不知怎么跟孙国海认识上的,进门见过万丽,微红着脸点了一点头,孙国海就陪他坐在沙发上了。万丽照例是回到卧室,她虽然病假在家,但心里仍然放不下办公室的工作,病假期间没有工作任务,她就自己找来一些学习材料,认真研究学习。学着学着,万丽不知怎么想起了妇联的同事余建芳,想起自己在妇联工作的时候,余建芳就是这样自觉地严格地要求自己,没有工作任务的时候,就是看材料,看文件,背文件,永远也看不完,那时候万丽觉得不可理解,觉得余建芳这种行为很可笑,甚至怀疑她是做给人看的,但是现在她自己也成了余建芳,病假在家还认真看书学习,这可不是做给人看的,没有人看得见她,万丽忽然地想到了两个字:进步。

万丽看一会儿,就放下书,侧耳听听外面的声音,但是几乎听不到外面有什么声音,万丽几次都以为那个人已经走了,想起身出去,但刚刚走到门口,又听到孙国海的一两句话,但并没有那个人的回答,然后孙国海再说一两句,那个人仍然没有回答,最多就是"嗯哼"一声,到后来,声音又没有了,两个人都沉默着,万丽不明白他们在干什么、要干什么,忍不住推开一条门缝,朝外张望,果然是两个人都默默地坐在沙发上,各人面前一杯茶,孙国海几次摸出烟,但又收回去。万丽觉得实在不可思议,但她没有再像上次二道来的时候那样跑出来赶走二道,她已经学会了让自己在工作中等待。

一直到很晚很晚,那个人才走,万丽是听到了他们的动静的,但她没有出来,等孙国海送走了客人,轻手轻脚进卧室,却发现万丽并没有睡,孙国海"咦"了一声,我还以为你睡了。万丽说,我还没洗脚呢。孙国海说,这么晚了还不休息,你要当心身体。万丽说,你们坐在那里,我到卫生间去都不太方便。孙国海说,有什么不方便,你去好了。万丽说,你们两个又不说话,静静地坐在那里,我进卫生间,一举一动都在你们耳朵里了。孙国海说,这倒是的,这种房子,结构不合理,卫生间的门紧对客厅,客厅又小,坐沙发的人,等于是坐在卫生间门口。万丽说,你们两个闷坐着干什么呢?孙国海说,嘿嘿,坐坐。万丽说,是不是他有什么困难找你帮忙?孙国海说,没有,他送给我一幅画,一边说,一边把画展开来给万丽看,画的是竹子。万丽也不懂画,说不出什么来,只是说,这个人很内向。孙国海说,是呀,不大说话的。万丽说,那他既然不说话,稍坐一下就可以走了,干什么一直要坐到这么晚?你们这么干坐着,连电视也不开,不觉得无聊吗?孙国海又说,嘿嘿,坐坐。万丽说,你真是好耐心。孙国海又是"嘿嘿"一笑。万丽感到很气愤,说,孙国海,你把精力和时间都浪费在这上面。孙国海说,这也不能说是浪费时间,人家上门来,坐一会儿,这有什么啦?万丽说,如果你把这样的耐心和精力放在工作上,你早就进步了。孙国海说,我怎么没进步?万丽不客气地说,你进步,你进步在哪里?你进机关都几年了,连个副科长都没当上,还进步了?孙国海说,进步不进步,不能光看升不升官吧,升了官就是进步,不升官就是不进步?万丽一时语塞,倒觉得自己没道理了,目光短浅,沉不住气。

关于进步的谈话,在万丽和孙国海这里,总是进行不下去,两个人的基本观点不同,就谈不到一块去,如果再往下谈,必定又以生气告终。当然,也只是万丽生气,孙国海没有那么多气可生,他活得滋润得很,进步不进步,孙国海觉得,只要自己认为自己是进步的,就行了。

第二天,万丽一早就起来了,孙国海说,你又不上班,再睡一会儿吧。万丽说,我要上班。孙国海扳着指头算了算,说,你病假还有好几天呢。万丽说,我不休了。孙国海莫名其妙地看着她,不知她忽然间犯了哪根筋。

## 一五

万丽"哇"的一声哭了起来,怎么与我无关,怎么与我无关,就是我害了向秘书长,就是我。

万丽怀孕快八个月的时候,孙国海把母亲从老家接来照顾万丽。万丽的婆婆身体健康,性格开朗,也算得上是通情达理的,但她跟万丽话不是太多。万丽找她说话,她也会说的,如果万丽不跟她说,她就闷头做家务,不太主动找万丽说话。对婆婆来说,家务事是永远也做不完、做不够的。婆婆对家务事的兴趣,就像万丽对工作的兴趣,好像是与生俱来的,从来不厌烦,从来不抱怨,有时候万丽坐在椅子上看着婆婆一丝不苟地拖地,拖不净的地方,就扔开拖把,拿抹布跪在地上擦,万丽觉得很不过意,让她马虎点,婆婆说,马虎不行的,马虎了我心里过不去的。万丽觉得婆婆很朴实,很知书达理,甚至比孙国海更懂道理。

婆婆一来,家里的生活立刻井井有条起来,一日三餐,营养搭配,美味可口,家里也打扫得一尘不染。这一阵最轻松的就是孙国海了,下了班再用不着急急忙忙跑菜场、往家赶,他的一些朋友,大事小事,又把他拉走了,有时候弄到很晚才回来,见万丽生气,孙国海总是满脸堆着真诚的笑,说,对不起,对不起,下次一定改,一定早回来。但到了下次,仍然故技重演,故态重萌。万丽心里气,就跟婆婆说,婆婆总是耐心地听完万丽的委屈,然后不紧不慢地说,万丽,你别生气,现在你的任务是养好身体,保好宝宝。万丽说,不是我要气,是他老是气我,像昨天晚上,说好了不超过九点回来的,我等到十二点也没回来。婆婆说,那你就不等他。万丽觉得呛了一下,心里很别扭。听起来,婆婆的话是在为她着想。但不知为什么,总觉得怪怪的,不太舒服。丈夫在外,哪有妻子不着急、不等待的?如果有的话,这个妻子对这个丈夫恐怕早就没有了感觉。万丽气哼哼地说,并不是我要等他,问题也不在于我等不等,问题在于他说话算不算数,一个男子汉大丈夫,怎么可以经常说话不算数呢。她稍一停顿,不等婆婆替孙国海解释什么,又说,说几点就是几点,玩什么噱头?婆婆宽厚地笑笑说,你也别往心上去啦,男人嘛,就是这样的,请假的时候说早一点,也是他心里愿意早一点回来的,但到了那时候,也就人在江湖身不由己了,你说是不是?万丽说,谁人不在江湖呢,我以前忙的时候,有时候也很晚回来,但是几点就是几点,不会玩噱头。婆婆仍然平平和和地笑着,说,男人和女人是不大一样的嘛,是不是?万丽说,为什么不能一样呢?婆婆说,一样了就分不出男人女人了嘛,是不是?万丽再次被呛住了。婆婆说话很温和,脸上永远是微笑,每句话还要带上个"你说是不是",显得特别讲理,特别客气,但万丽却渐渐从这种通情达理中,感觉出与生俱来的隔膜,还有就是婆婆对无原则的儿子偏袒,这是印在骨子里的,只是婆婆表现得非常大度,是软功夫,是柔中带刚,使得万丽有口难言,不由气道,我也可以不等他,我又不稀罕他,但孙国海是什么态度,他根本不把我、也不把快出生的孩子放在心上。婆婆仍然不急不忙地说,那也不至于,男人嘛,心总是粗一点——好了,万丽,你身体要紧,别生气了,回来我说他,让他改。但是等到孙国海回来了,婆婆却好像忘记了对万丽的承诺,一字不提,只是满心喜欢地看着儿子,盯着儿子的一举一动,连孙国海吃饭掉一颗米粒,她也要捡起来塞进自己嘴里。她总是不停地给孙国海夹菜,然后逼着他赶紧吃掉,再夹,当然,婆婆永远是周到的,在给儿子夹菜的时候,也不会忘记跟万丽说,万丽,我不知道你喜欢吃什么,就不给你夹了,你自己拣自己喜欢的吃啊,你现在可是两个人吃啊。万丽希望孙国海也能给她夹几筷子菜,但孙国海光顾了享受母亲的疼爱,吃得舔嘴咂舌的,万丽忍不住说,你一口汤也不喝,也不怕噎着。孙国海看看母亲,只是嘿嘿地笑。婆婆说,国海小时候,身体很弱,我是想尽办法给他补,那时候家里穷,买肉骨头回来熬汤,国海那时候汤喝太多了,现在对汤就有点反感了。孙国海说,嘿嘿,是呀。万丽说,还是妈妈知道你,我跟你认识两年,结婚也快两年了,还不知道你不喜欢喝汤呢。孙国海说,我也无所谓的。万丽说,那幸亏妈妈说了出来,要不然,我天天让你喝汤,妈妈要心疼了。婆婆笑道,心疼也不至于,再说了,现在讲究营养的人,又怕胖的,就是多喝汤嘛。万丽又没有说得过婆婆。

　　那一阵电视里正在播《渴望》,婆婆忙完家务,也坐过来和万丽一起看电视,看到感动时,抹着眼泪说,唉,这个刘慧芳,真贤惠,能娶她做老婆,真是前世修来的福。明明是在说电视里的人,万丽又偏偏要多心,好像婆婆还有别的言外之意,就梗在心里了。因为《渴望》的轰动,白天上班时,同事也都在议论,有一天伊豆豆过来,和大家议了起来,意见不统一,对刘慧芳有争论,男同志大多数持赞赏态度,说刘慧芳既是中国传统美德的化身,又是当代女雷锋,毫不利己专门利人。伊豆豆就不爱听了,说,不是毫不利己专门利人,是毫不利己专门利男人。男同志就嘲笑伊豆豆,说她自己做不到还酸刘慧芳,伊豆豆从万丽桌上的一堆报纸中扒拉出一张来,说,我念给你们听听,人家是怎么说的:"刘慧芳的出现,使我们想起了鲁迅先生的八个字:哀其不幸,怒其不争。送给刘慧芳,是再恰当不过的了。随着《渴望》的热播,社会上掀起了一股呼唤刘慧芳式的女人复归的潮流,这种潮流,是妇女解放运动的可悲失败,是社会的倒退,是男人的悲哀,更是妇女的悲哀。"晚上万丽又和婆婆一起看电视,婆婆又夸刘慧芳了,万丽说,过去封建社会的女人都这样吧。婆婆却指着屏幕上的王亚茹说,谁会喜欢这个姑姑?万丽说,我是不是要向刘慧芳学习,孙国海再怎么晚回来也不说他,随他去?婆婆说,那也不对的,你们读书人都知道一句话,女人是男人的学校,男人出息不出息,从女人身上看得出来。万丽说,您的意思,男人没出息,责任是在女人身上?婆婆笑了笑,说,从前都这么说的。

晚上躺下的时候,万丽跟孙国海说,你妈是打太极拳的。孙国海没听明白,说,我妈打太极拳?是吗?什么时候学的,我怎么不知道?万丽没头没脑地说,你妈再教会了你,你们母子就可以一起对付我了。孙国海说,你什么意思,我听不懂。万丽说,听不懂就拉倒。背过身子不理他了。万丽以为孙国海还会追问下去,但不一会儿,就听到了孙国海的鼾声。

万丽心头的气冲了上来,正想推醒孙国海跟他理论几句,突然感觉到肚子里的孩子踢了她一脚,这一脚,把万丽的一点气给踢跑了,她隔着肚皮轻轻地抚摸着孩子,很快就心平气和地睡着了。

万丽足月生下了女儿,取名孙新月,小名丫丫。坐月子期间,有不少同事、朋友来探望万丽,伊豆豆来了好几次,光给小毛头的衣服,就买了好几套,都嫌大,伊豆豆将衣服抖开来,在小毛头身上比画了半天,自己都笑疼了肚子,啊哈哈,啊哈哈——她一边笑一边做着手势说,我怎么会觉得你家小毛头有这么大呢。万丽说,你也不问问营业员,就说买新生儿的衣服。伊豆豆说,我买衣服要征求营业员的意见?我也太没名气了。我什么水平,她们什么水平?她们笑了一阵,伊豆豆说了许多机关的轶事,有的是真实的,有的是流传的,最后又说到机关的一些人事变动,伊豆豆说到的其他人万丽都不太熟悉,只有戴部长她是知道的,伊豆豆告诉万丽,组织部来了个新部长，戴部长拨正的最后一次机会终于也失去了。万丽想到当时许大姐来找她，她又跟向秘书长吞吞吐吐地说了，被向秘书长严厉批评以及最后向秘书长自己调走，想着想着，不由心里堵起来，是一种说不清的滋味。伊豆豆说，戴部长自己倒没有什么，许大姐就不行了，像是变了一个人，很沮丧，情绪很低落，你最近没见着她吧，一下子老了许多。万丽没有说话，心里沉沉的。伊豆豆说，也难怪，关于戴部长拨正的事情，许大姐可是没少操心，戴部长自己倒没怎么活动，许大姐可是活动了大半年，走了多少路子，跑了多少人，想了多少办法，最后也没有成——当然，肯定是戴部长授意的，至少是戴部长同意的吧。万丽心里跳了一下，掩饰着说，你是地下组织部，你都知道。伊豆豆说，那当然。许大姐的事情，我能不清楚？所以，最后事情没成，戴部长倒没落下什么话柄，对许大姐可是影响不好，她一直是个端正的人，都熬了一辈子，到最后却没能保持晚节。万丽说，你也言过其实了，这也说不上什么晚节不晚节的，她又没有犯错误。伊豆豆说，错误是没犯什么，但反正名声不好听了，要是戴部长上了，拨正了，或者哪怕挪个部门拨正，也就没有这样的麻烦，但现在，戴部长原位不动，还有几个月就要退了，别人也不会再忌惮他什么了。万丽说，你不仅是地下人事组织部，还是心理研究部的呢。伊豆豆说，我还知道，许大姐病急乱投医，还找了你呢。万丽吓了一跳，这个伊豆豆，怎么什么都知道，是不是万丽不知高低不知轻重找向秘书长替戴部长说话、被向秘书长批评的事情她也知道？但伊豆豆却没有再往下说，不知是给万丽一点面子，还是确实不知道，但如果伊豆豆真的能够说出来，那万丽肯定是不能接受的，因为万丽找向秘书长说这件事情，除了她和向秘书长，没有第三个人知道，如果有第三个人知道，那肯定是向秘书长说出去的，那万丽对向秘书长、对机关的一些基本看法，无疑会受到根本性的最沉重的打击。万丽想着，不知为什么，心慌意乱起来，眼前都有点发黑，好像在她面前，是一个黑乎乎的深洞,她看不清里边的东西,更看不到底,而自己却不得不往前走,走过去,是掉下去葬身万丈深渊,还是能够一步跨出个新天地,万丽完全没有数。伊豆豆见万丽沉默了,又说,你这就吓着啦,更厉害的还没跟你说呢,许大姐还不择手段地做了一些事情——但可惜机关算尽,也没能把戴部长抬上去。万丽说,你这张嘴,越说越豁边了。伊豆豆说,我就不跟你说了,说出来要把你吓晕过去。万丽说,我至于吗?伊豆豆探究地看了看她,说,至于的,至少现在还是至于的,今后嘛,你成长了,老江湖了,可能就不至于了。说着,伊豆豆又大笑起来,好了好了,不跟你说政治了,政治哪是你我玩的,你也别多想了,不说你了,说说我吧。万丽说,是呀,你不是要调办公室的嘛。伊豆豆说,等你呀,等你休完产假,我再来,要不然,我进来了多孤单啊。万丽分辨不出伊豆豆是笑话还是真话,也只得跟着她打哈哈,那好啊,你等着我啊。

　　伊豆豆来过后的第二天,许大姐也来了,婆婆给许大姐泡了茶,就进厨房忙乎去了。许大姐就说,万丽,我听伊豆豆说,你婆婆对你挺好的,把你都吃成个胖媳妇了。万丽听了这话,就觉得许大姐也是伊豆豆鼓动来的,嘴上不由得说,伊豆豆昨天来过。许大姐说,是呀,她还说,她买了两三岁的小孩穿的衣服给你家小毛头穿,笑死我了。万丽说,她以为刚生下来的小毛头和两三岁的孩子差不多大呢。许大姐说,看你气色什么的,都不错啊。万丽摸了摸自己的脸,说,我婆婆很会烧菜,真的把吃我胖了。许大姐说,我看得出来,你婆婆是个厉害角色。万丽没想到许大姐会这么说,到她家来看望她的同事朋友们,都说她婆婆和蔼可亲,待人热情,唯有许大姐这么说,说在了万丽的心上,万丽忍不住道,还是许大姐眼睛凶。许大姐笑道,不是我眼睛凶,是我有切身体会——你们可能都不知道,我从年轻的时候开始,就一直是和婆婆一起住的,可明白婆婆的心思了。不等万丽表示什么,许大姐又说,我公公去世得早,老戴是个孝子,结婚前就提出这个先提条件的,我们一结婚，婆婆就住在我们家了。万丽说，现在呢？许大姐说，去年去世了，活了八十九，无疾而终，死的时候，脸色清白粉嫩，像上了妆一样。许大姐笑了笑又说，我听伊豆豆说你婆婆的印象，我就知道你婆婆是哪种老太太，万丽，你应该明白一点，媳妇对于婆婆来说，是永远的敌人和对手。万丽笑了起来。许大姐又说，我说的是内心深处的，灵魂深处的，骨子里的东西，不是表面现象，表面上，有的婆婆与媳妇不和，有的婆婆与媳妇关系相当好，可能你们的情况就属于后一种。万丽又笑了，说，那许大姐，当初你们的情况呢？许大姐说，我们的情况和你一样，所以我最能体会你现在的心情，只是有一点，我想跟你说的，永远不要指望婆婆像疼儿子那样疼媳妇，她在给儿子夹菜的时候，是百分之一百的真心，在给媳妇夹菜的时候，是假的，是做给儿子看的，是做给媳妇看的，也是做给自己看的。万丽说，这是自然的。许大姐说，不过这也正常，可别想不开，换了任何人，都一样，你现在有了自己的孩子，以后孩子慢慢大了，你就体会到了，我也是在自己的孩子长大后，才慢慢地知道了这一点。一开始，我也是不习惯的，总觉得我这婆婆，为什么人人说她好，就我自己心里别扭，我老是检讨自己有什么问题，以为自己心胸太狭窄，多少次想改，想跟婆婆亲热起来，但就是不行，如果勉强自己，也实在太委屈自己，后来也就放弃了这种努力，婚姻是鞋，家庭关系也是鞋，婆媳关系更是鞋，只有穿在这双鞋的两只脚能够感受到，别人是无法理解、无法替代、更无法帮助的。万丽听了许大姐这番话，觉得特别的合情合理，特别的舒服，伊豆豆说许大姐因为戴部长没有拨正而变了个人，情绪低落什么的，她却没有感觉出来，反倒觉得许大姐比以前更亲了。许大姐又说，不过万丽，婆媳关系也不是什么大不了的事情，你也别太放在心上，不太放在心上，反而不会有大问题，太放在心上，太当回事情，结果小事情也会变成大事情。你在妇联工作过，妇联的同志，对这一点最清楚，最有发言权，只要夫妻关系好，婆媳关系就是一个次要的关系了。万丽心服口服地点头说，我知道了。许大姐说，我再给你一点建议，如果心里觉得别扭，就跟别人说说，像你，又不是没有说话的人，跟伊豆豆一说，让伊豆豆再臭你两句，心里的别扭就没了，但不要跟孙国海多说你婆婆的不是，他永远都不会理解这些的。万丽又点了点头。

小毛头在卧室里哭了起来，没等万丽起身，婆婆已经从厨房出来，进了卧室，不一会儿，小毛头的哭声就停止了，许大姐说，真是个体贴媳妇的好婆婆——我们说说别的吧。对了，前一阵开全市干部大会，我看到向秘书长了，他现在在里和县当副书记，情绪蛮正常的，到底是老同志了，有思想觉悟的。万丽"哦"了一声，心有所动。许大姐说，向秘书长还问起你呢，我说你快生孩子了，向秘书长说，时间过得真快啊。万丽不由得也说了一句，时间是快。许大姐又说，其实，向秘书是长很有水平的，可是那次，怎么想到去写平书记的事情要发《省委内参》呢。万丽说，您也知道？许大姐说，还是你告诉我的呢，你还记得吗，那次我和你说到机关对修路修桥的议论时，你告诉我的。万丽心里忽然一惊，仔细回想那次和许大姐的谈话，想来想去只记得自己问过许大姐《省委内参》是怎么回事，并没有把向秘书长写文章攻击平书记要发《省委内参》的事情告诉许大姐，许大姐却说是她告诉的，所以，这件事情，只有两种可能，一是自己真的说过，后来却忘记了；二是许大姐从她的话中听出了什么，自己去查出了这件事情。万丽越想越怕，这件事情会不会就是从许大姐这里传出去的？是传出去的，还是许大姐直接去告诉平书记的？万丽忽然想到伊豆豆说许大姐为了戴部长能够拨正，曾不择手段地做了一些事情，伊豆豆还说，说出来她会吓晕过去的，一想到这里，万丽的心底猛地升起一股寒意，使得她浑身战栗了起来，因为无论是前者还是后者，最后的结果都是许大姐为了戴部长的拨正，出卖了她，出卖了向秘书长，就在这一瞬间，万丽的眼前突然闪现出那一天她和林处长站在向秘书长面前,向秘书长接电话时的脸色和他说的唯一的一句话,他怎么会知道的?写这篇文章,本来就只是她和向秘书长两个人的事情,连林处长都不知道,向秘书长可能也是考虑怕有个什么闪失,所以不仅没有通过林处长,最后连万丽的名字也拿掉了,也算是小心谨慎,但结果还是被平书记知道了……万丽的心颤抖得越来越厉害,眼前晃动着的许大姐的笑脸,越来越模糊,越来越陌生,万丽的神情许大姐也注意到了,她叹息了一声,说,唉,向秘书长可惜了,我们老戴也可惜了,两个人都是人才,可是都上不去。万丽只觉得耳边嗡嗡地响,心里喃喃地说,对不起,对不起,向秘书长,是我害了你,对不起——万丽的眼睛里,差一点涌出了泪水,许大姐笑着说,万丽,你还是个多愁善感的女孩子呢。可是万丽的心里,压上了一块很沉很沉的石头,再也轻松不起来,她不知道自己还有没有机会有没有可能向向秘书长道歉、赎罪。

  许大姐扔下了一颗重型炸弹,把万丽炸昏了,许大姐走后,万丽一直惶惶不安,好不容易熬到孙国海下班回来,迫不及待地把孙国海拉进卧室,不想婆婆也随后跟了进来,给儿子嘘寒问暖,又是拿拖鞋,又是递水杯,最后说,国海,你饿了吧,饭菜早做好了,吃吧。三人一起出来,吃饭,孙国海被母亲伺候得一副满足姿态,吃饭嘴也咂吧咂吧地响起来,万丽觉得怪别扭的,说,孙国海,以前你吃饭没有声音的,怎么现在吧唧吧唧起来了?孙国海笑道,妈做的菜实在好吃,吧唧吧唧才更能品咂出美味来。婆婆也笑道,吃饭吧唧吧唧,是没有教养,乡下人。万丽说,这可是妈说的。孙国海笑道,妈的话就是圣旨。再吃,果然没有了吧唧吧唧的声音。婆婆将满肚子的幸福和满足藏在脸皮底下,但万丽能够看出来,因为它们从脸皮底下渗透出来了。

  晚饭后,又来了个孙国海的朋友,也是探望万丽的,孙国海照例是陪坐,万丽一等再等,心里都要炸开来了,实在等不下去,便拉开卧室的门,喊道,国海,你来帮帮忙。孙国海回头朝母亲住的小房间喊道,妈,万丽有事情。婆婆出来后,万丽却说,我不喊妈,我喊你！幸好那个朋友是个明白人,赶紧站起来说,时间不早了,我走了。孙国海觉得特别不好意思,赶紧说,没事的,没事的,你再坐一会儿。那个朋友说,我家里还有事情,就告辞了。孙国海送走朋友,站在卧室门口探着头问,万丽,什么事？万丽气道,你连卧室都不愿意进来？孙国海赶紧进来,坐在万丽身边,说,对不起,对不起。万丽说,许大姐下午来过了。孙国海说,她怎么样？戴部长没有拨正,她还到平书记那里去哭过呢,哭有什么用。万丽说平书记没有理睬她吗？孙国海说,那当然,平书记怎么会把她放在眼里。万丽试探说,她不是立过功吗？孙国海说,她立什么功？就她那水平,那境界,还立功？万丽说,你天天在机关,你就没有听说过什么？听到万丽的口气呛起来,孙国海开始小心翼翼了,想了想才说,我听说什么？你指的什么？万丽说,你知道什么？孙国海更小心了,试探地看着万丽的脸,问道,你说哪方面的事情？万丽说,看起来你知道的事情还不少,还要拣一拣才能跟我说？孙国海,想不到你跟我这么隔阂！孙国海急了,说,万丽你别瞎想,机关大大小小的事情,每天都有许多许多,我真的不知道你说的什么事。万丽说,与我无关的,我说他干什么,总是跟我有关系的,我问你,向秘书长调走的事情,跟许大姐有没有关系？孙国海"啊哈"一声,说,那当然啦,向秘书长写文章想攻击平书记,不就是许大姐去告的状吗？万丽脑子顿时"轰"的一声,有一种灵魂出窍的感觉,一瞬间大脑里简直都空白了,再过一会儿,又挤满了乱七八糟的东西,理也理不清,她呆呆地看着孙国海,喃喃地说,你们都知道,你们都知道,你们,孙国海,你一直瞒着我,为什么,为什么——孙国海被万丽的神情吓着了,赶紧说,万丽你说什么,什么我们都知道？什么瞒着你？万丽说,是我害了向秘书长！孙国海说,你别胡说八道！万丽说,《省委内参》的事情,就是我不小心透露给许大姐的,我,我出卖了向秘书长啊！孙国海说,那又怎么样？要说出卖,也是许大姐出卖。万丽说,但是,但是——孙国海说,其实连许大姐也怪不上的,向秘书长自己做的事情,就得自己负责,怎么怪得上别人,连许大姐他都怨不上,更不要说你了,整个事情,与你毫无关系!万丽"哇"的一声哭了起来,怎么与我无关,怎么与我无关,就是我害了向秘书长,就是我——孙国海慌了手脚,万丽一哭,他心里难过,又急,却又不知怎么劝万丽,一急之下,就骂起人来,什么东西,自己偷鸡不着蚀把米,还跑我们家来挑拨,姓许的,你等着,我不找你说清楚我就不姓孙!他这一骂人,一不讲理,把万丽吓着了,顿时止住了哭声,责问道,孙国海,你说什么呢?孙国海气鼓鼓地说,你还在月子里,她凭什么跑来刺激你,什么东西!孙国海一口一个什么东西,说得万丽心惊肉跳,心里的憋屈也吓跑了大半,赶紧道,好了好了,不说了。孙国海却不肯罢休,不依不饶地说,你怕她,我不怕她,别说戴部长升不上去了,就是戴部长拨正,我照样要去找她说话!万丽说,孙国海,不许你胡来!孙国海说,明明是她姓许的不上路,你怎么觉得是我胡来?万丽说,我不跟你说,你不讲理!孙国海委屈地"咦"了一声,说,明明是她把你气成这样的,怎么是我不讲理?万丽说,跟你说不清,永远也说不清了,不跟你说了。孙国海也有点来气了,说,是你先跟我说的。万丽气得脸色铁青,咬牙道,以后我再跟你说,我就,我就,我就烂舌头!孙国海见万丽脸色很难看,就闷头坐着,一言不发了。万丽心里憋得慌,见孙国海不理她了,又觉得委屈,又为自己害了向秘书长的事情后悔不已,又不知道机关的人对她到底怎么看,胡思乱想之下,眼泪忍不住又掉了下来,边抹眼泪边自言自语地说,我还有什么脸在机关待下去,我还有什么脸——孙国海本来是不想再说什么了,因为无论他说什么,万丽总认为他说得不对,孙国海也摸不着头脑,但这会儿听万丽这么说了,他却又忍不住了,这是你多虑了,机关里谁不知道你的为人——话音未落,万丽已经说了,知道我为人,知道什么呀,人家不都认为我是向秘书长一手提拔起来的吗？孙国海说，但这是事实呀，事实你总不能不承认吧。万丽一下子泄了气，孙国海说得不错，她就是向秘书长一手提起来、重点培养出来的，她就是向秘书长的人，这是事实，这是永远的烙印，无论她今后如何的努力，工作如何的出色，做人做得如何的地道，她身上的烙印也是消除不掉的。

万丽忽然觉得自己很没意思，哭啦、闹啦、生气啦、后悔啦、怨恨啦、委屈啦，都已经毫无意义了，虽然心里千头万绪，但眼睛已经看不清自己前方的路了。还有两天产假就结束了，她就要去上班了，但她不知道自己该往哪里跨出这第一步去。

孙国海已经在打鼾了，万丽看了看他的后脑勺，想，就算他没有睡，她也无法跟他再谈什么。

一想到这一层，万丽心底的悲哀再次升了起来。

# 一六

就在他点头微笑的一瞬间，万丽从他的眼睛深处，看到了一种坚硬的拒绝，感受到一层冰凉的寒意，这层寒意从平书记的眼睛里弥漫过来，顷刻间穿透了她的全部身心。

休过产假万丽上班了，才知道打字员小周也休产假了。小周的工作没有人替代，包副主任征求万丽的意见，问她愿不愿意先代小周工作一阵子，办公室会打字的同志不多，其他几个人，手头也都有重要的工作，换不下来。包副主任话还没说完，万丽就说，我服从组织的安排。包副主任说，小万，这不是组织的安排，只是想听听你自己的意见，你是做秘书、写报告的，让你去打字，委屈你了，典型的大材小用——万丽说，我本来也不是什么大材，再说了，这样我也正好练习练习打字的水平，对以后的工作也有帮助。

包副主任这才点头说,那好,那就从明天开始,行不行?万丽说,行。

万丽搬到文印室上班了,收发文书小丁告诉她,这一阵单位里大家都很忙乱,正在紧锣密鼓准备迎接不久即将到来的中央首长视察,万丽也只是听听而已,这工作与她关系不是很大,最紧张的是金美人,一天到晚就听到她的脚步声噔噔噔地在走廊里噔过来噔过去,嗓门也一日大过一日,脾气也一日躁过一日,也有看不惯她的做派的同志,但也只能在背后皱皱眉头。

中央首长来的那几天,机关里的人都屏息凝神,市委这一头,更是上到平书记,下到普通的办事员,个个脸色严峻,神情肃穆,三天时间简直度日如年。到了最后一天,行程安排是首长下乡调研南州农村的现状,由平书记亲自陪同,分管干部的副书记,管农业的副书记、秘书长等也都紧紧跟随,接待处金美人带着她的两个干将,男将大中和女将小封。小封到接待处工作不久,接待中央首长更是头一回,所以这几天特别紧张,晚上无法入睡,到昨天晚上失眠状况达到了顶点,一夜未能合眼,早晨撑着爬起来继续工作,不料到临出发前,撑不下去,突然晕倒了。小封的工作虽然不算太重要,但也缺少不得,时间又不等人,首长在国宾馆已经用过早餐,这边的开道车还没有发过去,金美人正急得无措时,一眼看到来上班的万丽,把她一拉,说,小万,拉你个差。万丽糊里糊涂上了金美人的车,才知道是去陪首长。

这一路都很顺利,到第一个参观点的时候,大家下车,首长兴致很高,亲自下到农田,与正在耕作的农民谈心,又去试着踩水车,三下两下,果然将沟里的水踩到了田里,看着水哗哗地流淌,首长高兴得大笑起来,平书记站在田埂上,也是笑逐颜开,他一回头看到站在一边的万丽,觉得眼生,主动打招呼说,哎,这位女同志,新来的?万丽没有想到平书记会主动跟她说话,脸一下子红了,还没来得及回答,金美人已经替她说了,平书记,她是秘书处的,万丽,小封生病了，万丽是临时被我拉差拉来的。平书记微微一笑，点了点头说，哦，是万丽。但就在他点头微笑的一瞬间，万丽从他的眼睛深处，看到了一种坚硬的拒绝，感受到一层冰凉的寒意，这层寒意从平书记的眼睛里弥漫过来，顷刻间穿透了她的全部身心。

　　接着，首长又到了第二个参观点，这是一个先进乡的农业示范区，种的是大片大片的油菜，这是初冬时节，油菜经过两个月的生长期，正是叶肥茎壮的时候，首长满意地笑着说，不错，不错，想不到你们南方的萝卜也长这么好。首长一言既出，大家都有点尴尬。其实没多大个事情，只要没人吭声，也许首长就知道自己错了，就含混过去了，或者很快首长的兴致就转移到其他上面，事情也一样就过去了，但偏偏金美人多事，先是"扑哧"笑了一声，紧接着说，这是油菜，不是萝卜。顿时间，大家的脸色都不对了，首长虽然仍然笑眯眯的，但他身边的人，都已经铁青了脸，于无声无息不知不觉间，就把金美人挡了开来。首长依旧谈笑风生，是呀，是呀，从前"文化大革命"时，批判知识分子四体不勤五谷不分，不认识小麦和韭菜，想不到我这个劳动人民出身的，今天也犯了同样的错误，哈哈哈，我回去要告诉我家属，她是个知识分子，过去老被我嘲笑，这回她也可以报我一仇了。大家想跟着笑，但都笑不出来，金美人被挡到好几米之外，脸色煞白，整个人的灵魂都出窍了。

　　首长离开南州后的第二天，金美人就递上了请调报告，上面很快就批下来，金美人调市行管局工作，临走的那天，大家来给她送行，脸色都不大好，有点兔死狐悲的感觉，但同时也实在想不通，金美人怎么会犯这种低级得不能再低级、幼稚得不能再幼稚的错误？如果这件事情发生在刚刚进接待处的小封身上，那还情有可原，金美人可是老接待，还是接待战线的老模范，什么样的场面没经历过，什么样的人物没伺候过，多少的大风浪都闯过来了，怎么会栽在这件小事情上呢？连金美人自己也不明白是怎么了，她跟大家说，大概也是我命该如此了，到了走霉运的时候了，这不该说的话,一辈子都守住了,到最要紧的时刻却守不住,不知怎么就跑出来了,其实什么油菜萝卜,你叫我自己分辨,我也不一定辨得清楚,还偏偏要去嘲笑首长,活该活该。大家噤若寒蝉,送走了金美人。

伊豆豆又来看万丽,跟万丽说,现在你可以松一口气了,我的后台垮台了,我进不了办公室了。万丽说,我为什么要松一口气。伊豆豆说,是呀,你现在自身都难保呢,都成了打字员了。万丽忍不住哭了起来,伊豆豆毫不客气地说,哭,现在就哭啦?以后有你哭的呢。万丽几乎是万念俱灰。

这一天万丽下班走在路上,眼前一片茫然,心里杂草丛生,在经过一条与大街交叉的小巷巷口时,她的眼睛的余光,感觉到有个人正从小巷出来,一步就跨到她身边,但是万丽没有在意,也没有侧头看一下,继续闷头往前走,这时候就听到有人在她耳边逗笑说,喂,交个朋友好吗?万丽头皮一麻,以为碰上了流氓,赶紧加快了步子要逃开,却听到了一阵紧随而来的笑声,哈哈哈,还是老样子,目不斜视,万丽,你也太规矩了。万丽的心猛烈地跳动了一下,是康季平。

康季平又出现了。

他温和地看着万丽,笑着说,万丽,如果不急着回去,我请你喝碗羊肉汤好吗?万丽毫不犹豫地说,我急着回去。对了,你还不知道吧,我有孩子了——康季平说,我知道,你的消息,我都知道,你女儿生下来六斤半,大名孙新月,小名丫丫。万丽想不搭理他,但嘴上却不由自主地说,你都知道,你对我的情况了解得这么清楚,有这个必要吗?康季平说,不必要的事情,我不会去做的。万丽反唇相讥,那当然,你永远最清楚什么是你最需要的,什么是你可以随时随手丢弃的,你——康季平宽厚的微笑,一直挂在嘴角,与他相比,万丽就显得那么的计较,那么的小肚鸡肠,万丽无法冲着他的温和的笑脸再说什么尖刻的话,她停了下来,但心里的委屈,却因为康季平的出现,愈加地奔涌起来。

康季平指了指路边的羊肉店说,万丽,还记得吗,上大学时,没钱吃好东西,就来喝一碗羊肉汤。还记得一碗羊汤几分钱吗?万丽没好气地说,不记得。康季平伸手轻轻地从万丽身后一推,万丽想别扭也别扭不起来,竟然乖乖地顺从地走进了羊肉店。

坐下来时,康季平说,不会耽误你很长时间的,再说了,你婆婆在给你带孩子,你还是比较轻松的。万丽看了他一眼,忍不住说,你干什么这么关心我?康季平说,我说过,我会一辈子关心你。万丽撇了一下嘴,想朝他翻个白眼,但眼睛不争气,酸酸的,泪水在眼眶里打着转。羊肉汤端上来了,康季平替万丽的汤里加了一大把青青的蒜叶,热气一腾,蒜香扑鼻,万丽的泪水就忍不住掉了下来。康季平递了一张餐巾纸给她,平平静静地说,先趁热喝吧——你不会嫌我小气吧,毕业五年多了,头一次请你,就喝一碗羊肉汤。万丽没有吭声。康季平又说,涨价了,我们读书的时候,羊肉汤八分一碗,羊杂碎汤五分一碗,现在涨了几倍了。

一股久违的亲切的气息,随着飘香的羊肉汤四溢出来,康季平默默地看着万丽,过了许久,说,万丽,你的处境不好,应该想想办法,争取主动——万丽摇了摇头,说,我无所谓。康季平说,你无所谓,我有所谓,我不能让你这样沉沦下去。万丽勉强笑了一下说,沉沦?也不至于这么严重吧。康季平说,我不管你现在有多严重,还是不严重,你不要再在办公室待下去了!他的口气是决断的,是毫无商量的,好像他是万丽的家长或者领导,万丽的事情,得由他决定,得听他安排。万丽不由得说,你是谁呀?康季平说,与我是谁没有关系,但与你有关系,你要调单位。万丽说,调了单位又怎么样?康季平说,调了单位后,你就开始等待。万丽说,等什么?康季平说,等机会。万丽说,要是机会老是不来,永远不来,等老了怎么办?等老了,就算机会来了,不是等于没有机会吗?康季平说,万丽,你不要这样悲观。万丽说,但是我看不到希望在哪里。

康季平轻轻地叹息了一声,停顿下来。万丽说,再说了,就算如你说的,要等待,那为什么不能在办公室等待,不是一样地等待机会吗?康季平说,不一样,只要你在办公室工作一天,你心里的阴影就一天不会消失,这种东西,会影响你一生,甚至会毁了你一生的进步。万丽还想反驳,但忽然眼前一晃,又晃出接待中央首长那天,平书记听到她的名字时,眼睛里透露出来的那种拒绝和寒意,万丽不由自主地打了个寒战,心灰意冷地说,没意思,一点意思也没有,我看透了,也想透了,没有意思,算了。康季平摇了摇头,说,万丽,你不行的,你做不到的,你如果可以平心静气地面对这一切,我就不会来找你、劝你调单位,但是万丽,我很了解你,我知道,你做不到的,你是要进步的人——万丽忽然冷笑了一声说,要进步?谁不想要进步?康季平说,你和别人不一样,这是你骨子里生命里的东西,是你与生俱来并且会一直伴随到老到死的东西,你是非常非常看重的,你不能没有进步,所以,万丽,你决不能闷在办公室了,闷在这里看脸色,会把你的自信全看掉的,会把你的能力全看掉,你的生命的光彩都会没了的,你会未老先衰,你会——万丽的眼泪,再也控制不住,哗哗地淌下来。康季平并没有劝她,甚至都没有再拿餐巾纸让她擦,他继续说,万丽,听我的话,立刻调一个部门!万丽的思维不由自主被他牵住了,问道,那,应该调什么部门呢?康季平说,这也是我今天找你商量的重要问题,你是向秘书长提拔起来的人——万丽急不可待地说,你是让我跟向秘书长到基层去?康季平摇头说,不可能,就算你提出来,向秘书长也不会要你。万丽惊讶地看着康季平,忍不住说,是不是,是不是因为我无意中说出了《省委内参》的事,向秘书长记恨我?康季平笑了起来,你怎么会这样想,向秘书长怎么会记恨你,这件事情,他自己说过,不怪任何人,要怪的话,也只怪一个人,就是他自己。万丽奇怪道,咦,你怎么知道?似乎有一丝奇怪的表情从康季平脸上掠过,但很快就掠过了,没有留下任何痕迹,万丽也没太在意。康季平说，这是我分析的，根据向问这个人的性格特点，我完全有把握知道，他会这样总结经验教训的。万丽说，既然向秘书长不会记恨我，你凭什么说他不会欢迎我去跟他工作呢？康季平说，也许向秘书长心里是希望你跟他的，但就算他心里这么想，他也决不会这样做，这样做，于他于你，都没有好处。对他来说，事情太惹眼，太露骨，对你来说，你如果到了向秘书长的手下，处境当然是即刻改变，到处看到的都是笑脸了，但你背靠的树越是牢靠，你的危险性越是大，你明白吗？万丽有些明白，点了点头，说，那，我能到哪个单位去呢？康季平说，离开权力中心，到务虚一点的单位去，会好一些，比如，到宣传部——如果能到宣传部，你一方面可以用己之长，多写东西，锻炼自己的写作能力，同时，到宣传部还有个好处，有机会多跑基层，搞调研，当年年轻的毛泽东，就是经常跑基层，搞调研，积累人生经验。万丽的心情，渐渐地开朗起来，听到康季平连毛泽东都抬出来了，不由笑了起来，说，你也扯得太远了。康季平说，万丽，你现在的任务就是卧薪尝胆，等待机会，你不必着急，你还年轻，非常年轻，机会会有的，一定会有的！康季平伸过手来，握住万丽的手，说，刚才你的手很凉，现在暖和了，这羊肉汤，真是好东西，又便宜又好。万丽想说"你怎么知道刚才我的手很凉？"但话到口边，却没有问，咽了下去。

　　万丽回到家，婆婆告诉她，孙国海已经回来过了，一个朋友搬家，他又赶去了。万丽心里很乱，急于要和孙国海商量调动工作的事情，问婆婆，他说几点回来？婆婆说，没说几点，只说朋友的家已经搬好了，晚上约他们到新家吃饭看新居。万丽说，那估计不会太晚。但到了晚上十一点多，孙国海还没回来，万丽等得心烦意乱，过去问婆婆，国海到底有没有说几点回来？婆婆说，要不你就别等他了，你上了一天班，也累了，你先睡吧。万丽说，太没道理了，在人家家里吃饭，这么晚不走，人家老婆孩子不要休息了？婆婆说，男人呀，热闹起来就忘记道理了。万丽一气之下，回房间吃了两粒安定,很快就睡过去了,也不知道孙国海是几点回来的。

第二天早晨,孙国海仍然酒气不散,眼睛红红的,万丽也就打消了和他谈调动的想法,反正八字还没有一撇呢。哪里想到,事情却出乎意料地顺利,万丽一提出来,领导就同意了,紧接着就与宣传部联系,宣传部也正好要进人,两边一合拍,万丽的工作在两三天内就解决了。万丽再回家告诉孙国海,孙国海一听,就不高兴了,说,他们欺负人!万丽说,不是的,是我自己要求调的。孙国海怀疑地看了她一眼,说,你自己要求的?我怎么一点都不知道?要真是你自己的想法,你肯定会先跟我商量商量吧。万丽说,我本来是要跟你商量的,可是——不知怎么话到嘴边,又不想说了,改口故作轻松地说,哎呀,反正已经调了,明天我就去宣传部上班了,就不多说了吧。孙国海小心地观察万丽,担心她是在闹情绪,但万丽情绪很正常、很平静,一点也看不出有什么委屈,孙国海也就放心了。

万丽到宣传部工作,安排得还算不错,她是副科级,就放在宣传科当副科长。万丽在妇联是实的副科长,到了办公室,因为副科级上一时没有空位子,就先悬着,想等有了空位子再说,不料,别人的位子还没有空出来,她自己的位子已经先没有了。到了宣传部,倒反而又是个实实在在的副科长。所以这命运的安排,除了命运他老人家自己知道,别人真是谁都预料不到的。回想当初,要不是认识了向秘书长,要是没有向秘书长的关心,她自己独自在妇联熬,熬到现在,凭她的水平和工作能力等,也应该是这个级别了,说不定还能拨正了,这么绕了一圈,反而没上去,真是塞翁失马,安知非福。

余建芳不久前也调动了,到市委组织部担任宣传科的科长。伊豆豆先前告诉过万丽,余建芳到新来的组织部长那儿哭过,说前任领导对她不公,像她这样工作多年表现突出的同志,科长的位子还一直是个代的,伊豆豆还嘲笑余建芳水平不行哭也没用。现在看起来,还真是起了点作用的。余建芳虽然仍是正科级,但毕竟是在组织部里边了,位子的分量可不一样了。伊豆豆又来找万丽说话,说,万丽啊,我和你,就少这一招,要哭也是在家里哭,不会到领导面前哭。万丽说,伊豆豆你这张嘴也太损了,我还真不相信,哭能够哭出个一官半职来。伊豆豆说,信不信由你啦。万丽心情好,还和她开玩笑,说,那你赶紧回家,把墙壁当成组织部长,练哭,练成了再来教我。伊豆豆说,我要是练成了才不会教你呢,不然我哭不过你的,你的哭声肯定比我动听,教会徒弟饿死师傅。她们轻快地说着笑着,好像生活与人生,从来都是那么轻轻松松快快活活的。

# 一七

赵军第一眼见到陈佳,就愣了半天,最后说,到底读书读得多,气质就是不一样啊。

万丽到宣传部上班,才知道科里一共就三个人,除了她这个新来的副科长,还有科长赵军和另一位副科长钱小梅,没有科员,赵军笑称宣传科是个真正的"官"场,因为这里没有"兵"。钱小梅目前正在党校学习,所以上班的只有两个人,分管的头绪却很多,一到部里开会时,赵军就嚷嚷忙不过来,忙不过来,嚷了几回,领导果然有印象了,总是说,再坚持一下,再坚持一下。不久,果然又分来一个人,又是一位女同志。

新来的女同志叫陈佳,研究生刚毕业就进了机关。陈佳是那种既漂亮又端庄的女性,加之学历高,身上似乎天生就有一道光环,这道光环犹如一层面纱,把她身上的高贵脱俗的气质蒙得更加神秘更加与众不同,给人一种可望而不可即的感觉。赵军第一眼见到陈佳,就愣了半天,最后说,到底读书读得多,气质就是不一样啊。其他科的同志听说宣传处来了个年轻漂亮的研究生，都过来打探，但无论别人说什么，陈佳一概都付之既温和又矜持的一笑。不久大家就传说，本来学校是要留陈佳的，但却被机关硬抢了过来，所以在大家心目中，陈佳肯定是当仁不让的接班人。

万丽又遇到对手了。本来万丽从办公室调宣传部，是自己要求走下坡的，当然也是为今后有可能再走上坡，但那是今后的事情，现在还看不见在哪里。至于目前，万丽根本就不敢有什么想法，她心里明白，至少在这一段时间里，她得夹着尾巴做人，埋头工作，别无他念。进宣传部以后，与赵军共事，虽时间不长，但两人配合十分默契，万丽工作也很顺手，不多久就已经顶起了宣传科的半边天，赵军又是个很大气的男同志，该是万丽的功劳，他从来不抢，更不会占为己有，部里上上下下，都迅速地知道了万丽的工作水平和能力。一直在万丽心头飘浮着的挥之不去的阴云，被她的工作热情一扫而空，心里整个地亮堂起来，好像从来就没有发生过什么不愉快的事情。万丽心里很感激康季平，是他让她走上一条新路，一切从头开始，康季平说得对，她还年轻，还很年轻，还有很多机会。

所以，听到赵军向部领导喊忙不过来的时候，万丽总是说，没事没事，我能干得过来。赵军说，我是瞎喊喊的，要是一喊就能喊来人，那还了得，部里那么多科室，哪个科室不缺人啊，却不知这回真喊来了人，当分管组织人事的李副部长和干部科长一起领着陈佳进来，宣布陈佳进宣传科的时候，万丽已经热起来的心，一下子又凉了下去。

大家对陈佳的重视，使万丽心里又酸又失落，但她不能表露出来，也幸好赵军为人比较正，在向陈佳介绍万丽的时候，特别介绍了万丽的才华，称她是机关第一才女，万丽说，我哪有资格做第一才女，陈佳是研究生，第一才女应该是她。陈佳却谦虚地说，我是学哲学的，从理论到理论，尽是书本上的死板知识，我没有工作经验，哪敢和你们比。陈佳这话虽然客气了点，但也说得不错。也幸好万丽比陈佳早几天进来，无论如何，先入山门为大嘛，何况万丽是副科长，陈佳只是一般科员，尽管陈佳学历高，人更年轻，但在机关的论资排辈上，毕竟陈佳要排在万丽后边一点，有许多事情是轮得到万丽轮不到陈佳的。比如，部里开中层干部会议，赵军和万丽可以参加，陈佳就只能一个人坐在办公室了。再比如传达某些文件，是要分级别传达的，先传达到中层干部，再传达到一般群众，这样万丽就比陈佳早一点知道文件精神，虽然这中间有时候只差几分钟，但毕竟是有个先后的，感觉上就不一样。

　　陈佳新来，按规矩，都是要老同志带一带的，比如下基层调查研究，或者写调查报告，新同志一般不可能就直接自己独立上手了，赵军征求陈佳的意见，问她愿意跟谁，陈佳说，我跟万科长吧。万丽有些警惕，板着脸说，你为什么不跟赵军呢？赵军也笑道，男女搭配，事半功倍。陈佳说，女同志和女同志，说起话来更方便嘛。万丽无话可说，赵军还开了一句玩笑，说，本来是想近水楼台先得月的，结果这月光给万丽沾了去。万丽也不好再板脸，便一笑了之了，心里觉得，陈佳还是比较大气的，不是像余建芳那样的小肚鸡肠的女同志，她对万丽和赵军的态度也很得体，尊重，又不卑微。也许赵军说得对，到底是研究生，境界要高一些，应该比较好相处，这么想着，一方面心里踏实了些，但同时又泛出一些不可抑制的酸意来。赵军说，既然你们搭配好了，第一件工作，就是南天服装城经营模式的调查研究，你们女同志，天生与服装是有难解之缘的，这个调查报告交给你们是再合适不过了。

　　伊豆豆已经调到机关行政管理局了，工作比在妇联时忙多了，但她照旧是万丽的常客，仍然三天两头跑到万丽的办公室来。陈佳来了没几天，伊豆豆就来过好几次，居然和陈佳也说说笑笑，打得火热了。有一天伊豆豆来找万丽，在走廊上撞见了，就站在走廊上说话，伊豆豆说，万丽，你的同事怎么样？万丽说，你说怎样?伊豆豆说,我的感觉,还不错,到底书读得多,气质就是不一样啊。伊豆豆的话和赵军说的完全一样,还不等万丽说什么,伊豆豆就朝万丽又撇嘴又挤眼睛,说,只不过,万丽,来这么个同事,你麻烦大了。万丽本来就心里烦着,伊豆豆还火上浇油,把她惹冒火了,脸一拉,说,说什么话呢,她又不是来跟我打架的,我有什么麻烦!伊豆豆说,不是来跟你打架的,是来跟你要好的?万丽说,我也用不着别人跟我要好。伊豆豆说,火气这么大,心里不平衡了吧,换了谁,办公室来这么一个高水平美女,心里也不可能平衡啊。万丽说,你小人之心。伊豆豆说,我是小人之心,但是君子之腹在哪里呢,我怎么看不见,在你肚子里吗?万丽更是气不打一处来,反唇相讥针锋相对道,难道就没有相处得好的同事吗?伊豆豆也斩钉截铁地说,有,当然有,但决不是你和陈佳。万丽彻底地泄了气,不说话了。伊豆豆却没有恻隐之心,穷追不舍,直指要害,说,万丽啊万丽,你以为调了宣传部,就天下太平了,就仕途顺利了,哪里想到半路又杀出个程咬金,你们这位陈佳,进机关没几天,就给大家留下很好的印象啦。万丽心里猛地一刺,不由脱口道,你也觉得陈佳很好吗?伊豆豆说,那还用说,就连我都被她拿下了,要不是我跟你哥们儿在先,说不定就跟她做哥们儿了。万丽心里一酸,嘴上说,你去做好了。伊豆豆嘻嘻一笑,说,吃醋了吧,不吃醋才怪。万丽不高兴地说,伊豆豆,为什么我的新同事来了,要你这么起劲?伊豆豆说,你看你看,心态已经不好了吧?万小姐,你也太沉不住气了。斗争还没有开始呢,你就已经认输了?万丽说,我认什么输,我斗什么争?伊豆豆说,眼光放远一点,来日方长嘛,你是万丽,你又不是伊豆豆,你得看清楚自己的优势,你的条件也不错,你的实力也很强,你们是势均力敌,好看,好看。万丽说,你看戏啊?伊豆说,就是戏嘛,是戏,就会有发展变化,现在是势均力敌,但是任何条件任何事情都会发生变化,就看你们两个谁变得好,变得对,变得快。万丽酸酸地说,你们不是都看好陈佳嘛,我变什么变！伊豆豆说，哟哟哟，还不是一般的酸呢，醋缸子都打翻了。万丽虽然嘴上要和伊豆豆争个高下，但她心里明白，伊豆豆说得不错，自从陈佳来后，自己的好心情一扫而过，再也找不回来了。伊豆豆明知万丽情绪不高，却不肯饶过她，还在猛追穷寇，说，那天不知你注意到没有，你们另一个办公室那个人，跑来肉麻地吹捧陈佳，陈佳是怎样的表现。万丽说，她嘛，一笑而已，一贯如此。伊豆豆说，你别小看她这一笑，表面温和，没有欲望，但其实里边藏着无尽的骄傲，但因为藏得深，这一笑，就使她又得分不少。但凡年轻的长得有几分姿色的女性，常常会碰到一些善意但却是廉价的吹捧，对于这样的吹捧，你要是当回事了，真的让自己跟着飘起来，你就露馅了，别人便会瞧不起你，但是如果你板着脸不搭理人家，对别人的吹捧没有反应，别人又会说你清高，眼睛长在额头上，瞧不起人等。陈佳以温和的微笑处理这样的难题，说明这个人是个人物，虽然年轻却沉得住气，要知道这并不是很容易就能做到的，这是一种境界。有些女人，一辈子的虚荣心到老都不能稍有减弱，人都老去了，听到别人的奉承，还会信以为真，愈加地搔首弄姿，咧着嘴傻乐呢。由此而言，你们这个陈佳，确实有点与众不同啊。万丽听伊豆豆这一番论说，觉得她也把陈佳抬得太高了，心里不服，便攻击伊豆豆说，这么说起来，你就是那个到老还爱虚荣的女人啦。伊豆豆毫不客气地说，我当然是，你也是。万丽说，为什么陈佳就不是？她不是人吗？她不是女人吗？伊豆豆说，她是人，她是女人，她也是爱虚荣的，这一点你不用怀疑，但她放在心里，藏得深一点，哪像你，更不像我，什么都写在脸上，有什么出息。万丽又不服，说，我什么时候什么都写在脸上了？伊豆豆说，是呀，万小姐还觉得自己城府挺深的呢，说到这儿，"扑哧"一下笑了出来，万丽脸也绷不住了，也觉得自己太过紧张，不由得也跟着伊豆豆笑了。

走廊里有人进进出出，万丽赶紧把伊豆豆拉到一边，伊豆豆说,行了,有你这一笑,我也就放心了。万丽说,怎么,我要是不笑,你怕我自杀?伊豆豆说,没那么严重,不就是来了个新人吗,新人有新的好,老人有老人的强,到底鹿死谁手,结果还早着呢。更何况,你有我这样的高参,你输也输不到哪里去。万丽笑道,城墙有多厚你皮脸就有多厚。伊豆豆说,我告诉你,万小姐,在机关待着,皮不厚是不行的。万丽说,怪不得你——伊豆豆手一抬,打断了万丽的话,说,不仅是说我,更是说你,万小姐,你可给我注意了,尤其是陈佳来了,你更要练得皮实些,像你这样细皮嫩肉,可经不起风吹雨打。万丽说,我细皮嫩肉?伊豆豆说,你以为你经历了一点点小事,就已经出道啦,笑死人。万丽说,听你的口气,好像你在机关跌打滚爬一辈子了,你进机关才多长时间,不就比我早一年吗?伊豆豆说,锻炼人不在于时间长短,在于深入不深入,深刻不深刻。好啦,我是瞅个空出来教你一招的,我可不能为了你耽误了我自己的大事。对啦,还有件重要的事情没说呢,机关下一轮分房就要开始了,你打个报告让部里批一下,直接拿到行管局交给我,我帮你想办法。万丽犹豫说,行吗?根据这次分房的积分标准,我可能够不着分数。伊豆豆说,够不着就想办法让它够着罢。好了,我得走啦,说罢扬长而去了。

　　万丽回到办公室,赵军不在,陈佳正埋头看什么材料,见万丽进来,陈佳就把手里的材料交给了万丽,原来她已经拟好一份调研工作的初步设想。万丽一看,没有什么可挑剔的,心里却有些疙疙瘩瘩,张口想说,陈佳,不错啊,刚进机关,工作积极性就很高嘛,但话到嘴边,突然觉得这话怎么这么熟啊,一想,这怎么像是余建芳的口气了,当初万丽刚进妇联的时候,余建芳就是这么跟她说话的,想到这里,万丽心里一凛,赶紧把话咽下去,闷在那里,什么也没有说出来,眼睛看着陈佳,竟有点发愣。陈佳又主动说,本来我也不知道这个东西应该怎么写,请赵科长指点了一下,万科长你再替我看看,还要注意些什么。万丽冷静下来,想了想,使了个心眼儿,说,陈佳,调研的事情呢,我们当然是一起去,但这调研报告呢,虽然只需要一份,不过,我在考虑怎样才能尽快锻炼你的能力,不如我们分头写,一人写一份,最后取长补短,合并起来,你看行不行?陈佳点头说,好。

南天服装城是南州市新建的一个大规模服装市场,前景非常看好,国营、集体、联营的服装企业都纷纷抢摊,新生的个体工商户更是看好这块肥肉,志在必得,一时间,抢摊行动在南州市上演得轰轰烈烈。更有先见之明者,早些时候就买下几个摊位,这时候再转手出让,翻一番股掌之间,今天就不是昨天了。

摊位大战基本结束后,南天服装城的正常经营开始了。本来服装城里的个体工商户是占少数的,也是政府为了表示对个体户的支持做的一点样子,装装门面而已,却不料,这少数的个体工商户,却占了市场的大份额;还有一个更奇怪的现象,国营和集体企业,主要经营中高档服装的批发和零售,而个体工商户经营中低档服装并以低档服装为主,以批发为主。档次不同的服装,搁在层次不同的摊位上,差异极大,尤其是那些质地和样式都不怎么样的低档服装,像几只丑小鸭硬是混迹于一群白天鹅中间,更显其丑陋和不上档次,但结果却出人意料,丑小鸭成为宠儿,高档服装门庭冷落,那些投入了大量资金却经营不善的国营和集体大企业,眼睁睁地看着这块大蛋糕被那批小投入小成本的小个体户分去了大半,实在心有不甘,便使出浑身解数欲夺回市场,抢回蛋糕,这就埋下了日后矛盾大爆发的种子。

陈佳的调研报告很快就写出来了,她在报告中谈得最多的就是她们在调研中亲眼看见的服装城中个体工商户所遭受的不公待遇,从服装城主管单位到服装城里的许多国营集体经营户,对他们歧视、排挤、甚至不择手段地打击,个体户在重压之下苟延残喘,却还创造了服装城的惊人业绩,可是在服装城的述职报告中,这些业绩都被归功于管理部门和少数国营集体名牌大企业。

万丽和陈佳交换看法的时候，想法基本一致，她们都深觉不安，在陈佳的报告中，更是把对待个体工商户的态度、行为和政策上的欺负提到了相当的高度，陈佳在报告中说，多种经营模式，是社会主义市场经济的前景和方向，是发展的必然趋势，个体经济的渗入和壮大，是搞活经济的良药良方，是促进经济发展的润滑剂。改革开放这么多年了，而南天服装城到现在仍然抱着大锅饭、霸王主义的老观念在搞经营，这样下去，不仅不利于南天服装城的发展，更会影响到整个南州市的经济发展和改革步伐。

陈佳的文章可谓是力透纸背，万丽几乎不敢相信这是陈佳进机关后的第一篇文章，当初她进妇联，学着写文章，虽然是中文系毕业，笔头也不差，但什么是论点，什么是论据，应该怎么去论述都搞不清楚，陈佳头一次执笔，就能写出如此有分量的报告，实在了得。但是再读下去，万丽却渐渐地看出了陈佳的一个致命弱点，那就是她的个人感情太明显也太浓烈，抱不平的使命感太过强烈了。万丽不由想起当初，南州大行修路之时，她跟着向秘书长去长洲县江洋乡，看到乡党委书记聂小妹修路的行为，后来向秘书长决心要和这种行为做斗争，给万丽交代了任务写调研报告，为了使调研报告更有说服力，万丽又多次下乡，看到许多问题，感情的天平重重地倾斜，因而大大增加了那篇文章的力量。若不是她后来的补充内容，单靠聂小妹事件，要说清说透南州市在修路中存在的严重问题，是不够分量的。她的报告写出来后，向秘书长曾大加表扬，哪知结果却害了向秘书长。现在的陈佳，似乎也有点像当年的她，其实在万丽心里，感情的天平也一样倾斜在受到不公正待遇的个体户那里，但正是因为陈佳的浓烈的感情色彩，使得万丽警觉起来，开始审视自己，开始审视形势和领导的意图，所以万丽自己的那份报告，也已经写好了，却迟迟没有拿出来。

过了几天，市里召开科以上干部大会，万丽恰好坐在余建芳旁边。她们也有段时间没联系了，偶尔路上遇见，余建芳总是匆匆忙忙，话都说不上一两句，就匆匆而过。现在好不容易有个机会坐到一起，万丽就觉得有许多话想跟余建芳说，虽然当年在妇联，她们相处得并不好，但毕竟也没有什么大不了的矛盾，何况这些年过去了，早就到了相逢一笑泯恩仇的时候了。更何况，她们之间那点小疙瘩，实在是小儿科，又算得上什么恩与仇呢。

但余建芳仍然是老样子，无论大会小会，只要不是轮到她发言，她永远是心无旁骛地认真做记录。久而久之，她的记录速度和水平甚至超过了速记员的速度和水平，单位领导要回单位传达，倘若记得不全，尽管找余建芳要记录，时间长了，甚至外单位的人也来找余建芳借记录。但这是一次机关的例会，没有特别的新精神和重要内容，万丽看身边的余建芳仍然"刷刷刷"地记着，一会儿就一页纸，一会儿又是一页纸，万丽忍不住说，余科长，这些话，领导都讲过无数遍了，张书记讲过了李书记讲，李市长讲过了张市长讲，恐怕你自己都能背出来了，你还记它干什么？余建芳认真地摇了摇头，说，虽然是说过很多遍，但每一次说它的内涵是不一样的。万丽不解，说，为什么，不都是那几句话吗？余建芳说，现在的形势发展变化这么快，今天不是昨天，明天又不是今天，话是一样地讲，解释起来可就是另一回事了。万丽说，就算如你所说，但这些问题，什么政策啦，什么方向啦，跟我们有什么关系呢？余建芳惊讶地看了万丽一眼，说，怎么会没关系，我们如果不了解方向政策，我们怎么工作呢？说过之后又赶紧埋头记录，因为和万丽说话漏记了一句，她还回头去问身后的同志，补记下来才安心。

万丽实在无事可干，另一边坐着的是个不熟悉的人，也不便多搭话，无奈之下，就想，我倒要听听今天的报告和平时到底有什么不同，为什么自己总觉得是老一套，而余建芳却永远都会有新鲜感呢。这一听，万丽竟渐渐地听进去了，领导讲的正是经济成分的问题，怎么就跟自己没关系呢，她和陈佳，不正是在做这方面的调研吗？

云州的企业南州的路,这是在全国都出了名的成功典型,我们南州修路的经验有千万条,但其中很重要的一条,就是依靠集体的力量,如果没有集体的力量,我们的路是修不起来的,所以,虽然云州的个体企业发展很红火,占了国民经济相当大的成分,但我们南州有我们南州的特色,我们不能盲目搬照别人的经验,从五十年代开始,我们南州就是坚持走社会主义道路,靠集体经济。到现在,也依然这样,个体户我们不是不要,但不是我们主要的方向,我们要加大力度,大力发展我们的国营和集体经济。针对我们干部中一部分人的思想,我今天特意要提出来重申和强调的,就是我们当干部的,基本的态度和立场,是不是和党的方针政策相一致,是不是和市委的决策相符合。我们每一个人,都要自我检查一下,核对一下,如果不相符合的,请同志们立刻调整步伐,我们要同党中央,同市委保持高度的一致,我们才是当之无愧的党信得过的干部。

不听则罢,一听,听得万丽差一点冒出一身冷汗来,一直到散会,还觉得背心后边凉飕飕的。

散会出会场的时候,宣传部的同志走在一堆,正好新上任不久的计部长也走过来,计部长和大家走在一起,边走边认人,认到万丽的时候,计部长说,哦,是宣传科的小万啊,你们赵军说你是机关第一才女呢,我们宣传部不简单哪,把机关第一才女弄进来了。万丽脸有点红,但心里快活,赶紧说,要计部长多关心多指点呢。计部长就有意走慢一点,大家心中有数,都往前先走了,留下万丽在计部长身边。计部长说,小万,我听赵军说,你们正在搞服装城的经营模式调研,调研报告搞出来没有?今天孙书记的报告重点就是谈的这个问题,这说明你们宣传科的同志相当有政治头脑,也很敏感。万丽正要汇报工作进展和自己以及陈佳的一些看法想法,计部长却已经接下去说了,可别小看这个经营模式,看起来是个模式问题,但说到底,还是方向的问题,对不对?万丽心里一犹豫，想说的话硬生生地咽了下去，计部长却好像看出万丽要说什么，又说，小万啊，我们搞调研工作，看问题的角度很重要，相当重要，角度问题，说到底，也是个立场问题，你说是不是？其实我也了解了一些情况，就以你们调研的这个南天服装城为例，有些个体工商户手段恶劣，坑蒙拐骗，以次充好，严重影响了市场的声誉，也影响了其他企业的发展，还不服甚至抗拒管理……当然这些问题，你比我有发言权，你们是在实地调查过的，我只是道听途说而已。计部长和蔼可亲的一番话却说得万丽心头一阵乱跳，冷汗再次渗了出来，嘴上赶紧说，计部长说得对，计部长说得对，但心思慌慌张张已不知逃跑到了哪里。计部长仍然笑眯眯，又说，现在市委也很重视这个问题，如果你们的工作能抓紧一点的话，我希望能够尽快看到你的报告。万丽说，其实已经差不多了，我今天加个夜班，明天就交给计部长。计部长说，你也可以一式两份，一份给赵军，这是程序嘛，我嘛，更想先睹为快，看看我们的第一才女水平到底怎么样。

　　万丽回到办公室，大家都已经下班了，她一个人坐在空空的办公室里，心里很乱，在服装城的事情上，自己的感情倾斜错了，陈佳的感情也倾斜错了，而且错得更厉害，计部长又急着要报告看，自己的一份倒是可以连夜改出来，虽然有点违心，有点强扭自己的感情，但是有了向秘书长那样的严重教训，万丽是不可能再重蹈覆辙的，违点心就违点心吧，反正这种大的方向问题政策问题，也不是她能说了算的，连向秘书长都没有能力，她万丽算得了什么。再说了，计部长说得也有道理，关键是看问题的角度，你站在不同的立场看问题，同一件事情，得出的结论就会不一样，如果从国营集体的那些品牌企业的角度看，个体工商户以低廉的成本低廉的价格参与竞争，对高品质高成本的高档服装也是不公平的嘛，万丽在心里圆来圆去，好歹将自己的不平圆平了些，也好歹将自己对自己的不满和内疚磨平了些，但问题是陈佳的那一份怎么办？别说计部长不知道有两份报告，恐怕连赵军也不太清楚，因为也不会有人要她们两份报告，最后上交的肯定是一份。本来在这件事情上万丽没安什么好心，但也没多大的坏心思，只是自己使了个小心眼儿，以为陈佳新来乍到，又没有接触过这样的东西，必定写不出什么像样的报告，万丽只是想拿自己的报告和陈佳比一比而已，结果却出现了这样的结果，现在最简单最太平的办法就是把陈佳的一份埋没掉算了，就当陈佳没有写，就当自己没有耍这么个小心眼儿。万丽就从抽屉里把陈佳的报告拿出来，准备干脆带回家去算了，但是一拿出来，就忍不住再看了一下，这一看，心情就全然不一样了，陈佳的文章，不仅字里行间才华横溢，从文字背后透露出来的自信，更是非同一般，就像那个美丽高雅的陈佳站到了她的面前，她分分明明地感受到，陈佳气质的背后，是一种过人的坚强和力量。万丽心里无可回避地泛起一股酸涩的滋味，她品咂着，忽然间就冒出一个念头，万丽自己都被这个念头吓了一跳。

万丽没有回家，在机关食堂吃了晚饭，就回办公室修改自己的调研报告，可是搁在抽屉里的陈佳的那份报告，就像一颗定时炸弹，时时提醒着她，时时威胁着她，折腾得她心神不宁。一直到回了家，上了床，也没能平静下来，翻来覆去，睡一会儿就醒，睡一会儿就醒，连一向睡得很沉的孙国海都感觉到了，问她出什么事了，万丽几次话到嘴边，实在是说不出口，孙国海又沉沉睡去，听着孙国海心平气和的鼾声，万丽硬是将自己的念头再次压了下去。也是奇怪，这念头一压下去，心里就平静了，很快就踏踏实实地睡着了。

早晨起来，万丽上班去，一路只觉得神清气爽，轻松愉快，但是，快到单位时，她忽然站住了，远远地看见计部长在和陈佳说话。计部长满脸的笑，和昨天与万丽说话时一样的神态，万丽考虑计部长见到她，会不会喊住她也说些什么话，会不会问一问报告有没有写出来，她有意放慢一点脚步，慢慢地走过去，但是计部长没有喊，只是朝她点了一下头，微微一笑，仍用心在和陈佳说话。万丽进办公室后,赵军已经到了。万丽说,计部长在和陈佳说话呢。赵军说,计部长的工作作风就是这样,很细致。万丽点点头,稍过一会儿,陈佳也进来了,没有说话,万丽便拿自己的眼神去迎着陈佳的眼睛,希望陈佳说点什么,但陈佳什么也没说,就坐到自己的位子上去了。万丽憋了一会儿,忍不住问道,陈佳,计部长和你说什么呢?话一出口,脸上顿时又红又烫,觉得自己的行为怎么越来越像余建芳,心胸狭窄,猥琐,甚至比余建芳都不如。万丽从前虽然对余建芳有看法,但说心里话,她并没有觉得余建芳猥琐,因为万丽知道,在余建芳的内心深处,并不认为这样的做法有什么不妥,她觉得是应该问的,是正常的,所以她从来都是理直气壮的,而偏偏万丽觉得这样做很猥琐,而她偏偏又这样做了,心里特别窝囊,就听得陈佳在回答她的问话,说,计部长说,宣传部的同志从基层上来的多,理论水平普遍低一些,计部长想让我给大家讲讲理论。赵军一听,"哈"了一声,说,太好了,我先喊你一声陈老师啦。陈佳说,计部长还跟我说,我是机关里第一个研究生,要我好好发挥作用,不过我觉得我现在还不太行的,我虽然读了研究生,但在机关工作我的经验太不够了,我怎么有资格给大家上课呢。万丽说,那最后计部长要不要你讲呢?陈佳说,我想推的,但没有推得掉。计部长说就安排在下星期,连计部长都要参加呢。赵军说,你可真沉得住气,部长都要来听你的课,你怎么像没事似的,一点也不兴奋不激动啊?陈佳笑了一下,说,我担心还来不及呢。赵军说,到底是研究生啊,素质跟我们就是不一样,荣辱不惊啊。陈佳说,哪有你说的那样,我心里惊得很呢。赵军说,哪里看得出来,举重若轻的啊。

赵军和陈佳的说笑却如一根根利箭,刺着万丽的心,如果说,昨天会后计部长和她说了些话,对她是一个极大的鼓励,使她信心倍增,那么,这一点点的信心,现在在陈佳面前,一下子就被打得七零八落,随风飘走,不见踪影了。

办公室的小刘进来了,说计部长在催问服装城经营模式的调研报告了,万丽说,你跟计部长说,我马上送过去。小刘走后,万丽将自己的那份报告到文印室复印了一下,将复印件交给赵军,说,计部长急着要先看,让我先送过去,赵军说,你送过去吧,我看过了最后也还是计部长看,一样的。

万丽到计部长办公室,把自己的报告和陈佳的报告一同交给计部长,计部长很感兴趣,说,噢,你们弄了两份?万丽说,调研是我和陈佳一起搞的,但是观点不太一致,也很难调整成一篇文章,我就把两篇一起拿来了。计部长高兴地说,好,好,小万你放着,两篇我都要看。

就在万丽将要踏出计部长办公室的那一瞬间,万丽后悔了,她停了下来,计部长问道,小万,还有什么事吗?万丽犹豫了一下,说,计部长,陈佳的那篇报告,她还没有修改,要不,让她修改一下再交给您?计部长笑了笑,说,没事的,没修改过的文章常常是最本色最真实的。万丽支吾了一下,又说,可是,可是,陈佳还不知道我把她的文章交给您了,因为本来是说好,将两人的文章并成一篇的,可是,可是,还没有来得及。计部长拿起陈佳的报告,先看了一眼标题,又随手翻了一下,稍稍停顿了一会儿说,小万,陈佳虽然学历比较高,但毕竟还年轻,而且刚进机关,工作经验方面,尤其是政治思想觉悟方面都有待于进一步的提高,你进机关时间比她长,又是宣传科的副科长,你也是有责任带好新同志,是不是?万丽心里一阵温暖,赶紧点头,说,我知道。计部长又说,新来的同志,有哪些问题,有哪些不足,我们都得做到心中有数,要不然,你怎么帮助他们呢?万丽又点头。计部长把陈佳的报告还到万丽面前,说,你如果坚持要让陈佳修改以后再拿来的话,我尊重你的意见。

万丽不知自己是怎么走出计部长办公室的,她整个晕了,今天这件事情,做得这么窝囊,这么拖泥带水,既然已经把陈佳的报告给了计部长,为什么又要拿回来?既然后来要拿回来,当初又为什么要送上去？送上去的时候她后悔了，拿回来了，她又后悔了，好不容易有这么个机会，已经抓到手了，又被自己拱手送了出去，优柔寡断，患得患失，反正怎么做，她都觉得是不恰当的，是错的，是愚蠢的，她站在走廊里发了半天愣，才情绪低落地回到了办公室。

万丽一进来，赵军说，陈佳也写了一个报告的，你怎么没给我？万丽正拿在自己手里呢，说，我想要一起交给计部长的，后来想想还是拿回来了。赵军说，为什么拿回来？万丽说，陈佳可能还要再改一改吧。赵军接了过去，也看了一眼标题，眼神就有点疑惑，说，你没有给计部长？万丽说，我跟你说了，想给的，但又拿回来了。赵军说，这样也好。

后来赵军也出去了，万丽一个人沉闷地坐在办公室，许久许久也没有回过神来，脑海里翻滚来翻滚去，又浮现出她进机关以后的许多事情，浮现出余建芳、伊豆豆、许大姐、金美人等人的影子，如果是余建芳，她会怎么样，她会毫不犹豫地把陈佳的报告交给计部长；如果是许大姐呢？毫无疑问，也一样；那么，伊豆豆呢？金美人呢？她们会怎样做呢？万丽琢磨了一会儿，觉得伊豆豆和金美人也都会这样做的。但如果伊豆豆是她，而她是陈佳，伊豆豆会不会做呢？万丽无法判断了，想得头都疼了，抓起电话打给伊豆豆，伊豆豆正在开会，说，万小姐，什么事，这么急啊？万丽说，我一句还没说，你怎么就知道我急了？伊豆豆说，听你的口气还听不出来？你呀，跟我也差不多，喜怒形于色的肤浅货色。万丽觉得伊豆豆说得不对，心里不服，说，我跟你差不多？伊豆豆道，半斤八两吧。你啊，要好好向你们的陈佳学习学习，才能进步啊。万丽泄气地脱口道，连你也觉得我不如陈佳，我还有什么好说的。伊豆豆说，错，大错特错！好了，有空再跟你说吧，我正忙大事呢。万丽说，你有什么大事好忙的？伊豆豆说，你不想要你的房子了？

就在万丽把调研报告交给计部长的当天下午，南天服装城出了一件大事情，几个个体工商户打伤了服装城的一个管理人员和一家国营服装企业的经销人员,事情闹到市委,平剑刚书记立刻签署了意见:严惩凶手。

不久之后,南天服装城的个体工商户,撤离的撤离,收摊的收摊,一下子就溃不成军了。

陈佳为了讲好计部长点名的这堂理论课,做了精心的充分的准备,但是一个星期过去了,第二个星期又过去了,却始终没有下文,计部长偶尔碰见陈佳,好像已经忘记了这件事情,陈佳自己看不出有什么反应,倒是赵军替她着急,后来忍不住问了计部长。

赵军从计部长那儿回来,知道陈佳等着他的回答,但他却不说话,一直等陈佳走了,赵军才走到万丽办公桌前,问道,万丽,你到底还是把陈佳的那份报告给计部长了吧。万丽说,是给的,但是当时就拿回来了,我跟你汇报过的。赵军说,那计部长怎么知道陈佳写的什么?计部长说,文采好不好,不是问题的关键,文采是为观点所用的,观点错了,文采越好,问题越大,危险越大。观点对了,文采差一点,还是好文章嘛。这不明明是在说陈佳的报告吗?他怎么会看到的呢?万丽说,我怎么知道?赵军也就没有再问下去,只是淡淡地瞥了万丽一眼,这一瞥,像一道尖利的冰川,刺得万丽心里直发毛。

过了一天,康季平来找万丽,一见面,康季平劈头就问,万丽,你怎么样?没出什么事吧?万丽下意识地摸了一下自己的脸,说,我脸色很难看吗?康季平说,你脸色不好看,但你的心里更不好受。万丽喉头一哽,泪水就噙在眼里了,噙着泪说,你怎么知道?康季平说,我昨天晚上做梦,梦见你站在我的面前,欲言又止,我一问你,你转身就走,我就知道你有难题了。万丽的泪水就止不住地淌了下来,她将服装城事件的前前后后都告诉了康季平,郁积在心里的苦闷吐了出来,一下子觉得好受多了,她等着康季平给自己作一个判断。康季平却说,好了,万丽,没事了。万丽不解地看着康季平,康季平说,你现在已经不觉得有那么多的委屈,也没有那么多的后悔了,是吧?万丽说,是的,心里舒服多了,但是我仍然不知道我该怎么做,不该怎么做,这次过去了,还有下次,还有下下次。康季平说,在这样的问题上,我无法给你任何答案,说实在话,我也不知道你该不该把陈佳的报告交给计部长。我的作用,就是听你说,看你哭,你说过了,哭过了,就好了,雨过天晴,你又是你了,你又振奋起来,你又活过来了。万丽却摇了摇头,一想到今后的漫长日子,漫长的永远没完没了的竞争、斗争,她心里就不寒而栗,情绪顿时又低落下去,悲观地说,我可能不适合在机关工作,可能是我错了,我不应该到机关来,要是留在学校——康季平打断了她的话,说,万丽,要是错,也错在我,是我动员你来的,但我认为你没有错,你会进步的,只要你有足够的耐心。还有,我认为比较重要的一点,即使在机关工作,做人也要有自己的个性,就像写文章,没有个性的文章,不容易让人记得住。万丽说,在机关怎么可能做有个性的人?只能委曲求全,只能夹着尾巴做人,只能当面一套背后一套。康季平说,我不同意你的说法,在我看来,机关里许多人都是有个性的人物,就说你熟悉的几个女同志,你看看,哪个没有个性,伊豆豆,没有个性?余建芳没有个性?还有金美人,包括从前你们那个许大姐,哪个没有个性?万丽说,你说得都对,可是我仍然看不清自己前边的路,你说个性,我甚至不知道我的个性是什么。康季平说,你的个性,就是心地软弱、正直善良,又有非常强的进取心。万丽说,如果是这样的话,我就更不应该来机关了,要想做好自己,首先一个,就不能违背自己的良心,但在机关做不到啊!有时候,如果不肯违背良心,就只能眼睁睁地看着别人走上前,你能明白吗?康季平点头说,我当然明白。万丽说,就说这南天服装城,明明是那些国营和集体企业欺负个体工商户,但因为市委的大方向是倾向另一边的,不赞成在南州市大力发展个体经济,我能说实话吗?康季平说,在不能说实话的时候,就尽量不说话,先回避着再说。万丽,你得明白一点,有些事情你如果做了,可能对眼前确实会有用处,但这种用处,只是暂时的,让人走不远,要想走得远,就先要把眼光放远,不计较一时一地的得失,不要计较那些蝇头小利。更重要的一点,万丽你一定要记住,你和别人不一样,你一旦违背了自己的良心,你的所获,决不能替代你的所失。也就是说,你做了违心的事情,你的患得患失,你的痛苦,你的后悔,会将你所得到的利益和成功的喜悦抵消殆尽,最后你是得不偿失的。康季平的分析,入情入理,万丽的心情也渐渐地平静下来,情绪也好多了。康季平一直是和颜悦色地安慰和劝导万丽,但等到万丽的情绪慢慢地调整过来了,康季平却严肃起来了,说,万丽,有一句话我得告诉你,你得永远记住,一个人,千万不能把自己的想法强加给别人,想要所有的人都跟你想的一样,那是不可能的,因为每一个人的角度不一样。你这里来了陈佳,对你是个威胁,但对别人没有威胁,对别人来说,她只是位年轻漂亮的既然有水平又得体又好相处的女同志,别人对她好,是应该的,别人对你好,也是应该的,你决不能要求别人只对你好不对她好,只说你的好,不说她的好,如果一说她的好,你就受不了,那你的人生就完蛋了,你就会被无穷无尽的烦恼包围住,别说工作,别说进步,你会被自己点起来的妒火烧死,万丽,我不希望我心目中的万丽是那样的形象。虽然康季平说得严厉,但万丽能够接受,她细细地品砸着其中的滋味,缓缓地点头说,我知道了。康季平说出来的这番道理,正是她这一阵以来面临的问题,现在她找到了问题的关键,她相信自己,会调整好心态。她的一颗纷乱的心,在黑夜里胡乱地闯了一阵,现在终于看到了光明,找到了回家的路。万丽停了一会儿,又说,但是有件事我仍然不能明白,计部长到底怎么看到陈佳报告的呢,我确实当时就拿回来的。康季平说,是呀,你没有给计部长,那赵军呢?万丽没假思索就说,赵军肯定不会。康季平说,那还有谁呢?万丽说,没有了呀,所以我想不通。康季平笑了一下,说,怎么没有了,不是还有一个人吗?万丽心里忽然一跳,说,难道是陈佳自己?怎么可能?怎么可能?康季平平平淡淡地说,为什么不可能,你仔细想想,为什么不可能? 万丽没再说话,静静地想了一会儿,心情慢慢地放开了,最后她释然地说,康季平,我想通了,既然已经选择了这条路,也没有什么退路,就慢慢往前走吧。康季平说,万丽,你记住,无论何时,我都在你身边。万丽的热泪再次夺眶而出。目送康季平走远的时候,万丽不由又想到孙国海,又拿他和康季平比较,如果是孙国海,碰到这件事情,肯定又是骂人,骂陈佳,骂赵军,甚至连计部长也一起骂了。

晚上回到家刚吃了晚饭,伊豆豆就来了,告诉万丽一个好消息,机关分房经过几上几下的折腾,最后结果出来了,万丽分到了一套两室一厅的新房。伊豆豆说,万小姐,你可得好好谢我,替你争这套房子,可是费了我好大的劲,吃奶的力气都使出来,五花八门的手段都用上了。万丽说,有那么严重吗?伊豆豆说,比你想象的严重得多!你想想,你进机关才几年,比你早进机关十年八年的都没有分到。万丽说,那是你有本事。伊豆豆说,你说得轻巧,你给我试试去。万丽说,你是拉了金美人替你说话吧?伊豆豆说,才不呢,金美人才不肯替我说话,还跟我作对。万丽说,咦,你进行管局,不就是她引进的吗?伊豆豆说,但我进行管局以后,金美人见了我就像陌生人,爱理不理。万丽更奇怪了,问道,为什么,你得罪她啦?伊豆豆说,这你就不懂了,这就叫水平,这就是机关的作风,越是自己的人,就越要严肃对待,我想要的东西,她偏不支持,跟我作对,这样才能显得她的公正无私嘛。这个金美人啊,也真是一时聪明,一时糊涂,都从办公室滚出来了,还那么认真干什么嘛。伊豆豆一说出来,才发觉自己说漏了嘴,万丽也是从办公室出来的,这不是指着和尚骂秃驴吗,赶紧说,万丽,我可不是说的你啊。再说了,金美人哪能和你比,金美人的出,是日薄西山的出,你的出,是东山再起的出,大不一样。万丽觉得自己卧薪尝胆的隐秘心机被伊豆豆说穿了,脸有些红,支吾了一声,赶紧又回到原先的话题,说,金美人都不帮你,你凭什么能够替我争到房子?伊豆豆说,你们不是夫妻双方都在机关吗,两个人的工作年份加起来嘛。万丽不相信,说,不对,你骗我,我们两个加起来也没有多少分。再说了,两人都在机关的,有好多呢,也有许多人没有分到房呀。伊豆豆说,万小姐还蛮敏锐的嘛,这可是天机,天机不可泄露,但可以告诉你,你不是外人嘛,我下死劲"花"我们秦局,秦局被我"花"上了,就死心塌地听我的了。万丽也不知伊豆豆说的是真是假,秦局是行管局的一位分管副局长,此人万丽也认得,为人非常忠厚老实,循规蹈矩,目不斜视,平时连和女同志说个话都小心翼翼的,恐怕不大可能被伊豆豆"花"上,更不大可能对伊豆豆言听计从,所以,万丽觉得伊豆豆更可能是在开玩笑,但不管怎么说,不管伊豆豆是用什么办法替她争到这套房子,有一点万丽是清楚的,很不容易。这种不带任何交易色彩的友情,让万丽内心非常感动,她脱口说,伊豆豆,我请你吃饭!伊豆豆始终是嘻嘻哈哈,没个正经,听到万丽一本正经地谢她请她吃饭,反倒一愣,但随即又笑了起来,说,万小姐,你以为我真的是不带功利目的的吗?你别忘了,我可是机关里数一数二的马屁高手啊。万丽说,那你拍我马屁想得到点什么呢?伊豆豆说,我这叫眼光放得远,放长线钓大鱼。说白了,万小姐,我看好你,我在你身上下赌注呢,你是有前途的,你将来一定官运亨通。不像我,也想进步,也想升官,但是亏在我的性格上,亏在我的一张嘴上。万丽说,你既然知道自己,不能改吗?伊豆豆说,狗改得了吃屎吗?万丽"扑哧"一笑,伊豆豆又说,就凭我这问话,我就上不了台面,哪有一个女同志,说自己是狗改不了吃屎的?万丽说,这倒是的,人家都是往自己脸上贴金的,既然是狗,也要装扮成羊啦猫啦什么的,哪有像你这样。伊豆豆说,所以呀,我也就混混而已。你呢,就不一样,你责任重大。万丽说,我怎么责任重大?伊豆豆说,咦,我现在替你争房,将来要问你要回来的,一人得道,鸡犬升天,你做大了,我会没有好处吗?万丽说,那你要什么呢?伊豆豆说,我只知道大趋势,具体要什么,等到了那一天再说吧,你等着就是了。万丽说,万一我上不去呢?伊豆豆说,那就算我瞎了眼。

万丽一扫近些日子一直罩在心头的阴霾,如果说康季平的谈话,已经帮助她渐渐走出情绪的低谷,那么,此时和伊豆豆的这番胡乱说笑,更是使她心情轻快起来,不就是一个陈佳吗,值得因为一个陈佳,就把自己的人生变得那么不美好那么不快乐吗?

伊豆豆简直就像洞穿了万丽内心深处的隐秘,话题已经到了陈佳身上,说,还告诉你一件事情,陈佳也想要房子,被我硬反掉了。万丽说,她不是刚来吗,还没结婚,怎么轮得到要房子?伊豆豆说,但这次有一批腾空出来的适合做单身宿舍的老房子,陈佳也不知道哪里得到的消息,打了报告直接送到了张局手里,张局还替她说话,但照样被我反掉了,我还联络了秦局一起反对,金美人也没说好话,这样力量就大啦。万丽说,张局可是你们一把手,你怎么可能反得掉他?伊豆豆说,这你就不明白领导的心思了,他提出要给陈佳,如果没有人反对,自然是顺利通过,但是如果有人反对,而且反对得比较坚决,力量比较大,他就得考虑自己了,如果在这种情况下,他还坚持要给陈佳房子,就不怕别人怀疑他和陈佳有什么不可告人的关系?这一着,可是领导们最最惧怕的。尤其在分房这种具体事情上,人人都有利益在里边,人人都以为是利益的交换,万一有一纸人民来信告上去,他就得吃不了兜着走啦。还没等万丽说出什么来,伊豆豆又说,更何况,张局对陈佳,只不过有点好感而已,又没有什么货真价实的事情,白白承担个臭名,也太不合算,张局才不傻,才不会做这样的事情。万丽说,那你替我力争,承担了什么名呢?伊豆豆说,我这才是美名呢,大家说,到底伊豆豆够哥们儿。万丽说,美得你。但你为什么反对给陈佳房子呢,她又没有得罪你。伊豆豆说,但她得罪你啦。万丽说,你这话不公平,她也没有得罪我。伊豆豆说,她的到来,就是得罪你,她的存在就是对你的威胁。万丽知道伊豆豆说得有道理,但心里不免替陈佳觉得委屈。伊豆豆完全知道她心里想的什么,毫不客气地说,万小姐,你太虚伪,我就是不喜欢你这一套,怎么,你觉得陈佳素质好,你让她,你让她做副科长,你做她的科员行不行?万丽一愣,又说,但不管怎么说——伊豆豆抢过了她的话头说,不管怎么说也不行,因为她是陈佳,她的存在就是对别人的威胁。说到这份上,万丽也跟伊豆豆掏心掏肺地说,要是一个素质差水平低的人,和她争个高下,还是有意思的。说真心话,我心底里并不很讨厌陈佳,和当初对余建芳的感觉不一样,但有时候却不得不竞争,这才是最痛苦的。如果是个坏人,斗争也值得。伊豆豆说,这你就更错了,正因为陈佳有素质有水平,对你的威胁就更大,你才不得不斗争,反而是余建芳好弄,她底子差,终究上不了台面,也许能一时得意,但到底走不远的。万丽说,那你的意思,陈佳是能够走远的?伊豆豆说,就看你们两个,谁踩着谁的肩膀上去了。万丽心里的那一层刚刚消去的阴霾又一点一点地回来了。

　　但是不管怎么说,自己分到了房,陈佳却没有分到,万丽心里还是有一点小小的得意。第二天分房结果在机关张榜公布了,赵军说,万丽,没想到你还蛮有实力的。赵军也是想要房子的,他的积分比万丽高,却没有他的份,但赵军是个大气的人,也比较厚道,话出了口,觉得不妥,又补充说,不过也是应该的,你们两口子都在机关,这条件别人也比不过的。倒是万丽有点过意不去,脸上有点尴尬。赵军又说,搬家要请我们吃饭啊,把气氛圆了过来。

　　没想到的是,分房工作结束后不久,陈佳也有了房子,拿到钥匙的那天,陈佳跟万丽说,虽然只是一居室,但厨卫齐全,比住集体宿舍强多了。平平常常的内容里,就滋生出一种暗示一种压力。后来伊豆豆告诉万丽,分房工作结束后,张局把仅有的几套控制房挤出一套给陈佳,而且理直气壮。伊豆豆还想反对,但金美人这回提醒了她,金美人认为,一定是陈佳找了更上层的领导,有了上面的撑腰,张局才可能这么挺直腰杆给陈佳做主的。

星期天,万丽和孙国海一起去看新房子,碰到陈佳,陈佳也是来看房子的,跟万丽说,过几天我要请行管局伊主任吃饭,请你作陪,好吗?看万丽有些发愣,陈佳又说,这一次的房子全靠了伊主任帮忙,原来给我的一套,是大楼西北边的一套,沿着马路,非常吵闹,我平时睡眠不好,可犯愁了,后来伊主任亲自替我想办法调到东头这一套,既安静,采光通风也好,你说我是不是应该好好谢谢伊主任。万丽嘴上机械地说,当然,当然要好好谢谢她,心里却直犯嘀咕。

隔天在机关院子里碰到了伊豆豆,万丽本想学点城府,把这事情放在心里,但看到伊豆豆跟她那么哥们儿的样子,忍不住说了出来,最后不客气地道,伊豆豆,你不是说你反对给陈佳分房的吗,到头来还帮她这么大的忙啊?哪知伊豆豆脸不红眼不眨,说,我的万大小姐,你总不能叫我在一棵树上吊死嘛。万丽说,你什么意思?伊豆豆嬉皮笑脸道,你也不想想,陈佳肯定是有后台的,虽然没有暴露,但后台肯定还很硬,要不然,我们张局怎么肯为她担肩膀?所以呀,我也得把眼光放远了,万一到时候上的是她不是你呢,我跟你这么要好,不是又站错队了吗?万丽沉着脸,你也说得太远了,跟我要好就是站错队?我又不是什么大人物,搭得上吗?伊豆豆笑着拍拍万丽的脸颊,说,哎哟哟,万小姐生气了,跟你开开玩笑的,你还当真啊?

伊豆豆永远就是这样半真半假,让人捉摸不透。其实万丽也了解她的个性,本不应该往心上去,但这些话却偏偏直往心里头钻,心情都被她搞坏了。

# 一八

林美玉走到计部长身边,拉起衣襟给计部长,说,计部长你摸摸,我这件衣服的料子,是意大利面料啊。计部长果然

笑眯眯地去摸林美玉的衣料,说,嘿,我这土老帽儿,不懂的,但摸上去确实手感很好、很软,就像小林你说话的声音哎。

随着经济的发展壮大,南州市在全省的地位也日益显著和重要起来。前不久,经过激烈的竞争和角逐,南州一举夺得了省第五届艺术节的主办权。在这之前,南州作为一个小型的城市,还从来没有主办过省级的大型活动,为此,全市上下都为之振奋为之骄傲,市委更是高度重视,平书记亲自主持召开了几次专题会议研究具体的方案措施。

五艺节的重中之重,就是那个隆重的开幕式晚会。晚会内容相当丰富,中央和省委领导都要来参加,晚会上,要表彰一批全省文艺方面的优秀人才,还要有能够体现全省水平的文艺演出。为了保证晚会的万无一失,市委将具体操办的任务交到了宣传部,宣传部为此特别成立一个临时指挥部,总指挥长由计部长担任,下设办公室,从市政府调来一位办公室副主任担任临时办公室主任,副主任人选,就从宣传部自己人里产生。最后由计部长提名,部委会通过,万丽担任了办公室副主任。另外又从文化局和市文联各抽一名干部作为办公室的工作人员。班子组成后,计部长召集开会,万丽和另外三位新搭档,头一次坐到一起。市政府的叶楚洲副主任和文化局的林美玉,万丽早先是认识的,但不熟悉,另一位从市文联来的黄林,更是连面都没见过,他从部队上下来,刚刚进文联机关还不满一个月呢,大家可以说是来自机关的五湖四海,但现在坐到了一起。

临时办公室开展的第一项工作,就是跑市财政局,关键人物是市财政局机关科的副科长李秋。李秋是个女同志,但一把铁算盘非常厉害,有个外号叫蜘蛛精。李秋很瘦,尤其是两只手,瘦得几乎脱了手形,伸出来,活像只尖利的爪子,而李秋这手,平时不轻易露面,一旦事情决定了,她的手就出来了,习惯性地往桌上一扣,就一语定乾坤：就这样了。时间长了，大家都熟悉了李秋的习惯，有的时候，李秋连那句话都不用说，只要将自己这只尖长的手往桌上一压，那一位最终没有算得过李秋的某同志，心里就彻底地"咯噔"一下，知道玩完了。我的妈，那手，简直就是蜘蛛精的爪子呀，有一个同志事后很久还心有余悸地说。就这样，蜘蛛精的外号就叫开来了，李秋自己也知道，但并不气恼，手还是照伸，绝话还是照说，一点都不在意，倒是那些心怀鬼胎的对手们，在李秋伸出手来的时候，虽然知道自己的努力又泡汤了，但因为看到了传说中的蜘蛛精爪子，好歹也算找回一点安慰。有人甚至还下意识地看看李秋的脸，看她怎么认识和看待自己的爪子，但是他们从李秋的脸上，始终只能看出两个字：不行。据说有一回某局的行政科长在无所不用其极之后见李秋仍然无动于衷，某科长终于急了，说道，李科长啊李科长，你千算万算又是何苦来着？李秋说，你什么意思？某科长倒有点怯了，本来都想把到嘴的话咽下去了，但李秋偏偏还咄咄逼人，我才不管你什么意思，你什么意思我也要跟你算清这笔账。某科长气道，算吧算吧，你千算万算，连自己的婚姻都没有算好，还算个什么头啊？李秋当场号啕大哭，那正是她和前夫关系最黑暗的阶段，但是这一次的哭，是空前绝后的，是李秋这半辈子人生中唯一的一次公开亮相，在此之前和从此以后，李秋都不会有这样的事情发生。

　　李秋的丈夫是个花花公子，到处拈花惹草，但脾气极好，每次李秋兴师问罪，他总是低头哈腰，忙不迭地检讨，把自己骂得狗血喷头，口头保证书面检查不知作了多少回，但老习惯坚决不改。他虽然不在机关工作，但这事情在机关里传得到处都是，包括李秋丈夫跟人偷情的种种劣迹丑行，被机关上下传得神乎其神，虽然没人胆敢当面告诉李秋，但李秋是何等聪明之人，心里明镜似的，只是因为要面子，只能让大把大把的眼泪往肚子里流，在机关每一个人的眼里心中，李秋都是一个坚强的女性。能把李秋气哭了，这位某科长倒也在机关里风光了一阵,虽然事后向李秋口头检讨,但那口气却绝对是胜利者的口气,不过李秋那天也不曾失败,她是另一个胜利者,她露出难得的微笑,握着某科长的手,真诚地说,谢谢你的提醒,谢谢你的推动力。某科长目瞪口呆,后来才知道,就是在他一气之下攻击了李秋之后,李秋才下决心离婚,不再拖泥带水,与过去彻底地告别。那个某科长叫平原,几年后调了一个部门,后来提拔当上副局长,再后来,他竟然成了李秋的第二任丈夫。只是有人问到李秋或者问到平原是不是这回事,他们都哈哈一笑,你们编故事呢。这回答,似乎含糊得很,是既不肯定也不否定,但这都是后话了。

五艺节的预算在李秋那里果然没有通得过,林美玉先在李秋那里碰钉子,这是意料之中的事情,林美玉说,李科长,这可是市委目前的头等大事,经费不及时到位,耽误了五艺节的筹备工作,你负责还是我负责?林美玉以为自己抛出了很有分量的话了,哪料李秋毫不买账,说,你也没有资格负责我也没有资格负责,你急的什么?林美玉气道,那我就回去向领导汇报,李科长不同意平书记的意见。李秋冷冷一笑,说,行啊,怎么汇报都行。那真是刀枪不入。

他们又回来将预算的项目一一重新核对,该补充的补充,该重做的重做,该改方案的改方案,几乎做到滴水不漏了,再跑李秋。这回由叶楚洲亲自出马了,他建议万丽跟他一起去,万丽也知道李秋的风格,心里多少有点发怵,不想去,但叶楚洲说,你躲不过的,早晚得和她打交道。万丽只得硬着头皮跟上叶楚洲。

万丽以前见到叶楚洲的时候,并没有什么特别的印象,但倒是经常听同事说起这个叶楚洲,说叶楚洲是有些背景的,至于什么样的背景,又没有人说得清,所以叶楚洲虽然官不大,但在机关里也算得上是个人物。机关的事情就是这样,大家经常关心议论的,要不就是提得快的,要不就是老不能提的,那些正常升迁的人,是较少有人提起的。叶楚洲既有背景,进机关年数也不短了,工作能力是有目共睹的,但仕途却并不顺利,不知道是在哪里卡住了。万丽更觉得机关是个说不清的大杂院,又像个大陷阱,你哪怕步步小心为营,但不知什么时候就会跌落进去。

　　但是现在一起工作了,几天相处下来,万丽有一个意外的发现,觉得叶楚洲在哪个方面有点像康季平,这种想法一经产生,就使得万丽对叶楚洲有了先入为主的好感。当万丽跟着叶楚洲坐到李秋的办公室时,万丽的眼睛就下意识地去看李秋的手,她明知这样不好,但却控制不住自己的眼睛。奇怪的是,李秋虽然一如既往地板着脸,但却将那只从来不肯伸出来和人握手的手主动伸到了万丽跟前,说,万主任,你是在看我的手吧?把万丽闹了个大红脸。李秋跟万丽握过手后,把手抽了回去,又将手举起来,看了看,面无表情地说,他们说我是蜘蛛精,我自己看看,我这手,比蜘蛛爪子总要丰满一些吧。万丽想笑,却没敢笑出来。李秋又说,万丽,我知道你。万丽更是不敢吭声了,因为她一点也不知道李秋是什么意思。

　　叶楚洲把晚会预算和整个五艺节的预算都交给李秋,李秋随手把晚会预算挑出来,另一份就随手扔到一边,说,这个下次再说,先看看你们的晚会情况。李秋的桌上,有算盘,也有计算器,但李秋从来不用计算器,都是用算盘打的,打着打着,眉头皱起来,打着打着,眉头又舒展开来,万丽在噼噼啪啪的算盘声中,心情越来越紧张,偷偷地看了叶楚洲一眼,发现叶楚洲也正在看她,万丽脸一红,叶楚洲却笑着朝她挤挤眼,一副笃定心思的样子。李秋低着头,根本没看他们,嘴里却突然发出了声音,说,你们挤眉弄眼的干什么?叶楚洲说,万丽头一次坐到你面前,有点害怕你呢。李秋厉声说,叶主任,请你说话注意点!叶楚洲说,好,好,我注意,我注意,又朝万丽眨眼。李秋终于抬起头来,算盘一推,预算往叶楚洲和万丽面前一扔,尖长的爪子往桌上一压,嘴里咬牙切齿地吐出两个字:不行!

万丽傻了眼,但叶楚洲却是笑眯眯的,把李秋扔过来的预算拿起来,看了看,说,李科长,你认为哪一项有问题?李秋又把预算拿过去,指着上面的一项说,就是这一项,你们自己看看,怎么做的预算?想蒙我的钱,没那么容易!叶楚洲再把预算拿起来,万丽也勾过头去看,一看之下,差一点失声笑出来,原来李秋通不过的,竟是一笔最小的账目,是工作人员的加班夜餐费用。当时做预算的时候,大家觉得,既然是一笔最小的账,财政局也不至于很计较,便多报了些人头和天数,结果却被李秋算了出来。叶楚洲笑着回头对万丽说,万主任,你这回领教了李科长的水平了吧。李秋说,这就已经领教了?早着呢!

把加班夜餐费重新核过后,做了一点小小的调整,整个费用中,只减去了三百块钱,晚会的预算就通过了,李秋仍然板着脸,嘴里也仍然只有两个字:行了。叶楚洲也不多说话,站起来就走,倒是万丽觉得不过意,说了声谢谢。李秋连哼也没哼一声,好像根本就没有听见。出来的时候,万丽还是有点不踏实,问叶楚洲,叶主任,刚才忘了问一问,钱什么时候能够到账。叶楚洲说,李秋办事情很干脆,只要说出"行了"两个字,钱当天就会划出来的,不信这会儿你回去看看,她一准已经在布置划钱了。万丽长长地吁了一口气,又忍不住问叶楚洲,李科长她是不是有什么——她本是想问问,李秋在机关里是不是有什么背景,要不怎么连市政府的办公室主任见了她都得低眉顺眼呢,但因为跟叶楚洲还不算太熟,觉得问不出口,倒是叶楚洲已经明白了她的意思,替她说了,万丽,你是不是想说,李秋这么厉害,可能有什么人给她撑腰吧?万丽点点头,这一瞬间,她更清晰地感觉到了叶楚洲与康季平的相像之处。叶楚洲说,好像没有什么背景,就像那个金美人吧,金美人跟你同过事,金美人有背景吗?她们的风格挺像的,都是工作极其认真。万丽说,是呀,金美人要是有背景,恐怕也不会从接待办调走了。

万丽说了这话,有一阵两人都没再吭声,好像心情都有点沉重起来。

回到办公室,林美玉听说事情办成了,先是撇了撇嘴,闷了一阵后,却笑了起来,嗲声嗲气地道,到底叶主任有办法,连李秋都要卖三分面子的。叶楚洲却笑着说,可能是看万丽的面子吧。林美玉听了,说,那是,万丽嘛,机关有名的才女嘛,讨喜得很呢。话音里难免酸溜溜的。和陈佳相比,林美玉的素质和境界要差几个级别,她所有的喜怒好坏都放在脸上,心里酸了她就说酸话,心里气了就说气话,高兴的时候也说高兴的话。只是,万丽不会跟她计较,都是临时抽在一起工作的,五艺节一结束,大家就分道扬镳,又不打万年桩,无论林美玉怎么酸,说话怎么不好听,怎么难相处,万丽都不会往心上去的。

但万丽没有想到,时隔不久,自己竟然也会酸起林美玉来。筹备工作快到尾声时,一切差不多准备就绪了,计部长为了犒劳大家,特意请筹备办公室的几位同志吃饭。万丽换了一件新衣服,打扮了一番,走进餐厅时,大家眼睛一亮,黄林脱口说,万主任,你这件衣服是新买的吧,很出色,穿出了你的气质。林美玉立刻就在边上说,黄林你怎么不夸夸我的衣服,我这件衣服也是新买的,不好看吗?黄林赶紧说,你的也好看,你的当然更好看。大家都笑起来,林美玉这才高兴了,站起来,走到计部长身边,拉起衣襟给计部长,说,计部长,你摸摸,我这件衣服的料子,是意大利面料啊。计部长果然笑眯眯地去摸林美玉的衣料,摸了摸,说,嘿,我这土老帽儿,不懂的,但摸上去确实手感很好、很软,就像小林你说话的声音哎。大家又笑,黄林说,是呀,听小林说话的声音,我总以为是个小孩子呢,你要是去唱评弹,一定很好听的。计部长说,是呀是呀,本人大有同感,小林啊,你那天一来,我就有这个想法,你长得这么漂亮,嗓子又好,要是吃艺术饭,肯定能成为大角名角的。林美玉高兴得满脸放光,笑盈盈的眼睛始终直盯着计部长,计部长也是满脸通红，说，嘿，这酒还没喝上呢，我的脸就热起来啦。

本来是说万丽的衣服的，结果林美玉成了中心，万丽最没想到的是计部长，也是相当有水平的干部，也是位很严肃的干部，怎么会对这种低档次的话题这么感兴趣，还那么投入地去调笑，万丽顿时觉得自己很失落、很没趣，也让她心底里产生了一些瞧不起他们的想法，但在这瞧不起的想法中，泛起的却是一股浓浓的酸意。

计部长高兴，吩咐上了白酒，林美玉先喊了起来，计部长，我白酒不能喝的，我皮肤过敏。边说边将手捂住自己的杯子，不让服务员倒酒。计部长笑眯眯地说，不行，今天每个人的酒杯都得满上，小林，你要是真不能喝，我替你喝。林美玉说，啊呀，那可要折煞我了，我宁可过敏，也不敢让计部长给我代酒呀，来，小姐，替我加，加满一点，我喝。计部长说，这才像你小林的性格嘛。林美玉说，计部长，您倒是说说，我什么样的性格啊？计部长说，傻丫头，爽快的。一阵说笑中，开始喝酒吃菜，大家一一地轮流敬计部长，计部长则来者不拒，然后还一一地回敬，和平时在部里工作时那个威严的计部长，完全不是一回事了。

万丽出来上洗手间的时候，叶楚洲也出来了，万丽感觉叶楚洲是特意出来和她说话的，心里多少有点感激，但是站在叶楚洲面前，心里千头万绪，却不知说什么才好，跟着心念一闪，要是眼前站着的不是叶楚洲，而是康季平，那该多好，这么胡乱想着，就听叶楚洲说，万丽，你当初是怎么进的机关？是大学毕业分配的吗？万丽说，我是机关招聘时考进来的，原来在中学教书。叶楚洲听了，没有说什么，却微微地摇了摇头。万丽忍不住说，你是不是觉得我不应该进机关，我这样的人，不合适在机关工作吧？叶楚洲又摇头，说，谁说的，谁规定什么样的人才合适在机关工作？万丽又说，但我总觉得自己走错了路。叶楚洲说，你没有觉得走不下去了吧？万丽停顿了一会儿，说，还没有那么严重。叶楚洲说，那就好，比我强多了。万丽一愣，呆呆地看着叶楚洲，叶楚洲说，我可已经觉得自己的路走到头了。万丽说,叶主任你开玩笑。叶楚洲说,不开玩笑。万丽说,那你,你想怎么样?叶楚洲说,我还不知道应该怎么样,我如果知道应该怎么样了,我不会停留一时半刻的。这时候黄林也出来了,说,计部长叫你们进去呢。三人一同进来,计部长说,你们两个,是不是躲到外面商量怎么对付我?我告诉你们啊,别做梦了,我的酒量,不是你们两三个人对付得了的。还不等万丽和叶楚洲说什么,林美玉先跳了起来,说,计部长,原来您也会吹牛哇。计部长说,小丫头,我吹牛?要不你试试,你一杯,我三杯,看谁先倒下。林美玉夸张地用手捂住胸口,做了一个往后倒的姿势,计部长哈哈大笑起来,说,你看看,你看看,别说喝了,一句话就把你吓倒了。

　　下午下班时,伊豆豆又绕过来等万丽,见到万丽,亲亲热热地勾肩搭背,万丽心里一热,几次话到嘴边,想跟她说说林美玉,但是到底没有说出来。伊豆豆对待陈佳的态度,使万丽有些心寒,跟伊豆豆说话,不像从前那么无所忌讳了。但伊豆豆何等聪明之人,拍着万丽的肩,说,怎么啦,吃我的醋啦?万丽说,我吃你什么醋,八竿子打不着的。伊豆豆说,我给陈佳调了一套好一点的房子,你就这么对待我,就凭你这点胸怀,你还想在机关混出什么大出息,得啦得啦,说不定还真是我瞎了眼呢。万丽被她说穿了,倒觉得自己是有点小肚鸡肠,正如康季平说的,只许别人对自己好,不许别人对其他人好,什么时候变成这么一个小心眼儿啦?万丽红了红脸,说,我说不过你,不跟你说。伊豆豆说,你不跟我说,我还偏逗你说,你也是个苦命啊,一个陈佳就能让你坐卧不宁,现在又来了个林美玉,又够你喝一壶的吧。万丽说,你怎么像个包打听?伊豆豆说,咦,我就是机关里有名的包打听嘛。万丽说,林美玉跟我没关系,几天以后五艺节结束我们就拜拜了。伊豆豆说,但你万小姐要能够高高兴兴顺顺利利地熬过这几天啊,好吧,你不肯说,我替你说,你呀,明明瞧不上林美玉的行为,却还要酸她,自己想做,又做不出来,风头就叫她占了去。万丽目瞪口呆,也不得不佩服伊豆豆的精灵古怪,什么都逃不出她的眼睛,什么也瞒不过她,既然如此,万丽干脆就把心里的气话说出来,我看不惯她那种做派,吹牛拍马,实在低级得很,可领导还偏偏很受用,你有什么办法?怪只怪那些领导,有眼无珠,只往低处走,不往高处看。伊豆豆说,万小姐错也,不是领导有眼无珠,他们是有眼有珠的,要怪只能怪你素质高,大学生,又是才女,又内敛矜持,他们吃不透你,不敢和你随便调笑。万丽说,你瞎说。伊豆豆笑道,我瞎说不瞎说,你自己心里有数,人嘛,自己都是要往高处走的,但是看别人不能往高处看呀,往高处看了,自己不就低了吗?她一边说,一边蹲下去一点,抬头仰视了一下万丽,然后站直了,说,万小姐,你想想,一个需要别人仰视的女人,人家怎么可能像对林美玉那样随随便便跟你说笑调笑呢?万丽愣住了。伊豆豆又说,但是,你甘心成为林美玉吗?你又不甘心,那你只能打翻醋瓶子往肚里咽了。万丽内心最隐秘的东西,一一被伊豆豆点穿,万丽心里很不自在,说,伊豆豆,你真以为你是我肚里的蛔虫?伊豆豆说,你又错了,我不是你肚里的蛔虫,但我总可以是我自己肚里的蛔虫吧,我嘴上在说你,其实是我自己的体会。共性,这就是共性,你懂共性吗?连这一点你都搞不清,你还生的哪门子气,你还争的哪门子气?

　　万丽闷了一会儿,忽然问道,伊豆豆,你跟叶楚洲熟吧?伊豆豆果然脱口道,熟呀,怎么不熟,你的事情就是他告诉我的嘛,要不然,我还真成你肚里的蛔虫了,那多恶心!万丽气道,你们是不是一天到晚在背后编派我,那才恶心!伊豆豆这回倒有点认真了,不再嬉皮笑脸,说,万丽万丽,你可别冤枉了好人,你说我可以,人家叶楚洲,可是对你一往情深啊!万丽"呸"了一声。伊豆豆又说,叶楚洲还说,你应该把眼光放远一点,不要为一时一事影响自己的情绪和信心,世间的事情变幻无常。万丽不由得"嗯"了一声,叶楚洲这话,和康季平的话如出一辙,万丽心里,不由涌起了一股暖流。

　　隔了一天,由万丽负责起草的晚会程序全部排出来了,叶楚洲看过后,又交还万丽,让万丽去交给计部长,林美玉一步跨过来,就抢在手里,说,万主任正忙着呢,我去吧,我年轻,不怕跑,就出去了。剩下的三个人面面相觑,黄林说,什么话,不怕跑?跑到哪里去,十万八千里?计部长办公室不就在对面吗?万丽没有吭声,叶楚洲说,万丽,你还是得去一下。万丽说,小林去了,我再去干吗?叶楚洲说,有些情况林美玉不一定清楚,万一计部长要了解些什么,她说不出来怎么办,计部长还以为我们办事马虎呢,那不是麻烦大了!万丽仍然不肯,说,计划上都写得清清楚楚,还有什么好问的。叶楚洲的声音一下子抬高了,听起来很严厉,万主任,这是你的工作,你不去也得去!这吼出来的声音,把万丽和黄林都吓愣了。

　　万丽到计部长办公室的时候,办公室的门大开着,计部长坐在自己的椅子上看计划,林美玉则远远地坐在沙发上,两手搁在膝盖上,无声无息地等着。计部长听到万丽的脚步声,立刻抬起头来,向万丽招手,说,小万,你来,你来。将万丽喊到自己身边,指着计划说,小万,这是你的手笔吧,我一看就能看出来,除了你,谁能有这么好的文采,连个计划程序,都写得跟散文似的优美。万丽说,计部长您是批评我吧?计部长说,好你个小万,还大学生呢,还才女呢,好话坏话都听不出来。如果你只是写了个优美的散文,我肯定剋你,但是你写的是散文似的计划,这不仅要大大表扬,还要在我们部里推广。这许多年来,我们的文风实在令人担忧,八股文的紧箍咒还没有从我们大部分的同志头上摘去,没有人给他们套嘛,可他们自己硬要套着不肯拿下来,我叫他们摘,他们都不肯摘下来,这算什么吗?小万,所以我要推广你的文风,这件事情,我已酝酿了一阵了。万丽本来是怀着一肚子的委屈,被叶楚洲骂了才过来的,但万万没想到来了之后,情况又发生这么大的变化,一瞬间想起了叶楚洲和伊豆豆说的那句话,世间的事情变幻无常,她的眼睛不由瞄到林美玉那里,林美玉低着头,两手仍然搁在膝盖上,半边头发披在脸上,也看不清她的表情。万丽心里忽然一阵难过,不知说什么才好。计部长仍然笑眯眯的,也看了看坐在一边的林美玉,说,小林啊,这里没有你的事情了,你先回去吧,我和万主任还有点工作要谈。林美玉点了点头,无声地站起来,走了出去。林美玉一出去,计部长就跟万丽说,小万,机关工作要有机关工作的规矩,该谁的工作就该谁做,不能随随便便。就说这个程序计划,应该是你来汇报的,你怎么随便就让小林来呢?万丽说,不是我让她来的,是……计部长摆了摆手,没让她说下去,又说,我不管是谁让她来的,还是她自己要来的,我都得批评你,这是你的工作,你明白吗?万丽点着头,但心里实在有点想不通,昨天喝酒的时候,那个和林美玉左一杯酒右一杯酒,左一句笑话右一句笑话的计部长又不见了,好像根本就没有昨天那回事,好像他跟林美玉从来就没有那么热切、那么亲近过。计部长又说,小万,你们还年轻,到机关工作的时间还不算长,有一点一定要记住了,要努力培养自己往上走,我所说的上,当然也是指职务上的上,但更重要的,是我们自身的素养,要把自己培养成有修养的机关干部,这一点,我相信小万你是能做到的,你本身素质不错,有修养,思想觉悟也比较高,但不能因此就放松了对自己的要求,培养素质和修养是一辈子的事,你说是不是?万丽只有点头的份。计部长又说,好了,今天就这样,以后我可不想再看到不按规矩办事的事情,啊?

  万丽简直不知道自己是怎么走出计部长的办公室的,回到自己的办公室,发现林美玉不在,叶楚洲和黄林也都不吭声,万丽不知道林美玉从计部长那里出来,有没有回办公室,有没有跟叶黄两位说些什么,他们不说,她也不便问,但不管怎么说,自己心里好歹出了一口气,知道伊豆豆说得不错,领导不是有眼无珠,领导的眼睛亮得很。

五艺节的开幕式晚会办得很成功,晚会过后,五艺节的重担也就卸去了一大半,下面的一个多星期,就是演出竞赛,大多是评委的事情,临时办公室的工作一下子松弛下来,每天的任务就是看演出。如果没有什么意外发生,办公室的工作基本上就能画上句号了。但谁也没料到,到最后几天了,还偏偏出了意外。

　　事情出在闭幕式的安排上,按原定计划,闭幕式的仪式比较简单,领导致个闭幕词,发个奖,主要内容是由平湖市越剧团演一场越剧。但是计部长在向市委常委汇报的时候,平书记却提出了疑义,因为前来参加闭幕式的省委副书记是位现代歌舞迷,平书记建议将一台越剧改成现代歌舞表演,平书记问计部长有没有什么困难,计部长说,没有困难,保证高质量完成任务。但事实上别说是困难,这事情根本就办不到,还有两天时间,怎么可能安排出一台现代歌舞晚会,可计部长坚持要改,这等于将早就设定好的闭幕式活动全部推翻了重来,不说劳民伤财,时间上也根本来不及,就算大家两天两夜不睡觉恐怕也不可能办成,叶楚洲毫无商量余地说,计部长,这是不可能的事情。计部长没想到叶楚洲会是这样的态度,先是一愣,随后说,别说排一台晚会,中国革命的胜利,当年有谁说是可能的,共产党不是照样打下了天下?计部长的话冲人,叶楚洲的话就更强硬,说,那是因为你的共产党厉害,我的共产党不行,要不就计部长你亲自干吧。计部长本来是个比较温和的人,但当着部下的面被叶楚洲这么顶撞,面子上也一时下不来了,也干脆硬到底了,说,我干了还要你干什么?叶楚洲说,你是要赶我走?计部长说,不干工作的人,留在这里吃干饭?双方的火气都越来越大,最后叶楚洲大发脾气,大声吼道,告诉你,老子早就不想干了,你想要留老子,老子还不伺候了呢!声音之大,把宣传部的整个楼层都传遍了。

　　叶楚洲说到做到,第二天果然不来上班了,到处找也找不到他的人影,这在机关里真是很少见的情形,计部长铁青着脸到临时办公室宣布纪律,叶楚洲不告而辞的事情,不许向外透露一点口风,谁透露了,他拿谁是问,然后,当场就任命万丽为办公室临时负责人。

万丽只觉得头皮发麻,叶楚洲都认为不可能的事情,她哪里弄得过来?幸好事情很快又发生了变化,那位喜欢现代歌舞的省委副书记临时有事不能来参加闭幕式了,于是一切又恢复到前面的安排,这样剩下的事情就不多了,万丽还能够撑得下来。但令万丽不敢相信的是,叶楚洲说走就走,这么果断,前几天他们聊天时,他还说他不知道该怎么办呢。万丽心里很矛盾,一方面,她觉得叶楚洲就这么走了,太可惜,她还希望叶楚洲能够回来,忽然什么时候,他又站在门口了,他的嗓门又在走廊里响起来了;但另一方面,她心里也清楚,也觉得叶楚洲是不可能再回来了,好马不吃回头草,叶楚洲那样的性格,决定了他不可能回头。

叶楚洲果然再也没有露面,谁也不知道他去了哪里,市政府那头,还是保了他一阵的,后来实在拖不下去了,才将他除了名。一直到很长时间以后,才听说他南下深圳,去开创了自己的房地产公司。此是后话了。

五艺节的闭幕式比较简单,只有一个小时时间,但平书记也到场了,因为对大会圆满成功感到十分满意,平书记特意关照计部长,闭幕式结束,他要到宣传部来一下,专门接见和慰问一下大会工作人员,也可以让宣传部的同志都一起参加,平书记说,作为市委一把手,平时也没有时间能够到一个部门去见见大家,这次正好是个机会。计部长赶紧通知了万丽,也通知了宣传部办公室,让在家的同志,下午闭幕式以后,都立刻回到部里来。

闭幕式一结束,万丽和林美玉、黄林就急急赶回办公室,明天,这个特意为五艺节建立的临时办公室就要撤销了,这是他们最后一次回办公室。办公室里很乱,万丽和黄林赶紧整理打扫,林美玉说,我上个厕所,一去却一直没有回来。万丽和黄林打扫到一半,部办公室主任老冯就过来说，万科长，你这里不用打扫了，平书记时间紧，直接到会议室，大家一起接见。又说，平书记的车马上到，计部长已经下楼去接了，其他同志也都在会议室等着了，计部长说，你们几个，是今天的主要人物，先别进会议室，在走廊里候一候。万丽和黄林就走出来，站在楼梯口等着，听到楼梯上传来说笑声，知道平书记到了，大家不免有点紧张。

平书记已经在计部长和其他几位副部长的陪同下上楼来了，万丽迎上去，部里其他同志，也都不请自到地拥出来迎接平书记。还没走到跟前，计部长就向平书记介绍说，平书记，这几位，就是我们临时办公室的同志。平书记说，谢谢你们，你们的工作很出色啊，一边伸出手去和走在前面的万丽握手，计部长又说，她是我们宣传科的副科长，是临时办公室的负责人，平书记已经忘记万丽在办公室工作时是见过的，他眼睛发亮地看着万丽，说，好，好，年纪很轻嘛，叫什么名字啊？计部长说，叫万丽。平书记重复了一遍，万丽？随即眼神就暗淡下去，他的手只是在万丽那儿稍稍点了一下，就收回去了，万丽甚至连那只手上的一点点暖意也没有感受到，随着表情的淡漠，平书记的口气也立刻地谈了，说，噢，万丽，原来在办公室待过的吧。计部长还没有意识到平书记表情的变化，赶紧说，是呀是呀，万丽可是机关第一才女啊。平书记嘴上说，那是，那是，强将手下无弱兵嘛，你计部长的手下，哪个不才？眼睛早已经不看万丽了，手已经伸到紧跟在万丽后面的陈佳面前，陈佳赶紧握住平书记的手，大大方方地自我介绍说，平书记，您好！我叫陈佳。平书记笑着连念了两遍，陈佳？陈佳？这个名字我好像很熟嘛，我哪里听到过？还是在什么地方跟你接触过？陈佳倒说不上来了。计部长赶紧说，平书记，陈佳就是机关里头一个研究生，您可能有这个印象。平书记恍然大悟地说，对了对了，就是你嘛，陈佳，你进来之前，他们跟我说，机关里要进一个研究生了，是个女研究生，我还特意看了你的材料，不错啊，从小到大，都是优秀生嘛。说话间,人还一直站在陈佳面前不走开。陈佳两颊通红,很激动,都不知道说什么好了。计部长又说,平书记,听说是您点名让陈佳进宣传部的,我们真要好好感谢平书记,给了我们这么一位优秀的人才。平书记说,既然是优秀人才,你们就要重视人才,你们要好好发挥人才的作用啊。计部长连连点头。接着平书记连坐都没坐,站在那里简单地讲了一些话,作为对宣传部负责这次五艺节的工作的鼓励,接见就结束了。平书记走的时候,又回头跟大家一一握手道别,万丽还抱着一丝希望,迎过去,想和平书记道声再见,但就在那一瞬间,她看到从平书记热情的眼睛的余光里,朝她投来淡淡的一瞥,这一瞥,是骨子里的不屑的流露,是心底里隔膜的呈现,是拒人以千里之外的一瞥,是冰冷坚硬的一瞥,顿时间,让万丽从头顶寒到了脚心。

就在平书记下了楼的时候,林美玉冲了过来,说,到了没有?到了没有?万丽一看她的脸,就知道她是去化妆了。精心打扮了半天的林美玉万万没有想到,就在这短暂的时间里,她的过于用心使她失去了一个千载难逢的重要机会。黄林说,平书记已经走了。林美玉顿时傻了眼,怔怔地站了好一会儿,才尖声地喊了起来,走了?不可能,不可能,黄林你骗我!一边说一边用手去抹脸上的妆,说,我化什么妆,我化什么妆?万丽瞥了她一眼,悲哀又一次从心底里升了起来,但却不知道是在为谁悲哀。

万丽回到家,想和孙国海说说心里的郁闷,却见孙国海拿了一个大哥大,像一块长方形的黑砖头,又沉又大,举到万丽面前,得意地说,嘿,老末送给我的,你以后有事找我,可以打我的大哥大了。又说,你知道多少钱?一万五千块。

## 一九

**这可怕的政治情结,难道真是一顶无人能够摆脱的紧箍咒?**

计部长是从外地调来南州的,对市委机关过去的一些情况并不熟悉,自从平书记来过宣传部,他敏感地发现,平书记对万丽的印象不好,而且不是一般的不好,计部长就留了个心,不久就弄清楚了其中的来龙去脉。表面上,从别人眼里,也许看不出有什么变化,只有万丽自己心里明白,自己在计部长眼里,已经不是从前的万丽了。

不久以后,原来的副科长钱小梅从党校学习回来后就另外安排了,钱小梅走后不久,陈佳提了起来当副科长。万丽也仍是副科长,排名在陈佳前面。

赵军在宣传科长的位子上已经待了整整五年,时间不算短了,但老是没有机会动一动。就宣传部本部门来看,赵军的希望比较渺茫,因为四位副部长都是上岗不久的,没有年龄较大或者时间较长的副部长,如果没有特殊原因,大概不可能在短时间就挪位子,这样赵军的机会就被堵住了。赵军自己倒不见得很着急,但是组织上不能不考虑这个问题,一个干部在某个位子上时间太长,既不利于工作,也不利于个人。所以,哪怕本人没有想法,到了一定的时候,组织上就会主动关心起来,让你没有想法也变得有想法。组织部门曾经几次动议过赵军的工作问题,想让赵军挪个单位,提一级,到某个局当个副局长,哪怕排名在最后,也算是副局级了,那毕竟是领导岗位了。在宣传科长的位子上,时间再长,水平再高,也永远只能是个中层干部。但同赵军谈过,开始赵军还不想走,自己不想走,组织上也没有到一定要他走的地步,就拖拖再说,拖了一阵,又动议了,又谈话,赵军仍然没走,这么三番五次,别人就有议论了,认为赵军嫌安排的单位不理想,要等一个好单位再走。赵军的挑三拣四,给组织上留的印象不好,有好一阵子就再也没有来考虑他的问题。倒是万丽替他着急了,有一次忍不住说,赵军,上次的单位,你可能不太愿意,但这次叫你去经贸局,你为什么又不想去?经贸局可是个实实在在的肥缺,人家抢都还来不及呢。赵军一笑,说,那我就不去抢了。万丽说,赵军,你一定有什么原因。赵军说,你就这么急着要坐我的位子啊?万丽眼圈一红,说,你这么看我?赵军说,我怎么看你,这几年下来,你我心里都清楚啦,我要是真这么看你,我会这么跟你说吗?万丽说,那你到底为什么?赵军摇了摇头,没有说出来。万丽也就不便再问下去了。

　　以后有好长一段日子,赵军的调动一直不见动静,眼看又到了年底,又是大规模调动干部的时候了,看起来仍然没有调动赵军的迹象,赵军好像被遗忘了似的。冬至这天,下午下班前,陈佳被她的男友约走了,剩下赵军和万丽两人,赵军一直磨磨蹭蹭不走,万丽奇怪,说,赵军你怎么不走?赵军说,我今天孤家寡人,老婆带孩子回娘家了。万丽更奇怪,怎么早不回娘家晚不回娘家,偏偏今天回娘家呢?赵军说,这还用问,对我有意见呗。万丽笑了起来,说,你这样的优秀男人,烟不抽酒不喝,工资奖金全上交的,还对你有意见啊?赵军说,你看到的只是表面嘛。万丽说,那你骨子里怎么样的呢?赵军说,骨子里嘛,骨子里是吃在碗里望在锅里,你想想,一个科室里,埋伏着这么两位佳人,老婆不酸才怪呢。这可是万丽万万没想到的,以为赵军开玩笑呢,说,你编故事吧,要不就是你和陈佳真有什么故事了。赵军说,陈佳哪里看得上我啊。万丽说,哈,暴露了吧,这至少说明你对陈佳是有意思嘛。赵军说,要说有意思,我对你和陈佳是一样的意思,你没听别的科室的人说,我是左怀右抱,双飞燕啊。万丽"呸"了他一声,笑了起来。赵军说,其实冤枉啊,你和陈佳,都是孔夫子的好弟子,都是非礼勿视非礼勿听的优秀女同志,在你们面前,我可不敢乱说乱动,别说乱说乱动,连乱想都不敢啊。万丽说,你想你的,谁还能管得着你的想法!赵军说,就凭你和陈佳,都是聪明绝顶的人物,我的想法,也逃不过你们锐利的眼睛啊。万丽说,你也太抬举我了,我有那么厉害吗?赵军说,有,当然有。他看了看表,又说,万丽,今天我请你吃晚饭吧。万丽说,你就知道我没地方吃饭吗?赵军说,你们孙国海,今天外面肯定又有饭局,这还用问吗?赵军随口一说,却说得万丽有点伤神,每到逢年过节,应该是家人团聚的时候,恰恰却是孙国海最忙的时候,他的那帮弟兄,好像一个个都没有家似的,又好像一个个都要跟家闹别扭似的,就专拣这样的时候聚会喝酒。以前婆婆和丫丫在的时候,情况还好一些。但前不久,孙国海的弟弟要筹备结婚了,需要母亲回去帮忙,婆婆为了让儿子儿媳安心工作就把丫丫带回了老家,说定了等丫丫可以上幼儿园了再送回来。自从婆婆和丫丫走后,家里一下子冷清了,很多个夜晚,家里就万丽一个人。万丽也曾气不过责问过孙国海,孙国海总是抱歉地说,对不起,他们喊我,不去不够哥们儿。万丽说,你知道不够哥们儿不好,但你老是往外跑,算不算够丈夫呢?孙国海笑道,嘿嘿,老婆是自己人嘛,好说话的。三番五次,万丽气也气过了,吵也吵过了,孙国海呢,也愿意改,甚至誓也发过了,但一到朋友叫喊,就控制不住自己,故态重萌。但奇怪的是,从来没有人替万丽说句公道话,批评批评孙国海,几乎所有的人,都觉得孙国海为人仗义,够朋友,碰到万丽,总是夸奖孙国海。孙国海为此很骄傲,有时候万丽说他几句,他会说,就你看我一身的毛病,机关里人人说我好的。万丽说,那是,你的好,是你牺牲了家庭生活换来的,你可以帮助所有的人,所有的人有求于你,你都尽心尽力,你不好还有谁好?但是谁知道做老婆心里的滋味?

　　赵军和万丽在一家小饭店要了点冬酿酒,赵军不胜酒量,几两米酒下肚,就醉醺醺了,说,万丽,我以前误解过你,对不起,今天跟你赔罪。说着,就咕嘟灌了一大口酒下去。万丽说,赵军你说什么呀,别喝了吧。赵军说,我又没有醉,这是米酒呀,我要是喝米酒都得醉,我还是个男人吗?万丽说,今天我们不说机关的事好不好?赵军说,我今天就是来跟你说机关的事的,要是不让我说,我这酒也白喝了。老实告诉你,不喝这几口酒下去,我还说不出口呢,真是酒能壮胆啊。万丽说,你的胆还要酒来壮吗?赵军说,那当然,我也是个胆小鬼呀。万丽,还记得南天服装城的事情吗,很长一段时间里,我始终认为是你把陈佳的报告给计部长的。万丽说,后来不这么认为了?赵军说,后来陈佳告诉我,是她自己给计部长的。万丽心里一跳,脱口问,她为什么要拿去给计部长?赵军说,这还用说,她想试试有没有机会。不等万丽说什么,赵军鼓足了勇气说,万丽,我不能走,我得等你们两个先走了我才能走。万丽奇道,为什么?赵军说,至少要等你们中间的一个先走了,我才能走。万丽又问,为什么?赵军说,我走了,科长的位子就空出来了,你想过没有?万丽心头一刺,觉得好痛,一句话也说不出来。赵军说,要是提你,那还好说,不管怎样,机关也是讲究先来后到的,你在陈佳前面进宣传科,你比陈佳早当副科长,应该提你的,但是,现在的情况看起来……万丽忍不住了,眼泪在眼眶里打着转。但赵军却没有停下来,他继续说,看起来,如果我走,部里肯定是提陈佳,万丽,我实在不忍心看这样的结果,要是提陈佳,你怎么过得去?万丽的眼泪终于涌了出来,哽咽着说,我有什么过不去?赵军说,这也太不公平,虽然陈佳也没有什么不可以当的,从水平,从人品,从各方面,你们两个都可以当,但是机关从来讲究论资排辈,为什么到你这里,就不论资排辈了?所以,我偏不走,除非部里决定你接我的班。万丽说,你这么说,不怕陈佳怪你?赵军说,我不是针对陈佳的,陈佳上去也可以,我是针对部里这种态度的。万丽"哇"的一声大哭起来,这一哭,哭得收不了场,饭店的客人都朝他们看,赵军并不阻止万丽,他只是半醉半醒地看着万丽,看着看着,自己也掉下眼泪来,陪着万丽一起"呜呜"地哭起来。饭店的客人和服务员,都过来看热闹,说,喝醉了,喝醉了。赵军忽然抬起头,红着眼睛对他们说,谁喝醉了?大家哄堂大笑,说,只有喝醉了的人,才不承认自己喝醉了。

走出饭店,寒风一吹,两个人都平静了许多,到了分手的地方,赵军站定了,说,但是万丽,我挺不住了,今年如果再不动,不光我的年龄不等人,组织部恐怕真要忘记我这个人了。万丽无言地点了点头。赵军说,你是不是也考虑换个单位?万丽说,换个单位也是换汤不换药,这个单位有陈佳,另个单位就会有李佳王佳。赵军说,万丽,你也不要怪陈佳,应该说,这个单位有计部长,那个单位就会有李部长王部长。万丽说,那也不能怪计部长,甚至也不能怪平书记,谁也不能怪。赵军说,你能这样想,我就放心了,至少放点心了。万丽说,我不这样想,还能怎样想?赵军沉默了一会儿,又说,也怪我,我应该早想到这一点,早作打算的,万丽,今天下午,他们又找我谈了,安排到规划局,我,我……万丽说,你同意了。赵军说,所以我觉得很对不起你,如果早一点考虑你的处境,也许……万丽说,你别说了。

万丽心里乱成一团,一直担心的事情终于要发生了,自从陈佳提了副科长,万丽就考虑会有这一天,她也曾想过,是不是干脆调出宣传部,但拖拖拉拉,始终没有下得了决心。现在赵军要走了,科长的位子空出来,事情就迫在眉睫了,但一切也已经太迟了,就算现在万丽提出来要走,也不可能走得那么快,恐怕至少要在陈佳提起来以后她才能走得了,正科长的位子是不可能空着的。组织上在决定挪动赵军这颗棋子的时候,另一颗棋子也早已经举在手里了。所以,在这个冬天的夜晚,一切看上去都很平静很正常甚至很温馨,但对万丽来说,最最残酷的也是她最最不能接受的结果已经摆到面前了。

万丽心如乱麻,也不知怎么走回家的,敲了敲门,没有声音,知道孙国海还没有回家,刚掏出钥匙要开门,旁边却闪出一个人来,把她吓了一跳,定睛一看,十分意外,竟然是康季平的妻子姜银燕。

姜银燕和万丽康季平是同班同学,大学毕业不久,就和康季平结婚了,生有一子。但这许多年来,万丽从来没有见过姜银燕,有几次同学聚会,姜银燕都没有参加,有些同学就在背后议论,姜银燕抢了康季平,没脸来见万丽了。现在她突然出现在万丽面前,也不知道她在寒冷的黑夜里等了多久,万丽心里一惊,立刻想到是不是康季平出什么事了。

姜银燕不等万丽打开房门,就急切地说,万丽,康季平没和你在一起?万丽回头瞟了姜银燕一眼,冷冷地说,康季平怎么会和我在一起?你什么意思?姜银燕赶紧解释说,对不起,对不起,万丽,我不是那个意思。万丽依然冷冷地说,不是什么意思,我听不懂,有什么话你就直说吧,都是老同学,有什么不好开口的。姜银燕跟着万丽进了门,搓着手,直哆嗦,说,好冷,万丽,我足足等了你两个小时。万丽看姜银燕脸都冻青了,心一软,脸也绷不住了,给她倒了杯热水递过去,说,你可以先打我家电话嘛。姜银燕说,你家装电话啦?万丽说,是分机电话,机关统一装的,上个月才刚刚装好。姜银燕说,可我不知道呀,康季平也没有告诉我,他现在什么也不和我说。万丽一听,心里又不舒服了,说,康季平也不知道我家装电话。姜银燕就愣住了,过了半天,才说,今天是冬至夜,应该一家团聚一起吃饭的,可是他没吭声,也没有回来,也没有打招呼,我一直等到八点多,饭菜都凉了,跑了几家同事,都没在,后来想到你这儿。万丽说,你想得太远了,怎么会跑到我这儿。姜银燕张了张嘴,把想说的话咽了下去。万丽心里其实是很惦记康季平的,见姜银燕不说话了,她忍不住问,康季平有没有什么联系方法,他有大哥大吗?姜银燕说,没有,但他有个BB机。万丽说,那你可以给他留言。姜银燕说,我宁可他没有这个BB机,我给他留言,他都不回。姜银燕停顿了一下,又说,因为他一直很关心你,所以,所以,反正……说话吞吞吐吐。万丽仍然冷冷地说,那就谢谢了,谢谢他,也谢谢你。姜银燕说,万丽,我知道你还在记恨我。万丽说,别说了,我从来没有记恨过你,要说恨,我也应该恨康季平,恨不着你的。姜银燕说,但是,但是——话又咽了下去。万丽说,姜银燕,你变了,变得这么不爽快,从前读书时,你的脾气不是这样的,敢说敢做,怎么现在变成这样,明明想来说什么,来了又不说,干什么呢?姜银燕说,万丽,你可别记恨康季平,康季平他——她的话颠来倒去就是那样半句半句的,万丽忍不住说,姜银燕,你是不是认为我和康季平旧情复燃了?姜银燕吓了一跳,又是摆手又是摇头,说,没有没有,万丽你千万别误会,我今天,今天是着急了,才会胡乱找他。万丽说,胡乱找?我看也不胡乱啊,你还知道找到我这里来。姜银燕说,那是,那是因为,前天晚上,康季平特意请了金教授到家里,他们谈了半天,我好像听到他们提到了你的名字,好像在谈你的什么事情。万丽说,奇怪了,你是不是听错了,跟我有什么关系?姜银燕说,具体的情况我也不清楚,我是做家务时无意中听到的,康季平不和我说,我也不好随便问他。万丽觉得姜银燕很奇怪,从她的谈话中,万丽感觉到她好像有点怕康季平,连问个话都那么小心谨慎?但那是人家夫妻间的事,虽然从前他们三人中间有这层关系,但以万丽的脾性,是决不会去窥探他们的。万丽说,我在机关,你们在学校,相隔得很远,八竿子都打不着。姜银燕说,是呀,我也这么想,所以今天来看看你,连你都不知道,那也可能是我听错了。她停顿了一下,又说,万丽,今天我来看你的事情,你不要告诉康季平好吗?万丽说,我想告诉也没处去告诉呀。姜银燕无声地点了点头,这才告辞了。

　　姜银燕走后,万丽本来已经很乱的心情更乱了,感觉胸口很闷,忍不住拿起电话打孙国海的大哥大,电话是通的,但是孙国海一直没有接,万丽知道,他这时候,正是酒兴酣畅的时候,哪里还听得见电话铃声。万丽失望失落地搁下了电话,不想片刻之后,电话却响了起来,万丽以为是孙国海回电了,赶紧抓起来,却听到了康季平的声音,万丽,你回来了?万丽喉头一哽,说,你怎么知道我家装电话了?康季平没有回答这个问题,却说,万丽,我能到你家来一趟吗?万丽稍一犹豫,说,这么晚了?康季平说,是不是孙国海不在家?万丽没有吭声。康季平又说,那我就电话里跟你说,你考研究生吧,我替你联系好了导师,我们中文系的金老师,当年我们读书的时候,他就很欣赏你,也曾经极力主张让你留校的。万丽十分意外,不由脱口说,你不是让我坚持下去的吗,现在又要我打退堂鼓?康季平说,不是打退堂鼓,你不用从机关退出来,这是在职研究生,学校才刚刚开始搞试点,全校只有三位导师带这样的研究生,我和金老师费了很大的劲,才抢到了这个点,金老师一共也就带两个人,机会难得啊。为了确保万无一失,今天晚上我特意请研究生处的刘处长吃饭,万丽,这饭钱得找你报销啊。万丽说,为什么这时候你突然要我读研究生?康季平说,万丽,你现在的处境对你是最不利的时候,赵军一走,陈佳拨正,你的日子怎么过?万丽说,你还是时时处处监视着我?康季平说,我说过,我会关心你一辈子。万丽,你应该明白,其实关键还不在你自己内心,你的内心是坚强的,我相信你能够挺过去,但是别人的目光、别人的关注、甚至同情,会彻底地毁了你,如果这时候你考了研究生,大家会觉得平衡些,对你的压力也就轻多了。万丽说,但是我读了研究生,部里会不会就以此为借口?康季平说,也可能的,但是就算有的借口,也不能再把你怎么样,你又不犯错误,能把你怎么样?万丽说,但是我们这位计部长,手段是很厉害的,红脸黑脸变起来很快。康季平说,你别以为计部长不喜欢你,计部长对你印象也是不错的,但是他不敢喜欢,所以,只要没有什么大的问题,他决不会对你下什么毒手。万丽说,我是向问的人,这个问题还不算大?说到这里,她心头再次泛起酸涩,一个向秘书长,已经是几年前的事情了,到现在她还背着这个莫名其妙的黑锅,陈佳刚进来的时候,她还想着和陈佳争一高下,现在才明白,争过了陈佳又有什么用,争过了谁也没有用,想着想着,眼泪又要冒出来了。康季平说,万丽,别难过,向秘书长已经远离了这个权力的中心,现在的问题,也就是平剑刚心胸狭窄一点,凡是过去跟向问关系好些的人,他都不喜欢,但也仅仅是不喜欢不亲热而已,也不见得怎么样。好了,我们不说他了,还说你的事情。万丽,你别以为大学本科学历现在看起来还是挺管用的,但发展下去,迟早会觉得不够用,你抢先把研究生的帽子戴上,以后的条件,就比别人高出一筹了。万丽仍然灰心,说,是不是你听说了什么,陈佳真的要拨正了?康季平说,万丽,丢掉幻想好不好?万丽一下子闷住了。康季平又说,万丽,把痛苦埋在心里,但一定不要灰心,你记住,这就是政治,这就是官场,一旦站错了队,很难洗得掉你永远是某某的人。万丽苦笑道,是呀,要想做叛徒也不好做。康季平说,是的,那就不如不做叛徒,还是做自己。万丽说,那我根本不用努力了,再努力也是白费。康季平说,不对,我说过,等待机会。这时候,最需要的是你的坚强。虽然康季平一再地鼓励,但万丽听了他这些话,却像是掉进冰窖里,浑身透凉,也就在这一瞬间,因为感觉到冷,使她忽然想到了康季平,脱口问道,你在哪里?康季平说,你猜我在哪里?万丽说,你那边的声音,好像不是在办公室?康季平说,嘿,到底学校不如机关嘛,你看看,机关都给你们装电话了,你听电话就可以躲在家里暖暖和和地听,我呢,还得跑到外面。本来倒是想去办公室打的,但办公大楼门锁上了,进不去,只好跑到邮局来打。万丽说,那你快回去吧,别说了。康季平说,你放心,我穿得多着呢,厚厚的棉大衣。万丽心头一热,嗓子眼儿又哽住了。听得康季平说,万丽,你今天晚上好好想想,我明天再跟你联系——万丽正要再说什么,忽然发现孙国海已经站在了她的面前,她竟然没有听到他进门,万丽吓了一跳,对康季平说,好的,明天再联系,就挂了电话。刚想说什么,孙国海却抢先说了,怎么我一回来,你就挂了?万丽说,话说完了,不挂干什么?孙国海说,这么晚了,还跟谁通电话呢?万丽看孙国海喷着浓浓的酒气,满脸通红一直红到了脖子根上,连眼睛也红得像要出血了,就不想看他,眼睛撇开了,冷冷地说,你和谁一起吃饭,吃到这么晚回来,我问过吗?孙国海一愣,随即抓起电话要打。万丽说,你干什么?孙国海说,我跟你说过,就是大军他们几个嘛,我可以打电话,我不说话,你问好了。万丽不屑地"哼"了一声,想不理睬他,但想想不解气,又说,谁不会这一套,有本事在外面混,就有本事互相帮着说谎。她越说越觉得心里憋闷,越说越觉得气愤,总觉得自己的话不够力量,气不着孙国海,忽然间就想起了孙国海的拿手好戏,便以牙还牙地说,下次别让我碰到他们,碰到了我不会跟他们客气的。孙国海是个极要面子的人,又是个维护朋友利益比自己更重要的人,万丽以为这话一说,孙国海必定跳起来,却不料孙国海依然笑着,说,你别等着碰上他们,你直接去找他们好了。万丽气得不轻,话就越来越重了,咬着牙说,我找他们?你想得美,我看都不要看,以为什么东西,一群小混子!孙国海依然不急,笑着说,那可不是小混子啊,都是机关里的干部,就说大军,人家也是副处级呢,李兵也刚刚提了正处,今天这顿饭,也是给李兵祝贺的。万丽说,祝贺?祝贺什么东西,不就是为了带几个女孩子一起吃吃豆腐。这回孙国海急了,说,我没带女孩子啊,是大军带来的,我根本都不认识。万丽本来也是生了气瞎说说的,哪想孙国海真的暴露出来了,万丽冷笑了一声,说,不认识不要紧,一回生两回熟嘛。孙国海更急了,说,万丽你别瞎想。万丽说,我瞎想了吗,这可是你自己说出来的。孙国海辩解说,我从头到尾也没有跟她们说上几句话,我跟她们没有关系的。万丽说,你这么怕她们?连话也不敢说,什么人呀?孙国海说,我也不知道,大军说是两个写诗的女青年。万丽说,不错啊,你们玩得越来越高雅啦,光自己喝不过瘾了,还要诗书琴画,南朝遗风,还真以为自己是什么东西呢！孙国海说，不是什么东西，一帮粗人而已，玩不过你，到底你大知识分子，不光想得深想得远，还料事如神。孙国海原是想讨好万丽的，但万丽怎么听，这话也是在挖苦她，心火直往上蹿，想冷笑都笑不出来了，一下子站了起来，指着孙国海的鼻子说，孙国海，我告诉你，我瞧不起你，我不想和你说话了！孙国海赶紧跑过来，想搂住万丽，万丽猛地一推他，说，你走开。孙国海挂着两只手站着，很没趣，酒意却直往脑门上冲，他有些犯困，坚持了一会儿，有点坚持不下去，说，万丽，你消消气，说完就到卧室去了。万丽呆呆地站了一会儿，还等着孙国海铺好床出来喊她，但是等了好一阵，也没见孙国海再出来，走到卧室门口一看，孙国海连被子也没拉，和衣躺在床上，已经呼呼大睡了。

万丽到孙国海身边躺下，但孙国海的呼声吵得她难以入睡，忍不住把他推醒了，说，孙国海，你这样子，我怎么睡？孙国海清醒了些，说，我打呼了？万丽说，你说呢。孙国海歉意地挠了挠脑袋，说，唉，酒喝多了。不要紧，我侧过身子就不打呼了。说着便侧过身子，果然一阵没了呼声。但万丽刚要入睡时，他的呼声又起来了，而且片刻不停接连不断，万丽心里好烦，只得再次推醒他。孙国海说，我又打了？四周看了看，然后抱了床被子，到外面客厅的沙发上，刚躺下去不过几秒钟，被子都没来得及盖，呼声又已经起来了。万丽出来替他盖好被子，站在沙发前发了一会儿呆，心里悠悠的，说不清是什么滋味。

第二天一早，万丽上班经过机关传达室，传达室的同志喊住了她，说一早上就有人送了封信来，万丽接过来一看，是康季平送来的，就预感到是什么东西，打开来，果然是一份研究生报名表。万丽收好表格，到办公室，陈佳和赵军都已经在了，万丽想跟陈佳打听一下报考研究生的事情，还没开口，陈佳就说，计部长要带我到厦门出差。口气和表情都有点变化，和原先那个举重若轻平平淡淡的陈佳好像不大一样了。万丽愣了愣，说，是吗，那太好了，老关在办公室,闷也闷死了。陈佳说,计部长跟我说,想不到平书记都这么关心我,部里就更要重视我了,可能就是因为这个原因,决定带我了。万丽没想到陈佳会这么说话,愣了半天硬是一句话也对不上去。陈佳不是个浅薄的人,但是她说这样的话,分明有向万丽炫耀的意思,而且还专拣了万丽的软肋顶过来,万丽又气又疑惑不止,下意识地看了一眼赵军,想看看赵军是不是对陈佳的变化也有所感觉,可是从赵军那里什么也看不出来,赵军已经换了个话题,说,陈佳,冬至夜过得开心吧。陈佳的情绪立刻就低落了,说,是分手饭,有什么好开心的。这已经是陈佳进机关以后谈的第三个男朋友了。赵军想不到自己随口一问,问出这么个结果,觉得很对不起陈佳,赶紧说,对不起对不起。陈佳苦笑着摇摇头,说,怎么怪你呢。赵军又说,不是好好的吗?陈佳说,我也不知道,我真的不知道为什么,开始谈的时候,都是好好的,不知为什么谈着谈着就不行了。赵军说,可能你眼界太高了,是不是你让人家觉得配不上你?陈佳摇头,不言语。过了一会儿,忽然又说,他们开始都很好的,但一听说我是研究生,态度就不对了,马上就变得生分了,变得很客气,很尊敬我,这样的相处,我不能接受。万丽一听到"研究生"三个字,心里顿时一跳,脸上也不由自主地热起来,好像赵军和陈佳都能看到她口袋里揣着的那张研究生报名表格,就在这一瞬间,她决定不向陈佳打听考研的事情了。

等大家开始埋头工作了,万丽才掏出那封信,发现信封外面有一个号码,像是BB机的号码,赶紧拨出来试试,一试,果然就试到了人工寻呼台,听到寻呼小姐柔软甜美的声音:您好,这里是南州千秋寻呼中心——万丽一慌,赶紧搁下电话。

过了一会儿,计部长召集出差的几个同志开个小会,陈佳就过去了。陈佳走后,万丽几次忍不住想问问赵军,但话到嘴边,怎么也说不出口,又在心里批评自己多心,瞎怀疑,心胸狭窄。不料赵军却主动说了,万丽,你也觉得陈佳有点变化了吧?万丽说,我也正想问问你有没有这种感觉呢。赵军说,我又不是木头,怎么会没有感觉。万丽说,我有点不明白,她刚来的时候,我一直觉得——赵军打断她说,其实有什么不明白的,陈佳自己已经说出了其中的原因,她的变化,就是平书记来过之后开始的嘛。万丽其实也想到是这个原因,但又有点不敢相信,又觉得可怕,任是这么一位有素质有修养平静内敛的研究生,也经不住一把手的几句话,眼看着就稳不住自己了?这可怕的政治情结,难道真是一顶无人能够摆脱的紧箍咒?

## 二〇

两个女人在一起,你就收拾不了场面,现在三个女人了,你还怎么过日子?一方面,受一个你瞧不上眼的余建芳领导;另一方面,年轻漂亮的女研究生比着你。两头一夹,不把你夹死才怪。

赵军走后,宣传科正科长的位子却一直空着,组织上同时在考查万丽和陈佳。一方面,万丽的心似乎早已经凉透了,康季平也一再让她彻底丢掉幻想;另一方面,她还始始终终抱着一线希望,还存在一点侥幸心理,一直还在等待,但稍有风吹草动,却又心慌意乱,这一阵的日子,真是度日如年。

一天万丽和陈佳一起走在机关大院,迎面跑过来一个年轻人,手里拿着一本书,恭恭敬敬地交给万丽,说,万科长,我是统计局的小刘,喜欢写写弄弄,业余创作,最近出了一本书,请你指正。书交到万丽手里,脸一红,就跑了。万丽还没来得及打开书看一看,陈佳说,你认识他?万丽说,不认识。陈佳说,咦,那他怎么就不送我一本?瞧不起我嘛。万丽说,不会的,可能因为你刚来不久,他不知道吧。万丽打开书看了看,说,噢,原来是系友。书的扉页上写着:万丽学姐指正。陈佳这才吁了一口气,说,我说呢。她们边走边说话,机关一位绰号"管家婆"的男同志从后面追上来,说,两位才女,连个子都差不多高嘛,从后面看,像双胞胎啦。陈佳笑了笑,指了指万丽的鞋,说,她穿的是高跟鞋,我是平跟鞋嘛。陈佳这么一说,万丽心里又愣了一下,立刻就从陈佳身上感受到一股逼人的气息,虽然不明显,虽然是暗藏着的,听起来完全像是随口一说的,就像那天说计部长要带她去厦门出差的口气一样,偏偏万丽能够感受到其中的压迫,只是这一种信息,这一种压力,十分隐秘,别人恐怕是不能体会和感受的。果然,"管家婆"听了陈佳的话,似乎才恍悟过来,说,噢,那应该你高一点。陈佳笑笑,不言语了。走到宣传部楼前了,"管家婆"对万丽说,万科长,我想跟你说点事情,陈佳就一个人先进去了。留下万丽,"管家婆"说,万丽,你知不知道机关里有两个团?万丽听不明白,问,什么两个团?"管家婆"笑道,丽人团和佳人团呀。万丽一下子明白了,说的就是她和陈佳,不由脸一红,说,你们会编派。"管家婆"说,男同志里边,分成两拨,支持你的,参加丽人团,支持陈佳的,参加佳人团——这本来是开开玩笑的事情,可你的这位同事,很有意思的,前两天我把两个团的事情告诉了她,问她,你觉得我是佳人团的还是丽人团的?她想了好半天,最后说,你是佳人团的。万丽说,这有什么,说明她对你印象好,也说明你平时对她不错嘛。"管家婆"说,可我是参加丽人团的呀。万丽心里一暖,嘴上却淡淡地说,那我要谢谢你啦。"管家婆"说,你没听明白,关键不在这里,好玩的是她站在那里考虑这个问题时的模样,实在是装模作样,其时她心里明明百分之百认为我是佳人团的,但偏偏做出考虑再三才做出最后判断的样子,让我暗暗笑痛了肚子。万丽方才明白,什么别人不能体会,什么别人感受不到,人家的体会和感受深着呢、准着呢,恐怕她和陈佳之间的一点一滴,机关里的人都时时刻刻敏感准确地把握着呢。

万丽进来后,陈佳说,"管家婆"和你说什么呢,万丽含混了一下,本来想混过去不说了,但陈佳却不肯放过,说,"管家婆"有没有结婚?万丽说,早结婚了。陈佳说,那他老盯着我干什么?万丽说,他跟我说丽人团和佳人团的事情,你听说过吗?陈佳淡淡地一笑,没有回答。

关于宣传科科长的位子,最早的消息,是伊豆豆透露给万丽的,那是初春一个星期天的早晨,万丽刚刚起来,还没刷牙洗脸,伊豆豆就来敲万丽的门,万丽一开门,看到伊豆豆灿烂的笑脸,敏感的她忽然心里一惊,紧接着心就乱跳起来。伊豆豆注意到万丽的表情,立刻收敛起笑容,说,万丽,你可能误会了。万丽的心一下子又掉落下去,几上几下,已经弄得魂不守舍了。任凭着伊豆豆自顾自跑进她的家,自己拿出拖鞋换上,自己倒水泡茶,她只会呆呆地看着伊豆豆。伊豆豆说,早上吃的大饼油条,口好干,让我喝饱了水再说。万丽说,你干什么,今天是星期天,一大早跑来干什么?你有什么事情,不能打个电话吗?伊豆豆喝饱了水,才说,这么大的事情,打电话太不够重视了。伊豆豆看万丽要问什么,抢先摆了摆手,说,我问你,你是不是一直觉得陈佳要接赵军的班?万丽不知如何回答。伊豆豆说,如果陈佳真的接赵军的班,你会怎么样?万丽说,我不想和你谈这个。伊豆豆说,你这一阵,是不是一直在祈祷,宁可自己不当,也不愿意陈佳当,要活一起活,要死也一起死。万丽说,你说话老是这么刻薄干什么?伊豆豆说,万大小姐,我是关心你,不识好人心。好啦,不跟你兜圈子,再兜圈子你要跟我急了。万小姐,你如愿以偿了。万丽再也控制不住自己的情绪,急急问道,你说什么?什么意思?伊豆豆说,咦,我说了呀,你如愿以偿嘛。就是说,你和陈佳,谁也别妄想了,有第三者来当你们的正科长。万丽事先虽然也想到过可能有这样的结果,但毕竟心思都用在陈佳身上,把这一种可能性给放在一边了,现在真的出现了这样的结果,一时反倒不能接受了,脱口问伊豆豆,你听谁说的?又是小道。伊豆豆说,我听谁说的,我要告诉你吗?你爱信不信。万丽说,是你们秦局那儿来的消息吗?伊豆豆说,呸,他就算有消息,我还不乐意听呢。万小姐,你也别打听那么多,反正我告诉你,昨天晚上,这第三者本人,已经被谈话了,这还能有假?要不,我会今天一大早来搅你的清梦?万丽深知伊豆豆在机关一直是个灵通人士,她完全相信她的消息来源可靠,不由问道,是谁?伊豆豆说,你的老搭档——余建芳。万丽大吃一惊,更是大大出乎意料,万万没有想到,余建芳又回来了,组织部的科长调到宣传部当科长,看起来也是平调,但实际上到底降了多少,大家心里有数。万丽脱口说,不可能啊,余建芳犯错误了吗?伊豆豆说,是余建芳自己要求到宣传部的。万丽更不解了,说,怎么可能,怎么可能?伊豆豆说,这就要问她自己了。反正我已经在第一时间把消息报告给万大小姐,我的任务完成了。万丽千头万绪,一时不知往哪儿想了,愣在那里,半天说不出话来。伊豆豆说,万小姐,你倒是说话呀,这个消息对你,是好消息还是坏消息呢?万丽摇了摇头,她说不上来。伊豆豆说,你说不出来,我替你说,在这个消息到来之前,你认为这样的消息对你是上上签,可一旦真是这样的结果了,你心里又不平了,又失落了,明明本来应该是我接任赵军的嘛,偏偏还要弄个人来,不是委屈我了吗?万丽说,你都知道。伊豆豆说,不光知道你,我也知道陈佳,陈佳的想法也和你想得差不多。万丽说,你也已经告诉陈佳了?伊豆豆说,万小姐,你把我看成什么人了?万丽说,你说你是什么人呢?伊豆豆说,至少我还是个比较谨慎的人吧,我又不了解陈佳,我怎么敢跟她说这些话,不怕她卖了我?万丽说,那你不怕我卖了你?伊豆豆说,也怕呀,但是谁让我对你感情那么深。万丽说,你尽管花言巧语。伊豆豆说,好啦好啦,万小姐你就别贪心不足啦,要是上了陈佳,你不是还得过日子。万丽仍然想不通,说,前一阵看部里的气氛,我一直认为肯定是陈佳了,从计部长到部里上上下下,对陈佳的态度都是一致的、明确的,陈佳自己也已经志在必得了,说话的口气都变了,为什么最后不是陈佳呢?伊豆豆说,为什么我可说不出来,我又不是计部长,但有一点,你大可放心了,说明陈佳并没有什么好的背景,上次为房子的事情,我还以为她有什么大靠山,现在看起来,比你也好不到哪里去。你就大可不必如临大敌了,放松一点自己吧。万丽说,对这个结果,陈佳也会觉得意外的。伊豆豆说,说实在的,一听说有第三者去当你们的科长,我第一个反应就是,又有一颗重要的棋子要落下了,至少这颗棋子比你和陈佳都重些,后来知道是余建芳,又知道余建芳是自己要求调宣传部的,我也无话可说了。好啦,我要走啦,金美人还等着我陪她上街给她女儿挑毛衣呢。万丽说,你就是这个命,从前是陪许大姐,还得贡献自己喜欢的豆绿色,现在又是金美人。伊豆豆说,万小姐,你要注意,你的嘴巴也越来越刻薄,这一点你不能向我学习。万丽说,只许州官放火,不许百姓点灯?伊豆豆说,我早就告诉你,我吃亏就吃在这张嘴上,不过,我早认命了。你不一样,你前途无量,就得管住自己的嘴。走到门口,伊豆豆又回头说,不过万小姐,你虽然过了这一难关,但那地方早晚不是你待的地方,你想想,两个女人在一起,你就收不了场面,现在三个女人了,你还怎么过日子?一方面,受一个你瞧不上眼的余建芳领导;另一方面,年轻漂亮的研究生比着你,两头一夹,不把你夹死才怪。

　　伊豆豆走后,孙国海从卧室里出来,问道,伊豆豆一大早跑来干什么?万丽本来不想理他,但到底还是没有忍住,说,余建芳又回来当我们的科长了。孙国海像是听不懂,愣了一会儿,才说,什么意思?万丽说,没什么意思,我和陈佳谁也没当上。孙国海说,什么组织部,什么水平,瞎了眼的。万丽说,你怎么这么说话?孙国海说,我就这么说话,凭你的水平和工作能力,哪点不够当个正科,凭什么还要从外面弄个人进来?我就看不惯。万丽说,我心平的。孙国海说,你平我不平,机关怎么可以这样瞎搞?几句话说出来,万丽又觉得不中听,赶紧说,今天是星期天,不说工作的事情了吧。万丽心里惦记着要给康季平报个信,问孙国海,今天没有朋友约你出去?孙国海笑嘻嘻地说,有,有好几拨呢,但都给我回了,我星期天要陪老婆了。万丽说,我不要你陪,你还是去吧。孙国海说,我知道你生我的气,我今天一天都陪着你,你要到哪里我就陪你到哪里,你要是不想出去,我就在家陪着你。万丽哭笑不得,只得说,我有点事情出去一下,但不要你陪,你把家里的玻璃窗擦擦。孙国海说,遵命,不光擦玻璃,还要做一桌子好饭好菜,等你回来吃。

万丽出来,到小店的公用电话上给康季平打了寻呼,就站在一边等他的回电,没想到用电话的人很多,她只得往旁边靠了靠,就听到店里的一男一女在议论,男的说,这个女同志好像蛮面熟的。女的说,机关小区里的嘛,天天进进出出,怎么不面熟,她先生我也认识的,人高高大大,很热情的。男的说,噢,你一说我也想起来了,他先生每次来买东西,都给我派香烟的,好客气,是不是那个人,姓孙?女的说,是他。男的说,哎,对了,他好像有个大哥大的。女的声音也奇怪起来,哎,对了,有一次我问他怎么不来打电话了,他告诉过我,他家装电话了。这就奇怪了,既然家里装了电话,先生又有大哥大,为什么还要跑到我们这里来打寻呼?男的"嘘"了一声,下面两个人的声音就轻了,轻到万丽想听也听不见了,心里就有点发虚,差一点想逃开了,但这时候电话铃响了起来,万丽赶紧接了,正是康季平,康季平说他带了儿子在城东公园玩,问万丽愿不愿意过去找她,万丽犹豫了一下,说,你玩吧,就挂了电话。

万丽转身往回去,但走到离家不远的时候,忽然又转了身。康季平像一块巨大的磁铁,隔那么远,还是那么强烈地吸引着她,她两脚不听使唤地要往城东公园走,要去寻找他、见他。

到了城东公园,果然在湖边找到了康季平,康季平正带着儿子准备登船游湖,看到万丽过来,康季平赶紧招手喊,万丽,在这里。

万丽心里有点别扭,但还是过去了,抱了抱康季平的儿子康小乐,奇怪的是康小乐跟她有一种自来熟天然亲,小脸紧紧地贴着她,亲热地喊了一声阿姨。康季平笑着说,你看看,这么小,就知道喜欢漂亮阿姨了,跟我都没有这么亲热。万丽想笑,却笑不起来。康季平说,怎么,人都走到这里了,心里还别扭?恨自己不争气,恨自己怎么重新又要上康季平的贼船,是不是?万丽说,是。康季平说,上吧,你早晚得上,我们边游湖边说话。万丽说,要不,你们先游湖,我在这里等你们。康季平说,也好,就抱了儿子上船。哪知康小乐不乐意,一定要万丽上船,万丽不上船,他就不肯走。康季平说,万丽,你就上来吧,这也是天意,康小乐头一回见你,就这么亲你,有什么办法?万丽也觉得自己不应该跟一个五岁的孩子过不去,就上了船,她抱着康小乐,康季平划船,一会儿,船就划远了。万丽默默地坐着,望着波动的湖水,心里一阵一阵地荡悠着。康季平说,你们的事情,我已经听说了。万丽说,什么事情,你听说了什么事情?康季平说,余建芳去当你们的科长。万丽说,你怎么都知道,你是不是在机关里埋了密探间谍?康季平笑道,那当然,要不然我怎么关心你,连你的情况都不知道,两眼一抹黑,关心都是空的了。万丽说,我想了想,既然是这样的结果,研究生我也不想念了。她怀里抱着康小乐,心里却想着丫丫,不由得说,再过几个月,丫丫也该接回来上幼儿园了,到时候,我就没有那么多空闲时间了。康季平说,你现在说不读也来不及了,金老师的两个名额都已经批下来了。万丽说,怎么可能,我还没参加考试呢。康季平说,如果要你和大家一样参加考试,还要我干什么?金老师收的两个学生中,就有一个是免考生,我替你争取到了。万丽说,免考生?那要什么样的条件才够得到?你怎么做得到?康季平说,反正已经争取到了,你就别多管了。康季平见万丽心事重重,笑道,别胡思乱想了,我不会犯错误的。再说了,我没权没钱,要想犯错误也犯不起来。但做了这件事情,却有一个好处。万丽说,什么好处？康季平笑着,没有回答,康小乐却插嘴说,爸爸就不用吃药了。康小乐这话说得没头没脑,万丽听不懂,疑惑地看着康季平,问道,小乐说什么,什么不用吃药了？康季平说,小孩子的思维,大人跟不上的。虽然康季平说得很顺溜,没有丝毫犹豫,但是万丽还是隐约感觉到他好像在搪塞什么,只是她没有追问下去。

## 二一

　　林美玉说,您酒量再好,也不能这么喝,这就像打仗,哪有首长亲自上前线的,您手下又不是没有兵。

　　为了学习南方改革开放发展经济的经验,南州市组织了一个大型的考察团,赴深圳珠海等地学习考察,市委宣传部摊到一个名额,很多人争着要去,没料到计部长根本就没有容得大家发表意见,就已经一锤定音,决定让万丽去。是不是在接任赵军的问题上,计部长觉得亏待了万丽,现在给一个安慰,给一点精神的补偿,那也只有计部长自己心里明白。但更多的人也都是这么想的,所以计部长决定让万丽去,别人谁也说不出话来了。

　　万丽临出发前,计部长特意找她谈了话,吩咐了一些注意事项,虽然考察时间不过十多天,但也希望她能够给宣传部争光,给全团同志留下一个好印象。计部长还给了她一份全团的名单,说,小万,这份名单我是特意让老冯到市委办去替你要来的,你拿着看看,机关里各个部门的同志,有的恐怕你也不一定认识,先了解一下大概的情况,也有利于路上的交流嘛。万丽接过名单一看,果然,上面不仅有全体团员的名字,还有每个人的情况简介。万丽没有料到计部长会如此细心如此体贴地关照她,心里十分感激,说,计部长,您放心,我不会辜负您的期望。计部长笑道,对你,我当然放心。其实,我这些话也是多说的,我不说,相信你也能够做好。

万丽回办公室时,余建芳和陈佳正在说话,见她进来,两人突然停下了,脸都有点红,万丽就猜她们是在说自己,也肯定是和她参加考察团有关,心里就有点不痛快,不就是参加一个考察团吗,不就是十来天的时间吗,值得她们这么叽叽咕咕吗?想起伊豆豆说的,三个女人在一起,日子怎么过?是不是应该考虑考虑伊豆豆的建议,早点想好退路呢?但后来她稳了稳自己的情绪,又反过来站到余建芳或陈佳的位子上一想,也就释然了,如果计部长安排余建芳去,或者安排陈佳去,她又会怎么想呢。机关是个敏感之地,任何一点细小的变化,哪怕是临时的,哪怕只有十来天时间,但似乎也是一个晴雨表,也能预示或暗示什么。万丽这么想着,这一阵早已经平淡下去的心情不免又有点起伏波动了。就听见余建芳在对陈佳说,这次考察团,市委很重视的。陈佳也跟着说,是呀,本来是平书记亲自带队,后来因为省委要开会,平书记去不了了,临时换了崔书记。余建芳好像和陈佳一搭一挡在说相声,又好像在抢三十,看谁知道的内幕多,但这些内幕说出来,都是刺激着万丽的。余建芳说,是呀,前一阵我碰到市委邱秘书长,他告诉我,平书记要亲自带队。陈佳又接过话去,说,参加考察团的团员人选,平书记也打算亲自点名的,后来平书记去不了了,名单他也就不管了。万丽听得明白,陈佳是在告诉她,如果是平书记带队,她就没戏了。虽然这是一个不争的事实,但由陈佳嘴里说出来,万丽心里实在不舒服,如果是余建芳说,万丽只能怪她素质太低太差,可以不和她计较,可由陈佳说出来,万丽想想就气不过,便不客气地说,世界上的事情谁知道呢,今天不知道明天,明天不知道后天。余建芳以为万丽说她呢,赶紧说,万丽,你别多想,我可没有什么别的意思啊。万丽说,我也没有什么别的意思呀。陈佳反倒出来圆场了,说,听说深圳买手机比较便宜,品种也多,万丽,你替我看看行吗?万丽说,行呀,你大概要多少钱的?余建芳撇了撇嘴,说,又不做生意,要手机干什么呀。

　　过了一会儿,三个人都安静下来,不说话了,万丽定了定心,看了看计部长给她的考察团名单,想看看有没有比较熟悉的人,结果果然发现了一个熟人:文化局的林美玉。一看到这个名字,她心里就有一点不舒服的感觉,要是伊豆豆,那该多好。等陈佳和余建芳都跑出去了,她忍不住给伊豆豆打电话,说,喂,伊豆豆,我明天要出发了。伊豆豆的情绪却并不高,淡淡地说,我早知道了。万丽说,你早知道也不给我送个行?她已经感觉出伊豆豆的情绪不好,问道,伊豆豆,你怎么啦,有什么不高兴的事?伊豆豆说,没有。万丽说,我看名单上,有你们秦局的名字,你怎么不争取,老秦跟你,不是很搭得够吗,叫他让你去嘛。伊豆豆说,给你说准了,他倒是想让我的,可我不愿意。万丽说,为什么?伊豆豆说,要是别人让我,我毫不客气,但是老秦让我,我就偏不去,他求我我也不去。万丽说,你妖怪啊,老秦对你这么好,言听计从的,你真是身在福中不知福。伊豆豆说,你以为去一趟深圳就是福?你给我小心着点。万丽说,你什么意思?伊豆豆又把话收了回去,说,你紧张什么,我又不是说你的。万丽说,唉,我看名单里有林美玉,就想,要是有你去,多好啊。伊豆豆说,万丽,你怎么啦,越活越没出息啦,连个林美玉你都怕,你都要紧张,你还混什么混?万丽说,我不是怕她,我是看不惯她的做派。伊豆豆说,那好办,你就学着她,她怎么样,你也怎么样,这总做得到吧?万丽说,你说得出来,我就是因为看不惯她的做法,才——伊豆豆打断她说,我告诉你,你越是看不惯她的地方,就越说明她在这些地方强过你,你不如她,所以,你就盯着学她,她做了,你也做,两人一样做,你肯定比她强,不信你试试。万丽心里一动,觉得伊豆豆真是个精灵古怪,看问题入木三分。

　　考察团团长崔定虽然是南州的三把手,但因为分管干部,所以在全市干部的心目中,他的位置虽不及一把手平剑刚书记,但恐怕要比二把手、正市长更重一点。因为位置的重,大家对崔书记的敬畏也就更重一点。加之平时崔定作风严谨,不苟言笑,使得大家对他的敬畏里更蕴含了几分惧怕。哪知一出了门,一上了路,崔定像是变了一个人,和全团的人说说笑笑,开玩笑谁也开不过他,一到深圳,在第一场酒席上,崔定就惹火烧身,要与东道主决一高下。团里也不是没有酒量好的人物,但是因为崔书记在场,都不大敢主动跳出来表现自己,结果崔定遭到了东道主的围攻,眼看应付不下去了,却还死撑着面子,一杯一杯的白酒像倒白开水一样往嗓子里倒下去,脸色就眼看着红起来,万丽看得心惊肉跳,几次忍不住想起来劝一劝,又觉得应该端了酒杯去替崔书记喝两杯,但看到其他团员都按兵不动,便犹豫起来,考虑自己在这时候出头露面,是否有拍领导马屁的嫌疑,这么一犹豫,机会就错过了,说时迟那时快,只见林美玉一手持酒瓶一手端酒杯,从另外一张桌子上走过来,笑眯眯地说,各位领导,我来敬酒了。

万丽一眼看过去,恰好看到崔定向林美玉投去感激的一瞥,什么话都还没来得及说,东道主们已经哄堂大闹起来,有人嚷嚷道,女人敬酒,必有妖法。女人敬酒,必有妖法。有人已经按捺不住,端起了酒杯,说,好,我跟这位漂亮小姐连干三杯!崔定站起来,用手挡住林美玉,说,这可是我们团的千金小姐,禁不起你们的折腾,要喝,我奉陪了。林美玉却又反过来挡住崔定,说,崔书记,怎么能让您喝这么多,就算您愿意喝,我们全体团员都不能答应!崔定笑道,小丫头,你还不知道我的酒量呢。林美玉说,您酒量再好,也不能这么喝,这就像打仗,哪有首长亲自上前线的,您手下又不是没有兵,精兵强将有的是。崔定仍然笑,打量了一下林美玉,说,小林,你是精兵强将吗?林美玉说,崔书记,我酒量虽然不太好,但是为了您,别说喝几杯酒,就是粉身碎骨也在所不惜呀。东道主又笑闹起来,说,大家看看,大家看看,多么优秀的团长和优秀团员,互相照顾,互相爱护,恩恩爱爱。林美玉也不再多话,就举了酒杯开始喝了,眼一闭,脖子一挺,真有几分英雄气概。

结果林美玉喝得大醉,回到房间就趴在卫生间里吐得一塌糊涂,万丽和她同屋,想进卫生间看看她,卫生间的门却被关上了,万丽急得直擂门,但林美玉不吭声,只是在里边哼哼,万丽一急之下,跑到其他男同志房间去喊救兵,几个男同志过来,还是敲不开门,最后惊动了崔书记,崔书记也来了,大家说,小林,小林,崔书记来看你了,卫生间的门才打开了,出现在大家面前的林美玉面色蜡黄,顿时间消瘦了许多,看上去简直像变了个人。但看到崔定时,她面带微笑,说,不好意思,崔书记,您别笑话我,明明没酒量,却要出风头,结果弄得出洋相了,还惊动了您。崔定很感动,握着她的手说,小林,好同志,好同志啊,你要是在战场上,一定是个不要命的好战士。万丽站在一边,只有听着的份,心里后悔,当时自己其实也已经举起了酒杯的,但正是因为犹豫,因为患得患失,才失去了机会,要不然,此时此刻,崔书记感激的就是她了。当然,被酒折磨得痛苦不堪的也是她。

　　第二天晚上,东道主安排了卡拉OK,让大家尽兴。一进歌厅,还没坐稳,林美玉就拿着点歌单,跑到崔书记面前,说,崔书记,您唱什么歌,我替您点。崔书记说,那些新歌,我不会的,只会几首老歌。林美玉说,《莫斯科郊外的晚上》?行吗?崔书记笑着点头。崔书记唱过《莫斯科郊外的晚上》,林美玉带头鼓起掌来,接着,她又和崔书记一起唱了男女声对唱《夫妻双双把家还》,万丽也唱了一个《冬季到台北来看雨》。有人对万丽说,万丽,还是你更有乐感,唱歌也是个技术活,光有嗓子也不管用的。这话分明是说林美玉的,林美玉也听到了,说,唱流行歌曲是最沾光的,嗓子不行也能唱,最难的是崔书记唱的歌,既要嗓子好,又要会用嗓子,我看我们这个团,还就崔书记唱得好,是真本事。崔定笑道,小林,你也把我抬得太高了。林美玉说,不是我抬您抬得高,是您本身就高。

　　参观风景点的时候,大家照相,林美玉就往崔书记身边靠,有时候,集体合过影了,林美玉还提出要单独和崔书记照一个,林美玉一提出来,大家也都跟上,一一排着队等着和崔书记合影,万丽心里觉得挺别扭,但不拍又不好,总是缩在最后,有一次崔书记都看不过去了,说,哎,哎,你们男同志不要和女同志抢嘛,尤其像万丽这样的女同志,天生的不会跟人抢什么东西,老是被你们排挤在最后,这不公平。说得万丽脸上红一阵白一阵,看大家让了她,也只得走上前去,倚着崔书记拍照。一个一个等着拍,这样就搞得崔书记很忙,后来也忍不住抱怨了,你们这样,搞得我跟个道具似的,全体合影都照过好些了,还有必要这么一一地单独照吗?林美玉赶紧说,有,太有必要。崔书记说,噢,你倒说说,为什么有这个必要?林美玉说,集体合影人太多,有时候脸都看不清。崔书记说,是呀,小林这么美好的形象,应该照大一点。林美玉说,不是我,是崔书记您的形象要大一点清楚一点,以后,我们想您的时候,看不到您本人,就看看您的照片。崔定说,看你说的,我们都在一个机关,也不至于看不到吧。林美玉忽然就伤感起来,都眼泪汪汪了,说,崔书记您别说,还真不容易见到您呢。大家也都在一边附和,说,是呀,崔书记工作那么忙,难得见到的。崔定大笑起来,说,小林啊,你们这是在给我提意见呢,老话说,百年修得同船渡,我们这次能够同一个团到南方来参观考察,也是有缘嘛,我接受你们的批评,别的人我可能做不到,但咱们这一次出来的全团的同志,以后有什么事情找我,或者没有什么事情,想见见我了,我随时欢迎大家。稍一停顿,又说,对了,你们可能不相信我的话,因为找我不一定找得到,这样,我会把我们这个团的名单,交给小朱——说到这儿,崔书记把他的秘书小朱喊过来,说,小朱,这个任务交给你啦,以后他们要找我,无论有事无事,你一概不许挡驾,要是挡驾让我知道了,我让你吃不了兜着走。小朱笑道,一定。一番话说出来,林美玉带头鼓掌,大家也都倍觉兴奋。林美玉又说,我们平时只知道崔书记为人严肃,就是面对面碰上了也不敢随便说话的呀,今天才发现,原来崔书记是这么有血有肉有情有义的人。林美玉的话,要多肉麻有多肉麻,要多没水平有多没水平,但崔书记却听得很受用,万丽注意到团里有些人看林美玉时的目光,里边多少透露出一点不以为然,一点轻视,这让万丽心头也多少有些安慰多少有些解气,但是只要崔书记在场,大家都捧着林美玉,说她的好话,弄得林美玉真以为自己是个骄傲的公主,被众星捧月似的捧着,高兴得手舞足蹈。整个行程中,崔书记的情绪也一直很好,他格外的平易近人格外的关心照顾大家。根据崔书记的建议,考察团安排了较多时间让大家逛市场购物,林美玉看中了一件玉器首饰,却苦于身边现金不够,想跟别人借点钱,但团里哪个也不是富翁,有多带了一点钱的,也都被这里丰富便宜的商品冲昏了头脑,自己还不够花呢,哪肯拿出来借给别人。但没想到,副团长突然向大家宣布了崔书记的决定,每人发一件纪念品,价格由团里统一规定,但品种可自己决定。最后宣布的价格,正是林美玉想买的那件玉首饰的价格。这是一笔额外的支出,团里管账的老秦担心回去不好交代,崔书记说,老秦,你放心,不会让你担肩膀的,我签字。

行管局的副局长老秦这一路情绪一直都不怎么高,一次上车出去参观,万丽和秦局长坐一起,听到坐在前排的林美玉情绪高涨大声说笑,万丽不由跟老秦说,秦局,伊豆豆的酒量也不错的。秦局一听,顿时急了,说,伊豆豆不会这样的,伊豆豆不是这种人。简直文不对题,但万丽听得懂,不仅听得懂,还听出了另外一层意思,那就是老秦对伊豆豆的意思。果然,当天晚上万丽就发现老秦给伊豆豆打电话。因为房间的电话没有开通长途,长途要到大厅的磁卡电话上打,万丽去的时候,老秦已经在打电话了,万丽就远远地站着,等老秦打完,可只看见老秦抓着电话,不见他说话,分明一直是电话那头的人在说话,看老秦的样子,好像那边的人正在教训他,老秦一直在点头,还哈着腰,满脸小心翼翼地,不知为什么,万丽突然就觉得,电话那头就是伊豆豆。好不容易等老秦听完了电话,万丽走过来,说,秦局,和伊豆豆说完了吗?老秦大惊失色,结结巴巴道,你,你怎么知道,你怎么知道?万丽说,伊豆豆告诉我的。老秦脑子一时转不过来,想了半天,仍想不通,说,伊豆豆怎么告诉你?这怎么可能呀,不可能呀。万丽忍不住笑出声来,说,我跟你开玩笑的,等了你好半天了,让我打吧。老秦这才让开来,走开的时候,仍然满脸疑惑。万丽看着他的背影,想,这个人这么老实,简直是个木头,伊豆豆怎么可能喜欢上他,八辈子也不可能啊,回去得劝劝伊豆豆,既然不喜欢人家就让人家断了心思,别折磨人了。

　　万丽打完电话回到房间,林美玉到其他房间串门去了,万丽刚打开电视,老秦就来敲门了,进来后,就坐到沙发上,明明是要来说什么话的,但又说不出来,眼睛都不敢看万丽,只是盯着电视,但又没有心思看电视,这是等着万丽问他,他才肯把话说出来呢。万丽有心逗逗他,偏偏不问他什么,让他干着急。果然老秦坐不住了,支支吾吾地说,这里的电视节目,比我们那边的多。万丽说,是呀,多得多呢。老秦愣了愣,又说,南方的发展是很快啊,令人振奋。万丽心里好笑,但表面上仍做出不明白的样子,顺着他的口气,说,是呀,发展好快。老秦终于找到个能够说下去的话题,说,这里的商品真是物美价廉,万科长,你买了些什么?你买首饰了吗?万丽听到这儿,差不多明白了什么,说,哎,秦局长,我看到你给你太太买首饰了,买的什么?老秦一慌,赶紧说,没有,没有。万丽说,那就是给情人买的喽。老秦慌得脸都变色了,没有的,没有的,我没有,没有那个,那个。万丽忍住笑说,那你买了干什么,自己带?老秦这下子不得不说了,万科长,我,我找你,就是为了这个——说着,就从口袋里摸出一个首饰盒子,却舍不得交给万丽,手里反复抚摸着。万丽已经完全明白了,心里直发笑,干脆跟他把玩笑开下去,说,秦局长,你是给我买的?这怎么好意思,这怎么好意思?我不能要的。老秦一下子尴尬住了,愣了半天,才结结巴巴地说,万科长,我本来是想给你买一副的,但是我看见你买了,就没有给你再买。我是想,我是想拜托你——万丽说,我知道了,你是给伊豆豆买的吧。老秦惊讶地盯着万丽,说,咦,你怎么知道,你怎么知道?万丽说,既然你是给她买的,你为什么自己不给她?跟她一个单位天天见面的,是你,不是我。老秦说,我,我给她,怕她不肯要,所以,所以——万丽接过首饰盒,打开来一看,是一副蓝紫色的水晶耳环,十分洋气。万丽不由得说,秦局长,你还蛮会买东西的嘛。老秦高兴地说,万科长,你说这个颜色伊豆豆会不会喜欢?不等万丽回答,他又说了,我觉得她会喜欢的,她平时就是喜欢绿呀蓝的,不大喜欢红的颜色。万丽笑道,秦局长,你观察得很细致嘛。老秦本来笑着的脸上又是一惊,赶紧收敛了一点笑容,说,万科长,就拜托你啦。万丽说,如果像你所说,她不肯收你送的东西,你让我转交不也一样不肯收吗?不如这样,我就说是我买了送给她的,行不行?老秦涨红了脸,更是尴尬得不知说什么好了。万丽这才笑起来,说,秦局长,我逗你的,我怎么敢贪天之功为己有啊。老秦这才放了点心,临走时又回头关照,万科长,她要是说不喜欢,我以后再替她重买。万丽说,秦局长你放心,她不敢说不喜欢,你是她的顶头上司,她要是不喜欢你买的东西,你就给她穿小鞋。老秦苦笑了一声,嘀咕道,还不知谁给谁穿小鞋呢。万丽心想,这个老秦,麻烦大了。

离考察结束还有三天时间,崔书记却要提前走了。平书记从省委开会回来,有紧急的任务要布置传达,紧急召回了在外地的市委常委。崔定一走,林美玉也就歇下来了,团里几乎听不到她的声音了,虽然下面的行程,仍然和前边一样,每到一站,都由当地的政府部门出面宴请,酒照样是要喝的,应酬照样是要应酬的,但林美玉却再也不喝酒了。碰到有人闹酒的场合她就把万丽推出去,说,万丽能喝,你们别看万丽不吭声,她酒量比我好多了。万丽忍不住说,崔书记在的时候,你那么能喝,现在怎么一点不喝了?林美玉说,就是因为代崔书记喝酒代得太厉害了,喝伤了,不能喝了。她不仅不喝,还怪到万丽头上,说,谁让你们都不肯救崔书记,只有牺牲我了。结果东道主倒是热情款待,上好酒好菜,客人却一个比一个矜持,弄得人家很没趣,万丽一气之下,就站起来跟人乱喝。最后连老秦都说她,万丽,你傻不傻?应该喝的时候你不喝,不该喝的时候,你乱喝。万丽说,什么叫应该,什么叫不应该,喝酒喝酒,还有什么应该不应该,你们这些家伙,也太势利了吧?大家说,万丽喝多了,万丽喝多了。

　　最后一天晚上,万丽和林美玉在整理行装,房间的电话忽然响起来,林美玉接了,对万丽说,找你的,一个广东口音的男人。万丽也有些意外,去接过电话,听到对方说,请问是万小姐吗?果然是夹着广东口音的普通话,但万丽还是从这话音里听出了一种久违的熟悉,她脑子里两根线一搭,忽然脱口而出:叶楚洲?电话那头叶楚洲笑起来,说,万丽啊万丽,不愧是万丽,刚才林美玉听电话,就反应不过来嘛。旁边林美玉听见万丽说出叶楚洲的名字,不由噘了噘嘴,说,叶楚洲?那他为什么装出不认得我的样子?叶楚洲在电话那头说,万丽,我就在你们宾馆楼下,你出房间,坐电梯到顶楼旋转酒吧,我请你喝XO。万丽瞥了一眼林美玉,还没有来得及回话,叶楚洲又说,你顾忌她干什么?万丽觉得叶楚洲这样做不太妥当,至少面子上也下不来,赶紧说,叶楚洲,林美玉也来了,和我住一个房间,刚才接电话的就是她,你没有听出来吧?哪知林美玉在一边"哼"了一声,说,什么了不起的,请我我还不乐意去呢——你们说悄悄话吧,我不听啊。一扭身进了卫生间。电话那边叶楚洲叹息了一声,说,万丽,我本来是想和你谈点事情的,既然你觉得抛下林美玉不好,我也就实话告诉你,我不在你们宾馆楼下,我还在百里之外的海边呢,刚刚听说你来了,好不容易打听到你们住的地方,想先约了你,你要是同意出来,我就立刻赶过来。可现在看起来,这个面恐怕也难见了,就算你愿意和我见面,我赶回来,也是后半夜了,要没有林美玉陪着,你也不会出来了,要有林美玉陪着,我也不想谈什么了。万丽说,你这个人,真做得出来,当初就这么一走了之,什么话也不说,什么事也不交代,叫我们一下子手足无措了。叶楚洲说,哪里手足无措,你不是处理得很好吗?万丽说,这才领教了你的大少爷脾气,从前听人家说你公子哥作风,我还不相信呢。叶楚洲说,我倒是希望你以后能多多领教呢。万丽心里一动,没有接他的口风,却继续说,走了也就走了,总可以告诉一点消息吧,居然是黄鹤一去无踪影,也只有你这样的人才做得出。叶楚洲说,你想我了吧?万丽说,后来才听说你到南方发大财挣大钱了。叶楚洲说,发大财挣大钱,谁说的?发财有什么用,你没听人说,穷得只剩下钱啦。万丽说,你就别发嗲撒娇了,钱永远都是好东西嘛。叶楚洲说,万丽,所以我要跟你好好谈一谈,可惜这次赶不上了,不过你等着,我会去找你的。万丽下面的话还没说出来,就忽然看到林美玉不知什么时候已经站到她的面前,说,还没完呀,话这么多,我还等着用电话呢,我爱人说好今天晚上给我打电话的,你老这么占线,他打不进来怎么办?万丽倒也不服这个软,没理她,继续和叶楚洲说话,听说你是在做房地产,是吗?这次我们来南方,看到好多漂亮房子,经过的时候,我就在想,说不定哪一片就是叶楚洲盖的呢。叶楚洲说,想得好,说明你对我有信心。你们明天坐车上机场,路上就会经过我盖房子的地方,你注意观察,我的公司叫叶蓝房地产公司。万丽说,叶蓝?怎么叫这么个名字?叶楚洲没有回答,万丽等了好半天,以为电话断了,赶紧"喂"了一声,叶楚洲说,我在听呢。他分明不想说叶蓝的事情,万丽也就没再问下去,看到林美玉在房间里转来转去地着急,万丽说,叶楚洲,林美玉在等她爱人的电话。叶楚洲说,好吧,我挂电话了。不过,万丽,你记住,我会去找你的。万丽挂了电话后,心里忽然有一种失落,仔细想想,也不知是什么原因,也品不出是什么滋味。

过了片刻,电话果然响起来了,林美玉抢着去接,却又是万丽的,林美玉说,是孙国海啊?你等等啊,今天晚上万丽可忙了,电话是一个接一个,刚刚挂下,又来了。万丽气道,是呀,我忙你闲,自从崔书记走了,你就闲得不像样子了。拿过电话,听孙国海说,万丽,明天我去机场接你。万丽说,不用的,市里有大车一起接我们回南州。孙国海说,大车归大车,他们管他们坐大车,我是专门来接你的。万丽说,你怎么来?孙国海说,长脚的车,大块头开,我押车。万丽说,麻烦别人不好。孙国海说,小意思,到了南州,我们请弟兄们吃一顿,就行了。他们一直嚷嚷要见见嫂子呢,要敬嫂子的酒呢。万丽说,国海,算了吧,我出去十多天,已经够累了,陪不动人了。孙国海说,那也行,先送你回家,你自管休息,我再出去请他们吃饭。万丽说,那多不礼貌,我的意思,干脆坐公家的车,也就免了这些麻烦。孙国海说,不麻烦,真的一点也不麻烦,长脚他们,还巴不得我给他们派活呢,几天不派活,他们一个个都不耐烦。再说下去,孙国海也仍然是沿着自己的思路,他考虑的思路,从来都是从照顾万丽出发,但结果却总是让万丽有苦说不出。他永远也不会从万丽的角度考虑问题,即使万丽说得再明白、再清楚,他也不能理解,万丽实在没办法,不答应孙国海是不会挂电话的,只得答应下来。

挂了电话,发现林美玉已经上床了,背朝着她,知道林美玉情绪不高,万丽也没再和她搭话,躺下来,刚要拉灯,林美玉却一翻身坐了起来,盯着万丽看了一会儿,说,哎,我搞不明白,为什么你每换一件衣服,大家都说好看?说完了,又一翻身,不理万丽了。万丽拉了灯,睡不着,一时间思绪很多,眼前的这个林美玉,又使她想到了陈佳。陈佳和林美玉,是完全不同层次的两个人,林美玉做出来的这些事情,陈佳是绝不可能做的,林美玉说出来的一些话,从陈佳嘴里永远也不可能听到,但是万丽又分明感觉陈佳身上也有林美玉的某些气味,只是她一般不表露出来。但是最近一阵,陈佳变了,好像时时处处,大大小小的事情上,都在和她比高低,争输赢,万丽虽然觉得这样下去很没意思,但她却回避不了一个铁的事实,那就是宣传科科长的位子。此时此刻,万丽反复问自己,要是这一回,不是余建芳来坐,而是真的让陈佳拨了正,她的心态会变得怎么样?她不敢想这个问题,虽然这个问题已经不存在了,但只要一想到,万丽的心就会抖起来。

令万丽没有想到的事情还是发生了。万丽回到单位上班,才知洞中方一日世上已千年,陈佳已经调文教科任正科长。计部长使了个缓兵之计,趁她外出考察期间,把陈佳提起来,也可以说是煞费苦心。也应该算是一片好心,不让她太难堪。万丽本是怀着饱满的情绪和一颗火热的心回来的,本来还想认认真真地给计部长汇报考察的心得体会,可这一回来,却再次掉进了冰窖。余建芳把任命文件放到万丽的办公桌上,让她看了看,又收回去,安慰她说,小万,别泄气,好好努力,来日方长嘛。万丽说不出话来,愣在那里,眼睛发酸发涩。余建芳说,机关的事情,就是说不清的,谁也不知道谁,今天不知道明天,明天——她突然停下来,这话前不久万丽才说过,她不好再说下去。万丽却接了过去,说,是呀,今天不知道明天,明天不知道后天。余建芳说,小万,越是这样的时候,越是要调整好心态。万丽说,你说谁呢,说你自己吧?余建芳说,怎么是说我自己呢?万丽说,你从组织部调到宣传部,心态调整好了吗?余建芳说,我是自己要求调的,不存在心态问题。万丽说,自己要求调?无缘无故?不会吧?总有原因吧,要不你怎么不要求往省里调,往中央调?余建芳显然有些慌乱了,说,有什么原因?你说我有什么原因?万丽说,你犯错误了吧,不犯错误,哪会人往低处走呢。余建芳一听这话,几乎有点失态了,嘴唇直哆嗦,说话也不利索了,我犯错误?我犯错误?我犯什么错误?万丽说,你自己心里明白。余建芳更是大惊失色,脱口说,是不是你们都知道?是不是你们早就知道了?万丽本来是说说气话的,完全是没有目标地瞎说，却不料余建芳表现得如此的不正常，万丽心头一跳，难道余建芳真的犯了错误才调出组织部的？脑子里这么想着，更没料到余建芳竟哭了起来，开始还是无声地淌眼泪，后来声音越来越大，干脆趴到桌上号啕大哭起来。

余建芳一哭，万丽倒没了主意，她心里也清楚，本来今天余建芳对她并没有什么恶意，倒是真心劝她想开点的，是她自己心里不平衡，拿余建芳出气，哪知一气竟把余建芳气哭了，还哭得那么伤心，万丽想劝又劝不出口，也不知道她哭的啥，反正隐隐觉得，余建芳调出组织部，是有重要原因的，这是她最不能碰的一块心病，万丽无意中提到了，一方面戳痛了她，另一方面从余建芳的口气中，万丽也感觉到，余建芳开始是以为大家都不知道她有什么事情，以为自己瞒得很紧，一旦发现可能大家早就知道，早就在背后议论，余建芳的精神支柱垮了，一下子撑不下去了。但其实万丽根本就不知道余建芳有什么事情，也不明白为什么这么长时间，自己连一点因头都没有听到过，便又想起了伊豆豆，这个包打听，难道也不知道？或者是知道了不告诉她？

正想着伊豆豆，伊豆豆的电话已经到了，她劈头就问，万小姐，回来也不告诉我一声，考察一趟就翻脸不认人啦？万丽却不由得脱口问，喂，余建芳怎么回事？伊豆豆说，什么人呀，自己的事情不着急不上火，反倒关心余建芳？因为余建芳就在身边，万丽不便再说什么，说，回头再跟你说吧，老地方见。伊豆豆说，我今天可没时间陪万小姐，明天我们有个庆典活动，我得去买套像样的衣服穿。万丽说，那我陪你去，到哪里，哪个商场？伊豆豆说，南华。

两人在南华商场一楼见了面，一起往楼上的服装部去，伊豆豆说，你问余建芳干什么，想挤掉她你干正的？万丽说，去你的，我今天说了她两句，她竟然号啕大哭起来，怪吓人的。伊豆豆说，你说她什么啦？万丽说，我说她是因为犯了错误才从组织部出来的。伊豆豆说，你真认为她是犯了错误出来的？万丽说，我瞎说的。

伊豆豆说,那你可能正好说到她的痛处了。如果她真是犯错误了,你觉得她会犯什么错误?万丽想了想,摇了摇头,她实在想不出余建芳会犯什么错误,余建芳根本就是一个没有错误神经的人。伊豆豆说,不妨瞎猜猜嘛,比如经济上?万丽说,不可能!伊豆豆说,再比如,政治上?万丽更快地回答,更不可能!伊豆豆笑了,说,那就只有最后一样了,生活上。万丽"哈"的一声笑起来,说,余建芳犯生活错误,伊豆豆你玩笑开大了。伊豆豆说,生活有时候就是开玩笑嘛。她的眼睛瞄到一件紫蓝色的衣服,"哎呀"了一声,说,这颜色好,太好了。赶紧过去抓这件衣服,万丽一看这个颜色,顿时想到了老秦的托付,赶紧从包里掏出老秦的耳环,打开来给伊豆豆,一边说,太巧了,太巧了,真是心有灵犀,你看看,给你买的这耳环也是这种颜色,你试试。伊豆豆一看耳环,果然眼睛一亮,赶紧戴上,照着镜子,得意地晃荡着,说,万小姐,品位和眼光都变化了嘛,你以前是瞧不上这么亮丽夺目的色彩的呀。万丽说,你错了,不是我的眼光,是你们老秦的。伊豆豆一听,一伸手扯下了耳环,脸一拉,厉声说,万丽,你多管什么闲事?万丽没想到伊豆豆会是这样的态度,这才明白老秦为什么要托付给她。万丽觉得伊豆豆太过分了,不就是老秦的一点心意,几十块钱的一副耳环吗,又不是什么钻戒钻链,收下不收下,都不是什么大不了的事情,值得生这么大的气吗?万丽说,你不要拉倒,给我。伸手去接耳环,伊豆豆却又不肯给,但仍然气势汹汹地问,他跟你说什么了?万丽说,有这么个凶神恶煞的女部下,他胆没吓破就算大吉了,还敢说什么?伊豆豆又"扑哧"一声笑了,说,我有那么凶吗?边说着,又回头看那衣服,实在有点恋恋不舍。万丽说,要是喜欢就买嘛。伊豆豆说,买这衣服就要戴这耳环,我戴上了,他就如愿以偿了,我偏不。拉着万丽就走。万丽仍然想着余建芳的事情,说,喂,你刚才说余建芳会犯生活错误?伊豆豆却不肯说下去了,她反攻为守地道,别余建芳余建芳了,说说你自己吧,陈佳拨正了,你不想跟我说点什么？万丽忽然想起她临出发前和伊豆豆通电话伊豆豆欲言又止的情形,万丽说,伊豆豆,你早就知道了？我走之前你就知道了？伊豆豆说,是听到一点风声。万丽气道,你为什么不告诉我？伊豆豆说,告诉你干什么？告诉你就能改变事实改变一切吗？再说了,你也难得出去轻松轻松,何苦还要背着这么重的心理压力？不愉快的事情,早知道不如晚知道,晚知道不如不知道。万丽酸酸地说,你们一个比一个清楚,都在背后看我笑话。伊豆豆说,谁能看你的笑话？一个人的笑话,不是别人看出来的,是自己做出来给别人看,别人才能看到。万丽说,我做了什么可笑的事情能让你们看笑话？伊豆豆说,万大小姐,你急什么,我又不是说你,你这个人呢,心里也不是没有笑话,但至少行动上没有做出来嘛,所以机关里许多人认为你素质好,大气。万丽说,你认为我装出来的？伊豆豆说,装也是可能的,但装得了一时一事,装不了一辈子呀,你不是装出来的,你是斗争斗出来的,自我良心的斗争,两个你的斗争,斗到最后,总是其中的一个大气的你胜出,那有什么办法,大家当然觉得你大气。你不知道机关的男同志在背后怎么议论你,他们说,万丽是真正的骨子里的大家闺秀,大气,大度,大派,大家风范,大大的统吃。万丽心里美得不轻,但嘴上说,有那么好吗？伊豆豆毫不客气道,当然没有,他们只看到你的表面,看不到你的内心嘛。万丽说,照你说来,我的内心很丑恶？伊豆豆说,不丑恶,是可爱,是天真,你总是在左右摇摆中过日子,永远拿不定主意。你别摇头,你也别不服,就说对待林美玉这个人吧,你走之前,我明明跟你说过,她的作为,她拍领导马屁的功夫,要么你就学她,要么你就只当看不见,结果你呢,既瞧不上她,也学不上她,偏偏心里还要酸她,你这日子是不大好过啦。万丽说,你怎么都知道,是老秦告诉你的？想不到这种老实人也喜欢多嘴多舌。伊豆豆说,就算老秦不说什么,我还不能猜出你来？你呀,往前看看,真是无路可走了,只有一条路,退回去,不要上大学,不要受高等教育,教育受多了,成了知识分子,就是这弱点,就是这毛病。万丽说,我不退,退回去干什么,我还要进呢,我还读研究生呢。伊豆豆说,你读吧,读吧,读到博士后,你也还是你,还是个进退两难的大家闺秀。

伊豆豆到底还是没有买那件衣服,空着两手出了商场,说,明天我不能出风头了,要怪你。万丽说,你穿个麻袋也比别人风光,浪费钱干什么。伊豆豆说,明天的活动不一样,市委领导都到场,还要上电视呢,到时候你别忘了看电视,看我啊。

到了第二天晚上,万丽看南州台的电视新闻时,果然看到了行管局搞的那个大型庆典活动,也果然看到了伊豆豆的风采,伊豆豆穿着那件紫蓝色的衣服,戴着老秦送她的耳环,在场上窜前窜后,满面春风,万丽一时间忘记了自己的烦心事情,笑了起来,自言自语道,你到底还是去买了嘛。

# 第 二 部

## 二二

当初怎么就听信了康季平的话,跑到机关来,要不是这一步跨出去,后来的日子就会大不一样。现在一切都改变了,无论是事业还是家庭,都蒙上了一层阴影。

余建芳突然提出要调回老家元和县工作,所有的人都大吃一惊,计部长亲自跟她长谈了一次,希望她能够安心在部里工作,但余建芳铁了心要走,最后组织上也只得让她走了,安排到元和县当了县委宣传部的副部长。余建芳走之前,一直闷着头整理东西,和谁也不多说话。万丽想跟她说些什么,但又不知怎么说才好,她担心余建芳的走,可能和她那次说她犯错误有关系。万丽还隐隐感觉到,这件事情好像有什么背景,好像不是件小事情,不说余建芳守口如瓶,连伊豆豆那张快嘴也紧紧地闭上了,这个问号就一直在万丽的心里存着了。

这也正是万丽最低沉的时候,余建芳的走,曾经又给她带来一丝希望,但很快又破灭了,部里把理论科的柳科长调过来,又把理论科一名副科拨正,另外又提了一名副科,可以说,大家都得到一些好处,唯独万丽什么也没有。好在万丽最后还是读了金老师的研究生。也果然不出康季平所料,同事们常常有意无意地谈到这个话题,找个机会跟万丽说,万丽啊,你读研究生行的,也只有你行。也算是从艰难中给她找出了一点安慰。

万丽又回到原来的路上，将一颗心放回原处，将眼睛也收回来，一边工作，一边读在职研究生，再也不抱任何幻想。过了些时候，婆婆那边打电话来，孙国海的弟弟也有了孩子，婆婆一个人忙不过来了，这时候丫丫也到了上幼儿园的时候了，万丽便将丫丫从婆婆那里接回来。每天和可爱的女儿在一起，天伦之乐使万丽的心情渐渐地平静下来。但接踵而来的，就是家务繁忙了。首先的也是最要紧的，丫丫上幼儿园，每天的接送都得保证时间，夫妻俩比过去累多了，万丽工作正常，不算很忙，一般都是她接丫丫，但也有碰到加班加点，或者出差的时候，就交给孙国海，孙国海却常常指望不上。倒不是孙国海心里不惦记丫丫，不心疼万丽，孙国海也恨不得每天都由他负责接送丫丫，但有时候身不由己，实在抽不出时间来，就托付给别人帮着领丫丫，今天张三明天李四，倒是一个比一个认真负责，也从没误过事，接了还管饭管玩，丫丫也跟张叔叔李叔叔打得火热。但幼儿园的老师不干了，她们向万丽提抗议，说这样下去，丫丫的安全他们不能负责了，她们也想不通，怎么丫丫的爸爸，一个机关干部，会有那么多乱七八糟的朋友，有些人看上去，简直像社会上的小混混，出口就是粗话，丫丫跟这些叔叔在一起，怕她学坏了。万丽觉得幼儿园的老师说得不无道理，就跟孙国海约法三章，一定要他亲自去接丫丫，孙国海一口答应，开始几次，倒还真做到了，但几天一过，毛病又来了，这回换了个女的去接丫丫，丫丫回来告诉妈妈，今天是阿姨来接我。万丽说，什么阿姨？丫丫说，是爸爸的阿姨。万丽大怒，和孙国海大吵一架，孙国海赶紧认错，保证下回再也不这样了。但万丽再也信不过他了。

万丽应付不过来，想到要请个保姆，伊豆豆知道后，便自告奋勇替她去物色人选，没过两天，人已经带来了，是一位年过六十的农村老太太，但身体健朗，干净利索，是从元和县农村找来的。万丽也没多想，因为急等用人，就留下了老太太，几天下来，就觉得老太太人挺负责任,尤其对丫丫特别的疼爱呵护,不出几天,丫丫就已经离不开她了。有一天万丽提早回来,去接丫丫,丫丫却说,阿婆呢,阿婆怎么不来接我?我要阿婆来接我。万丽虽然有点小小的失落,但一颗始终悬着的心总算放了下来。过了很长一段时间万丽才知道,伊豆豆托了余建芳,余建芳亲自跑回自己村里,把这位老太太动员出来了。

这正是万丽工作上最低潮最平淡的时期,工作一平淡,自然而然就把重心放在家庭上了,放在家庭上,其实更多的就是放在孙国海身上,放在对孙国海的要求上了。可是自从家里有了保姆,后顾之忧解决了,孙国海就彻底松了绑,外面的应酬越来越多,回家一天比一天晚,夫妻间的摩擦和矛盾,不知不觉就愈演愈烈了。

不久,根据部里的指示,宣传科承办了一期国营企业宣传干事短训班,虽然只有一个星期时间,但为了让大家安心学习,特意把短训班放到了郊县。短训班结束那天,恰恰又是冬至夜。这天下晚,万丽和柳科长一起带着年轻的宣传干事们坐面包车回南州,一路上,大家说说笑笑,情绪很高,但是车一进了南州市区,机械厂的周强突然说,一个星期,眼睛一眨,就这么过去了,唉——周强的这一声叹息,顿时感染了所有的人,大家不约而同地安静下来。过了片刻,国棉三厂的梁小凤轻轻地哼起了《友谊地久天长》,她一带头,大家都随着她一起唱起来,不一会儿,几个年轻的女孩子,都眼泪汪汪的了。唱完了,柳科长说,好了,到家了,回去吃饭吧。不料大家异口同声地说,我们不回去,我们要吃柳科长和万科长的饭。柳科长回头朝万丽看,万丽赶紧说,要请的,要请的,不过今天大家都累了。大家又异口同声道,我们不累。有几个人索性站到了万丽身边,等着万丽表态。万丽被围着,有些不好意思,说,改日吧,改日吧。大家又坚持说,不改日,改日就没有那一日了。连柳科长都被他们打动了心思,坐起来笑眯眯地等着万丽,可万丽硬是逃避开了柳科长的眼睛。柳科长说,孙国海在家里等你吧?就坐下不再说话了。大家的情绪都有点低落,站起来围着万丽的几个,都怏怏地回到座位上坐下了。万丽知道扫了大家的兴,心中惭愧,其实家里也没有什么大事,她出来的这一个星期,保姆老太带上丫丫回老家去了,今天还没有回来,但偏偏孙国海昨天晚上跟她通了个电话,说今天晚上没事,在家等她回来,好久没有当厨师了,今天要露一手。

　　万丽到家,孙国海却还没回,家里冷冷清清,碗橱里空空的,水瓶里也没有热水。万丽先把水吊子坐上,把行李稍稍整理一下,水开了,冲了水瓶,孙国海还没到,楼梯上倒是脚步声不断,都是急急匆匆的,不是孙国海,孙国海虽然人高马大,上楼却不紧不慢,稳稳的。万丽正等得有些心焦,电话铃响了起来,万丽一接,是孙国海打的,说,啊哈,你回来了?万丽说,你人呢?孙国海说,对不起,对不起。万丽心里一沉,说,又不回来了?孙国海低三下四地说,真是对不起,一千个对不起,一万个对不起。万丽捏着电话不作声。孙国海说,刚要出门,被人拦住了。万丽仍然不作声,孙国海继续解释说,本来我都想了,到八味珍去买你喜欢吃的电烤鸡,回来再做一道你喜欢的蚂蚁上树,可是,可是朋友托办事情,请吃饭,不去的话,他们还以为我不愿意帮忙呢。万丽说,不愿意帮忙又怎么样呢?孙国海说,唉,朋友的忙还是要帮的。万丽说,老婆的忙是可以不帮的。孙国海说,你有什么事情我没帮过?万丽又不说话了。孙国海说,你别生气,我今天一定早回去,吃过饭就回去。这几个朋友,一般地应付一下就可以了。万丽说,谁呀。孙国海说,大马他们几个。万丽忍不住说,混子。孙国海说,我们就在星星酒店,一个小店,没有卡拉OK,所以你尽管放心,既没有小姐,也不会太迟。万丽气得把电话一挂,看着冷冷清清的家,心里空空的,闷坐了半天,才起来下了一碗面吃了。又把培训班最后的合影照片拿出来看看,看到大家灿烂的笑脸,心里不免后悔和自责。胡乱地想一会儿,又看了一会儿电视,时间倒也过得快,看了看钟,感觉孙国海的饭也差不多该吃好了,于是静下心来等楼梯上的脚步声,可一等再等,还是等不到。干脆熄了灯睡下,却翻来覆去睡不着。很快已是夜深人静,听得屋后楼下小街上偶有自行车来去的咣啷声响,也有人突然地冒出一句歌词,很快就远去,留下仍是一片寂静。或者偶尔有一辆汽车过去,打出的灯光闪了一闪,又灭了。再过一会儿,又有一个人骑着自行车,吹着婉转动听的口哨过来了,吹的是《妈妈的吻》。那悠悠的曲调渐渐地近了,近了,又渐渐地远去,远去,万丽的心终于渐渐地安逸下来,迷迷糊糊地入睡,似是而非好像在开始做梦,突地眼前一亮,孙国海回来了,站在床前,喷着酒气,向万丽赔笑说,床头跪,床头跪。万丽看了一眼桌上的钟,生气地说,孙国海,你说话算不算数?孙国海赶紧又说,对不起,真的对不起。万丽说,你说吃过晚饭就回的,哪家饭店开到现在?孙国海说,我也没办法,吃过饭就想回来,真是想回来的,可是被他们拖住了不让走,我没有办法。万丽说,你好说话,你好人,谁不说你好?孙国海说,我其实也不想到这么晚,我也不想喝那么多酒的,烟熏酒泡,伤身体,也不好受,我也没办法,明天一早还得起来上班。万丽说,原来你还知道要上班,我以为你当老板不用上班了呢。孙国海一味地赔着笑脸,说,我跟他们说我老婆今天回来,可他们不让我走。万丽说,当然,朋友比老婆重要多啦。孙国海边伸手去拉万丽,边笑道,嘿嘿,老婆是已经到手的。万丽一推他的手,翻了身,背朝着他。孙国海站在床前愣了一会儿,又说,我总算还是回来了嘛,干吗这样呀?万丽一下子坐了起来,气道,你大概以为能回来已经很不错了是吧,你不回来也行。孙国海又愣了一会儿,转到床的另一边,看着万丽,说,不回来你能饶了我?说着又笑了笑,说,好了,好了,天天晚上斗嘴,没劲吧。说着就要把万丽按进被窝。万丽说,你别动。自己躺下了,忽地想起回来的路上大家围着她的情形,心里一酸,便流下眼泪来,说,那么多人拉我吃饭我都没有去,巴巴地赶回来,就这样?孙国海苦着脸说,谁叫你不去呢,你本来该去的嘛。万丽说,你说谁叫我不去的?孙国海说,总不是我吧?我是一直希望你在外面散散心的。万丽说,是,我活该。孙国海又沉默了一会儿,好像没办法了,拿出一条烟来给万丽看。万丽说,一条烟就卖了自己。孙国海说,话也不能这样说,有时候交朋友也就是帮自己。万丽说,我说不过你,你人又好,朋友又多,不像我。孙国海笑道,哪能呢,你可是机关里的名人。万丽没有理睬他,也不再作声了。孙国海说,饿了吧,我给你下碗面条?万丽冷冷地说,我回来自己下过了。孙国海说,那现在你想吃什么?万丽说,你看看几点了?孙国海也不再多说了,洗漱完了就睡下,只说了一声,你放心,以后不这么晚了,就没了声音。

　　万丽闻着弥漫了一屋子的酒味,久久地难以入睡,千思万想,当初怎么就听信了康季平的话,跑到机关来,要不是这一步跨出去,后来的日子就会大不一样,她也不会认识孙国海,也不会有向问出现在她的生活中,她也许会找一个同事结婚,平平安安地做一辈子中学语文老师,但是现在,一切都已经改变了,再回头是不可能的了。但是往前呢,前景实在是暗淡得很,无论是事业还是家庭,都蒙上了一层阴影。


## 二三

　　万丽心里猛地一惊,一个久违的名字跳出了脑海:向问。

　　叶楚洲真的从南方回来了,他把万丽请到刚刚建成的南州唯一的一家五星级酒店南都大酒店,上了顶层的旋转餐厅,坐在南州的最高点,看着南州夜晚星星点点的灯火,叶楚洲说,万丽,上次在广州没能请到你,这次还你一个旋转餐厅,怎么样,我还算有情有义吧。万丽说,你什么时候回来的?叶楚洲说,一小时前刚刚到。

万丽笑起来,可能吗,刚刚到南州,就请我吃饭?我在你心目中有这么重要吗?叶楚洲说,重要不重要你看下去就知道。万丽说,看下去,看到哪里去?叶楚洲说,看我下面跟你说的话——他忽然收敛起笑容,认真地说,万丽,我这回是专程为你回南州的。万丽笑了一笑,她熟悉和了解叶楚洲的脾气和说话的口气,可以不当真,不理睬。不料,叶楚洲的脸色却更加严正,连剩下的一点点笑意也不见了,他一字一句地说,万丽,我知道你不相信,但这回决不是开玩笑,我是专门回来请你出山的。万丽说,请我出山?出到哪里去?叶楚洲说,当然是到我公司啦,你到别的地方,管我什么事嘛。这是万丽万万没有料到的,她一点思想准备也没有,措手不及地连说了几遍,到你公司?到你公司?叶楚洲说,做我的助手,行不行?总经理助理——他边说边拿出一张聘书,交给万丽,万丽展开来一看,果然聘书都写好了。万丽尴尬地一笑,脑子里却一片空白,半天说不出话来。叶楚洲说,我理解,这对你来说,确实是突如其来的,你可以想一想,考虑一下,我等你。万丽这才回过点神来,缓缓地摇了摇头,说,恐怕不行,我是机关干部,怎么能——叶楚洲说,就不做机关干部了,辞职,像我当初,一咬牙也就过来了。万丽说,我不能跟你比,你毕竟有背景有后台的,我没有退路。叶楚洲说,你都退到这地步了,还要往哪里退?万丽心里一阵难过,过了一会儿才说,这事情太大,关系到我大半辈子的人生道路了。叶楚洲说,正因为如此,我才来找你。万丽又摇了摇头,说,你是看我在机关混得不好,可怜我,同情我,才来找我的?叶楚洲说,我不否认,也可能有那么一层因素,但万丽你记住,我是个商人,商人都是唯利是图的,如果不这样,他就不是一个合格的好商人,所以,说到底,尽管也有同情,也有想帮助你的意思,但主要的不是这些,更主要的是我身边缺少你这样的人才,我需要你,才会来找你。万丽说,人才?我是人才吗?我根本就不懂经商,做你的助理,到底谁助理谁呢?叶楚洲说,开始的时候,可能是我助理你,但以后你一定会助理我的。万丽又不说话了,沉默了一阵,叶楚洲说,万丽,别这么快这么不负责任地就把自己人生的一个全新的希望给否了,好不好?我希望你认真考虑,权衡利弊,想透了,再给我回答,好不好?对了,我还没有说到报酬呢,我给你的年薪,是这个数。他做了个手势,万丽看明白了,但她没有吭声。叶楚洲说,我知道,我说这话,说到钱,你并不高兴,你觉得钱不是问题的关键,但是我必须说,钱怎么不是问题的关键呢,现在经济形势发展这么快,钱对人的压迫也紧逼其后了。当然,现在你可能还没有迫切地感到钱对人的压迫,正因为内地的工资还比较低,一旦内地经济也发展起来,工资奖金大起来,钱对人的压力就会迅速增大。万丽说,奇怪了,如果工资奖金长了,钱多了,只会减轻钱对人的压力呀。叶楚洲说,恰恰相反,这些以后你都会明白的。你想想,你现在住的什么房子,两室一厅就觉得很不错了,但是深圳那边,已经开始向往花园洋房了。你现在骑自行车上班,也觉得挺方便,但是你有没有想到,家家开轿车的日子也不会远了。还有你的孩子,以后要出国念书,你拿什么给她,凭你们夫妻俩现在的工资,只够维持正常的开支。万丽说,能够维持正常开支不是挺好的吗?叶楚洲说,是的,大部分人都这么想,但别人可以这么想,你不能,你不是一个甘于平庸的人,你不甘心在人堆里混,你也不甘心比上不足,比下有余,你是要出人头地的,你是一个要比别人强的女人,所以,你的事业和生活,不应该用"正常"两个字来要求。万丽听叶楚洲这番话,听得心里乱跳,当初在和叶楚洲一起工作的短暂时间内,就有多次感觉,叶楚洲有什么地方,很像康季平,虽然他们的长相、脾气、为人处世、世界观都不一样,但万丽就偏偏有这种感觉。此时此刻,叶楚洲的话,再次让她想起了康季平,他们对她说的话,简直如出一辙。不同的是康季平鼓励她走仕途,叶楚洲鼓励她下海经商挣钱,他们都对她抱有很高的期待,但这种期待,都是建立在他们认为她是一个想要出人头地的女人这样一个基本认识之上。

万丽想到这儿,不由苦笑一下,说,女人要强,会令男人讨厌,你为什么不离我远一点,反而还来找我,还要高薪聘我？叶楚洲说,你说错了,有的女人要强,会令男人厌烦,但你不一样。万丽说,我也是女人,有什么不一样的？被你们这么看,我是不是应该很悲哀？叶楚洲敏感地道,被你们？这么说起来,还不止我一个人这么看你？还有别人？万丽没吭声。叶楚洲又说,我好吃醋,原来我以为,这世界上也就我了解你,也就我能明白你的心,不料还有人在。话说到这儿,万丽也相信叶楚洲不是开玩笑,他确实是来动员她下海的,至于是不是如叶楚洲所说,专门为这件事情回南州,万丽吃不透,她只是希望事实不是这样。但是万丽仍然想不明白,叶楚洲为什么会看中她,就凭他们在五艺节临时办公室相处的那么一点点时间,就凭那一点点印象那一点点了解？所以,说到底,万丽还是不能相信,当她感受到叶楚洲关注的目光时时地落在她身上时,心里不免多出一点异样的感觉,也是她最不愿意去想的一个原因。叶楚洲似乎完全明白万丽的疑惑,笑道,万丽,别多想,对你的好感,肯定是有的,不瞒你说,我还没有认识你时,就有了。万丽不由笑起来,开玩笑说,梦中情人啊？叶楚洲说,差不多吧,那时候机关里的人老是议论你,我就不服,想,机关这个臭猪圈里,还能冒出一只白天鹅来？就算是瞎飞飞错了地方,也待不长的,待长了,还不被猪圈的臭猪粪给熏跑了。万丽笑道,却不知还待得够长的。叶楚洲说,是呀,不过不能再待下去了。万丽说,再待下去,就变成臭猪粪了。叶楚洲说,我们还是言归正传,我是认真的,对你的好感,是一个原因,但不是主要的原因。我这个人,有个优点,凡是优秀的女人,我都会有好感,可不止你一个。万丽说,那我相信。嘴上说得潇洒,心里却不免有一点酸意,她始终有一点误会,以为叶楚洲因为是对她有想法才会千里迢迢跑回南州来找她的,这会儿,就叶楚洲一句老实话,误会就消除了,内心的一点点自我陶醉也随之无影无踪了,剩下的只有现实。果然,叶楚洲又说,最主要的,是因为我看得上你的素质和品位。现在经商的人,多半是暴发户,基本素质不够,这一点,不仅看他们本人的行为,看他们用的女秘书女助手也能看出来,生意场上,你就眼看着她们与对手眉目传情,喝酒调情,就靠这些,能行吗?万丽说,生意场本来就是这样嘛,不这样做不起生意来嘛。叶楚洲说,是的,这些手段是行得通的,事实上,这些人也靠这样的手段挣了不少钱,但这是没有文化的表现,也是没有文化的结果,终究不是长远之计,只能是一种短暂行为。要想长久地立于不败之地,就得从根本上考虑问题,当别人还没有意识到文化背景和知识内涵的重要性的时候,我得抢先一步物色人才,你就是我物色的少数几个人才之一,也是其中唯一的女性。万丽说,你看得挺远啊。叶楚洲说,要想胜人一筹,就是要站得比别人高看得比别人远嘛。万丽不由"扑哧"一笑。叶楚洲说,笑什么,事实就是如此。所以我要找你,请你为我工作。所以,万丽,我再跟你说一遍,希望你回去以后,认真考虑,尽快做出决定,我等你的答复。万丽毫不怀疑叶楚洲的真诚,也能感觉到叶楚洲对她的好感和重视,但叶楚洲说话,再怎么注意缓和口气,也总是带着些命令的口气,这让万丽不能接受,甚至觉得很不受用。其实万丽也知道这就是叶楚洲说话的方式,他也从来如此,没有做大老板时,在机关里就这样说话,对下级这样说话,对上级也这样说话,对男同志这样说话,对女同志也这样说话,在他们共同工作的那一段时间,万丽就有点不习惯,但因为是短时间的相处,她就没往心里去,现在叶楚洲仍然是这样的说话方式,万丽却有点受不了了。当万丽这种想法刚一冒头时,自己把自己吓了一跳,假如不打算跟叶楚洲走,她会在乎他的说话方式吗?难道自己的内心,已经被叶楚洲打动了、说服了,或者至少是开始动摇了?

  他们从南都大酒店出来的时候,叶楚洲的车子在等着,万丽注意到,叶楚洲的车是南州的牌照。看到万丽注意了这一点,叶楚洲说,车子是我一朋友的,我回南州,他的车就归我用,但司机是我的。万丽奇道,你把司机从深圳带过来的?叶楚洲说,用惯了自己的司机,用别人的不习惯,也不自由。万丽差点说,你把司机当成了东西,用来用去的,但毕竟没有说得出口。叶楚洲替万丽开了车门,他自己就住在南都大酒店,司机是专程送万丽回家的。万丽上车后,叶楚洲又把车门拉开,说,万丽,我刚才跟你说的,只是你的全新生活的一个开头,以后,你干好了,就会有自己的公司,跟我一样,自己做老板。你别笑,在南方,没有做不到事情,神话童话笑话瞎话都会变成现实。说完,又替万丽关上车门,在车窗外向她摇手道别。

车子开了好一段,司机也一直没有说话,万丽觉得有点沉闷,忍不住问了一声,师傅贵姓。司机答,姓刘。万丽说,噢,刘师傅。刘师傅没有下文。口很紧,真是训练有素,不像机关里有些司机,就怕别人不知道他会说话,尤其是首长的司机,惹出麻烦来的也不少。叶楚洲自己一张大嘴,百无禁忌,什么话都敢说,找个司机倒是守口如瓶的人物。

万丽一回到家,孙国海就告诉她,刚才有个姓叶的人打电话来,让你到家后回个电话给他。姓叶的,谁呀?万丽说,是叶楚洲。孙国海说,噢,叶楚洲回来了?万丽说,咦,下午我不是告诉你,晚上叶楚洲请吃饭。孙国海不经意地说,噢,我倒忘了。还有谁呀?万丽随口说,还有伊豆豆嘛。说谎的时候心里不免慌了一下,也不明白自己为什么要说谎,为什么就不能说是叶楚洲请她一个人吃饭的。又担心伊豆豆晚上打电话找过她,还好,孙国海没有再说什么。但万丽心里却好一阵没有平静下来。想到叶楚洲还等她的电话,就拨过去,声音严严正正地说,叶总,是我,万丽。叶楚洲说,你走后,我有几个朋友过来看我,约我明天去香镜湖,我想请你一起去,肯赏光吗?万丽说,不行,我明天要上班,走不了。叶楚洲说,你不能请个假吗?万丽说,不太好说。叶楚洲笑了起来,说,那太巧了,正好你们计部长也在我这里,我已经替你请假了,要不要计部长跟你说话。万丽吓了一大跳,还没来得及反应过来,就听到电话里果然是计部长的声音,说,小万啊,我准假了,你就去吧,叶总替你请了两天假,我回头跟你们老柳说一下就行了。万丽还犹豫着,计部长又说,小万,你别把去香镜湖当作是游玩,叶总是在为南州的经济发展做贡献,你慢慢就会知道的,别犹豫了。再说了,你一年到头辛苦工作,让你轻松两天,也是应该的嘛。好了,别多想,就这么定了。万丽挂了电话,脑子里乱糟糟的,半天理不出个头绪来。孙国海过来看到她脸色有点异常,问道,叶楚洲要干什么,这么晚了打电话来,不是打扰别人休息吗?万丽没好气地说,这么晚?这算什么晚,你不想想你平时都什么时候到家?孙国海见万丽发脾气,又怪到叶楚洲身上,说,有什么不了起,大老板,我看都不要看,当初还不是在机关待不下去才走的。万丽说,人家走了,就干出大事业来了,你呢?孙国海说,我?我要是下海,肯定比他干得好、干得大!万丽一口气噎住。孙国海又说,有几个钱算什么,我还不稀罕。万丽说,你不稀罕我稀罕,你有钱拿来给我,我还想替丫丫买台钢琴呢。孙国海笑了,说,嘿,女人嘛,就是头发长,眼光短,你等着,我会成功的,我会有钱的。

　　万丽没有心思和孙国海多说,想着明天要去香镜湖,还得在香镜湖住一晚上,瞒是瞒不过孙国海的,但如果把实话告诉他,无论他是什么态度,万丽自己也会心虚,想来想去,就想到了伊豆豆,既然今天晚上她已经"陪"着自己见了叶楚洲,干脆动员她明天一起去,一方面向孙国海有个交代,另一方面,万丽心里对叶楚洲越来越没有底数,有伊豆豆在,也许可以避免一些尴尬。万丽电话打过去,伊豆豆已经睡下了,接了电话,还没听到万丽的声音,就气冲冲地说,你怎么又打来了?万丽说,你以为我是谁?伊豆豆这才说,是万丽啊,这么晚了,捣什么乱?万丽说,怎么,心情不好,跟小何吵架了?伊豆豆说,他出差了,不在家。万丽其实已经感觉到伊豆豆刚才那样的口气不是冲她丈夫小何发的,但此时万丽自己的事情要紧,也顾不上关心伊豆豆了,就说,伊豆豆,麻烦你个事情,明天你请个假,陪我去一趟香镜湖。伊豆豆说,去香镜湖干什么,你什么事?万丽说,你睡吧,明天早晨告诉你。伊豆豆说,你不说清楚什么事,我怎么跟你走,万一你是去走私贩毒拐卖妇女儿童呢。万丽说,去你的,今天不方便说。伊豆豆一时间忘了自己的麻烦,兴致起来了,说,噢,有事情要瞒着孙国海啦,新动向,好现象。万丽说,你废话那么多,到底答应不答应,不答应我不求你,我找别人。伊豆豆说,这种打掩护的事情,你找得着别人吗?万丽拿伊豆豆没有办法,这家伙脑子实在太灵。

　　第二天一大早,伊豆豆的电话就打过来了,孙国海接了,听出是伊豆豆,正要叫万丽接电话,伊豆豆却说,孙国海你接也一样,我和万丽一会儿要去香镜湖,住一晚上,你告诉万丽,让她在家等我,我车子过来接她,就挂了电话。孙国海告诉了万丽,就安安心心地上班去了。

　　伊豆豆果然叫了出租车来接万丽,一见万丽,就说,万小姐,孙国海那儿,我替你说了你说不出口的话,怎么感谢我吧?万丽确实感激伊豆豆替她解围,但嘴上却说,我感谢你干什么,自己不会说?伊豆豆说,得了吧你,你当着孙国海的面别说说出叶楚洲三个字,就是想到这三个字,你都会脸红心跳了,孙国海又不傻,就算他傻,再傻的男人在这方面都不傻的。万丽说,你怎么知道是叶楚洲请的?伊豆豆说,我是干什么吃的,你昨天晚上电话一来,我就猜到这一着了。万丽从伊豆豆话中听出些意思,赶紧板了脸说,伊豆豆,你别瞎想,更别瞎说啊,我跟叶楚洲没有什么啊!伊豆豆说,咦,我说你和叶楚洲有什么了吗?真是此地无银三百两,就你这样子,你们孙国海能不怀疑你?万丽说,我又不做亏心事,怕他干什么?出租车司机是个快活的中年人,听她们说话,也插上来说,怎么,有第三者啦?万丽脸上红一阵白一阵的,说,你信她这张嘴!伊豆豆高兴得大笑起来。万丽等她笑够了,忽然说,我有件事情想不明白,昨天晚上计部长怎么会在叶楚洲那里?他们当初不是吵了架叶楚洲才走的吗?伊豆豆说,此一时彼一时也,当初是当初,现在是现在,你知不知道叶楚洲这次回南州干什么来的?万丽心里一跳,说,我不知道。伊豆豆说,不知道就慢慢看吧。万丽说,你知道?伊豆豆说,你真当我是神仙呢,叶楚洲又没有找我密谈,我怎么会知道?万丽脸一红,说,你说什么呢?伊豆豆又得意地笑了,说,不说了,不说了,再说下去,万小姐的脸皮都要破了。

她们到了南都大酒店,叶楚洲已经在一楼大厅里等候了,一眼看到万丽和伊豆豆一起进来,眼睛里掠过一丝不快,但稍纵即逝,就笑着迎上来,和伊豆豆握手,说,伊豆豆,你也来啦?伊豆豆毫不客气地说,叶总大概没有想到我会来,也不大欢迎我来参加吧?叶楚洲笑道,伊豆豆,你还是老脾气。伊豆豆说,是呀,我哪比得上万小姐,有涵养,有风度,有——万丽说,好了好了,你少说两句就烂舌头啦?伊豆豆说,叶总你看看,万丽可不是时时刻刻都有涵养的啊。正说笑着,叶楚洲的几个朋友也到了,一一介绍后,走出酒店大厅,发现车都已经等候在门口,万丽原以为是一辆面包车,不料都是小车,共有四辆,很威风,像个首长车队了。万丽正犹豫着,伊豆豆往停在前头的那一辆车走去,边走边回头向万丽挥手说,万丽,香镜湖见。万丽来不及地"哎"了一声,伊豆豆已经和那边车边的两个男士说笑起来,好像是多年老友了。这边叶楚洲说,请吧,万丽,伊豆豆顾她自己了,你还是上我的车吧。万丽只得上了车,心里觉得怪怪的,好像所有的人都胸有成竹,包括伊豆豆,就她自己心慌慌意乱乱,也说不清为什么。

叶楚洲车上只有叶楚洲和万丽两人,开车后,叶楚洲说,怎么了,不放心我,还带个保镖?万丽不知如何回答,刚才叶楚洲一见伊豆豆时眼睛掠过的那一丝不快,万丽和伊豆豆都能捕捉到,虽然伊豆豆表现得毫不在乎,但万丽心里多少有点不痛快,也再一次地感受到叶楚洲身上经常不由自主流露出来的某种颐指气使的习性。万丽沉默了一会儿,说,是我邀请伊豆豆来的,事先没有跟你说一下,你是不是觉得我做事情太冒昧、不懂规矩?叶楚洲说,你不是不懂规矩,你是不懂人心,或者是装作不懂。这话说得再明白不过,叶楚洲的意思,是希望万丽一个人来,不希望伊豆豆夹在中间。万丽心里有些别扭,脸色不由自主地沉下来。叶楚洲却笑了起来,说,万丽,你可能误解我的意思了,我不是说你不懂我的心思,我是说你不懂伊豆豆的心思。万丽吃了一惊,实在不能理解叶楚洲的话。叶楚洲说,慢慢看吧,看了你就明白。这话和伊豆豆的话几乎一模一样。万丽隐隐约约觉得,他们都是在做同一件事情,他们都是心中有数,只有她一个人是蒙在鼓里的。

叶楚洲拿出一份资料,交给万丽,说,你看看,这就是我们去香镜湖的目的。

资料的第一部分,是南州周边的几座城市开发旅游的情况统计和未来经济收入的论证,万丽有点看不明白,抬头看了一眼叶楚洲,叶楚洲指了指窗外,说,南州的自然条件不比别人差,就说一个香镜湖,就是别人无法比的,但为什么南州的旅游一直搞不起来?其中一个重要原因就旅游设施太落后,硬件跟不上。万丽这才明白过来,但还没来得及说什么,叶楚洲又说了,我这次回南州,就是想看看香镜湖有没有条件搞房地产投资,根据我对香镜湖的考察了解,在香镜湖边搞一个五星级的度假旅游宾馆,是一举几得的好事情,要是搞成了,对南州可是一大贡献啊。万丽说,怪不得计部长昨天也去看你了。叶楚洲直摇头,说,万丽,你以为计部长是因为我对南州有贡献才来看我吗?万丽等他说下去,但叶楚洲却不说了,换了个话题,说,你知道行管局张汉中这个人吗?万丽说,我知道一点,伊豆豆跟我也说起过,机关大家对他也有议论,他是南州市机关最早的官商,也是市里的一个典型人物,一个有争议的人物。叶楚洲说,这就对了,据我了解,整个南州市,到目前为止,开始动香镜湖脑筋的人,也就他张汉中一个,这可是个有眼光的人物，他早已经看到了别人看不到的事情，只可惜，没有实力。万丽忽然说，这样说起来，伊豆豆是张局长让她来的？叶楚洲说，我说过，你慢慢看就会看懂的。万丽一时竟说不出话来了。叶楚洲说，我原先并不太了解这个张汉中，我在市政府的时候，他就在行管局了，从底层干起，一直默默无闻的，怎么忽然一下子就开了窍，做了第一个吃螃蟹的人。万丽说，张局长这个人，历来很低调，不张扬的。叶楚洲侧身看了万丽一眼，说，你是不是觉得我这个人很张扬？万丽说，这是个性问题。叶楚洲说，这倒是的，是个性问题，不是职业问题。但也许有不少人都觉得，经商的人，发了财，就财大气粗，就张扬起来了，不成功的时候，你张扬一点人家觉得你是个性，凡成功人士，张扬了，就是人品问题了，是不是？万丽点了点头，说，是有这样的想法。叶楚洲说，你在机关时间也不短了，你知不知道张汉中有什么背景？万丽说，我不太清楚。叶楚洲说，伊豆豆没和你说过？叶楚洲这么一直问下去，万丽心里就很不舒服，闷了一会儿，说，对不起，这些事情，我从来都没有听说过。叶楚洲却没有注意到万丽的情绪，自顾自地往下说，如果没有什么背景，香镜湖的开发权怎么会被他拿去的？万丽忍不住说，你刚才不是说，全市也唯有他一个人想到了香镜湖？叶楚洲说，我说的唯一，是在官商范围内，这件事情，伊豆豆从来没有跟你说过吗？这之前，围绕香镜湖的争夺大战，已经暗中斗了大半年了，但都是像我这样的外来资本在抢夺，最后却落到了张汉中手里，仍然捏在政府、捏在党手上。万丽说，既然已经落入别人手中，你不是来迟了吗？叶楚洲说，不迟，张汉中他拿在手里也没有用，他没有钱，等他筹够了钱再开发，南州已经落于别人之后一大段，赤脚追怕也追不上了，他南州市委能不着急吗？万丽说，是平书记请你来的？叶楚洲苦笑了一下，说，要是平书记请我来，我还用得着这么费心机？万丽也脱口说，也用不着带上我这个莫名其妙的人了。

话说到这里，万丽才算是彻底明白过来，果然是人人清醒，人人有方向,唯独她糊里糊涂,车都快到香镜湖了,她仍然不知道叶楚洲要她来的目的到底是什么?

　　到了香镜湖,车队停下来,前头和伊豆豆坐一辆车的吴经理下车,走到叶楚洲车前,问道,叶总,香镜湖这边,只有一家小旅馆,连空调设施都没有,我们住不住?叶楚洲说,这么热的天气,没有空调怎么住?附近还有没有其他地方?吴经理说,只有里和县委招待所了。叶楚洲说,那就住县委招待所。车队又往前,不一会儿就进了里和县的县城,找到县委招待所一看,条件也不怎么样,房子都很旧了,但好歹最近给装上了空调,一行人勉强住了进去。万丽和伊豆豆住一间,伊豆豆情绪很高,哼哼呀呀地唱着,把空调打开,又拨弄了半天。万丽冷冷地看着她,伊豆豆说,万小姐,你别这么看着我,我身上发冷。万丽说,伊豆豆,一路上你的事情谈得怎样了?伊豆豆没事似的说,跟姓吴的谈有屁用,他又做不了主,早知这样,我就挤到你车上了。万丽说,我应该让你。伊豆豆说,那也用不着,我要和叶楚洲说话,瞒任何人也不瞒你。万丽说,你是不会瞒我,你跟我关系多铁。伊豆豆仍然嬉皮笑脸说,万小姐生气啦,跟你开开玩笑的,叶楚洲的车我怎么敢坐,轮得着我吗?万丽说,不是坐车的事情。伊豆豆说,那就是开发香镜湖的事情,我是没有告诉你,但不告诉你不等于是瞒你呀,你和这事情有关系吗?我告诉你干吗?万丽阴冷冷地说,我还以为你是陪我来的呢。伊豆豆说,你想得美,我单位的事情忙得恨不得脚都要捆起来,哪有时间陪万小姐出来赏景调情啊。万丽说,我要真是想调情,还请你来干什么,我喜欢电灯泡?伊豆豆说,遮人耳目罢,我不来,你孙国海那里怎么交代?所以你得了吧,也别生我的气啦,我们是互相帮助,姐妹深情。万丽气得不轻,站起身来就想往外走,却听得伊豆豆在背后笑,说,这么沉不住气,还想混出个模样来?你这小姐脾气,别说官场,商场也一样容不了你。万丽冲道,我要谁容了?你稀罕,我不稀罕!伊豆豆说,我看得出来,叶楚洲是很喜欢你,虽然他也是利用你，但喜欢你也是真的。万丽说，他怎么利用我？我有什么好利用的？伊豆豆说，到现在你还没弄明白，真是个榆木脑袋，你不想想这香镜湖在谁的地盘上，里和县。你忘记了，谁在这里当领导？万丽心里猛地一惊，一个久违的名字跳出了脑海：向问。

叶楚洲请出万丽，就是冲着向问来的。向问在里和县主抓经济工作，叶楚洲要想在香镜湖干一番大事业，没有县里各方面的支持，是很难做成的，不说这块已经被张汉中抢在手里的宝地，就算叶楚洲能够从张汉中手里再抢过来，或者合作干起来了，光就水电之类的配套设施，县里卡你一下，你就活不了死不得。但是向问的难说话，是众所周知的，几乎铁板一块。叶楚洲思前想后，最后终于想到了万丽这个秘密武器。

万丽丢下伊豆豆，径直走到叶楚洲房间，进去就说，叶总，我有点急事，要先回去了。叶楚洲说，伊豆豆跟你说了什么？她挑拨我们的关系了吧？万丽说，跟伊豆豆没有关系，是我自己要回去。叶楚洲说，万丽，我承认，我请你来，确实是冲着向问来的，因为这块骨头不好啃，事先我已经做过许多工作，可是滴水泼不进，才想到你，你是他最厚爱的人，我想只要你能来，事情可能会出现转机。万丽说，你们经商的人，是不是都这样算计？叶楚洲说，仅仅是经商的人算计吗？官场上的人不算计？不算计你会有今天？万丽说，我今天怎么啦，我觉得我今天挺好，无官一身轻，没有心理负担，没有负罪感，活得踏实。叶楚洲说，这我相信，但是万丽你要知道，一个人只有真正地进步，不停地进步，心里才会真正地踏实起来——万丽打断他说，叶总，我没有时间跟你讨论人生的哲学，我走了。叶楚洲说，你也不用走了，因为向问已经走了，你不必害怕见到他。

叶楚洲一直是和向问的秘书小邹联系的，直到昨天晚上，小邹还跟叶楚洲保证，向书记明天肯定在家，肯定到场。叶楚洲说，小邹，如果方便，你可以跟向书记说，明天会有一个他意想不到的人到来，向书记一定会喜出望外的。今天早晨出来时，叶楚洲又特意打了小邹的电话，再次确认不会扑空，才上了路。哪知他们刚到招待所，小邹的电话就追来了，说向书记刚刚出发，上北京跑资金去了。

万丽一颗紧张的心，才渐渐地放松了下来。她不是不想见向问，自从向问离开市机关，这几年中，万丽只是远远地见过他两次，都是在全市的干部大会上，在大会堂里，他坐在里和县的区域里，穿着县委干部们穿的灰土的西装，平平静静，面无表情。散会的时候万丽曾拖拉着脚步，希望能够遇上他，能够向他问个好，哪怕点头致意一下，但向问总是随着自己县里的同志，走在人群中间，目不斜视地往前走，根本就没有注意等在道旁的万丽。他走过之后，万丽的心总是空落落的。万丽其实非常想念向问，也很想见到他，但不应该是现在这样的时候，更不应该是这样的原因。一直到叶楚洲说向问已经离开里和县，她才渐渐地安心了，逃跑的念头也渐渐消失了，但脑子里还是一片混乱，听着叶楚洲说，这个向问，果然不好对付，现在看起来，只有先把目标对准张汉中，先把张汉中拿下了再说。万丽说，叶总，既然向书记不在家，我也就没有任务了吧？叶楚洲说，你说哪里的话，你本来就没有任务，你又不是我的下属，你是我的朋友嘛。万丽笑了一下，说，你和伊豆豆都说过，有些事情要慢慢看，看了就懂了，我就慢慢看吧。

万丽到总服务台，想给孙国海打电话，让他设法弄个车来接自己回去，但是号码拨出后，却已经后悔了，手忙脚乱地掐断了电话，犹豫了半天，还是给康季平打了寻呼，不一会儿，康季平的电话来了，说，万丽，你在哪里？万丽说，我在香镜湖。康季平说，你怎么跑那里去了？万丽说，回来再跟你说，现在你能不能帮我个忙，弄辆车，我要回去，立刻回去。康季平着急了，连声问，万丽，万丽，到底出什么事了？万丽鼻子一酸，差点掉下眼泪来，说，你肯不肯帮这个忙,不帮就拉倒!康季平说,好,你等着,我马上想办法,到哪里接你?万丽说,里和县招待所。

回到房间,伊豆豆正在房间跟人通电话,万丽想退出去,伊豆豆却朝她招手,万丽便进去了,听伊豆豆说,你听清了没有,下午两点之间,你一定得替我找到张局长,一定要让他跟我联系上!万丽听伊豆豆的口气,就猜到对方是老秦,果然老秦在电话那头啰唆什么,伊豆豆不耐烦地说,好啦好啦,哪来这么多废话!我多大的人了,还会饿着热着自己?边说边"啪"地挂了电话,朝万丽笑道,怎么样,和叶楚洲摊牌了?万丽说,摊什么牌?伊豆豆说,这就对了,本来就没有什么牌,也别以为自己就是一张什么牌,别那么悲观,也别把人想得那么坏,比如我吧,本质上肯定是好人,你说不是吗?万丽说,我没有说不是。伊豆豆说,还不都是为工作?当然,我和叶楚洲不一样,我是为公家工作,叶楚洲是为自己工作,但都是在干事业嘛,你不能说他是自己的公司就不是干事业吧?万丽说,谁说不是,你们都是干大事业的人。伊豆豆说,但是叶楚洲有私心,谁都看得出来。万丽说,什么私心?伊豆豆说,对你的感情罢。万丽的脸再次沉下来,说,伊豆豆,我马上就走了。伊豆豆说,我不管你走不走,但有些事情我要告诉你,叶楚洲很惨,老婆和女儿都在车祸中丧生,他的公司为什么叫叶蓝公司你知道吗?那是他女儿的名字。万丽顿时惊呆了,她竟然没有从叶楚洲的举止言谈中感觉出他遭遇了那么大的悲剧。愣了半天,万丽才结结巴巴地问,什么时候的事情?伊豆豆说,九个月前,出事后不久,他就将自己的公司改名了。万丽简直觉得不可思议,也就是说,她在南方考察那天晚上接到叶楚洲电话,正是叶楚洲最悲痛的时候,但她却错误地感觉电话那头的叶楚洲是那么的乐观那么的潇洒那么的奋发向上,没想到他的内心,埋藏着巨大的伤痛。万丽不由脱口说,那他还——伊豆豆接过了她的话,说,他也只有把心思用在事业上,加倍地努力,要不然天天面对妻子女儿的遗像,他自己也完了。万丽缓缓地点了点头。伊豆豆又说,说来也奇怪,自从他的公司改名为叶蓝公司后,有如神助,事业大发,他在南方所有吃下的土地都翻了几倍,涨了又涨,所以,他的目标又扩大了,甚至又杀回南州来了。万丽张着嘴,什么话也说不出来。过了片刻,转身又跑到总台,给康季平打电话,告诉他车子孙国海给解决了,康季平笑道,恐怕不是孙国海解决了车子,是你自己又不想回来了吧?万丽,其实我刚才就想劝你的,香镜湖是个美丽的地方,既然去了,就安安心心休息一两天,没有什么大不了的事情,天塌不下来。万丽说,那你刚才为什么不说?康季平说,我也是人呀,你那么急迫那么气势汹汹,我就替你着急,一着急脉息就乱了嘛,哪里还会劝人啊,挂了电话我才冷静下来,中途逃跑,这可不像你做的事情,我正要查114打听你那儿的电话呢,你自己倒已经先想通了。万丽说,那我就待一天再回去。康季平说,这才像话,这才是原来的那个万丽嘛。万丽说,你这么希望我在外面待着,你知道我是和谁一起来的?康季平说,我并不想知道得那么清楚,不过你要是想告诉我,我也不反对,谁呀?万丽说,是叶楚洲,你早已经猜到了吧?康季平说,猜到猜不到,都没关系,只要你过得好。他停顿了一下,又补充了一句,只要你过得比我好。万丽说,过得比你好是不大可能的,你那么年轻就当上副教授,很快就是教授,然后就像金老师一样带研究生啦。康季平笑了一下,说,但愿如此,声音却有点苦涩。

下午叶楚洲他们谈事情,万丽没有参加,叶楚洲也没有勉强她。一下午,万丽一直一个人坐在香镜湖边,经历了这一天心境上的大起大伏,此时此刻,她的心情安静下来了,面对平静似镜的湖水,一种从来也没有体验过的宁静渐渐升华起来,渐渐地弥漫了她的全部身心,一时间,她觉得自己好像已经和这湖水融成一体了,她就是一滴水珠,一片荷叶。这种情绪堆积着堆积着,万丽竟有了一种写作的冲动,万丽从随身带着的包里掏出纸和笔,写下了一个篇名《香镜湖遐想》。

后来万丽才知道,向问回避叶楚洲,只是一个表面行为,甚至可以说是掩人耳目的,其实向问是极力支持这件事情的,所以他才会回避。有许多问题,他不在场,谈起来反而更方便一些。叶楚洲最终还是和张汉中以及里和县方面达成了一致,决定三家共同开发香镜湖。这个项目在南州引起了重大的反响,时隔不久,省报发表了大块的文章,盛赞这种联合开发旅游景区的行动走在了全省的前面,是改革开放的新举措。

这期间,叶楚洲一直待在南州,省报见报的那一天,他打电话给万丽,让她看一看当天的省报。万丽看到这篇文章,心底里不由泛起一股久违了的但却是那么熟悉的酸涩滋味,当初的向问,不就是因为一篇文章,改变了命运?时隔几年,又是一篇文章,不同的是,当初还只是想在内参上发,这回却正式见了省党报。万丽从这大块的文章中似乎嗅出了什么味道,但她辨别不清到底是什么味道。省报赞赏南州的大文章,市委知道吗?平书记知道吗?平书记对这件事情是什么态度?为什么《南州日报》反倒没有发这样的文章?如果市委是支持的,平书记是支持的,《南州日报》应该首先刊登类似的文章,万丽看着看着,心里忽悠忽悠的,好像又回到了当年。

等同事下班走后,万丽忍不住打电话给叶楚洲,叶楚洲一接万丽的电话,便高兴地说,看起来你还是很关心我呀,是不是看了文章有什么想法?万丽想把自己的想法告诉叶楚洲,但话到嘴边,又觉得不宜和叶楚洲多说什么,叶楚洲不像康季平,康季平不在机关圈子里,怎么说、说什么都不要紧,叶楚洲不一样,他虽然下海经商了,但万丽却分明地感觉到他与南州官场这个圈子的联系仍然在,仍然很紧密,甚至更紧密,这种感觉,也让万丽对叶楚洲有了一点新的认识。但是无论万丽说不说,叶楚洲都已经感受到万丽的想法,在这一点上,万丽常常惊讶叶楚洲为什么常常会和康季平一样走进她的内心深处。叶楚洲说,万丽,你是不是在想,为什么市报不见报,反而省报见报了?万丽说,这个项目,是南州到目前为止最大的联营项目,但好像南州市委没有介入、没有参与,背后是不是有什么背景?叶楚洲说,万丽啊万丽,你真是块好材料,实话跟你说,我是先走《南州日报》的,但是走不通,报纸不敢发,才去走省报的。万丽说,你牛啊,人家只有上面走不通往下走,你是反过来,要是省报仍走不通,你就要走《人民日报》《光明日报》了吧。叶楚洲说,那是当然,还好省报走通了,但也费了很大的周折啊。万丽说,这是肯定的,恐怕也只有你能做得到。但是你有没有考虑,如果南州市委有不同的意见,你这样做,不是刺激了他们吗?叶楚洲说,可我要是不这么做,下面我在南州的工作是寸步难行啊!万丽说,你经你的商,你造你的休闲度假宾馆,你不是已经离开政治了吗?叶楚洲笑了笑,说,这个你慢慢看,看了以后你会明白的。停顿了一下,叶楚洲又说,对了,我看到你发表在《南州晚报》上的那篇《香镜湖遐想》,到底是女秀才,我们坐在那里开了个会,你就写出一篇美文。万丽有点不好意思,说,我也是瞎写写的,后来碰到一个同学,在晚报副刊工作,一定要拿过去发。叶楚洲说,你看看我们两个,配合得真是天衣无缝,你从文学的角度,我从经济的角度——万丽赶紧说,不是一回事,跟你们开发香镜湖无关的。叶楚洲说,你认为无关就无关啦,别人都认为有关呢。幸亏这一把——话说到这儿,却没了下文,万丽也听不懂他说的"幸亏这一把"是什么意思,正疑惑着,叶楚洲又说,一篇小美文,有时候也有政治力量在里边呢。万丽说,那我以后再也不写了。叶楚洲说,也不至于那么害怕吧,我认识好些女同志,尤其是当了领导干部的女同志,空闲下来,还都喜欢写写弄弄散文随笔之类的,写写自己的心情和感想,有的也不一定拿去发表,就是写给自己看看的。这就是女同志和男同志的区别,也让我们自惭形秽啊。还是贾宝玉说得好,女人是水做的,男人是臭泥巴做的,看起来,你们女同志的内心世界，确实要比男同志更清爽更细腻更美好。万丽笑道，我代表女同志谢谢你的鼓励。

最后叶楚洲说，万丽，这一两天里，你要是有空，我再请你吃顿饭，算是告别宴会了。万丽一惊，她一直以为叶楚洲还在等她的答复呢。就在两天前，叶楚洲还特意打电话来问她，考虑好了没有，考虑得怎么样了。这会儿叶楚洲突然这么说话，万丽有些发愣，犹豫了一下，说，好吧，但这次应该我请你了，不管怎么说，你现在是客人，我是主人，哪有都叫客人请客的。叶楚洲说，好，你请。说着叹息了一声，又道，我原以为我们以后可以在一个锅里吃饭——你别误会，我是说，我深圳公司的员工，都是在公司吃饭的。万丽说，你怎么知道我会拒绝你的邀请？叶楚洲停顿了一下，没有说为什么，却换了个话题说，万丽，我相信，你无论到哪里，都会是出类拔萃的。既然你愿意在这里干下去，我也相信你能够坚持下去，要有信心。万丽说，这和你刚回来时跟我说的话不一样嘛。叶楚洲说，此一时彼一时，经过这几天的接触和了解，我对你又有了新的认识嘛。万丽知道他没有说假话，又觉得事情好像不是这样简单的。但既然叶楚洲不肯说，她是不会去追问他的。

叶楚洲回南方去了，把万丽人生唯一的一点点可能出现转机的机会也带走了。更准确地说，是万丽自己推走的。推的时候，她似乎是义无反顾地用尽了力气，但一旦等叶楚洲真的走了，万丽心里不免又空洞了好一阵子，她反复地在问自己，是不是错过了机会，是不是自己把希望推走了？还有一个问题，也一直在缠绕着她，叶楚洲走之前，她并没有透露出自己的点滴想法，为什么叶楚洲就能断定她不会跟他走呢？他为什么不再坚持自己的观点了呢？

## 二四

**陈佳说，早晚我也不想和你待在一个单位，本来想再坚持一下，看你走不走，你既然不走，就我走，再待下去，我把握不住自己，不知道还会犯出什么傻事来。**

企业宣传干事培训班的账一直还没有结清，这是一项专门活动开支，按规定先由部里向财政局打了报告，财政上批了，就可以活动了，活动结束，再拿明细账单去结总账。这个明细的账单，是万丽和部里的会计一起认真做好，并反复核对过的，但是部里的会计去了三趟，都被李秋打了回来，只得交还给万丽，说，万科长，你自己去吧，我是搞不定了。万丽头一次去的时候，李秋只瞄了一眼，就说，拿回去，你动都没动就拿来了，你以为我管钱是看人头管的，就算看人头也看不到你。万丽忍气吞声回来又重新再做了一下，再去的时候，万丽是带着点气去的，也是凑巧，正好另一个单位也有位女同志在李秋那里等报批，很顺利，一会儿就谈妥了，万丽看李秋今天脾气好，以为自己也能过关了，所以尽量压着自己的不满，还带笑讨好李秋，说，李科长，计部长批评我了，一点点小账，到现在也结不清楚，我说幸亏李科长管得严，要不然差错就大啦。李秋又看了看账目，仍然用那尖利的爪子一推，还是那两个字，不行。万丽说，李科长，我重新做过啦。李秋眼睛看也不看她，只哼了一声，说，你是换汤不换药，就再也不理她了，自己办起公来，把万丽晾在一边，十分尴尬。万丽本想一走了之，但心里实在咽不下这口气，已经跨出去的脚又收回来，回头瞪着李秋从牙缝里吐出几个字：还说不看人头？你就是看人头给钱！李秋头也不抬，冷冷地说，对，我就是看人头给钱，我还狗眼看人低呢，你能拿我怎么办？

万丽急道,我叫计部长来跟你说。李秋说,别说计部长,部长局长我见多了,有本事你去傍上平剑刚,叫他给你批条。看万丽愣了,李秋又说,我告诉你,别说平剑刚的条,就是平剑刚自己来,我照样叫他回去。万丽气得嘴唇直哆嗦,"哗"的一声,竟把账单撕了,李秋却毫不动容,仍然冷冷地说,撕账单?好啊,你厉害,还没有人敢在我面前撕账单呢。你撕,撕了你还得重新做。万丽停顿了片刻,突然间就"哇"的一声大哭起来,惹得隔壁科室的同志都来看热闹,李秋却是铁石心肠,仍然无动于衷,说,哭,谁不会哭?万丽把撕烂了的账单扔到李秋面前,转身跑了出去。

　　万丽没有回宣传部,她跑出了市委机关大院,到路边小店,给康季平打电话,直接打到了康季平的办公室,正好是康季平接的电话,她也顾不得那边说话方便不方便,没头没脑就说,康季平,我不干了。她说这话的时候,耳边回响的是当初叶楚洲说的那句话"老子不干了"。听得电话那头康季平说,你别着急,有什么事慢慢说。万丽喉头一哽,说不出话来。康季平说,你等着我,我马上过来找你。

　　一见到康季平,万丽脱口就说,我很后悔没有跟叶楚洲走。康季平说,你以为你跟上叶楚洲,就不会碰到这样的事情了?万丽说,我气受够了,我不想再折磨自己,再这样下去,我连自己是谁都不知道了。康季平也没有问她到底是为了什么,只是说,当你觉得坚持不下去的时候,再坚持一下,可能希望就在你面前了。万丽气道,我又不是三岁的小孩,我再也不会相信你,也不想再相信你,过去就是因为我太相信你,才使得自己落到今天这个地步,进退两难。康季平宽厚地笑了笑,说,但也有几次,关键的几次,你没有听我的意见,是你自己做出的决定,和我的想法是一样的嘛,这说明我们还是有相当一致的思想水平呀。万丽知道他指的是什么,不由说,叶楚洲的事情,我并没有告诉你,你怎么会知道?康季平说,你又忘了?我说过,我会关心你一辈子的。万丽沉默了一会儿,才慢慢地说,是的,叶楚洲跟我谈过以后,我没来问你,我是想替自己做一回主,如果问了你,你肯定是不赞成我去的。康季平说,所以嘛,最后是你自己决定不跟叶楚洲走的,你还赖我呀?万丽的眼泪又含在眼眶里了,她自己也不明白这是怎么回事,到了康季平面前,她就像个受了委屈的小妹妹。在和叶楚洲相处的过程中,她也曾经觉得叶楚洲和康季平有一些相似之处,但慢慢地,她越来越感觉到,叶楚洲和康季平是不一样的,虽然叶楚洲有时候也像康季平一样关心她,他说话的方式甚至都有点像康季平,但她在叶楚洲面前,却从来没有想哭的感觉,没有软弱无助地需要扶靠的感觉,相反的,在叶楚洲面前,万丽会有一种斗志,会觉得自己很坚强,会觉得自己是战无不胜的。

康季平见万丽难过,心里也不好受,他伸出手握住了万丽的手,万丽没有动弹,也没有将手抽回,就这么停了好一会儿。康季平说,万丽,你还年轻。万丽说,我不年轻了,年轻人进来了一拨又一拨。康季平说,万丽,再等两年好不好?我陪你一起等,如果两年还没有转机,我支持你走,我陪你一起走。如果到那时候我还活着。万丽气道,你乱说什么!

万丽回到办公室,柳科长说,万丽,你怎么和李秋吵起来啦?万丽哼了一声,说,恶人先告状。柳科长说,计部长打过电话来找你,让你去他办公室一下。万丽就过去了,向计部长说明了情况,最后说,计部长,我保证没有说半句假话。计部长说,小万,我相信你,你的为人,大家都知道,李秋的情况大家也都知道,桃李无言,下自成蹊。说着说着,计部长生起气来,怒道,什么东西,不就一个蜘蛛精、铁算盘吗,小万,我们不理她。万丽本来是准备来挨一顿剋的,万没想到计部长竟是这样的态度,甚至还叫出了李秋那个难听的绰号,万丽惊愕不止,一时愣在那里了。计部长说,小万,小事一桩,别生气了,你回去安心工作吧。万丽点了点头,刚要离开计部长办公室,计部长忽然又"哎"了一声,叫住了她,好像要对她说什么，但想了想，还是咽下了想说的话，朝她一笑，改口道，小万，这个李秋，男同志都要朝她哭的，你别往心里去，她不给你报，我来报，用部里的专项经费处理。

万丽简直不知自己是怎么走出计部长办公室的，计部长的态度太出乎意料，既让她受宠若惊，又让她摸不着头脑，她心里忐忑不安，好像等待着要出什么大事似的。但一直到这天下班，机关里一切平静而正常，万丽推着自行车，出了机关大院，看到大街上人来车往，一切依旧，她才深深地呼出了一口气，心也回到了原来的位置。

哪知当天晚上很晚了，万丽忽然接到了康季平的电话，康季平的声音渗透出抑制不住的激动，万丽，平剑刚走了！万丽一时没有反应过来，嘴上机械地说，走了？走到哪里去？康季平说，去支援外省了，调得很远。万丽头皮一麻，但一时间仍然反应不过来，过了片刻，才想起来问，谁来当南州的一把手？康季平说，闻舒。闻舒？万丽口里念叨着这个名字，对这个名字，她似生似熟，想了想，想起来了，问康季平，闻舒，是不是从南州出去，先到省里工作，后来跟着老省长到中央，在中央政研室工作的那个闻舒？康季平说，正是他。万丽，我告诉你一个消息，叶楚洲的香镜湖动作，包括省报的那篇鼓吹南州改革开放大步伐的文章，都是得到闻舒的大力支持的，叶楚洲他们是通过闻舒，摸透了省委周书记的想法，才决定搞这么大的动作，当然，也包括宣传上的动作。万丽一听，脑子里顿时"轰"的一声。只听得康季平继续说，所以万丽，你也可以这么理解，是叶楚洲和向问等人联手搞走了平剑刚，但他们的聪明之处，在于他们没有直接从政治上入手，平剑刚这个人，政治嗅觉相当灵敏，要是事先给他嗅出了什么味道，他就会立刻采取措施，转被动为主动，他有这个能力也有这个水平，所以向问和叶楚洲回避了这一点，从经济的角度入手，平剑刚疏忽大意了，他本以为只要自己政治上不出问题，就不会有问题，但他忘记了一点,有时候,政治也会以经济的面目表现出来,一直小心翼翼的平剑刚终于犯了错误,栽了跟斗。万丽说,就因为这,就调到外省去了?康季平说,调外省,那是工作需要,是组织的信任。其实,平剑刚也是不识时务,已经栽了,就认栽,态度好一点,还不至于落到这一步,但向问和叶楚洲是什么角色?他们给他下的套子是连环套,一个连一个,省报的文章出来后,平剑刚不仅向省报兴师问罪,最后还拿了省报去见省委周书记,指着上面的一段话批判起来,不知道这段话正是周书记自己说出来的。这还不够,平剑刚在得知了周书记的态度后,又找到北京去,甚至还想和周书记斗一斗,雄心大志也确实可叹可嘉。但在北京,他唯一能够搭上关系的也就是老省长了,他是通过闻舒找老省长的,你想想,这不是白白地送上门去了吗?于是,从上到下都知道,平剑刚是改革开放的对立面。万丽不敢相信,说,可能吗?平剑刚可一直是以改革家的面目出现的呀,当年还得开路先锋的称号呢。康季平说,这就是政治嘛,今天是开路先锋,明天就成了拖改革开放后腿的保守派,这种情况也多的是。更何况,他在思想上和行动上都没有和省委保持一致,不能和省委保持一致的市委书记,还能当市委书记吗?万丽听得浑身直起鸡皮疙瘩,不由得说,太可怕了,太可怕了,说变就变。康季平说,高处不胜寒。万丽说,既然高处不胜寒,你为什么一再鼓励我要往高处走?康季平说,这就是我对你的了解,也是我的人生观,看破红尘爱红尘——好了,时间不早了,我不多说了。

康季平电话挂断前,万丽脑子里忽然再次闪现出一个念头,脱口问道,康季平,你一直在大学里教书,平时也不大出来,机关里的这些事情,你怎么了解得这么清楚?康季平"啊哈"一笑,说,秀才不出门,便知天下事嘛。万丽说,你不仅情况清楚,而且还那么兴致勃勃的,我看,你要是到机关,那倒是真正能够展示你的才华的用武之地呢。康季平说,你以为我有兴趣,你就大错特错了,要不是因为和你有关系,我才不去关心这些事呢。万丽哑口无言,有些事情,康季平恐怕永远也不会告诉她。果然,康季平又说,好了,不说了,你安心休息,别多想。

万丽哪里休息得下来,怎么可能不多想,她甚至有一种坐立不安的感觉,只觉得心里发虚,也不知道虚的什么,在家里茫然地转了一会儿,最后忍不住打了孙国海的手机,说,孙国海,平书记调走了。孙国海那边热闹非凡,旁边有人在大声唱歌,孙国海听不清万丽的话,只是大声地说,万丽,我听不见,你说什么?万丽气得"啪"地挂了电话。不一会儿,孙国海的电话追来了,他已经从歌厅里跑出来,给万丽打电话,现在声音清楚了。孙国海说,万丽,什么事?万丽冷冷地说,没事。孙国海说,不可能,没事这么晚了你不会给我打电话的。万丽说,你也知道这么晚了?孙国海说,我是知道晚了,可是他们拖住我,不让我走。万丽说,那你就待着吧,再次挂了电话。孙国海又打来,说,快了快了,马上就结束了。万丽说,没事,你不回来也没事。孙国海笑着说,怎么可能不回来呢,不回来老婆谁陪呢。万丽气他说,你放下电话,我要给别人打电话,你别占着线。孙国海却不气,乐呵呵地说,好,我挂了。万丽就拨叶楚洲的电话,但拨了一半,却停下了,犹豫了半天,到底还是没有打过去,但却在突然间想明白了一个问题,那就是叶楚洲本来是志在必得要拉她下海的,后来怎么突然撒手不拉她了,肯定是叶楚洲知道了平剑刚要走的消息,连叶楚洲也认为,万丽时来运转的日子到了。

第二天上午是丫丫打预防针的日子,万丽前两天就请过假,上午没上班,到下午去的时候,刚进办公室不久,计部长就来了,柳科长措手不及,一时不知道该干什么,挖挲着两只手,说,计部长,我给你泡杯茶。计部长手里正捧着个茶杯呢,不由笑起来,说,老柳你紧张什么,我手上的茶杯你都看不见?柳科长很难为情地笑了笑,说,计部长难得来——计部长说,又批评我了是不是,不就是说我官僚主义嘛。柳科长尴尬地支吾了一声,干脆不说话了。

计部长说,老柳啊,我和小万说点事情。柳科长赶紧说,我正要到文化局去一趟,就走了出去。计部长坐在柳科长的位子上,和万丽面对着面,和颜悦色地看了万丽一会儿,说,小万啊,其实昨天下午我就想跟你谈的,但昨天你从李秋那里回来,我看你心情不太好,就没有说,今天估计你的心情也平稳些了,看你气色也不错,我就知道小万是个想得开的好同志,我一直跟其他同志说,女同志里,有小万这样思想境界的人,还真不多啊。万丽心里还吃不透计部长是什么意思,嘴上只得应付着说,谢谢计部长的鼓励。计部长笑了笑,说,好,我们言归正传,就是关于解决你的正科级别。部里其实一年前就报上去了,最近一阵,组织部那边工作也都做好了,估计就在这几天,会批下来了。计部长不是个会说"估计"两个字的干部,这会儿却对万丽说出了这两个字,万丽立刻想到,这和平书记调动的消息可能有关,她一时无言以对,没有吭声。计部长又说,先让你知道一下,让你有个思想准备,明天的部务会,就由你代表宣传科汇报工作了。万丽说,我仍然是在宣传科?计部长说,你想到哪个科呢?万丽奇怪地想,这怎么是我想到哪个科就能到哪个科的呢。计部长好像看出了万丽的想法,说,我们报批的是宣传科,组织任命当然也还是宣传科。万丽更不解了,说,那,那柳科长呢?计部长说,老柳回理论科,理论科的杨科长调办公室。万丽说,那冯主任呢?计部长说,老冯快到年龄了,部里早就考虑要早点进个人培养起来了,别到时候老冯一走,办公室这摊子事没有人挑得起来——当然,我问你想到哪个科,是考虑你在宣传科的时间也比较长了,你如果想动一动,下一步部里再考虑调整。万丽说,宣传科的工作我都习惯了,做得也顺手,挺好的。计部长高兴地点头。万丽说,那,那柳科长他知道吗?他会不会有什么想法?计部长说,我先跟你谈,一会儿再找他谈。老柳是个老同志了,他能够正确对待的。从部里来讲,这样的做法,确实不是太好,一会儿调过来,一会儿又调回去,主要责任在我,我也会向他解释并且作检讨的。万丽也知道安排下面这些事情对计部长来说,是小菜一碟,计部长会做得很圆满的,当然,即使不太圆满,下面的人也不能把部长怎么样。像叶楚洲那样的人,在机关里毕竟是极少的,主要不是少在性格上,像叶楚洲这种性格的人,机关里并不少,而是少在背景上。有个性而没有背景,是当不了叶楚洲的。

　　计部长走后,万丽一个人闷坐在办公室,一点也没有被提拔的喜悦和激动,她甚至都不想告诉任何人,没有什么值得庆贺的。回想着进机关以后的风风雨雨,一丝悲哀从心头升了起来。如果她的拨正,真和平书记的调动有关,那组织部门的动作也太快了,是不是有点快过头了。平书记调走,也只是传出风声而已,恐怕谁也没有看到正式文件呢。而且,就算平书记走了,也不见得就意味着向问能怎么样。就算向问能怎么样,能重新回到南州市委来工作,那恐怕也不是说来就来,总得有个过程,总得有点时间吧。万一这中间又出现什么反复,他们不是动作快过了头,又得收回去?万丽又想起昨天下午在计部长办公室时,计部长欲言又止的样子,万丽估计计部长也是早就得到风声了。思来想去,总觉得这种提拔有点滑稽,有点像儿戏。

　　大约到了四点左右,组织科果然打电话来了,让她去一趟,说市委组织部有个文件下来了,让她去看一看。万丽到组织科,部里分管干部的蒋副部长也在,看到万丽进来,和她握了握手,脸上的表情是一如既往的,既不笑也不不笑,声音也是一如既往,既不高昂也不低沉,说,小万,计部长说明天部务会上宣布。万丽看到组织部的批文:任命万丽同志为宣传部宣传科科长。万丽的眼睛不由得一阵酸涩,听到蒋部长说,小万,这是组织上对你的信任,也是组织上对你的新的考验。万丽点头。蒋部长又说,今后担子更重了,你要更加严格要求自己。万丽仍然点头,蒋部长例行公事的谈话就结束了,和计部长的谈话,是一红一白,搭配好的。

　　万丽再次回到办公室,就想提前下班,早早离开这里,她怕柳科长回来,觉得自己不大好面对柳科长,但是柳科长一直没有回来。万丽关上门出来,在走廊里碰上伊豆豆,伊豆豆神神秘秘地把她拉到一边,说,万丽,告诉你个秘密。万丽心里一跳,以为是说她拨正的事情,说,你又听到什么流言蜚语了?伊豆豆说,这回不是听到,是见到,亲眼所见,她指指自己的眼睛,强调着事情的真实性。万丽说,别绕弯子了,快说吧,到底什么事情,这么鬼鬼祟祟的?伊豆豆更放低了声音,说,陈佳,和崔。万丽没有听明白,说,什么陈佳和崔?什么意思?伊豆豆赶紧"嘘"了一声,声音更低了,说,崔,崔定。万丽脑子里的两根筋像两根电线一搭,只听得"轰"的一声,顿时一片空白。伊豆豆说,昨天晚上有人请我唱歌,我从歌厅出来时都后半夜了,亲眼看到他们从歌厅对面的电影院走出来。万丽说,他们一起?伊豆豆说,呸,你还指望他们手拉手?是一前一后出来的。万丽说,一前一后,你能断定什么?伊豆豆说,得了吧,你心里早已经相信这个事实了,嘴上还这么虚伪。此种事情,我告诉你,尽管信其有,不必信其无,一前一后,又都是独身一人,你觉得他们各不相干吗?你觉得是巧合,又恰巧被我撞见了吗?万丽说,巧合的事情我是不相信的。伊豆豆说,那就对了,万同志到底还是唯物主义者嘛。万丽说,他们看到你了吗?伊豆豆耸了耸肩,谁知道呢?万丽说,是呀,螳螂捕蝉,黄雀在后嘛。伊豆豆说,去你的,你才是螳螂,我是黄雀。万丽说,没有永远的绝对的黄雀,只有永远的绝对的蝉和螳螂。伊豆豆说,哎哟,搞得跟哲学家似的,万小姐,我可跟你说,女同志可别当哲学家。万丽说,为什么?伊豆豆正要再说什么,就看到陈佳从走廊尽头的办公室里走出来,直勾勾地就朝她们这边过来了。伊豆豆朝万丽挤个眼,大声说,好,就这样了,老裁缝那里,我去解决。说完朝万丽扬了扬手,就走开了。陈佳已经走到万丽身边,说,伊豆豆怎么看见我就走了?万丽没想到陈佳会这么问,一时愣住了。但奇怪的是,陈佳态度反常,反而让万丽觉得有点慌乱和心虚,赶紧说,不是的,不是的,伊豆豆要去上班了。陈佳说,都下班时间了,还去上班?你们肯定在说我什么吧?万丽赶紧说,没有说你,没有说你,伊豆豆想做件旗袍,来听听我的意见。陈佳说,大概不是的吧,做件衣服还要专门跑过来跟你商量,电话里说不清?万丽简直无法面对陈佳了,明明是陈佳不正常,是陈佳乱了阵脚,但万丽却偏偏觉得是她自己乱了,她竟语无伦次地说,是的,就是说衣服的,不信你打电话问伊豆豆。话音落下来,自己都觉得哭笑不得,怎么会说出这样的话来,不像个三岁小孩子,也像个白痴。哪知陈佳却并不觉得可笑,她仍然沿着自己的思路说,我知道你们在说什么,我知道,我知道,我知道……她连说了几遍"我知道",眼看着她的眼睛就慢慢地红起来,万丽慌了手脚,不知怎么办了,说,陈佳,你,我——没什么事,真的没什么事。陈佳说,我知道你们都知道,我知道你们都知道,我——眼泪就噗噜噜地落下来,万丽赶紧把她拖到无人的会议室里,拿出手帕给她,陈佳接了万丽的手帕,却不擦眼泪,本来还是无声地淌眼泪,现在干脆哇哇地哭出声来,哭得像个受了天大委屈的小孩子。万丽也不知怎么劝她,只得看着她哭,哭了一会儿,陈佳忽然没头没脑地说,他跟我说,他要离婚跟我结婚。万丽脑子里又是"轰"的一声,嘴上不听使唤地说,我不知道的,我什么都不知道的。陈佳激动地说,你知道的,你们都知道的。万丽渐渐地冷静下来,说,陈佳,有些事情,并不像你想象的那样可怕,也许并不是人人都知道。陈佳睁着泪眼看着万丽,过了好一会儿,说,万丽,你真的不知道?伊豆豆真的没和你说我的事情?万丽说,本来没有什么事情,你有什么事情?陈佳愣住了,但过了一会儿她又摇摇头,说,万丽,无论你知道不知道,我都想跟你说说,我早就想跟你说了,我很爱他,他也爱我,我相信我们的感情是真挚的,是没有功利的,但别人不会这么看,别人一定会说——万丽赶紧摆了摆手,说,陈佳,你别说了,我也不想听。但万丽的心里,却一阵寒似一阵,崔定当初带队去南方考察,与林美玉打得火热,回来后不久,林美玉就调了个单位提了一级。但此时此刻,万丽面对的不是林美玉而是陈佳,她真的无法判断,陈佳与崔定是真感情还是互相利用,万丽最觉可怕的还不是崔定,她可以不相信崔定的真情,但她无论如何不能把陈佳与一个利用女色巴结领导的形象联系起来。

万丽目瞪口呆了半天,陈佳却渐渐地平静了些,也许一开始她是准备把一肚子的委屈全倒出来给万丽的,但是哭了一阵,似乎已经倒了出来,想法就改变了,说,万丽,谢谢你,我心里好过些了。万丽说,陈佳,别把事情想得很严重。陈佳平静地点了点头,说,是的,我本来就没有什么事情。几乎在顷刻之间,陈佳又恢复了她惯常的风格,她说,万丽,就当我什么也没说,好吗?万丽也点点头,说,你是没说什么呀。陈佳说,我相信你的为人。万丽知道她的潜台词,陈佳不希望万丽跟别人说这件事情,陈佳也知道万丽不会去说。自从陈佳离开宣传科以后,她们的心态都好多了,她们本来都是自省自约自律的女同志,贵族般的道德自我完善,无论在她们的内心深处,还是在外部的行为上,都体现得非常充分。

万丽始终没有把陈佳的这次谈话告诉伊豆豆,相比伊豆豆有什么大事小事就跑来告诉万丽,几乎不分你我,万丽常常觉得自己愧对伊豆豆这样的朋友,常常也想要对伊豆豆彻底地坦白胸怀,但到了关键的时刻,有时候话都涌到了嘴边,最后还是会咽下去。她不会为了伊豆豆改变了自己的为人,恐怕永远也不会。伊豆豆事后也曾不厌其烦地一再追问,万丽说,伊豆豆你烦不烦?伊豆豆说,那天我看到陈佳眼睛发直朝你走过来,我就知道她要说些什么了,她顶不住内心的压力了。万丽说,她要说也不会跟我说呀。伊豆豆说,错,陈佳要想找个人说话,也唯独只有找你了。万丽说,为什么?你觉得我跟她关系很好吗?伊豆豆说,这是公认的嘛,机关上上下下都知道,宣传部的两个研究生,两大美女,两大才女,相处得多好,多少单位领导还拿你们做榜样教育那些闹矛盾的女同志呢。万丽笑道,去你的,要教育就教育你吧。伊豆豆说,我还真不用教育,我单位女同志少,争风吃醋吃不起来。万丽说,你福气好呀,行管局的独养女儿,男同志都宠着你。伊豆豆说,看看你们俩,在一个单位待了那么长时间,脸都不红一次,重话都没有一句,背后也从来不互相说坏话,别说坏话,酸话都没有一句,多有休养,多有水平。万丽说,这就是关系好啊。伊豆豆"哼"了一声说,以为你们关系好的人,傻叉。万丽皱了皱眉,但又忍不住笑了,说,你怎么连粗话都会说了?伊豆豆说,读书读得少,学养不够嘛,哪有研究生那样知书达理。万丽说,好啦好啦,我就读了一个在职的研究生,你醋罐子不知打碎多少个了。伊豆豆说,我才不吃你的醋,你是我姐,你读博士后我才高兴呢——好了,不跟你绕十万八千里了,就说你和你们这位陈佳小姐,你们呀,无论表面上多好,哪怕勾肩搭背,同吃同住同劳动,你们的骨子里是好不起来的。万丽说,你总是走极端,为什么就不能有个中庸温和一点的想法呢?伊豆豆说,这就是我嘛,极端就是极端,想什么就说什么,不像你们大知识分子,才女,心里比谁都极端,比谁都想争个高低斗个输赢,表面上偏要做个温和的不与人争斗的样子。你跟陈佳,中庸得起来吗,一个科长的位子,给你还是给她,你让给她还是她让给你,你们是你死我活的关系。万丽说,现在不是不在一个科室了吗,还你死我活吗?伊豆豆说,那就更你死我活了,如果不调走,下一步,就是竞争副部长了。万丽心里猛地被一刺,已经消失了的那片阴影,又被伊豆豆挑回来了,她不想再听了,说,不说了吧,你单位这么忙,你怎么跟没事似的,一天到晚跑来嚼舌头?伊豆豆说,我话还没说完呢,我看这机关上上下下,陈佳要想找个人说说知心话,除了你,她还真找不着呢,她敢跟我说吗?她敢跟你们计部长说吗?也就数你万丽万小姐了。万丽嘴上说,你这不是自相矛盾吗,又说我们是你死我活,又说我们可以说知心话。伊豆豆又说,你不看武侠小说吧,武侠小说里都是这样。说着看了看表,道,万小姐你放心,我也没有时间逼你的供了,就算有时间,我也逼不出你一丁点东西来的,你从来是个没嘴的葫芦,不对,是个肚大嘴小的茶壶,最好别人拼命往你里边装东西,你呢,一点也不要倒出来。万丽说,你知道就好,如果你心里不平衡,那你以后就少告诉我一点小道消息。伊豆豆夸张地扬了扬眉毛说,我的万小姐,你也太天真可爱了,你以为我对你就是竹筒倒豆子?你难道真以为我是对你无话不说的?我找情人也会告诉你?万丽说,你找了吗?伊豆豆说,找了,就是你们孙国海。万丽脸一红,不知说什么了,伊豆豆高兴得大笑着走了。

　　陈佳和崔定的事情,机关里确实没有像其他一些类似的事情那样,一下子就传得满世界都是,至少除了伊豆豆,万丽没有从任何人那里听到过这件事情,不知道是大家顾及崔定的身份,还是另有原因,要不是陈佳自己当着万丽的面承认了这件事情,万丽几乎要认为是伊豆豆看错了人呢。这件事情过后,陈佳又重新恢复了从前的风格,平静而稳重,好像从来没有发生过什么事情,好像她从来没有失态过,从来没有在宣传部的小会议室里哭得像个孩子似的,看到万丽,也没有丝毫的尴尬或不自在。不料没过多久,崔定却出了事,有人揭发崔定受贿,被纪委立案审查。据说抓崔定的那天,市委正开常委会,正在讨论干部,组织部汇报人选以后,崔定脸一板,批评组织部没有按照市委的指示精神考察干部,大家明白,崔定要想提一位年轻的女同志到正处的位置,但考察时没有通过,崔定正在发脾气,纪检干部进来了,崔定一见他们,头上立刻冒出黄豆大的汗珠子,双腿颤抖着站了起来,说,我一定配合组织,彻底交代自己的问题。事后大家都觉得奇怪,常委会上十几号人,他怎么就认定那进来的纪检干部是找他的呢?

　　崔定受贿的情况不算太严重,家里也没有什么存款,他受贿的钱都用在了女朋友身上,今天给你买块表,明天给她买个首饰,他的女朋友倒是查出了一大串,可以说是各式人等都有,有机关的女同志,有社会上的无业女青年,有宾馆服务员、女教师、女营业员,有的发生过两性关系,有的没有发生过,也就是一起吃顿饭,看个电影,送点礼品给她们,除了林美玉的提拔,崔定起了一定的作用,其他人,崔定也没有利用职权为她们谋过什么私,不知是没有来得及,还是不好下手,或者是崔定没有这样的想法。崔定认罪态度极好,不要他说的事情,也都说了出来,进去第二天,就把女朋友的名单开了出来,这张名单后来在机关里流传出许多不同的版本,外面的女人大家不认识,也就不去关心了,大家只是关心机关里有哪些女同志掉了进去,于是就出现了各种各样的版本。林美玉是本本都有她的大名,她也是最逃脱不了的,因为她的提升与崔定有关,但偏偏林美玉与崔定没有情人关系,也就是南方考察那一次认识了以后,崔定和她一起看了一场电影,送了她一件金首饰,价值两千元。所以林美玉的事情倒也不是很难处理,既没有犯生活错误,也没有经济问题,虽然水平不高,工作上却是认真负责的,没有差错,有关部门也曾反复讨论过,觉得无法下结论,最后也只能不了了之。但从此之后,林美玉在机关里再也抬不起头来了,万丽每次在大院里见到她,她都是低头匆匆而过。机关里倒是有不少人替崔定抱不平,说崔定为人不错,有工作能力,也肯帮助别人,自己也不贪,都是这些女的,为了达到自己的目的,巴结崔定,投怀送抱,最后把崔定给害了。持这种红颜祸水想法的人还真不少,所以大家看到林美玉,都投之以轻蔑的眼神,这些眼神,比这件事情本身更沉重更残酷地把林美玉的头彻底地压下去了。

　　但奇怪的是,无论在哪一个版本上,都没有陈佳的名字,不知是崔定没有交代,还是他们的事情才刚刚开头没有来得及被人注意,或者是流传版本的时候,有人不忍心看到陈佳的名字出现在上面,给划掉了,反正最后连伊豆豆都怀疑自己那天晚上是不是看错了人。只有一个人不怀疑,那就是万丽,因为陈佳亲口向她承认过,但万丽自始至终没有说出来。

虽然各种版本的名单上没有陈佳的名字，但陈佳自己心里是最清楚的。过了一阵子，市委召开老干部座谈会，几位地市级的离休老干部，对现任的老干部局办公室主任有意见，说他不关心老同志，市委领导征求老同志的意见，几位老同志异口同声地说，要个女同志吧，女同志心细一点，就考虑到陈佳了。找陈佳谈话，陈佳没有反对，事情就定下来，陈佳调到老干部局去当办公室主任。临走的时候，她来和万丽告别，万丽说，陈佳，你不想在宣传部待了？陈佳说，我不想和你争下去了。又说，我现在才明白过来，是我自己错了。说实在的，也怪我这二十多年太顺利，从小学开始，一直到读研究生，每到一处，男孩子只要一看到我，眼里就没有别的女孩了，从来就没有人有资格有条件和我比高下，尤其是同性，所以，在我踏进机关的那一天，我还一直以为，世界就是为我存在的。哪知进来第一天就碰到了你，一个大家所公认的"机关第一才女"，这对我怎么不是当头一棒？无论是外在的形象还是内在的气质，无论是工作水平还是为人处世的方式，你的存在，无一处不是在给我以巨大的压力。万丽在这一瞬间突然明白过来了，当她痛苦地感受到来自陈佳的压力的时候，陈佳也同样痛苦地感受到来自她的压力，她们两人的内心是如此的相同相似，但她们却不能惺惺相惜，她们的共同感慨只能是既生渝何生亮，有你没我，有我没你。残酷的现实告诉了她们，世界不是为某一个人而存在的，世界是大家的，是每一个人的。万丽顿了半天，才说，是不是你们都认为平书记的走——陈佳摆了摆手，没让她再说下去，说，这是早晚的事，早晚我也不想和你待在一个单位，本来想再坚持一下，看你走不走的，你既然不走，就我走，一样的。万丽张着嘴说不出话来。陈佳说，再待下去，我把握不住自己，不知道还会犯出什么傻事来。万丽心里忽然一动，感觉陈佳是话中有话，她是不是在暗示自己，她和崔定好上，也是出于与她的竞争？万丽心里一阵难过，什么话也没有说出来，就这样送走了陈佳。

## 二五

  这就是领导水平嘛，越是心里惦记着你，平时越不能多给笑脸，他的冷脸可不是给你看的，是给别人看的，结果别人倒是透过冷看出了他的热，你呢，反而……

  接下来发生的事情，一切似乎都是顺理成章的，也似乎都在大家的预料之中，闻舒担任了南州市委书记后不久，向问就从里和县回来了，担任南州市委常委、组织部长。虽然班子调动的动作比较大，但机关里大部分人并没有觉得这是惊天动地的大事，惯常的工作套路，让大家早就接受了一朝天子一朝臣的事实，谁都想得明白，有少数一些跟平剑刚跟得紧又跟得明目张胆的人，是有些心惊的，但他们也一样想得通，或者横下一条心，等着重新调动和安排，再卧薪尝胆，或者积极地走路子，争取和新领导挂上钩，洗脱旧的影响。总之，因为来了新的一把手，机关里的一切是有些混乱，但乱得有章法，乱得有规矩，乱得理所当然。经过这一阵的乱，一切又都走上正轨了。

  市委班子调整的时候，宣传部计部长进了常委。计部长是外地调过来的，开始的时候一直没有安排进常委，计部长也很有想法。宣传部长不进常委的事情是很少见的，进常委也是早晚的事情，但平剑刚偏偏没有把这件事情当成一个事情，倒也不是他对计部长有什么特别的反感和个人恩怨，主要可能是没有把计部长放在心上，就拖拖拉拉，一直到平剑刚走之前，和计部长谈了一次话，说，对不起老计，总是忙，总是忙，你进常委的事情被我耽搁了。计部长说，平书记说哪里话，进不进常委，又不影响我工作。平书记说，你放心，我已经向闻舒同志推荐了你，介绍了你的情况，相信闻舒同志会考虑的。

计部长并不知道平剑刚这话是真是假,心里却不免紧张起来,要是平剑刚临走果真跟闻舒推荐他,那他不就歇菜了吗？计部长暗暗希望这是平剑刚糊弄他的话,哪知闻舒来了不久,就和计部长谈话,说,计部长,平书记临走时,谈过你的情况,计部长顿时有一种灵魂出窍天塌地裂的感觉,都不知怎么回答了。但是接下来更意想不到的是,向问担任了组织部长,第一次参加常委会,就提出了计部长进常委的问题,向问话音刚落,闻舒立刻表态支持,并且严肃地指出,宣传部长不进常委,这是说不过去的,关系也不顺。闻舒说,我们现在要理顺关系,调整方向。

但是向问却一直没有和万丽联系过,以向问现在的位置,就是一两人之下,千百人之上的,市级机关里几千号人口,除了最高层的少数省管干部向问过问不了,其他所有人的进步和退步,可都紧紧捏在向问的手上啊,更何况他还是杀回来的"还乡团",要多厉害有多厉害,要风有风,要雨有雨。万丽当年因为他的事情受到影响,现在难道不是提拔万丽的最佳时机吗？再说了,提拔万丽别人也是无话可说的,万丽这些年来,虽然运道不顺畅,但她的为人做事,都是无可挑剔的。可奇怪的是向问好像早已经忘记了这个曾经因为他而受到一点牵连的女同志。当然,万丽受到的这一点牵连、这一点影响,对向问这样的老机关来说,实在是太微不足道,实在算不了什么,但是对万丽可不一样,她刚进机关不久,她的心还是那么的柔软,她的意志还是那么的薄弱,就突如其来地遭受了这一次经历,对她来说,是刻骨铭心的,是无比沉重的,在情绪低落的时候,万丽甚至想到要离开机关了,要退出江湖了,可见向问事件对万丽产生的实际打击和心灵的影响有多大。

有一天在机关大院里,万丽碰见了向问,向问正和其他几个同志边走边说着话,看到了路对面的万丽,向问笑着朝她点了点头,说,小万,上班啊。万丽说,向部长,只觉得喉头有点发哽,心也有些发慌,她希望向问能够停下来,让他边上的人先走开,就像她刚到妇联那一次,在会上也是大家围着向秘书长说话,但向秘书长支走了别人,和她单独说话,此时此刻,她多么希望向问能够停下来跟她说几句话,问她些什么,或者,至少也让她能够给向问问个好。但是向问并没有停下,他已经走过去了,仍然和另外几个同志交谈着,好像他与万丽之间,从来就是这样一种平平淡淡的上级与下级的关系,只是点个头、笑一笑的交情。万丽愣在那里半天,要知道,这可是好几年来,他们头一次面对面地碰上,头一次说话,万丽怎么也不能明白,向问给她的感觉,就像他们天天在机关,天天碰见那样平常,就像向问从来没有离开过,从来没有发生过什么风波什么起伏。

　　但是无论万丽心里觉得有多委屈,也无论向问是怎么平淡冷静地对待她,机关里的同志,却是不可避免地对她另眼相看了,大家好像随时都在等着万丽的提升和动迁,计部长甚至觉得自己之所以能够这么快这么顺利就进了常委,和万丽也不无关系,对万丽更是照顾有加,大会小会都不忘记表扬宣传科,要大家向宣传科学习,其他科室的同志都拿万丽开玩笑,说,万科长,你们成了表扬专业科了。这一阵子万丽的虚荣心得到了极大的满足,年底的时候,机关党委组织党群口的同志开迎新座谈会,按惯例,会后是聚餐,聚餐后晚上还有联欢活动,跳舞唱歌,每年的这一天,就是机关集体过年了。这一天万丽一进会场,脱了外套,露出里边一件浅色的毛衣,机关党委的严书记立刻眼睛一亮,说,哎呀,小万,你这件毛衣,太漂亮了。万丽不好意思地说,我这灰不溜丢的颜色,本来倒是想回去换件鲜亮点的,上午忙年终总结了,没有来得及回去换。严书记说,不用换,不用换,你穿什么都好看。旁边的同志也都跟着起哄,一个说,万丽就是穿麻袋也好看的,另一个说,麻袋到了万丽身上,就变成时装了。宣传部理论科的小方说,万丽,你和行管局的伊豆豆虽然都懂得打扮,但你们风格不一样,你是出水芙蓉,重清新自然,明明是打扮了的,但给人的感觉像是没打扮,这是高境界。伊豆豆嘛,打扮上总是很精心,但她的失误也就在于太过精心了,给人的感觉是,她打扮得真好。万丽笑道,小方,你一个男同志,还懂这么多?还能讲出这么多道道来?小方说,我们理论科,就是研究理论的嘛。信访办的小钱说,小方你的话我告诉伊豆豆啊。小方说,你告诉好了,当她的面,我也会说的。万丽笑眯眯的不说话,心里很受用,却又有点酸涩,忽然就想到了陈佳,要是陈佳不调走,陈佳今天也会在会场上,大家当着陈佳的面恭维她,陈佳的心情是怎么样的,万丽可以体会得清清楚楚。忽然间,万丽眼前浮现出五艺节后平剑刚来宣传部跟大家见面,朝她投来那平淡的一瞥,就是这一瞥,不仅使当时的万丽心头颤抖,就是现在,身处热流中的万丽,暖烘烘的心上也不可控制地再次升起了一股彻骨的寒意。

　　这一阵子,伊豆豆更是欢欣鼓舞,三天两头约万丽去逛商场。万丽说,你发了财还是怎么的,有这么多钱逛街。伊豆豆说,我是忍痛割肉,要不是借口约你逛街,怎么见得着你呢?也不能老往你家里跑呀,你没意见,你家孙国海要骂我了。万丽说,你这么要见我干什么?伊豆豆说,你是组织部长的红人嘛,我还指望你在向部长面前给我美言几句,提我一下呢。万丽一听,眼圈都红了,说,伊豆豆你别乱说了,向部长回来几个月了,我只和他见过一次,还是在路上碰见的,他只朝我点了个头,停都没停,就走过去了。伊豆豆也有些惊讶,停顿了一会儿,忽然明白了,说,那就是说,向部长要用你了,你的出头之日不远了。万丽说,你又乱说。伊豆豆说,你等着瞧吧。

　　开春以后,大约又过了一个多月,万丽突然接到市委组织部的通知,让她参加省委党校举办的硕士生以上学历的青年干部班,为期半年。

　　万丽有些措手不及,事先一点消息都没有,甚至都没有征求她本人的意见,通知就放在她面前了。万丽的第一个反应就是,这是向问安排的。但是向问为什么连她本人的意见都不听一听?万丽给康季平打了个电话,系办公室的老师说康季平生病住院了,万丽也没多考虑,急忙赶到医院去看望康季平。

　　姜银燕在医院陪着康季平,看到万丽来了,姜银燕明显地愣了一下,眼睛里掠过一丝不安。康季平笑着说,万丽,你消息蛮灵通的嘛。过了一会儿,姜银燕的神情也渐渐地恢复了正常,她把床边的凳子让给万丽坐,说,万丽,你来得正好,替我一下,我要回去给儿子做饭,再给康季平带饭过来。说着,也不等万丽回答,提了饭盒就走了。万丽说,康季平,你怎么啦?康季平说,没事,胆囊炎吧,挂几天水就好了。万丽看康季平气色尚可,精神也挺好,也放了点心,说,姜银燕一个人两边跑,太辛苦了,要不要请个护工或者请个临时的保姆?康季平说,我也说请个人,可她不要。万丽心里一阵感慨,说,她要自己照顾你。康季平把话扯了开去说,万丽,你有一阵不来找我了,成熟了,能够自己应付了?万丽苦笑一下,说,不应付又能怎么样?康季平说,有什么新动向了吧?万丽说,让我去省委党校学习半年,但事先也没有征求我的意见,就已经决定了。康季平说,据我所知,这是临时决定的,一个市只有三个名额,人选是早已经定下的,是向问临时换上你的。万丽说,挤掉了谁?机关里研究生也就那么几个人。康季平说,这我就不知道了,你也不用管挤掉了谁,只要你上了就行。万丽心里忽然一跳,脱口说,会不会是陈佳?康季平说,怎么,如果是陈佳,你觉得心里过不去了,是不是?万丽没有说话,心里直嘀咕。康季平说,当初她提了正科级,你没有提,她还比你晚进来。万丽说,当时好在调了一个科提的,也是计部长的良苦用心。康季平说,就算计部长没有良苦用心,她在宣传科拨了正,不也一样面对你吗?所以你大可不必于心不安。万丽说,看起来真是挤掉了陈佳。康季平说,说这个话题没意思,你也不可能再让给陈佳。你有没有想一想,为什么向问一定要让你去？万丽说,我一点也不知情。康季平说,这次的班,非同一般,对学生的要求很高,要高学历,硕士生以上,要年轻,一般三十五岁以下,少数不超过四十,要副处以上干部。万丽说,但我是科级。康季平说,这个问题,不是你考虑的,向问应该会考虑的,但这次机会难得,是省委周书记亲自提议要办这么一个高学历青年干部班的,听说,周书记还会亲自去讲课,所以从上到下非常重视,省委组织部是经过严格考察挑选的。万丽说,要不是你当初劝我读研,我还没有资格呢。康季平说,现在知道我的高瞻远瞩啦。万丽说,但是不征求本人意见,总是不大妥当吧,他们怎么知道我能不能走得开？康季平笑起来,说,你以为向问不了解你的情况？万丽说,向问回来快半年了,见了我的面,只是点个头,话也不多说一句,一副冷脸,跟陌生人也差不多。康季平说,这就是领导水平嘛,越是心里惦记着你,平时越是不能多给笑脸,甚至要给一点冷脸。他的冷脸可不是给你看的,是给别人看的,结果呢,别人倒是透过冷看出了他的热,你呢,反而觉得他对你冷。万丽不好意思地笑起来,说,你什么都知道。康季平说,你呢,赶紧回去把家里安排一下,损失是会损失一点的,至少不能天天见到宝贝女儿了,好在丫丫也大了些,又有这么个好保姆。再说了,孙国海虽然外面交往多一点,但也不是个不负责任的人,是不是？再退一步说,还有一个重要人物会帮助你的呢。万丽一时没反应过来,说,谁？康季平指指自己的鼻子,说,我嘛。万丽心里有点难过,没有说话,沉默了一会儿。康季平又说,所以你完全可以放心地走,安心地学习。万丽说,你像我的保姆。康季平说,我又要说那句话了,但是三遍抵粪臭,我就不说了。万丽说,三天后就报到了,那我,就,就真的准备去了。康季平说,我也不能送你了,医生说还要挂好几天水呢。我就送你八个字:塞翁失马,安知非福。万丽说,我知道了。康季平说,你该走了,回去准备行装吧,半年呢,时间不算短,该带的东西都带上。万丽说,我等姜银燕回来再走,你这里挂着水,不方便。康季平说,姜银燕一会儿就会过来的。万丽说,她不是要回家做饭吗,得有段时间呢。康季平说,她没有回家做饭,她是让开让我们说话的。万丽不由有些不自在起来,尴尬地说,那,那我就走了。她走到病房门口,又回头走进来,抓起康季平的手,握了一下。康季平说,万丽,你的手凉,你要吃点滋补养身的东西。万丽点了点头,正要松开康季平的手,姜银燕走了进来,万丽赶紧缩回手来,姜银燕也只作没看见,对万丽说,我本来想回去做饭的,怕你有事待不长,不放心季平这边,又折回来了。万丽说,你来了,我就走了。

向问果然已经替万丽解决了副处的待遇,在宣传部提了个部务委员。万丽心里很虚,在大院里走的时候,都不好意思抬头看人,怕大家瞧不起她,但大家见了她,个个笑容可掬,热情洋溢。

三天后万丽就到省委党校报到了,果然如康季平所说,省委非常重视这个班,开学仪式上,省委组织部董部长亲自到场讲话,还告诉大家,在他们学习的过程中,省委周书记要来作重要指示,还要和大家座谈联欢。六十多个学员中,也有些人事先并不太清楚内幕,不像万丽有康季平那样一个渠道,把前因后果都了解得很清楚,还以为就是一般的党校学习呢,这会儿听到组织上这么重视这个班,心中也都有了数,个个都振奋起来。后来时间长了,大家渐渐知道得更多了,省委周书记是有心从这批干部中培养和物色一些人到省直机关挑重担的,当然,这是后话了。

南州市来的三位同志,一位是市轻工局的副局长高洪,万丽从前不太熟悉,另一个却是万丽认识的人,聂小妹。聂小妹已经是长洲县的县委副书记了,她仍然是老样子,戴着一副近视眼镜,看上去文质彬彬,但说话行事依然干脆利索。万丽一看到聂小妹也到这个班上来了,特别想不通,当年平剑刚就是靠聂小妹这个开路典型,让自己成了全省的改革家、开路先锋的,按理说聂小妹是平剑刚的红人,向问当年吃的苦头,也就是从她这里开始的,现在怎么可能让她来参加这么重要的班呢？更何况，这个班的学员，一般都不超过三十五岁，少数特别突出的人，才允许放宽到四十，聂小妹刚好四十了，所以不用怀疑，聂小妹是被特殊照顾进来的。万丽心里就埋下了一个大大的疑团。但有一点万丽却丝毫不怀疑，聂小妹是个很强的女同志，她是工农兵大学生，但是在短短的这几年中，她也一样读下了研究生，就凭这一点，万丽也不能小视聂小妹。同时，万丽立刻打消了离开机关可以松一口气的想法，她深深明白，即使离开了机关，即使在党校，她一样也有对手，也有竞争，也有伊豆豆说的"你死我活"。

## 二六

只见聂小妹迅速地站起来，拿着笔记本离开座位追上吴部长，说，吴部长，给我签个名吧。吴部长一愣，随即笑了起来，说，我签什么名，我又不是歌星明星。聂小妹说，我以前不熟悉吴部长，但是今天听了您一堂课，我就是您的追星族了。

这个班有六十多名学员，本来党校是决定分成两个班上课的，但是这个班又有它的特殊性，几乎有一半的课程，要请省委省政府及省级各个部委办局的领导同志来讲课，分成两个班就不太好办，让工作繁忙的领导同志重复讲两次课，既不现实更不礼貌。如果逢到领导同志讲课，临时把两个班合起来，也有许多不便之处，最后决定六十多人就不再分班，放在一个班里。但这六十几位同志，毕竟不是中小学生，也不是一般的学员，在地方上，也都是响当当的受重视的人物，不能委屈了他们挤在最多坐四十人的标准教室里，于是党校特意辟出一个小会议室，座位排得宽宽松松，其他普通班的学员都来看他们的教室,称之为豪华班级五星教室,他们的班主任沈老师也跟他们开玩笑,说,你们这个班,一进来就与众不同,享受特殊待遇啊。

因为教室大,后排座位与讲台离得比较远,班里排座位的时候,聂小妹说自己眼睛近视,最好能让她坐在前排,沈老师就把聂小妹安排在第一排,其他人都没有提什么特别的要求,沈老师目测了一下,就大约地根据大家的身高排了一下队,万丽因为身材偏高,坐在中间偏后的位置上。

第一堂就是省委组织部的一位副部长毛学用讲课,毛部长走进教室,一眼就看见了坐在前排的聂小妹,他立刻伸手和聂小妹握手,说,聂小妹,你来啦,我在名单上看到你的名字了。聂小妹说,毛部长,您有时间不去我们县了,大家很想念您。毛部长笑道,我也想念你们呢,那次听说你从乡里调到县里工作,我就想去看看你啦,他边说,边和前排的其他同志握手,党校黄校长和班主任沈老师走在毛部长身边,毛部长握到一个同志,沈老师就介绍一下他的名字,是从哪个市来的,来之前是什么职务等等,毛部长边听边点头,然后就会说一两句有关这个市的谁谁谁,或者有关这个市的什么事情,一下子,大家就觉得毛部长平易近人和蔼可亲而且对下面的情况特别熟悉,大家拘谨和紧张的心情渐渐消除了。毛部长一一地用心地看过大家的脸,说,有的熟悉,有的不熟悉,不过,慢慢都会熟悉的,大家觉得心里暖暖的。课间休息的时候,好几个同学都围到讲台上,和毛部长说话,有的自我介绍,有的以前就认识毛部长,那就是忆旧了,聂小妹拿着自己的笔记本,走到毛部长身边,说,毛部长,您刚才讲到的为什么干部必须年轻化的问题,我觉得谈得非常深刻,我这样理解对不对?把笔记本送到毛部长面前,毛部长也没有仔细看,只是瞄了一眼,就笑起来,说,聂小妹,你一堂课能记下这么多东西啊。聂小妹说,毛部长的课,我觉得句句都讲得非常好,哪一句也不应该落下,就拼命记。毛部长说,我只是结合自己学习和工作中的体会,没什么理论水平,随便谈谈的,你这么认真,倒弄得我不好意思了。聂小妹说,毛部长的理论水平是省委大院里数一数二的嘛。另几个围在旁边的同学也都说,是呀,我们在下面也早就听说,毛部长是省委机关的理论家。毛部长笑道,你们都错了,要说理论家,省委这一块,要数我们省委周书记,而且周书记不光理论方面强,理论联系实际更是最出色的。

讲台那一块议论的话题,课堂里都能听见,有的同学也想凑过去,但实在那边已经里三层外三层围满了,挤不过去了,大家也就就地站着,或者坐着,聊天说话。因为刚刚开班,同学之间还不太熟悉,大家都利用课间的时间互相了解互相熟悉。南州市来的三个人中,高洪是年纪最轻的,升职也是最快的,他研究生毕业后,分到南州一家国营企业,当团委书记,闻舒到这个企业检查工作时,厂长临时让高洪参加接待,在座谈会上,高洪发了个言,一下子就被闻舒看中了,几天以后,就调到了市轻工局,过不多久,就碰上了这个班,高洪参加这个班,也是闻舒点的名,所以三个人中间,他的背景是最硬的。高洪虽然年轻,来南州工作的时间也不长,但政治嗅觉灵敏,机关里许多复杂的背景关系,他都以最快的速度摸得一清二楚,这会儿看到聂小妹凑到毛部长那里,高洪过来对万丽说,毛部长曾经在聂小妹的那乡蹲过点。万丽"哦"了一声,说,怪不得。高洪说,这次聂小妹也是毛部长点的名。万丽心里就"怦"地一跳,那个疑团随即也解开了,但紧接着心里又寒丝丝的,好像看到自己面前,就是一道见不着底的空谷。

几乎每位领导同志来讲课,格式都差不多,进来后,与前排的同志握手,握到谁,沈老师就介绍一下,然后就讲课,课间休息的时候,也总是有人围到讲台上,但多半也是坐在前排的同学,因为后排的同学,等到他们站起来,讲台已经被围住了,也就不便再硬挤上去了。当然也有一两个后排的同学,发现了这个问题以后,就用心准备,等到下课铃一响,立刻站起来从后排跑到前边。但这样做的同学，毕竟是少数，在大家的眼皮底下，去抢那一小块时间和空间，也是要有相当的心理承受能力的。

　　大约过了一个多星期，沈老师忽然找万丽，说，万丽，跟你商量个事情，小马个子太高，坐在前排挡住后面同学的视线了，后面的同学有意见，你和他对调一下位子，行不行？万丽没有想到会有这样的事情，没有思想准备，说，我个子也不矮。沈老师笑了，说，你个子不矮是在女同学中间而言，你难道比小马还高吗？万丽也笑了，说，当时排位子的时候，小马怎么跑到第一排去了？沈老师说，也不知怎么搞的，刚进来的时候，可能互相不熟悉，大家都觉得小马好像蛮矮的，后来怎么一天一天地发现他高起来，难道他天天在长个子？万丽说，那把小马换到后面，他没有想法吗？沈老师说，是他自己要求的，他说坐在前排，自己都觉得丢脸，天天佝偻着背，半年下来，要变成罗锅了。万丽也没有再说什么。第二天万丽就坐到了第一排小马的位子上。调了位子后的第二天，省委宣传部吴部长来讲课，沈老师介绍到万丽，吴部长高兴地和万丽握手，说，小万啊，这么年轻。万丽脸红了，说，吴部长好。吴部长又说，南州不错的，南州这几年的发展，领全省之先啊，尤其你们南州宣传部，工作更是出色。说了好几句话了，手仍然紧紧地握着万丽，好像在感谢万丽，好像南州市委宣传部是万丽开的。吴部长又问沈老师，你是班主任老师吧，我的这位小同行，学习怎么样啊？沈老师赶紧说，万丽的学习，没话说的。吴部长点头，说，好，好，没给我们宣传系统丢脸，继续努力，我碰到你们计部长，会跟他说的。

　　开始上课后好一阵，万丽的心情也没有平静下来，她不知道沈老师为什么要把她换到第一排来，她实在不敢相信真是小马提出来要调换的，但是如果不是小马自己的意思，是学校或者是沈老师的意思，小马怎么没有意见呢，从小马的反应来看，万丽看不出他对她有什么想法。还有更重要的一点，如果不是小马自己的意思，那就是沈老师的意思了，沈老师为什么要这么照顾她，她和沈老师并无特殊关系,是不是有人在背后帮助她,通过沈老师关照着她,如果真的有人,会是谁呢?向问吗?他的手能有那么长,够伸到省党校来吗?如果不是向问,又会是谁呢?万丽思来想去,再也没有第二个人了。万丽心里又存上疑团了,但现在她得赶紧集中精力,理清思路,因为吴部长已经开始讲课了。万丽低头做着笔记,凡是讲到精彩的地方,不由得抬头看一眼吴部长,于是她的目光就常常和吴部长的目光相遇,坐在后排,是没有这样的机会的。吴部长的目光里,总是含着无尽的鼓励和赞许,使得万丽思绪万千,忽然间,就想起刚进机关的时候,妇联组织秋游,她和伊豆豆一起爬山,爬到山顶,伊豆豆说,无限风光在险峰,又说,江青就是坐前排坐出来的,想着,想着,万丽心底里不由泛起一股说不清的酸涩古怪的滋味。

吴部长讲完课,临走时,又再次和前排的同学握手,和万丽握手的时间也仍然比别人的长一点。吴部长说,小万,在这里要学半年呢,愿意的话,可以到我那里坐坐。万丽说,您工作忙,不敢打扰您。吴部长说,哪里是打扰我,我也想了解了解下面的情况,我也不想做官僚主义嘛。万丽一时不知说什么好了,沈老师笑着替万丽说,一般的情况,刚开始不走门串户的,等班里同学互相间熟悉了,就会走出去了。吴部长说,我的门随时开着嘛,什么时候都行。在吴部长讲课前后,他的秘书一直没有出现,这时候秘书从外面走进来,伺在吴部长身边,吴部长指着万丽对他说,小苏,这位是我的小同行,以后要是来找我,你不许挡驾啊。小苏笑着点头,跟着吴部长往外走,只见聂小妹迅速地站了起来,拿着笔记本离开座位追上吴部长,说,吴部长,给我签个名吧。吴部长一愣,随即笑了起来,说,我签什么名,我又不是歌星明星。聂小妹说,我以前不熟悉吴部长,但是今天听了您的一堂课,我就是您的追星族了。吴部长笑道,好,好,就签你一个啊,你叫什么名字?聂小妹说,我叫聂小妹,南州市长洲县的。吴部长说,长洲县,我去过。一边说,一边念叨着,聂小妹,这个名字好,这个名字好,一边写下了一句什么话,就将本子交还给聂小妹,仍然对大家摆摆手,抱歉地说,时间关系,不能一一给你们签了,走了出去。

下课后,几个男同学去看聂小妹的本子,拿起来念了出来:聂小妹同志,永葆青春。大家都笑吟吟的,下课往外走的时候,高洪走在万丽身边,说,万丽,坐头排到底不一样啊。

又过了些日子,一天万丽接到在省城工作的大学同学季方的电话,说今天有老同学从外地来,省城的几个同学请客,万丽问是谁来了,季方也没有说是谁,只说你来了就知道。万丽心里就有一种预感,好像是康季平,晚上到了饭店一看,果然是康季平。季方说,不告诉你,是为了给你个惊喜。康季平说,万丽才不惊喜,她早知道是我。季方说,怎么,你们通过电话?康季平说,用得着通电话吗?季方说,那就是心有灵犀。万丽正色地道,你们别乱开玩笑。季方说,这有什么,时间是最了不起的东西,世上任何东西,都禁不起时间这东西的考验,就说这玩笑,从前开不起的玩笑,一开就有人会一跳八丈高,过了一段时间你再开,什么事也没有。万丽说,你才一跳八丈高,你那时候追岳芳,岳芳不理你,你还不是跳了八丈高。季方说,这个岳芳,小小年纪,竟还迷信,说她妈妈说的,我们两个名字不好,两个都是方,这日子就圆不了,就不行。我说,那我改名就季圆不就得了,或者干脆连她也一起改,改成岳圆,两个圆不是更好吗?可她说,改了名你也还是季方。万丽说,她这样说嘛,也是给你留点面子。季方说,我的妈,原来岳芳是瞧不上我,我还真自我安慰了一阵,觉得岳芳还是爱我的,是她妈妈不爱我。现在才知道真相。不过,也幸亏现在才知道。万丽说,为什么?季方说,你想想,当年的我,天真纯洁,对爱情充满了幻想,要是知道我爱的人根本不爱我,我说不定已经为情自杀了呢。大家笑,万丽说,这个季方,还是老样子,一张碎嘴,永远改不了。他们说话的时候,康季平一直像个和蔼可亲的老大哥,坐在一边笑眯眯地看着他们，一顿晚饭就没多说几句话。一直到晚饭结束，康季平说，万丽，我送你回学校吧。季方说，又被你抢在前面了，本来我是想送万丽的，既然你抢了，就成全你吧。

　　万丽和康季平走在异乡的大街上，灯火若隐若现地照着，两人慢慢地走着，正是春夏交替的好季节，不冷不热，微风吹着。万丽说，一晚上都是季方一个人在说话，这家伙，就因为他埋单，就不让别人说话了。康季平说，现我觉得那样的场合还是他说话好，我们的话，得在两个人的时候说，是不是？万丽说，我都没来得及问你来干什么的？学校有公事？康季平说，公私兼顾。但说实话，主要是来看看你的，还是不大放心你。万丽说，我在党校学习，有什么好担心的。康季平说，就是因为想你，来看看你。万丽不说话了。两人又走了一段，康季平的手好像无意中碰到万丽的手，又离开，过一会儿又碰到了，康季平说，现在你也不给我打电话，情况还好吧？万丽说，我们班主任沈老师，你认识吗？康季平说，我怎么会认识，我又不是党校系统的。万丽说，那就奇怪了，他为什么把我调到第一排坐呢？康季平说，这你就别多想了，坐也坐了，不见得再调回去吧。万丽一听康季平的话，就知道康季平其实早就知道这件事情，万丽不由侧过身子，认真地看了康季平一眼，心里怀疑着，难道一切都是康季平在安排的？康季平当然知道万丽想的什么，干脆说，万丽，别多想，你做你的万丽，别人怎么替你安排是别人的事情，好不好？万丽说，但是我不想老是被蒙在鼓里，一个人老是感觉自己被人在暗中操纵着掌控着安排着，虽然这种安排可能是好事，是在受到帮助，但你觉得这样的日子好过吗？康季平说，在有些事情上，你就不能糊涂一点？万丽说，我心里清楚的事情，你让我装糊涂，我装不了，即使表面上装得了，心里也还是疑惑。康季平笑了起来，说，万丽啊万丽，你还是你，一个心如明镜的女人。万丽说，你还是不肯告诉我。康季平说，排座位的事情，我真的不知道，在我看来，这种雕虫小技，太可笑，不值一提，小儿科水平。你想想，要是领导重视你，想用你，当着大家的面这么跟你套近乎，你以为是好事？要不呢，就是他没有水平，要不呢，就是你虚荣心太强，你可千万别把自己降低到那样的水平啊。问题的关键不在领导当面跟你笑还是跟你板脸。万丽却不能同意，她差一点说，可是从前平剑刚跟我一冷淡，计部长对我的态度就彻底变了，虽然她没有说出来，康季平也能够猜到，就替她说了，这是你们女同志的小心眼儿，女同志的虚荣心总是害得你们目光短浅，以为今天哪个有权有势的领导当着大家的面跟你热乎了一下，说了你几句好话，你就飞黄腾达了，万丽，你不会傻到就这样想吧？万丽有点窘，因为有时候她确实是这样想的。康季平说，女同志就是太爱面子，争来争去，争的也就是一个面子，好像领导表扬了你，没有表扬其他女同志，你就占了大便宜，就赢了什么。万丽老老实实地说，也不是想占什么便宜，就是你说的虚荣心吧。康季平说，所以，我要帮助你，就不会在调个座位这样的水平上帮助你。但万丽仍然心心念念想知道到底是谁让沈老师关照她的，她问康季平，你说那会是谁呢？康季平说，你觉得坐前排坐后排有区别吗？万丽说，不是人人都有你那样的高水平，坐在前排的人，每次都能和领导握手、说话、留下姓名，甚至更进一步地联系，聂小妹还让吴部长给她签名，像请歌星签名那样。康季平说，那你会那样做吗？万丽说，我不会的。康季平说，所以嘛，别人可能对坐前排比较重视，但你大可不必对坐前排这么敏感，坐就坐了，不坐就不坐，别看得那么重好不好！万丽无法否定康季平的话，但心里又老不踏实，想了想，还是说，我总觉得挤掉了小马的位子实在有点心不安，要不，我就跟小马换回来？康季平说，万丽，你以前不是这样的人，现在怎么变得这么优柔寡断患得患失？既然沈老师说是小马自己要求换到后排去的，你就权当这话是真的，坐到前排就是顺理成章的事情，但你再去换回来，就显得做作了，是不是？万丽半天没有说话，她觉得自己确实如康季平所说，变得越来越患得患失。康季平说，万丽,我知道,你虽然承认我的话有道理,但你心里的疑团还是在折磨你,我替你分析分析吧。关于座位的问题,一定是有人和沈老师打了招呼,希望沈老师关照点你,而以沈老师的想法,关照你的最好办法,就是让你坐得前一点,让领导注意你的存在。万丽觉得康季平的分析很在理,说,那是谁呢,是向部长吧?康季平说,那我也不知道,而且你真的不必打破砂锅问到底,太没有必要了。万丽又想了想,说,那小马是怎么回事呢?康季平说,你就不能想想,沈老师和小马之间,也许有什么矛盾,或者,也许有什么更大的交易?人与人的关系的复杂性,不是你我能够看清楚的嘛。万丽说,是的,我觉得挺害怕,眼前有个深洞,我看不清里边是什么。康季平说,我说得不错吧,我说我不放心你,你果然让人不放心,我就知道你,你在失意的时候,无论前景多么暗淡,你反而能调整好心态,到了顺境的时候,你就不知所措了,这是典型的输得起赢不起。万丽说,什么是赢啊?康季平说,万丽,我真的放心不下你。万丽不明白为什么今天康季平会反复说这句话,忍不住说,是不是我到党校后表现不好,南州有什么不好的反映了?康季平说,恰恰相反。万丽就更不明白,说,那你到底担心什么呢?康季平说,我担心你的精神状态,一个人,要做到看破红尘爱红尘是不容易的。看破红尘不难,爱红尘也不难,但看破了,还仍然爱着,这是比较难的。你来党校之前,恐怕也以为党校是个世外桃源,可以暂时地远离权力,远离斗争了,但是到了党校你会发现,没有世外桃源,你永远无法逃离,而且你会看到,越往上,有些事情越离谱,现在时间还不长,你可能还没有体会到,还没有深入地了解,但以后你会越来越清楚,这世界是怎么一回事,我担心的就是你看到了这一切以后,你会对人生对生活彻底失望,从而也失去你身上最可贵的热情和纯真。如果你看破红尘不再爱红尘的话,那就是我害了你。他看到万丽要说话,赶紧摆了摆手,不让万丽插话,又补充了一句,那就是我害了你,也是我错看了你,高看了你的基本素质。好,我说完了,你说吧。但万丽却说不出来了,她顿时有一种哑口无言的感觉。康季平说出了她的真实现状,这也是她自己一直觉得不可思议的事情,平剑刚的离去,向问的归来,她的境遇的改变,不仅没有使她产生欣喜若狂积极振奋的感觉,反而渐生悲凉,情绪总是提不起来。康季平的话,句句点在她的要害处,万丽闷得心里发痛。

临分手时,康季平说,我明天晚上请你吃饭。万丽说,还有谁?康季平说,没有别人,就你和我。万丽犹豫了一下。康季平说,怎么,你们那里请假制度很严吗?万丽说,请假制度是管白天上课的,晚上的活动没人管,但聂小妹会烦的。康季平说,你怕聂小妹管你?万丽说,我不怕她,她也管不着我,但我不愿意她用那种眼神看着我。康季平说,那你就多出来,少让她看着你。万丽说,好吧,几点?康季平说,五点半。万丽当时有一点奇怪,一般晚饭都是六点,为什么康季平要提前放在五点半,但她也没有往深里想,也不是什么大事,五点半六点,都不影响她上课,就没有多问什么。

回到宿舍,聂小妹正在通电话,看到万丽进来,就匆匆挂了电话,回到桌边看起书来,她虽然不问万丽什么,但从她身上散发出来的气息,万丽明白她是很想问问万丽到哪里去的,这一点,聂小妹和余建芳不同,如果是余建芳,就会直接地问,还会牛屎里追出马粪来,聂小妹却不作声,只是散发出一种追问的气息让你感受到,压迫着你,让你不得不说。但如果是余建芳和聂小妹同处一屋,情况就会大不一样,余建芳就不会感觉到聂小妹的这种气息,人与人的交流是不一样的,更何况,余建芳就算感觉到了,她也不会理睬,她会无视这种压力。但万丽不同,她既敏感,又心软,所以既能够明确地感受到聂小妹的无声询问,又不能装作若无其事,最后总是不得不把自己的情况说出来让聂小妹安心,于是就告诉了聂小妹,是大学同学聚会。聂小妹的眼神在眼镜后面一闪,似乎不大相信。万丽又说,当年我们毕业时,省里从我们这个文科班,选拔了几个毕业生直接进了省直机关,今天就是他们宴请的。聂小妹说,噢,你们毕业几年了? 万丽说,都快八年了。聂小妹似乎算了算什么,说,那你们在机关的同学也该有处级干部了吧。万丽说,一个在省政府政策研究室工作的同学,副处级吧。聂小妹说,省政府政研室我跟他们熟悉的,是谁呀? 万丽说,叫季方。聂小妹想了想,没有想起来,说,季方,不认识。停顿一下,又说,其实我在省里认识的人也很多,我担任乡党委书记的时候,为了跑项目,省里不知跑过多少趟,但我现在不想多出去跑,来党校,就是安心学习的,不是来搞关系跑路子的。万丽说,是呀,我也是没办法,他们硬叫我去。聂小妹说,万丽你别误会,我不是说你的,同学聚会,那是非去不可的,不去,同学会说你架子大什么的。再说了,同学是感情最真挚、最不带功利的群体,参加同学会是人生最轻松最愉快最无负担的应酬,所以现在同学会那么多。万丽说,是这样的,同学碰在一起为什么开心,就是因为没有利害关系。聂小妹说,万丽,我们来党校时间还不长,跟你接触这短短的时间,我看你这个人,思想水平不低,素质相当高,同样是研究生,高洪就不一定了。万丽其实早就发现聂小妹对高洪有点想法,她常常有意无意在万丽面前说起,但不知原因何在,她也不能随随便便就跟着聂小妹说高洪什么,别说高洪没什么让她说的,就是高洪有什么可说的,她也不敢说,一说了,也难保聂小妹不会转身去告诉高洪。好在聂小妹倒也不一定要万丽跟她一起说高洪的不是,只要万丽听着就行。聂小妹又说,你看看高洪呢,三天两头晚上都出去活动,哪有那么多应酬? 今天下晚,是一个年轻的女孩子约他出去的。万丽说,你怎么知道? 聂小妹说,我吃过晚饭散步,正好看见了,高洪有点尴尬,跟我介绍也说是同学,可我看就不像他的同学,他虽然年纪不大,但那女孩子,毕竟比他要小得多。万丽差一点说,我可是正宗同学请我的,但话到嘴边也说不出来。聂小妹又说,哎,万丽,你知道不知道高洪是怎么让闻书记看上他的,一个刚刚毕业的研究生，从小到大，就是在闷头读书，读了近二十年的书，到企业工作，还不是两眼一抹黑的，一点经验也没有，凭什么让市委一把手这么重视他，就是那一通发言。其实万丽在机关里也曾听说过这个段子了，说是高洪的发言，大胆而狂妄，全盘否定了国营企业现有的模式，把老厂长气得当场拍桌子，结果厂长一拍桌子，闻舒也生气了，大家还以为闻舒是生高洪的气，哪知闻舒当场就对老厂长说，你劳苦功高，但现在到了该休息的时候了，请回家休息吧。也像机关发生的大大小小的事情一样，会有各种版本，这会儿聂小妹又说了一个版本，说高洪发言时说，南州的干部大都是从乡镇企业干出来的，虽然有实际经验，但素质普遍太低，幸亏来了闻舒这样的既见过大世面，又有真才实学和真才实干的市委一把手，要不然，南州的改革就可能半途而废掉。闻书记来了，一定能带领广大干部提高素质，真正成为符合现代化要求的现代化干部。聂小妹说完了，长长地出了一口气，这叹息的弦外之音，万丽能够听出来，她是在感叹高洪的发言，摸准了闻舒所好。万丽正不知如何对答，有人敲门了，万丽过去开门一看，竟是高洪。高洪笑眯眯地站在门口，万丽说，高洪，你进来？高洪说，你们还没睡啊？我不进来了，就向万丽和聂小妹挥挥手，说，明天见，说完就走了。万丽奇道，咦，他敲了门，却不进来，这么晚了，干什么呢？聂小妹说，他是来给我看一看的，我刚才看到他和一个年轻女孩子一起出去，现在他回来了，得让我知道一下嘛，免得让别人以为他根本就没有回来呢。万丽不由得说，高洪虽然年轻，心还蛮细的。聂小妹说，这是起码的嘛。万丽说，但人家高洪还没结婚，好像也没有女朋友，是自由的嘛。聂小妹说，但他的心灵不自由。万丽觉得聂小妹这话不像是聂小妹说出来的，又觉得这话不仅是说高洪的，也是说她自己的，也说了她万丽，谁能逃脱得了心灵的羁绊呢？

第二天晚上，万丽五点半到了康季平请客的饭店，走进包厢，果然只有康季平一个人，但桌子却是个可以坐七八个人的圆桌，万丽有些疑惑,康季平说,临时有几个朋友,就一起请了他们。万丽知道康季平是不会随便拉人来吃饭的,这肯定又是康季平早就安排好的,只是事先不告诉她,让她来了再说,所以他要让她五点半就到,是为了提早跟她说一些话,而这些话,昨天他不说,偏要等到今天来了再说,他是煞费苦心的。万丽忽然想,康季平的这些用心,如果用在他自己身上,如果当初到机关的不是她万丽而是康季平自己,以他这样的精心布局,他的仕途又会怎么样呢?正胡乱地想着,康季平开口说了,万丽,今天晚上大秘要到场,等会给你们引见一下。康季平一说"大秘",万丽马上联想到闻舒的秘书,脱口说,宋一清来了?康季平说,不是南州大秘,是省里的大秘。万丽心里猛地一抽,康季平居然请到了省委周书记的秘书?看着康季平不动声色的表情,万丽忽然意识到,康季平这一次很可能是专门为她来的,他不是公私兼顾随意来看看她的,而是专门为她来安排一些事情的,但凭着康季平一介书生,怎么可能去接触到这些关键的要害的人物?也不知康季平费了多少心机,经过多少周折,竟然把省委大秘的关系都连上了,万丽心头一阵乱跳,顿时紧张起来。康季平伸过手,拍了拍万丽的手背,说,没事,大秘也是人。万丽愣了半天,犹犹豫豫地说,我,我其实还是想回南州工作,我喜欢南州——康季平朝她摆摆手,说,只是认识一下嘛,又不是为你的工作来的。再说了,你也别想得太天真,也不见得今天和大秘见了个面,明天人家就提拔你到省委当领导啊。万丽有点难为情,不由"哧"的一声笑了出来,心情放松了许多。康季平说,好,这才是万丽的真实面貌。他毫不隐瞒地直勾勾地欣赏着万丽,又忍不住说,我们万丽是沉得住气的,虽然没见过什么大风大浪,但是有大风大浪和没大风大浪都一样,对别人来说,是要经过大风大浪的考验才能进步,对你来说,经历和不经历都一样进步。万丽分辨不出康季平在是挖苦她还是说的真话,不由问道,为什么?康季平说,万丽是有慧根的——还记得大三的时候,我们去普陀山,那位老方丈说的话吗？万丽说，我忘记了。康季平说，你可以忘记，我不会忘记。正说着话，有人推门进来了，康季平立刻站起来，迎上去跟他握手，还没等他介绍万丽，这个人就冲着万丽笑了，说，不用介绍了，肯定是万丽，还会有谁？万丽，你可是康季平一再隆重向我们推出的女同志，你这个名字，好几年前就在我耳边回荡了，回荡到今天，终于见面了，还是有缘啊。康季平说，你别光顾了套近乎，万丽还不知道你是谁呢？这个人笑道，我叫肖世平，比康季平厉害一点，他只求季季太平，我的境界比他高，要世世太平。康季平说，那也不是你的境界，是你爹妈的境界。肖世平说，龙生龙，凤生凤嘛。肖世平和康季平看起来很熟悉，万丽正在琢磨他们的关系，肖世平已经说了，对了，还没有介绍我的情况呢，我是干什么的，在哪个单位，担任什么职务，等等，万丽，不如你先猜猜吧。万丽哪里猜得出来，但看肖世平的气势、说话的口气，至少也是个处级干部了，万丽只得含糊地说，你是在省直机关工作吧？肖世平说，再猜猜。康季平说，别难为万丽了，万丽是老实人。肖世平说，老实不等于笨啊，我一眼看到万丽，就知道她是哪一种人，哪一种女人。康季平不让他说，打断道，头一次见面，你就积点德，给万丽留个好印象吧。肖世平说，怎么，我的印象不好吗？我要是一眼就能看出万丽是什么样的人，万丽不要太崇拜我噢。不过肖世平还是挺听康季平的话，没有再把玩笑开下去，直接说了，本人没有固定职业，闲人一个。以什么为生呢？他想了想，又说，我以许多事情为生，拣最主要的说吧，就是教小孩子下围棋为生。万丽有些发愣，这是她完全没有想到的，肖世平身上散发出来的气息误导了她，万丽下意识地瞄了康季平一眼，康季平没来得及反应，肖世平却已经捕捉到了，赶紧说，万丽大概以为今天来的都是官场上的人物是吧，其实官场上的人物也有七情六欲，也有七大姑八大姨，皇帝还有三门草鞋亲呢。本来大家高高兴兴，但肖世平这话一说，万丽心里就有点不舒服，好像万丽眼中只有当官的人，虽然肖世平并没有这个意思,但却让万丽感觉到了这层意思,万丽不免有点怨康季平,但当着肖世平的面也不便表现出来,一时不吭声了。肖世平是个极聪明的人,能够感觉到万丽没有表露出来的变化,赶紧说,万丽你别不高兴,我说的都是大实话,康季平知道我的,有什么说什么,你们今天来,不就是来攀攀大秘的吗,那有什么,很正常,谁不想攀大秘,只是每个人的渠道不同罢了。要不是你们想攀大秘,今天还轮不到我上场呢,是吧,康季平?康季平说,你说话注意点,万丽不是你想象的那么炉火纯青。肖世平说,但她也不是你想象的那么稚嫩,我刚才就说了,万丽是个聪明的老实人。所谓聪明,就是能够看透事物的本质。所谓老实,就是看透了以后,仍然做自己应该做的事情,不做自己觉得不应该做的事情。康季平不由得点头道,说得好说得好,万丽,你好好听听。肖世平说,对了,还有最重要的一条没有介绍,那就是我和康季平的关系,怎么认识的,我是姜银燕的高中同学,就是这样。万丽心里更觉得怪怪的,康季平为了"帮助"她,竟还动用了姜银燕的关系,让她心里觉得特别别扭。就听肖世平说,所以,康季平见我也有三分惧怕。康季平,你可别在我面前跟女生多套近乎,万丽今天就交给我了,一会儿吃饭,我坐万丽旁边啊,要不,我告诉姜银燕去。他们说了一会儿话,又进来一个人,还不是大秘本人,是大秘的小舅子小包,又像肖世平一样,小包也和大家说了一堆话。万丽这才慢慢地搞清了今天的所有人物的关系,大秘的小舅子小包的儿子,跟肖世平学围棋,大秘呢,又是对老婆言听计从的一个人,小舅子有求,只要老婆吩咐下来,大秘是有求必应的,康季平就是绕了这么大的圈子,想让万丽攀上大秘,万丽内心深处,有感激,又有反感,两种滋味搅拌在一起,坐在那里受煎熬,越来越笑不出来,话也不想说了,只感觉着自己的脸分分秒秒地在往下挂,往下挂,怎么也提不起精神来。时间实在不好打发,大秘还没到场,万丽就没了兴趣,起身去上洗手间。走了出来,深深地透了一口气。

康季平也出来了,守在走廊里等万丽,万丽一看到他,本来还想冲他说几句气话的,哪知康季平脸一板,声音出奇的严厉,说,万丽,你觉得委屈你了?万丽冷冷地说,谈不上委屈,是我自己想要的,怪不得别人。康季平厉声说,你想清楚了,要走,现在马上就可以走,你都不用进去打个招呼,直接走!万丽从来没有见过康季平这样凶,张着嘴呆住了。康季平继续厉声道,这点场面你都应付不了,都不能稍稍难为一下自己,都觉得委屈,你还在外面混什么混,回家抱孩子去吧!万丽含泪说,回去就回去。康季平手指着外面,说,走,你走,你给我走,立刻走!万丽转身往外走,走了几步,被康季平从背后拉住了,但康季平仍然凶巴巴的,说,刚才来的两个人,肖世平和小包,这两个人,谁让你受委屈了?他们对你不好吗?他们跟你又不沾亲带故,都肯替你出场,你又委屈在哪里?你别以为肖世平是什么场合都肯出来的,你自己去打听打听,肖世平"闲云野鹤"的称号,不是凭空得来的,今天能够为了你的事情——万丽的眼泪涌了出来。康季平的气还是没消,说,别把自己当大小姐,委屈不得一点点。万丽说,你说过,我还是应该做我自己,我不想勉强自己。康季平终于平静了一点,声音也柔和了些,他盯着万丽看了一会儿,慢慢地说,也许是我错了,这些事情,我不应该包办代替,应该让你自己去打拼,自己去应付,正如你刚才说的,是你自己想要的,怪不得别人,我替你做了,你就会觉得是我在要求你,是我要你怎么怎么样,你就委屈得不得了了。万丽也平静了许多,说,我理解,我都明白,只是,只是我好像觉得,我离省委的大秘太遥远。康季平说,我一开始就说了,没什么事,吃个饭见个面而已,也许是白吃白见,这样的事情多的是,那也不用懊悔。万丽说,我知道。

　　两人回包厢不久,大秘就来了,但来的不是他一个人,他还带了两个办公室的同事,一进来大秘就笑眯眯地说,今天谁埋单啊?对不起,我还带了两个食客,这是我们单位的单身汉,知道我有吃局,眼红得不行,就黏上我不放了,不好意思,先斩后奏,我把他们带来了。他的两个同事,年纪都很轻,看起来确实像单身汉,但其实谁都明白,大秘做事谨慎,怕别人跟他提什么非分的要求,把同事都带来了,完全一副公事公办的脸,让人不好说话。

大家推大秘坐中间,大秘却死活不坐,说,我知道,你们叫我坐这个位子,就是存心想让我埋单,你们以为我有钱?我实话告诉你们,身上没带钱,钱是老婆管的,每个月发一点点零花钱,这个月的早就用完了,我又不能贪污受贿,哪里有钱,还是你们请我吧。最后只得由康季平坐了主位,大秘坐康季平右边,万丽坐大秘右边,肖世平坐万丽右边。落座的时候,肖世平笑着跟康季平说,人算不如天算,你算来算去,也没有算到和万丽坐一起,还是我算得准。席上只有万丽一位女同志,大家的话题多半围绕她来说,或者由她的话题延伸开去,因为知道了万丽和康季平是同学,又知道肖世平和康季平的太太是同学,大家的话题都离不开同学了,忆旧的忆旧,感叹的感叹,从头到尾一点都没有涉及官场的话题。万丽一直很紧张,她最担心康季平或者肖世平小包他们张口就跟大秘说出关照关照她之类的话,如果他们说出来,她简直不知道应该怎样面对,她会无地自容,但她又不能提前提醒他们,让他们别说,就算提醒了,恐怕也没有用,今天他们请大秘来,不就是这个意思吗?所以万丽一直忐忑不安,但酒席渐入高潮,万丽见大家根本就不涉及敏感话题,渐渐地,紧张不安的心情放松下来,情绪也很快好了起来,她主动站起来,敬了大秘的酒,大秘说,我虽不善饮,但女同志敬酒,是一定要干杯的,就干了一杯。他的同事说,少见,少见。说大秘从来不干杯,最多只是抿一抿,用酒沾一沾嘴唇而已,今天真是放开了,可见万丽的厉害,可见女同志的能量,等等。这么说着、喝着,大家的兴致高起来,大秘的同事就不答应了,说,敬大秘的酒不敬他们的酒,分明是看不起他们,万丽只得笑着又敬他们的酒。大秘酒量虽不行,但心情一直很好,一直笑眯眯地看着他们闹腾。

大秘的一个同事小胡,酒量奇大,又好酒,揪住万丽不放,康季平眼看着形势不对,赶紧替万丽出头,结果引火烧身,被灌得大醉。

　　一直到晚宴结束,也没有一个人说到万丽的工作,说到今后的前途之类的话,等大秘和他的同事先离席后,康季平已经站不起来了,还挣扎着说,万丽,我送你回党校。万丽发现康季平的脸色蜡黄蜡黄的,不由担心地说,你不要紧吧,脸色怎么这么黄?肖世平和小包也看了看他,小包说,是呀,人家喝酒喝多了,要不红,要不白,你怎么这么黄呢,像黄疸啦。肖世平说,小包你别乱说,这样吧,小包你送康季平回宾馆,我送万丽。万丽说,我们先一起送康季平,他这样子,我回去也不放心。康季平笑着说,没事没事,就是酒量惭愧,不如女同志。万丽,你回去吧,明天一早还要上课,别太晚了,太晚了回去也不太好。另外,我明天一早就回南州了,你有什么事,给我打电话啊。万丽仍然不放心,肖世平说,也好,万丽你自己回去,我和小包陪康季平到宾馆,万丽你放心,他不醒酒,我们不走。万丽这才先走了。

　　回到宿舍,万丽心神一直有点不宁,躺下很久也睡不着,聂小妹也没有睡着,说,万丽,今天喝酒了吧?万丽说,喝了点。聂小妹说,我从前干乡党委书记的时候,那个酒,才叫喝得厉害,你没有听说过我的绰号吧,聂一缸。你想想,一个女同志,被称作聂一缸,那是什么,是母夜叉,是一丈青啊。万丽忍不住笑了起来,说,我知道的,南州乡镇企业的发展,酒是立了大功的。聂小妹说,有一次你猜怎么样?我喝了酒上车,以为回家上床了呢,鞋往车外一脱,人往后排一躺,司机也不知道,就开车走了,到了家,才发现鞋没了。万丽笑得坐了起来,在黑暗中前仰后合的。聂小妹却不笑,还叹了一口气,说,可是,人真是没有良心,不看我们的成绩,光看我们的缺点,有许多人瞧不起我们乡镇干部,说我们是不懂科学,瞎指挥,盲干乱干,还上纲上线,说我们破坏大自然破坏生态平衡,等等。关于这些争论,万丽也不便多说什么,就应付道,应该实事求是。聂小妹却激动了,也坐了起来,说,这次来党校学习,我的最大收获最大体会就是,我们党是最讲实事求是的。万丽借着窗外的月光看了看表,聂小妹说,几点了?万丽说,已经十二点多了。聂小妹说,那就睡吧,你是不是喝了酒兴奋睡不着?我给你两片安定要不要?万丽说,好的。拿了聂小妹的安眠药吃了,躺下,脑子里还是有点乱,忽然想起许多年前,她参加市委宣传工作会议,和元洲县委宣传部的徐英住一间,那天晚上在向问房间喝了茶,回来睡不着觉,也是徐英给了她两片安定,还让她数数。又想起徐英拎着家乡产的白果一个房间一个房间送人的情形,现在回想起来,真有一种恍恍惚惚的感觉。又从徐英想到了眼前的这个聂小妹,一时觉得聂小妹这个人其实还是很有水平的,比如这会儿,她自己很想聊天,但知道万丽不想聊,她就能控制自己,可是有时候,聂小妹又会表现得有些拙劣,甚至有些低档,比如请部长签字这样的行为。万丽又联想到了陈佳,就这样想着徐英,想着聂小妹,想着陈佳,渐渐把对康季平的担心忘了,后来就睡着了。

　　早晨醒来时,心里却忽然一惊,好像有什么事情发生了,但起来后发现一切正常,什么事也没有,心也就渐渐地安定下来。上了一天课,到下晚的时候,还是一切正常,万丽回到房间,正在怪自己多疑多虑,电话铃却猛地响了起来,万丽一接,就听到了姜银燕哭泣的声音,说,万丽,康季平昨天晚上送医院抢救了。万丽的大脑猛地一抽,心脏也猛地一停,像是中断了供血,她赶紧扶住了墙,喘了口气,语无伦次地说,怎么会,怎么的,是什么——姜银燕说,医院说是酒精中毒,问题是,问题是,他的身体,他的身体,他的——姜银燕说不下去,呛了几声,噎住了。万丽急道,情况严重不严重?现在人在哪里?姜银燕说,你一点都不知道啊?昨天晚上是几个朋友把他送到省医院抢救的,今天下午送回南州了,现在在南州第一人民医院急救病房,问他什么他也不说,万丽,你昨天有没有跟他一起喝酒?万丽说,是一起的。姜银燕哭起来了,说,我就知道,我就知道,要不是你在,他不会这么喝,他知道自己的身体,他不能喝酒,一点都不能喝,可是——万丽说,对不起,姜银燕,对不起,我不知道他不能喝酒。姜银燕在哭声中忽然苦笑出一声来,说,你知道也没有用,他为了你——下面的话没有说出来。万丽说,我请假回去看看他。姜银燕说,万丽,你就饶了他吧。万丽心里一阵疼痛,不知说什么好了。姜银燕挂电话前,又说,万丽,你别回来看他,你看了他,他又要去看你,这样就没完没了了,你不知道,他的身体经不起折腾。万丽没有说话,电话就挂断了。万丽赶紧找出昨天吃晚饭时大家发的名片,肖世平没有名片,只有小包的,赶紧给小包打电话,小包说,是康季平让他和肖世平别告诉万丽的,昨天晚上情况确实很危险,幸亏及时送了医院,到今天回南州去的时候,已经平稳多了,他让万丽放心,要不然,省医院也不会放他走的。万丽说,是酒精中毒吗?酒精中毒怎么这么厉害?小包说,是酒精中毒,但他的肝脏好像原来就不太好,所以症状就很严重。这个康季平也是的,明知肝脏不好,还这么瞎喝酒,不要命啊?万丽心里一惊,说,什么肝脏不好,什么情况?严重到什么程度?小包说,具体我也不太清楚,康季平也没有跟我们说,我也是背后听到医生在议论。万丽放下电话,心里一阵乱跳,聂小妹进来了,万丽说,我可能得请假回去一趟,聂小妹说,家里有急事吗?万丽说,是。聂小妹下面的话还没有说出来,电话又响了,是康季平打来的。万丽急了,说,你还打电话干什么?你不是在急救病房吗?怎么打电话的?康季平说,别那么紧张,天没有塌下来,不就是多喝了点酒吗?万丽说,你的肝脏有什么问题?康季平说,是姜银燕瞎说什么了?万丽说,不是姜银燕说的,是小包听医生说的,你告诉我,你一定要告诉我真实的情况!康季平说,真实情况呀,就是我小时候得过肝炎,这有什么呢,小时候得肝炎的人多的是,是不是?万丽哽咽着,说不出话来。康季平又说,你可千万别回来看我,你也不想想,本来姜银燕就又气又恼,一肚子的火,说我是为你才喝成这样的,你再回来看我,她心里会怎么想?你也考虑考虑她的心情好不好?万丽不吭声了,康季平又说,你要是不放心,我保证每天晚上往你房间打一个电话,你听到我的声音,就知道我还没有死。万丽说,你又乱说。康季平说,但这样你晚上就不自由了,万一有人要跟你约会,你就不能去了。万丽说,人家都急疯了,你还开玩笑。康季平说,你们女同志就是会着急,对不起,我是在医生办公室偷打的电话,医生来了,不能再说了,明天见。

万丽挂了电话,好半天都回不过气来,聂小妹在一边察言观色了一会儿,问道,不是你爱人生病吧?万丽说,是一个朋友。聂小妹注意地看了她一眼,说,不是一般的朋友吧,一般的朋友你不会这么急吧。万丽没好气地说,你朋友生了病你不急吗?聂小妹说,你别生气,我是好心,要不你就请假回去看看吧。万丽说,不回了。聂小妹就不再说话。

过了两天,孙国海忽然来了,天开始有点热了,他给万丽带了些夏天的衣服,但一看到万丽,孙国海却劈头就问,康季平来过吧?万丽被当头一棒,说谎都反应不过来,只好点了点头,尽量显得随意地说,前几天是来过。孙国海一看万丽承认了,马上就追问,他一个人来的吗?万丽不高兴地说,我怎么知道,他有他的事情,他也不用向我汇报。孙国海说,他不就是为你的事情来的吗?万丽说,你听谁说的?孙国海说,你别管谁说的,你到他住的地方看过他吗?是晚上去的吗?他是一个人住的吧?万丽生气地说,你什么话?你什么意思?孙国海说,你说我什么意思?万丽说,你是专门从南州赶来审问我的?孙国海"哼"了一声,说,随便问问。万丽说,有你这么随便问问的吗?孙国海说,你做都做得,我问却问不得?万丽气得直抖,说,我做什么了?我做什么?孙国海说,我的老婆,要他来看什么看,我还没看呢。万丽说,孙国海,你现在怎么变得这么俗气?孙国海说,我俗气?我本来就是俗气的,但我就不信,我得回去找他问问,别人的老婆要他那么关心干什么?

万丽也知道跟孙国海硬顶不会有什么结果,便将冲上来的气硬压下去一点,硬是让自己平和下来,缓了缓口气说,孙国海,大家凭点良心好不好,你想想你自己,一天到晚都在外面应酬别人的事情,帮助别人解决困难,你说自己老婆的事不要别人关心,但你自己关心过没有?关心了多少?孙国海恼道,我怎么没关心?万丽说,你的关心在哪里,我的想法,我的心思,我的工作,我的困难,你从来问都不问。孙国海说,我没有问吗?我每次问的时候,你都是一脸冷淡,根本不把我的关心放在心上。万丽说,为什么一脸冷淡?孙国海说我怎么知道?万丽说,每次你都醉醺醺喷着酒气,我就不想跟你说话,一点说话的欲望都没有了。孙国海愣了愣,说,那,那我以后注意。两个人就沉默下来,僵僵地站着。过了一会儿,万丽说,丫丫好吧?孙国海说,很好,天天说想妈妈、想妈妈,但生气的时候就说妈妈不要她了,妈妈是坏妈妈。万丽眼圈一红,不说话了。孙国海又说,家里的事,你放心,我会负责的。万丽又来气了,说,我几次打电话回去,你都不在家,你还负责?孙国海说,我虽不在家,但家里的事情我会安排好的。万丽说,你别说了,我还幸亏找了这么个可以托付可以依赖的好保姆。孙国海讪讪地说,现在我的地位比保姆都不如了。万丽说,家庭成员对家庭的贡献,决定了他在这个家庭的地位。孙国海说,你的意思,我对这个家庭没有贡献?没有作用?万丽又不想说了,说,你自己评价吧。孙国海说,我对自己的评价,肯定不低的。万丽冷笑一声,说,那当然,你什么时候正确地评价过自己?孙国海说,现在我在你眼里,什么都是不好的,说任何话都是不对的,做任何事情都是错的,当初可不是这样。孙国海的话让万丽心里一动,其实她自己也一直在思考这个问题,为什么孙国海身上的许多东西,从前在她眼里,都是优点,都是可爱之处,现在都成了缺点,成了她不能容忍无法接受的东西?是孙国海这个人变了,还是自己的感情变了,或者就是社会、时代不同了?万丽差一点问他,那么你眼里的我呢?但话到嘴边,硬是咽了回去。

孙国海的手机响了,是在省城的朋友相约了等他去聚会,孙国海说,快了快了,马上到。一接过电话,眼见着他的情绪就好了起来,脸上也有了笑意,跟万丽说,你要是没有别的事情,我一会儿就过去吃饭了。万丽说,你在南州忙应酬,到了这里还是应酬,你累不累?孙国海说,不累不累。万丽气就不打一处来,说,我还以为你是来看我的,原来你是来会朋友的。孙国海说,嘿嘿,他们知道我来,肯定要请我的嘛。万丽说,那你也不必跑到我这里来了。孙国海说,我老婆我总是要看一看的呀。万丽说,你是来看我的吗?你来找我的碴,来气我!你以为我在这里休养享受吗?你知不知道党校学习有多紧张,竞争有多激烈,我的压力有多大,你问过没有,你关心过没有?竟然跑来兴师问罪,你说得过去吗?

他们一直站在党校校园的路上说话,情绪都有点激动,后来聂小妹经过这里,看到万丽,奇怪地说,万丽,是你呀?刚才我走过去的时候,你们就站在这里了吧?我也没注意是你,我都吃了晚饭回过来了,你们怎么还站着?万丽说,这是我爱人,孙国海,来出差的。聂小妹热情地和孙国海握手,说,孙国海,你好,万丽经常跟我说起你的。聂小妹随口一说的话,却让万丽有点内疚,其实万丽并没有经常跟聂小妹或其他人谈起孙国海,也不知聂小妹出于什么目的这么说话,万丽也没来得及细想,又听聂小妹问道,天都快黑了,老站在这里腿不酸吗,到宿舍坐坐嘛。万丽说,不用了,他还有事情,一会儿就走。聂小妹说,那你们谈吧,我去教室看书。聂小妹走后,孙国海说,这就是聂小妹呀,怎么这个样子?万丽说,什么样子?孙国海说,你没注意到她的眼睛?万丽想了想,说,她的眼睛怎么啦?就是一般的近视眼。孙国海说,可她的眼镜背后的眼睛里,闪出的是警惕的光。万丽说,警惕?警惕什么?孙国海说,这我就不知道了,她是你的同学,你不了解她,我怎么知道,我只是有这种感觉。他忽然想到了什么,说,她是不是对你的事情很关注,不相信我是你丈夫?万丽说,你瞎说什么,聂小妹就是这样一个人。孙国海却怀疑起来,问道,是不是康季平也来学校找过你,聂小妹也看见过他,所以她才会有这样的眼光?万丽转身就走,孙国海在后面大声说,你走什么,事实就是事实,事实不是你一走就能走掉的!万丽大声道,滚你的事实!孙国海也急了,说,好,走就走,大家走,我这就回南州,我倒不相信,我要去问问姓康的,他到底什么意思?万丽顿时就被吓住了,脸色煞白,手脚冰凉,心里慌成一团。这一招一直就是孙国海的拿手好戏、惯用伎俩,也是万丽最最惧怕的一手。其实,从当年金美人的事情开始到今天,孙国海重演的次数已经很多很多了,万丽也早已经发现他最多只是说说而已,心里也知道他是不会去的,但每次仍然会被他吓着,只要孙国海一说要找谁谁谁去问个明白、理论一番,她就真的以为他会去,就急,就慌,就发誓下次什么事情什么话也不跟他说了,但到了下次,碰到了什么事情,忍不住又说了,一说,孙国海就又是这个样子,赌咒发誓要去找谁谁谁说话,于是万丽又急,又怕,又吵架,已经重复了无数遍,这会儿孙国海又要去找康季平说话,万丽急得直跳脚,指着他的鼻子说,你要是敢去找康季平,我就——孙国海说,你就怎么样?万丽说,我就,我就——心里急,又无法说出来,眼泪就不由自主地掉了下来。孙国海一见万丽哭了,赶紧说,你哭什么,人家都在看你了。路上有党校的老师和同学来来去去,万丽也觉得站在这里吵架实在不是个办法,抹了一把眼泪,说,我不跟你说了。孙国海说,那好,我就过去了,他们已经等急了,去迟了又要罚我的酒。瞬间声音中已经透出控制不住的兴奋,万丽本来想关照他少喝点,但看着他心驰神往的样子,心里又实在不舒服,"哼"了一声,说,喝,喝吧。孙国海明明听出万丽话语中的不满,但此时也不计较了,赔笑道,少喝,一定少喝,你放心,放一万个心。一边说一边看着表,脸上是焦急的表情,分明是在等着万丽发话让他走。万丽叹了一口气,说,你去吧。孙国海如获大释,感激地"嘿嘿"一笑,转身就走,走了几步,才想起万丽的夏衣还在包里,赶紧转身回来,拿出衣服递给万丽,他的手机又响了,孙国海说,到了到了,马上就到,唉,没有办法,堵车呀,边说边远去了。万丽看着他的背影迅速地消失在刚刚降临的黑夜中,她的心里越发堵得慌。

万丽回到宿舍,才感觉肚子饿了,想孙国海这个人,光顾了自己应酬,连问都不问她一声。这么大老远地跑来,两个人一起吃顿饭是最起码的,可孙国海却没有给她留出来时间,这么想着,心里的怨气委屈就升了起来,觉得孙国海嘴上一口一个我的老婆我的老婆,心里却根本没有她,万丽越想越气,越想越恨,想打孙国海的手机责问他几句,但抓起电话,情绪却立刻就没了,懒得与他计较的想法又占了上风。万丽心里很明白,无论责问还是吵架,都无济于事,无论是怎样的开始,都不会有好的结果,最后还是不欢而散,与其再给自己找点不快乐,不如就不理他算了。万丽心情渐渐地平静下来,泡了一碗方便面,正要吃的时候,电话响了,是班主任沈老师打来的,沈老师告诉万丽,三天后省委组织部要请党校部分同学去开个小型座谈会,名额很少,每个班只能选一个同学,他们这个班,沈老师和黄校长商量下来,决定让万丽参加,座谈会是围绕"如何办好党校干部班"召开的,沈老师让万丽作一点准备,有机会的话,可以说说自己的看法和想法。挂了电话后,万丽心里难免有点疑惑,每个班只能选一个人的事情,应该是轮不到她的,万丽在这个班上,各方面的情况综合下来,最多也只是个中等水平,不算出众,全省十二个地级市,推选到这个班上的年轻干部,哪个不是出类拔萃,哪个不是栋梁之材,更何况,他们中的大部分人都已经在处级或副处级的岗位上干了好几年,要经验有经验,要关系有关系,万丽来党校前才刚刚提到副处级,还没有干过实质性的副处工作,说什么也不应该轮到她呀?万丽不知道这件事情和那天与大秘见面有没有关系,想问问康季平,但知道康季平还在医院住着,无法给他打电话,整个下晚,心里都很不踏实,渐渐地,渐渐地,就有了一种感觉,觉得自己越来越离不开康季平了,又很担心康季平的身体,他的肝脏到底是怎么回事,喝酒怎么会喝成这样,想到了喝酒,一下子又想到孙国海,心里顿时一惊,审视着自己内心深处,怎么对孙国海的关心远远不如对康季平的牵挂?天虽然已经热起来,万丽却为自己内心深处的某种变化惊出了一身冷汗。

　　为了赶走自己的胡思乱想,万丽逼着自己静下心来,按照沈老师的布置,开始考虑座谈会上发言的内容,摊开纸笔,先写下了几条大纲。聂小妹下了夜自修回来,进门时脸色就不大对头,她并没有看万丽,但万丽却知道她在等着万丽说什么,万丽回避不过去,只得说,我写个发言稿。聂小妹说,我知道了,去组织部开座谈会吧,刚才沈老师跟我说过。万丽不知怎么回答,只有等着聂小妹的下文。聂小妹说,你已经写发言稿啦?万丽说,沈老师说三天后就开会,我得准备一下。聂小妹说,我看太早了些。万丽不解,抬头看了看聂小妹。聂小妹说,听沈老师的口气,人选可能还会变的。万丽脱口说,是不是还通知了其他人?聂小妹说,这我不知道,但是有时候,有心栽花花不成嘛。万丽说,就开个座谈会,也谈不上什么栽花不栽花。聂小妹说,可别小看一个座谈会啊,何况这座谈会是省委组织部开的,可不同于一般的座谈会,你不看看我们的高洪,不就是一个座谈会开出来的嘛。万丽就不大高兴,半开玩笑半当真地说,你对座谈会看得这么重,要不我跟沈老师说换你去?聂小妹不计较万丽的弦外之音,说,换不换不是你我说了算的事,但是也许真的会换人,你要有思想准备。万丽本来并没有把这件事看得很重,现在听聂小妹这么说,她不乐意了,说,为什么,凭什么要换掉我?聂小妹说,总是有理由的吧。万丽想,聂小妹可能做了什么手脚,肯定在沈老师面前说了她的坏话,她忍不住转过脸朝聂小妹看了看,聂小妹的脸色却已经平和下来,还朝她微微一笑。万丽心里实在想不通,平心而论,聂小妹并不是一位没有境界的女同志,她毕竟当过好多年的乡党委书记,现在又是县委副书记,也上过大学,还读了研究生,学历、经历都摆在那里,要差也不会差到哪里去,万丽与她几个月相处、接触下来,感觉她和余建芳那样的女同志不一样,她是真有才能,真有水平的,又是从基层实打实地干起来的,懂政治,也懂经济,她在担任乡党委书记期间,江洋乡的乡镇企业从零开始,从无到有,飞速发展,许多企业都是她亲手抓起来的,从谈项目开始,一直到建厂、投产、甚至销售,她都一一过问,亲自操作。除此之外,她还是一个懂生活的女同志,在这一点上也不像余建芳,余建芳是永远只知道闷头学习看材料,但她会谈服装、谈化妆、谈时尚,她的品位她的眼光,常常令万丽折服。但万丽就是不能明白,就这么一位有见地有境界的女同志,为什么有时候会说出与她的身份与她的品位境界完全不相符合的话,做出像她这样的女同志不可能做的事情?在说这些话、做这些事的时候,聂小妹简直就是另一个聂小妹,水平低得让你不敢相信,但事情一过,你再一转身看她,她又是那个有分寸的得体的聂小妹了,变脸之快,使人瞠目结舌。

  聂小妹和万丽说过这些话以后,很快就平静下来,一如既往地该干什么干什么,洗漱过后,就躺到床上看起书来,倒让万丽陷入了烦乱和迷惑,她的眼睛不由自主地又去看聂小妹,聂小妹注意到了,笑了笑,把手中的书朝她扬了扬,说,我看的是这本书。万丽一看,书名是《女性嫉妒之研究》,书的封面上是一个女人的笑脸,但笑得那么阴险,那么诡秘,那么可怕,万丽的心像是被刺中了,一下子疼痛起来。聂小妹却笑眯眯地说,万丽,我快看完了,等我看好了,我建议你也看看,这本书写得不错,相当有水平,分析女同志的嫉妒心理分析得很有道理,我念一段你听听:嫉妒是女性最容易产生的不良情感,嫉妒是对才能、名誉、地位等比自己好或和自己差不多的人怀有的怨恨和不满。女性嫉妒主要在同性之间,嫉妒是一种恶劣的感情,不仅有伤她性,还有自伤性——我再换一段,这一段更精彩,万丽你听好啊:嫉妒会使女人的水平下降,下降到让人不可思议不可理解的地步——聂小妹念的时候,脸上始终挂着微笑,她的笑脸和封面上的那张笑脸相互衬托着,万丽眼前模糊起来,两张笑脸一会儿重叠成一张脸,一会儿又分开成两张脸,万丽差一点脱口说,聂小妹,你念的是谁呢?是不是说的你自己啊?但心念至此,头脑里忽然"轰"了一声,脸面上顿时绯红绯烫起来,聂小妹念出来的,只是聂小妹吗?万丽你自己呢?你自己难道不也是身陷"嫉妒的围墙"之中吗?你能摆脱出来吗?

  聂小妹好像猜到万丽在想什么,笑着说,好了,别多想了,也别觉得自己有嫉妒心就很卑鄙,书上说,嫉妒是女人的天性,没有嫉妒就没有女人,是女人就会嫉妒。嫉妒的程度轻重,是视对象的具体情况而定的,关键要看对象与自己有没有关系,是不是在你的生存环境之内,对象在各方面与你靠得越近,她的才能才华,工作水平,还有年龄啦,工作单位啦,外貌条件啦等等,都决定了你的嫉妒程度,但是如果她不在你的生存环境之内,离你很远,即使有嫉妒,这种嫉妒也没有多大的伤害,你不会去嫉妒戴安娜吧,虽然她比你强多了。你也不会去嫉妒撒切尔夫人吧,因为她离你太远,是不是?就算你眼红她们,于她们也是毫发无损的。但也有一些女同志,会去嫉妒一个与她毫无关系,八竿子也打不着的人。比如,一个年轻漂亮的女演员,有的女同志会无端地讨厌她,无端地攻击她,这就是典型的心胸狭窄的女同志了。我想,你和我,都不是那样的女同志,万丽你说是不是?所以,只有在自己生存环境中的对象之间,才可能发生真正的有杀伤力的嫉妒。当然,这其中,不是光有嫉妒,嫉妒还会带来竞争,嫉妒是伴随竞争的,所以也是情有可原——见聂小妹越说越兴奋,万丽忍不住问她,你看这样的书,是研究什么呢?聂小妹说,你这个问题问在点子上了,我要研究的不是嫉妒本身,而是我自己应该怎样克服嫉妒心理,这本书好就好在这里,不仅罗列了嫉妒的种种表现和起因,更提出了怎么克服嫉妒,所以我建议你也看看,这上面都有,我再念一段:克服嫉妒的方法:1——万丽赶紧打断她说,你先看,看完了我看吧。

聂小妹的水平再次体现了出来,她读书的心得体会既实在又到位,还能举一反三,但是这种举一反三,聂小妹可以反倒别人身上,她有没有想到自己的嫉妒问题呢?万丽正想着,聂小妹又说了,我看书有个习惯,无论看到什么,都习惯和自己联系起来想一想,比如说这嫉妒吧,女同志个个都有嫉妒心,我就想,我有没有呢?万丽听她的口气那么轻松那么潇洒那么自信,以为她会说"我就没有",不料聂小妹却非常诚恳地说,我也有,我怎么会没有呢,就说眼前这件事,沈老师说,班上选你去参加组织部的座谈会,我就有嫉妒心,所以,结合我读这本书的感想,真是太有道理,你想想,如果你不是我们班上的一个同学,我会嫉妒吗?不会。如果你是个男生,我会嫉妒吗?也不会。就算会,也只有很小很小的一点点,或者如果你各方面都比我强得多,我对你的感觉是高山仰止,那我也一样不会嫉妒的,你说是不是这样的道理?聂小妹的分析,合情合理,丝丝入扣,万丽无法不点头,但是聂小妹竟然能用这样平静的口吻,用这样诚恳的态度来谈她对自己的嫉妒,实在让万丽不可思议,对聂小妹的问话,她也无法回答。聂小妹其实并不要她的回答,她只是在说自己的学习体会,谈得十分透彻,思想境界也相当的高,还毫不留情地批评了自己的嫉妒心理。

看万丽也躺下了,聂小妹就拉了灯,说,好啦,别多想了,安心睡吧。就是个关心人的好大姐。但万丽心里却无法平静,一方面,聂小妹的这番剖析,使万丽受到很大的震动,"嫉妒"这两个字,像一根尖利的针,一下一下地刺着她的心,使她疼痛,让她难受,她希望自己能够像聂小妹说的那样,克服嫉妒,做一个心地坦白、大气大度、不与人争、靠自己的努力争取进步的人。但另一方面,她面对的又是无情的现实,不说其他远的事情,就眼前的这件事,因为沈老师让她参加座谈会,聂小妹肯定在沈老师面前说了她什么话,她虽不清楚聂小妹跟沈老师说的什么,但可以肯定不是什么好话。万丽心里拿不定主意,要是真的因为聂小妹说了什么就换了人,要是真的换下她换上聂小妹,她要不要去争个高低呢?会可以不参加,言可以不发,但不能不明不白地背什么黑锅,更不能向这种小人之心小人手法屈服。这么想着,万丽觉得自己很无所适从。

第二天中午,沈老师果然又来找万丽,说,万丽,虽然有同学反映了你的一些问题,但我和黄校长又再次商量了,座谈会还是决定由你去参加。万丽说,反映我什么问题?沈老师说,按理我也不应该多说,但是说出来也是对你的提醒,你就有则改之无则加勉吧。有同学反映你来党校后,外面交往比较多,经常有男同志来找你出去活动,还经常深夜不归。万丽说,是聂小妹说的吧。沈老师笑了笑,说,无论是谁说的,说者都没有错,听者呢,我刚才说了,有则改之无则加勉,好不好?万丽说,其实我没有——沈老师笑着打断她,说,别往心里去,也不用跟我解释,抓住机会,才是最好的回答。说罢朝万丽摆了摆手,走了。

万丽整整花了两天时间,精心准备发言稿,这两天聂小妹的情绪一直不稳定,说话总是带着点言外之意,一会儿怀疑万丽攀上什么大领导,一会儿又说女同志长得好总是要占点便宜,万丽稳住自己不受她的影响,心无二用地准备发言稿。但结果情况却发生了变化,开会那天,省委临时有个紧急会议,董部长关照座谈会改期,让与会者再等通知,结果一等再等,董部长却一直忙得不可开交,再也抽不出这半天的空来,后来又带队出国了,一去就是二十天,座谈会的事情,也就不了了之。聂小妹指了指万丽准备好的发言稿,说,可惜你白白地辛苦了。万丽说,其实世界上没有什么事情会是白干的,付出了总会有回报,今天不回报明天也会回报,物质上没有回报,精神上也会有回报。聂小妹点头说,这话很有哲理,很深刻。现在聂小妹的情绪又平稳了,心态也好了,说话行事,又是一个有水平的女同志了。

## 二七

　　大秘根本就没有和她握手的意思,甚至连一个会意的眼神表示都没有,更不要说把她介绍给周书记了,万丽一时有点蒙,恍恍惚惚地想,上次见的是不是这个人啊。

　　从进党校的第一天,大家就知道,他们这个班受到了省委的高度重视,还知道在学习过程中,省委周书记会来看望大家并发表重要讲话,大家就一直在等这一天,一直等到半年的学习快结束了,周书记还没有来,大家不免有些怀疑和担心,猜测周书记可能不会来了。但到了最后的几天里,通知终于下来了,周书记要来参加他们这个班的毕业典礼。

　　这个消息,不仅鼓舞了全班同学,对党校的工作,也是一个极大的鼓励。黄校长在路上碰到这个班的同学,都忍不住说,这样的事情在党校还从来没有发生过,你们这个班厉害啊!

　　省委办公厅向党校传达了周书记的指示,希望这一次的毕业典礼,不要搞形式主义,内容安排得实在一点,时间也可以稍长一点,周书记很重视这次活动,特意排出了整整半天的时间来参加,希望能够开成一个座谈形式的毕业典礼,请班上的同学,尽可能结合当前全省的工作重点,多谈谈学习的心得体会。这样的要求一下达,学校和班级都紧张起来,首先就是确定发言的同学。万丽似乎是首当其冲的,沈老师在班会上说,万丽,上一次你精心准备了发言,结果没发上,这一次你就是第一个可以被确定的发言对象了,看看同学们有没有什么意见?沈老师的话有道理又没道理,谁规定上次准备了发言稿没发上的人这一次就应该是首选人物呢,但谁又规定不可以这样呢,所以,班上没有人说话,没有人反对,也没有人不反对。万丽心里一阵紧似一阵,她不敢去看聂小妹和高洪的脸,因为她的发言一确定,无疑就断了聂小妹和高洪的希望,他们三个一同从南州来,在同一个地区的同学里,不可能安排两个人发言,这倒是个不争的事实。万丽一度很担心聂小妹当场就站出来反对,说出一些让大家尴尬的话来,如坐针毡地熬了一会儿,聂小妹和高洪却都没有表态,沈老师笑道,大家都默认了吧,好,下面我们确定第二位发言的同学。

最后全班一共定了十位同学准备发言,果然是没有聂小妹和高洪的分,在确定人选的过程中,聂小妹也曾试图打破一个地区只能一个人发言的不成文的规矩,但她的话一出口,立刻被其他地区来的同学反对掉了,聂小妹脸色很不好看,但还好,毕竟没有说出什么不得体的话来。

发言的人确定后,接下来就要商量每个人发言的侧重点,沈老师的意思,最好先作一个全面的协调,免得到时候,大家的发言重复或撞车,沈老师先已经拟好了二十个题目,让十位同学商量选择,最后确定给万丽的题目比较具体,谈三个产业间的互相关系问题。这是和当前的全省工作紧密结合的一个重点话题,万丽隐隐感觉到,给她这个题目,好像也是沈老师有意在让她挑重担子,但分配题目的时候,又明明是大家协商的,并没有沈老师的明确旨意在里边,万丽疑疑惑惑,不免又想起那次与大秘的见面。

万丽多少有点紧张,前次和大秘接触过后,大秘就像断了线的风筝,一去不返了,这几个月来,大秘从来没有出现在她的学习和生活中。上一次省委组织部的座谈会,到底是不是因为大秘的原因学校才坚持让她去的,万丽也始终没有弄清楚,她曾在电话里问过康季平,康季平说,万丽,你别变得那么小心眼儿,见就见了,后面的事情,你不必考虑太多。万丽有点不高兴,想说,既然如此,你也不必这么费尽心机地安排见面。但再一想,康季平的话也不无道理,如果见了一次面,就指望着什么,那也太累人了,就把有怨气的话咽了下去,把心也放轻松了,努力不再想那个大秘。

但现在大秘忽然要出现了,万丽就要再次面对大秘了,她再怎么控制,都无法让自己的心轻松平静,动荡是不可避免的了。她内心深处好像有些什么预感,预感着会发生些什么事情,本来她是应该一心一意地好好准备发言稿,可是大秘老是在她眼前晃动。其实万丽对大秘的印象并不是特别深刻和鲜明的,大秘的长相很一般,不是那种让人过目不忘的有个性的脸。再说,那一次与大秘见面时,万丽底气不足,自觉心虚心亏,甚至都不好意思多看大秘几眼,这些日子过去,连大秘的模样都已经记不太清了。但这个不太清晰不太具体的模样却老是在万丽眼前晃动,干扰着她的正常工作和生活。

晚上万丽从图书馆回到宿舍,就发现聂小妹用异样的眼神看着她,万丽还没来得及想什么,聂小妹就说,万丽,你爱人打电话来找你。不知是聂小妹的口气异常,还是万丽忽然有了什么预感,一听这话,万丽的心顿时狂跳起来,结结巴巴地问,什,什么事?我家里、家里出事了?聂小妹说,你女儿得了急性肺炎,很严重,在医院抢救。万丽好像如雷击顶,呆站了半天,回不过神来。聂小妹说,你赶紧往家里打电话试试。万丽几乎是在麻木的状态下抓起了电话,但手抖得怎么也拨不出去。聂小妹接过电话,说,你告诉我号码,我来替你拨。万丽报出号码,聂小妹很快拨通了,但家里没有人接电话,又拨孙国海的手机,手机开着,也没有人接,万丽顿时哭了出来,说,出事了,出事了,丫丫出事了!聂小妹说,别往坏的地方想,小孩子得肺炎,也不是什么特别危险的病,再说,已经送到医院,现在医疗水平高了,应该没有大问题的。万丽边哭边往外走,聂小妹说,万丽,你干什么?万丽说,我回去。聂小妹说,这么晚了,你怎么走?万丽愣了愣,说,我,我,我坐火车。聂小妹说,半夜火车很少的,你不定要等到什么时候才能坐上,不如今天先不回去。万丽摇头说,我马上就要走,我马上就要走。聂小妹说,你别急,我替你找找人。看有没有车子送你一下。她也不问万丽的意见,就拨了电话,果然联系到了车子,二十分钟之内就能到。挂了电话,聂小妹直盯着万丽,说,毕业典礼你赶得回来吗?万丽这才回过神来,想起自己身担的责任,愣住了。聂小妹说,还有三天就是毕业典礼了,你就算赶得回来,发言稿也来不及写了。万丽哭着说,我不发言了,我不发言了。聂小妹说,你想好了?万丽心如乱麻,不说话。聂小妹感叹地说,这就是女同志呀,换了男同志,他们是不会放弃的。万丽仍然不说话,聂小妹像是对万丽又像是自言自语地说,要是换了我呢?聂小妹停顿了一下,没有回答这个问题,却说,我担任乡党委书记的时候,老在外面忙,老母亲病危,我都没赶回去见上最后一面。母亲去世后的这几年里,我没少做噩梦,三天两头梦见母亲来吓唬我,人家说这是良心自我谴责,是内疚,我相信,绝对相信。我母亲那么喜欢我,她无论如何不会来吓唬她心爱的女儿,这是我自己的问题,我对不起母亲,对不起啊。但有时候我也想,如果时间倒退回去,重新来过,我会丢下手里的工作赶回去给母亲送终吗?我不敢说,我真的不敢说。万丽含泪看着聂小妹,她非常感激聂小妹在她最困难的时候说的这番话,这番话对万丽的决定没有什么帮助,没有什么作用,但却使得万丽的心从慌乱中渐渐地平息下来,让自己有力量去面对去承担所发生的一切事情。

车很快就到了,聂小妹送万丽上车,再三吩咐司机一路小心。临开车时,聂小妹说,万丽,我代你发言了。万丽点了点头,车就开走了。

司机有部手机,路上万丽借用司机的手机给孙国海打电话,打了几次,到半夜的时候,终于听到了孙国海的声音,万丽的眼泪"哗"地一下淌了下来,说,孙国海,丫丫呢,丫丫呢?孙国海说,已经脱离危险了,现在睡着了,一切都好,你放心吧。万丽说,我已经在回来的路上了。孙国海说,你不用回来的,下晚我只是打个电话告诉你一下,医生说了,小孩的肺炎好治的。万丽说,那你为什么老不接手机?孙国海说,当时我看丫丫呼吸都没有了,我能不急吗,一急,手机就丢在家里没带上,刚刚回家拿来。万丽说,阿婆呢,她怎么不接电话?孙国海说,她你知道的,丫丫是她的命根子,丫丫进医院,她能不跟过去吗?我当时没有找到你,估计聂小妹告诉你后,你会打电话回家,叫她在家里等着的,她哪里肯,不让她去,她要跟我拼命的。万丽这才长长地松了一口气,眼泪却仍然哗哗地流着。孙国海又说,你到哪里了?你不说是马上毕业典礼,还要发言吗,要不你就回头吧,这里有我,有老太太,丫丫奶奶明天也会赶过来,你放心吧,丫丫不会有问题的。万丽一念之下,差一点让司机回头,但忽然间耳边就想起了聂小妹的声音,我对不起母亲,对不起啊。心念至此,万丽再无别的想法,挂了电话,车子就一直往前走了。

万丽在医院陪了丫丫两天,丫丫的病情好得很快,万丽总算放心了,毕业典礼前一天,万丽赶了回来。聂小妹的发言稿正在做最后的冲刺,神情显得特别肃穆紧张,连和万丽说话的时间也没有,只问了一声,丫丫好些了?万丽说,好多了,谢谢你聂小妹。聂小妹朝她摆了摆手,又埋头写起来。万丽有些惊异地发现,两天不见,聂小妹瘦了一大圈,脸色又黄又萎,但眼睛仍然炯炯有神,万丽知道这是赶发言稿赶的,瘦也是因为发言稿,眼睛有神也是因为发言稿。

这几天课都已经上完了,有发言任务的同学比较紧张,没有发言任务的人,就进入了最轻松悠闲的日子了。下午沈老师来到宿舍看望大家,走进万丽和聂小妹宿舍的时候,看到聂小妹还在闷头赶稿子,沈老师说,聂小妹,太辛苦了,这两天我看你气都没喘一口。聂小妹说,是呀,时间实在太紧了,关于三产的问题,我有太多的话要说,都来不及写了。沈老师关心地说,聂小妹,注意和省委的精神保持一致,这是最重要的。聂小妹说,我当然知道,就说这第三产业,也不是像有些人说得那么神奇,我是最有体会的,我们县有个风景区湖心岛,开发旅游后,第三产业也算是起来了,但你们不知道那是个什么水平,全是些不上台面的小商小贩,在那里设摊卖假冒伪劣产品,县里也是要发展第三产业,结果把湖心岛的名声一下子搞坏了,所以我觉得,搞第三产业,不如搞工业农业那样过得硬,不说别的,就说我在担任乡党委书记的时候,我们乡发展的乡镇企业,那才叫产业啊。沈老师听了,不易觉察地皱了一下眉,好像有些什么担心,虽然他的表情很快就过去了,但还是被万丽捕捉到了,聂小妹却因为一直沉浸在自己的兴奋之中,没有注意到,她胸有成竹地说,沈老师,你放心,我这次的发言,既有马列主义毛泽东思想作理论指导,又有大量的事实作基础,肯定会一鸣惊人的。沈老师说,你来得及的话,我替你看一看?聂小妹说,来不及了,我今天晚上说不定要加一个通宵的夜班呢。沈老师说,一晚上不睡?不要影响到明天的发言噢。聂小妹更有把握了,说,没事,我习惯熬夜的,我在基层工作的时候,几天不睡,照样精神很好,有一次中央首长来我们县视察工作,县委几位主要负责同志,都整整两天没合眼做准备工作,到那一天汇报工作时,他们都不行了,只有我仍然精神抖擞,头脑清醒,后来首长听说我两天两夜没合眼,还开玩笑称我是中国的铁娘子呢。沈老师也赞许地点了点头,说,那就不占用你太多的时间了,你写吧,我到其他同学宿舍看看去。沈老师走后,聂小妹却一时有些兴奋,进入不了写作状态,主动跟万丽说,我这回的发言稿,是经过深思熟虑才决定这么写的,要不我不会说一鸣惊人的。万丽实实在在地说,我刚才听你那样一说,觉得其中还是有些片面的东西。聂小妹听了万丽的话,明显地愣了一下,但很快就说,我不会受影响的,无论别人怎么看怎么说,我都坚持认为我的观点是正确的,是经过长期的实践检验的,这种实践,还不是别人的实践,是我自己亲身的实践,所以,错不了。万丽说,这话不是很绝对吗,难道只要是亲身经历过的实践,就一定错不了? 实践也有对错之分嘛。聂小妹脸色有点变了,盯着万丽看了一会儿,正色地说,万丽,我理解你的心情,本来是你发言的,后来你有特殊情况,不能发了,换成我发言了,你心里有些不平衡,这是完全正常的,但是不能过分,你说对吗?上次我看的那本论女性嫉妒的书上也写,什么事情都得有个度,不要过分。万丽说,我过分吗?我哪里过分了?聂小妹说,我就直说了,你对我的发言特别感兴趣,是不是?还特别挑剔,是不是?你说的这些话,无非是想打击一下我的积极性,是不是?万丽说,这是你自己想出来的。聂小妹又盯着万丽看,说,真是我自己想出来的吗?你自己好好想想,有没有我说的这种因素在里边?如果不是因为我替代了你,你会这么关心我的发言吗?万丽被问得哑口无言了,她也不敢说自己就没有一点私心杂念在里边,自己因为丫丫的生病失去了这次机会,让聂小妹把机会抢了去,自己心里会平衡吗?虽然她对聂小妹发言的观点确实有不同的想法,但也确实不能完全彻底地排除自己心里的不平衡。

聂小妹说过之后,情绪反倒平稳下来了,也许因为万丽的嫉妒,反而增添了她的斗志,聂小妹对万丽说,我今天和值班老师说好了,晚上到教室加班,不影响你休息。说着,整理一下材料就要走。万丽看着她那单单薄薄的身子,不觉有点于心不忍,说,你就在宿舍写好了,不会影响我,我最近睡眠还可以。聂小妹摇了摇头,还是走了出去。

聂小妹果然一夜未回,到第二天天亮时,万丽醒来,看到聂小妹的床仍然空着,心里不由涌起一阵说不清的滋味,想到聂小妹说过要"一鸣惊人",她就好像已经看到周书记赞许的目光,也看到会场全体同志向聂小妹投去羡慕的眼光,但恍惚之中,又觉得有一种悲哀的念头,不知从何而来,因何而生,向何而去。正胡思乱想着,聂小妹回来了,虽然一夜未睡,但精神是依然的好,她用冷水洗了脸,化了淡妆,还在脸颊上涂了点胭脂,显得更加精神饱满。

就在万丽走进会场的那一刻,周书记一行人几乎也同时到了。周书记由黄校长等人陪着——与其说陪着,不如说是围着更准确,也有几个同学想靠近一点看能不能有机会和周书记打个照面,甚至握个手,喊一声周书记,但这样的机会几乎没有,所以只能走在后边的右侧或左侧,再等待机会。大秘走在周书记一行后边偏右一点,这中间的距离,有多远,有多近,大家心中都是有数的,都是不成规定的规定。万丽已经在几天前就开始紧张了,现在一看到大秘,心里更是一阵乱跳,慌乱地想着,大秘跟她打招呼时,她该怎么反应,该说什么话,是表现出激动还是应该平静一点,是多说几句,还是少说几句……万丽在慌慌张张之中眼睛一眨不眨地看着大秘,等着他来打招呼,可是出乎意料大秘却好像并不认识她,他的脸上始终挂着平和的微笑,看到任何人都是一模一样的微笑,他的眼睛是和每一个人都交流过的,但又像是根本没有交流,对待万丽也是这样,他的眼睛分明是看到了万丽,但又好像没有看到,至少他根本就没有认出万丽来,就像万丽从来没有和他接触过,没有见过面,没有一起吃过饭,席间还开过各种玩笑。此时大秘眼中的万丽,就是一个普通的他从来不认识的党校学生,就是平凡的六十分之一,没有任何特殊性。万丽事先也都想象过这次见面的情形,大秘会和她握手,亲热地笑着说话,别人就会知道,他们原来是认识的,是有关系的,于是也就解答了一些疑惑。大秘会不会顺势把她介绍给周书记呢?如果介绍了,周书记会是怎么样的反应?如果大秘事先已经和周书记提起过她,周书记就可能会笑呵呵地说,啊,你就是万丽啊。如果大秘事先并没有机会向周书记推荐万丽,这时候一介绍,周书记至少也会笑着和万丽握手,说,啊,是万丽同学,好,好。什么情形都想了一遍,可就是没想到,到了现场,所有的设想都没有发生,大秘根本就没有和她握手的意思,甚至连一个会意的眼神表示都没有,更不要说把她介绍给周书记了。万丽一时有点蒙,恍恍惚惚地想,上次见的是不是这个人啊?

在恍恍惚惚中,万丽跟着大家进了会场,发现会场上每个人都有席位卡,这也是比较少见的,平时开会用餐什么的,放个席位卡还属正常,但今天是一个毕业班的毕业典礼,每个人都放席位卡,有这个必要吗?果然,不光是万丽,其他同学也都注意到了这个现象,有人奇怪地说,咦,连我们也都有席位卡啊?周书记听到了这个同学的话,先朝主席台看看,又朝台下看看,笑了笑,说,黄校长啊,我知道你们的用意,让我也认识认识这个班的同学嘛,是吧?黄校长赶紧说,正是,正是。周书记又笑道,这也是在批评我嘛,我一直说要来了解这个班,要关心这个班,哪知忙来忙去,忙到最后一天才来。黄校长又赶紧说,周书记,您能来,就是对我们极大的鼓舞了,省委书记来参加我们一个班的毕业典礼,这在我们党校还是头一次呢。周书记又呵呵地笑了。

　　台上领导说话的当口,台下的同学也都找到了自己的位置,开始入座了,等周书记坐下去的时候,台下的同学也坐得差不多了,万丽仍然是在头一排,周书记的眼光就从第一排的同学的席位卡和脸上来回地扫过,在一一地对号,看一个名字,就看看这个同学的脸,亲切地点头,笑一笑。坐在周书记左边的是省委宣传部吴部长,他向万丽点过头后,就附到周书记耳边,眼睛看着万丽,说了几句话,周书记再看万丽时,笑容里更多了一分亲热,就从上面用手点着万丽,说,你是万丽同学,南州来的。万丽脸一红,赶紧站起来,说,周书记好。周书记说,很年轻嘛。万丽不好意思地说,也不年轻了。周书记说,小万你不年轻?那我们这些人,坐在这里不是该脸红了?大家都笑了,黄校长坐在主席台的最边上,勾过头来和周书记说话,台下听不见,但万丽的感觉好像也是在说她,因为黄校长的话一说完,周书记又看着万丽笑,说,好,好,好——第三个好字还没有落音,聂小妹已经走到了主席台下,恭恭敬敬地从下面递上一本很旧的书到周书记面前,周书记倒是想接的,但因为主席台高了一点,够不着,聂小妹就赶紧从右侧的楼梯跑上主席台,站到周书记面前,说,周书记,这是您的著作。周书记好像没有料到这一招,拿起书看了看,说,嘿,你这位同学,从哪里找到这本书的?这是我以前在地委写作组的时候写的,你看看,还农业学大寨呢,都二十多年了,我自己都忘了。聂小妹说,周书记您替我签个名吧。周书记似乎有些为难地笑了一下,说,我家里都找不着这本书了。就在这一瞬间,大秘就像从地底下冒了出来似的,就出现在聂小妹身边,既客气又不客气地说,这位同学,请你回到自己的座位好吗?聂小妹一愣,说,周书记,我们能见到您真不容易啊,您就——周书记说,好,好,就签一下吧。大秘赶紧递过笔,周书记签了名,聂小妹激动地往台下走,台阶都没看清楚,三级当成了两级,差一点从台上跌下来。万丽看在眼里,心里直跳,脸都红了,好像在替自己丢脸,也不知道她从哪里弄到了这本二十多年前的小册子。主席台上吴部长对周书记说,这位女同学叫聂小妹,也是南州来的。周书记说,又是南州的?又向第一排的万丽点头笑,说,你们南州,女同志厉害嘛。大家又笑了。这期间,万丽的眼睛又有好几次接触到大秘,但大秘始终如一地保持着他的习惯——微笑着,但却是那种并不认识的客气的礼貌的有规有矩的笑。

　　同学的发言开始后,周书记一直在认真地听着,有时候,还和右边的组织部董部长或左边的宣传部吴部长议论几句,但看得出不是在说其他话题,就是在交流听了同学的发言的心得。聂小妹的发言排在中间,这是聂小妹最满意的排列,她事先就跟沈老师提出过要求,一共十个人发言,她希望把她安排在第三或第四,沈老师就安排了。聂小妹跟万丽说,效果不一样,刚开始的时候,大家刚刚进入这个环境,一般来说思绪都还没有稳定下来,精神还没有集中起来,发言的内容听不太进去,效果不会太好。而最后发呢,大家又都疲劳了,效果也不会好,所以中间偏前一点是最理想的。万丽说,还有这个道理?从前我从来没有考虑过,倒也要注意注意了。聂小妹说,你等以后吧。

果然,轮到聂小妹发言的时候,大家的会议情绪都调到了最佳的状态了,所以聂小妹一念出她的发言题目,全场立刻变得鸦雀无声了。

　　聂小妹发言的题目是:论第三产业的利与弊。

　　聂小妹的命运在这一刻就开始走向另一面了。命运常常是不以人的意志为转移的,但这一次,恰恰是聂小妹自己的努力,改变了她的命运。或者说,是她自己的努力,让她的命运走向了反面,走向了悲剧。

　　这个悲剧开始的时候还没有什么迹象,周书记在听聂小妹发言的整个过程中,脸部没有任何的反应,连一丝丝都没有,始终如一的是平静,是认真,是用心听和用心思考,是表情的不可捉摸,甚至连微微的点头和微微的摇头都没有,就像他在听前三位同学发言时一样,那三个发言的同学,都试图想从周书记的表情里看出他对他们发言的态度和想法,但他们看不出来,发言过后,心里很有些忐忑不安。万丽看到他们的表情,深深为自己松了一口气,如果不是因为丫丫生病,她现在也和他们一样在受煎熬。更要命的是,这种煎熬恰恰又是人人想要去受的,争着抢着去受的。聂小妹就因为抢到了发言而过了三天不合眼的苦日子,她把发言的事情看得比天重比天大,万丽甚至感觉到她有一点孤注一掷背水一战的意味,好像人生的道路、前途等,就在此一举了。万丽因为内心深处不能同意聂小妹发言的观点,也曾经想跟她探讨,但聂小妹说她是因为嫉妒,万丽也就无法跟她深谈这个话题。她没有想到的是,聂小妹为了论证自己的观点,她发言的每一句话,每一个字,都很重很重,重到几乎是掷地有声了。聂小妹虽然三天没有休息,但此时此刻被自己的情绪激动着,不仅毫无倦意,眼睛比往日更明亮,嗓音比往日更清脆,口齿也比往日更加伶俐清楚,加上发言的位置排得合理恰当,发言的效果果然非同凡响,以至于全场自始至终鸦雀无声,甚至没有一个人走出去上厕所。

万丽心里非常复杂,她一方面觉得自己不能赞同聂小妹观点,但另一方面又时时想着聂小妹说过的"一鸣惊人"。聂小妹今天发言的重量,抵得过前边三位同学的相加,是重之又重,重中之重,这就是聂小妹要的效果,是她精心设计的,是她一鸣惊人的关键举措。她既引经据典,又用事实说话,既有理论高度,分析事实也合情合理,就连始终不能赞同聂小妹的观点的万丽,也不得不承认,聂小妹的发言稿,是一篇高水平的发言稿,聂小妹是一位有水平的女同志。万丽甚至想,如果不是丫丫生病,如果她没有放弃这次发言,她的发言稿能准备到如此的水平吗?毫无疑问,聂小妹是能够达到一鸣惊人的效果的,如果周书记赞同聂小妹的观点,聂小妹的这个发言,将是今天,也将是党校有始发来,最具分量最有水平的发言。

聂小妹果然一鸣惊人了,但是包括她自己在内的许多人都没有想到,这个一鸣惊人,最后却惊出了反面的效果。就在聂小妹结束发言前,一直正襟危坐的周书记主动凑到了组织部董部长的耳边,低低地说了几句话,虽然周书记说话时仍然面无表情,但董部长却有了表情,他面朝聂小妹,张了张嘴,好像要说什么,却被周书记挡了下去,一直到聂小妹发完了言,董部长再次要说话,又被周书记挡住了,这下子董部长看上去有点茫然了,探询地看了一眼周书记,周书记说,还有同学发言吧?黄校长赶紧说,一共有十位。周书记说,好,好,继续发。

在接下来的发言中,周书记隔一会儿就和董部长或吴部长耳语几句,他的表情依然平常,平常得好像他不在说话,也不在思考,但董部长和吴部长都有点表情外露了,他们紧皱眉头,分明已经没有心思再听下面的同学发言了。过了一会儿,董部长离席了,到主席台边上,把黄校长喊走了,到了台后。过了一会儿,就有人从台下把坐在同学中间的班主任沈老师也喊走了。他们三人离开了一会儿,又回过来,坐到自己原来的位置,接着听发言,下面再也没有什么动静了。细心的人会注意,沈老师进来的时候,手里多了一张报纸,但沈老师只是拿在手里,并没有翻开来看,所以即使是坐在沈老师边上的人,也不知道这报纸是怎么回事。

这一切大家都看在眼里的,但不知道出了什么事情,也不知道是针对谁的,虽然心里打着鼓,却也是莫名其妙的鼓,慢慢地,也就随它去了。

接在聂小妹后面的六个同学的发言,都不如聂小妹准备得那么充分、那么长,所以整个发言不多久就结束了。接下来就是董部长作总结,最后才是周书记讲话。董部长在总结中说,今天大家的发言很好,好就好在各位同学经过半年的学习,都有了长足的进步,更好在大家各抒己见,畅所欲言,比如薛湖泊同学,他的发言中谈到的干部队伍的人才问题,就非常的重要。董部长一边说,一边稍稍侧了一下头,看了一眼周书记,周书记微微点头,这是他开始听发言以来,头一次露出的微笑,下面沈老师就带头鼓起掌来,同学们都边鼓掌,边朝薛湖泊看,薛湖泊大概也没有料到有这一招,顿时不自然起来,但掩饰不了情绪中的兴奋。董部长接着又肯定了同学发言中的一些长处、一些观点,说明这半年的党校学习是大有成效的,但后来他语调一转,声音也变得低沉了些,说,但是我必须指出的是,我们也有个别同学,显然学习得还不够,对事物的认识是片面的,是不科学的,甚至是错误的——董部长说到这儿,停顿了一下,全场的气氛一下子紧张起来,大家顿时觉得透不过气来,尤其是发过言的十位同学,个个脸色大变,心吊到了嗓子眼儿上,眼睛盯着董部长,耳朵里就等着董部长报出这个有错误观点的同学名字来,倒是周书记在主席台上仍然微微地笑着,好像董部长说的,与他完全无关。董部长接着往下说,有个别同学在发言中,谈到三产问题时,认为三产是不足为数的小敲小打,成不了大气候——"轰"地一下,所有人的脑子里立刻就炸开了,也立刻都清楚了,有人忍不住朝聂小妹看过去,但大部分人没有看她,看她的人也只是匆匆一眼,就立刻回过脸来,听董部长继续说,这是因为,我们还有少数同学,还没有掌握马克思主义的历史唯物主义和辩证唯物主义的方法论,不懂两点论,不懂辩证法,因此就落在时代的后面。我们原来以为,青年干部班的同学,应该是走在时代前列的,但现在看起来,年轻并不是进步的代名词和同义词,个别同学的这种观点,已经跟不上时代的步伐,已经落后于时代落后于党和人民对我们的要求了。这也从另一个方面说明了我们办青年干部班的重要性必要性和迫切性,如果连我们的青年干部,都不能及时了解党的路线方针政策,那么靠谁去宣传群众组织群众为落实党的方针政策而努力呢?

万丽的脑子在"轰"地一下之后,几乎成了一片空白,董部长下面说的话,她似听非听,好像听进去了,又好像根本没有听到,好像听懂了,又好像一无所知,她的心念只是在她身后的聂小妹身上,她想回头去看她,但又不能,又控制不住自己的念头,又要拼命克制自己的念头,心里一时慌得不知所措了,好像被董部长不点名地点了名的这个错误观点的同学不是聂小妹,而是她自己。万丽只觉得自己胸腔里的那颗心,不规则地跳着,胡乱地跳着,一会儿到了嗓子眼儿,一会儿又落到了心底下,折腾来折腾去,把一颗心折腾得好疼好疼。

董部长还在往下说,有关经济建设和发展三产的问题,今天的省报上,有周书记的一篇大文章,我希望大家好好看一看,认真学一学——周书记轻轻地咳嗽了一声,脸上仍然是微笑,但他的这一声轻咳,却打住了董部长的话头,董部长立刻说,我就不多说了,下面请周书记给我们作重要指示。周书记在大家的热烈鼓掌中,再三地摆手致意,等掌声平息了,周书记说,没有什么重要指示,别说重要指示,一般指示也没有。有人轻笑了一下,但很轻很轻,很快被全场的安静淹没了。周书记说,我今天是来学习的,这是毫无疑问的,刚才董部长也已经总结过了,所以,我现在讲几句,只是说说我今天的心得体会。同学们都知道,十一届三中全会以来,我们党的中心工作就转移到经济建设上来了,还是那句话,发展是硬道理,这是我们党的头等大事。刚才董部长说今天的报纸上有我的一篇文章,这是我的初步体会,还请在座各位,我们干部中的高才生,多给我提意见,帮助我进步。周书记的讲话,自始至终只字没提聂小妹发言的事情,但在场的人谁不知道,董部长的发言,完全就是周书记的意思。这时候,沈老师手里的那张报纸,已经在座位上传开来了,传到万丽手上一看,果然是当天的省报,果然有周书记的长篇文章,标题是"大力发展三产,走富民强省的康庄大道",而聂小妹在发言中大谈乡镇企业的功劳,贬低和攻击第三产业,与周书记的文章,正好是南辕北辙,背道而驰。

聂小妹还是坚持到散会,没有提前走掉,但是一散会,她一声不吭就走出了会场,也没有人敢去喊她。会后还有宴请,周书记将和大家一起用餐庆祝毕业,聂小妹没有参加,也没有人问她到哪里去了,连最关心同学的沈老师,也装作不知了。

餐厅里共有八桌,主桌上是有席位卡的,其他桌上没有。但到了坐下来一看,发现主桌上竟然只有一位女同志,也是被邀请来出席毕业典礼的省政府方面的一位领导,宣传部吴部长一看,马上道,咦,女同志怎么这么少哇?黄校长一听,赶紧站起来,四下看着,说,怎么安排的呀?来来来,万丽、蒋小娟,你们坐过来。但这边的位子是有席位卡的,万丽和蒋小娟过来,没地方坐。黄校长说,万丽,你坐我的位子,我跟你换一下。看万丽还在犹豫,他不由分说地把万丽按到自己的位子上坐下,但剩下一个蒋小娟,却没有人肯跟她换,也难怪,这些人熬了多少年才熬到这个机会,能够和省委书记一桌子吃饭,可不是件容易的事,凭什么要放弃了让给女同志呢。蒋小娟呆呆地站着,很尴尬,正犹豫要不要回到自己原来的座位上去,周书记笑指着她说,这位女同学,加个位子吧,反正这桌子大,还不算太挤吧。立刻就有人端了椅子加了餐具,蒋小娟也坐下来,脸通红的。

吴部长说,周书记是真正的平民书记,平易近人的书记,我还从来没有看见过在省委书记吃饭的桌上加座呢。董部长说,是呀。他看了看一桌子的人,笑道,你们恐怕都没想到周书记这么随和吧?周书记说,你们两个,别一搭一档损我啦,你们这么说了,我还以为平时我在大家心目中,是个凶神恶煞呢。大家都开心地笑了,气氛也轻松了一点,但大部分的人仍然是紧张的,因为和省委书记同桌吃饭,拘谨得大气都不敢出。周书记笑着说,今天这情形,让我想起我读大学时的事情,我那时候,还就是喜欢往女生桌上凑。大家听了,简直大吃一惊,有人甚至都不敢去看周书记的脸色了。周书记继续说,为什么?肚子饿呀,男生总以为女生食量小,就往女生桌上凑,想多吃一点嘛,而且也确实是这样,每次凑过去,都能占到一点便宜。不说菜,因为本身就没有什么菜可言,大萝卜倒是有不少,但那东西越吃越饿,别说油水了,把肚肠的角角落落都刮得干干净净。但我们到了女生桌上,至少饭可以多吃半碗呀。大家听了,跟着叹息了一声,每个人的脸上,都是想起了困难往事的凝重神色。周书记又说,可是有一次我和另一个男生凑过去的时候,却发现那一桌的女生脸色都不对,其中一个女生刚要说什么,坐在她对面的一个女生一着急,赶紧站起来,伸出手,看上去是要挡住那个女生说话,哪料她这一站起来,眼看着就不行了,突然眼睛一翻,一头栽倒在地上。后来我们才知道,每次我们男生凑过去,女生都瞒着我们,轮流着省下饭来让给我们,时间一长,女生也吃不消了,有的就不肯这么干了。但有的女生还要坚持下去,就是昏倒的这个女生,为了不让我们失望,连续几天只进了几粒米,其他女生看不过去,决定向我们说明情况,她本来就饿得撑不住,再一急,就昏倒了。

周书记的故事,说得大家一片沉默,然后还是周书记自己调节气氛,他长长地松了一口气,说,我们看看现在,改革开放,为什么人民群众举双手赞成改革开放,这个道理,不言而喻嘛。周书记微微一笑,又说,不过呢,现在的女同志,又开始饿自己啦——他的眼睛看到万丽这里,笑眯眯地说,小万,你说是不是?怕胖啊,要苗条啊,就饿着自己,据说也有饿昏过去的呢。周书记这么说了,大家都轻松起来,也有人看着万丽笑。董部长说,小万,你身材这么好,该不是饿出来的吧?万丽脸通红,不知怎么回答。吴部长说,小万,介绍介绍经验嘛,我家老太婆老是跟我抱怨,说喝凉水也长肉,怎么饿也饿不瘦。周书记说,还是别饿啦,换了我,我就不会饿着自己,当年饿怕了,再也不敢让自己饿着啦。记得有一次无意中照了照镜子,发现自己眼珠子都是黄绿黄绿的,可吓得不轻,那样的饿啊,一辈子也忘不了。所以我现在,从来不苛刻自己的肚子,好吃的,想吃的,就吃,不忌口。董部长说,但周书记您这几年,也没见您胖起来呀。吴部长说,那是天生,天生丽质。周书记哈哈笑起来,天生丽质怎么是我,形容不当,形容不当,小万才是天生丽质。大家又都朝万丽看,万丽的脸更红了,心里的幸福感直往外溢,她无意中瞥见同桌的蒋小娟的表情,蒋小娟也和大家一起笑着,但笑里边分明有一丝尴尬,这使得万丽在高兴得差点忘形的时候,一下想起了聂小妹。桌上的气氛越来越和谐,可万丽的心却踏实不下来,聂小妹往外走的时候,所有的人都是看见的,但谁都装作没看见,谁都装作没放在心上,那一刻聂小妹背对着会场,万丽看不见她的脸,只是从半侧面看到她的背影,聂小妹的背影,简直就像一块僵硬的石头。这块石头,现在沉甸甸地压在万丽心上。宴会的气氛非常的好,因为周书记的态度,万丽受到了大家的追捧,这无疑是万丽进入机关当了干部以后最风光的一次了。先前在南州,在受到向秘书长关照的时候,她尝到的甜头,与今天在周书记面前得宠相比,又不能比了。此时此刻,几乎全场的人,都敏感和眼红着万丽的待遇。但偏偏在万丽内心深处,升起了一股寒意,弥漫开一种悲哀,整个席间,聂小妹那僵硬的背影,老是在她眼前晃动着、晃动着,搅得她心里疙里疙瘩的。

一顿饭,在一小时差三分钟的时候结束了,完全与事先规定的时间相符,上菜上酒,几乎每一分每一秒的时间都是掐好了来的,不会耽搁拖延,也不会提早结束,一切都是严格的规范。开始的时候,万丽见周书记这么随和,这么不拘形式,兴致又这么高,还以为首长会放开来喝一点酒,尽一尽兴呢,到这时候才发现,省委书记就是省委书记,虽然他可以让蒋小娟加个座,但他仍然是省委书记,不是别人,不是市委书记,更不是县委书记和乡镇的党委书记。万丽不由想起多年前,刚进妇联工作头一次下乡,那个乡党委的陈书记是怎么喝酒怎么说话的,说到兴奋时,还总是有意无意地拍拍她的手背。又想起那件来料加工出口的羊绒衫,当年可是最时髦最流行的,如今已被淘汰了,那件衣服早已经不在她的衣橱里了。她甚至已经忘记是怎么处理掉的,是送给了谁,还是卖了旧货,都不记得了,只是记得当年,可是当回大事情的,拿了一件羊绒衫,心里觉得重得不得了,连许大姐都被它打动了呢。时间过得真快,一切都已经成为过去了。

整个吃饭过程中,虽然井井有条,中规中矩,但也还是有不少人抓紧时间来敬酒,大秘虽然不在主桌上,但只要一有情况,他就出现在周书记身边,他并不替周书记代酒,但只要他往那里一站,敬酒的人也就只能象征地意思地敬一下了,周书记喝或者不喝,敬酒的人是不能有什么想法的,甚至想多跟周书记说几句话也是不大可能的。在这个过程中,大秘也仍然不说话,只是微笑着拿目光和大家交流,交流到万丽的时候,也仍然一如既往,始终没有让万丽感受到一丝丝的特殊待遇,哪怕是一点点的特殊的目光也没有。一直到万丽和同学们一起排着队送周书记走,一直到他们上了车,大秘也始终没有回过身来多看她一眼。

毕业典礼后的第二天,留省的名单正式公布了,与一开始大家希望和猜测的出入比较大,六十多个人总共只留下两个人,南州的高洪是其中之一。康季平在电话里跟万丽说,失落吧?万丽说,才不呢,我早跟你说过,我不想待在这里,我要回南州的,南州是我的根之所在。康季平说,主要南州有我在。万丽说,你感觉好。康季平说,万丽,说不失落也是假的,总有一点的,如果都不留也就算了,多少留了两个,却没有你,这说明你不是最拔尖的嘛。万丽说,拔尖不拔尖,要看怎么看。康季平说,但高洪留下,你也无话可说吧。只不过,这一次也很险啊,前一阵聂小妹活动得很厉害,万一留下的是聂小妹,你可是要打翻醋瓶子。万丽说,我至于吗?康季平说,好吧,实话告诉你,不是你不拔尖,是因为你太拔尖,太出众,南州要重用你,才让你回去的。万丽说,得了吧,你上回介绍什么大秘,还一起吃过饭呢,参加毕业典礼,从头到尾,理都不理我,假装不认识,好大的架子。康季平说,你错也,大错特错。万丽不服,说,我错什么错,见过就是见过,认识就是认识,他要是不想理我,那天根本就不用来,见什么面?吃什么饭?康季平说,你也不替人家想想,他一个做秘书的,众目睽睽之下,尤其首长在,他怎么可能表现出跟你的特殊关系?你要是个男同志,说不定还有些可能性,可你是女同志,你不仅是女同志,而且还这么年轻漂亮,他来找你打招呼,不是自找议论吗?官场的人是很注意细节的,他怎么可能向你表示出他的亲热?他如果是这么个轻浮的人,他能有今天?他能当到大秘吗?万丽说,我又不要他跟我表示亲热,既然认识,握个手,打个招呼,这有什么呢?康季平说,他凭什么要告诉大家他认识你?万丽说,我怎么啦,我犯错误了?我是犯罪分子?我好歹也是党校青年干部班的学生嘛。康季平说,你还是不了解他们这些人,小心谨慎到什么地步,你就别去想了,总之我告诉你一点,别说大秘当场不理睬你,就算他当场骂了你,他还是在暗中帮了你不少忙的。万丽一愣,说,那就是说,后来我在党校的一些事情,什么发言啦什么的,还真跟他有关系?康季平说,你自己觉得呢?万丽忽然就叹息了一声,说,过都过去了,还有什么意思,没什么意思。康季平说,不对,过去了的也是有意思,让你回忆起来的时候就觉得自己风光过,可以大大地鼓励自己的信心。还有,过去了的未必就过去了,会对今后起到重要作用的,你自己说说,你在党校学习期间的表现怎么样?万丽说,一般,中等,这可是藏龙卧虎之地,凭良心说,我许多地方比不过他们。康季平说,你很实事求是,但你不知道党校对你的评价可是很高的,这个评语,已经提前传回市委组织部了。万丽愣了半天,说,你怎么知道?组织部长是你爹?你是南州市委里的特务?康季平说,我早跟你说过,我是上帝派来帮助你的。

和康季平通完电话后,聂小妹回来了,她没有参加宴会,也不知道跑到哪里去了,走进房间的时候,万丽吓了一跳,本来已经很消瘦了的聂小妹更瘦了,整个脸像刀削了似的,变得无比坚硬狭窄,万丽想和她说些什么,想问问她到哪里去了,却无法开口。聂小妹也没有和万丽说话的意思,一进来就动手整理行李。万丽的行李已经整理好了,屋子一下子显得空荡起来。万丽看着快要人去屋空的地方,心里不免有点感伤,随手开了录音机,是一首《只要你过得比我好》。

聂小妹开始没有作声,过了一会儿,手指了指录音机,说,关掉吧,我不要听。万丽不敢惹她,就关了录音机。聂小妹说,你们都很快乐吧。不等万丽说什么,她又抽动着嘴角说,人之常情,可以理解,可以理解。万丽说,你也别把人都想得那么坏。聂小妹说,我从来就是坚定的唯物主义者,我并没有把人想得多坏,那是人本来太坏。就说这发言,本来是你发言,这个观点也是你启发我的,你临时大概得到了省委什么精神,不发了,也不告诉我,还设个套子让我钻——万丽打断她说,聂小妹,你说话要有根据,我家丫丫生病,你不是不知道,电话还是你接的呢!聂小妹冷笑一声,这好办,你不会和你们孙国海说好了来骗我吗?万丽气得大声说,聂小妹,你怎么说得出这种话来?你摸摸良心,你相信自己说的话吗？聂小妹还想回她一句什么，但张开了嘴后，突然就僵住了，好像中了风，张着的嘴都不能动了，嗓子里发不出一点声音，眼泪却哗哗地淌下来。万丽想劝她，但仍无法开口，眼看着聂小妹的眼泪像断了线的珍珠，不停地往下滚，万丽心里有点害怕，因为聂小妹的哭是无声的，只见眼泪淌，听不到她的哭声，万丽担心会出什么事情，赶紧跑去找沈老师，沈老师说，我也很难，可能不适合去劝她了，一来呢，你们这个班，已经正式毕业了，也不归我管了，再说了，这种事情，我怎么说呢？我去说什么呢？万丽说，她已经哭了快半个小时了，我有点担心，会不会出什么事？沈老师叹息一声，说，事情是不会出的，聂小妹是个有经历也有经验的女同志了，她在这个圈子里比你时间长多了，看到的，经历过的，比你多得多。何况，她的心也比较硬，跟你不一样，我相信她会挺过去的。万丽听沈老师这么说了，稍稍放心一点。沈老师又说，唉，也怪她自己，求胜心太切，当时我还想替她看一看发言稿、把一把关，但她把这个发言看得太重，也太自信，可能觉得我这个班主任还不够分量，不够水平给她把关。万丽说，如果你替她把把关呢？沈老师说，经济从来就不是孤立的经济，从来就是政治的表现，所以有关经济发展，一直就是比较敏感的问题，争论也很大，要么就不谈，要谈的话，事先一定要把住领导的脉搏，一定要了解最新最近的重要信息，聂小妹的观点，放在去年这时候谈，也许没什么问题，至少没什么大问题，但去年是去年，今年是今年啊，更何况，周书记正好力排众议在抓这个问题。万丽说，也是不巧，怎么偏偏周书记的文章今天发表了呢？沈老师说，这是偶然中的必然，也跟聂小妹的投机心理有关，她把话说得太重太绝对。万丽说，是的，我也觉得她有点耸人听闻。沈老师说，那就是她要的效果，如果不能耸人听闻，一般般地发个言，谁也不会重视的，只是聂小妹押错了赌注。万丽心里一惊，原先是她发言的，这个题目就是她移交给聂小妹的，如果没有丫丫生病的事情，她会怎么去发这个言呢？万丽简直不敢往下想。

沈老师像是看透了她的心思,说,如果是你发言,即便你的观点和聂小妹差不多,但效果却不会这么强烈,后果也就不会这么严重。万丽说,为什么?沈老师说,你虽然也看重这次发言,但你至少没有把它当成赌注,你没有押宝的心理,这是你与聂小妹的不同之处,所以,你的发言不会太精彩,就不会出太大的问题。万丽不吭声了。沈老师又说,其实,聂小妹也不必把这件事情看得太重,不用这么紧张,现在毕竟不是从前,又不是"反右"那时候,不是"文化大革命",即便是说错了话,也不至于被一棍子打死,最多也只是给领导留了个不太好的印象罢了。万丽点着头,但心里想,有多少人,不惜等多长时间,就是为了等这个机会给领导留一个好印象,把个机会弄砸了,换了谁谁都不会好过的。沈老师说,你们明天就要走了,说实在的,半年在一起相处,还是挺留恋你们的,你们中间,可以说,大部分人都很有水平,今后你们进步了,也是我的光荣啊。万丽说,我们同学都在背后说,能够碰到您这样的班主任,也是我们的福气。沈老师摆了摆手,说,我只是做我的工作罢了,你们不同,你们是大有前途的。还是那句话,前途是光明的,道路是曲折的。万丽说,沈老师,您在党校好多年了,您带的班大概也有好多了吧?沈老师说,是呀,许多学生都提了,当了相当级别的官,有时候,他们相聚在省城的时候,也会打电话给我,约我去吃饭,不过我很少去的。万丽说,为什么?沈老师笑着摇摇头,那是他们的氛围,他们的天下了,话语的中心是他们自己了,他们请我,只是一个礼数,我如果去了,话语中心就有点失衡,他们得照顾我这个老师,那就勉强也委屈他们了。而我呢,吃不吃这顿饭,意义是没有什么大出入的,不去也罢。万丽听沈老师这么说,心里凉凉的,酸酸的,不由说,那我以后要是来,请您吃饭,您给不给面子呢?沈老师说,你也想得太超前了,你还没回去呢,就已经想着再来的事情了。万丽说,不行,我得和您说定了。沈老师一笑,说,到时候再说了。稍一停顿,又说,万丽,有句话,我考虑了半天,还是想跟你说一说。万丽心里一跳,就听得沈老师说,你有许多过人之处,这不用我多说,但你也有你的弱点,你的弱点就是左右摇摆,就是犹豫,就是常常不知道自己该怎么办,下不了决心,这一点上,你比聂小妹差远了,聂小妹在政治上是坚如磐石的。万丽听了,虽然并不高兴,但也不得不服,微微地点了点头。沈老师又说,但有的时候,这个弱点偏偏救了你,就说这一次的发言,如果换一个同志,也许就不会放弃,即使要赶回去照顾生病的女儿,也会再赶回来发言的,哪怕几天几夜不睡,因为这个机会太难得,但是你做不到,儿女情长是你的弱点,女儿一病你什么都不要了,这一回偏偏救了你。我刚才虽然说过,如果你发言,可能不会有这么严重的不好的后果,但这些都是不可预测的,一通发言就交了好运,或几句讲话就把自己的人生讲塌陷了,都是随时可能发生的。万丽说,塞翁失马,安知非福。沈老师却摇头说,这心态是不错的,这一次你也确实就是这样的情况,但正常的进步的道路,不是靠机缘,不是靠运气,要靠自己抓住一切机会去努力,所以,弱点就是弱点,不能因为这一次弱点救了你,你就以为弱点就是你安身立命的东西,弱点你是一定要克服的,一定要克服。万丽知道沈老师说的都是心里话,很感动,一感动就脱口说,沈老师,您能不能告诉我,您为什么给我调位子,为什么两次发言的机会都给了我?沈老师笑而不答。万丽说,是不是有谁——沈老师的笑脸收敛起来了,打断了她的话,说,万丽,我刚才说你一定要克服弱点,你知道你要克服什么?一个人,把握分寸是最重要的,就是该多想的时候多想,该少想的时候少想,你的问题,就这方面处理不当,还常常倒过来,该多想的时候,你不多想,不该多想的时候,你拼命地想。万丽知道自己问多了,错把沈老师当康季平了,赶紧收回情绪,剩下的就只有点头了。

万丽回到宿舍,聂小妹果然已不再哭泣,行李也收拾好了,而且整理得整整齐齐,包扎得像行军打仗那样精练,见万丽回来,她主动说,你到哪里去了,刚才高洪来过,约你我三个人一起去喝茶。

万丽看了看表,说,这么晚了。聂小妹说,但他有兴致,他当然有兴致。万丽说,他明天不回南州吗?聂小妹说,他当然要回南州啦,他可是衣锦还乡啊。万丽说,不管怎么说,我们也从省委党校毕业了,也是衣锦还乡嘛。聂小妹说,你当然也是,何况你还有向部长罩着,我就不一样,我永远是孤军奋战。

第二天一早,长洲县有车来接聂小妹,聂小妹上车时,朝万丽挥着手,大声说,万丽,南州见。万丽顿时觉得,那个坚不可摧的聂小妹又回来了,或者说,她从来就没有离开过自己,聂小妹永远都是坚不可摧的聂小妹。

# 二八

就听到隔壁的包间传来一阵压低的笑声,笑声夹杂着的,又是奇奇怪怪的动静,包间与包间的隔音很差,细微的动静这边都能听见,万丽顿时神经紧张,脸色都变了,大气都不敢出。

万丽一回到南州,市委组织部的通知就来了,让她去组织部谈话。因为组织部是电话通知,通知时没有说清楚应该去找谁,接电话时宣传部办公室冯主任也没敢多问,所以万丽也不知道谁会跟她谈话。她先到了组织部办公室,问了一下,办公室的一位同志站起来和万丽握手,说,噢,是万丽,我是办公室副主任,你就叫我老郑好了,向部长在办公室等你。万丽心里猛地一跳,就慌乱起来,老郑不由分说就带着她往前走,万丽的脚根本不听使唤地往前挪着,一瞬间她希望向部长的办公室远一点,再远一点,好让她有个思想准备。可是,走了几步,就已经到了走廊尽头,老郑轻轻地敲了敲门,向问在里边说,请进。老郑轻轻地推开门,并不进去,只是半躬着身子站在门口,轻轻地说,部长,万丽同志来了。万丽虽然跟在后面,但也已经看到了向问,向问的表情很正常,也笑着,但却始终是那样一种平淡得几乎看不出笑意的笑,嘴上说,好,万丽来啦,进来坐吧。老郑做了一个请的动作,让万丽进去,自己跟在万丽后面,等万丽在沙发上坐下,他泡了一杯茶端到万丽面前,仍然轻轻地跟向问说,部长,我,走了。向问点了点头,他就退出去了。整个动作连贯熟练有板有眼,身子基本上是半躬着的,说话的声音始终只在嗓子眼儿上,又轻又柔。他退走以后,万丽紧张的心情更紧张了,感觉手心里都出汗了,向问开始也不说话,目光一直平平和和地看着她,好像要在她脸上看出些什么东西来,看了半天,向问忽然说,万丽,考虑过自己的工作安排没有?万丽原以为向问会跟她拉几句家常,细细一算,从向问离开南州到今天已经四年多快五年了,向问回来后,万丽去党校前虽然见过向问一两面,但没有说话,甚至连起码的问候也没有,所以,今天的相见,才是真正意义上的久别重逢,向问怎么也应该嘘寒问暖说几句呀,哪料他一开口就已经在谈工作,万丽心里一酸,但是忍住了,知道向问在等她的答复,就老老实实地说,还没有想。向问点了点头,说,也是,刚刚才回来嘛,哪有像我这样性急的,是不是?万丽刚想放松一点,向问却丝毫不给她时间,马上又说,现在有个位子,三种可能,想听听你自己的想法,一个是留在宣传部,宣传部的同志也很欢迎你回去,好处呢,你也可以驾轻就熟一些。再说了,作为一个女同志,在宣传部工作还是比较合适的。第二个去处,现在就调一个单位,到政府那头,旅游局缺一个副局长,你过去,与你的专业可能不太一致,但也可以学起来嘛。第三呢,市里正在筹建旧城改造指挥部,赵副市长兼任总指挥,建设局刘局长兼第一副总指挥,你如果去当他们两个的副手,行不行?不等万丽有任何想法,向问又说,指挥部虽然放在建设局,但级别上与建设局平级,归市委和政府直接领导,正处单位。你看如何?万丽心头乱成一团,脸上发热发烫,眼睛都不敢看向问,以她对机关干部任免制度的了解,恐怕很少会有这样的情形出现,组织部长拿出三个位子让她挑选。万丽慌不择词地说,向部长,我、我一点思想准备也没有。向问点了点头,但态度仍然平静,平静中略带严肃,说,我理解,我并不是现在就要你作决定,但也不能拖太长时间,三天,三天行了吧,你回去好好想想,和——他忽然停顿了一下,又说,自己好好考虑,最后给我一个答复。万丽挣扎着说,那、那向部长您、您的意见——向问忽然露出一丝难得一见的真正的笑容,说,你倒来将我一军啊,我现在是听你的意见,我要是已经决定了我的意见,还听你的意见干什么?万丽简直不知道自己是怎么走出向问的办公室的。

　　万丽回到宣传部,恍恍惚惚地坐下来,她虽然已经是副处级,但现在的职务还是宣传科的科长,离开岗位去省委党校半年,宣传部也没有敢免去她的这个位子,副科长是她去党校以后从人事科调过来的江平,原来是科员,过来就提副科了,另外又增加一个年轻的大学毕业生,也是女生,叫金小红,金小红看到万丽,十分崇拜的样子,说,万科长,我一来就听说您了,今天才见到,真是名不虚传啊。万丽也不知道金小红说名不虚传传的是什么,只是笑了一下,江平却认真地对金小红说,小金,万丽可不是科长了,她早已经是副处级干部了,而且,而且,很快就——他的后半句话没有说出来,金小红就慌了,赶紧说,对不起,万,万——她显然不知道应该称呼万丽什么了,尴尬得不行,结结巴巴地说,我,我不知道,真的,我不了解情况,对不起,对不起。万丽说,江平,你跟小金乱说什么呢,喊什么都不要紧,喊名字更好。江平笑道,喊什么是不要紧,但是事情要搞清楚嘛,是什么就是什么,名不正言不顺怎么行呢。小金,机关跟社会上还是有所不同的呀。金小红还在紧张慌乱中,万丽实在看不下去,赶紧打岔说,小金,你这件衣服哪里买的,样式很别致。不料小金更慌了,都有点语无伦次了,说,我,我,是人家的,人家送的,我知道穿这样的衣服上班不大好,但是,但是,其实,其实,我本来今天就不想穿的,都怪我姐姐,硬说这件衣服好看——说着说着,眼泪都快下来了。万丽怎么也没有想到,这个刚刚毕业的女大学生会是这么一个胆小怕事的人,想自己当年进机关,虽然也是小心谨慎的,却还不至于到这一步。眼前这个金小红,实在有点过分,如果机关都是这样子的,进机关还有什么意思,真不如不进。更何况,今天的时代,与万丽当年进机关的时候,也大不一样了,现在的大学生,都敢在学生宿舍里做爱了,相比起来,这个金小红简直就像是从上个世纪,至少从六七十年代回来的,比当年的余建芳还要苛求自己,太不可思议。后来等金小红一出去,万丽就跟江平说,这个金小红,怎么回事?为件衣服紧张成这样?江平说,吓得吧?万丽说,谁吓得,你吓得?江平说,跟我有什么关系,我这样子,吓她也吓不住呀。万丽说,那怎么回事,她进来多长时间了?江平说,刚进来没几天呢,才毕业的嘛。万丽说,你跟她谈过话?江平说,谈话是你的事情,我哪敢越俎代庖啊?万丽说,那要是我一直不回来呢?江平说,不是知道你要回来了吗?万丽不说话了,不管向问那里怎么急着要给她安排新位子,但至少这三天中,她还是宣传科的科长,跟新来的同志谈话,是她的工作,也是她的责任。当然万丽也完全可以把这件事情拖一拖,没有人会催她,她完全可以拖到新的任命下来,就不用跟金小红多说什么了,可万丽内心,却很想跟金小红谈一谈,在她进妇联的头一天,许大姐谈过以后,就是余建芳,余建芳说,别看我们人手少,我们的工作很重要,说完就埋头看材料了,也不给她交代工作,也不作任何的指点。万丽正想着,就听到江平问,去过组织部了吧,定了吗?到哪里?什么时候走?万丽心里猛地一惊,才回过神来,向问那里,还等着她的答复呢,怎么一下子就被一个金小红牵走了魂魄?赶紧收回胡思乱想,说,还没有定呢。江平笑了一下,说,那还不是只要宝宝开口的事情。万丽想反驳他,但话却没有说得出来。

金小红再进来的时候,已经把那件衣服换掉了,万丽看了实在来气,冷冷地说,金小红,你这件衣服不对头,还是那件好。金小红没料到会是这样的结果,吓得话都不会说了,可怜巴巴地看着万丽,万丽本来还要说她几句,但看她那样子,心里很烦,实在不想再理睬她,便拉着脸不吭声了。倒是江平说了一句,万丽跟你开玩笑的。万丽冷冷地丢下一句话,我没开玩笑,就走了出去。

万丽回到家,难得孙国海已经先到家了,一见到万丽,变戏法似的变出一部精致的女式手机,放到万丽面前,万丽说,你买的?孙国海得意道,凭我,需要买吗?万丽听了就不高兴,凭你,凭你怎么了呢,弄个手机回来就算了不得了?真是目光短浅,只见芝麻不见西瓜。心里虽这么想着,但毕竟知道孙国海心里是念着她的,还想到替她弄个新潮的手机,也就把不高兴忍了下去,拿起手机看了看,说实在的,她也挺喜欢这个款式,情绪渐渐好起来,问道,谁送你的?孙国海说,大龙。万丽问,大龙是谁,没听你说过。孙国海说,我跟你说过的,你可能没往心上去,就是林场的那个大龙。万丽说,连林场的人你都认识?孙国海说,那是,要不怎么叫我孙半城呢。万丽头一次听孙国海说这孙半城,差一点笑出来,说,半城?脸皮厚不厚你?孙国海说,半城还是客气的谦虚的呢,孙大半城都可以当仁不让呢。说着指了指桌上的手机,说,不说别的,就说这手机,你知道的,我前前后后都丢了三次了,用了第四个手机,哪一个是我自己掏钱买的?万丽说,听你的口气,丢手机是一种光荣?孙国海说,嘿,光荣也不是光荣,但今天丢了,明天就有弟兄给我送新的来,也牛的吧。他见万丽皱了皱眉,又赶紧说,不过你放心,保证不犯错误。万丽说,那些犯错误、犯罪的人,又有谁会说自己在犯错误在犯罪呢。孙国海说,反正我的弟兄,都有办法操作的。再说了,我的手机又不是一个人送的,就算有人去查,查到送一个手机又算得了什么。万丽本来看到这个手机还挺喜欢的,但听孙国海说话,不知怎么,句句都是不中听的,刚刚好起来的情绪又渐渐地低落了,怎么也扭转不了,便把手机推到了孙国海面前,说,我不要。丫丫跑过来,抓起手机说,爸爸给我,爸爸给我。

孙国海赶紧从丫丫手里夺了回来,说,丫丫别捣乱,这是给妈妈的,妈妈工作忙,有个手机就方便了。丫丫说,丫丫知道,妈妈就可以给丫丫打电话了。万丽心里一动,但还是坚持着没有收回想法。孙国海说,你是不喜欢这种款式吧?我重新替你搞,你相信,这点本事我有。丫丫的念头还在那个手机上,拍马屁说,爸爸有本事,爸爸有本事。阿婆过来抱了丫丫走,说,丫丫我们看电视,爸爸妈妈谈事情呢。丫丫走开后,万丽说,真有本事就在工作上做出点成绩来,给自己设定一个进步的目标,今天弄个手机,明天混个饭吃,算真本事吗?孙国海说,那也不是人人都能做到的。要说工作成绩,你以为我没有吗,我的成绩,不要太大噢。万丽说,在哪里呢?我怎么看不见,别人怎么看不见?孙国海说,看不见是别人的事情,不是我的事情。万丽知道又走进老圈子了,下决心不跟他说废话了,自己的事情还在心里七上八下,想把向问找她谈话的经过告诉孙国海,把三种可能也说出来,听听他的想法,可几次话到嘴边,不知怎么又说不出来,但不说吧,心里又堵又乱,没着没落似的难过,最后便迂回着说,如果我有机会动一动位子,换个单位,你觉得我干什么更合适?孙国海不假思索地说,你的水平,机关里谁不知道?干什么都行嘛。要叫我说,干个市委书记副书记也不会比他们差。万丽气得说,你这叫什么话?孙国海说,心里话。万丽气得不想理他了,孙国海却主动问道,是不是向问找你谈话了?万丽说,你别向问向问的。孙国海"嘿"了一声,说,是向部长,向部长怎么说?万丽终于还是说了出来。孙国海听了,只是"嘿嘿"地笑,老是不说话。万丽说,你笑什么,有什么好笑的?孙国海还是笑,最后笑着说,嘿嘿,嘿嘿,向部长。万丽说,跟你商量,跟根木头商量也差不多。孙国海说,那可不一样,木头没有思想,我有思想。万丽说,那你的思想呢?孙国海说,既然向问对你这么好,你何不要求到他组织部去?有他直接罩着你,升个副部长也是很快的事情。万丽气得差点喷血,紧闭了嘴,一言不发,去房间里把丫丫抱出来,让保姆老太去忙晚饭。孙国海见万丽没话说了,赶紧站起来说,我得走了,朋友约我吃饭呢,都迟了。万丽说,那你这时候回来干什么?孙国海说,回来送手机给你呀。本来你一回来我就要走的,看你脸色不大好,就留了一会儿,现在你心情好了,我走了啊。万丽闷得喘不过气来,孙国海居然说她现在心情好了,万丽实在不知道他是有眼无珠没心没肺,还是为了逃走假作不知,不由无力地朝他挥了挥手。孙国海如获大赦,赶紧往门口走,走了几步,又退回来,抱起丫丫亲了一口。丫丫说,爸爸不喝酒,爸爸喝酒打呼噜。孙国海边说,小丫头你懂什么打呼噜,边走了出去。丫丫对着已经被关上的门说,爸爸早点回来。万丽感觉出丫丫对孙国海深厚的依恋,她不由有些奇怪,孙国海一直忙于应酬,有时候连星期天也得赶场子,和丫丫在一起的时候很少,带丫丫出去玩的机会更少,但丫丫对爸爸的感情,却一点也不受影响。

　　保姆老太做好晚饭出来,看万丽情绪不高,劝她说,随他去吧,不管怎么说,孙同志对你还是很忠心的,他很看重你的。男同志嘛,在外面就是要个面子,出个风头。万丽说,我不管他,随他去。保姆老太说,不过,该说的话也还是要说的,老不说他,他就觉得他老在外面是应该的,你都没意见,他就乐得不回来了。万丽说,我懒得说他,说了也没有用。丫丫拿小手摸着万丽的脸,乖巧地说,妈妈,以后让我来说他,我来帮你教育他。万丽正要说什么,电话铃响起来,丫丫从万丽腿上滑下来,过去接了电话,说,找万丽吗?我喊她来接电话啊,请你稍等。万丽见丫丫小小年纪,学着大人的样子,心里喜爱得不行,过来接电话时,脸上都是忍不住的笑。万丽一接电话,丫丫就懂事地跑开了。电话是康季平打来的,说,万丽,本来想约你出来吃晚饭的,但你刚刚回来,总要和家人团聚团聚,就改变了主意。万丽早估计到康季平这两天会找她,也没有多啰唆,就说,那我晚饭后出来。康季平也很简洁,说,好,我们到和美茶社喝喝茶。

万丽到茶社时,康季平已经先到了,订了一个二楼的小包间,木楼梯很窄,走上去吱嘎吱嘎响,像老电影中的情形,万丽小心翼翼地上了楼,进包间一看,包间很小,就一张小桌子,两张椅子,四面不通风,灯光也比较暗,万丽犹豫了一下,康季平说,要不到大厅去?我看大厅里人多,吵吵闹闹的,就要了这个包间。服务小姐也很坦诚地说,还是包间好,包间安静,说话什么方便些,不受干扰,一个小时才加三块钱。万丽就没再说什么,坐下来,服务小姐泡上茶,端上小吃,退出去的时候,手指了指墙,说,这里有按铃,有什么事可以按铃叫我,不按铃我们不会随便进来的。出去的时候,随手带上了门,动作很随意,很轻巧,也十分自然。

　　万丽却十分不自然,半天没有吭出一声,康季平勉强地笑了一声,居然也笑得有点尴尬,这对他来说,可是不多见的。本来找个安静的环境,是为了说话方便,不受干扰,结果环境是安静了,也确实没有来自外界的干扰,但内心的干扰却生了出来,而且越生越大,大到让他们都感觉不自在了。

　　幸亏还有茶,可以说说茶,康季平说,要的是龙井,你喜欢龙井的。万丽点了点头。康季平又说,看这颜色,茶还是不错的,举起杯子晃了晃。万丽说,你成茶专家、茶博士了?康季平说,不是没话找话嘛。万丽说,没话我们来干什么?两人都笑了,气氛开始融洽放松,正在这时,就听到隔壁的包间传来一阵压低的笑声,笑声夹杂着的,又是奇奇怪怪的动静,包间与包间的隔音很差,细微的动静这边都能听见,万丽顿时神经紧张,脸都变色了,大气都不敢出,下意识地瞥一眼康季平,康季平说,走吧,我们换个地方。万丽说,大厅不是很多人吗?康季平说,不应该带你到这地方来。说着就按了墙上的按铃,服务小姐进来了,康季平说,我们结账。小姐不明白,赶紧解释说,你们放心好了,我们不会进来的,不会有人进来的。万丽脸通红,心慌得像做了什么坏事似的,都不敢抬眼看服务小姐的脸。服务小姐还在解释,说,真的,我们有规定的,我们的制度很严格的,你们尽管——康季平摆了摆手,又说了一遍,结账。小姐说,那也得按一小时算了,还有两杯龙井,你们喝都没有喝,可惜了。结了账,康季平在前,万丽在后,往外走的时候,经过一楼的大厅和账台,万丽恨不得钻到地洞里去,头一直低到了自己的胸前,好像所有的个人都在看着她,议论着她,一直到了门口,她才稍稍地回头看了一眼,却发现没有一个人关注到他们,大家都在忙自己的事情,服务员在服务,客人在喝茶聊天打牌,谁也没有知道这两个人白白地泡了茶浪费了。

走出了茶社,两人不由相互对看了一眼,才放松地笑起来,康季平开玩笑说,常常在小说和电视剧里看到这样的台词:天下之大,居然没有容我们坐一坐的地方。今天居然也被我们的现实证实了,还真有这样的事情。可惜的是,人家是想干什么事情的,我们就冤了,又不想干什么事情,就是想谈谈工作,心虚什么呢?万丽被他这么一说,脸又红了,说,谁心虚,我心虚?你要是不心虚,你为什么要出来?康季平说,我才不心虚,我是看你六神无主了,才出来的。万丽说,你厉害,你来事,你喜欢这样的地方,常去吧?康季平说,常去也没那么多工夫,但去也是去过的。万丽没料到康季平这么说,愣了愣,有点赌气地说,所以你很习惯嘛。康季平说,这有什么不习惯的,不就是坐下来喝喝茶,谈谈工作,可是,偏偏没有人认为你们是谈工作的,你看那位服务小姐,都急了,差不多要赌咒发誓了,不会进来的,不会进来的,有规定的,有规定的,她以为我们觉得那里不够安全,你说惨不惨,冤不冤?现在的人,怎么脑子里只有那一根筋呢?万丽说,我怎么知道。康季平说,现在你想怎么样?就这么边走边谈,不也一样会被人看见?到我家去吧,姜银燕受不了。万丽不吭声。康季平又说,到你家去吧,你们孙国海又要不高兴——万丽说,孙国海不在家,就到我家去吧,还有丫丫和保姆老太在呢。康季平说,你不忌讳什么?万丽说,老同学串串门也是正常的嘛。康季平说,你能这样想就最好了,反正这里离你家也不远。

　　他们回到万丽家,丫丫刚刚睡下,保姆老太出来开门时,看到万丽带了个男同志回来,似乎有点吃惊,但那种疑惑从她的眼睛里只是一闪而过,再也没有表现出来。康季平说,万丽,你们这位老太太,是个聪明的老太太。万丽说,她不认识字。康季平说,老话说,不认字,有饭吃,不认人,没饭吃。万丽说,你觉得他认出你来了,你是谁呢?康季平说,我是万同志的朋友嘛。保姆老太替他们泡了茶,说,我哄丫丫睡觉去,就进了屋。康季平说,老太太倒和茶社的服务员差不多,很敬业也很有规矩。万丽说,别乱开玩笑了,我一回来,向部长就找我谈了,要动,我不知道你是不是已经知道。康季平说,你以为我真能掐会算吗?我又不是大仙,连半仙也不是。

　　万丽就把和向问见面的大概情况说了,说过之后,就静静地等着康季平说话了。康季平笑道,怎么,这回不想自己给自己做主了?万丽说,我做不来了。康季平说,万丽,我喜欢你,也就是喜欢你这一点,不作假。上次叶楚洲来找你,你给自己做了一回主,你是做对了,但这一次的事情,你要是做的话,很可能会犯错。万丽说,不是犯不犯错的问题,我根本就不知道应该怎么办?康季平意味深长地看着她,问道,为什么会有这种感觉?万丽说,因为我心里没有底,我不知道向部长是怎么想的。康季平说,万丽,你开始成熟了,在这件事情中,最重要的一条,就是揣摩出向部长的想法。万丽说,可是我从他的口气中,实在听不出他的意向,最后我忍不住就直接问他了,他却又给我推了回来。康季平说,这也是他考验你的一个方面、一个内容。万丽说,我也感觉到了,所以我觉得我的选择很重要,我不敢随便说话。康季平说,你又成熟了,这确实是一个很关键的时刻,既要揣摩出向部长的意思,又要给自己找个好位子,这不容易啊。万丽说,你觉得呢?康季平说,我给你分析分析,要揣摩向问的想法,首先要从向问的个性出发,他是一个什么样领导,他是很喜欢你,很重视你,这毫无疑问,假设他是一个家长,那么你觉得,他是那种对孩子一味溺爱型的家长吗?万丽立刻摇了摇头。康季平说,你的感觉是对的,他是属于相信棍棒底下出孝子的那一类家长。万丽说,你的意思,向部长是希望我去干实事?康季平说,对了,你再想想,实事哪里都有,不能说旅游局和宣传部就不是实事,但这些实事中,哪个更艰难,哪个更不好搞?万丽脱口说,那还用问,旧城改造指挥部,一方面,这个部门刚刚成立起来,谁都还摸不着头脑,更主要的,南州是个老城,要改造老城,又不能破坏老城,这个难题,可不是一般的难!康季平说,对了,我的看法,向问就是希望你到旧城改造指挥部去。万丽说,我也想到过这一点,但是觉得太难了。康季平说,这正是向问真正的意图,他是真的要让你成长,让你吃苦,让你历经艰难险阻,让你到第一线锻炼,他不想照顾你,不想让你躲在他的羽翼之下,不想替你遮风挡雨。万丽点着头,又说,但是赵市长和建设局的刘局长,都是铁腕人物,我跟他们配合,做他们的副手,我很担心,怕——康季平说,这大概也是对你的考验之一吧。万丽说,我自己怎么做,我是可以努力把握好的,可是赵市长和刘局长,这两个人的个性都很强,当初赵市长上的时候,刘局长就是他的竞争对手,一个上了,一个没上,这里边的疙瘩恐怕一直都没有解开,我不明白市委为什么还会有意地把他们放在同一个部门一起工作。康季平说,闻舒也是用心良苦嘛,他急于做好旧城改造的大事,才这么下决心的,一团和气的地方,往往建树不大,变化缓慢,而矛盾,往往会成为前进的动力。万丽说,这我也同意,但我怕自己夹在他们中间,不好做人,不好工作,不知道还有没有其他副总指挥,如果还有一两个,我的压力就会小些。康季平说,不可能,旧城改造就是你们三个人的事情了,我觉得,这就是向问锻炼你的方式方法,他不是要给你减压,而是存心要给你加压。什么叫棍棒底下出孝子?说着,定定地看着万丽,好像这是头一次见她,看了半天,说,万丽,党校到底是党校,你这半年,没有白学,你在党校的经历对你帮助很大。万丽不解地看着他。康季平又说,你进步了,成长了,你——长大了。万丽说,你想怎么说就怎么说。康季平说,决不是随口说说的,你变了很多,不说换了一个人,至少,至少——万丽说,至少什么?康季平说,至少你内心起了很大的变化,你的犹豫越来越少,你的信心越来越足,你坚定了信念。万丽说,你说得也许有点道理,我从聂小妹的身上,也从她这次毕业典礼发言的事件中,考虑了许多问题,一个人,无论进哪个圈子,总是想着要进步的,这无可非议,但如果只是把目光盯在自己一时一事的升迁上,那眼光就太短浅,就会变得患得患失,经不起一点点风浪,从而产生投机心理,使自己的步子走不远,路走不宽,会把自己束缚住——万丽话还没说完,康季平忍不住打断了她,说,果然的吧,我说的吧,党校把万丽培养出来了。

说了半天,分析了半天,万丽纷乱的心渐渐平静下来,一直模模糊糊理不清的思绪也渐渐清晰起来了,她不再犹豫,不再患得患失,想通了,说,我明天就给向部长答复。康季平说,不必的,他说三天,你就第三天答复他,不必表现得急吼吼,任何工作都是来日方长的事情。万丽想了想,觉得康季平的考虑是对的。康季平忽然说,哟,光顾了说话,老太太泡的茶都凉了,端起杯子喝了一口,说,这茶叶不怎么样啊。万丽正要说话,听到了开门的声音,孙国海回来了,康季平和万丽都站了起来,就在这时候,保姆老太也从屋里出来了,拿了水瓶给他们的杯子加水。孙国海喷着酒气,脸红红的,眼睛也红红的,说,哈,有客人啊。万丽说,是康季平。康季平和孙国海握了握手,康季平说,时间也不早了,我走了。孙国海说,再坐坐吧,你们谈你们的嘛。康季平说,也谈得差不多了。孙国海笑道,那以后多来坐坐。万丽送康季平到门口,康季平就下楼去了。

万丽关了门,回过身来看到孙国海怪怪地看着她,还没来得及说什么,孙国海就阴阳怪气地说,他怎么又来了?有什么事?万丽就不高兴,说,怎么,没有事就不能来看看老同学?孙国海说,看看老同学?老同学多得很,他怎么不去看别的老同学?万丽说,你怎么知道他不去看别人?他看人要向你汇报吗?孙国海说,我一看就是黄鼠狼看鸡的样子,我的老婆,老是要他看什么看。孙国海开口一个我的老婆闭口一个老婆是我的,令万丽十分反感,不由想起当初头一次见面,撞碎了她的热水瓶,一迭连声说不是我撞的不是我撞的,不就是个自私鬼吗?万丽忍不住说,你的老婆你的老婆,你怎么像个农民似的自私狭隘?孙国海说,我本来就是农民嘛,老婆本来就是我的嘛,我学不来你们的高尚伟大,可以心甘情愿把自己的老婆给别人看来看去。万丽说,你瞎说什么,要是你的同学来,我这么说你的同学,你心里怎么想?孙国海说,要是你晚上回来,看到我和一个女同学坐在家里,你又会怎么想?何况这个女同学,过去还对我有意思。万丽脸一冷,断然地说,我不想说了,休息吧。孙国海说,为什么不想说了,心里没鬼的话,说什么都不怕。万丽说,我累了。孙国海说,跟别人聊天不累,看到老公一回来就累。万丽跑进卧室,脱了衣服就上床,又气又伤心,眼泪就止不住地淌了下来。孙国海跟进来,看到万丽淌眼泪,就躺到她身边,扳着她的肩说,哭啦?我跟你开开玩笑的,你别当真啊。康季平,哼,我还不知道他?万丽一翻身坐起来,问道,你知道什么?孙国海还是躺着,撇了撇嘴说,看他的样子就是个没能耐的人,病恹恹的模样,有贼心也无贼力,想花女人也花不到,花到了也是没用。万丽心里不由得有些奇怪,她不知道孙国海从哪里看出康季平是病恹恹的模样,在万丽眼里,康季平永远是意气风发的,永远是乐观豁达的。万丽说,孙国海,你现在怎么变得这么粗俗?孙国海却不生气了,说,我不是说你的啊,你不会的,要是你会被他花着,也早就花着了,还等到今天?大学毕业你们就可以成一对了嘛,那也就没有我的分了,对不对?万丽说,那你明知这样,还来气我干什么?

孙国海说,天地良心,我可没有气你,我是气不过他,明知你不爱他,还老是来看你干什么?话题又绕了回去,万丽一骨碌爬起来开了抽屉翻起来,孙国海说,你找什么?万丽没好气道,睡不着,找安眠药。孙国海赶紧爬起来,说,安眠药还是不要吃,吃了会上瘾的,拿不掉。万丽说,谁说的?孙国海说,我妈说的。万丽不理他,找出两粒安定,孙国海说,要不就吃一粒吧。万丽仍然没理他,想去倒水,孙国海已经跑出去,一会儿端了开水进来,端到万丽面前,有些担心地看着万丽把两粒安定吃了。又说,唉,女人就是想得多,少想点事情,就不会失眠了。万丽背对着他,紧紧地闭了嘴,把思想也闭上了。

　　第二天是星期天,孙国海带丫丫上公园去玩,万丽一个人呆呆地坐了半天,心始终安定不下来,昨晚和康季平谈的时候,似乎已经非常坚定地决定选择去旧城改造指挥部,因为她和康季平的想法一致,深知向问是希望她选择那个部门的。但是今天再回过神来细想一想,这副担子,她能挑得起来的吗?旧城改造牵动的方方面面太多,将涉及许多问题的复杂性,更是难以预料,行动还没有开始,指挥部还没有成立,群众来信都已经到了中央,反对的呼声已经震动了古城。但是向问和康季平偏偏要让她为难,万丽内心深处不可避免地产生了委屈的情绪,凭什么别人都可以稳稳当当顺顺利利地升职升上去,轮到她了,就要让她吃苦挑重担?他们难道忘记了她是一个女同志?他们根本没有把她当成一个女同志,他们对她的要求,是不是太高了一点?心念至此,万丽忽然想起当初刚进妇联时,写过一篇当代女性自然人格和社会人格的文章,还被向问批评过,说她观点模糊,不确定,是因为她的内心,对这个问题根本就没有答案,左右摇摆,看不到出路。这么多年过去了,此时此刻,面临关键的抉择,万丽的内心,仍然在左右摇摆,仍然不能确定。对旧城改造指挥部这个尚未正式成立的部门,万丽内心深处有一股莫名的畏惧情绪,她还没有给向问答复,还没有进入这个部门，就已经感觉到自己的身子在随波逐流地动荡、漂浮了，她把握不住自己，不知道自己会被旧城改造这股强大无比的激流冲到哪里去，最后会冲出什么样的结果，她心里完全没有数。说到底，那是一个男人的天下，是男人的战场，是男人冲锋陷阵的地方，是要让女人走开的地方，万丽要进去，就得忘记自己是个女同志，这个心念一产生，让她愣怔了好一会儿。这么多年来，无论在哪方面，万丽从来就没有在男同志面前示过弱，"时代不同了，男女都一样，男同志能办到的事，女同志也能办到"，正是这样的信念，伴随着她从小到大，伴随着她一天天地成长。可是到了今天，她却犹豫了，她觉得委屈，觉得向问对她的要求太高。如果她留在宣传部，也是顺理成章的事情，连向部长自己都说，女同志放在宣传部门工作还是比较合适的。万丽心里反复问自己，如果选择留宣传部，向问会怎么样？既然这三个方案都是向问提出来的，那么，选择哪一个都是有可能的，向问都会有思想准备，也都会接受的。

但是，万丽再怎么委屈，再怎么有想法，再怎么畏惧，她知道自己最终还是会选择去旧城改造指挥部。

中午饭前，孙国海带着丫丫回来了，说又有朋友请他吃饭，就走了。丫丫告诉万丽，今天跟爸爸玩得很高兴，还去划了船，阿姨也帮我们划船，我想划船，爸爸不让我划，就爸爸和阿姨划。万丽因为心事不在这上面，开始并没有听明白，后来才忽然被"阿姨"两个字惊了一下，赶紧问，阿姨？阿姨是谁？丫丫说，妈妈真笨，阿姨是谁都不知道，阿姨就是阿姨，漂亮的阿姨，阿姨喜欢我，喊我小宝宝，我说我叫丫丫，她就喊我丫丫宝宝。万丽心里一阵一阵发紧，说，丫丫，阿姨和你们一起划船吗？坐在一个船上吗？丫丫说，是呀，阿姨力气小，爸爸力气大，阿姨划不过他，船就歪过来了，后来爸爸就轻轻地划，阿姨用力划，船就不歪了。万丽愣了半天，一句话也说不出来。保姆老太在旁边都听在耳里看在眼里，赶紧把丫丫抱起来，说，万同志，丫丫这么小，她的话你可不要当真。万丽说,我不当真。丫丫却不高兴了,说,就是真的,就是真的,阿姨说,下次还要带我划船呢。保姆老太抱着丫丫要走开,万丽却说,别走,丫丫,妈妈问你,那个阿姨你见过吗?丫丫想了想,觉得回答不出这个问题,但她已经开始懂得妈妈的紧张了,所以自己的小脸上也有点紧张。保姆老太于心不忍地说,万同志,丫丫才几岁。万丽没有听她的,又问丫丫,那个阿姨是什么时候碰到你和爸爸的?是在河边等你们,还是后来上船来的?丫丫又想,但仍然想不出来,也许她想出来了,但她不知道怎么表达,她的脑力还不够用,她的语言表达能力也还不够用,但又觉得妈妈问她话,她是要回答的,就说,阿姨就把我抱到船上了。万丽还要问,保姆老太说,丫丫要"嗯嗯"了,小孩子不能憋的。抱了丫丫进了卫生间。万丽闷坐了一会儿,抓起电话就打孙国海的手机,孙国海说,什么事?万丽说,你回来!孙国海说,咦,我说了朋友请吃饭,还没到饭店呢。万丽说,你回来!孙国海说,出什么事了?万丽仍然说,你回来!孙国海愣了一会儿,说,现在?到底怎么啦?万丽说,你不回来我就去找你!孙国海一听急了,赶紧说,好好好,我马上回来。

过了一会儿,孙国海一脸莫名其妙地回来了,万丽说,你说吧,公园里划船怎么回事?孙国海说,咦,划船就划船,有什么事?万丽铁青着脸说,你说有什么事,我又没有去公园,是你们去的公园。孙国海先是茫然地四下一看,接着似乎想到了什么,说,哈,是丫丫告诉你的吧?万丽说,告诉我什么?孙国海说,我不知道丫丫告诉你什么啦,你说是什么呢。万丽气得抬手指着他的鼻子,说,孙国海,我想不到你是这么个无赖的人。孙国海说,我怎么无赖啦,我做什么啦?万丽说,你自己做的事情,你自己心里清楚!孙国海说,你这种莫名其妙的话,我最搞不懂了。他绕来绕去就是不肯自己说出来,万丽本来是存了心跟他绕,想逼他说出来,哪知孙国海的绕劲比她强多了,怎么绕他就是不沾那个字,万丽终于熬不住了,说,好,你不说,我替你说,你和别人约好了去公园,还带上丫丫做挡箭牌,你无耻不无耻?万丽一说出来,孙国海似乎反倒松了一口气,说,噢,绕了半天,气了半天,就是为了方梅呀。万丽一听方梅,更来气了。方梅从小和孙国海是邻居,后来也到南州来工作了。他们还在老家的时候,孙国海当兵走了,两家的家长曾经想给他们结亲的,孙国海也没有明确表示同意还是不同意,接下来孙国海转业来南州,碰上了万丽,就没有方梅的事了。早几年婆婆住在这边的时候,曾经跟万丽说起过方梅,说起过这事情,当时万丽心里就不高兴,不知道婆婆说这话是什么意思,一直哽在心里许久。后来她问过孙国海,孙国海有些得意地说,方梅可能有这个意思吧。万丽气得不轻,说,你妈妈说给我听,是不是觉得她儿子来事,大家抢呢?孙国海嘿嘿一笑,说,当妈的看儿子,总是样样来事的嘛。万丽脸色越来越不好看,说,都怪我横刀夺爱。孙国海说,你看你看,说着玩的,你又不高兴了。万丽说,我抢得你这么个宝,还有什么不高兴的!孙国海又嘿嘿笑了。万丽说,你们现在还来不来往?孙国海说,你说什么呀,我当兵后就没再见过她,现在就更不可能了。婆婆回去后,有一年过年孙国海带着万丽和丫丫回老家,在老家的院子里碰上了方梅,方梅还没有结婚,不仅年轻漂亮,还很妖娆。万丽回去和婆婆说,我看到你说的那个和孙国海青梅竹马的方梅了,果然很漂亮。婆婆笑了笑,说,方梅也有男朋友了。万丽就不好再说什么,她总觉得婆婆的厉害,是内在的,暗藏的,是那种笑眯眯的厉害。

许多年过去了,方梅早已经从万丽的生活中淡去了,可有一次孙国海的弟弟弟媳来南州玩,跟万丽说起老家的一些事情,无意中提到方梅,说方梅早几年已经调到南州来工作了。万丽一听,心里一愣。后来问孙国海,你一定早就知道她到南州工作了吧,你们经常见面吧?孙国海说,哪里经常见面,忙都忙死了,有一次老乡聚会,她也来了,她丈夫的部队调防到南州,她就跟过来了。万丽冷笑一声,说,到底还是找了个部队的,恐怕是有什么部队情结吧。

孙国海说，这我哪里知道。万丽说，她调到南州，你为什么不告诉我？怕我知道？孙国海说，干吗怕你知道，你跟她又不熟，告诉你你也未必听得进去。万丽愣了愣，这句话孙国海说得倒是有道理，因为孙国海外面交往太多，开始的时候，万丽也还关心关心是些什么样的人物，但时间长了，也实在懒得再去打听和过问。孙国海呢，开始的时候也还要向万丽吹嘘吹嘘，可渐渐发现万丽根本没把他的朋友放在心上，慢慢地也就不多说了。

方梅虽然来了南州，但出现在万丽生活中的机会毕竟不多，孙国海也从来不主动提起她，如果万丽哪天问起来，孙国海总是说，很长时间不见了。还有一次说，听说部队又调防了，说不定都已经走了。万丽说，不会吧，她要走的话，会不跟你告别？孙国海说，这个人，老是没头没脑的，也难说的。时间一天一天过去了，方梅再次从万丽的生活中淡去，万丽几乎已经忘了这个人，心头的那一点疙瘩也消解得差不多了，哪里想到，忽然间方梅就冒了出来，冒到了孙国海的船上，两人还一起划船逛公园，万丽心里哪能不惊不气，说，孙国海，男子汉做事，敢作敢当，你约了她逛公园，就别抵赖。孙国海说，我抵赖什么，我根本就没有约她，我都不知道她在哪里，到哪里去约她？万丽说，你是要我相信，你们正巧在公园碰上了？孙国海说，事实就是这样的嘛，就是在公园碰上了。万丽"哼"了一声，说，是够巧的，你这位青梅竹马也够浪漫的，大星期天的，一个人逛公园，她也是为人妻为人母的人了，会早早地一个人去逛公园吗？孙国海说，你误会了，方梅不是一个人，她和老公儿子一起去公园的。万丽更是冷笑一声，说，你觉得你这样说能说得通吗？她和老公孩子一起逛公园，碰上你，就丢开老公和孩子，到你的船上陪你和你的女儿玩？孙国海说，正是这样的。万丽说，你骗鬼呢？你当我什么东西，耍我？孙国海急了，说，我怎么会耍你，事情就是这样的嘛。万丽说，怪不得一到家就急急忙忙要走，什么朋友请吃饭，几个朋友啊？孙国海说，多着哪，我都说不清。万丽"哼"了一声,说,是女朋友吧,一个女朋友,先逛公园,再吃饭,多浪漫,多有情调。孙国海说,你不相信,我立刻打电话叫他们跟你说。万丽说,这不就是你们的惯用手法惯用伎俩吗?你们这些人,互相掩护,互相包庇,什么谎话说不出来?孙国海没辙了,过了一会儿,又说,我们上岸后,方梅的老公和孩子就过来了,他们一起走了,不信你问丫丫。万丽说,我为什么要问丫丫,丫丫懂什么,是你做的事情,就要问你。孙国海说,问我就是这样的事实,她老公就带着她的儿子去游乐场玩,她就跟我们划船了。万丽说,你说到天下去,说到天上去,会有人相信吗?方梅的老公是个什么人呢,他眼看着自己老婆丢掉自己和孩子跟着别人上船去?孙国海,我告诉你,以后说谎,先编圆一点再说。孙国海说,但是事实真的就是这样。万丽急白了脸,说,孙国海,你还觉得你嘴里吐出来的是人话吗?万丽这话一说,孙国海也急了,本来还一脸"反正我就是这样你信不信拉倒"的样子,现在脸也急白了,说,万丽,我就是和方梅一起划了一次船,还有丫丫在,你这么盯着我干什么?你想干什么?万丽反问道,你说我想干什么?孙国海说,你自己的事情你怎么不说?万丽气得鼻孔里直往外哼气,说,我有什么事情,你说清楚?我有什么事情?自己干了见不得人的事情,还想往我头上泼脏水?孙国海说,你没有和别人坐过船吗?你和康季平,带着康季平的儿子,没坐过船吗?万丽如雷击顶,魂飞魄散,半天回不上一句话来。虽然是大夏天,万丽身上却一阵冷似一阵,她万万没想到孙国海早就知道了这事情,而且这么多日子,一点都没有表露出来,连试探的话都没有说过一句。想到这儿,不由脱口说,孙国海,想不到你城府这么深,这么阴险,你这个人,太可怕了!孙国海想说什么,手机响了,他对着手机态度很凶地说,我有事!不仅掐断了电话,而且还关了机。万丽说,你关手机干什么?你态度这么凶,不怕人家生气吗?孙国海说,我怕什么,吃什么饭,吃他娘的死人饭。孙国海急得骂起人来。

孙国海骂了一通人，沉默下来，万丽也不说话，两个人僵持地坐着，家里的电话又响起来了，孙国海坐着一动不动，好像没有听见，万丽僵了一会儿，还是僵不过他，过去接了电话，是孙国海的朋友打来的，听到万丽声音，开口就是一声嫂子，万丽说，谁呀？对方报出了名字，万丽并不知道，对方又说，嫂子，你可能不知道我，我们可都知道你，你可是国海的骄傲啊！万丽有点尴尬，说，哪里。对方说，那可半点不假，我们哪次碰面不听他念叨你几句，还经常代表你向我们敬酒呢——哎，这会儿他在家吗？我们等他吃饭呢，手机刚刚还开着，怎么一会儿就关机了呢，电话里还在啰唆，万丽把话筒朝孙国海伸过去，孙国海接了，说，你们先吃，我有事情，等一会儿过来。电话那头还在叽叽咕咕，孙国海已经把电话搁下了，眼睛看着万丽，万丽扭过脸去，但心却已经软了下来，说，你去吧。孙国海好像不敢相信她的话，又怔怔地看着她。万丽说，不去你是过不去的。孙国海疑疑惑惑地就起了身，走到门口，又回头说，我走了，你别乱想了，我早跟你说过方梅，是个没脑子的女人。

孙国海走后，万丽的心情也渐渐地平息下来，至少这一顿饭孙国海没有说谎，回头想想自己也有点神经过敏，如果孙国海和方梅真有什么事情，却还带上丫丫，这不是不打自招吗？丫丫虽小，但已经能说会道，他们恐怕不会傻到这一步吧。慢慢地想了一会儿，万丽已经能够将孙国海划船的事情抛开一些了，虽然心头还是有些作梗，但已经不像刚才那样失控了，她渐渐地把心思拉回到自己面临的选择上来，这才是她的头等大事。

孙国海去了大约半小时，又打电话回来，在闹闹哄哄的背景声音里说，万丽，有人要和你说话，万丽刚"哎"了一声，就听到那边换了一个人，说，嫂子啊，我们都很羡慕国海啊。万丽心里烦，但还不得不装出热情的声音，说，你们又喝多了吧？那边说，我们是喝多了点，但是我保证，国海我们都保护他的啊，我们都醉趴下，也不能让他醉着了。万丽实在不想和这些人多啰唆，赶紧说，你叫孙国海听电话好吗？电话果然转了手，但不是孙国海，又是另一个朋友，又是似醉非醉的一通胡话，说，嫂子，国海吹起你来，简直就没个数啦。万丽强压着不快，尽量客气地说，请你让孙国海听电话行吗？这样转了好几转，最后才转到孙国海手里，孙国海说，万丽，他们一定要请你吃饭，要是你不来，他们就罚我的酒。万丽冷冷地说，没这个必要吧，我又不认识他们。孙国海说，可大家都知道你呀，你是我的太太嘛。电话又被一个人抢了去，大声地说，嫂子，他说错了，应该说，孙国海是万丽的先生，谁叫他有这么能干的老婆呢。孙国海又抢回了手机，对万丽说，这些家伙，喝多了，喝多了。万丽说，孙国海，跟你说了多少遍，叫你别在外面乱吹乱说！孙国海说，我没有吹，是他们起哄呢。万丽应付说，那下次再说吧，硬挂了电话。

到了下晚的时候，伊豆豆突然打来电话，开口就说，万丽，恭喜你啊。万丽心里一跳，还没想好怎么回答，伊豆豆又说了，你可别跟我装不知道啊，快告诉我，到哪里高就？万丽只得老老实实地说，谈话是谈过了，还没定呢。伊豆豆说，听说有好多好单位让你挑哇，不要太幸福噢。万丽说，你听谁说的？伊豆豆说，这机关里，没有不透风的墙，到处都是透风的墙，你以为你是机密，不知道背后人家都议论翻了。万丽说，反正谁调动工作都会有人议论的。伊豆豆说，这倒也是的，你说还没定，我相信你，但有一点你得答应我，一旦确定，你得第一个告诉我！万丽说，为什么？伊豆豆说，我得看看我有没有机会跟着你升天啊。万丽说，你活得比我逍遥自在多了。伊豆豆说，逍遥自在只是表面现象，你怎么知道我心里的苦啊。万丽忍不住"嘻"地一笑说，你苦你苦，你苦大仇深。伊豆豆说，不说了，走吧。万丽说，上哪里？伊豆豆说，上哪里也比你一个人闷在家里胡思乱想强嘛，妍姿美容店见。万丽也没来得及反对，伊豆豆的电话已经挂了。万丽想，也好，与其在家里闷着，不如出去散散心，就往妍姿美容院去了。

妍姿美容是一家美容连锁店,老板就是原来在市委办公室当打字员的小周。起先是小周的老公下海开店,后来做大了,硬把小周也拉下海,小周哭着闹着不肯离开机关,老公下了最后通牒,不下海就离婚,才把老实的小周吓了出来。后来他们的店越做越大,已经开到了上海北京,老公经常到外地督阵,小周就留守在南州的店里,曾经给机关里一些要好的女同志都送了一张免费美容卡。

　　万丽家离得比较近,在门口等了一会儿,伊豆豆到了,两人一起进去,风姿绰约的小周就迎了过来,可不是从前那个在办公室大气儿都不敢出说话结结巴巴的小女孩了,一张嘴,早已练得能说会道,见了万丽和伊豆豆,就说,嘿,现在的人就是这样,越美的人越想美,不美的人也就拉倒了,正说笑着,一个躺在美容床上、脸上涂着面膜的人说,你们也来了?万丽和伊豆豆一听,同时说,哈,陈佳。陈佳已经做好了,一会儿就洗净了面膜,露出一张光鲜的脸,朝她们笑着。伊豆豆对小周说,你干脆改名叫机关女同志美容院算了。陈佳说,是呀,你给我们送了这么多的免费,你还赚什么钱?小周说,这些问题,我在没有经商的时候也和你们想的一样。至于现在是怎么的不一样,小周没有说,但大家都明白,小周已经不是从前的小周了。

　　伊豆豆说,陈佳,你的脸做得这么漂亮,也得有人天天看才合算嘛。陈佳说,你要看的话你天天来看就是了。伊豆豆说,呸,我才不要天天看你,你得赶紧找一个能够天天看你的人哪,你的动作怎么这么慢啊?陈佳笑道,你急什么?大家知道她们说的是陈佳的婚姻,陈佳进机关好些年了,已经三十五六岁,还没有结婚,一般这样的女同志,都会比较敏感,比较脆弱,提不得这个话题,但陈佳却不在意,有人提起来,她总是笑眯眯的,有时候还会陪着一起说说。伊豆豆说,你不急,我们都急死了,再等下去,我们牙口都不行了,吃不动你的喜酒了。陈佳说,唉,谁让我取了这个名字呢,陈佳陈佳，天天被你们成家成家地喊，就喊得成不了家了。伊豆豆说，那你改名，叫不成家。天天不成家不成家地喊，不就成家了嘛。小周说，哪有姓不的，还是改成姓魏，未成家。陈佳说，好，我回去就找派出所改去。说笑了一阵，陈佳完成了自己的美容程序，就先走了。这天晚上，伊豆豆告诉万丽，陈佳到老干部局后工作十分出色，上上下下早就有意思提她到副局长的位子上，前一阵组织部研究干部的时候，有位新来的分管干部处的副部长随手翻了翻陈佳的材料，有些奇怪地说，咦，未婚？这位女同志，三十五岁了，还没有结婚呀？就这一句话，使大家都愣了愣。本来提一个副局长，也不是什么大难题，再说陈佳的条件也都是无可挑剔的，无论从学历，从工作能力，从群众关系，从老干部对她的反映，从其他方方面面看，陈佳提副局长都应该是无可争议的事情，但偏偏这位副部长这时候说了这么一句话，他新来乍到，根本就不认得陈佳，更别说对提陈佳有什么不同的意见，完全只是看材料时随口一说而已。大家在愣了片刻之后，有一位同志含混地说了一句，是呀，陈佳条件很不错的嘛，也搞不懂她。另一位同志笑了笑说，正因为条件好，可能眼界就比较高吧。大家都笑了笑，干部处一处施处长说，今天要讨论的同志比较多，要不陈佳先放一放，等会儿再议。就这样放了一放，就放过一次机会。本来什么事情也没有，新来的副部长从农村基层上来，可能没大见过三十五六岁还没有结婚的女干部，也只是一时好奇，多了一句嘴，并没有任何倾向性，但是这一次提陈佳的事情就这么耽搁了。

这段故事后来在机关里传出来了，陈佳自己倒还沉得住气，但是几位特别喜欢陈佳的德高望重的老干部气不过，跑到闻舒办公室说了一些很不中听的话。事后闻舒向组织部了解情况，不找部长副部长，直接找到施处长，施处长见闻书记亲自过问，不敢胡乱应付，只得说了实情，闻舒一听，也生气了，说，你们这是干什么，女同志不结婚，是不能提拔的理由吗？施处长冤得很，说，闻书记，情况不是这样的,不是因为她没结婚,只是那天要讨论的人比较多,陈佳就先搁了一下,可是后来就来不及讨论了,本来是打算等下一次提出来讨论的,可几位老领导性子也太急——闻舒说,老领导急,你们就不急,你们对自己的提拔也是这么不用心不着急的吗？施处长说,好,好,闻书记,我们这个星期就安排时间研究。哪料这下子闻舒更冒火了,毫不客气地说,施处长,我简直怀疑你有没有水平有没有资格当这个干部处长,难道你们考察和提拔干部,是根据某个人或某几个人的意志行事的吗？老领导性急,是他们对陈佳的厚爱,我今天来了解情况,是对你们工作的调查,与什么时候再研究干部没有任何关系。如果我今天电话一来,你们明天就研究讨论,后天就公布出来,那你们这组织部,你这个干部处干脆姓闻算了,也用不着你们这么多人天天在那里上班下班了。一番话把施处长训得完全不分东南西北了,不知道闻舒到底是要提拔陈佳还是不要提拔陈佳。

听伊豆豆说到这儿,万丽不由脱口道,换了我,我也不知道到底要不要提了。伊豆豆说,但当时我就想,恐怕黄了,至少又要等一等了。万丽说,为什么？伊豆豆说,你也不想想,如果马上提了,等于是被老干部骂出来的,而且,这可不是骂的别人,骂的是闻舒啊,老干部虽然高兴了,但闻舒的脸往哪里放。万丽说,闻书记的胸怀还是足够宽广的。伊豆豆说,胸怀再宽广也没有用,这不是胸怀问题,这是一个不能突破的口子,这件事情上让了步,以后无论老干部小干部,都去效仿,闻舒还有什么威信可言？万丽不吭声了,伊豆豆又继续说,果然不出我所料,下一次研究干部前一天,组织部把陈佳的材料退回了老干部局,让补充新内容,如果没有新内容,这次就不讨论,等老干部局赶紧补了新材料送上去,第二次的讨论已经结束了。万丽说,可刚才你跟陈佳谈起她的事情,她还跟你开玩笑,一点也看不出她有这样的遭遇,伊豆豆说,陈佳成熟得很快嘛。

晚上万丽回到家里,从陈佳联想到自己,心里不免起了一点波澜,细细品味,这波澜是美滋滋甜滋滋的,但品过甜美之后,也不免滋生出一点担忧,有一点不安,向部长找她谈话的事情,怎么弄得人人皆知了呢,伊豆豆说没有不透风的墙,到处都是透风的墙,但这风到底是从哪里透出去的呢?

三天以后,万丽再次来到向问的办公室,说,向部长,我想去旧城改造指挥部。向问说,为什么?万丽稍一停顿,说,原因是各方面的,但主要觉得,这个岗位更能锻炼我。向问点了点头,他的满意是藏在内心深处的,万丽看不到,但是能够感受到,万丽刚刚在心里偷偷地松了一口气,向问的脸忽然就板了起来,声音低沉而严厉,万丽,我找你谈话,是想听听你的想法,征求你的意见,不是让你满世界去宣传的!万丽一听,脑子"轰"的一声,立刻想到伊豆豆的电话,除了自己和向问之外,还有谁知道他们谈话的内容,一个是康季平,康季平是决不会说出去的,另一个就是孙国海,万丽一想到孙国海,脑子里再一次"轰"地一下,脸上青一阵白一阵。但向问的脸色反倒好了些,语气也恢复了正常,说,你也别太紧张,我了解你,也相信你,你不是个肤浅的嘴碎的女同志,但在机关工作,有时候,该保密的还是要保密,哪怕是自己的亲人,最知心的朋友,说话也要注意分寸。万丽点着头,眼泪含在眼眶里。向问说,好了,你去吧,回去准备一下办移交吧,明天组织部就发文了。今天是星期二,星期四指挥部正式成立,闻书记会到场。说到这儿,向问露出难得的笑容,又补了一句,万丽啊,我也要动一动了。万丽心里一动,早在党校时她就听高洪说过向问可能要动的事情,不由脱口说,向部长,听说您——向问笑着朝她摆了摆手,没有让她说下去。

这是向问多说的话,向问平时从来都是一字千金,尤其是重新回到机关以后,不必说的话,不该说的话,一句一字都不会从他嘴里吐出来,这在南州市机关也是众所周知的,但今天向问多说了一句话,而且是笑着说的,万丽明白,向问是真的很看重她,很喜欢她。万丽心里感动着,但是什么话也没有说,她也知道,只有用自己出色的工作成绩才能报答向问的关心。

从向问办公室出来,万丽等不及回自己的办公室,更等不及回家,拿出手机站在路边就给孙国海打电话,满肚子对孙国海的愤怒都快要爆炸了,但是等她听到孙国海在电话那头"嘿"一声时,却突然间像是失了语,一句话也不想说了,"咔"地掐断了电话。孙国海赶紧打了过来,问道,万丽,什么事?万丽满肚皮要爆炸的气已经在刚才的一瞬间里莫名其妙地泄掉了,懒懒地说,没事。孙国海倒急了,说,没事你怎么打我的手机,到底怎么啦?万丽说,对不起,我打错了,再次掐断了电话。

## 二九

**康季平的话更不客气了,说,你别推托到别人身上,更主要的不是因为陆部长,你是想表现给闻舒看的。**

就在万丽的任命下来的那一天,向问也从市委组织部调任南州市委副书记,成了南州的第三把手,分管干部,使得大家早有耳闻的"闻向联盟、钢铁长城"更加名正言顺,更加名副其实,也更加看得见了。旧城改造指挥部成立那天,并没有进行大张旗鼓的宣传,只是小范围地低调地开了一个会,到会的除了市委和市政府的一些主要领导,剩下的就是指挥部自己的人员了,都是从各单位各部门抽调出来的精兵强将,领导班子这一块,赵一行副市长和刘立权局长大家都熟悉,只有万丽是个生人,大家当然也早就听说了万丽,但许多人都是头一次见到她,毕竟宣传部和城市建设这是两个不同性质的部门,碰到一起的机会不多。何况在这之前,万丽只是宣传部的一名科长,根本就没有出头露面的机会,今天万丽出场,才是一个正式的亮相。万丽也感受到大家的目光,对她的关注甚至比对赵一行和刘立权更多些。

低调成立指挥部,和即将到来的高调的大规模的城市改造,都是闻舒的良苦用心,但是别说万丽,即便是闻舒,恐怕都没有足够的思想准备,在历经了千难万险,终于将大规模的改造引上正道以后,许许多多料想不到的困难接踵而来,成了一只又一只的拦路虎,挡在了他们的面前,使他们寸步难行。仅仅一个资金问题,就将他们逼进了死胡同。

城市改造是造福于老百姓的,说到底,就是政府拿钱,给老百姓解决生活的问题,同时大幅度地改变城市的破旧面貌。但政府拿钱,钱在哪里,到哪里去拿,以至于赵一行常常在指挥部的会议上自嘲说,我们还得向上级申请多加一个部门——印钞车间,我这个指挥部才指挥得起来。对于指挥部的叫苦,闻舒一再说,你们要广开思路,不能只盯在政府一家身上,要从里边寻找到商机,资金问题才能彻底解决。话这么说是不错,但谁不知道,旧城改造不是搞房地产,这里边的商机实在没有多大的空间。

万丽接到了一个电话,那边只"喂"了一声,万丽立刻听出来了,脱口说,叶楚洲?事后,不仅叶楚洲觉得奇怪,连万丽自己也感到有点不可思议,她和叶楚洲,已经好几年没有联系,怎么会在接到电话的一瞬间,就想到了他呢?叶楚洲说这是心有灵犀,万丽却知道,那是因为自己想钱想疯了,才会忽然感觉到叶楚洲是给她送钱来的。

叶楚洲还真是给万丽送钱来了,只不过,他这个钱,不怎么好拿,因为那是老外口袋里的钱,这个老外是个美国人,叫莱特,他所在的公司,是世界五百强之一的强斯公司,早几年就进入中国沿海地区发展,这两年开始打入内地。但是万丽不明白莱特为什么会对南州的旧城改造感兴趣,愿意投大量资金下去,他将从哪里得到回报呢？唯利是图是商人的本质，如果他不唯利是图，他就不会是一个好商人，叶楚洲这么说过，万丽也毫不怀疑。但无论有多大的疑惑，万丽是非常想干成这笔买卖的，她立刻向赵一行和刘立权汇报，赵一行和刘立权一听，立刻就争论起来，赵一行是稳健派，他认为，就目前情况看，别说外资引进，就算是国内的民资，投入城市改造的，在全国范围内口子还没开出来，即使个别地方有，那也只是较小范围较低水平的试点，从来没有做过大规模的宣传，都是偷偷摸摸在做，且别说南州开不了这个口子，就算通了天，开出这个口子，那就成了第一个吃螃蟹的人，赵一行不想做这第一个吃螃蟹的人，他让万丽把这件事情回绝了事。可刘立权的意见刚好相反，两人相持不下。按道理，赵一行毕竟是副市长，又是总指挥，刘立权毕竟只是建设局长，副总指挥，怎么说都是在赵一行的领导之下的，但刘立权个性强，又有背景，似乎从来就没把赵一行放在眼里，这也使得赵一行心里很窝火，再稳健、再老到的赵一行，也被刘立权惹得脾气大变，两个人针尖对麦芒，常常不可开交。

　　万丽把这个情况及时告诉了叶楚洲，叶楚洲问万丽自己的想法，万丽说，我的想法有用吗？在这两个人手下工作，还轮得到我有想法吗？叶楚洲却说，我的看法恰恰跟你相反，正因为这两个人协调不起来，你的作用就出来了。万丽说，我怎么起作用，决定权不在我手里。叶楚洲说，莱特要投资这件事情，本来就不是赵一行和刘立权能够决定的。万丽立刻听懂了，想了一想，问道，你觉得，闻舒会支持吗？叶楚洲说，我要是觉得闻舒不支持，我会把莱特带来吗？

　　第二天闻舒就召集三位总指挥开会，问起了莱特的事情，赵一行和刘立权互相怀疑地看着对方，都以为是对方抢先报到了闻舒那里，万丽有点心虚，觉得自己这么做，小人了一点，但也是没有办法的办法，如果先请示赵一行和刘立权，事情就办不成了。果然不出叶楚洲所料，闻舒当场就表示了明确的态度，这件事情，他要亲自过问,要尽最大努力,争取到莱特的资金。

赵一行气得不轻,回到指挥部就和刘立权争了起来,但他们争论的结果,却把万丽给暴露出来了,两个人都知道了是万丽向闻舒汇报的,回头看着万丽,万丽心里明白,这两个人原本对她是不设防的,虽然知道她是向问提起来的,但他们自己哪个没有背景,哪个没有靠山,所以一开始,他们都没有把她放在眼里,没有把她当成一种力量,只顾了两人之间的你争我夺,张扬个性,但忽然间,就发现身边的这位不怎么张扬的女同志也是一个人物,也是不得不重视的人物,他们对她,有了新的认识,也就有了新的相处的方式。

果然从这以后,指挥部两分而立的局面,变成了三分而立。大事小事,赵一行和刘立权都要再三征求万丽的意见,甚至当着下级的面,总是把万丽抬在前面,本来他们也不大和万丽开玩笑,现在隔三岔五,就和万丽说说笑笑。表面看起来,万丽的地位得到了尊重和肯定,但实际上万丽心里明白,他们已经把她当成了对手,而且还不是轻量级的对手。有一回万丽和康季平谈起来,把自己的委屈告诉了康季平,康季平说,这对你来说是好事,向问不正是希望你在严酷的环境中得到真正的锻炼吗,要不然,他完全可以给你个清闲太平点的位子。万丽说,但是这两个人,也太直露了,说变就变,一点都不觉得有什么不自然。康季平说,现实就是这样,你一定要记住,在任何岗位,都有竞争,都有让你心理不平衡的事情和人,他们不可避免地会出现在你面前,干扰你的工作,你别以为到旧城改造指挥部,男同志多,事情就好办些,疙疙瘩瘩的东西就会少,一点也不会少,只会更多,更严酷,更无情,女同志和女同志竞争,再怎么你死我活,到头来也可能会心肠软一下,下不了手了,但是和男同志相处,你可千万别抱什么幻想,他们当面会吹捧你,但是他们下手的时候,决不会手软,更不会心软。万丽说,我不想那么多,想那么多我就不能做事情了,我只想把工作做好,这一次我直接找闻书记,没有别的想法,就是想努力促成这件事情。

康季平高兴地说,万丽,你长大了。

　　和莱特谈判那天,闻舒果然到场了,按照事先说定的,没有明确向莱特介绍闻舒的身份,只是含糊了一下,反正在场的南州方面有五个人,料他一个老外也不一定搞得清谁是谁。但没想到,坐下来不到两分钟,莱特就用标准的汉语说,谢谢闻书记,您来参加我们的谈判,这桩买卖就成功了大半了。虽然是坐在沙发上说的,但身子微微地鞠了半躬。要是不看他的长相,只听他说的话,看他的动作,你简直不敢相信这是个外国人。闻舒听了,哈哈大笑,说,不愧为五百强啊,厉害厉害。谈判下来才知道莱特是另有目的的,强斯公司看中了南州里和县一家从事电缆生产的乡镇企业集团,一心想收购这个集团,但是当地政府坚决不同意,滴水泼不进,莱特通过各种关系,摸清了闻舒的当务之急和重中之重,赶紧投其所好,使出了这一招,直接从闻舒这里着手,只要有闻舒点头了,料他镇政府也不敢再说半个不字。而闻舒一心要在旧城改造上创出自己的业绩,面对这么一大笔资金,怎么可能不动心?最后,莱特笑眯眯地说,舍不得孩子打不着狼,闻书记,中国的老话是这么说的吧。在这样的场合下,闻舒是受制的一方,莱特是制约人的一方,只因一个钱字,别说闻舒自己,万丽看在眼里,心里都替闻舒难受,但闻舒却仍然表现得十分大度十分从容,并没有露出一丝一毫对莱特的钱志在必得的感觉,他也笑眯眯地说,莱特先生的想法非常好,对中国文化也理解得非常透彻,但我们中国人还有句老话,叫作桥归桥,路归路,莱特先生听说过吗?莱特显然没有思想准备,跟着闻舒的口气念叨了一遍,没有体会出其中的含义。他倒也实在,便摇了摇头,说,中国文化博大精深,我就是一辈子努力,恐怕也学不到一点皮毛呀。闻舒点头说,莱特先生真是个中国通啊,我刚才这句话的意思说的是,投资旧城改造和收购电缆企业,是两回事。莱特赶紧点头,那当然,那当然。闻舒又说,目前我们国家正开始实行企业自主权,实行政企分开,所以,许多企业的问题,不再是我们党政领导一句话就可以决定的。莱特赶紧说,我知道,我知道,要谈电缆集团的事情,还是得和电缆集团打交道。闻舒微微点头,一笑。分明这是一件受制于人的事情,闻舒应该强调自己的权力才对,但他却在暗示自己的权力小了。更奇怪的是,这话一说,在气势上一下就盖过了莱特。

但大家心里明白,闻舒不会食言,莱特也绝对是个不见兔子不撒鹰的角色。也就是说,在这一场交易中,以牺牲或者说是出卖了那家乡镇企业为代价,为南州的旧城改造争取了一个台阶。万丽心底深处,为那家乡镇企业集团感叹,有闻舒说了话,这个企业恐怕是必卖无疑,坚持不了多久了。

这天的谈判虽然时间并不长,但是大家心情从紧张到沉重,一直到莱特走后,闻舒还留下来和大家说了一些话。闻舒说,你们现在的心情我明白,好像我们为了旧城改造,把一家乡镇企业牺牲掉了。但是我们能不能换个角度思考一下,是不是一定说,强斯收购了电缆集团,就是我们乡镇企业的失败呢?据我所知,里和县的那家企业集团,厂子规模大,基础也好,但技术含量太低,在国际市场上已经没有了竞争力。当然我们也可以说,既然知道技术含量低,那我们就向高科技的企业转变。但是你们想想,这个转变是容易的吗?要是容易,不早就转了?现在谁不知道科技的重要,但真正做起来,还是有相当的距离。我们的人才,我们的信息,我们的技术设备,都还没有达到相当的水平啊。与其这样,为什么就不能尝试一下让别人来做?闻舒这一番话,大家是服的,但话再怎么说,事实总是事实,大家由此更看清楚了闻舒改造旧城的巨大决心,也更明确了自己的工作任务。

谁也没有料到的是,最后电缆集团并没有被强斯收购,里和县那位名叫项达民的镇党委书记,是个铁头将军,连闻舒的话都敢不听,都敢不理睬,宁可不要头上的乌纱帽,也要保住他的企业,最后连闻舒也没能犟得过他。而强斯也并没有因为没有收购成电缆集团就撤销了对旧城改造的投资,但这都是后话了。对旧城改造指挥部来说,当务之急就是跑批文。接受莱特的投资,最难的一关在上面,在政策上,国家关于引进外资的政策虽然已经开始推行,但多半是外资来投资企业之类,作旧城改造的用途,全国好像还没有哪个城市哪个城区尝试过。国家还没开这个口子,还没有关于这方面的政策,所以,唯一的办法,就是跑北京,去通口子,去要政策。只有拿到批文,才能动作。

在指挥部商量谁去北京的时候,闻舒忽然打来了电话,这个电话和平时不一样,平时闻舒要找谁说话,一般都是闻舒的秘书或市委办公室主任先拨通电话,告诉对方,闻书记要和他通电话,但这一次,闻舒自己就直接拨了过来,以至于万丽接电话的时候,听闻舒说,我闻舒啊,万丽竟愣了片刻才回过神来说,是闻书记。当时赵一行和刘立权都在场,听到闻舒来电话,都有些紧张,盯着万丽,也希望从万丽手中接过电话去。万丽说,闻书记,赵市长和刘局长都在。闻舒说,你告诉赵一行和刘立权,我陪你们去北京,我替你们去跑腿。不容万丽反应过来,又说,你们什么时候出发,早一点通知我,就挂了电话。万丽把闻舒的意思说了,赵一行和刘立权你看看我我看看你,加上万丽,三个人都有些目瞪口呆。闻舒亲自跑北京求人,让他们更知道了自己肩头上的分量,这是一件只许成功不许失败的事情!

他们想跟闻舒去北京,但又都担心这次的北京之行担子太重,都在权衡利弊。赵一行首先想退下去了,说,全面的工作都已经摊开来了,得有个人在这里当家的。刘立权和万丽都听明白了他的意思,刘立权立刻说,那我和万丽去。刘立权这么急吼吼地一表示,又让赵一行有些反悔了,说,我也不是说一定我留守,看情况再定吧。刘立权将他的军说,没有时间看情况了吧。我的意见,明天,最迟后天就出发。赵一行看了看万丽,万丽说,闻书记的口气,也是比较急的。赵一行又犹豫了半天,说,这么大的事情,我不去总不放心的,是不是万丽留守?万丽脱口说,闻书记的意思,是希望我去的,因为这件事情,叶楚洲那儿的线是我牵来的。此话一出口,脸有些红,闻书记电话里并没有这层意思,但赵一行和刘立权倒也没多大意见,因为有叶楚洲夹在里边,万丽不去也确实不太应该。其实叶楚洲前两天就回南方去了,他已经从这件事情中抽身退去,万丽只是借了他的名为自己争取了一个机会。商量了半天,最后决定三个人都去,把家里的事情交给办公室主任。

就在万丽临去北京的前一天晚上,陈佳忽然打电话来,说,万丽,明天晚上我结婚,请你喝喜酒。万丽大吃一惊,竟以为这电话不是陈佳打的,问了一声,你是陈佳吗?陈佳笑了说,我是陈佳,我真的要成家了。万丽硬是半天没有回过神来。陈佳说,怎么,听说我要结婚你不高兴吗?万丽这才清醒过来,赶紧说,可是我明天一早要去北京。陈佳也不啰唆,说,那你走你的,我结我的,等你回来我补请。万丽赶紧给伊豆豆打了电话,问怎么回事。伊豆豆说,什么怎么回事,结婚就是结婚,还能是什么别的事。万丽说,可那天在美容院,还在谈这个话题,好像她根本没有这方面的想法呢,怎么几天一过,就结婚了?就算那天晚上就谈起朋友来,也没有这么快嘛。伊豆豆说,快不快,慢不慢,都看各人的需要吧。万丽又问,她男朋友是谁?是机关的吗?伊豆豆说,我也不知道,这回做不了包打听了,人家是闪电似的,连我这样的速度都追不上。开始的时候万丽心里还有一层疑云微微地浮动着,但和伊豆豆几句话一说,这层疑云很快就消失了,她能够理解陈佳的做法,只是觉得现实对女同志太残酷了一点,尤其是对陈佳这样的女同志。

根据闻舒的安排,去北京先把外围的工作做得差不多,重头戏就在陆部长那里了,陆部长也就是闻舒曾经跟随多年的老首长。老首长亲自出面联系,请到了几个关键的人物,安排了一顿关键的晚饭。万丽在党校时曾听聂小妹说起,长洲县一家企业到北京跑上市,光总经理一个人喝 XO 就喝掉了二百多瓶。这次来北京之前,万丽也曾想到过这个问题,但总觉得不会太过分,毕竟是闻舒带的队,请的又是北京高层的领导,总不能跟乡镇企业那样喝。不料一到这个宴席上,才知道她的想法是大错特错了。老首长一进来就扫了大家一眼,然后瞄着闻舒说,小闻啊,我这个老酒鬼你是知道的,今天有没有带几个精兵强将来助阵啊?闻舒说,在您老人家面前,哪有精兵强将敢言啊!万丽心里就有点打鼓,更没想到的是,老首长请来的几位关键人物,喝起酒来,一个比一个如狼似虎,一闻到高度茅台的香味,都馋涎欲滴了。闻舒当然是首当其冲,躲也躲不掉,别看他在南州是"闻舒笑一声,南州抖三抖"的人物,在这样的场面上也照样只能赔着笑脸,一杯又一杯地向别人敬酒。刘立权呢,个性虽强,酒量却实在不强,人称"一杯倒"。赵一行好歹能喝一点,但他却是样样事情摽着刘立权,你刘立权做缩头乌龟,我凭什么冲在前面当替死鬼。最后就只剩下万丽了,她无论如何也不能让闻舒一个人冲锋陷阵,结果引火烧身。

　　宴会结束,万丽硬撑着回到自己的房间,跌进卫生间,就吐得一塌糊涂,吐到最后胃里已经什么都没有了,但胃还是不停地痉挛着,连苦胆水都吐了出来,最后都脱了水,难受得死去活来。她从来没有想到酒会把人折腾成这样,又惊又怕,感觉自己快要不行了,挣扎着抓起电话,想告诉刘立权一下,但是偏偏潜意识还控制着她,觉得自己的形象太不成体统了,万一惊动了闻书记,会给闻书记留下什么样的印象?几次抓起又几次把电话放下了,最后一次,她竟然把电话拨到了康季平家里,一听到康季平的声音,万丽就"哇"的一声大哭起来。康季平说,万丽,万丽,你快说话,你快说话呀!万丽边哭边含混不清地说,康季平,我、我喝醉了,我难受,难受啊康季平,我要死了,我要死了——康季平说,你住在哪个饭店,几号房间?万丽的思维一片空白,想不起来,只是说,我要死了,我难受,我要死了,迷迷糊糊地说了一会儿,却已听不见康季平的声音了,喂了几声,才听到康季平那边电话已经断了。万丽撂了电话就倒在床上,昏昏沉沉,不知过了多久,听到门铃声了,她想爬起来去开门,但怎么也爬不起来,门铃响了一阵,就听到外面有人焦急地说,请服务员开门吧。稍过片刻,果然服务员来开门了,万丽眼前一片模糊,看到好像是赵一行和刘立权,还有几个陌生人站在她床前,赵一行和刘立权脸色都很紧张、很担心,有个穿白大褂的人抓住了她的手,替她把脉,万丽被他柔软的手一触摸,紧张的心情一下子松弛下来,含混不清地说了声,我有救了。接下来就有人进来给她打了吊针,打上针后,万丽渐渐地平静下来,眼睛睁一会儿,闭一会儿,再睁开的时候,看到赵一行和刘立权的脸色好多了,刘立权还在微微地笑着,赵一行说,下次别逞能了,万丽眼眶一热,刘立权说,闻书记已经睡下了,就没有惊动他。赵一行说,今天闻书记也喝多了。万丽说,你们怎么知道我的情况?刘立权说,是宾馆的人来叫我们的,说和你们一同来的住在317房间的女同志喝醉了,可能要抢救。万丽已经能够清楚地表达自己的意思了,奇怪道,咦,我没有跟服务员说呀,我一进来就倒下了。赵一行和刘立权也觉得奇怪,就问旁边宾馆的同志,那个人说,我也不太清楚,总机上的人说,有人打电话到饭店总机,报了房间号码,说了这个事情,我们还以为是你自己打的呢。大家疑惑了一会儿,也没再放在心上,看万丽情况稳定多了,赵一行和刘立权都要走了,万丽支吾道,赵市长、刘局长,我没事了,明天,明天,是不是——下面的话有点不好意思说出来,赵一行和刘立权都笑起来,赵一行说,是不是叫我们不要跟闻书记说?万丽说,洋相出得太大了。刘立权说,是呀,哪有女同志喝成这样的?赵一行说,你放心休息,护士会守着你的,明天还有更艰巨的任务呢,不过可不敢要你再陪酒了。万丽的心总算踏实了一点,渐渐地放松了神经,神智恢复了正常,身体感觉也好多了。

赵一行和刘立权走后,护士一直守在万丽身边,她让万丽闭上眼休息,万丽就闭了眼,却没有休息,一直在想是谁告诉总机的呢,只有康季平,但她好像并没有告诉康季平她住在哪个饭店,康季平是怎么知道的呢,想着想着,睡意渐渐上来了。

　　第二天万丽基本恢复了,上午照样和大家一起跑了几个部委,中午饭后,回到房间休息一下,刚进房间,房间的电话就响了,万丽一接,居然是康季平打来的,更没想到的是康季平头一句话就说,万丽,我来了。万丽一时没有反应过来,说,你到哪里来了?康季平说,我到你身边来了。万丽说,我在哪里你知道吗?我在北京!康季平说,我赶早晨头班飞机来的,刚刚到。万丽说,你别开玩笑了,我们这次来,你也知道的,事关重大,闻书记都亲自来了。康季平说,我怎么会不知道,正因为知道,我才特意赶过来,不过你放心,我不会出现在你面前,更不会出现在和你同来的任何一个人面前。万丽说不出话来了。康季平,你安心做你的事,我不会打扰你。万丽仍然以为康季平是在开玩笑,说,康季平,我好多了。康季平说,我听得出来,你恢复得很快。但是昨天晚上,你把我吓坏了,我真的以为你要死了。万丽回想昨晚的情形,确实有些后怕,说,当时我也真的以为不行了,那种难受,简直比死还难受。康季平笑道,那怎么行,我们两个,说好我要死在你前面的,怎么能让你先死呢,你这不是违反合同了吗?万丽说,都别瞎说了,我现在好多了。对了,昨天晚上是你打电话给我们饭店的总机的吧?你怎么会知道我住的地方,我告诉你了吗?康季平说,我查的。万丽奇怪地说,查?北京那么多饭店,你一家一家查?怎么可能?康季平说,傻丫头,我有我的查法嘛。一家一家饭店查你,恐怕查到现在还没找到你呢。万丽不再追问了,但有一点她很清楚,康季平为了她,什么事都能做出来,万丽心里一阵发热,说,康季平,你真的到北京来了吗?康季平说,我干吗要骗你,你拉开窗帘看一看,你们饭店对面的江南宾馆,和你的饭店隔街相望,我就住在这里。万丽不知是真是假,但还是放下电话到窗口看了一下,果然马路对面是一家江南宾馆,万丽心里顿时紧张起来,回过来重新抓起电话说,康季平——康季平没让她说下去,赶紧打断她说,万丽,我说过了,你安心做你的事情,我不来找你,我只是——说话从来不打格顿的康季平忽然停顿了一下,又说,万丽,我不放心你,这一趟的公差,对你来说,压力过重过大,怕你撑不下去。万丽说,没事的,有赵市长刘局长他们呢。康季平电话里声音忽然就变了,说,说得轻巧,没事,昨天晚上是什么事,人都要喝死了,还没事?还说没有压力?万丽说,那是两回事,喝酒喝多了。康季平毫不客气地说,你在南州也喝酒吧,怎么从来没有醉成这样?万丽,我告诉你,醉酒只是一个现象,根本原因在于你把握不住自己,不醉才怪?当然,这也不能完全怪你,要怪就怪向问提你提得太快。你从来没有经历过这样的大场面,甚至没有经过中间的过程,一下子就到了顶层,你的心就不踏实了,空了,控制不住自己了,平时想都不敢想的大人物现在就在眼前,拉着你的手,跟你很亲热,在一张桌子上吃饭喝酒,他们喜欢你,因为你是女同志,又年轻漂亮,他们肯定希望你喝得尽兴,好,你就表现吧。万丽说,也不完全是这样。康季平却不理她,只顾自己说,你的综合能力还没有到这一步,形势就把你推到了高处,高处不胜寒——万丽说,康季平,你扯得太远了。康季平说,是远了一点,但是我担心你替你着急啊!万丽说,不像你说得那么严重,我也没有很失态嘛。再说了,昨天晚上的情况不喝是不行的,连闻书记都喝多了。康季平说,但你是女同志啊,哪有女人这么喝酒的,还不失态?有那么多男人在场,要你逞什么能?万丽说,逞能是有一点,但确实也是为了工作,你不知道陆部长的酒量,更要命的是他对酒的热爱,恨不得天下所有的人,都是酒鬼才开心呢。康季平的话更不客气了,说,你别推托到别人身上,更主要的不是因为陆部长,你是想表现给闻舒看的。万丽有点不高兴了,说,就算是,那又怎样,不可以、不应该吗?机会不就是这样抓住的吗?这不是你一直以来就这样教育我的吗?康季平说,你以为多喝几杯酒,就给闻舒留下深刻印象了?闻舒就给你记个特等功？万丽，你搞清楚了，在官场上，没有哪个大干部是靠喝酒喝上去的，更何况是女干部，你见过哪个高层的女领导是喝酒喝出来的，她们大部分滴酒不沾，照样当大官。关键在于分寸，你懂吗？万丽更不乐意了，说，我不懂，你懂，你怎么不当个大官给我看看？康季平说，我嘛，不是当官的料。万丽说，可听你说话，可是当大官的料。康季平说，万丽，我也不跟你多绕口舌了，你中午抓紧时间休息一下，下午还有事吧，但以后别那么喝酒了，太伤身体了。说实在的，我舍不得你。你要记住，靠喝酒打天下，那是乡镇企业，不是你万丽。万丽委屈地说，你身不在其中，有时候你无法体会身不由己。康季平说，你要对自己有信心，要撑起来，坚强起来，才不会被酒打倒，才不会被任何事情打倒，所以我才会过来。我不去找你，但要让你知道我就在你身边，我陪着你，支持着你，不会再让你倒下来。万丽的眼泪止不住地掉下来，虽然没有声音，但康季平已经感觉到了，说，万丽，就这样吧，我不和你说话了，你休息一下。万丽说，康季平，你到底在哪里？康季平说，你别问了。

由于把各方面的工作都做到了家，最后一个下午的事情出乎意料的顺利，改革委已经基本通过了南州市的报告，允诺三天之内下文，改革委的周副主任还亲自接见了南州的同志，说到中央有关首长也很关心这件事，他们一定会重视一定会抓紧的。这天晚上的饭，是到北京几天以来最轻松的一顿饭了，本来闻舒有北京的老朋友请他，他也没有去，要和南州的同志一起庆一庆功。席间，还是上了酒，服务员加酒加到万丽面前时，万丽"哎"了一声，又赶紧收回了声音，眼看着服务员就要给万丽加酒了，闻舒笑眯眯地看着万丽，说，小万啊，好了伤疤忘了疼？这几天闻舒一直没有提万丽醉酒的事情，万丽还庆幸地以为闻舒真的不知道，现在闻舒一说，万丽立刻红了脸，支吾着说，还好，还好。闻舒笑道，还好啊？听说连救命都喊出来了。大家"哄"地大笑起来，连平时脸上不怎么有表情的秘书小邢也忍俊不禁咧开了嘴。闻舒说，小万，你记住了,干任何事情,首先得对自己有个了解,喝酒也一样。万丽难为情地点点头。闻舒又说,今天小万的酒免了,其他人,照喝,你们也得敬敬我这个当书记的吧,丢下那么多事情,替你们跑腿。他见大家举了酒杯就要敬他,赶紧又说,不过我今天只能稍坐一会儿,我北京的几位老朋友都骂我了,来了好几天,还没有一起吃上一顿饭呢,我今天也得学你们赶场子了。本来想先去他们那里再赶回来的,后来一想,去了那边,还不知什么时候能放我回来,我们这边,可是庆功酒啊,得先喝了。说着,举起了酒杯,又说,其实,是我应该敬敬你们,尤其是小万,是吧,差一点牺牲了,说着,一杯酒就喝下去了。赵一行和刘立权还有小邢都喝干了杯中酒,万丽心里感动,一定要服务员也给她加酒,闻舒却说,你就以茶代酒吧。感激的情绪涌满了心间,但万丽说不出来,闻舒也不要她说什么,又喝了些酒,简单地吃了点菜,说,三位总指挥,我的任务也算完成了,我明天就先走了,你们还得留守两三天。赵一行说,闻书记您放心,不拿到批文我们不回去。刘立权也说,闻书记,一拿到批文,我们立刻向您报告。闻舒笑着点点头,看了看万丽,说,小万啊,其实你还是有点酒量的,那天晚上是因为求成心切,没有把握好,是不是?其实,你也不必一朝被蛇咬,十年怕井绳,对吧?万丽说,我知道了。闻舒说,好,我就先走了。闻舒一走,这里的气氛就松弛下来,刘立权是"一杯倒",该喝的时候不喝,现在心情舒畅了,情绪放松了,倒忍不住地喝了起来,喝了几口,和赵一行一言不投机,就争了起来,争着争着,就开始拼酒,万丽坐了一会儿,见他们只顾自己争斗,也不管她,就提前告退了。回到房间,心里慌慌的,知道是因为一直惦记着康季平,他果然说到做到,一直没有找她,连电话也没有打过一个,万丽简直有点怀疑,他到底有没有来北京,是不是在跟她开玩笑。万丽把电话打到对面的江南宾馆,请总台一查,果然有康季平登记了房间,万丽一听,心猛地狂跳起来,犹豫了片刻,将电话打到了康季平的房间,康季平果然在。康季平说,万丽,事情都办好了？万丽说,你怎么知道？康季平说,事情没有着落,你不会来找我的。万丽有点伤心,说,你这么看我？康季平说,我了解你,你永远是个工作第一的女同志。万丽说,我想,我,我过去看看你。康季平说,来吧,就在你对面嘛。万丽回到餐厅,他们两个还在斗着,似醉似醒地看着万丽,万丽说出去看一个老同学,他们就朝她挥挥手。

万丽走了出来,对面就是江南宾馆,只有几步之遥,万丽走到江南宾馆,进了大厅,一眼就看见了电梯,只要一按按钮,电梯门就开了,她走进去,再出来的时候就能见到康季平了,但就在这一瞬间,她的心突然慌得不行,腿发软,怎么也跨不出这最后的一步,一时就站在电梯前发呆。呆了一阵,有进出电梯的人,都奇怪地朝她看着,万丽感觉脸上开始发烫,这么站下去也不是个事情,但又下不了这最后的决定,正不知怎么办,忽然就有一只手,从背后轻轻地随意推了一下她的腰,另一只手伸到她的前面按了电梯的按钮,万丽不用回头,就知道是康季平。

两人什么话也没有说,进电梯,上楼,进房间,房门关上的那一刻,他们紧紧地拥抱在了一起。仍然是没有语言,没有声响,甚至好像连呼吸都没有了。接下来发生的事情,也仍然是无声的,是默默进行的。中间的时候,走廊里好像有点什么动静,万丽一下子紧张得脸都变形了,竖着耳朵听动静,康季平也显得有点勉强,匆匆了事似的完成了他们要做的事情,万丽赶紧穿上衣服。康季平笑着说,没想到,酝酿和准备了十年,结果做得这么仓促。万丽不敢看他,也不敢吭声,但这样的结果,也一样令她万分沮丧,她怎么也想不到,和康季平做爱,正如康季平所说,酝酿和准备了那么多年,应该是水到渠成的,应该是急风暴雨的,应该是激浪涛天的,应该是疯狂的,应该是无所阻碍的,结果却大大出乎意料,竟会如此地没有感觉,如此地没有激情,如此地乏味,如此地机械,如此地不堪回想。万丽心里对康季平有着无限的感情,却无法在做爱时转换成爱意。在这之前,万丽也曾许多次幻想过,如果有一天和康季平走到一起,会是什么样的情形,自从对孙国海的感情渐渐地淡漠下去以后,这种对康季平的幻想,就经常出现在她的脑海里。但奇怪的是,和深爱着的康季平做爱,竟然远不如和她已经不太爱了的孙国海做爱的感觉。万丽无论如何也想不通,但有一点她是清醒的,她知道康季平心里肯定很难受,万丽低垂着眼睛,轻声说,对不起,我听到外面有声音,就——康季平打断她说,问题不在你,在我。万丽说,不,不是你——康季平朝她摆了摆手,说,我们不说了好吗?万丽点了点头,两个人又不说话了。沉默了一会儿,康季平自己摇了摇头,说,还是得说,不说大家心里都过不去,就变成两个哑巴了,何苦呢?不等万丽有什么态度,康季平又说,万丽,我们两个,一样的毛病,都太理智,太清醒,心理阻碍就大。万丽说,可能是,我一听到外面的声音,就乱了。康季平说,偏偏我又太敏感,尤其是对你,你的一点一滴的反应,哪怕藏得再深,我都能感觉到。感觉就感觉到吧,别太在乎也就行了,服务员又不会推门进来的,就算他们有事要进房间,也得先征求意见嘛。但我又偏偏太在乎你的感受,所以,你一乱,我就更乱了。万丽捂了捂自己发烫的脸说,我可能,可能不能做这样的事情,我不行,我——康季平轻轻地抚摸着万丽的头发,说,来日方长。万丽点了点头,没有言语。康季平说,你这边的事情都办妥了,我也放心了,明天一早我就回去了。万丽心里很难过,低声说,我,我不能去送你。康季平说,你怕我找不到回家的路?怕我找错了门,找到你家去?万丽哭了起来,边哭边说,康季平,你为什么对我这么好?为什么?康季平说,这还用说,我喜欢你!人都是自私的,都是小气的,但只要碰到自己喜欢的人,自己喜欢的东西,就会变得无比的慷慨大方,不在乎金钱,不在乎时间,不在乎事业,不在乎名誉,甚至不在乎生命。可惜的是——万丽知道他要说什么,没有让他说下去,问道,可是当初,为什么会那样?康季平顿了顿,说,以后慢慢再说吧,有些事情,让时间来说吧。他看了看表说,你得走了,太晚了不好。送万丽出门前,康季平轻轻地拥抱了万丽,静静地,好一会儿两人都没有动弹。

万丽回到自己住的地方,掏出钥匙欲开门时,忽然想起在党校的那一次,高洪很晚还来敲她们的门,聂小妹说是为了让她知道他回来了,万丽尽管早先没想到过这一招,但也不得不承认聂小妹说的是对的,这会儿,她自己也碰到了这样的事情,但又觉得,刚才她走的时候,赵一行和刘立权正斗酒斗在兴头上,而且都已经喝多了,好像根本没在意她要到哪里去,有没有必要也像高洪那样过去报告一声呢,就想直接往自己房间去了。但不知怎么又犹豫了一会儿,再想了想,还是过去敲赵一行的门。赵一行在卫生间里大声说,我在洗澡。她又去敲刘立权的门,刘立权开了门,万丽说,刘局长,我回来了,没什么事吧?刘立权说,见到老同学啦?万丽说,聊了一会儿就回来了。刘立权笑着说,是男同学吧。万丽想,他们根本就没有喝多,幸亏过来报告一声。

在北京万丽还意想不到地见到了聂小妹。聂小妹来看望陆部长,听陆部长说万丽也在北京,就找来了。聂小妹告诉万丽,她马上要去援藏了,走之前,特意来北京跟一些关心帮助过她的老领导老朋友道个别,这一去就是三年。万丽听了大吃一惊,脱口说,哪有女同志援藏的,他们怎么会安排你——聂小妹却笑着说,是我自己要求去的,起先是一直不批,后来我再三要求,总算批准了。万丽看着她单薄的身子,担心地说,你身体吃得消吗?聂小妹说,我身子单薄,反而是个好事情,对氧气的需求量本来就小嘛,不像那些身体强壮的男同志,或许我比他们更能适应呢。那天晚上万丽送聂小妹出来,看聂小妹的身影消失在黑夜中,万丽的眼前,却晃出党校毕业那天聂小妹离去时的身影,和那一天相比,今天的聂小妹,更多了一分坚强,更多了一分自信,更加的坚不可摧。

三天以后,他们果然拿到了批文,顺利地回到了南州。一场艰巨的旧城改造的战斗,终于打响了。三年以后,南州的旧城改造取得了举世瞩目的成就,五个城区中的四个城区经过大规模的改造,已经初步呈现出既现代又传统的具有南州古城特色的新面貌。南州的动作惊动了联合国,还有一些世界性的民间组织,都纷纷来南州考察了解。世界古迹遗址协会送给南州的一句话:保护遗产和现代建设结合的典范。这是一个高度的评价,更是一个非常重的压力。改造还在进行,保护和建设的矛盾日益深化,尤其是南州五个城区中唯一至今没有开始动作的、困难最大、范围也最大的中心区——沧平区。

沧平区的旧城改造已经迫在眉睫,刻不容缓了。沧平区地处南州市中心,因为是中心,历史留下的珍贵遗产和老而破旧的房子同样的多,同样的密集。这个时候,把谁放到沧平区区长的位子上,一方面说明闻舒和向问对谁的信任和重视,另一方面,等于把这个人放到火上去烤。最后闻舒和向问还是一致决定把万丽放到这个位子上去。就在这个决定做出后不久,就在万丽以高票当选了沧平区区长的时候,向问到年龄了,从管干部的副书记的位子退到二线,进市人大当了副主任,等到一年后人大换届时,向问就是南州市人大常委会主任的人选。所以有人说,万丽是向问在他的大棋盘里摆动的最后一颗棋子。向问退二线后不久,闻舒也调动了,由田常规接任闻舒当了南州的一把手。

第 三 部

## 三〇

但万丽又是不能有委屈的,她只有无条件接受的份,没有讨价还价的余地,哪怕她是个女同志,哪怕她会哭鼻子,都无济于事,她得和男同志一样,承受她所需要承受的一切。

早在一个月前,万丽收到李秋和平原的结婚请柬时,就随手在工作台历上记下了这个日子,然后就把这事情丢在一边了。哪知眼睛一眨,一个月就过去了,今天万丽来上班,看看台历上的日程安排,才想起今天就是李秋的大喜日子。下午的区长办公会议万丽压缩了时间和内容,早早就结束了。然后到区政府附近的一家美容美发店做了头发,听从了理发师的建议,将发型改了一下,在美容店的镜子里,万丽自我感觉不错。但从理发店出来,她又回办公室,说实在的,她不大敢相信美容店的镜子,甚至也不敢相信外面的每一面镜子,就像她从来不敢太相信别人对她的评价一样,因为她总是不能确定,那里边的她,是不是真实的她,好像只有在自己的镜子面前,她才知道那个是真正的她,心里才会有踏实可靠的感觉。

其实,有时候万丽也会想,说到底,镜子里的自己都不是真正的自己,无论是美容院的镜子,还是自己家里的镜子,但是女人还总是那么精心地挑选镜子,对镜子是那么的挑剔,要求是那么的高。有时候，甚至都有些古怪了，万丽上大学时，一个女同学曾经告诉过万丽，她妈妈的镜子，常年都是被灰尘蒙着的，小的时候，她不明白这是为什么，还以为妈妈工作太忙，没时间收拾呢。有一次她把妈妈镜子上的灰尘擦掉了，以为妈妈会高兴、会夸她，结果却被妈妈骂了一顿，叫她以后别碰乱妈妈的镜子。后来她长大了，才慢慢地知道了，妈妈因皮肤比较黑，镜子蒙了灰，照起来就不那么清晰，不那么逼真了。万丽还曾经读到过这样的一篇文章，说，似乎女人很缺乏自信，镜子是女人评判自己的一种依据。女人其实也知道无论是谁的镜子，照出来的都是一个假我，奇怪的是，女人都希望这个假我比真我更美些。女人心甘情愿被骗，女人自己骗自己，然后女人就有了自信。这也挺好，不必勉强女人清醒，并且深刻得像个哲学家，对着镜子里的美丽的假我呸一声，说，你是假的。女人完全不必这样。女人愿意骗自己就让她们骗去。女人不是别的，是自然。女人骗自己，也是自然。

　　万丽回进来的时候，政府办公室季主任夹着包正要走，看到万丽又急匆匆地回来了，不由吓了一跳，说，万区长，怎么啦？万丽笑了笑说，没事，你走吧。季主任迟疑了一下。季主任是个细心的男人，这是做一个办公室主任所必备的条件。他早已经注意到了万丽的新发型，只是没有说话。其实他是很想说点什么的，他也知道这时候万丽是希望他说点什么的，但他到底没有说出来，万丽毕竟是他的顶头上司，跟了万丽一年多的季主任，深谙一条道理，在万区长面前，有玩笑也不要随便开，有恭维也不要随便说，有什么想法尽管放在心里，万区长能够看见。所以，从这一点上说，季主任又具备了当一个办公室主任所必需的另一个条件：小心谨慎。但是季主任也不会完全无所作为，他让自己的眼光在万区长的新发型上多停留了一会儿，他知道，这已经足够了。季主任在瞬间产生的这些想法，万丽又何尝不知。区政府机关里，有不少人觉得季主任工于心计了一点，但万丽还是觉得他是个很合适的办公室主任。万丽深深知道,要将千头万绪的复杂的工作安排得头头是道,没有心计的人是做不成的。只是,季主任虽然用心,也虽然机灵,但他有时候也会忽视另一个明摆着的,却又是常常被大家都忽略了的事实:万区长是个女同志,而且是个正在努力抓住年轻的尾巴的女同志。

万丽望着季主任下楼去的背影,心里不免有些说不清的滋味,如果她不是季主任的区长,而反过来是他手下的一个工作人员,此时的季主任,恐怕废话也不会少呢,只是万丽听不到那些让女人满足虚荣心的废话。万丽进办公室后,头一件事就是打开文件柜,她的镜子就安在这里,很隐蔽的,除了季主任和机要员小婷,区政府机关大概再没有第三个人知道。因为改变了发型而一直没有踏实的心,现在在这扇镜子面前,总算是安定下来了,她心情愉快地接受了自己的新发型,又简单地化了点淡妆,收拾停当,看了看时间,差不多了。但就在万丽起身要离开办公室的时候,办公桌上那台红色的电话突然响了起来,万丽的心里,瞬间就掠过一丝奇异的感觉,这时候了,已过了下班时间,谁还会往她的办公室打电话?

万丽稍一犹豫,她怕有什么不好推托的事情找上门来,比如临时来了客人要作陪,或者区里哪个地方出了点什么事情要她亲自到场等,这样她就无法参加李秋的婚宴了。万丽在片刻间曾经想不去接那个电话了,有重要的事情,自会打到她手机上,只要打到她手机上,她就掌握了主动权,至少可以见机行事、酌情处理,想推托的可以推托,可以说自己已经到了什么什么地方,正在参加什么什么活动等,当然这样的谎话不能老是重复,重复多了,自己也会搞糊涂,机关里就曾经有这么个同志,谎都成了山,别人打他手机,问他在哪里,他必定是胡说八道一通,后来竟养成了习惯,一回有人打到他家的电话上,问他在哪里,他接了电话,说自己正在省里开会呢,打电话找他的人"噢"了一声就挂了电话,双方竟然都没有觉察出哪里出了错,事后回想起来,才大笑了一通。

但是万丽还是去抓起了电话,不知为什么,她感觉这个电话有点特别,一秒钟以后,万丽就证实了自己的感觉。电话是市委书记田常规打来的,田常规说,是万区长吗?我田常规。万丽心里猛地跳了一下,一时间还有点不敢相信是田常规,但嘴上赶紧说,是田书记?我是万丽。田常规"呵呵"了一下,说,万区长,今天是周末吧,你有没有别的安排?万丽不假思索地说,田书记,我没有安排。田常规又是"呵呵"一笑,说,万区长,我的问题本来是多此一举,你的回答更是此地无银,我就不跟你兜圈子啦,你立刻到我办公室来一趟。万丽的心,猛地提到了嗓子眼儿,想再多问一句什么,却是问不出来,话也堵在嗓子眼儿上,上下一夹攻,气都憋住了。田常规也没有再说什么,电话就断了,听着话筒里"嘟嘟嘟"的忙音,万丽的心乱成一团,市委一把手,这时候找她谈话,会是什么事情,万丽在机关工作多年,早已谙熟机关工作的特点,她的脑海里,立刻跳出四个字:工作调动。

万丽的经验和聪明才智仅此为止了,下面的事情,她一点都摸不着头脑,猜不着边际,如果是跟工作有关,为什么这么突然?突然的调动,调到哪里,是平级调动,还是越级提拔,等等等等,因为事先没有一点点风声,万丽根本无从猜起,一边心里乱糟糟的,一边急急地出了门,司机小江在车上等着她,万丽一上车,就赶紧说,小江,到市委。小江有些奇怪地问了一句,喜宴不是南星大酒店吗?万丽只说了"不是"两个字,就再也没有下文。小江就不再多说什么了,做领导司机的,什么该问什么不该问,自己心里得有数,什么该说什么不该说,更得弄明白了,没有领导会喜欢嘴碎的司机,所以,即使平时好说话,在领导面前,也得咬紧了牙关,闭上你的臭嘴。小江年纪虽然不大,但在区机关也开车多年,能够熬到当上驾驶班长,给区政府的一把手开车,也是不容易的事情,他得继续奉行他的行为准则。万丽一路都没有说一句话,小江也紧闭着嘴,车子直往市委开去。后来万丽的手机响了,万丽看了看来电显示,是伊豆豆打来的,万丽想了想,没有接这个电话,因为接了电话她无话可说,她不能告诉伊豆豆大老板突然找她,她也不能说谎,所以干脆不接了,她掐断了来电,对方此时会听到:对不起,您所拨打的电话暂时无人接听。但是伊豆豆却不依不饶,又发了短信来,说,万区长,你别装蒜,我知道你拿着手机呢。万丽想笑一笑,却没有笑出来,她忽然间有些怨意生了出来,本来是一个轻松的快乐的周末,一个美好的秋天的周末,却让田常规给搅了,田常规的电话像一块巨石突然地压到了她的心头。但是,这种怨意的产生和消失都是极其快速的,在最最短暂的时间内,那一丝丝的怨意就已经稍纵即逝,取而代之的则是重型的亢奋和激动。万丽没有理睬伊豆豆的短信,她控制不住自己的思绪,它们正在无尽的猜测中尽情地漫游,她无法将它们剥离出来,更无法将它们整理清楚。

万丽的猜测没有错,田常规是要挪她的位子了。

但是别说万丽猜不到田常规要挪她到哪个位子上,就是田常规自己,也还没有来得及细细地考虑周全,从得到周洪发出事的消息,到证实周洪发已经被省纪委双规,再考虑周洪发的继任问题,再到万丽这个名字从脑海中跳了出来,仅仅只有一个小时时间。在这一个小时里,曾经有许许多多的人,他们的名字,他们的形象,以及田常规对他们的印象和认识,纷纷拥挤到他的脑海里,挤成了一团,乱成了一团,田常规梳理着,渐渐地,渐渐地,纷乱的脑海清晰起来,万丽跑了出来,她是应运而生的。

周洪发,作为一个历史的过客,他已经匆匆地走完了他的场子了。田常规听说周洪发出事,虽然痛惜,但并不十分震惊。修一条路,倒下几十名干部,盖一幢楼,翻了几十年稳坐的钓鱼船,这都已经是司空见惯的事情了,何况这周洪发,已经在南州这块土地上,盖了多少的房子,造了多少的大楼,早就有人预言周洪发会倒下。田常规也曾三番五次敲过他的警钟,但都已经迟了,周洪发早已经陷了进去,他已经不能自拔了。田常规拉过他,扶过他,替他顶过风雨,但这些都无济于事了。周洪发案发,应该说是意料之中的事,也是早晚的事,但田常规还是相当担心,他担心曾经风云一时、建树不少的南州市房地产公司,会不会因为周洪发的倒塌而整个地兵败如山倒呢?

南州市房地产公司原先是南州市房产局下属的一个二级企业,后来事业做大了,升级为与房地产局平级的正处级国营企业,周洪发是这个企业的董事长兼总经理,从上任的那一天起,就是大权独揽的工作方法,就是我行我素的行为准则,田常规的担心正在这里,这种单位,一旦一把手倒了,如果没有更强有力的人接替,恐怕很快就溃不成军了。一个房地产公司,倒就倒了,命运要它倒,它不倒也得倒,商品经济时代,倒下个把公司,实在是稀松平常,更何况,如今看好南州经济发展的前景,看好南州大有可为的房地产业,别说南州自己的许多房地产公司,即便是海内外许多名声显赫的房产大鳄,也纷纷来南州投石问路,更有抢先一步的,都已经盘踞许久,颇有作为了。

少了一个周洪发,还真能阻挡得了南州房地产业迅猛发展的脚步吗?田常规如此急不可待地要替周洪发找继任,与他平时稳扎稳打的作风也不相符合,是不是素有大将风度向来遇事不慌的田书记这回有一点杞人忧天、庸人自扰了呢?

田常规知道,自己事先没有和任何人商量,连一丝口风也没有透,就找万丽谈话,这一招,必定引来大家的关注和猜测,田常规要的就是这个效果,他就是要大家知道,大老板他,对周洪发抛下的这个单位,是看得很重的,是要亲自过问、亲自安排的。

这些想法,只是在田常规的脑海里,此时此刻,坐在车上胡想乱想的万丽,是怎么也想不到的,但是等一会儿,只要她一见到田常规,只要田常规一开口,万丽立刻就能体会到田常规的这许多想法了。

万丽匆匆地上楼,到了秘书小邢的办公室,小邢正在等她,说了一声万区长来了,就再也没有别的话,抓起电话拨到田常规办公室,说,田书记,万区长到了。田常规说,请她过来吧。小邢仍然无声,引着万丽来到田常规办公室,田常规已经迎了过来,握了握手,简洁地说,万区长,来了,坐。万丽以为田常规还会打一两句哈哈的,像刚才通电话那样,但当她发现田常规已经没有了客套,细心敏感的万丽就预料到,今天的事情非同寻常,田常规很急。果然,等小邢给万丽泡了茶,退出去以后,田常规就说了,万区长,周洪发被双规了。一向说话干脆不拖泥带水的田常规却又补了一句,一小时前得到的消息。

万丽在一瞬间就明白了,但也就是在这一瞬间,她的亢奋的情绪低落下去了,一颗悬着的心,也"咯噔"一下掉了下去,毫无疑问,田常规是要她去接任周洪发,这是大老板亲自点了她的将,按说这是一种荣耀,一种特殊的待遇,但是这一挪动,却不是什么美好的事情,首先一个,不是提拔,万丽当区长,已经是正处级,提,就要提到副厅级了,刚才在来的路上,万丽也曾经拿市里有可能的副厅级的位子都想了一遍,虽然没有摸着头绪,但是想一想也觉得颇有信心,以万丽的年龄、经历、工作表现和能力,应该不会是平调。更何况,万丽在正处级的位子也已经坐了几年了,这时候调动,平调的可能就更小。

再退一步说,即使是平调,平的中间也还会有些微的上下,比如同样的局长,也有不一样的分量。往往一个干部,干出动静来,就会受到注意,就有提拔的希望,但是动静也不是想有就能有的,在有些位子上,你再怎么闹,也闹不出个动静来。曾经有个档案局长,在任上的时候,搞了一个政绩工程,将几十年的档案全部翻了个底朝天,该补漏的补漏,该改正的改正,花了整整两年时间,做成一件轰动的大事,被全国档案系统评为模范,确实给市里争了光,但最后还是提前离了岗,让位给年轻的同志,他当调研员,也仍然是处级,没有上得了那艰难的半级,更没有进了什么班子。

所以说，平调平调，哪里又有真正的绝对的"平"？更何况，从市区最大的一个区的区长位子上，调动到房地产公司，这两个砝码的重量更分明是不等的，别人再怎么说等，也是不等的，何况房地产公司原先还是个二级企业，提成正处级单位也不过是两三年的事情，虽然它在周洪发手里做出了成绩，做出了名声，但那更多的是经济效益上的成就，可以作为一个人的政绩，只能提供参考，却够不上仕途的重要砝码。

这几年房地产公司遍地开花，多如牛毛，也有些名声不佳的，许多老百姓提到房地产公司，总觉得那是奸商在剥削他们，在吸他们的血，吃他们的肉，在这样的影响之下，周洪发在后来的几年里，机关里几乎已经没有人把他看成一个党的干部了，他已经是个商人，是一个和其他的开发商一样的唯利是图的商人，在仕途上他已经出局，只有眼看着从前的同事晋升职务，这都已经没有他的事儿了。

即使在八十年代末九十年代初下海呼声最高的时候，即使是叶楚洲千里迢迢过来请她的时候，万丽都一次次打消了经商的念头，她是要走仕途的，这并不是她与生俱来的想法，只是在机关工作这么多年，养成的习惯而已。晋升职务，就像大学的老师升讲师、升副教授、再升教授一样，是顺理成章的事情，也是必须要做的事情，如果哪个大学老师都做到退休了，还是个讲师，这就大不正常。同样地，如果哪个干部都做到要退休了，还是个小小的科员，必定是哪里出了问题。万丽和机关里大部分的干部一样，是积极向上的，是努力工作的，所以，晋升职务，就是对他们的积极的工作表现的一种肯定，也是对他们的积极的人生态度的一种肯定。

本来万丽的仕途基本上是可以预料的，她今年刚满四十岁，在正处的位子上，虽然不算最年轻，但也属于年轻的军团，再干一两年，如果机遇好，四套班子里，需要年轻的女干部，就有她的可能，尤其是市政府那一头，她是当过区长的，有实干的经验，可能性会更大一点。但是现在情况出现了意想不到的转折，万丽非常明白，如果她到了周洪发的位子上，她的仕途将是不可预料的了。

再想具体一点，周洪发出了这么大的事情，可不是一天两天积累下来的，现在尚不知他给公司留下了多么大的窟窿，但推想起来，这窟窿绝对小不到哪里去。说一个人走了，一个单位就垮，多半是因为这个人早就把单位搞垮了，只是先前没有暴露而已。周洪发留下的麻烦不会小，替他收拾烂摊子的人，这日子能好过吗？

万丽在短短的时间内，能把这些利弊一一想过来，但在最后的时刻她是非常清醒极其明智的，大老板点她的将，到哪里她也得高高兴兴地去。

万丽的想法，逃不过田常规的眼睛，当然，即便田常规闭着眼睛，这些干部的心思，他又何尝不知！哪个干部心里没有小算盘，哪个干部肚里没有个小九九，这都正常，田常规只是因为他在南州的干部面前，就显得大度了，他要是到了省委书记或中央领导面前，不也一样得转上自己的小九九吗？

所以田常规尽管可以洞察万丽的心思，却没有一点点责怪她的意思，他也知道自己不必多说什么，也不必做什么思想工作，动员什么，像万丽这样的干部，早就具备了相当好的干部素质，所以，田常规换了一个方向，说，万丽，你可能不清楚我为什么这么急。坐在沙发上的万丽略微地欠了欠身体，再有意无意中让身体再侧过来，更对着田常规一点，她轻轻地点了点头，等待着田书记的下文。田常规稍稍停顿了一下才说，中央刚刚下了文件，最近全国各地，拆迁户自焚的事件频繁发生，影响很大，中央十分重视……今天下午，省委王书记分别给各市打了电话，直接传达了中央的精神。万丽又点了点头，她想说什么，但是没有说，这不是她说话的时候。田常规并没有具体解释中央的精神是什么，但万丽应该能够想得到，毕竟在机关工作了这么多年，政治上的敏锐她不缺少，也决不亚于那些嗅觉灵敏的男同志，田常规的谈话还刚刚开始，万丽就已经多多少少明白了他大半的心思。

近两年来,国内房地产业的发展速度令人瞠目,有的地方已经到了匪夷所思的地步,地价房价飞涨,高档住宅利好,水岸生活利好,高层公寓利好,乡间的自然环境利好,城市的交通便利利好,投资商们不断利好、利好,那么谁又利空呢?羊毛出在羊身上,最后的账,当然是要算在消费者的头上,钱是要从他们的口袋里掏出来的,而且还让他们掏得迫不及待,掏得气喘吁吁。当他们看着自己几十年的艰辛积蓄,一夜之间变成一个水泥钢筋搭成的空壳子,不由得倒吸一口凉气,怀疑起自己的行为,但是且慢后悔,在以后的日子里,他们眼看着房价如日中天,便又重新庆幸起当初的冲动和冒失了。要说这一层面的消费者,他们是苦中有乐,乐中有苦,是苦乐相间的。

还有一个层面上的消费者,其实他们远够不上消费者的资格,他们几十年艰苦生活,日子紧紧巴巴,勉强能过下来,把小孩拉扯大了,把老人照顾好了,已经很不容易,他们没有积蓄,即便在人人谈房的日子里,即使他们进入到二十一世纪仍然三代同居四世同堂,他们也没有购买新房的想法,他们准备继续平安无事地拥挤在老房子里过以后的日子,至于过到哪一天,生活会有改观,他们并没有想得那么远。但是一纸拆迁通知,结束了他们拥挤狭窄却相对平静的生活,他们要搬离老屋了,老屋将不复存在,新房子在哪里呢?他们看不见。这正是一个新楼迅速矗立的时代,但是他们目中无房,心中也无房。拆迁的赔偿和购新房所需的价格之间的差距实在太大,大得他们有眼而看不见房,有心而不敢去想房,他们实在没有能力承担即将发生和已经发生的一切。

楼市的兴旺,本来应该是造福于人民的,如果反过来给人民群众带来了伤害,那就得重新考虑,重新定位了。

其实,房地产业的发展兴盛,带来的种种正面和负面的效应,早已经纳进了田常规的视野,田常规考虑这个问题,也已经不是一天两天，如果一切是正常的，田常规也许还会继续考虑，等到考虑成熟至少比较成熟了再作决定，但是今天同时发生的两件事情，给了田常规一个猛烈的推力，使他提前进入了决策期，也使他忽然觉得，本来很复杂的事情，反而变得简明起来。

这样的化繁为简，是因为田常规物色到了一个合适的人选。房地产业的发展，是好事情，所以，遏制是没有出路的，政府还要继续鼓励，要继续加大力度地支持这项战略支柱产业，要鼓励更多的人，更多的资金，投入房地产的建设中去，但同时，政府又不能放任自流，任其制造泡沫，最后伤害到人民群众的根本利益，在这方面，政府一头，要掌握一定的主动权。这就是田常规的思路，他是希望，万丽能够替市委、市政府掌握好这个主动权。

作为政府的一个企业，作为政府的房地产公司，一方面，要参与残酷无情的市场竞争，另一方面，政府在房地产业上要做的一些亲民、安民、抚民行为，也要通过她来实施，比如一些利润微薄，甚至无利可图的安居工程、定销商品房，哪个投资商肯做？

万丽深深知道，这可是一个又要马儿跑，又要马儿不吃草的活啊。

既然田常规是了解万丽的，他就不必和万丽多说什么，所以，此时此刻，谈话还刚刚开始，田常规的思路却已经跳跃过前面的程序，直接进入具体操作的步骤了。他说，万丽，我初步考虑，将公司从房产局脱离出来，直接到政府，换一块牌子，名字可以考虑一下，我认为，也不必含含糊糊地叫什么综合开发有限公司之类，干脆就气派大一点，叫集团公司。田常规的用心，是显而易见的，本来周洪发的房地产公司和市房产局虽是两块牌子，两个平级的单位，但行政上却一直还是一个班子，公司归属房产局管理，分离出来，无疑是为了给万丽更大的权力，更多的自由，当然，最终的目的是要万丽干更多的事情。虽然田书记的意思已经很明白，但万丽还是小心地问了一下，那，与房产局的关系——？田常规毫不犹豫地说,彻底脱钩,没有关系了。田常规稍一停顿,又说,我一直在考虑,今后相当长的一段时间内,住宅的问题,将会成为我们工作中的一个大头。在衣食住行中,衣和食已经基本解决,下面就是住和行了,目前大家对政府的意见,也大多集中在住和行上,住房问题和交通问题一样,都是直接关系到百姓的切身利益,而且在解决了温饱之后,这就是比较大的利益,甚至是头等的利益了。所以,在政府这头,成立住宅发展局是势在必行的,虽然就全国而言,目前还只有上海和深圳两家政府有住宅发展局,但是我认为,我们南州市,如果条件成熟,完全应该列入议事日程来认真考虑了。也就是说,田常规今天的这一步棋,不仅仅走了这一着,他已经看到了前面好几步,将房地产公司与房产局脱钩,就是为在适当的时候建立住宅发展局铺出一条道来。

一个强势的政府,能够直接影响楼市的兴与衰,田常规把万丽放到这个位子上,无疑他是看好万丽的,是看重万丽的。他也明白,从职务上讲,从工作性质上讲,虽然有点委屈了万丽,但是万丽应该承受得起这点委屈。而万丽作为田常规手中的一颗棋子,当然能够感觉到自己身上的压力和面对的阵势有多么的严峻,也正因为如此,万丽先前稍稍低沉下去的激情,又渐渐地昂扬起来了,面对挑战,她暂时地忘记了利害得失。田常规又说,这只是我的初步考虑,我还没有和钱书记、张部长他们通气,想先听听你的想法,既然你表了这个态,下面的事情就好办了。其实,田常规根本就没有听万丽的想法,万丽也根本就没有表态,但是事情是明摆着的,两个人都默认了这种无言的承诺。

田常规接下来谈的内容,更是万丽所料不及的。田常规说,万丽——他忽然笑了一下,说,是不是应该早点到位,就称万总了,这也算作思想上心理上抢先到位吧。万丽也跟着笑了笑,但仍然不便多说什么。田常规继续说,从明年起,南州的交通,要来一个彻底的大改变,不仅几条主干道要拓宽、要建环城的高架桥、城乡接合部的立交轻轨也要列入规划,要给它考虑位子了,那天我和江市长一起排了排,半年后,南州同时有八条路的工程要上马。万丽点了点头,她知道,修路意味着拆迁,拆迁意味着安置,安置的任务,艰巨而沉重。果然,田常规单刀直入地说,你要在三年之内,保证我四十万平方米的定销房。万丽以为自己听错了,不由脱口问,多少？田常规又说了一遍,四十万。万丽心里,倒抽了一口冷气。田常规毫不留情地说,而且,我没有别的东西可以给你,我只有一个东西给你,就是这个位子。你也知道,政府划拨土地的时代已经一去不复返了,哪怕是定销房用地也不行。所以,我给你的,除了这个位子,其他的,一寸地,一分钱,一块砖,都得靠你自己去挣。田常规说过后,看着万丽的反应,万丽很想点点头,但是她觉得自己的脑袋特别的沉重,想点也点不起来。而且——田常规又说了一个而且,在每一个"而且"之后,都是给万丽的肩上再加一点分量,要三方满意,拆迁户满意,我满意,还有,你自己也要满意。田常规说话间,拉开了抽屉,从里边拿出一份材料,放到万丽面前,万丽一看,是一份内参,上面有个标题"南州市首批定销房质量遭到入住户质疑"。副标题是:定销房＝问题房？"问题房"三个字和那个问号的字体特意换上又大又黑的字体,显得十分醒目。田常规说,这批定销房,当初市委市政府是下了大决心的,是相当重视的,专门划出地块,政策上也给了许多优惠,但是结果却很不理想,难怪周洪发当时死活不肯接,硬推给了唯守集团。万丽心里一动,但田常规已经洞察了她的心思,她心里有什么萌芽,他都知道,但这萌芽,连一点点苗头都不能允许它们冒出来,田常规得将它们扼杀在萌芽状态之前。他说,这也是我们应该总结的经验教训,一个政府部门的企业,是享受到许多别人享受不到的政策优惠的,多多少少是有些特权的,但是,享受的时候该享受,做贡献的时候就该做贡献。周洪发这样的事情,以后是不允许发生的。田常规的话太明白不过,这就是说,等万丽坐到这个位子上,田常规也许会给她许多特权,她也相信自己会有一个对许多人来说都是望尘莫及的好环境,但同时,有许多事情是由不得她的,田常规要她干什么她就得干什么。

一瞬间,万丽心里委屈起来,周洪发拒接定销房的事情,大家都是知道的,各种说法也传来传去传过一阵,在待定未定的那些日子里,大家似乎感觉其中是两股力量在交锋,都在聚精会神地等着交锋的结果。周洪发看起来是在和市委市政府对阵,他能赢得了吗?结果却是周洪发赢了。情况变得复杂起来,许多人雾里看花,但毕竟与自己关系不大,过了一阵,定销房都已经开工了,议论也就烟消云散了。直到最近,定销房上市,遭到质疑,这个话题又重新被提起来了。

万丽有许多地方想不通,凭什么周洪发坐在这个位子就能允许他为所欲为,换了别人就不行?难道真的因为周洪发财大气粗,有钱能使鬼推磨,连田常规也得给他三分面子?

但是万丽又是不能有委屈的,她只有无条件接受的分,没有讨价还价的余地,哪怕她是个女同志,哪怕她会哭鼻子,都无济于事。她得和男同志一样,承受她所需要承受的一切。

万丽终于说话了,这是她坐到田常规办公室后,说的第一句实在的话,也是第一句有内容的话。她说,田书记,我得以房养房。田常规一听,立刻"哈哈哈"地笑起来,说,当然得以房养房,你房地产公司,不以房养房,以什么养房?在田常规的笑声中,万丽甚至有点难为情起来,为自己刚才一瞬间感觉到的委屈,田常规不会让她受委屈,堤内损失堤外补,万丽如果连这一点信心都没有,田常规怎么还会点她的将?

从田常规办公室出来,坐电梯下到一楼。在电梯平稳往下降的过程中,万丽眼睛盯着跳动的数字,脑海里却是一片空白。

一切都发生得太快、太突然,田常规和她的谈话,哪里是什么征求意见,哪里是什么初步考虑,在短短一个多小时的时间里,已经迅速地从工作的调动进入了调动后的工作,从宏观的对房地产业的评估和把握到如何具体操作周洪发丢下的那些问题,任万丽的思维有多么的敏锐适应性有多么的强,如此快速的换位思考,对她来说,也是像刚刚打了一场激烈的肉搏战,歇下来的时候,得喘一口气了。

电梯停下了,在电梯门"叮"的一声打开的时候,万丽才想起掏出手机来,刚才进田书记办公室前,她怕有电话干扰,将手机的铃声调到无声状态,现在得调回来,就看到有两个未接来电,翻开来一看,一个仍然是伊豆豆的,可以不理她。另一个是孙国海打的,万丽犹豫了一下,正想着要不要给孙国海回电,孙国海的电话又打进来,说,喝喜酒喝这么高兴,电话也听不见?万丽没有告诉他什么,只是说,我刚看见你的电话,正要给你回电话。孙国海笑了笑,说,碰到个麻烦事情,想借你的名字用一用。万丽不由自主地皱了皱眉,借名字用一用,这叫什么话,万丽想顶他一句,但话到嘴边又咽了下去,她早已经没有了和孙国海论理的欲望,便改口就事论事地问,什么事?孙国海说,有个朋友,在派出所,我要去捞他,正好在你们区的范围,我就报你的名字啦。他见万丽没有马上表态,又说,你放心,没有什么大事,真有大事,我也不敢用你的名字,何况,真有大事,恐怕你的名字也不管用了,田常规的名字也不管用,对吧,这点政策水平我还是有的,人家就是找了个小姐,要罚一万,规矩不都是五千吗,你区里这派出所也太黑了。万丽说,你尽是些乌七八糟的朋友。孙国海说,不是的,他也就难得这一次——我也不耽误你的工夫,就这样行吗?万丽说,不行!绝对不行!孙国海却说,可是,可是,对不起万丽,我已经借用过了,先斩后奏了。万丽气急败坏差一点嚷起来,但不管万丽怎么急怎么气,孙国海却始终是不急不忙,好声好气地说,人家一听万区长的大名,赶紧放人,一分钱罚款也没有要,还要请我吃饭呢,万丽,你的名头真大哎。万丽气道,孙国海,你不要乱来!孙国海说,怎么是我乱来呢，找小姐的又不是我，我不过用一用你的名字，何况也没有乱用啊，我说的都是事实，我是你先生，你是万区长，这么说，对你有没有什么损失？如果有什么损失，我赔。万丽心头一阵憋闷，闷得再也说不出话来，那边孙国海却是扬扬得意，听得出正和一些朋友在一起，在和她通电话的间隙，又向朋友吹嘘了一两句什么，又回头对万丽说，万区长，你等等，大军要和你说话。万丽赶紧说，哎——大军是谁？孙国海说，咦，就是找小姐的那小子嘛，不是你的名字救了他，他这会儿还在里边蹲着呢。万丽又说，你们现在在哪里？孙国海说，给大军压惊，他一定要亲口谢谢你——这是万丽最怕的一招，孙国海在外面呼朋唤友的时候，常常中途给她打个电话，就会让什么什么人和她说上两句，万丽多少次向他提过，以玩笑的方式，也正式板着脸抗议过，但是全无用处。这会儿万丽只来得及"哎"了一声，就听到那边换了一个人，说，万区长，您的大恩大德，王大军没齿不忘。万丽不能拉下脸来，只得应付着说，没事，没事。王大军说，其实，万区长，您别听孙国海胡诌，哪里是什么找小姐，我冤枉啊，连小姐的影子都没有见着。电话那头一阵乱糟糟的哄笑。手机又到了孙国海手里，万丽咬着牙，声色俱厉地说了一句，孙国海，你好自为之！

　　万丽不是个不通情达理的女人，她也知道，即使是婚姻和爱情，也不应该是牺牲了一个人去成全另一个人，一个人不必为了另一个人去改变自己丢失自己，每个人都是独立的自己。万丽本来也无意要去改变孙国海，但是，实在因为孙国海的大嘴，不仅给他自己的人生带来很大影响，也影响到了万丽，甚至影响到万丽的仕途，万丽就不得不认真对待了。许多年来，万丽与他斗争，与他计较，想改变他，至少是想让他知道，嘴没遮拦，喜好吹牛，是官场的一大忌讳。孙国海自己就是自己的受害者。这些年来，在孙国海的"进步"问题上，万丽可算是费尽心机，费尽口舌，苦口婆心，义正词严，动之以情，晓之以理，但最后却彻底败下阵来，因为她终于知道了，孙国海永远都不会认为自己的这种行为是有问题的，她和他斗争，是关公战秦琼，是对牛弹琴，纯粹是浪费自己。万丽本以为，只要有足够的耐心，两个人是能够磨合的，哪怕开始的时候不是十分谐调，以后也会越来越默契的，但是，最后她认输了。

既然认输，事情就好办多了，不用再枉费精神了。其实也没有什么难的，眼不见为净，尽量减少和他一起出现在同一场合的机会，也就是少给自己添堵，她只能做到这样了。她不能一手遮天，别说天了，就是孙国海的一张嘴，她也丝毫遮不住，但只要自己不在现场，他长脸也好，他丢人也好，她就管不着那么多了，任由他去吧。天长日久的，她和孙国海的话就越来越少，孙国海好像一点也没有觉察到，有一回万丽忍不住问他，你发现我最近有什么变化吗？孙国海想了半天，又盯着她看了半天，问道，你是不是重新做过头发了？

万丽上了车，没有说话，仍有点发闷，小江便耐心地等着，过了一会儿，万丽似乎才回过神来，说，小江，到南星大酒店。话说出来，却犹豫了一下，又说，八点了，李秋那边不会已经结束了吧？小江试探着说，要不，过去看一看？万丽点了点头。虽然她是坐在后座上，但是小江能够感觉出她在点头，车子就开起来，往李秋的喜宴上去。一上车，或者说还没有上车，只是一看到自己的车，一看到小江，万丽的情绪就已经稳定了一些，车开动以后，万丽的心更是渐渐地平和下来，突如其来的工作调动问题，田常规的字字句句，占据了她整个的身心，使孙国海从她的脑海里迅速地淡去，她已经没有时间再去生孙国海的气，她面临的是她人生中的一件非常大的事件，利弊得失。她已经在最短的时间内想得十分清楚了，但是无论如何，无论是利大于弊还是弊大于利，无论是得大于失还是失大于得，万丽都清楚地知道，她无可选择，她没有其他的路可以走，大老板看中了她，她不能说不，如果她说了不，今后恐怕很难再有她的大舞台了。

一个干部，在正当年的时候，如果已经明明白白地看到了自己今后的舞台还有多大,看起来是一种难得的通透,其实更是一种悲哀。这悲哀在于,你是想进步的,你是要不断进步的,但是事实上,你可能已经不能再进步了。我们的每一个干部,这一辈子,恐怕是永远都要把进步放在心上、落实在行动上的,进步,是他们最重要的人生内容。

所以,万丽不要这样的悲哀,她不要早早地看到未来,到政府的房地产公司工作,虽然走到了政界与商界的边缘,但毕竟还是偏在政界这一边的,她宁可边试边走,边走边看,也可能到最后她的舞台也不过就是那般大小,但那是一种随生命而至的结果,她会无怨无悔的,但是现在不行,现在她必须迎上去,去走另一条路,这条路满是荆棘,但是她要披荆斩棘。

一路上,万丽硬是在把那些乱七八糟的思绪和不稳定的情绪扫尽,一会儿,到了李秋的婚宴上,她得装成什么事也没有发生,今天这个夜晚,和平常的每一个夜晚都是一样的。她抓紧时间给伊豆豆回了个电话,告诉她,自己已经在路上了,马上到。

## 三一

一个四十来岁的女同志,已经进了常委,政治上又没有什么软肋和短处,官场仕途,基本上是如日中天。

万丽到南星大酒店的时候,伊豆豆已经在门口守候。此时的伊豆豆,已经在这个市属企业干了两年副总了。两年前,也不知为什么,在行管局当办公室主任干得好好的,伊豆豆却忽然提出来要走,谁劝也没有用,非走不可。毕竟一个女同志,弄不好还会哭哭闹闹,局里也拿她没办法,最后只得尊重她自己的想法,让她到行管局下属的这个南星大酒店当了副总。南星大酒店虽是近几年新建的，但等于是南州市委市政府的接待处，是个副处级的部门，伊豆豆是正科级，到这个副处单位当副手，既不吃亏，也没占便宜，大家也不知道她到底是为什么要走，只以为她个性天生如此，猢狲屁股坐不定。但无论如何，频繁主动要求调动工作，是不利于一个人的成长进步的，机关干部中，一屁股坐下去就再不动弹的也大有人在，只要组织不动，他自己是坚决不会动的。

伊豆豆到南星大酒店后不久，伊豆豆原来的上司、行管局的秦副局长就兼任了酒店总经理，再次做了伊豆豆的顶头上司。

这会儿伊豆豆看到万丽从车上下来，两眼直盯着她，好像要看出个究竟来，万丽毕竟心里有事，赶紧回避了伊豆豆的注视，说，还赶得上吧？伊豆豆刚要说什么，就见秦总急急地追了出来，他好像是追着伊豆豆来的，一路带着小跑，走近的时候，还喘着气，虽然看见了万丽，但好像没有看见，眼睛只是盯着伊豆豆，说，伊总，伊总——伊豆豆却有点爱理不理地横了他一眼，打断他说，不用这么大声，我听得见。秦总就不说话了，只是眼巴巴地看着伊豆豆，好像她是他的上司，他正等着她下命令让他干什么呢。也果然，伊豆豆说，喂，你脑子有没有问题，我跟你说过多少遍了，今天的鲜榨果汁，品种要多一点，别老是老三样，西瓜、黄瓜、橙汁，就不能有点新鲜货，丢不丢人——秦总结巴着说，可是，可是，可是李处长她——伊总你看，现在再增加，行吗？伊豆豆说，现在？你还不如等宴会结束了呢。想想不解气，又说，喂，你怎么样样事情要问我，你老总还是我老总？秦总说，那，因为你，因为你比较、比较那个什么——时尚，我比较老土的——伊豆豆"扑哧"一笑，说，知道就好。秦总就走开了，果然走到餐厅里边的厨房去了，万丽忍不住说，伊豆豆，你真欺负老实人啊。伊豆豆撇了撇嘴，"哼"了一声，却没有说话。万丽听得出，伊豆豆不是哼她，而是哼秦总的。万丽说，你也真够呛，叫一个老总，去管榨果汁，人家好歹也是级处干部，你也太——话没说完，李秋和平原已经出来了，把万丽迎进了大厅。

　　万丽先闷头闷脑地罚了几杯酒,才被大家放过,坐下来,心里稍稍安定了些,才发现李秋的排场搞得很大,南星大酒店的大厅摆得满满的,足有三四十桌。万丽又看了看今天到场的人,发现大多是市机关的同志,只有她和余建芳例外,但又不算很例外,因为也都在市机关待过。万丽已经好些年没见到余建芳了,余建芳从宣传部回元和县后,先是宣传部副部长,后来又当了好些年宣传部长,前不久,到了县政府,当了分管经济工作的副县长。好些年过去了,她一点也不见老,仍是当年的形象,即使是来喝喜酒,也仍然穿得很老土,发型也仍然是老式的。万丽一见之下,不由脱口说,余建芳,你一点也没有变啊。余建芳笑笑说,我小时候就听大人说,美人易老,长得丑的人,不容易老嘛。伊豆豆不服了,说,你的意思,是说我们都老了。余建芳说,你是美人吗?倒把伊豆豆闹了个大红脸,余建芳虽然形象没怎么变,但毕竟已经不是当年那个两耳不闻窗外事,一心只读党报告的女同志了。可伊豆豆也不是好欺的软果子,回击余建芳说,余县长,虽然你在县里,我们机关可是经常传你的段子呢。伊豆豆虽然还没有说出什么段子来,大家都已经笑开了。说余建芳在宣传部工作时,会上说得太多,到了会下话就特别的少,甚至有点不苟言笑。在办公室,下级来汇报工作,她都是简明扼要,哪个同志想多说两句,余建芳就说,行了,我已经听明白了,弄得人家有点没趣,你大会小会说那么多,每每弄得我们饿着肚子听报告,打着瞌睡听指示,我这里多说两句你就不耐烦听。但是有时候,余建芳会关起门来打电话,一打就是半天,话又多起来,又一发不可收,搞得有些同志本来是要正常汇报工作的,此时却好像心中有鬼,心虚得不敢敲门进去,这时候进去,像是要刺探部长的隐私,谁也不想担当这个嫌疑,部长爱跟谁通话就跟谁通话吧,与我们的工作和升迁没有关系就行。现在余建芳进了四套班子,在县政府里,她年纪不算大,又是女同志,却也有些威望。反过来说,这威望,也正是因为她的年龄和性别,想想,一个四十多岁的女同志,已经进了常委,政治上又没有什么软肋和短处,官场仕途,基本上是如日中天。

伊豆豆正要说余建芳的段子,就看见陈佳端着酒杯从另一桌过来了,坐到万丽身边,伊豆豆说,好了好了,不说余县长了,真正的美人到了。陈佳依然是淡然地一笑,向万丽举了举杯子,象征性地喝了一点,万丽也喝了一点,算是致过意了。陈佳已经是市老干部局的当家副局长,也有了一个三岁的孩子,多年过去,她仍然是个冷美人,说话不多,但并没有拒人千里之外的感觉。陈佳当年以闪电般的速度结了婚,她的丈夫到底是个什么样的人,机关里所知甚少,因为陈佳从不提起,别人也不好多问,出席什么场合,陈佳也从来不和丈夫一起出现,以至于万丽到现在都没有见过陈佳的丈夫,只是从伊豆豆的嘴里听说,那个人相貌平平,个子比陈佳还矮一点。陈佳这几年工作很出色,背靠上"老干部"这棵大树,得着了充分的滋养,在老干部局从第五副局长,很快就上升到了第一副局长,因为正局长是个好好先生,不怎么管事,也不爱管事,所以大家都知道,老干部局真正的大权是握在陈佳手里的。只是从陈佳的外表看起来,一点都看不出她是一位大权在握的女同志。陈佳敬过万丽的酒,就到另一桌去了,万丽旁边的座位空了出来,李秋赶紧坐到了万丽身边,有些不安地对万丽说,万丽,你看看,弄得这么大。这话被伊豆豆听到了,不以为然地说,三十桌了不起啊?现在人家五十桌、一百桌也多的是。李秋轻轻地叹息一声,毕竟是再婚嘛。伊豆豆说,再婚怎么啦?再婚又不低人一等,叫我说,再婚还高人一筹呢,一辈子一婚,充其量就是一次性的幸福,再婚了,至少有第二次的幸福。李秋苦笑了一下,说,是呀,但这第二次的幸福,可是建立在漫长的痛苦之上。此时此刻的李秋,和她坐在财政局那个位子上的李秋,判若两人,她的那只被称为蜘蛛精爪子的坚硬的手,似乎也柔软了许多。

下面的节目,是伊豆豆提出来的,要看新房,万丽心事重重,赶紧说,你就别折腾人啦,李秋平原他们也够累的了,新房下次再看吧。伊豆豆攻击万丽说,就你会体贴人,我就偏不体贴,反其道而行之。万丽正犹豫要不要先走,伊豆豆的话又已经丢过来了,万丽,你可别说你有事要先走啊。万丽被伊豆豆洞察了心思,有些窘,还没来得及解释,伊豆豆又说了,万丽,你先是迟到,又要早退,什么事啊?我简直怀疑,你是不是嫉妒李秋啊?在大家轻松愉快的哄笑声中,万丽真不能拉下脸来,说走就走。

一群人便呼啦啦地出了宴会厅,找车的找车,打的的打的,一齐出发,往李秋新家青萍园去。青萍园是周洪发开发出来的高档住宅区之一,这个小区里,没有普通住宅,独立别墅,连体别墅,复合式,什么房子高档,什么房子豪华,它是应有尽有,这也是周洪发坚持富人经济观点的一个具体的体现。

车到了小区门口,大家下了车,说是要看一看小区的全貌,就三三两两,沿着小区宽畅的大道往里走,虽然是夜里,但小区灯火辉煌,平原正走在伊豆豆身边,伊豆豆拍了拍他的肩,平局啊,你们跻身富人的行列啦!平原笑道,我们是富人区里的穷人,我们的住房是这里最低档次最普通的。伊豆豆说,一个不普通的小区里,能有普通的东西吗?平原说,错层而已。伊豆豆说,听听,你们听听,什么口气,错层而已,而已!她边说着,又回头向李秋说,李秋,你老实交代,周洪发给了你什么优惠价?李秋只是笑笑,不说话。伊豆豆却继续咄咄逼人,好个周洪发,我跟他打听楼价,他跟我玩阴的,到底李大处长,实权在握,好办事。这话说得就有点伤筋动骨,好在大家知道伊豆豆的为人,再说了,伊豆豆这话,也没有错到哪里,市财政局经济建设处的处长和市房地产公司的老总,这之间的关系,是用得着别人说的吗?不说就不明白了吗?只是伊豆豆和别人不同,别人放在心里的事情,她非得说出来,好像不说出来,别人就不知道她洞察事物的水平和本事。

走在一边的万丽,听到周洪发三个字,心里不由跳动了一下,脸上竟有些热起来,好在万丽的表情是内敛的,又是夜晚,大家的注意力又在这个令人心动的小区里,没有人会在这时候去注意万丽的表情和心情。倒是有另一个人,听到"周洪发"三个字,不由得"呀"了一声,因为他"呀"的这一声比较奇怪,大家便回头去看他,他叫许可,是平原的同事,见大家看他,许可说,刚才来的路上,我刚刚接到一个朋友电话,周洪发进去了。一刹那间,前前后后所有正在说话、正在议论高档小区的人,全部停了下来,本来闹哄哄的道上,由于突然安静下来,便显得格外的冷,气氛都像是被冰冻了。好像周洪发,是他们中间的一个人的家人、亲戚、要好的朋友,至少也是关系密切的人物。许可的话,击中了他们每一个人的心脏,他们都能感觉到自己的心脏跳动异常,或者是加快了,快得几乎不能承受了,或者是慢了下来,慢得似乎要停止了。

周洪发不是他们的什么人,他们跟他也认识、也熟悉,但是关系并不算密切,密切到像李秋这样,在他手里买了一套房子的,已经是少数了。

周洪发就是周洪发,他是市房产局的一个干部,房地产公司的老总,仅此而已,但是因为他的动静大,他的名声也跟着大,关注他的人就多,到后来,提到周洪发,都莫名其妙地觉得好像跟自己有什么关系似的,这种心情,也真是很莫名其妙的。预言周洪发早晚出事,也不是一天两天了,应该说都是有思想准备和心理准备的,但等到真的出事了,大家还是被震惊了,是人人自危,还是兔死狐悲?过了好一阵子,有谁问了一句多余的话,什么时候?许可说,今天下午。经过这一问一答后,又没有声音了。这时候,有一个人的手机响了起来,铃声特别的清脆响亮,他接了手机"喂"了一声,就开始往旁边走,很明显,他的通话,不愿意被在场的人听到。

接电话的是市委组织部干部一处的副处长老吴,万丽下意识地盯着他走开去的背影,不知为什么,万丽的心头瞬间竟弥漫起一种感觉,这个电话与她有关。老吴接过电话,重新回了过来,他看了万丽一眼,没有说话。

万丽的预感是准确的。

田常规那边,工作都已经做起来了,连夜,组织部干部处就要整理万丽的材料了,如果不是因为明后天是双休日,说不定明天一早,任命就下来了。

任命一下来,万丽就要到房地产公司上班,去坐到周洪发的那张老板桌上去了。

还有一件事,就是谁接任万丽担任沧平区的区长。按常规,田常规找万丽谈话的时候,会征求她的意见。前任的意见,对下一任的人选是相当关键的。但是,田常规今天没有按常规做事,他甚至根本就没有来得及考虑这件事情。事后万丽也想过,这件不按常规做的事情,只能说明田常规真的很急,但即使田常规仍然按常规做了,征求她意见了,她却是无话可说的,因为太突然,她没有任何思想准备,对于自己的继任人选,她的脑袋里暂时还空空如也,既没有可以推荐的人,也没有要反对的人。

其实,即便是双休日,但在这一个周末的夜晚,万丽将要接替周洪发的消息,也同样会以最快的速度传开去。

万丽知道,不等她到家,就会有性急的电话追过来了。

## 三二

你别以为和男同志相处,事情就好办些,疙疙瘩瘩的东西就会少些,一点也不会少,只会更多,更严酷,更无情。女同志和女同志竞争,再怎么你死我活,到头来也可能会心肠软一

**下，下不手了。和男同志相处，你千万别抱什么幻想，他们下手的时候，决不会手软，更不会心软。**

沧平区举办社区文化艺术节，星期六上午开幕，区委姚书记不在家，所以区政府这一头，就是重量所在，正区长是一定要参加的，这是早在两个星期前，就已经定下来的活动，在区政府办公室主任的工作日程上，写得清清楚楚，万丽自己的台历上，也有记载。

有许多当正职的领导，对于自己每一天每一天的日常工作，开始也都是要亲自过问、亲自关注的，什么时间，到什么地方，参加什么活动，说什么话，注意什么情况，等等，自己不过问，心中就没有底，怕出纰漏，怕出洋相，但是渐渐地，就发现顾不过来了，事情实在太多，活动实在太频繁，一个接一个，永远没完，这一个事情还没有安排过来，那一个事情又摆上来了，烦不胜烦，而且越做越乱，就这样，到后来，他们认输了，投降了，干脆自己就不管，一任交给秘书或办公室主任，自己只管闭着眼睛听他们安排，叫你什么时间，你就什么时间，叫你到哪里，你就到哪里，叫你说什么，你就说什么，反正讲话稿事先也都是准备好了的，到时候上去一念就行。负责一点的，最多在前往的路上把讲话稿粗粗大略一看，看看有没有念不出来的字，有的话，或者有吃不准读音的字，现场问了秘书，就解决了，现在的干部毕竟都是有学历的，水平高得多了，不会把逗号括号转接下页都念出来。不了解内幕的人，就怪领导干部懒，也有的人，怪秘书贪权，说首长跟着秘书转，是腐败的一大特色，其实首长和秘书，都觉得有些冤枉。

但万丽有些不一样，她虽然不是事无巨细，事必躬亲，但是对一些重要的和比较重要的活动，她还是要做到心中有数的，因此在季主任给她准备工作台历的时候，会给她找一种比较大的，留白留得比较多的台历，去年年底的时候，季主任为了找这种台历，还很费了一番功夫呢，现在外面卖的台历，大都是花里胡哨，好看不好用,花边太多,空白太少,它占得太大,留给别人的就小,哪里够用,找了几种,万丽都觉得不理想,虽然嘴上也不多说什么,但季主任知道她心里不满意,季主任就很作难,原先万丽来当区长,他曾心下暗喜,觉得日子会比以前好过些,女人嘛,无论当什么领导,毕竟还是个女人嘛,心眼儿毕竟是小一点的,盛不了那么多的麻烦事情,总要比男领导好伺候些。后来才发现,女领导也有女领导麻烦人的地方,只不过麻烦的地方和男领导不一样罢了。季主任一心想办成一件让万区长满意的事情,后来还是在自己女儿那里看到一本,硬是夺了过来,害得他好一阵子天天看女儿的白眼,说,哪有爸爸抢女儿东西的,人家都是爸爸给女儿买东西的。去年的这一本台历勉强凑合了,所以今年早早的季主任就将这事情放在心上了,特意关照了小商品市场的管理人员,让他们吩咐批发商到外地批发时,留心一点,后来信息很快反馈过来,才让季主任大大地放了心。

倒不是万丽有什么与一般干部不同的品质,或者自己特别勤快,或者是不想让秘书有过多过大的权力,都不是。只是因为,万丽一直以来都有个习惯,对任何事情,都想有自己的主动权,这个主动权,说是对工作的负责也可以,但是万丽心里更清楚,那是对她自己负责。尤其是重要的场合,有时候甚至是万众瞩目的,万丽不能不注意自己的形象,她不想让自己蓬头垢面出现在大家面前,至少她要做到,在众人的目光下,她对自己的形象应该是有把握的。对男干部,没有那么多的讲究,说到哪里,站起来就可以走,即使场合需要,打上一条领带,就已经身价倍增了。即便是涉外活动,接见外宾或与外商谈判,也只要找一件白衬衣,至多再找一件深色的西装,要多简便有多简便。女同志就比较麻烦一些,首先一个,你换不换服装,要换的服装在哪里呢,当然在家里,男同志的西装领带可以放在办公室,挂在当堂也没有什么不妥,别人也不会另眼相看,但女同志的服装却不能搁在不应该搁的地方,比如办公室，是绝对不行的，得回家去，还得化个妆，哪怕是简单的妆，也得留出时间。如果再讲究一点，要考虑发型的得当，那需要的时间就更没底了，所以，女干部不能站起来就走，得给自己留出一点时间。

和男干部一样站起来就走的女干部也不是没有，在机关里，尤其在领导岗位上，这样的女同志，还不在少数，有的甚至比男同志还不讲究，成天是工作装，深色，藏青的，或者黑的，发型也永远是齐耳的普通短发，洗了也不用吹，头甩两下就干了。别的女人为自己的形象已经变了又变，一变再变，有的甚至越变越不知道该怎么变，变来变去把自己的信心也变没了，而她们却任凭风浪起，稳坐钓鱼船，从来不变，以不变应万变。不变的结果，就是自信心依旧。但是万丽不是那样的女干部，她深深知道，可以不考虑自己的形象而保持持久信心的，非常不容易做到。她万丽就做不到。这一个周六社区文化艺术节开幕，参加的人员多，是个大的活动，万丽早几天就已经在心里替自己设计好了基本形象，但不料情况发生了突变。已经在机关工作了十几年的万丽，甚至都有一点手足无措了。今天的活动，去当然是要去的，别说只是田常规找她谈了几句话，就是今天任命到了，只要未曾宣布，原先安排好的事情，就一定得去。

这样的事情是很多的，因为领导干部们每一天都会有活动安排，而总有一天是在活动之中或者活动之前活动之后变化来了，提拔了，或者是平调了，也或者是退了，总之是不再在昨天的那个岗位上了，就这样，无论他们从前参加过多少活动，无论他们从前曾经将这些活动安排得多么精彩，无论他们曾经多么沉着冷静地出色地处理过活动中偶发的某些麻烦事情，今天却有一点乱了，多多少少有一点，他们不能像往常一样，滴水不漏地摆布好这场活动了，要不，就是心不在焉，匆匆收场；要不，就是特别兴奋，也许平时话不多，这儿会倒绕起舌来。也有的更沉不住气，眼看着气色神情都不行了，本来红润润的脸，眼看着就萎黄了；本来挺直的腰板，也有一点弯了。就有一位正职干部,年龄还没有到,但因其他的一些原因,提前退了,只是他个人,事先没有思想准备,也没有听到过半点风声,那一天,也是有一个重大的活动等着他去参加,剪彩、讲话,就在出发前半小时,消息来了,他顿时就一屁股坐了下来,走也不好不走也不好,不知怎么办了,手下的人,也不知怎么办,不知道是劝他去呢,还是劝他别去。但最后他还是去了,勉强坚持下来。好在会议的组织者也已经得到消息,便将一场隆重的活动,改成简朴的活动,也不要讲话了,只是拿了剪刀,剪开了红绸布,就结束了。虽然草草了事,但是他能够去现场,至少也体现了一个党的干部的基本素质,如果不是受党教育多年的干部,碰到这样的事情,他可能就耍小孩子脾气了,反正不要我了,反正也不是我了,我也不要去丢人现眼了,到了现场人家介绍来宾,怎么介绍他呢,他已经不是他了呀。这是说的退休离岗的干部,而即便是提拔了的干部,在这样的场合,也是有点尴尬的,因为他虽然升了职,却不再是这个现场的一把手了,而原先他的左右手,很可能,就变成了现场的一把手,所以在这个时候,他即便心里高兴,也是不宜多说什么了,县官不如现管,手下那些同志,一下子就觉得他有点遥远了,对他格外的恭敬,但是毕竟是有一点敬而远之了。

　　当万丽在周六早晨醒来的时候,心里忽然飘忽了一下,她头一次觉得自己心里空空的,对自己在今天的开幕式上应该有的表现有一点把握不住了。装作没事似的照去不误,该说的话照说,该唱的戏照唱,而且要唱好唱足,万丽完全能够做得到,这样,给人的感觉就是她城府深,遇事不慌,沉得住气,这在官场上,应该说是个不坏的印象,但是万丽多少觉得有点别扭,她打心底里不希望这样,她不希望自己在别人眼里是个老谋深算的女同志,但是不这样又能怎样?

　　当然,如果没有人提这个话题,那是最好不过,但是这种可能太小。所以在一瞬间,万丽甚至想装病不去了,可她很快排除了这种浪漫的想法,这种浪漫,在别的地方可以使用,在官场上是用不得的,即使真的有了病,该去的还得撑着去,除非真的倒下了,抬到医院去,那也得倒在该倒的地方,而不是倒在没人看见的地方。

万丽还是留了个心眼儿,有意拖延了一点时间,这样,稍迟一点到会场,也差不多该上主席台了,就没有那么多空着的时间扯其他事情了,等到开幕式结束,她找个借口早点离开,不去吃那一顿午宴,这个风头就多少能够避掉一点。

万丽迟了一点出来,小江的车照例在老地方等着。万丽注意了一下小江的情绪,但是她看不出来小江的情绪与往日有什么不同,她无法判断小江是不是也已经知道了她要挪位子的事情。上车后,万丽却忍不住了,主动问道,小江,你听说了吗?小江点了点头。她问得有点没头没脑,小江的头点得也有点没头没脑,但双方都明白了,万丽惊讶之余,不由觉得应该重新审视一下小江了,本来她对小江的印象,只是可以罢了,只是说得过去罢了,既说不上有多欣赏,也说不上有什么不欣赏,现在才发现,小江竟是那么的沉得住气,他修炼的功夫,原来比她还高啊,也可能还高得多啊!

万丽赶紧将自己的思维调开去,千万别把自己弄得像祥林嫂似的,她看了下表,觉得时间有点紧了,她是故意迟一点的,但又不能迟得太厉害,她得掌握好分寸,现在一看时间,心里不免有点不踏实了,要是真的迟到了,大家都坐定了,单等她在众目睽睽之下登上主席台,反而是弄巧成拙,便问小江,是不是迟了一点?小江简洁地说,今天星期六,这时候街上应该不堵。果然,一路很顺利,提前两分钟到达会场。万丽一眼望过去,主席台上已经有人落座,这样万丽就可以直接上到主席台,虽然主席台上会有其他同志,四套班子的领导都会在的,但毕竟是坐在上面,下面那么多眼睛看着,交头接耳说几句话也是可以的,但不方便谈那些敏感的事情了。

一切都按照万丽设想的进行着,开幕式一切正常,万丽该讲的话都讲了,她不希望发生的事情都没有发生,或者说,还没有来得及发生。

开幕式结束,万丽站起来,抢先向区委邱副书记打了个招呼,逃避掉中午的饭局,就看到季主任匆匆过来了,万丽知道,又有什么事情来了。就听得季主任在台下向她说,万区长,惠市长陪客人马上到,看南凤街,请万区长陪一下——万丽想,有些事情,逃得过的,不逃也能逃过,有些事情,你想逃也逃不过,逃过了这里,也逃不过那里。

南凤街的街坊改造计划,从十年前就开始讨论,一直到万丽上任当了沧平区的区长,这个改造仍然还停留在各种方案和图纸上,争吵的火药味越来越浓,实施的可能却始终停留在原地。万丽在区长办公会议上听汇报,听到一半,就听不下去了,站起来说,与其在这里纸上谈兵,不如到现场去看看。

二话没说,万丽就到南凤街去了。

回来后,办公会议继续开下去,万丽说,十年时间,商量来商量去,研究来研究去,当干部的什么也没有损失,升官发财两不误,误的是谁,误的是老百姓。十年前区政府就作出规定,南凤街的住户不能乱动了,要等着总体规划,当时向他们承诺,最多一两年,就彻底改变大家的条件。可是,我们让人家一等就是十年,十年啊!有些人家为了等新房子结婚,一等再等,把新娘子都等跑了。还有个家庭,孩子是个智残儿,本来要送培智学校的,因为不知道将要搬迁到城市的哪个角落,应该就近上哪个培智学校,想等到搬迁过后再上学,结果一等就是十年,孩子都已经二十岁了,早已经错过了开智的年龄。56号大院里四十几户住户,早就想排自来水管道,也是因为政府的许诺,就一等再等,他们拎水拎了十年啊。这都是老百姓为我们的政府行为付出的代价,这么多的代价,难道还不能促使我们下决心,承担一些东西?万丽的话,后来曾经被田常规书记在全市的干部大会上引用过,田常规说,我希望我们的干部,都认真地体会一下万丽区长的想法,我们能不能把自己的眼睛,转一个方向,从往上看,转成往下看,能不能把自己的凳子再挪一挪,挪到离人民群众近一点、更近一点的地方。

全南州市,像万丽这样的正处级干部数百上千,谁不想在市委一把手那里留下一点深刻的东西,只是,因为人员众多,到底谁重谁轻,田常规不可能一一衡量,万丽因为南凤街街区的改造工作,在众多的干部中脱颖而出,给田常规留下了深刻的印象。

这也是万丽自己始料未及的。

那一天,当她从南凤街回到办公会议上,当即拍板,决定改造工程立刻正式上马,她倒是从参加会议的所有的干部脸上,看到了自己的稚嫩。新官上任三把火,南凤街街区的改造工程,是万丽上任以后烧的第一把火,这把火要烧起来,而且只许烧好不许烧坏,万丽是担当了相当大的风险的。前任的区长们,难道个个都是草包,个个都无能,个个都干不成这件事?就你万丽厉害,一来就点火,胆子也太大,步子也太急,搞政绩工程的心情也太迫切,说到底,还是政治上稍微嫩了一点。其实万丽心里明白,她只是一个现成的点火者,干柴是前任们一点一点地堆起来的,火种是向南凤街的百姓们借的,当然,点燃这把火,需要的是胆略和信心,这两点,万丽还是有的。

因为田常规那一次的大会讲话,大家开始看好万丽的前景,一个干部给大老板留下了好的深刻的印象,他的仕途还用愁吗!万丽自己又何尝没有这样的兴奋和期待,当田常规在周末的下晚,忽然把她叫去的时候,万丽的这种兴奋和期待是达到了顶点的。只是,世界上的事情,真的应了一句老话,也是康季平经常跟她说的那句话,塞翁失马,焉知非福。如果没有在旧城改造指挥部待过,她会如此大刀阔斧地改造南凤街吗?如果不是大刀阔斧地改造了南凤街,田常规会想到让万丽接替周洪发吗?这是无可预知无从推测的事情。万丽此时,也不能想得太多,想得太远,她只能接受命运的挑战,往前走。

万丽赶到南凤街街区办事处,惠正东副市长陪着一个兄弟市的党政代表团,也很快到了,惠正东和万丽握手的时候,说了一句,万区长,下午你如果有时间,我约你谈点事情,两点钟行不行?万丽简洁地点了点头。惠正东也就没再说什么,因为有客人在,主人所有的言谈行为,都应该是围着客人转的,惠正东便和万丽一起,陪着客人,边看边介绍起来。虽然惠正东没有说什么,但万丽知道,惠市长要谈的,肯定不是区政府的工作了。

参观结束后,惠正东的客人被元洲县的人接走了,但惠正东并没有空下来,他和万丽打了个招呼,说中午还得赶一个场子,这几天有一个法制宣传方面的全国性的会议放在南州市召开,开幕式上虽然都已经有领导到场,但今天是最后的午宴,无论如何要请一两位市领导坐坐镇,撑个场面,偏偏分管副书记副市长又都不在家,便求到惠正东了。

要说起来,这在官场也算一忌,虽然不能说是多大个事儿,但至少替其他分管领导坐板凳也不是好坐的,不是随便可以坐的,你是好心好意,真心解难,说不定反惹来误会,好在惠正东为人不错,口碑好,是不应该产生这种误会的。反过来说,惠正东能够做到这样,他也不怕别人误会,有了误会他也不会去解释,人为地去消除,走自己的路,让别人去说,从这一点上讲,惠正东在南州市的领导中,也算是有点个性的人物。

惠正东一走,万丽就赶紧从区委区政府这班人的身边溜开了,她直接回了家,发现孙国海又不在家,保姆老太说,孙同志说,他今天有会。万丽这才想起惠正东说的那个会,不正是孙国海他们那个系统的会议吗,刚想到这儿,手机响了起来,是孙国海打来的,说,万丽,你猜我跟谁一起吃饭?万丽心里一跳,明明知道惠正东在他们那里,但不想和孙国海多说,冷冷地道,猜不到。孙国海说,惠正东。万丽已经感觉得出孙国海嘴里的酒意,他已经直呼惠市长的大名了，说不定惠正东正在他身边呢，她赶紧说，孙国海，少喝点，别出洋相。孙国海说，怕什么，惠正东，弟兄！万丽心里"怦"地跳了一下，跟着说话的语气就更急了，孙国海，你少给我丢人现眼。孙国海"哈"了一声，说，你什么话，对我这么不信任？连惠正东都说，我们这一对，是最佳拍档，你不信？你不信我叫惠正东自己跟你说——万丽赶紧说，不要，孙国海，不要——但是听到这句话的却已经是惠正东了，惠正东笑道，万区长，不要什么，不要跟我说话吗？万丽有点难堪，赶紧说，惠市长，孙国海喝酒没有数，一喝多，就胡言乱语——惠正东说，万区长，你别多想，尽管放心，这是男人和男人之间的快乐，你不用看得那么重。就这一句话，说得万丽心里一酸，差点掉下眼泪来，什么叫体贴人，什么叫善解人意，为什么孙国海永远就不能明白一点点她的心思，或者他是明白的，那么他为什么就永远不能顾及一点她的感受呢？电话里听得见那边还在闹着，惠正东又说，万区长，有件事情，我要向你坦白，今天我喝多了，就跟国海说，听说当年万丽追你可是追得好辛苦，万区长，有没有这回事？你听了不会生气吧？万丽正不知怎么回答，好在惠正东又把电话交还给孙国海，孙国海更来劲了，他要的就是个面子，惠正东给足了他面子，孙国海对着电话大声说，万丽，你那时候给我写情书，一写就是厚厚的十几页。一阵哄堂大笑，从电话里传了过来，震动着万丽的耳膜。万丽想，别看这些人，一到酒席上，个个跟酒鬼似的没脑子，个个亲密得跟自家人似的，可这其中的差别是天壤之别啊。就说惠正东和孙国海，他们虽然谈得那么投机，喝得那么痛快，可两个人完全不是一回事情啊。

下午两点，万丽准时走进了惠正东的办公室。惠正东好像不是从酒席上过来，精神比上午还好，万丽在一瞬间里，又不愉快地想到了孙国海酒后的模样，她有些忐忑，很担心孙国海中午喝酒时又乱说了什么，更怕惠正东提起这个话题。但是惠正东却什么废话也没有说，开门见山就直奔主题了。他从抽屉里拿出一份材料，交给万丽,万丽一看,是一份钢笔写的辞职报告,签名:耿志军。耿志军是周洪发的副手,房地产公司的副总。如果说在全市正处级的单位中,要评选一二把手配合最好的单位,那是非房地产公司莫属的。

耿志军比周洪发大好几岁,已经五十岁出头了,他脾气古怪,性子急躁,跟人说话,无论上下级,无论是人求他还是他求人,从来没有好声好气的,不是骂人就是呛人,但奇怪的是,他对周洪发,不仅忠心耿耿,而且心服口服,别人要是跟他生气,跟他吵,最后吵不过了,就说,耿志军,你有什么了不起,你不就是周洪发的一条狗吗?耿志军说,对,我就是周洪发的一条狗,我乐意,我心甘情愿做周洪发的狗!别人还有什么好说的。更有甚者,吵得更凶时,耿志军的话说得也更绝,有幸碰到好主子,草狗也会变名犬,像你这样的货,只会如此这般汪汪乱吠,只能说明你的主子素质太差。

但就是这个耿志军,在房地产开发上,有他的一套,既替周洪发鞍前马后,又替周洪发出谋划策,还替周洪发承担大任,曾经有许多本地外地房地产大老板,重金收买耿志军,甚至可以让出自己的位子给耿志军坐,耿志军从来不屑一顾,嗤之以鼻。所以老话说,卤水点豆腐,一物降一物,到哪都不例外。至于周洪发的经济问题,到底耿志军是知道还是不知道,假如是知道的,那么以耿志军的忠心,眼看着周洪发往死路上走,他不可能不提醒不阻挡。还有一种可能性,就是两个人早就踩上一条船,明里是一条船,暗里也是一条船,如果是这样,周洪发出事,耿志军能逃得了吗?在南州市,恐怕相信最后这种可能性的人为数还不少。所以,周洪发出事的消息一传开,接下来的事情,似乎就在等候着耿志军的结果了。但耿志军的动作也确实快,周洪发昨天下午进去,今天一大早,他的一式两份的辞职报告,就已经交到分管副市长惠正东和房产局长蒋学平手里了。

惠正东今天就找万丽来,实在是太性急、太早了一点,虽然田常规的决心已下,组织部的工作也紧锣密鼓地展开,但是毕竟还差了几个步骤,至少常委会这个场还没有走过呢,惠正东是做了一件超前的工作,这在他长期的工作中,也是不多见的。本来也许他还会等一等,这件事情,大老板虽然很急,但也还是急在他自己的心里,惠正东这时候就已经急田常规所急,弄得不好,反倒带来不必要的负面效应,不说别人会怎么看他,就是田常规,也说不定会觉得他惠正东聪明过头了。所以惠正东完全应该再等一等,所有的问题,也得等人家正式上任再说呀。

但是,今天一大早收到耿志军的职辞报告后,惠正东坐不住了,他不再多虑,决定把该做的事情超前就做起来。

万丽看了耿志军的辞职报告,其实具体的内容,她根本也看不进去,脑子里一片空白,却又像是塞得满满的,接受不了任何的信号,此时的她,只有一个概念:耿志军不干了。

撂挑子,掼纱帽,耍小孩子脾气,这也是干部队伍中较常见的一种手段,一种方式,但是那往往是在觉得受了委屈,得了不公平的待遇之后,才会如此。像耿志军这样,一把手出了问题,自己赶紧打报告辞职,实在不是上策。你如果是没有问题的,这样做,别人会怀疑你有问题。你如果是有问题的,这样做,不仅逃不了干系,反而更让人怀疑。但是以耿志军的水平,应该不会幼稚糊涂到想用公开逃跑的办法来摆脱自己,那么耿志军又是为什么呢?

耿志军如果是如此的简单,惠正东又怎么会为了他,提前介入这件事情?至少,在惠正东心里,耿志军是有位子的,是有分量的,是一个相当重的砝码。

万丽觉得自己的思维有点乱,她已经在被耿志军牵着鼻子跑了,只是,刚刚跑了一小段,万丽就清醒过来,赶紧站定了,但是还没有等她把自己的思绪拉回来,理清了,惠正东已经说了,万区长,今天找你来谈房地产公司的工作,是早了一点,我也知道自己太心急了,但是耿志军的问题,却是我们的当务之急,我相信你是能够理解的。惠正东的一句话,也就证实了万丽刚才的想法,惠正东不希望耿志军离开房地产公司,无论这个公司今后叫什么名字,归属在哪个口子,最后定个什么级,惠正东都希望耿志军留下来,万丽想,都知道耿志军厉害、不讲理,原来,他的背后,还不仅是周洪发。

惠正东又何尝不知万丽的想法,他是明人不做暗事,干脆直接地说,我是希望,你的到来,能够挽留耿志军,也许你现在还不能接受,至少还不能理解我的意思,但以后你会明白的。惠正东这么说,万丽却无法表态,因为她不了解耿志军,一点都不了解。可她的思绪却因为惠正东的谈话,开出了一个新的口子,既然周洪发的东窗事发是大家早就预料的,那么早就等着周洪发位子的人,也就不在少数了。万丽似乎到这时候,忽然又明白了一点什么,比如说,田常规用她挡住了多少人的希望,至少惠正东,也肯定是有自己的打算的。而他的打算中,肯定是没有万丽的。果然,惠正东下面的话就更直白了,他说,万区长,我就是希望你能留下耿志军,至少就目前的情况,房地产公司还离不了他。惠正东这样说,万丽是不以为然的,死了张屠天,不吃带毛猪,何况这个张屠夫,是个人见人恨、人见人怕的张屠夫,又是对周洪发如此五体投地的,眼中除了周洪发别无他人的,他能好好地配合万丽开展工作吗?他能给万丽好果子吃吗?万丽要是真的来搭这个班子,她是不会要他的。但人家毕竟是前朝元老,要叫人家让位,也不是好开口的,现在耿志军主动辞职,这真是送上门来的天大好事,偏偏多出个惠正东替他叫阵,万丽知道事情为难了,如果她坚决不要耿志军,她可以到田常规面前去摆自己的理由,她相信只要理由充分,田常规在这个时候,肯定会支持她,但是这样一来,她便得罪了惠正东,而且这种得罪,不是一天两天一年半载解得开的结,不定一辈子就耗上了,以后的事情会很麻烦。但如果她服从了惠正东,劝说耿志军留下,她今后的日子,可怎么过?

在耿志军的问题上,惠正东果然是咄咄逼人步步逼近的,这与他平时对部下温和贴己的态度大相径庭。惠正东说，万区长，我希望，你今天就和耿志军谈一谈，这事情，宜早不宜迟，要知道，仅在南州市，要想抢耿志军的人，可不是三个两个啊！万丽说，我也在想，他把报告打上来，很可能已经有了出路。惠正东点头说，可能性相当大。万丽说，那，既然他有了退路，再跟他谈，您觉得会有用吗？尤其是我去跟他谈，会不会是适得其反？万丽是要踢皮球了。本来，这个皮球她是不要的，她根本就不想踢它，但惠正东硬是踢了过来，硬是要叫她接过去。万丽如果不是那么认真，对一个还未正式属于她的工作不是那么的顶真负责，既然是人家市长的皮球，捡就捡起来了，抱就抱回去了，何苦事情没开始就把市长给惹了，但万丽纵使冰雪聪明，纵使在官场多年经验不薄，却偏偏这一壶提不开，既然田常规信任她，把重担交给她，她就得对田常规负责，不能配合她工作的人，她真的不能要呀！万丽几乎是凭着一种本能去和惠正东踢球，惠正东自然要比她成熟得多，他正是掌握了万丽此时的难处，才会如此出手，而且出手如此之快，也是要给对方来一个措手不及，如果等万丽把一切已经准备妥了，心中有数了，对他来说，就为时过晚了。所以今天惠正东的一切行为，都是超前的，又是超常的，当万丽把球踢过来的时候，他立刻踢了回去，万区长，我已经把耿志军叫来了。万丽已经没有退路了，只得使出了最后一招，惠市长，我，我觉得不太合适，毕竟还没有、没有任命呢。惠正东笑了起来，说，万区长，你可能误会了，你现在还是万区长嘛，无论如何也不会让你作为房地产公司老总去找副总谈话呀，如果是那样谈话，人家还搞不清楚，是你挽留他，还是他挽留你呢。万丽也笑了，她有点不好意思，把惠正东看得太简单了，正式任命没有下来之前，惠正东怎么可能做出那样违反规矩违反组织原则的事情呢。惠正东说，周洪发的事情，真是一石激起千层浪，比耿志军的辞职报告到得更早的是科思集团的毁约书，昨天晚上就到了——到此，万丽才真正明白了惠正东今天的来龙去脉，科思集团和房地产公司有个合作项目,共同盘下了在沧平区范围内的一处烂尾楼,准备重新开发,项目论证的时候没有出现什么问题,但草签协议后,科思却提出周边环境问题,这就涉及沧平区了,但周洪发一直拖拖拉拉,没有往下进行,可能科思早就不想继续这桩合作了,便以周洪发出事为借口,以迅雷不及掩耳之势毁约了。

一个不大的房案,惠正东亲自出面处理,那是醉翁之意不在酒,表面上看,今天的万丽还是万区长,今天的耿志军也还是房地产公司的副总,他们是来谈一个合作项目的,但实际上,惠正东用心良苦,一心要撮合耿志军和万丽。这个耿志军,名声那么臭,为什么惠正东如此看重他,如此精心策划来做这件事情,这是万丽心中的疑团。惠正东可是步步紧逼,容不得她考虑再三,说,万区长,耿志军已经来了,我就请他进来了。万丽想,虽然惠正东的工作做得滴水不漏,但对万丽来说,实在是一个再明显不过的请君入瓮的计划,虽然他是以商量的口气在和万丽说话,但万丽难道能够说,不,我不和他谈?万丽只有接受安排的分,没有拒绝的资格。万丽心里,不免有点别扭,田常规突如其来把这副担子加到她肩上,她一口气还没有缓过来,惠正东就已经迫不及待地加起压来,他考虑自己的安排,必定是有他的道理,但他就是没有想一想她万丽的处境。或者,反过来说,也许正是因为他清楚万丽的处境,才会这样做的。对万丽来说,别说惠正东紧跟着田常规做手脚,只要是留下耿志军,即使惠正东有更大的苦果要万丽吞,万丽也只能悄没声息地吞下去,并且要自己承担一切的后果。

万丽的思绪被进来的耿志军打断了。她和耿志军从无交往,可能有时候在市里召开的哪个大型会议上,会有一两个照面,但没有打过招呼,也没有被正式介绍过,所以,今天的见面,应该算是初识,既是初识,至少应该握个手,但是万丽一眼就看出耿志军没有这个意思,她也就坐着没有动。听惠正东说,两位都认识,我就不介绍了,时间也不多,一会儿我还有个会,就抓紧时间说事情,科思的毁约，也是预料之中的，我们还得有思想准备，恐怕还不止一个科思——耿志军冷冷地打断了惠正东的话头，说，对不起，惠市长，我以为是来谈我的工作问题——惠正东也冷冷地说，耿总，难道与科思的合作，不是你的工作？耿志军毫不买账，好像惠正东也根本不在他的眼里，就别说万丽了。他说，惠市长，如果是谈科思的问题，有必要到您的办公室谈吗？虽然早就听说耿志军难弄，说话难听，但万丽想不到他在惠正东面前都是这种腔调，果然名不虚传，就不知道惠正东吃他哪一套，这恐怕不是万丽在短时间里搞得清楚的内幕。但是有一点，万丽更坚定了自己的想法，在短短的时间里，她再次下了决心，无论惠正东怎么玩，在耿志军这个人的问题上，她一定要想方设法，坚决不能听任摆布。

耿志军当着万丽的面，就能如此对待惠正东，这不由得让万丽更奇怪更不解，且不说惠正东凭什么容忍耿志军，在过去的许多年里，周洪发又是怎么容得下这么一个张扬跋扈的副手。周洪发自己早已是一个出了名的独裁老总，按理说，这样的一把手，手下应该尽是些唯唯诺诺、唯命是从、早被吓破了胆的应声虫，耿志军到底是怎么回事呢？

惠正东至少在万丽面前，有点失面子，虽然他也没给耿志军好脸色，更没有好言好语，耿志军每一句硬邦邦的话，他都换成另外的更硬的话顶回去，但是万丽能够感觉到，惠正东并不把耿志军对他的态度当回事，也许平时他们一直就是以这样的方式交流、工作，已经习惯成自然。

惠正东接着耿志军的话头，硬邦邦地说，耿总，如果没有必要，我会请你到我办公室来吗？到底官大一级，说话气势就大得多，耿志军略微收敛了一些，但仍然梗头梗脑地说，这件事情，当初是周总谈的，我不清楚。惠正东说，耿总，你这话什么意思，当初是周总谈的，你的意思，是不是要等周总？耿志军张着嘴，好像要大声说什么，但却没有发出任何声音来，忽然就闷住了，憋住了气，话给堵在嗓子眼儿了。惠正东却不依不饶,耿总,你以为你什么时候能够等到你们周总呢?耿志军不说话了,惠正东也就调整了一点态度,降低了一点格调,说,正因为你不清楚,所以要请你来。他用的都是"请"字,显得客气而坚硬,万丽觉得,他们之间的关系,不是这样的,这是做给她看的。惠正东继续说,科思的做法,是不明智的——耿志军又急了,说,毁就毁,我才不求他,什么东西,我在乎他?惠正东说,虽然科思本身是算不了什么,这个合约,我也清楚,即使毁了,也没多大损失,损失的是他自己,但是他这个头带得很不好,墙倒众人推,周洪发一倒,我很担心,你房地产公司会不会稀里哗啦一下子溃不成军了。这倒是和田常规想在一条线上、一个点上,这一点就足以说明,房地产公司的兴衰,确实非同小可。耿志军说话的火药味又出来了,溃不成军又怎么样?溃不成军也是活该!都这么搞,谁能不心寒?耿志军这话,是替周洪发抱不平的,早在周洪发事发之前,耿志军就到处说了,周洪发要是进去,那是太没有公理可讲,他是坚决不干了。许多人觉得耿志军太把自己当个人物,当个东西,你不干,你不干还能吓得了谁?纪委听说周洪发的副手耿志军不干,就不查周洪发了?不是天大笑话?当时万丽倒还觉得,这个耿志军,可能头脑太简单,才会说出这么没水平的话,到现在,事情与她切身相关了,她才明白,耿志军不是头脑简单,而是气焰嚣张。惠正东说,耿总,省纪委的工作,恐怕不是你我应该随便议论的吧?我们今天来——耿志军却不听惠正东的,只沿着自己的思路往下说,辛辛苦苦,拼死拼活多少年,换来什么?一副冰凉的手铐!他见惠正东要打断他,赶紧一摆手又说,惠市长,我不说周总,好不好,你不用紧张,我不说周洪发,我说储时健,带着红塔山集团,给共产党创造了成千上万个亿的财富,最后差点把脑袋都给共产党拿去了,干什么,开什么玩笑?有病啊?惠正东说,好了,耿总,你的高论,改个时间,改个地点再发表好不好?今天我和万区长,不是来听你替周洪发申诉的,你如果愿意,等检察院起诉后,可以申请当周洪发的律师嘛——耿志军毫不相让地说,我正有这样的考虑。万丽一直没有插上话,听着惠正东和耿志军的对话,奇怪的感觉越来越强烈,耿志军再怎么脾气不好,也不至于当着她的面老是这么顶撞惠正东,惠正东再怎么平易近人,体贴下级,也不至于能够如此地宽容宽厚,她一会儿觉得两个人是在演双簧,但又觉得不对,如果是演双簧,是给她看的,那么为了达到让她接受耿志军、挽留耿志军的目的,就应该让耿志军演一个完全相反的角色,不说温顺听话,至少得懂得尊重别人,起码得知道分寸,怎么能让他如此本色地出演自己,将坏脾气、将张扬跋扈的个性暴露无遗,难道有谁会喜欢这么一个人当自己的副手,这不是适得其反吗?惠正东到底想干什么呢?

万丽想不明白,干脆就不去想了,惠正东也由不得她多想了,下面的事情已经摆了出来,惠正东告诉万丽和耿志军,科思退出合作的消息还没有传开,就已经有人进来了。这一下,耿志军终于忍不住了,急切地说,鼻子这么灵,钻得这么快,恐怕除了叶楚洲,别无他人!万丽一听耿志军嘴里吐出叶楚洲的名字,心脏猛地一动,跟着就乱跳起来。从昨天下晚田常规的谈话开始,到现在坐在惠正东的办公室里,这么短短的不足二十个小时的时间里,万丽的心里已经装进了不能再装的内容,她所考虑的问题,方方面面,上上下下,也已经超出她自己的承受能力,她从来都对自己考虑问题的周到全面充满自信,但不知道怎么把叶楚洲给忘了,现在耿志军一说出来,万丽差一点跳起来,这位曾经想动员她跟他干的叶总,马上就将成为她的最强劲对手了。果然,惠正东点点头,接着耿志军的话说,是的,叶楚洲的电话,只比科思的毁约书迟了一小时。

时隔数年,叶楚洲的叶蓝房产已经成为深圳最大的房地产集团之一,早在好几年前,他就开始移师北上,一路过来,在许多城市都有了他的分店。叶楚洲原先是计划最后到北京定居的,结果却还是回到了南州。叶楚洲是看好南州的发展,还是摆脱不了恋乡情结，或者还有别的原因，谁也说不清楚，只是在他开始进入南州的时候，南州的房地产业，连个萌芽状态也还没有，那时候的南州人，还都固守着宁有古城一张床，不要新区一套房的观念沾沾自喜呢。而在古城的区域内，又是不允许大规模投资房地产业的，这样的时候，叶楚洲就已经守在南州了，难道他真的早早地就看到了南州后来的变化和发展？到今天，南州人的观念，居然已经走到了另一个极端，古城中心区的房价涨幅，还不及新区房价涨幅的三分之一，大家对大自然、对宽松自由的环境蜂拥而去，观念变化如此之快，使得许多没有远见的房地产商们大跌眼镜，损失惨重，而叶楚洲就迎来了他的大丰收的季节了。

叶楚洲在科思退出的时候立刻进入，不能不说他是有着更远大的想法和目光的。

所以耿志军刚才还是一副职肯定要辞、人肯定要走、一切与我何干的态度，一听说叶楚洲，就火急火燎起来了，惠市长，你不能自作主张答应叶楚洲什么，要和叶蓝谈，一定得我来谈！万丽以前不了解耿志军，从耿志军进到惠正东的办公室以后，耿志军给万丽的印象相当不好，到这会儿，耿志军这话一出口，万丽对他的看法就更重了，万丽虽然是女性，却在区长位子上也当惯了一把手，手下的人。可以在心里不服她，但是在场面上，无论如何是不能让下级占到自己的上风的，她当区长，手下也不是没有能人，但还从来没有见过耿志军这样的人，耿志军话一出口，万丽差点脱口说，你不是已经辞职了吗？但是万丽会控制住自己，结果这话由惠正东说了出来。惠正东说，耿总，我还以为你辞职了呢。耿志军说，至少等我干完叶楚洲这一票，再辞不迟。虽然话不好听，但万丽毕竟是有收获的，至少对她这个完全的门外人来说，听出了一点道道，叶楚洲是条大鱼。当然，万丽也清楚，究竟哪条鱼更大，最后到底是哪条鱼吃掉哪条鱼，还是能够互利能够和睦相处，一切还都是未知数。惠正东听耿志军这么说，嘴角歪了一下，说，那，是不是把你的辞职报告要回去？耿志军说,要回去干什么？你压一压不就是了。惠正东说,那好,我就先压一压,不过,还有蒋局长呢。耿志军说,蒋学平老滑头,你不先找他,他决不会先来找你的——惠正东说,你是觉得他离不了你？耿志军说,恰恰相反,他巴不得我早点滚蛋。但他怎么会把自己的真实想法暴露出来？惠正东说,你这么有把握？耿志军说,大致不差。

正说到这儿,电话响了,因为很长时间一直在谈话,没有电话干扰,突如其来的电话声,把三个人都震了一下。电话偏偏就是蒋学平打来的,问惠正东这时候有没有空,他有很急的事情要来汇报一下。惠正东放下电话,对耿志军说,第一,你对自己的估计太高;第二,你对蒋局长对你的想法估计太轻。耿志军说,高和底,重和轻,不是估计出来的,是摆在那里大家看的。惠正东因为目的已经达到,也不必再和耿志军啰唆了,便对万丽说,万区长,就这样吧,叶楚洲那里,他会主动来联系你们的,你们就直接跟他谈吧。万丽和耿志军都站起来,惠正东和他们握了一下手,送到门口,万丽原以为,惠正东会留她一下,但惠正东并没有这样的意思,万丽心里不免有些失落,但转而一想,自己也是自作多情,她和惠正东的关系,又算得了什么,惠正东和耿志军的关系,与她,是不能同日而语的,要留,也应该是留下耿志军,他没有留下耿志军再说悄悄话,就已经算是给足她面子了。

出了惠正东的办公室,耿志军就一个人往前先走了,万丽只觉得全身乏力,好累好累,累得都迈不开步子了,好像刚刚在惠正东的办公室打了一场激烈的肉搏战,厮杀拼命,用尽了最后一点力气,走出来的时候,已经气息奄奄了,心理防线也一点一点地被冲击,差一点就要被击穿了。忽然想起她刚刚到旧城改造指挥部工作时,康季平对她说过的话,你别以为和男同志相处,事情就好办些,疙疙瘩瘩的东西就会少,一点也不会少,只会更多,更严酷,更无情。女同志和女同志竞争,再怎么你死我活,到头来也可能会心肠软一下，下不了手了。但是和男同志相处，你可千万别抱什么幻想，他们下手的时候，决不会手软，更不会心软。万丽不由得倒吸了一口冷气，刚才的一场战斗，让她在身心交瘁的同时，深深体会了康季平的话，在这个男人的世界里，也许没有女同志与女同志之间的那种小心眼儿小计较，但有的是更严酷更无情的大心眼儿大搏斗，万丽不知道自己在这场搏斗中，会遍体鳞伤，彻底崩溃，还是能够大获全胜。万丽往前走了两步，发现耿志军退了回来，从包里掏出一沓材料，交给万丽，说，这是原先和科思谈的合作。万丽接是接了，但又觉得有些不妥，犹豫了一下，说，耿总，是不是早了一点？耿志军说，有什么早晚的，别看你是个女人，你也和我一样，早晚都是被套了绳蒙了眼的牵磨驴。

万丽回到家时，孙国海正在送一个客人出来，在门口碰上了，万丽觉得这个人有点面熟，但一时想不起来是谁，正等着孙国海介绍一下，哪知那个人一见到万丽，却显得有点紧张，勉强地笑了一下，赶紧走了。万丽正觉得有点奇怪，孙国海说，是钱前嘛，你不认识了？万丽更奇怪了，钱前？钱前不是在——她忽然就停了下来，不想说了。孙国海说，钱前是在房地产公司工作，也就是说，他马上是你的部下了。万丽说，消息倒快啊。孙国海说，快什么快，钱前来跟我说，我还蒙在鼓里呢，钱前死活不相信我不知道，倒显得我不够哥们儿了，弄得我多没面子——万丽自顾往家里走去，她实在没心思和孙国海多说什么。孙国海说，钱前的情况，我是不是简单跟你说一说——万丽皱了皱眉，说，孙国海你少给我找麻烦，我工作的事情，八字还未见一撇呢，你少到外面去胡说八道。孙国海说，我不会的，我怎么会胡说八道。我这个人，嘴巴紧的。万丽说，你是不是喜欢胡说，你嘴巴紧不紧，你自己心里有数。孙国海说，那是，我说话心里有数得很。万丽一边往楼里走一边应付着说，你有数就好。孙国海说，万丽，我还要出去一趟。万丽说，你去吧。

万丽上楼,刚一进门,还没来得及换拖鞋,就听到家里电话铃响,万丽过去接了,是伊豆豆打来的,说,万区长,你在家嘛。万丽说,你也打巧了,我刚刚进门。伊豆豆说,那好,我半小时后到你家。见万丽没吭声,又说,别搭架子,我只占你几分钟时间嘛。万丽说,你什么事?既然只要几分钟,电话里不能说,还这么远的路专门赶来?伊豆豆说,电话说不方便嘛。万丽说,那你昨天晚上见到我怎么不说?伊豆豆愣了一下,说,昨天晚上我还不知道嘛。万丽心里就"咯噔"了一下,那边伊豆豆已经说,我挂了,你等我。万丽放下电话,愣了一会儿,才想起来换鞋,然后泡了一杯茶,坐下来,眼睛定定地看着茶杯里热气往上蒸腾,想平静一下心绪,却平静不下来,心里又烦又闷又乱。

　　手机又响了,万丽没料到是惠正东的电话,惠正东说,万区长,刚才还有个事情忘记了,叶楚洲那边,已经准备了很详细的材料,他的胃口很大,也很有想法,明天我叫小庞给你送过去。万丽多少有点不知所措,毕竟任命还没有到,事情就已经开展起来,她总觉得心里不太踏实,便犹豫了一下,惠正东哪能不知道万丽的心思,说,万区长,刚才市委办来通知了,今天晚上开常委会,田书记的意思,星期一任命就下来,你做好准备,最迟明天上午,组织部就找你谈。

　　从昨天下晚接到田常规的电话后,万丽的一颗心始终是悬挂着的,没有着落的,虽然一切都已经在开展了、进行了,万丽的感觉,却像是在云里雾里飘忽着,身不由己地荡来荡去,上面够不着,下面踩不着,其实时间过了还不到二十个小时,她的感觉,却像有几个世纪那么长了,长得她都有点怀疑这件事情的真实性了。有时候,在一瞬间里,她甚至以为自己一直是在梦中,一直没有从梦中醒来,是惠正东的这一番话,让她彻底地醒过来,心也回归到了原处,踏实了,所有纷乱的思绪,得得失失、利利弊弊的想法都要彻底地抛开了,就一心一意地别无选择地沿着田常规给她设计的路线走吧。

惠正东又说,你这会儿不出门吧?干脆这样,我叫小庞马上给你送过去,你也好早一点接触起来。心踏实了,万丽的能力又回来了,她简洁地说,好的。惠正东说,你先看看,心中有数,不一定先和其他人交流,既然叶楚洲是个大想法,我们也得郑重对待。万丽说,我明白。惠正东又说,还有,公司名称,经田书记的认定,就叫南州房产集团公司。万丽放下电话,平静了一下,回味着惠正东的每一句话,想,这就是惠正东的方式,他不太方便当着耿志军的面留下万丽多说几句,但事后他会设法不留痕迹地补上,让万丽心里觉得,无论他惠正东是如何地迁让着耿志军,但耿志军在他惠正东心里的分量,和万丽是不能比的。也可能惠正东也同样会给耿志军打这样一个电话,弥补些什么,也让耿志军有同样的感受,但即便如此,万丽心里,也仍然十分感激来自惠正东的安慰,这是没办法的事情。

过不多久,伊豆豆果然到了,一进来就说,万总,我要做你的办公室主任。万丽心里倒抽一口冷气,我的妈,别说她此时此刻跟房产集团还没有一丁点的关系,就算调令来了,任命下了,万丽当上老总,那房产集团也不是她的,虽说人家原先的办公室主任位子确实空在那里,但也不见得就是在等着你伊豆豆来坐呀。伊豆豆也够没脑子的,你要想进房产集团,也无可非议,却还要指定进房产集团担任什么职务,那也太过分了一点。再退一万步说,即使这些都不成问题,最后也还有万丽这一关呢,万丽是不是认为伊豆豆是她的合适的办公室主任人选呢?但伊豆豆说这样过分的话,却是毫无负担的,说过之后,眼睛就直勾勾地盯着万丽。万丽不动声色地说,喝口水,这茶叶不错的。伊豆豆说,你看我的样子,你注意我看你的眼神,像不像一只讨人喜欢的京巴狗?她的眼神里,果然流露出巴巴的神色。万丽忍不住笑了起来,说,废话。伊豆豆说,万总,你答应了?万丽说,你以为过家家玩呢,你要做什么就做什么,你要当爹你要当妈,都让你当! 伊豆豆说,大老板看中了你,大老板要你干,就会给你特权嘛,这还需要担心吗? 万丽苦笑了一下,说,你以为给我的是个好差事、美差事? 好差事美差事轮不到我,难做的事情就想到我了。伊豆豆说,哟,万大小姐,别发嗲了,田大老板亲自谈话定岗位,全南州的处级干部里有几个啊? 万丽说,你们这么想也不错,但是你也清楚,这个位子有多难,担子有多重? 伊豆豆说,大老板把这么重的担子交给你一个女同志,不是更说明他看得起你! 万丽说,女同志? 要用你的时候,早就忘记你是个女同志了,不想用你的时候,就可以说你是个女同志。伊豆豆说,好啦好啦,你哪来这么多想法,从前你可没有这么优柔寡断患得患失,有大老板这么硬的后台,你给自己安排个办公室主任还不是小菜一碟! 不信你试试,你去跟大老板说,我要叫谁谁谁当什么什么,你看大老板怎么说——她学起田常规的口气和口音,小万啊,人事的问题,就交给你啦,你自己看着办吧。伊豆豆稍一停顿,忽然说,我就搞不明白,你是闻老板的红人,为什么到了田老板这里,你仍然红,而且红得还更红? 你不倒翁啊? 万丽说,你瞎说什么呢? 伊豆豆说,我瞎说不瞎说,你自己心里有数,别看你脸上装作什么也不在乎,心里还不乐开了花! 不过你可别多心,你的水平能力政绩都放在那里,无论闻书记、田书记、张书记、王书记,哪个能不用你? 听了伊豆豆的话,万丽不由想起当年选择进旧城改造指挥部时,康季平说,向问不想照顾你,他是真的要让你成长,让你吃苦,让你经历艰难险阻,让你到第一线锻炼。此时此刻,再回想当年的情形,万丽心中真是感慨万端。伊豆豆说得高兴了,走过来拍万丽的肩,说,女强人啊! 万丽不高兴地说,你要做女强人你做好了,别强加给我。伊豆豆说,我呢,想做也做不像,你呢不想做人家也认为你是。可是我得警告你,女人太强了,男人可不喜欢。万丽嘴硬,说,要人家喜欢干什么? 伊豆豆说,男人会尊敬你,但不会和你亲热,不会疼爱你了。万丽说,这么说起来,你是一直有人疼爱着啦。伊豆豆果然一愣,赶紧转移了话题,说,我也算有点眼光,当初那么多女同志,我还认准了你一个拍,要是当初拍错了,去拍了陈佳,拍余建芳,不就没有今天我和你的交情了!万丽说,我跟你有什么交情?伊豆豆说,交情是没什么,不过我要当你的办公室主任,你是一定要给我当的。万丽无法了,换了个角度说,伊豆豆,你急什么呢,你们老秦年纪也不小了吧,他如果不干了,你可是大有希望扶正呀,看老秦对你言听计从的样子,他的班不交给你还会交给谁?伊豆豆说,老不死的,看起来老,年纪还不老呢。万丽听她管老秦叫老不死的,差一点又要笑出来,但却发现伊豆豆说到老秦,神情比较奇怪。伊豆豆是个坦白的人,脸上一般不会有让人捉摸不透的表情,但是说到老秦的时候,就不一样,万丽也辨别不清是些什么复杂的内容,但总觉得有些奇怪。伊豆豆又说,要熬到他退下去,我也差不多成老妖婆了,我不想跟着他耗了。万丽继续试图动摇伊豆豆,说,你放着好好的副总不干,来干办公室主任,不是平白无故地丢了半级,何苦来着?伊豆豆说,只要做得开心,级别算什么?低了,还能再爬上去嘛,只要有兴趣,这又不难的。做得不开心,给我什么高官我也不开心。再说了,我当你的办公室主任,虽只是正科,但你不会把那个括号给我拿走的,还不是一回事?万丽偏不接她的话头,又说,怎么,在老秦手下干,不开心啊?伊豆豆一直大张着的哇啦哇啦不停的嘴,突然闭了起来,身上的活蹦乱跳的气息一下子似乎变得沉寂了,神色也凝重起来,好像在想着怎么回答万丽的问话,但过了好半天,也没有说出什么话来。万丽并不知道触动了她哪根神经,但见她如此,也不再去为难她了。其实在万丽心底里,倒是很愿意伊豆豆来做她的办公室主任,当然也因为伊豆豆和她的感情非同一般,但更主要的,万丽心里明白,伊豆豆非常适合这个位子。伊豆豆有她的弱点,别人看起来,有时候会觉得她脑子不够用,尤其在官场上,傻气直冒,比如她一听说万丽要挪位子,这么快就跟着给她自己敲定了位子,别人看起来,实在可笑,其实万丽知道,伊豆豆的脑子从来都是够用的,还比一般人够用得多,以为她脑子不够用的人,才真是脑子不够用呢。只是伊豆豆的方式,是独特的,是别具一格的,有时候甚至是匪夷所思的。而正是因为她的出格,因为她的不合规矩,让别人吃她不透,许多难办的事情,真给她办成了。这就是能力,这就是伊豆豆的长处,万丽相信,如果伊豆豆做她的办公室主任,她们的配合会相当的默契。但是万丽不会让自己的想法暴露出来,更不可能付诸实施,她不能上任伊始就给人感觉到她是迫不及待地任用亲信,排除异己,在每一个干部的工作中,任用亲信排除异己都是无可避免的,但是要做得巧妙,做得天衣无缝,不能授人以柄。所以,万丽即使想要伊豆豆,也要让别人来推荐,最理想的,是从上面压下来,她万丽是不得不接受的,不是她有私心,要安排自己的人。这种冠冕堂皇的做法,是常规,人人心里明白,但也是人人要这么做的。至于怎么样才能让上面把伊豆豆压下来,这一点,万丽不担心,只要伊豆豆明白,只要她想做,她就能够做到。所以万丽言归正传对伊豆豆说,伊豆豆,先不说我调动这件事,是不是能够成立,就说你要的这个办公室主任,如果要提出讨论,最理想,最顺理成章,也应该是分管人事的副总提出来,你说是不是?伊豆豆立即接了令子,笑道,万总,有数有数。她做了一个手势,又说,我们就去做最理想的事情。和伊豆豆的谈话,简明扼要,就结束了。伊豆豆临走前,把进门时就随手扔在一边的一个包装袋捡起来,重新扔到万丽坐的沙发边上,说,人家送我的一套衣服,我不适合穿这种太正规的东西,我适合休闲的,你试试。万丽说,我就该穿一本正经的?伊豆豆说,你不一样,你是领导干部,正规场合当然得穿得正规一点。这衣服,我觉得大小和你差不多,你试了如果不行,还给我,我再送别人,好歹人家也名牌,浪费了可惜。伊豆豆干脆利索地说了,拉开门就走了,万丽心里笑了笑,这就是伊豆豆,什么事情都是随随便便,但在她的随便之中,是有着她的用心的。

万丽把衣服拿出来,是一套灰绿的裙装,香港的一个中等偏高的品牌,万丽只看了一眼,不用试穿,就知道是比较适合自己的,颜色、款式、大小等,都不会有什么偏差,万丽知道这是伊豆豆特意买了送给她的,看了一下商标,发现标着价格的标签被摘掉了,万丽心里又忍不住笑了一下,与其说万丽很中意这套衣服,还不如说万丽中意的是伊豆豆的能力,伊豆豆实在是办公室主任的最佳人选,她于细微之处的用心,是常人所不能及的。

只是万丽不能明白,伊豆豆在南星大酒店干得好好的,怎么又要跳槽了呢?真的仅仅是因为缺乏新鲜感吗,如果是这样,那她到房产集团工作,不也一样存在这个问题,没有什么东西对她来说是永远新鲜、永远有兴趣的,万一正干得出色,她倒又厌倦了,到那时候,损失的可不是老秦,而是她万丽啊。

万丽觉得,还得好好捉摸捉摸这个伊豆豆。

## 三三

**万丽再怎么自信,再怎么能干,再怎么对未来有把握,也不可能愿意有一个中山狼卧守在自己的身边。**

区委姚书记还在外地考察,万区长的欢送会,就得拖一拖了。一般这样的活动,都得由一把手来主持,以示重视,沧平区也不能破了这个例。远在他乡的姚书记反复叮嘱区委办公室,一定得等他回来,要安排得隆重一点。姚书记和万丽也通了一个电话,开玩笑说,万区长啊,委屈你等一等了,也怪你口风太紧,要是早一点透个信儿给我,我就推迟一点出门了。万丽只得笑笑,电话里也不便多解释,就算解释了,姚书记也不一定就能完全相信。事实上,这件事情也确实让人觉得有点突然,姚书记走的时候,还风平浪静,等他回来,已经换了人马。更何况,一般这样的调动,走老区长来新区长,总要先征求一下区委书记的意见,但这一次,什么都来不及做,什么都没有做,就已经换了人间了。

但万丽却等不及了,她只得先到新单位报到,过几天再回头来接受区里的欢送,虽然不太顺理成章,但也别无他法。房产集团那边,已如一盘散沙,她一天不去,一天就运转不起来。像周洪发这样的一把手带出来的单位,常常就是这样,一把手在的时候,这个团队的战斗力会特别的强,万丽有时也想不通,这些人,难道都只是在为一把手工作吗?

万丽临走前,来区政府办公室整理要带走的东西,季主任走了进来,站了一会儿,万丽知道他有话说,可能又不好直接地说出来,便主动问道,季主任,有什么事吗?季主任犹豫了一下,说,万区长,我那里有些书,你也许用得着。万丽有些奇怪,问道,什么书?季主任说,是区房产局给我们提供的,都是有关房地产的一些东西,有的是他们选编的,有的是他们买的,都是些业务的书。万丽说,那太好了。季主任去将书搬过来,和万丽的东西打包打在一起,忙完了,季主任又走开了,但过了一会儿,又进来了,还是欲言又止的样子。万丽其实也知道,刚才说有书要送给她,只是一个临时的借口,他想说的那件事情,还是没有说出来。万丽也知道,必定是与她的新工作有关系的,而不是区里的什么事情,区里有什么事情,即使是再大的事情,季主任也不可能再跟她谈了。万丽不是个喜欢听别人说长道短的人,但是如今面对的是一个她完全陌生的新单位,是一个她完全不了解的新事业,一切可能与它们有关的东西,万丽是不得不听不得不重视的,所以万丽再次主动地说道,季主任,你想说什么?季主任说,万区长,你要的大开本的台历,我已经替你预订了,到时候来了货,我给你送过去。万丽笑了笑,说一桩小事,谢谢你还一直挂在心上。季主任也笑了,毕竟万丽就要走了,她不再是他的上司了,他在万丽面前的所有的谨慎,所有的小心，也可以到此为止了，如果到了这时候，还那么的小心谨慎，再有话不说，就显得过分了，也太不够意思。更何况，虽然今天万丽是去了一个并不太理想的位子，但她是大老板看中的人，虽然从目前来说，谁都无法预测，大老板最终会把万丽放到哪里去，但是万丽的前程，却是所有的人都会看好的。在这样的时候，季主任从万丽的角度，说一些她想听的话，又是与己无关的，何乐而不为？季主任相信一点，有意无意地伸一只脚，于任何时候都是不会错的。于是，季主任终于将犹豫的心情扫走了，说，万区长，我听说，开瑞房产的向一方，要去做你的副手。万丽果然猛地一震，这一震动，甚至不亚于田常规的谈话，不亚于惠正东的提早介入，季主任的话，也许不能作准，但也决不会是空穴来风。向一方是南州市最大的股份制企业之一的开瑞集团下属的开瑞房产的老总，在南州做房地产也已经有些年数了，业绩相当不错，而且据说向一方是深得开瑞老总邱怀之的赏识和重视的，邱怀之几次欲提他到总部当副手，向一方自己都没有愿意离开开瑞房产。

  季主任既然说开了头，也就不再遮遮掩掩欲说还休了，继续说，听说耿志军要走，向一方要顶替耿志军——这是连万丽都没有想到过的，这些乱七八糟的消息，传得还真快，房地产公司，就算现在变成了房产集团，在南州市，也算不上什么了不得的单位，但现在却变得人人关注起来，连一向不多嘴多舌的季主任，也忍不住说上几句，自然，房产集团的身价陡升，跟周洪发出事有关，更跟田常规的重视有关，但正因为如此，万丽非常清楚，艰难的日子还没有开头呢。季主任见万丽一时没有说话，他也停了下来。万丽十分了解季主任，要想让他继续说下去，她自己就不能不吭声，所以万丽立即回应了季主任，好像是脱口说出来，向一方？他在开瑞房产也不是一年两年了，不是做得挺好吗？季主任说，听说，和开瑞的邱总已经是不可调和的矛盾了。万丽说，不是关系挺好的吗，怎么会搞成这样？季主任说，本来是还可以，问题出在梅林山庄——万丽"噢"了一声。梅林山庄的一些情况,万丽以前是听说过的,这是开瑞房产开发的一处高档别墅区,因为开发得早,地价不贵,房价定得合理,环境又好,品位又高,一时十分的抢手,南州的许多有头有脸有钱的人物,都想挤进来,三十套别墅,还没见影子,就已经归了业主,到正式打桩的那一天,向一方自己手里,只剩下最后的两套了。这最后的两套,向一方心里已经将它们许配掉了,这都是他的必要的重要的关系户,要靠了他们,今后他向一方,才有更多的梅林山庄能够建起来。所以他是紧紧地攥着,也没有透露半点风声,对外一概宣称,房已售完。就连邱怀之那里,他也没有说实话,只是他逃不过邱怀之灵敏的嗅觉,更逃不过邱怀之的大手。最后,这两套别墅,邱怀之也许给了他的人。

其实,向一方的这两套房子,也只是在心里盘算着,并没有公开自己的想法,所以,这时候,即使房子给邱怀之拿走了,向一方也谈不上得罪人,不存在不好交代的问题。更何况,邱怀之是爷,向一方是儿,哪有不先尽足爷的需求的呢?邱怀之也没有想得很多很远,就把他的决定告诉了向一方,却没有料到,向一方的反应出奇激烈,当即在电话里就说,不行,这两套房子已经有主了!邱怀之是了解了实情才会做决定的,所以语气也是铁定的,向总,你是不是觉得,开瑞的老总,连下属一个子公司的情况都摸不着呢?向一方说,邱总你摸得着摸不着,另当别论,但我的房子,确实是有人了,你一女不能嫁两家吧。邱怀之也有点沉不住气了,说,向总,这两套房子我是要定了的,你如果真的有主了,立刻替我拿回来!向一方开始气的就是邱怀之的态度,邱怀之没有尊重他的意见和想法,毕竟房子是他造的,卖房子也是他的事情,如果一开始邱怀之是用协商的口气来跟他谈两套房子的问题,向一方也许就退让了,但一向办事稳重的邱怀之这一回却似乎没有把事情做到家,性急了一点,是他太看重这两套房子,还是他工作上的疏忽,或者,根本就是两个人早有矛盾在先了,才会相互的如此敏感?话不投机半句多,两个人几句话一说,都已经戗到了绝境,邱怀之失去了平时的耐心,向一方也就更不能克制自己,冷冷地说,邱总,泼出去的水,能收回来吗?邱怀之也冷冷地说,房子不是水,不就是一纸合同吗?你撕毁合同就是了,一切损失我承担。这哪是个大老总的话,倒是像孩子跟孩子在赌气。但是孩子赌气,有时候也会将事情闹僵的,在这件事情上,邱怀之和向一方就真的闹僵了。

仅仅就是为了这两套别墅的事情,在开端集团的千头万绪中,实在也算不上什么重大事件,即使是开瑞房产公司,也会是经常碰到的,但邱怀之和向一方却在一件小事上闹翻了,大家都觉得这只是一个借口,也是一个迹象,表明邱向铁板一块的合作已经开始出现裂痕了。

万丽收回了自己的思绪,季主任也知道自己的话可以到此为止了,再说就是多嘴了,他现在,恰到好处地向万丽表示了自己对她的关心,即使她换了岗位,他仍然是关心着她的,仅此而已,再说下去,就是具体的问题了。那么耿志军和向一方,谁更合适做万丽的副手呢?或者两个人都不合适?那么又有谁合适呢?万一万丽来了兴趣想听听他的意见,季主任可说不好,说得好也不能说,都是些有背景的人物,哪是他这个小小的主任可以评判的,他即便再关心万丽,也不能胡说八道嘛。

季主任走后,万丽本来还暂时平静着的心情,彻底地乱了。先是惠正东一反常态提前找她谈话,把耿志军的问题推到她面前,以惠正东的想法,耿志军是非留不可的,他才会如此重视,不顾常规,现在又冒出来一个向一方,向一方的背景并不比耿志军差,他的叔叔向问,是前任的市人大第一副主任,当然,从砝码上看,惠正东是市委常委、常务副市长,又是万丽的现管,比前任人大副主任当然是重一点的,但是对万丽来说,这两个背景却是势均力敌,难分轻重。向问是谁?他是向问啊!没有向问,会有她万丽的今天吗?滴水之恩,当涌泉相报。向问对她的恩,如果用滴水来形容的话,那这滴水早已经滴穿了一座石山了。向一方要到房产集团来,她能拒绝吗?她可以拒绝一千个人一万个人,也不能拒绝向一方啊!但是,反过来,她能要向一方吗?她敢要一千个人一万个人,也不敢要向一方啊!

万丽心乱如麻,谁知道在耿志军、向一方之外还会冒出什么人来,还会冒出几个人来,他们的背景又是什么。至于耿志军和向一方本人,万丽都不熟悉,如果说因为惠正东的关系,耿志军先一步进入了她的视野,那么也可以说,这种进入,是一种适得其反的进入,无论在惠正东的谈话中,是怎样地强调了耿志军的工作能力和作用,万丽也提不起对他的兴趣,一想起耿志军说话时的那种腔调,她心里就发毛,要与这个人共事,万丽不可想象今后的日子将会怎么样。万丽实在是不想留下耿志军,所以,向一方的出现,也许倒是一线生机,可不可以借助向一方,挤走耿志军?但向一方又是什么人物,他为什么要从开瑞退出来,他又为什么要进房产集团,他们难道都不知道周洪发会留下多么大的麻烦和窟窿?他们难道不知道田常规给她的压力有多大?

不管怎么说,用向一方挤走耿志军也好,留下耿志军也好,再物色其他人也好,一切,都得等万丽尽可能多地了解情况后再说,万丽从来不莽撞,她干事情干脆利索。但事先的准备工作也从不马虎,既然到房产集团是准备苦干一场的,也是必须苦干的,苦干的条件不具备,她是不会盲目上马的。万丽的思路渐渐地清晰起来,首先要做的事情,就是给自己创造好的条件,能够与她配合做事的人,尤其是耿志军的这个位子,将是许多条件中首要的也是最重要的条件。万丽想到了伊豆豆。

伊豆豆和向一方是中学同学,她以前还曾经做过向一方和陈佳的媒人,虽然这两个人后来没谈成,但伊豆豆对向一方的情况应该是比较了解的。如果换了一个人,万丽也许会找个其他借口约出来,聊点别的,然后再绕到向一方身上,这样做至少可以显得不是那么急吼吼的,但对方是伊豆豆,万丽就完全没必要这样做,跟伊豆豆,是不必拐弯抹角兜圈子的,她是极其聪明的人,别人一点就透,她不点也透,所以在电话里万丽就直截了当地跟伊豆豆说,她想打听打听向一方的情况,伊豆豆也果然爽快地答应了。

　　一见面,伊豆豆就开门见山地说,我一听说向一方正在活动要到你那里去,就急了,所以,就算你不来找我,我也会迫不及待来找你。万丽说,为什么?伊豆豆索性就一步到位说,我直截了当告诉你啊,我的意见:向一方不合适,你不能要他。万丽说,奇怪了,你和他同学,还把他介绍给陈佳,我以为你会替他说一大堆好话。伊豆豆说,这就是我,一个真实的人,你到现在才了解我?万丽说,我到现在也不了解你,一点也不了解。伊豆豆打断她说,我再说一遍,你不能要向一方。万丽见伊豆豆的口气像铁板上钉钉,有些急了,说,你看你看,我又没有问你他合适不合适。伊豆豆说,你要问什么,你要了解他的情况,还不是想知道他合适不合适,还能有其他什么目的,难不成是要跟他处对象?万丽说,瞎扯什么!伊豆豆占了便宜似的笑起来,扯了扯身上的衣服,说,喏,这就是向一方买的。伊豆豆这么一说,倒使万丽愣了愣,这才注意到今天伊豆豆身上的衣服与往日有所不同。伊豆豆穿衣服,一向是新潮、先锋、大胆,从品位上讲,总是略逊一筹的,但今天的装束确实有品位多了,万丽不由问道,向一方送你的?伊豆豆说,感谢我做媒人嘛,虽然没成,感谢还是要感谢的嘛,这就是向一方。万丽不解地说,你开什么玩笑,感谢你做媒人,那是几年前的事情了,人家陈佳孩子都三岁了,你这衣服——伊豆豆说,这衣服就是当年买的,怎么样?永不过时的时装,才叫真正的时装。她见万丽又愣了愣,便说,我知道,你是要慢慢了解向一方,要从细部了解,是不是?那不就行了,他对服装的审美和品位,也是他人生中的一个组成部分嘛。万丽无奈地点了点头,她又看了看伊豆豆的这身衣服,觉得向一方挑选服装的眼光,对服装的感觉,也都是无可挑剔的,这一点上和陈佳倒是十分的般配。万丽说,那陈佳跟向一方,为什么谈不拢呢?这话不问则罢,一问之下,伊豆豆恼火起来,说,谁知道他们。万丽说,外面的人不知道真相,倒也情有可原,连你这个媒人都不知道?伊豆豆"哼"了一声,好像两个没有谈成恋爱的人有什么事情商量好了瞒着她这个大媒人。"哼"了一声后,伊豆豆说,别拐弯抹角啦,也别那么拙劣啦,向一方和陈佳成不成,关你什么事?你到底要问什么?让我来替你设计问题吧,第一个问题,向一方在开瑞到底干得怎么样?不是说他的能力很强吗,怎么放着一把手不想干了,反要到别人手下打工呢?第二个问题,向一方和邱怀之的关系到底怎么样?不是说他深得邱怀之的赏识吗,怎么要走呢?第三个问题,开瑞房产的真实情况到底怎么样,是不是真像他们所造的声势,实力雄厚、前景辉煌?第四个问题,向一方为什么要到房产集团来,他难道不知道这个地方错综复杂,周洪发的烂摊子还不知如何收拾呢,他要来,也等别人将环境收拾好了再来不迟嘛。第五个问题——万丽打断她说,好了好了,你烦不烦?伊豆豆说,我是替你在操心,你不领情也就算了,还嫌我烦,真是狗咬吕洞宾。万丽说,你要我怎么领情?伊豆豆说,咦,我昨天已经找过你了,当房产集团办公室主任嘛。万丽哭笑不得,但她又心急如焚,可没有那么多闲工夫去跟她就这个问题论长道短,便把话题拉了回来,说,伊豆豆,先不开玩笑,如果向一方要想进来,我无论如何,得有个思想准备吧。伊豆豆说,你是不想要耿志军,所以对送上门来的向一方有点兴趣,想看看这个人怎么样,以他去顶耿志军。其实呀,万丽你也太用心计了,依我看,大可不必。万丽被伊豆豆说中了心思,也不觉得有什么尴尬,以她们交往的程度,这点心思都不能让伊豆豆看穿,那万丽的壳,也包得太紧了。但万丽不能同意伊豆豆的想法,不用心计,不用心计怎么办,耿志军是能要的人吗?不要耿志军,拿什么去顶掉他,顶耿志军,就是顶惠正东,那可不是她的能耐能达到的。伊豆豆又说,更何况,向一方是谁?他姓向,你敢不要他吗？伊豆豆是一个在任何场合都只怕说少了的人，她一句话出来，不等万丽的反应跟出来，又接着说了，但是，我要提醒你，你一定要听进去，要顶耿志军，也不应该拿向一方顶。我就跟你说一个事情，你听说过"100高地"吗？

"100高地"是南州房地产界的一个神话，事情发生在两年前，一块不足十亩的地，拍出了一千六百万元的天价，最后就是落在向一方的手里。许多人至今还记得当时的激烈场景，感觉向一方就是盲目冲动，一时被现场的热浪冲昏了头脑，才举起了那块创下新高的牌子。大家都说，向一方抢了一块烫手的山芋，下面就等着看他如何作难吧。但最后向一方自己并没有经营这块高地，却转手给了一个急于在南州立足、急于撑开场面的外来户。向一方并未从中渔利，当然，这中间，也实在没有了再渔利的可能性，但向一方却从拍卖师的一锤和他自己的一转手中，得到了更大的利益，那就是开瑞房产，也就是他向一方的名声。

其实震动大家的，还不是这件事情的本身，而是这件事情操作的过程，据说拍卖的那一天，邱怀之也到了现场，只是没有露面，虽然开瑞是个大集团，与开瑞房产并行的子公司有十多个，但由于开瑞房产的日益壮大，日渐成为开瑞各子公司的领头羊，邱怀之的目光和精力，也就不再平分而逐渐倾斜了。邱怀之能够来到拍卖现场，也足以证实这一点。当"100高地"已经拍到超乎寻常的价格时，邱怀之让助手给坐在前排的向一方发出信息：适可而止。向一方明明收到了这个信息，却不予理睬，继续加价，邱怀之第二次发出了警告，向一方仍然没有接受，当最后的锤声落下的时候，邱怀之的第三个短信到了：你想干什么？向一方想干什么，没有人知道，但是大家知道了一个事实，向一方不听邱怀之的意见，因此，有人从这件事情中，看出了什么征兆和苗头。后来的事实也证明了向一方冒险的成功，向一方用这个名声，在极短的时间里，做了许多别人做不到的事情。至于当初向一方拍下高地的时候，是有退路还是没有退路,是早已经套上了那个冤大头,或者根本就是没有把握的事情,这一点,谁也说不清楚。所以伊豆豆最后总结似的说,万丽,你现在清楚向一方了吧,向一方就是那样的人,如果今天你觉得他能干,能够替你办事,你要了他,那么到了明天呢,就只有他而没有你了。将伊豆豆说的话,与平时点点滴滴的对向一方的一知半解包括道听途说结合起来,万丽渐渐地看出了向一方的基本轮廓,能干,野心大。

如果真是这样,那么,向一方和邱怀之的矛盾,也许真是因为邱怀之感觉到向一方有了弑主的猜疑,而且这种猜疑,已经不仅仅存在于邱怀之一人心中,许多人都已经感觉到了,都已经嗅出了其中的火药味和血腥味。

但是邱怀之是强大的,你向一方有背景,他邱怀之又何尝没有背景,没有背景他的事业能做到如此大吗?何况,除了背景,他还有实力,还有其他许许多多向一方所不具备的东西,所以,向一方是空有弑主的情结,却恐怕没有现实的可能性。正因为如此,向一方早就开始觊觎着周洪发的位子了,但周洪发的根基却不是他能动摇的。周洪发事发,向一方的机会来了,但田常规却以迅雷不及掩耳之势确定了万丽接替周洪发,向一方虽然有些错愕,但并没有很把万丽放在心上,他知道,一下子谋周洪发的位子的可能性没有了,但是,慢慢地,天长日久地,去谋万丽的位子,这种希望又重新出现在他的眼前。

万丽再怎么自信,再怎么能干,再怎么对未来有把握,也不可能愿意有一个中山狼卧守在自己的身边。

当然,这一切的想法,更多的只是万丽的推测而已,并没有什么真凭实据,万丽连向一方都没有见过,也许整个推测都是错的。但是,一向小心的万丽永远都会奉行她的准则,宁可信其有,不可信其无。万丽知道伊豆豆是完全站在她的角度去替她考虑问题的,但伊豆豆却忽视了她内心的另一种感情,那就是对向问的感情。伊豆豆说,你别忘了,我这可是有倾向性的发言啊,是有感情色彩的介绍,我是站在你的角度替你考虑问题才这么说的——万丽"哦"了一声,赶紧问道,那么如果站在别的角度,站在别人的位子上怎么说呢?伊豆豆说,你真是贪得无厌,无孔不入。告诉你,如果站在我的角度,我可以说,向一方是个大人才——万丽又"哦"了一声。伊豆豆赶紧说,不过你可别受我的影响,我刚才说的,你姑妄听之,要有自己的判断,特别要坚定信念,千万不要左右摇摆,又怕他抢班夺权,又舍不得他的才华,又不能对不起向问,事情都搅在一起了,你要分得清主次。万丽说,那你说哪个是主哪个是次?伊豆豆毫不犹豫地说,当然你的位子是主,他才华再横溢,如果位子被他坐了去,你还唱的什么戏?万丽说,我就不能坐在我的位子上用他的长处?伊豆豆说,不是我小瞧你,你镇不住他,你想想,邱怀之是什么角色,都拿他没有办法,你——伊豆豆说话太直,昨天还低三下四地要来当她的办公室主任,今天的话里竟然很有点小瞧万丽的意思,但万丽内心并没有什么不快,毕竟她知道伊豆豆确实是站在她的角度说话,她自己没有半点私心,万丽心里很是感动,只是难题仍然没有解决。

伊豆豆说,万丽,如果换了我,我才不愁呢,既然大老板将重任交给你,他能不做你的后盾吗?你有什么难处,尽管跟大老板说嘛,只要大老板表个态,谁还有啰里吧唆的分?万丽摇了摇头。伊豆豆的想法,恐怕会是很多人的共同想法,但是万丽不能这么做,这也许就是她和伊豆豆和其他人不同的地方。要将事情做得漂亮,又要做得不显山不露水,不到万不得已,不到山穷水尽,不要给田常规添任何一点麻烦,要尽自己的能力将事情做好,这才是万丽的宗旨。

万丽相信伊豆豆的直觉,也相信自己的直觉,她基本上肯定,向一方不应该排在考虑的人选之中。和伊豆豆谈话结束后,万丽又反复思考了半天,原来考虑,如果向一方合适,以他顶掉耿志军,正好自己也报了向问的大恩,又不至于很严重地得罪惠正东,因为惠正东自己的晋级,也都是在向问手里过来的,他自己也有着知恩图报的情结呢。但是现在万丽必须排除向一方,就像必须排除耿志军一样,是毫不犹豫的事情。

可万一向一方对这个位子志在必得,那她该怎么办呢?解铃还得系铃人,万丽没有别的办法,只能单刀直入,先发制人,去求助于人大原副主任向问。

但是跟向问的谈话,却不是跟伊豆豆的谈话,万丽得好好地费一点心机了。

## 三四

她一开始觉得向问老了,不那么坚如磐石了,但渐渐地,她发现自己错了,向问仍然是坚硬的,只是这种坚硬现在是裹挟在"人老话多"的假象中,万丽知道,自己在向问面前玩火,是玩不成的。

向问无疑是很喜欢很看重万丽的,向问在组织部长任上的时候,也曾毫不隐瞒自己的观点,跟许多人说过,我就是看得中万丽,她跟另外的一些女同志确实有不同之处,那就是她头脑清醒而心胸豁达。这句话的意思,换一种说法也可以,就是该敏感的时候特敏感,该麻木的时候特麻木。这个评价应该说是到位的,既很切合万丽的实际情况,也从另一个角度显示了向问作为一个市委组织部长的不同凡响和人性化色彩,虽然他现在退到二线,应该算是个老人了,但是他的这种精锐的思想,却是久久地弥漫着的。

向问近两年心情一直不太好,他从市委副书记的位置下来的时候,增补进市人大当了第一副主任,各方面都做好了该做的工作,大家也都有了心理准备,知道下一届的南州市人大主任就是向问了。哪知偏偏在人大换届前两个月,一位从南州出去的后来在外省当了副省级干部的老同志提前回南州了,因为年龄关系,还得安排一任任职,省委王书记亲自关心这件事情,于是,眼看着向问已经要坐上去的人大主任的位子,不得不让了出来。向问得知这个消息后,曾经想立刻换个方向,到市政协当主席,但市政协主席的位子已经早就定了,而且是铁定了的,挪不动,最后的结果是委屈了向问。向问这一出一进,差别可就大了,这一年,他的年龄,刚好可以再干一届四套班子的正职,却已经超过了当副职的年龄线,所以,要么就是当正职,要么就回家了。向问在这两个月里没有少跑省委,甚至还跑了几趟北京,但最后还是回了家。年龄这东西,说可怕,有时候还真的很可怕。

市里有个不成文的规定,四套班子里退下来的老同志,正职和当过第一副职的,都在原单位保留一间办公室,仍然可以支使秘书,仍然可以用车。所以,向问虽然退回家了,却在市人大还有办公室,他可以去上班,去关心单位的事情,但向问一次也没有去过,有一次田常规跟他说,向主任,我那天去人大,人大的同志都很想念你,你怎么不回去看看?向问说,我已经退了,退了就是退了,我再去,会影响现任领导的工作。田常规后来曾经跟别人谈起,说向主任是位党性原则特别强境界特别高的老同志。这话后来传了出来,大家听着,总觉得有些别扭。

这已经是两年前的事情了。

如果两年前,向问如愿以偿地当上了市人大正主任,万丽现在去找他、去求他,什么话都好说,别说向一方是他侄子,就是他的亲生儿子,他也会顾全大局的。人在顺利的时候,会变得大气、大度,考虑自己会少一点,患得患失也会少一点,反过来,当一个人不顺利的时候,就会变得特别的敏感,特别的脆弱,特别碰不得,好像什么事情,都与他的遭遇有关,好像什么事情,都是冲着他来欺负他的。万丽正是这样的时刻,要去找向问,要告诉向问,向一方她不能要。万丽这一步跨得出去吗？跨出去了,见到了向问,她开得出口吗？

但无论如何,万丽得去。

万丽很快就有了一个机会,就在她刚到房产集团上班不久,办公室就有人来汇报,说人大老主任向问要到湖南岸去看看,万丽"噢"了一声,赶紧问,是向主任自己打电话来的？下面的人说,不是,是市人大办公室打来的。万丽又"噢"了一声,没有再说什么,立刻将当天安排的活动重新安排了一下,她自己打电话给人大办公室,知道向问现在人还在市人大,万丽问清了向问出发的时间,便上车去人大接向问。万丽到的时候,向问刚好从大楼里出来,看到万丽,向问笑道,小万,还是这么雷厉风行啊。向问一开口,万丽就立刻觉察到向问的变化,从前的向问,是一位严谨的不苟言笑、话很少但字字句句掷地有声的领导,现在的向问,已经是一位和蔼可亲的老人了。万丽赶紧说,向主任要来,我哪敢拖拖拉拉啊。向问说,不是向主任,我已经退了,要叫主任也应该叫老向主任了。万丽心里一凉,眼睛里有些发酸。向问却笑着说,那天人家送我一个对子,我念给你听听：早退晚退,早晚都要退；早死晚死,早晚都要死。横批：早退晚死。不等万丽说什么,向问又说,晚死是好的,但不能因为老是不死就给你们年轻人添麻烦嘛,那样你们该骂我们老不死了,是吧？尤其是你,小万,我可不想影响你的工作,你才上任几天,就要陪我们这些老头子,开了这个头,以后还了得,我们这些人,用场是派不上了,恐怕只有给你添麻烦的分。万丽说,向主任,我真巴不得您来找我的麻烦,这至少说明,您还记得我。向问说,我纯属个人行为,这些天闲得无聊,早晨又恰好看了报纸的广告,一时兴起,湖南岸开发起来了,我儿子呢,马上要回国工作了,我先替他踩踩点嘛,是不是纯属个人行为,小万,我可没有请你来啊。向问的话果然比以前多得多了,话一多,话的分量就明显不像以前那么重了。万丽心里不由又泛起一股酸楚,权力对一个人的影响,真是大到无可想象,甚至都可以影响到一个人的与生俱来的性格。万丽说,向主任不请我,我也会不请自来,湖南岸,也有我们的小区,我是来向向主任推销我们的房子,这就是我最重要的工作嘛。向问说,好个小万,越来越能说会道啦。向问让万丽坐上他的车,车子开动后,向问说,我也是听说,太平湖南岸开发已经形成气候了,速度果然快啊。

　　太平湖地处南州市南部,原先是南州市周边农村最落后的一块,人称南大荒。大约在五六年前,叶楚洲的叶蓝房产开始进入,在宁静的湖南岸打下了第一个桩子,结果,这一根桩子下去,就再也听不见其他动静了,叶楚洲损失惨重,几百万甚至更多的早期投资都打了水漂,漂在太平湖的一团死水上。在头三四年中,南州人还经常拿湖南岸的例子来嘲笑盲目投资,但叶楚洲却没有懊丧,没有后悔,他预言,湖南岸的开发,只是时机未到,时机一到,这里就是黄金宝地。

　　叶楚洲的预言果然成为现实,到了两年前,南州的房市升温,一下子火热起来,而且快得出奇,热得炙手,令许多人措手不及、大跌眼镜,这一升温,甚至烫及了偏远的太平湖,沉寂了千百年的太平湖水沸腾起来。所以,虽然叶楚洲来南州投资房地产已经好些年,但他的名字真正响起来,却是因为湖南岸。

　　如今的湖南岸,已经是开发商们争相拼抢的目标,只要是稍有实力或稍有背景的房产公司,没有不想在那里分一杯羹的。南州市的住宅购买力,严重地向南倾斜,人们疯了似的蜂拥而去,湖南岸的房价猛涨,对南州人来说,比较南州其他地段的房价,这里的房子早已经是离奇的天价了,甚至超过了城区中心的位置,却还是供不应求。说来也是奇怪,在三年前,你要是问一问南州人的习惯,恐怕十有八九的人,都会对古城区以外的住宅嗤之以鼻,几乎有一种送给我我也不要的高傲态度,难道仅仅两三年的时间,他们的观念就发生了如此之大的改变?

不管你相信不相信,事实就是如此,就连向问,此时在往湖南岸去的路上,回顾着这几年的变化,内心也在深深地感叹着,为自己也加入了这一追房族感到奇怪和兴奋。向问的感叹,也牵动了万丽的思绪,但对万丽来说,她需要的不仅仅是感叹,接着向问的话头,万丽说,向主任,我们房产集团的南岸风景苑,在湖南岸的各个小区中,也是很有独创的,向主任要是看得上,那可是帮我们做了最好的广告啊。向问说,还是免费的广告呢。好你个万总,我说怎么态度这么好,百忙中抽空陪我过来呢,原来是要派我的活。万丽笑道,向主任,您可是看着我长大的。向问说,怎么,看着你长大,就得替你操一辈子心啊?向问说这些话,神态和语气,都从容不迫,自我感觉相当的好,就好像还在组织部长或分管书记的位子上,好像万丽还要靠他保护和推荐,这个向问和从前那个心地坚硬、头脑清醒的向问,已经完全判若两人了。万丽心里一阵难过,不知说什么了,向问又继续感觉良好地说,何况,你现在,翅膀都这么硬了。万丽赶紧说,翅膀再硬,您也要替我遮风挡雨嘛。向问说,小万,你长大了。万丽心里一动,想起当年自己从省委党校回来,选择了去旧城改造指挥部的那一次,康季平也是这么说的。向问又说,不过小万,我可是丑话说在前面,万一我看不上,我可不敢替你吹牛。再退一步,就算我看上了,还有我家夫人。就算我家夫人也看上了,还有我家公子。我可做不了他们的主,只有等他们都喜欢上了,我才替你吹啊。万丽说,我相信您一定看得中,他们也都会满意的。向问说,噢,这么自信?你才上任几天,你自己看过没有啊?了解些什么啊?过去说,不要下车伊始,就哇啦哇啦,你可不要连车都没下,甚至连到都没到,就哇啦哇啦!万丽一下子被将住了,属于房产集团开发的小区,独资的,合作的,在南州市少说也有七八处,万丽才上任几天,公司里的千头万绪,一团乱麻,连个线头还没找到,别说着手清理了。更麻烦的,那些摆在面前的棘手的人事问题，必须当机立断做出选择，这样的时候，她怎么可能跑到施工现场去实地考察呢。向问见万丽不说话了，收敛了笑意，说，怎么了，这一两句话就被问倒了，你以后怎么干工作？万丽只得坦诚地说，向主任，这确实是我的问题，但是，我现在面临的，还不是造房子卖房子的难题。向问又笑起来，口气轻松，话语却厉害起来，说，那你急急忙忙陪我看房子，却不是要推销房子，那就是别有用心啦？万丽到这时才开始重新审视自己也重新审视向问，才发现，向问一开始给她的感觉是她自己的错觉，她一开始觉得向问已经老了，不那么坚如磐石了，但是渐渐地，她发现自己错了，向问仍然是坚硬的，向问仍然是向问，只是这种坚硬现在是裹挟在"人老话多"的假象中，万丽知道，自己在向问面前玩火，是玩不成的，向问是什么角色，他虽然喜欢她、重视她，但那是过去，那是他居高临下的时候，现在他退了，会变得敏感，变得脆弱，万丽有事情不直接跟他说，却要拐弯抹角，他心里就不高兴，觉得跟自己的处境地位有关。更何况，万丽如今已非同以往，她是田常规的红人了，她也许早已经不把他这个恩人放在心上、放在眼里了。其实，他也许是多虑了，但人到了这个时候，这种多虑也是可以理解、不得不生的。

　　这些心态的东西，万丽都是明白的，万丽却还是不得不玩一把，因为万丽无论如何不可能直截了当地去找向问，说，向主任，我不要向一方。但是有一点万丽心里是有把握的，即便她在向问面前玩不起火来，但她不会玩火自焚，这一点，她是确信的，因为她是向问一手提起来的，她的成功，就是向问的成功，她的失败，也会使向问脸上无光，甚至会被人趁机否定他的过去。他现在所剩下的，也就是过去的辉煌了。其实，向问虽然敏感一点，脾气大一点，但心底里，还是欣赏万丽的。他其实早就明白万丽来陪他看房子的目的，这时候，他对万丽的一点点怨气也发过了，心境也平和了，能站在万丽的角度，去体会她的苦衷了，于是向问说，小万，别愁眉苦脸了,你跟我,还有什么好周旋的——下面的话,他没有说下去,但是万丽已经明白,只是因为车上还有别的人,秘书、司机,他不便再往下说了。

到了湖南岸下车看房的时候,人走得散开了,他们俩的话题才重新续了下去。向问说,小万,你可能是轻信了别人的谣传吧?万丽心中一喜,立即脱口直说,什么?向一方没有要来?向问说,当然,大家说他想要到你那里,以后是要谋你的位子。你也不想想,你的位子,是田书记给的,他要谋,也不能谋到田书记头上去啊。万丽心中一阵感动,眼泪都差点掉下来,过去的向问又回来了,他是那么理解她、体贴她,这样坦白的话,不是一个组织部长出身的人能够说出来的,但是向问说了,足以证明他对她的一如既往的关心没有改变。

但这样一来,万丽倒说不出话来了,如果向问是替向一方说话的,万丽可以向他叫叫苦,诉说诉说难处,但是现在向问完全否定了基本的事实,万丽就不必再说什么了,再说什么便是多余、是废话。但万丽仍然放心不下,她可以感觉出向问对她的关照,但却不敢完全相信向问,难道关于向一方的传闻,真的是无踪无影无根无据的事情?向问会不会是在替向一方打马虎眼,在涣散她的注意力,麻痹她的警觉性?万丽知道,这么去想向问,去揣测向问,实在是不应该,太不应该,但是她无法控制自己的思想,因为她的心情太迫切,她要对得起田常规的心情太迫切。向问深知万丽的心思,不仅没有生气,反而更进一步让她放心,说道,也许你不相信我的话,但我可以跟你说,别说向一方根本不想去你那里,即使向一方真的想去,我也会说服他,叫他不要去。万丽简直是张口结舌。向问笑了,这下子放心了吧,要是还不放心的话,我们签个合约怎么样?我现在不干组织部长了,别的人我不能管了,但我的这个侄子,我自以为还是能听我的话的。万丽的脸,绯红了起来,在向问面前,她有点无地自容了,她哪里是一个连田常规都很看重的铁腕女干部，分明是个撒娇的无知无理又无赖的女孩子。她红着脸支支吾吾语焉不详地说，向主任，我、我、其实，我也知道，向总他，是——向问说，你从前可能不熟悉向一方，但今后你们是同行了，说不定，还能联合起来干点什么事情呢。万丽想辨别一下向问有没有什么言外之意，但是还没容她想一想，向问就指了指前边的小区，哎，到了吧，这就是你们的南岸风景苑？万丽这才注意到，眼前的这一片正在建设中的小区，已经挂上了南岸风景苑的牌子，但是站在这里，四处张望，极目远眺，也看不到一点点湖的影子。

万丽心里正嘀咕，向问已经板着脸说了，这就是你的南岸风景苑？什么南岸？湖南岸？湖呢？湖在哪里？我怎么看不见？万丽的脸，再次红了起来。

近两年来，市民对住宅的要求日益提升，开始向往自然，向往山水，尤其在南州这样的水城，水景住宅的概念已经开始深入人心，临水而居，成了市民梦寐以求的向往和追求，于是，南州的许多楼盘，言必称紧邻湖水，言必称体现市民的亲水情结，广告做得让人怦然心动，跃跃欲试，但实际上，其中的许多楼盘，与水面的距离相隔甚远，甚至中间不仅隔着其他房子，还隔着宽宽的大马路，或者其他各种建筑，别说临水，连望水听声都是一场空，但这种虚假的宣传，却点燃了市民享受水景的欲望，无论经济实力够与不够，这种欲望都是不可遏制地疯长起来。

只是万丽没有想到，连隶属市政府的房产集团的小区，也捞不到一块真正紧邻湖面的地，哪怕再稍稍靠近一点，至少能够让住户沾到一点湖的边缘，听到一点湖的声音。万丽原以为在周洪发手里开发的楼盘，肯定是最优秀的最经得起考验的，哪里想得到，这个小区，离太平湖竟是那么的遥远，远得都使她脸红耳赤了。

可见得，这个战场的战斗有多激烈，竞争有多残酷，内里的错综复杂，又会是多么的惊人！

向问说，小万，对不起，既然你这里不是水景房，我就不浪费时间了,我到其他小区看看,你陪我还是不陪我?万丽说,当然——向问说,你当然是愿意陪的,但是我不想要你陪了,你要是有时间,还是下了车,实地考察考察自己管辖的这些楼盘吧,人事的问题固然重要,集团上层的关系固然重要,但是更重要的,难道不是你们的实绩?万丽点了点头,既然向一方的阴影扫去了,而向问也确实对她关爱有加,万丽也就不必再装模作样地候着了,都是过来人,谁能不明白谁,所以她老老实实地说,好的,向主任,我正好了解了解我们楼盘的情况。

向问上了自己的车,走了,万丽的车跟在后面,但她没有急着上车,而是等向问的车开走了,看不见了,她才走过去,对司机小白说,你在这里等一等,我进去看看。明显看得出,小白犹豫了一下,好像要说什么。万丽问道,小白,你想说什么?小白才说出来,万总,这个楼盘,已经盘给建一房产了。万丽一下子收住了脚步,脱口问道,已经盘给别人,怎么昨天的报纸还有我们的广告?小白谨慎地摇了摇头,没有再多说什么。

南岸风景苑应该是房产集团的一块重头戏,周洪发都搞不下去,在房产集团的那一大摊子里,到底出了多大的问题,她万丽还能不能收得起场来?万丽站在看不见湖的湖岸边,长长地叹了一口气,有一阵风吹过来,她自嘲地想,这阵风,总应该是从湖面上来的吧,在城里,大概感受不到这样的风吧。

两天以后,万丽就接到了向一方的电话,听到对方一报出自己名字的那一瞬间,万丽立刻记起那天在湖边向问说过的话,不定你们今后还能联合起来干点事情呢,当时她没有来得及回味,现在这回味就自然而然地生出来了。万丽也就明白了其中的来龙去脉,向一方要进房产集团的传闻,是向一方自己放出来的,但正如向问说的,他不想谋万丽的位子,因为这个位子是田常规给的,别人不好谋、也没人敢谋,他放风的用意,就是吓唬万丽一下,然后提出他的要求和条件,万丽觉得有点被耍弄的感觉,她的语气客气中夹带着生硬,说,向一方？噢,是开瑞的向总吧,有什么事吗？向一方爽朗地笑道,南州房产协会,设宴欢迎万总的加盟,您看您哪天可以安排出时间？万丽说,啊,我想起来了,向总是这个协会的会长吧。向一方仍然是边笑边说,是副会长,会长一直是空缺的,不过,万总到了,会长的位子也就不愁没人坐了。向一方两句话一说,万丽的口气不软也得软下来了,也打哈哈地说,都说向总是笑面菩萨,果然名不虚传。向一方说,笑面菩萨？万总是不是听错了,圈子里大家可都管我叫笑面虎的呀。万丽不由笑起来,说,笑面虎也好,笑面狼也好,反正我们以后是少不了打交道的啦。向一方说,我正是这么想的,所以,总想尽早地靠拢万总一点,也好早点沾上光。万丽说,吃饭的事情,你看着办吧,能免的就免,不能免的,听你的吩咐。我初来乍到,两眼一抹黑,还得请向总多指教多引领呢。向一方说,万总客气了,既然如此,我就通知大家了,就定在明天晚上如何？万丽说,行。向一方说,对了,还有件事情,牵涉你我的合作,万总刚来,可能还不太清楚,河西的那块地,有三十六亩,当初与周总协商是合作开发的,最早周总的意思呢,是你们占三十,我们占七十,但因为我们有些难度,就和周总商量,调整为你们占四十,我们占六十。但现在呢,情况又发生了一点变化,一方面,我们也考虑你们的难处,另一方面,经过这一段时间的盘整,我们的资金周转情况目前相当的好,所以,我考虑再提一个新的方案,其实也是旧方案,就是一开始的方案,我们追加百分之十,占七十,你们三十。在房产集团的摊子里,这样的情况不止一二,万丽确实还没有来得及将情况一一摸清楚,所以说,我抓紧时间了解一下,再具体商量吧。向一方说,好,我等着万总的回音。

挂了电话后,万丽立刻把规划部的李部长请过来,了解了一下河西那块地的情况,万丽权衡了一下,觉得向一方的建议也不是不能接受的,前边既是周洪发谈的意向,没有特别的理由,她也不应该出尔反尔。何况,以万丽目前的情况来看,资金是她的头等大事,最好是少投多赚。向一方提出开瑞追加投资,正中了她的心思,河西的开发,等到资金的回收,不是一年两年的事情,万丽等不及,既然等不及,万丽答应开瑞的要求,于人于己,都是有利而无害的。更何况,还摆着向问那一层的关系,万丽更没有理由拒绝。

只是,向一方如果仅仅是为了做成这件事情,也只不过是追加百分之十的投入,对开瑞也是九牛一毛的事情,真是大可不必虚张声势声东击西,其中还有没有别的什么蹊跷,或者,这又是向一方虚晃一枪?

万丽不是个患得患失的人,也不必去想那么远那么多,既然这件事本身,是于她有利的,她就做。至于向一方的进一步想法,有还是没有,有的话,又是什么,她现在根本不可能去考虑去猜测,走一步看一步,万丽能接受的,有利可图的,她当然不会放弃,如果是要损害到她的利益的,她无疑会坚持住自己。

李部长走后,万丽正想看一下李部长拿来的关于河西地块的资料,电话响了起来,一接,是伊豆豆的,伊豆豆直截了当地告诉万丽,她的事情已经搞定,到了关键的时刻,自会有人出来替她说话,替她担肩胛。至于伊豆豆找的谁,是什么关系,又是以什么理由提出来的,伊豆豆没有细说,万丽也没有问,倒不是万丽不关心这件事情,只是现在实在还腾不出精力来,比伊豆豆更重要的事情,尚有一大串摆在面前等着她决策。

但是伊豆豆还是说了一个不太好的消息,她的工作问题,可能会在房产局长蒋学平那里遭到阻碍,因为蒋学平心里早已经有办公室主任的人选了,那就是他自己的也就是市房产局的办公室主任。按田常规的想法,万丽去了以后,就让房产集团彻底脱离出房产局,直接挂在市政府,蒋学平心里自然是一千个不愿意一万个不愿意,这就等于是蒋学平白白地将这块大蛋糕拱手送了出去,或者说,是眼睁睁地看着田常规将它抢了去,蒋学平是无奈的,但在无奈之余,他还是想有一点作为的。

把跟了自己好多年的得心应手甚至差不多已经心心相印的办公室主任派出去,蒋学平内心是舍不得的,他必须忍痛割爱,趁房产集团还没有彻底脱钩,在领导班子的会议上,他还有说话的余地,他得把这件事情摆平了。但这种掺沙子的行为,万丽是不能容忍的,她的心胸并不狭窄,她和蒋学平也没有什么过节,和蒋学平的办公室主任更没有什么冤仇,但一切得从她今后的工作出发,万丽在区政府干过几年一把手,深知一把手的威信的重要,说话要能够算数,决策要能够实施,身边的人就必须是配合默契的,又要是心服口服的,即使心里不服,也不能表现出来的。如果蒋学平的主任来做她的主任,就业务上来说,人家是老手、内行,她是新手、外行,从上下级的关系来说,虽然他是她的下级,但毕竟是从主管部门下来的,就像巡抚、钦差和地方官的关系,微妙而脆弱,万丽不想在今后的日子里,每日都如履薄冰。不一会儿伊豆豆的电话又来了,说,万总,有个事情,刚才忘记跟你说了,如果老秦来找你,你千万别理睬他。万丽愣了愣,怎么,老秦不同意你走?那你怎么——伊豆豆说,反正你也别多问了,这是我的事情,他不找你最好,他要是来,你轰走他!万丽差一点笑起来,老秦人家好歹也是一副处级的总经理,又不是要饭叫花子,怎么轰走他?但是伊豆豆对老秦的态度,确实有点过分,万丽也搞不清楚他们之间的纠葛,开玩笑道,不要是秦总爱上了你,舍不得你走啊。一向快人快语的伊豆豆却一下子哑了,闷了半天,竟然没有说出话来。万丽忽然有种感觉,自己的玩笑,可能是说中了某些事实了,早在当年她参加南行参观团,就看出了老秦的意思,但总觉得那只是一种老实人的单相思而已,那时候伊豆豆也刚进行管局不久,开朗活泼,像老秦这样的老实男人一下子喜欢上了也是大有可能,但时间不会久的,男人也就是图个新鲜,难道这么些年过去了,老秦仍然没有放弃,仍然觉得新鲜?万丽不由又想起那天在李秋的婚宴上,老秦前前后后地守着伊豆豆,几乎一步不离,伊豆豆对老秦的态度,更是十分的不可理解,哪有一个部下,可以对上级那种态度,那种不清不楚的关系,那种暧昧,像是已经到了顶点,到了旁人随随便便都能看出来的地步了。见伊豆豆一直闷着,万丽赶紧说,好啦好啦,我知道了,老秦要是来找我,我会对付他的。伊豆豆又沉闷了一会儿,才说,万总,要是他纠缠你不放,你就拿惠市长压他,再不行,你拿大老板压他。万丽说,伊豆豆,真的假的?不至于吧,老秦不希望你离开南星大酒店,这也是可以理解的,或者感情的因素,或者你的工作表现和能力确实不差,或者其他什么原因,但也不至于真的要死要活地不肯放人吧。伊豆豆,你是不是过高地估计了自己,老秦至于吗?伊豆豆又犹豫了一会儿,气似乎泄了下去,慢吞吞地说,反正,反正——我也说不清楚。万丽见她收敛了意气,赶紧说自己的事情,喂,伊豆豆,蒋局要让江主任来,你听谁说的?伊豆豆的话还没有说出来,办公室的小夏进来向万丽报告说,万总,南星大酒店的秦总来看您。小夏的话被电话那头竖着耳朵的伊豆豆听见了,伊豆豆急了,在那头喊道,万总,万丽,万丽,是不是老秦真的来了?万丽说,你这么怕他?伊豆豆说,我不是怕他,反正,你别理他,无论他乱说什么,你可千万别相信。万丽说,你觉得他会跟我说什么?伊豆豆说,我不知道,但是他肯定反对我调走,他脑子里有屎,以为只要能说服你不要我,我就不会走,做他的大头梦!万丽说,好了,我得接待你的老秦了。

　　老秦进来的时候,万丽刚好挂了电话,老秦好像敏感地感觉到什么,眼睛直盯着万丽的电话,好像嗅出了伊豆豆的味道,心虚虚地说,万总在打电话啊?万丽请老秦坐下,泡了茶端给他,老秦手脚有点不听使唤地接过茶杯,说,万总,我们伊总打过电话给你吗?万丽说,你是说伊豆豆吧,我们三天两头通电话的,她废话太多。老秦说,是吗,好多人都觉得她话多,但是我不觉得——万丽说,你是她的顶头上司嘛,废话再多,也没有哪个敢跟顶头上司啰唆呀。老秦听了万丽的话,犹犹豫豫想了好一会儿,好像始终有什么事情不能确定,过了半天才似问似答地说,万总是说伊总怕我,她不敢跟我多说话?不是的吧,你可能不了解具体情况——万丽见老秦对她的一句玩笑如此认真,如此费神,怕引出什么误会来,赶紧说,秦总,我开玩笑的。老秦却仍然认真地思索着,说,是不是伊总跟你提起过我?她说我什么了?万丽看着老秦的神情,直想笑,但老秦那么郑重,那么严肃,她不仅不能笑,更不能随便说话了,更何况,她手边的事情加班加点都还处理不完,哪里还有闲暇的时间与他慢慢磨蹭,慢慢地去体会那种古古怪怪的感觉,于是万丽就只能直说了,秦总,你今天来,是——老秦下意识地直了直身子,清了清嗓子,说,万总,我今天来找你,是替伊总来的,听说你的办公室主任,有很多人在争取?万丽说,是呀,秦总也很关心这个?老秦急急地说,我是关心的,我要跟万总推荐一个人——万丽奇怪了,说,你推荐?谁?不会是你们伊总吧?老秦说,正是伊总。万丽说,咦,秦总,你难道,难道——老秦没有等万丽说下去,又急急地说道,万总,你别误会,你别以为伊总工作不行是我不要她,她工作是非常出色的,你们可能也知道,她能干,也肯干,现在,这样的人真不多啊。其实,其实,我是舍不得她走的——他见万丽又要问什么,赶紧说下去,但是我知道,她一心想走,她想到你这里来,一定有她的道理,所以,所以,我就不阻拦她,还希望、希望她能够实现自己的理想——万丽张了张嘴,不知如何对答了。老秦赶紧又说,万总,这件事情,成功与否,全仗着你了。万丽半天也没有回过神来,伊豆豆怎么回事,这个老秦又是怎么回事,两个人玩的什么花招,使的什么拳脚?老秦说过之后,就眼巴巴地看着万丽,等着万丽的回答,万丽心里却打着鼓,乱哄哄的,理不清楚头绪,只是老秦那眼巴巴等着万丽答复的样子,让万丽哭笑不得。万丽怎么能跟老秦说,你放心,我的办公室主任肯定是伊豆豆了,即便她已有了这样的把握,时机不到,她也得咬紧牙关不吐片言只字,这是规矩,按道理,老秦在机关工作也不是一年两年,这规矩他应该懂,难道为了伊豆豆,他就没有了规矩?老秦没有等到万丽肯定的回答,走的时候,显得十分失落沮丧。

老秦走后,万丽越想越觉得这件事情古怪蹊跷,便给伊豆豆打电话,万丽的电话只响了一下,伊豆豆就接起来,万总,他怎么说?万丽说,伊豆豆啊,我说的吧,你总是自我感觉太好,以为你们老秦要眼泪鼻涕地留你呢,恰恰相反,他是来向我推荐你的,极力推荐啊,我如果不接收你,就是我天大的罪过啦。伊豆豆"嗯"了一声,却没有说话。万丽继续说,老秦还说,如果有人竞争这个位子,我如果力量搭不够,要找谁说话,他也可以出力牵线,他可以找——伊豆豆断然地打断了她,口气硬硬地问道,你不开玩笑?万丽也认真地说,不开玩笑。伊豆豆一下子又没了声息,半天也不见她再吭一声,万丽还以为她已经挂断了电话呢,赶紧"喂"了一声,只听话筒那边传来伊豆豆低沉的声音,我知道了。万丽见她要挂电话,赶紧说,对了,你现在有没有空过来一下,我需要用你的车送一送我。伊豆豆也没问什么事情,说,我马上过来。

伊豆豆开着自己的红色小波罗,赶到房产集团,万丽也从办公楼里出来了,直接上了伊豆豆的车,说,挤一点时间开丫丫的家长会,刚来,不想用单位的车。伊豆豆点了点头,刚要发动车子,忽然从反光镜里看到了老秦,老秦正站在后面,向她这边张望着,手足无措的样子。伊豆豆顿时冒起火来,也不顾万丽在场,打开车门跳了下去,跑到老秦面前,劈头盖脸地说,你干什么?你跟踪我?老秦本来就有点心虚,又被伊豆豆逮了个正着,更是慌了手脚,想解释什么,又说不清楚,语无伦次地道,伊、伊总,你别误会,我,没有,我,不是,我,那个——伊豆豆说,老秦,我告诉你,你要是再被我看到,我就打110。老秦支支吾吾说,伊总,你听我说,我是有急事,急着找你——看着老秦可怜巴巴的脸色,伊豆豆一开始冒出来的激愤,不知怎么一下子就泄气了,似乎又懒得再跟他计较了,只是应付地说,找我为什么不打我手机?老秦说,我,我正好看到你的车,就过来看看——他知道伊豆豆不想再跟他多啰唆,就赶紧直奔主题了,伊总,你的事情,我找过万总了。伊豆豆一听,泄下去的火又升上来了,我的事情,要你多管什么闲事?老秦说,可是我不太放心,万总她好像没有答应我。伊豆豆瞪着老秦说,老秦,我警告你啊,你要是再来烦我的事情,我跟你没完。老秦停顿了一会儿,低三下四地又说,伊总,伊总,你不能不走吗?伊豆豆横了他一眼,说,你说呢?老秦语塞了,涨红了脸,闷了半天,不知说什么好了。伊豆豆一转身就往车子这边过来,老秦在背后看着她的背影,追着说,伊总,伊总,你等一等。伊豆豆不理睬他,去拉了车门,就听得老秦还在不停地说,伊总,其实,其实,房产集团,不适合你,真的,真的,我说的是真心话——伊豆豆朝他翻了一个白眼,想再冲他几句,却没有冲出来。因为伊豆豆没有说什么,老秦像是受到了鼓励,又说,真的,房产集团,太复杂,像你这样心地坦白的人,不要到那里去。伊豆豆冷笑一声,我心地坦白?我的心地可不如你坦白。老秦却仍然按自己的思路往下说,虽然田书记很重视,让万丽去了,但是,但是——下面的话,可能因为看到万丽在车子里坐着,就没有说下去。伊豆豆说,谢谢你的关心,可我再告诉你一遍,我是非去不可的,你少废话,你废话越多,我走得越快!老秦直点头,说,我知道,我知道,伊总,你要是实在想走,想离开,能不能不去房产集团,我可以替你、替你想其他办法。伊豆豆说,你有那么好心?得了吧!老秦说,伊总,我真的,真的不想看你去受苦受累。伊豆豆挖苦道,我好感动,我好感激你。伊豆豆对老秦说的每一句话,不是正面攻击,就是冷嘲热讽,但老秦却把伊豆豆的每一句话都当补药吃,而且吃得很受用,见伊豆豆这么说,老秦很感动,喃喃地说,我真的,真的,没有其他想法,就是想关心你——伊豆豆又冷冷地哼了一声,说,那你的意思,我在南星大酒店,天天在享受,什么也不干的?老秦急了,赶紧说,伊总,我不是这个意思,你明白我的,我不是这个意思——他见伊豆豆去拉车门了,赶紧又上前一步,急迫地说,我知道,我知道,伊总,都怪我不好,都怪我,伊总,你不要走,好吗?我保证,保证——伊豆豆再次粗鲁无礼地打断他说,保证个屁,你保证得还少吗?老秦说,我是,我是说话不算数,但是这一次,你吓坏我了,我一定说话算数——伊豆豆铁板着脸说,来不及了!老秦愁眉苦脸地看着伊豆豆,来不及了,我也知道来不及了,伊总,那,那我,我该怎么办?我能为你做点什么?伊豆豆说,你只要闭上嘴走开——伊豆豆终于不再和老秦啰唆,果断地拉开车门,上车,眼睛看都不看老秦一下,就发动了车子。老秦站在那儿愣着,片刻过后,突然想到了什么,从手里的提包里,摸出一袋东西,从车窗里塞给伊豆豆,伊豆豆一甩手说,我不要,车子已经动起来,老秦的手被伊豆豆推了出来,又赶紧伸进来一扔,那袋东西一歪,掉到万丽身上,万丽一看,是一包腾着热气的糖炒栗子。

## 三五

**耿志军冷笑一声,说,一个房产公司老总,有多大个权?你有本事就去做武则天,挤掉丈夫,杀掉儿子,那才是雄才大略,那才是大权在握。**

人事的摆布,差不多都已经到位,最后剩下的,不得不对付的,又是最难对付的人物,就是耿志军了。当然,要说耿志军难对付,还不如说惠正东难对付,耿志军一心要走,惠正东一心要留,好像只要耿志军真走了,罪过就在万丽身上。万丽觉得这不公平,但不公平的事情,她也得承担起来,将它摆平了。万丽来上任后的这几天,耿志军也仍然是在上班的,他的辞职报告还没有批下来,也没有得到任何的答复,他还不能撂挑子。万丽头一天来的时候,就在走廊里碰见了他,万丽停下来跟他打招呼,耿志军不仅人没有站定下来，连目光都没有在她身上停留一下，他一边往前走，一边硬戗戗地嘀咕了一句，站好最后一班岗嘛。万丽落了个没趣，脸上的肌肉都僵住了，旁边还有其他人都看在眼里，万丽好一阵都缓不过气来。

但无论万丽怎么恼火，她还是得和耿志军坐下来谈，不说今后的事情，就是眼前，周洪发的摊子，都在耿志军的手里，耿志军不向她交代，她永远只是一个局外人。但是和耿志军的这一次正面接触，却是万丽考虑了许久，却又久久不能下决心的，所以一拖再拖。结果，耿志军倒先找上门来了。

耿志军是为了河西那块地来的，一进来，就是兴师问罪的脸和寻事生非的口气，硬戗戗地说，万总，听说向一方要追加百分之十的投资？万丽开始看到耿志军进来，十有八九以为他是来谈他的工作问题，没有想到耿志军开口就进入具体的项目，这哪像个口口声声要辞职不干的人嘛。万丽愣了一下，为了缓冲气氛，她尽量和缓地说，耿总，你是说河西那块地吧？耿志军没好气地道，除了那块地，万总是不是还有其他和向一方合作的项目啊？万丽虽然心里再三劝告自己，别与他一般见识，但听他两句话一说，这种克制便无影无踪了，口气也厉害起来，我新来乍到，这个问题，应该我来请问耿总才是吧？你们才是多年的合作伙伴嘛！耿志军冷笑道，向一方的打算，我怎么知道，我跟他又没有特殊的往来和错综复杂的关系，更没有深厚的历史渊源。万丽毫不客气地说，不知道？不知道你是怎么工作的？知己知彼，百战百胜，你连对手的心思和计划都不知道，还有什么资格谈业务？耿志军说，对手？是对手吗？谁知道呢，不定就变成亲密无间的同一条战壕里的同志了呢。万丽说，有这种可能，不是说，商场就是战场，既是战场，就可能今天是敌人，明天是同志。耿总好歹也在这条战线上工作七八年了，难道连这个起码的常识都不明白？耿志军原以为万丽会着急具体项目的，却发现她竟没完没了地绕着说话，他倒先沉不住气了，赶紧回到了河西的地上,说,向一方想得倒美,追加百分之十,他占百分之七十,做他的大头梦吧。万丽说,为什么不能做梦?人类的许多惊人创造,不就是做梦做出来的吗?你能做梦,我能做梦,为什么人家就不能做梦?耿志军果然被激怒了,急道,看起来,向一方真的要来房产集团啦,万总的口气,已经拿他当自家人了嘛。万丽立刻杀出回马枪,耿总,这是组织上考虑的事情,恐怕还轮不到你我多嘴。就算是听意见,可能会听听我的意见,还听不到你的意见!一开始是耿志军气势汹汹,但很快他就处于劣势了,整个就是被万丽牵着鼻子,虽然也还是在上蹿下跳,但是却跳得像个小丑了,但他又心有不甘,还勉强地挣扎着说,好啊,向一方要是来了房产集团,可是有好戏看啦!万丽说,反正你已经辞职,你就坐到台下,等着看好戏吧。耿志军说,我的辞职报告,惠市长批了吗?万丽仍然毫不相让,她深知,不把他的气焰打下去,接下去的河西地块的事情,是不好谈的,所以虽然觉得自己有点过于厉害,但硬是硬着心肠,丝毫不放松,继续咄咄逼人地说,那请问耿总,你是希望惠市长同意呢还是不同意?耿志军终于不耐烦了,说,万总,对不起,我可没有那么多时间陪你绕口舌,河西的地,他向一方不来找我,我还要去找他呢,我还想追加百分之十,变成五五开呢,但是既然他先提出来了,我也就不蹚这浑水了,大家都别想入非非,就按照原来谈的,不能再让步。万丽见他软下来谈具体的事了,她的口气也就软了一点,就事论事地问,为什么?你有什么想法?一下子耿志军的口气又硬起来,不为什么,当初周总这么谈的,就这么定的。万丽说,这是按既定方针办吗?耿志军说,不是按既定方针办,是根据实际情况,怎么对我们有利,就怎么办!河西地块,当初争取过来,周总可是耗尽心机的,更何况,那块地的前景,相当的好,这是有目共睹的,这时候把到手的好处拱手送出去,不知道的人还以为万总与向一方之间,有什么私皮夹账的事情呢。万丽说,是吗,比例成三十和七十,就是私皮夹账?那么成四十和六十呢,或者五五开呢,就不是私皮夹账,这是谁规定的,有这样的规定吗?耿志军说,我倒是希望,万总能是一个懂行的领导,希望你能真正地懂得,河西的前景是怎么样的。万丽说,当然,我会努力的,我会去关注前景,但是我也要关注我的现实,人总不能离开现实就直接跳到前景之中去吧?万丽稍一停顿,但没让耿志军再说话,又说,我还想请教耿总一个问题,我们公司的账上,可用来投资河西的资金有多少?如果河西是像耿总说的,得立刻上马,才能抓住最好时机,你手头上,能拿得出多少钱?耿志军说,钱是不多,但得分清主次,哪怕拆东墙补西墙,重点要放在河西,这是有眼光的事,三年五后以后,我们的收获就非同小可了。万丽说,如果我说我们拿不出钱来,你看怎么办?耿志军说,事实上,是有一笔资金的。万丽摆了摆手。她知道耿志军说的是公司储备基金,数目还相当可观,但这笔钱,一分也不能动,万丽到房产公司做的第一件事,就是把现有的资金情况全部摸清楚了,紧紧地攥在手里了。

其实耿志军也已经知道万丽在最短的时间里摸清了公司资金的情况并且攥在手里了,所以他才迫不及待。此时见万丽摆手,耿志军的耿脾气又上来了,说,万总,按公司的规定,资金的分配和使用,是要召开上层会议决定的。万丽说,我没有开会就使用资金了吗?耿志军说,没有做不等于不想做,我只是提醒万总一下,有些规矩,也许可以因人而异,但有些规矩,却不是因人而异的。万丽说,谢谢耿总的提醒,我会遵守规矩的。耿志军说,万总,你攥是攥不住的,瞒也是瞒不了的,目前公司账上所有情况,我心里清清楚楚。接着,耿志军果然一口气说出了公司全部的账目情况,而且不假思索,倒背如流,万丽听着听着,心里又乱了起来,一方面,她甚至被耿志军的精神感动了,她知道这是一个非常非常敬业的人,他对自己的工作如此着迷,又如此的熟悉,又明显没有其他的野心,应该是一个最理想最得力的副手。但另一方面,他的执拗的脾气,他的一切以公司利益为重的想法,又会成为万丽前进道路上的绊脚石,因为有许多事情,万丽是不便跟耿志军直说的。何况,站在不同的位子上,就算说了,耿志军也不一定能够接受和理解,甚至反而会添出误会和麻烦来。

　　说到底,万丽是身负田常规交予的重任来的,她要对田常规负责,就必定会牺牲其他许多利益,自己的、公司的,合作伙伴的,等等,这些难题,如果换一个唯一把手是从的副手,那是不成问题的,至少在公司内部不会有多大麻烦,但是耿志军不行,他对工作太认真、太执着,这本是一个优点,却恰恰成为他的最大的缺点了。万丽忽然想到,惠正东也许真的不是出于什么私心,不管耿志军的脾气多丑,多难合作共事,但耿志军的业务,确实是无可挑剔的。也不管耿志军对万丽有什么想法,但既然万丽坐到这个位子上,她是来工作的,是来挑担子的,不是来和耿志军或者和其他人搞斗争的,所以,对如此敬业的耿志军应该不会为难她,至少,在大部分的工作上,他们应该是一致的。于是万丽试探着说,耿总,你的辞职报告,惠市长也给我看了。耿志军却不当回事地说,噢,那个报告,我已经收回了。万丽心头"咯噔"了一下,为了耿志军的事情,她这几天都没有安稳过,思前想后,费尽精神,却不料耿志军竟然轻飘飘地说收回了,根本没事似的。此时万丽的心里,已经是担心多于气恼了,也就是说,耿志军是非留下不可了。

　　不等万丽回过神来,耿志军又说了,本来我不想干了,但是看看这些人的嘴脸,周总才走了几天,大家都急吼吼地要来瓜分吃肉,科思,叶楚洲,向一方,还有呢,你等着,还会出来更多,我让他们看看,周总走了,还有我耿志军在!根本不把万丽放在眼里。万丽再好的修养也被他气走样了,伸手指了指自己,毫不客气地说,耿总,你是不是忘了,现在房产集团的老总是我。耿志军一愣,随即更不客气地说,老总?老总算什么?万丽说,老总算什么你不知道?那我告诉你,就是比你有更大一点的权!耿志军一声冷笑,说,一个房产集团的老总,有多大个权?你有本事就去做武则天,挤掉丈夫，杀掉儿子，那才是雄才大略，那才是大权在握。万丽霍地一下站起来，手指着门，说，耿志军同志，请你出去！耿志军一愣，转身就走，边走边嘀咕道，凶什么凶，一个女人！一甩门就走了出去。本来万丽气得火冒三丈，但听了耿志军最后的这句话，却差一点笑喷了出来，万丽进机关这么多年，碰到的人也不少，发生矛盾的也有，吵起来的也有，但哪会有人这样说话！这算什么水平？这叫什么话？凶什么凶，一个女人！万丽一想就忍不住要笑出声来。很快有人进来请示工作，万丽才忍住了笑。

　　万丽主动打电话给惠正东，电话接通后，万丽说，惠市长，我和耿总谈过了。惠正东对一切都是了如指掌的，便也不多问，简洁地说，谈过就好。另外，你的办公室主任的人选，这个位子也很重要啊，我也替你考虑了一下，推荐一个人，伊豆豆，万总你看怎么样？万丽说，我同意——不过，可能蒋局那边还有其他人选？惠正东说，噢，对了，蒋局那边，他好像是想让他的江主任过来，我跟他说，你江主任在你那里干得好好的，干吗要动啊？惠正东果然已经摆平了一切，不等万丽说什么，惠正东又说，另外，与房产局脱钩的工作，已经做得差不多，后天的会议上，一并宣布，你看怎么样？万丽说，领导上定的，我没有意见。惠正东说，好，那就这样，后天的会议，我主持，唱主角的就是你啦，万总。在惠正东轻松的笑声中，万丽感受到的却是山雨欲来风满楼。

　　中午下班前，向一方的电话来了，万总，我向一方啊，今天晚上的事情，你可别忘了。万丽看了看台历，说，我这里记着呢，晚六点，丽宫大酒店。挂了电话，万丽的眼睛还盯在台历上，这本台历，是她从区长办公室里带过来的，前边的半本，都是记的一个区长的公务活动，到了后半本，却已经变成了另一种身份了。她又想起临走时季主任的话，她相信，到了年底，季主任一定会把那本新的、特大号的台历给她送过来。季主任办事，从来就是这么地道，在他的字典里，好像也没有人一走茶就凉的说法。

万丽想,这才几天时间啊,一切都已经物是人非了。

## 三六

田常规四十万的定销房,像一块巨大的石头压在万丽心上,只要她一说出来,这重压就不会再压在她一个人心上了,大家无论愿意不愿意,事实上都会替她分担一些的。但是万丽不会说,至少现在不会说。

和叶楚洲的再次见面,是在向一方安排的欢迎宴会上。与当年相比,叶楚洲身上少了张扬,多了沉稳和内敛。别说当年在五艺节临时办公室工作的时候了,即使是后来,叶楚洲下海多年后回南州谈香镜湖开发时,身上仍然还带着鲜明的"叶楚洲"性格,他是诚心诚意来邀万丽下海跟他干的,但和万丽说话时,却不可避免地带着命令似的口吻,曾经让万丽心里很不舒服,但到了今天,叶楚洲几乎完全变了,让人看上去,就是一个典型的"儒商"了,少说多听,温文尔雅。万丽和叶楚洲握手的时候,虽然什么话也没说,但互相间都有一种心心相印的意思,等到互相敬酒了,更是尽在不言中的感觉了。聪明过人的向一方立刻就敏感地感觉到了这个事实,赶紧借着酒意,又是拍脑袋,又是跺脚,十分做作地说,你们看看我这个人,天生就是块经商的料吧,几千年前的荀况就说,经商赚钱,靠的是一个"察"字,我的理解,这个"察"不仅是对市场行情的明察,更是对人情的明察,我对你们之间的人情关系,可是一眼就察出来了啊。不等万丽和叶楚洲说什么,向一方又说,万总啊万总,一个人表面上风度翩翩,不一定内心也风度翩翩啊——我说呢,女人就是女人,女人成就再大,地位再高,眼睛再凶,但是女人看男人,永远看不准,为什么,因为女人总是只看外表不重内里的——万丽笑道,但如果是表里如一的,不就是看准了吗!向一方说,干我们这一行的,有几个表里如一的?你让叶楚洲说。叶楚洲笑笑,平和地说,我不就是表里如一吗?向一方说,你不是表里如一,你是恬不知耻。这时有人附在向一方耳边说了什么,向一方似乎才恍然大悟了,大声地说,原来如此,原来如此,你们是多年的老相好了,那我不就玩完了?我玩不过你们啦,我再跟你们玩,不是第三者插足吗?其实向一方哪能不知道万丽和叶楚洲的那一点点渊源,恐怕其中每一点滴的细节都早就了解得一清二楚了,只是到这时候才拿出来说事,显得他对对手毫无准备似的。向一方叽叽呱呱地说,不行不行,叶楚洲你得向万总赔个不是,你是有眼不识泰山,据说当年你还想拉她到你的公司,给你卖命?叶楚洲点头承认,说,是呀,我近视眼。向一方说,那我是千里眼。他们说笑着,给别人的感觉,好像是多年的老友,无话不说的,相互间丝毫没有戒备的。

可是,恰恰因为叶楚洲与万丽那一点渊源,也因为叶楚洲再次出现的时候,给了万丽相当好的印象,万丽就更知道,与叶楚洲打交道,绝不会比向一方轻松。而与叶楚洲打交道,又是万丽上任伊始就不可避免而且是首当其冲的事情。叶楚洲在科思退出科辉群楼的一小时时间里,就已经拿出了谈判的方案和条件,叶楚洲甚至在万丽还没有进入的时候就已经开始进入了。

原先在周洪发手里,和科思集团签了共同接管和开发科辉群楼的合约,科辉群楼,地处沧平区中心地段,这里也是南州市的中心地区,因为在这个区域内,不允许建高楼,为数年前由深圳一家公司前来开发,拍定以三、四、五三个层次错落有致的群楼的形象,建成富有个性的南州科辉广场,后来受到东南亚金融危机的影响和全国房地产业整体滑坡的冲击,事情没有做下去,一大堆的烂尾楼,占了市中心大片的面积,使这块地方,成了南州市脸上的一块难看的疤,而且一拖就是几年。

这就关系到南州的脸面，关系到南州的形象了，市委市政府经过反复探讨，觉得这件事情不能完全任由市场运作了，若任由市场运作，也可能随着房地产业的再度兴盛，很快就能解决问题，但又有谁能保证这个"很快"将出现在什么时候。政府不能等，南州市的脸面不能等了，于是，这个棘手的半拉子工程，就硬塞到了周洪发手里。周洪发哪里肯接，但他权衡再三，却还是接了。因为这之前，他刚刚拒绝了田常规的定销房，田常规肯定已经恼火在心，如果再一次地拒绝，他周洪发还要不要这个位子了？周洪发虽然贡献大，但是仕途的风浪和凶险也就在这里，有时候讲贡献，贡献大是你进步的基础，可也有的时候就不讲贡献了，甚至你的贡献却变成了你的阻碍甚至是祸害了。周洪发在无可奈何的情况下，接受了这个带有强制性的行政命令。

　　本来这种事情，你政府的公司不干，别人谁肯干？周洪发有苦说不出，接是接了，总想转嫁一点出去的，就联系科思，科思当时，在其他项目上，正有求于周洪发，不敢得罪，便答应下来，但是资金却一直拖拖拉拉，不肯到位。周洪发一出事，科思立刻变脸，宁可赔偿毁约的损失，也不肯将这桩合作继续下去了。

　　当然周洪发也一样精明，你科思资金不到，他的资金更不会轻易出手，所以，当万丽接过来的时候，这个项目，其实还只是一纸空文而已。

　　现在这个难题，到了万丽手里，而万丽比周洪发更难。此时的万丽，可不比周洪发，财大气粗，挥金如土。这些年来，周洪发确实是白手起家，创造了惊人的业绩，使得房产公司的实力一跃而成为全市国有企业中的龙头老大，据说实际上的真正的盘子，已经超过了上市的物资集团。一个普普通通的房地产公司，仅仅靠造房子卖房子，能够达到如此的水平，确实令人刮目相看。但也正是这个周洪发，经过几年的时间，又将自己创造的这个神话带入了一个后神话时期，他几乎挥霍尽了他自己创下的实绩，不仅中饱私囊，也喂饱了一些领导干部和合作伙伴,最后终于亲手把自己和自己的业绩一起葬送了。

本来,万丽也没指望周洪发能给公司留下什么更多的实力,但毕竟饿死的骆驼比马大,周洪发再怎么折腾,能将这么大的摊子折腾个精光吗?但结果却是万丽始料未及的,公司的经济崩溃到不可想象的地步,万丽面对这样的账目,几乎目瞪口呆了。

接踵而来的,就是先前周洪发签下的合作项目,纷纷上门来了,有的是要借机而退,像科思;也有的是一心要做的,怕换了老总事情黄了,也都赶紧来打探来催促。经济出了问题,公司自己的立项,可以暂缓,但是与人合作的项目却是身不由己的。

万丽还没有开始工作,就几乎走入了绝境,要想以最快的速度最好的方式上马四十万的定销房,需要的当然就是钱,田常规已经说过,钱他是没有的,得靠万丽自己去想办法,所以,一方面,万丽要争取在最短的时间内,回收前任投入后的产出,同时又要节省手中的每一个铜板,这样才能筹集尽可能的资金。但现在所有的事情都是事与愿违,她不仅无法赚到钱,根据公司的运程,还必须在短时间内拿出相当的资金,去实施周洪发的那些合约。

科辉广场的烂尾楼,更是首当其冲,因为这里边,还有更多的政治因素,毕竟是市委市政府特别关注的项目,是南州的脸面,周洪发都不得不接下来了,到了万丽手里,万丽无论怎么难,也不能说,我不干了。

科思的退出,其实对万丽来说,倒是一件好事,万丽可以借此机会,强调自己的困难,至少将这个项目推迟一点再说。但哪里想到,科思刚刚退出一个小时,叶楚洲就进来了。如果仅仅是叶楚洲想进来,万丽也还可以以其他借口推托,但叶楚洲偏偏还惊动了惠正东,惠正东一关心这件事情,万丽还有什么话可说?

万丽先在公司上层会议上将这个项目提了出来,她的话音未落,耿志军就开腔说,万总,这个项目,有必要再重新拿出来讨论吗？早已经签了正式合同的。万丽说，但是，现在科思毁约了，既然他毁约了，这合同就不成立了，是不是？既然原来的合同不成立了，那项目还叫项目吗？你觉得，要不要提出来重新讨论呢？耿志军张了张嘴，脸涨红了，却没有说话。这是万丽上任后，第一次的上层会议，参加会议的上层们，各人怀着各人的心思，等着看耿志军和万丽间的好戏，要叫耿志军不说话、不放炮、不气势汹汹，是做不到的，那么万丽怎么办呢？万丽的气势要超过耿志军，这才是唯一的办法。一开场，果然万丽就盖过了耿志军一头，大家不免在心里掂量着、揣摩着。这些人，大都没有受过女同志的领导，所以，女人的厉害，他们只是听别人说过，自己却没有尝过，现在，万丽来了，这滋味也就开始出来了。

万丽并不计较他们的想法，她环顾了大家一下，也没有去在乎耿志军的情绪，说道，今天是公司第一次上层会议，按理，我们应该多务务虚，至少大家有个熟悉过程，是吧？但是事情迫在眉睫，只能先务实后务虚了。何况，我也想，在对同一件事情发表意见的过程中，大家可能会更快地熟悉起来，更快地互相认识，你们说呢？万丽说这些话，口气相当柔和，但又是柔中有刚，而这刚，又不是让别人难以接受的硬邦邦的，大家听了，都不由自主地微微点头了。万丽继续说，所以，今天请大家都谈谈，科辉广场这个项目，应该怎么进行。可耿志军哪是那么轻易就会被压下去的，他虽然一时没有接上来，但稍过片刻，又说了，科思毁约，不是叶楚洲接了吗，那就把叶楚洲当成科思，不还是一回事，不存在什么项目不成立。万丽说，耿总，你觉得叶楚洲就是科思，这是你的想法，并不是事实。事实是，叶楚洲是叶楚洲，他不是科思，他的谈判条件和科思是不一样的。耿志军何尝不知叶楚洲的谈判条件，但对万丽说的话他总是要闹一点别扭出来，好像总想跟万丽过不去似的，就蛮不讲理地说，条件一样不一样，是他的问题，我们也有我们的主动权，我们可以不接受嘛，谈不拢可以不谈嘛。万丽说，不接受当然可以,不谈也可以,但是不谈就意味着要让这个项目停下来,也许,耿总觉得这个项目可以暂缓一下?大帽子往耿志军头上一套,换了别人,也许会感觉到重压,但耿志军才不会,立刻扔回去道,我没有这个意思,我的意思很明白,科辉广场,是前景看好的项目,周总是有眼光的,完全是从公司利益出发的,当初接下来时虽然是带有行政干预的,但是如果于公司无利甚至有害,周总是绝不会干的,先前周总拒绝了市政府委托的定销房,就证明了这一点。周总一心一意考虑的,都是公司的利益,这一点,大家,各位副老总们,还有方总工、朱总工,你们都是清楚的。耿志军一方面继续替周洪发评功摆好,气焰嚣张,但是同时毕竟也在拉拢人替他撑腰鼓气了,但是在今天这个会上,大家说话都是小心谨慎的,哪可能随随便便地表态,要知道,今天这个态,弄得不好,就是一个站错队站对队的大问题。万丽是田老板点过来的,耿志军这样的狂妄,实在是不知道轻重。

如果反过来,是万丽让他们在她和耿志军当中选择,他们也是作难的,从感情上讲,他们可能更偏向耿志军,但万丽的身份放在那里,而且,从这样的情况看下去,万丽容得了耿志军一时,也绝容不了他多时的,所以,他们要想在公司继续工作下去,这立场,是明摆着应该放在哪里的。幸好,万丽不是耿志军,万丽是决不可能在这样的情况下要他们表态的,这一点,他们一开始就看出来了,因而也就放心了不少。

但是这样开会,就变成了万丽和耿志军两个人在争高下,万丽很快就意识到不妥,虽然耿志军很让她下不来台,但她内心深处并没有很把耿志军当回事,耿志军不是她的主要对手,她也不能被耿志军牵着鼻子走,所以她当即调整了会议的走向,说,既然大家都觉得这个项目是应该争取上马的,我们就从可行性上讨论,原先和科思的分布是南北分的,叶楚洲的谈判条件,就是将南北分改成东西分,叶蓝房产要拿群楼的东半侧,他们可以用追加投资的方式来弥补。耿志军说,他当然是要占尽好方位的,弥补,有些东西是无价的,拿什么来衡量,弥补多少算是弥补?万丽说,其实,拿群楼西侧也不是没有好处,虽然东侧面向广场,但西侧也有它的有利之处,至少,它沿步行街的面积不少于东侧面向广场的面积,何况,叶蓝愿意追加百分之八的投资来摆平这个合同。大家都在心里飞快地算了一下百分之八是多少,这个数字相当可观,几乎所有的人都被打倒了,包括耿志军,他虽然嘴上硬,但心里明白得很,房产集团的资金,是个大难题,这是一。第二,也是令耿志军不得不重新审视万丽的原因,一开始叶楚洲提出的明明是追加百分之五的投资,短短的几天时间,万丽将百分之五增加到百分之八,耿志军不得不对万丽令眼相看了,虽说只有三个百分点,但由于基数高,这三个点可不是一个小数字。

　　万丽注意着大家的神态,继续加了一把火,说,其实,大家也都清楚,我们也无法否认,我们手里,没有多少钱,所以我认为,叶蓝的方案,我们可以考虑。耿志军没有再发表高见,其他人也就一一点头了,万丽以较快的速度,将这个项目的大致方向确定下来。其实,从内心深处说,万丽是非常希望这个项目进行不下去,至少是能够缓一缓的。如果会上有几个人,哪怕一两个人,对这个项目提出疑义,加以攻击,她一定会抓住机会的,但是没有人提出来,更没有人能够体会她的心情。相反的,谁都以为,这是替市委市政府做的形象工程,万丽一定会不顾一切地争取早日上马的,所以,即使有人确实是持有疑义的,恐怕也不会说出来。

　　所以,会议走到这一步,万丽也明白,让这个项目下马的可能性越来越小了,但她还是作了最后的努力,口气郑重地说,最后,其实,也是最主要的问题,无论叶蓝投入多少,只要我们还占着科辉群楼的百分点,那我们就要投入,问题是,我们拿什么去投入?耿志军的脸色又骄傲起来,口气又大起来,这个,我早先跟周总也说过,这是我的事情——万丽说,耿总,你那边做抵押贷款有把握吗？耿志军说，没有把握的事，我一般不说。万丽果断地结束了这个话题，那就好，耿总，就等着你的好消息了。

散会后，耿志军话中有话地对万丽说，我有个感觉，万总好像不是来造房子，而是来敛财的。耿志军这话，没有在会上当着大家的面说出来，已经算是给万丽面子了。万丽听了，心里一动，差一点对耿志军说，你的感觉很准确。但是话到嘴边，她又咽了下去。其实，在刚才的会上，万丽也已经几次欲言又止，田常规四十万的定销房，像一块巨大的石头压在她心上，只要她一说出来，这重压就不会再压在她一个人心上了，大家无论愿意不愿意，事实上都会替她分担一些的，她的压力就不会那么大。但是万丽不会说，至少现在不会说。

一眨眼又是周末的下午了，万丽这一整天都一直在埋头看材料。下午三点以后，伊豆豆进来两次，想说什么，却不说，又退了出去，第三次进来的时候，万丽不耐烦了，说，有事就说。伊豆豆支吾了一下，说，也没什么事。万丽没好气地道，没事老这么进进出出干什么，你以为这是你家，想怎么样就怎么样？伊豆豆没来由地被戗了，要是在平时，她可不能吃这个哑巴亏，非扳回面子来不可，但今天不行，今天她有求于万丽呢，只得忍气吞声，赔着笑脸，说，哎呀，万总，别发脾气嘛。万丽也意识到自己脾气大了点，但满腹的心思，一脑门子的麻烦，使她轻松不起来，更笑不出来，只是稍微地嘻了一下，就向伊豆豆挥了挥手，要她出去。伊豆豆却不走了，固执地站着，说，你也不照照镜子，看了一天材料，看成个黄脸婆了。万丽嘴不应心地应付着说，那是那是，哪个美得过你伊大美人。伊豆豆说，到下班时间啦。万丽看了看表，又看了看伊豆豆，怎么，你想干什么？伊豆豆说，女干部联谊会今天晚上有个茶话会，她们在清风茶坊等我们，你忘了？万丽先是一愣，赶紧去看台历，台历上果然写着，说明她是答应去的，但怎么也想不起什么时候答应了的，还以为自己真的忙昏头了呢，但一看伊豆豆脸上怪怪的样子,再仔细一看台历上,分明是伊豆豆的字迹,立刻明白了,说,伊主任,你怎么能这样?管伊豆豆叫伊主任了,真的很生气。伊豆豆两手一摊,无奈地说,对不起,万总,我也是没办法,她们追了我好几次,说这次活动主要为你举行的,要给你给我祝贺——万丽一听"祝贺"两字,又来气了,说,祝贺?有什么好祝贺的,又没有升官发财,又没有捞到什么好处——说着气更是不打一处来,伸手一推,把桌上堆得跟小山似的材料推开去,说,什么烂摊子!伊豆豆说,就是呀,像我,还暗降了半级,还不如——说到一半,停了下来,叹息一声,又说,不说了,再说也来不及往后退了,只有往前走啦。万丽说,伊豆豆你也太过分,说都不跟我说,就自作主张。伊豆豆说,我也是替你着想,人家约了几次,你再不去,会说你架子大,又是田常规的红人啦什么的,又是什么啦,我不想让人家说你怪话。万丽说,那你至少得跟我商量一下嘛。伊豆豆说,一个星期,你有多少时间能让我跟你说几句工作之外的话?万丽说,你自作主张答应了,万一今天晚上我这边有应酬走不开,不是又添麻烦?伊豆豆说,你的应酬,我替你安排掉就是。万丽气道,伊主任,谁给你的权力?伊豆豆说,你给我的嘛,你说的嘛,可去可不去的应酬,替我推掉。万丽干瞪着眼,过了好半天才问,那今天,你推掉了什么?伊豆豆说,今天?今天没什么——她本想蒙混一下,但毕竟没敢,只得说了出来,今天本来是双闵房产想约你吃饭的。万丽一听,跳了起来,伊豆豆,你——你是不是不想干了?伊豆豆说,我才来几天,我想干呢,所以才替你推掉——她见万丽真的很生气很急,才把口气放端正了,认真地说,万总,你跟从前不一样了,我觉得,这样不好——万丽一愣,欲言又止。伊豆豆却欲罢不能了,万总,从前的你,碰到任何事情,都不慌不忙,沉着冷静,虽然从年龄上讲,你只比我大一岁,但我一直觉得你是我们的大姐姐,连陈佳李秋她们,背后说起来,都服你的——万丽叹息着说,唉,此一时彼一时啊。伊豆豆说,只要心态不变,此一时也好,彼一时也好,还都是你，没什么可怕的，更没什么可着急的。万丽说，伊豆豆，有些事情，你不了解。伊豆豆说，万总，你看得太重。万丽缓缓地点了点头，又缓缓地摇了摇头。伊豆豆说，就说双闳房产，明摆着的，急着要跟我们合作，我们拿什么去跟他谈，既然我们不具备条件，谈也是空谈。但双闳也实在是没什么眼色的，他们连万丽想做什么都没有搞清楚，就急投上门来，能成吗？万丽说，我想做什么，你知道吗？耿志军知道吗？还有公司上下，他们都知道吗？伊豆豆没有正面回答知道还是不知道，却说，其实，有些事情，与其一个人压在心里独自承担，不如说出来，让大家一起分担。万丽说，你是不是说，你们都知道，我这是在掩耳盗铃呢？伊豆豆说，别人我不知道，我呢，老实说，我应该是有点数，田老板要你做定销房嘛。万丽说，你猜的？伊豆豆说，我没有那么聪明，是老秦帮我分析的。伊豆豆说了这句话后，万丽立刻停顿下来了，伊豆豆也停下来，两人一时都没有再说什么。过了好一会儿，万丽把桌上的材料简单整理了一下，站了起来，说，你跟她们约了几点？伊豆豆说，下班后，六点左右吧。万丽说，今天周末，路上会很挤，早一点走吧。伊豆豆反倒有点不安了，说，不怪我了？万丽说，你说得不错，我看得太重，从前的我，瞧不上那种拿不起放不下的人，现在的我，换工作才几天，也已经变得拿不起放不下，不就是因为田书记找我谈了话——她边说边自嘲地笑了笑。伊豆豆本来是劝说万丽的，现在万丽已经一步到位地说了自己的问题，伊豆豆就不好再说了，反而显得有点尴尬。其实，伊豆豆又何尝不明白，别说万丽，换了任何人，大老板找谈话了，谁也不可能做到无事似的一身轻松。她伊豆豆也算是潇洒，也算是于仕途没有多大兴趣，却也同样逃不脱这样的束缚。

对每一个走着仕途的人来说，这一种束缚，与生俱来，又与生同在。成也萧何败也萧何，悲也在此喜也在此。

伊豆豆开车上路，万丽的心情好像好起来，主动问伊豆豆，伊豆豆,你刚才说老秦帮你分析什么,还有什么？伊豆豆心里叹息了一声,万丽人虽然跟她走了,但是心却仍然摆在田大老板给她的那个位置上,她拉不动它。伊豆豆说,老秦嘛,狗拿耗子多管闲事。万丽回想起在伊豆豆调动的问题上,老秦种种的表现,又听到伊豆豆这么说,不由笑了起来,说,老秦是在帮你,把我分析透了,你的工作也好做了,是吧？伊豆豆说,分析你,还用得着他来帮我？万丽说,你自己就行。伊豆豆说,我行的,我自然行,我不行的,他更不行。万丽说,那你说说,我两手空空,拿什么去造定销房？伊豆豆说,万总,你别考我,这是你的事情,我要是能答出来,能做出来,就该我是万总,你是伊豆豆伊主任了。万丽又笑了笑,伊豆豆的话,你抓不住任何东西,但又总是说得很到位,让人听了,不舒服也得舒服,不开心也会开心。万丽想了想,又说,也不跟我商量,就答应了她们,万一我真的有事去不了,你不是又让她们骂我吗？伊豆豆正要说什么,她的手机响了,伊豆豆看了下来电显示,脸色很不好,没有接,就掐断了它,但片刻之后,手机又响了,伊豆豆脸通红地干脆将手机关了。

万丽感觉到了伊豆豆的异样,就没有再说下去,伊豆豆也闷头开车,车开出好一段路,才又将手机打开,手机一打开,先就是一连串的短信铃声,万丽说,我的妈,这一点点时间,至少发了十条。万丽话音未落,手机已经响了,万丽忍不住"扑哧"笑出声来,说,像少男少女的初恋呀。伊豆豆脸上十分恼怒,一按键就大声冲道,你要干什么？你再——那边却是陈佳的笑声,伊豆豆,干吗火气这么大,跟谁呢？你老公不是出国了吗,打国际长途吵架吗？伊豆豆脸上青一阵白一阵,却又不能对陈佳怎么样,只得说,我们马上到。挂断电话后,伊豆豆的脸色有好一阵回不过气来,万丽隐隐约约感觉,先前一直打电话的是老秦,但她没有说穿,有些事情,她相信伊豆豆自己有能力处理好。

女干部联谊会是市妇联组织的一个松散性的组织,参加的人不少，但每次活动并不是人人都来，愿意来的就来，不愿意来的，没有时间来的，可以不来，完全自愿。因为机关的女同志都很忙，开始有人担心活动时万一人太少，也下不了台，但奇怪的是，每一次通知活动，多多少少都会来一些人，这次你来，下次她来，从来没有冷过场，至少说明机关的女同志们，对这个属于自己的组织还是有兴趣有感情的。

万丽和伊豆豆到的时候，已经晚了一点，刚进来坐下，就意外地看到了余建芳也来了，她比她们更晚一步，一进来就赶紧跟大家说对不起对不起，太忙了。万丽不明白地看着伊豆豆，说，余建芳怎么也来参加这个活动？伊豆豆说，我怎么知道？但她的眼睛里，分明藏着什么东西，只是这会儿大家打招呼的打招呼，问好的问好，万丽也没有时间再细想下去，就跟余建芳说，余县长了嘛，你不忙谁忙？余建芳老老实实地说，下午在开常委会，所以不敢先走的。伊豆豆说，快到年关了，你们常委们，又该洗牌摆位子拨弄人了啊。余建芳说，没有没有，今天常委会不是的。万丽插上来说，好了好了，余建芳，伊豆豆又不是审问你，你没有必要回答得这么坦白这么认真嘛。大家都笑了，余建芳却仍然认真地解释说，年底确实是干部大调动的时候，但现在还没到时候嘛，还早了一点，只是在酝酿，还没有到常委讨论的时候。余建芳如此执拗地要解释清楚，大家倒也拿她没有办法，只有任由她去解释了。

茶话活动是没有主题的，随意松散，谁愿意和谁坐在一起，就可以就近聊天，万丽注意到伊豆豆今天特别活跃，好像她是组织者，见余建芳坐下了，伊豆豆又把她拉起来，让她坐到万丽边上，说，你们两个，当年是坐一个办公室出来的，多叙叙旧吧。就在伊豆豆说出这句话这一瞬间，万丽心里的迷惑忽然解开了，似乎有两根线"啪"的一下忽然搭上了，她问余建芳，你今天怎么来了？果然，余建芳说，伊豆豆喊我来的嘛，说你和她到了新单位，要我们大家祝贺祝贺，我不能不来呀。万丽点了点头，心里渐渐明白了伊豆豆的用意。这时伊豆豆也坐过来了,问道,余县长,配合南州市城市建设的大动作,元和县也要有大的动作,差不多该开始了吧?余建芳愣了愣,既然伊豆豆这么问了,她是不能不答的,而且也还不能虚晃一枪,唯一的办法就是实话实说,余建芳一旦要说实话了,就常常会实到让人瞠目结舌。是呀,今天下午,我们的常委会,就是决定这个大动作的。万丽和伊豆豆的兴趣,一下子更高涨起来。伊豆豆追问道,是不是元和县处在南州市周边的企业,都要挪窝了?余建芳也没有想到,县委常委会刚刚讨论的事情,别人却早已经知道了,她不由得吐了吐舌头,说,伊豆豆,你是哪里的常委啊?伊豆豆毫不客气骄傲地说,我一直就是常委的常委嘛,我知道,你们县处于南州市周边的大部分企业,搬迁的搬迁,关闭的关闭,两年之内将要全部挪走。万丽的心情一下子又被打乱了,元和县这批企业的位置,退回去十年二十年,还都是偏远的郊县,现在可不一样了,现在在南州的周边,已经没有郊县可言了,那都是寸土寸金的好地段,万丽要是能在其中抢得一杯羹,今后的日子就要好过得多了,有地就有一切,这也就是今天伊豆豆硬拉她来参加这个没有实际意义的活动,并且叫上了余建芳的原因。

　　万丽的心彻底地乱了,她简直连坐都坐不住了,借口上洗手间,就跑了出去。万丽只是知道自己要打电话,要去抢元和县的地,但一时间,却不知道应该打给谁,连想了几个人,都不知道合适不合适,也做不了判断,万丽将手机握在手里,手僵持在半空中,不由得有些悲从中来。

　　康季平在半年前被学校派去了韩国,在韩国的大学教汉语,去之前就跟万丽约定了,通电话不方便了,可以从网上写信。这半年来,万丽有了什么难题,都是通过网络给康季平写信,康季平每次都很快回信,不知是因为时差相差不大,还是因为康季平的回信总是那么及时那么迅速,让万丽感觉,康季平好像根本就没有走,仍然在她身边。她也曾经问过康季平,为什么不能把韩国那边的电话告诉她,康季平说,这边住的地方,经常变动,不稳定。当时万丽虽然觉得有些奇怪,但也没往深里想,能够通信,她也就知足了。可此时此刻的感觉不一样了,在她拿出手机的那一瞬间,她觉得有千言万语要跟康季平倾诉,可是,康季平在哪里?他根本就不在她身边。

万丽呆呆地站了一会儿,才发现李秋不知什么时候悄没声息地站在了她身后,万丽吓了一跳,李秋,你干什么?李秋说,我也上洗手间,不过,也顺便找你说个话。

三年前,房产公司独立成企业性质的公司,这以后,财政上就和市财政局脱钩了,房产公司的所有费用,包括人头费,都是自己做出来的,但是,这三年中,却没有来得及将房产公司从前和财政局的往来账目勾销得了,就在公司成立的时候,为了支持周洪发,市政府决定先由市财政以借款的形式资助周洪发一笔开办费,实际上等于是给了周洪发一笔无息贷款,周洪发一直没有归还,这就到了万丽手里。这笔账万丽是知道的,但是想不到李秋这么快就逼上门来,有些意外,也有些不快,说,李秋,要是今天我不来,你会不会去找我说这件事情?李秋说,当然会。李秋的神情一直是冷冷的,稍一停顿,又补充道,今天下午,耿志军来找我了。万丽说,耿志军怎么说?李秋说,耿志军来找我,是为另一件事情,我在苹果园的房子,那天晚上你去看过。万丽不知为什么,心里"突"地就一跳。李秋说,当初周洪发给我定的房价,确实很低,这没有什么好隐瞒的,但耿志军今天来找我,却是我意想不到的,耿志军在我印象中,不是个无赖,但不知为什么,今天的嘴脸却很无赖了。万丽说,他怎么了?李秋说,房价的事情是周洪发一人定的,他不知道,清查了账目才知道,给我的价竟然那么低,低到不正常了。他唬谁呀,谁不知道,周洪发在的时候,周洪发是凶在表面,实际上,什么事情都听耿志军的,给我的房价,他能不知道?万丽说,耿志军什么意思?要你不追那笔借款?李秋又微微地点一点头,依旧冷冷地说,是的。万丽只觉得全身的血液往脸上涌,耿志军几乎无赖的做法,当然是为了公司,但是耿志军做错了,且不说他的做法太下三烂,从根本上,他就错了,他看错了李秋,找错了对象,反而坏了事。李秋的脾气摆在那里,如果没有耿志军的威胁和要挟,李秋讨债的步伐也许还会放慢一点,她的那只魔爪,再怎么厉害,也不至于一下子就要了万丽的命,她会慢慢地逼,慢慢地收缩,慢慢地挤压,不会让万丽速死,会让她好歹活着,才能挤出她李秋要讨回去的钱。

但是现在事情麻烦了,耿志军这一招,彻底地坏了事,李秋虽然不至于怀疑耿志军是和万丽商量好了的,但李秋也决不会再卖万丽一点点面子了,李秋的魔爪,已经罩在万丽的头顶心了。万丽还想挣扎一下,看看有没有可能缓冲一下,便试探着说,李秋,是不是立刻就要归账了,可不可以——李秋铁腕般的手臂抬了起来,摆了一摆,万丽,没有其他可能了,一个月之内,如果不能到账,我就上报了,恶意欠款的结果你是知道的。万丽知道,李秋一旦进入这种状态,你跟她急不得了,只得改换方式,尽量低三下四地说,李秋,我替耿志军向你赔罪还不行吗?李秋说,他什么东西,要你替他赔罪,你别都揽在身上。再说了,就算你赔罪,也没用。万丽觉得看到了一点希望,赶紧说,那让耿志军跟你赔罪?李秋说,让耿志军跟我赔罪,我没那福分,料你也没那本事——她看万丽再一次堆上笑脸,赶紧当头一棒,万丽,我告诉你,资金上的事,是最敏感的,不可以开玩笑,就你我的关系也不行,必须公事公办。你就回去准备吧,看哪里能够挤出钱来的,先把我这儿的抵上。你也要体谅我的难处,我已经替你们推延了一年多了,我也抵挡不下去了。李秋打算要走了,万丽见这么服软都不行,心里也来了点气,想你李秋凶什么凶,得了便宜还卖乖,拿了这么便宜的房价,就心不亏,不怕给你捅出去,捅出去了,对你又有什么好处!也许治不了你什么罪,但你的名声好听吗?你的重要位子还想不想要了?

这么想着,毕竟还是没敢说出来,但是李秋却能够洞察她的想法,替她说了,万丽,你别乱想了,我李秋要是受得了耿志军的威胁,还是李秋吗?我在经济建设处这个位子上,是一年两年了吗?我没有看过那些人是怎么倒下去的吗?我会重蹈覆辙吗?李秋这话一说,万丽算是彻底明白了,李秋的厉害,是有她的基础的,她要是随随便便就能让人看到软肋抓住把柄,别说一个李秋,别说一个处长的位子,十个百个,也早下了台。至于李秋是怎么做的,怎样才能做到,既出了很少的钱,买了很好的房子,又让别人说不出话来,那就是李秋的本事了。

万丽彻底败下阵去,讪讪地笑了一下,眼看着李秋扔下她扬长而去,万丽一气之下,啪啪地按了耿志军的手机号码,但到最后要按 OK 的时候,万丽却收了手,收起手机,踩着李秋后脚跟,也回包间去,走到门口,就听得有人在里边嚷嚷,好哇,李处,这么快就跟万总勾勾搭搭啦。李秋平和地说,是呀,你也抓紧啊,过了这个村可没这个店。万丽心头一阵气闷,本来她是挤出时间来和她们聚会,是念着旧情,是想着大家在一起轻松愉快没有负担,你李秋也欺人太甚,也太不讲感情不讲道义了。大家的笑声再次传了出来,万丽心里却堵得慌,凭什么,你们就可以没心没肺轻轻松松地度周末,偏偏我要心事重重!你们那叫什么笑,笑得怪里怪气,还意味深长,为什么吗?就因为我万丽当了房产集团的老总?也不至于吗,说起来,这个老总的实权和地位远不如一个区长。说穿了,还不是因为田常规的一次谈话。就这一次谈话,就能把事情弄到这个地步?

万丽心里很明白,事实就是这样,所有的影响,都来之于田常规的这次谈话,当然,受影响最大的,是她自己,她内心的压力这么大,心情这么沉重,情绪这么不稳定,一切的一切,都是因为田常规。

万丽心里很气,但是,与其说她是在生李秋的气,生大家的气,还不如说是生自己的气。李秋虽然做事情过分了一点,但她也有她的难处,不能要求她为了别人牺牲自己改变自己。所以,最可气的是自己,被一次谈话就打倒了。

但是要知道,这一次的谈话,是多少干部梦寐以求、等了一辈子也没有等来的啊。

这就是中国官场的现状,也就是官场上每一个人的心态,万丽无力改变,任何人也无力改变。

万丽的手机响了起来,是女儿打来的,一听到女儿清脆稚嫩的声音,万丽冰凉的心,一下子就暖了、软了,万丽赶紧说,丫丫,是妈妈。丫丫说,妈妈,爸爸说好七点钟回来的,现在都八点了,怎么还不回来?万丽说,丫丫,你给爸爸打过电话吗?丫丫说,我打的,爸爸不接手机。万丽稍停了一下,说,丫丫,阿婆呢?丫丫说,阿婆生病了,头上很烫。电话已经被保姆老太抢过去了,说,万同志,别听丫丫瞎说,我好好的。丫丫在旁边带着哭腔说,阿婆骗人,阿婆骗人。万丽心里一阵难过,嗓子哽咽了,想说什么却说不出来。保姆老太又说,万同志,真的没事,刚才喝了一杯热水,脸有点红。万丽低声说了一句,你别说了。就挂了电话,赶紧给孙国海打过去,果然,手机是开着的,但是没有接听,估计又是觥筹交错了。万丽不再多想什么,推开门,向里边说了一声,对不起,我有事先走了。丢下那些人,目瞪口呆、面面相觑。

万丽将保姆老太送到医院,挂上水,老太太体质不错,很快就退了烧,迷迷糊糊地睡了。万丽赶紧走出来,站在走廊上,掏出手机,还没有拨出号码,便看到耿志军出现在急诊室的走廊上,正急急地过来,万丽不由奇怪地"哎"了一声,耿志军看到了她,停下脚步,脸色有些焦虑,但口气仍然是冷冰冰的,万总,怎么啦?万丽说,你怎么呢,谁在医院?耿志军说,谁在医院?不是说你母亲送医院了吗?万丽说,不是我母亲,是我们家的保姆老太。耿志军说,反正是你家有人住院了嘛。万丽不知道是谁告诉他的,想了想,估计是伊豆豆。刚才伊豆豆见她急急地走了,肯定会猜测什么事,估计打电话去问了丫丫,但是伊豆豆为什么自己不来,要叫耿志军来?说实在的,人在这个时候,是非常希望有人陪伴着的,但万丽的内心深处,却不希望来的是耿志军,但偏偏耿志军来了。万丽说,是伊主任让你来的?耿志军说,伊主任在你家。万丽心里一动,伊豆豆是在陪丫丫,这么想着,心里的感动,很快又转换成了对孙国海的怨恨,一会儿,这种怨恨,又转到了耿志军这里,她脸色沉沉地说,没什么事,伊主任不必这么大惊小怪,老太太就是感冒发烧,打了退烧针,好多了。不等耿志军说什么,万丽对他摆了摆手,又说,耿总,谢谢你,这儿没事了,你可以走了。耿志军脸始终冷着,说话口气也始终是生硬的,这会儿开出口来,更像是要吵架了,女人就是女人,逞什么强呢,该喊人的时候,就喊人嘛。万丽说,耿总,你这是什么话?什么叫女人就是女人?耿志军明明还想说什么,但犹豫了一下,生生地咽了下去,手一挥,说,不说了,没事就好,我就走,小白在车上等你。万丽也没有跟他道再见,就看着耿志军往走廊那一头走去,走到快要拐弯的时候,万丽突然喊了起来,你等等!耿志军回头,远远地看着万丽,也不过来。万丽只得追过去,有些气急败坏地说,耿总,有个事情,问你一下,你今天去找李秋了?耿志军"哼"了一声说,她动作倒快,已经跟你汇报了?万丽说,你跟她说了什么?耿志军说,你既然已经知道,还问我干什么?万丽说,好,既然你不愿意啰唆,我也不多说,但你得去向她道歉!耿志军"啊哈"了一下,说,开什么玩笑!万丽说,不开玩笑,你如果不道歉,她向我们索要的那笔欠款,你自己想办法解决,不能动用公司一分钱!耿志军继续冷笑,谁规定的?万丽毫不让步,我!耿志军再次冷笑一声,你?万丽说,是我。说完这两个字,再也不想说什么了,转身往回走,始终没有回头,却听见耿志军在背后自言自语道,凶什么凶,一个——硬是将"女人"两个字咽了回去。

万丽进了观察室，看老太太仍然在沉睡中，呼吸也很正常，放了点心。万丽坐下来，想闭起眼睛休息一会儿，可是心却怎么也平静不下来，问了一下护士，知道老太太的水至少得挂到后半夜两三点钟，想到司机小白还在外面车上等着，赶紧又出来，找到小白的车，想让小白先回去睡，却意外地看到耿志军也在小白的车上等着，看见万丽过来，小白已经打开车门下车来了，对万丽说，万总，要不您先回去，我和耿总守着也一样。万丽摇了摇头说，你和耿总都走吧，得到后半夜呢，我就在这里睡了，天亮后你来接我。小白愣了愣，看了看耿志军，耿志军没说话。小白又说，你睡医院里行吗？万丽说，行，条件挺好的，有躺椅，也有被子。再说了，凌晨两三点叫老太太出来，也不大方便。就这样了，你们走吧。小白又看了看耿志军，耿志军仍然没有说话，脸上也没有什么表情，小白犹豫了一下，说，好吧。稍一停顿，又问了一句，万总，老太太真是你家的保姆吗？万丽奇怪地说，是呀，怎么啦？小白和耿志军又对视一眼，都没有再说什么。

目送小白的车走后，万丽再次回到观察室，心里反而稳定了一些，向护士要了一条被子，抱着被子的时候，闻到一股紫外线的香味，不由心里涌起一些感叹，涌起一些说不清的感觉。正要躺下，忽然就看到观察室门上的玻璃外，孙国海的脸，在朝里张望着。

孙国海一推门进来就嚷嚷，万丽，你这是干什么？已经入睡的病人和家属被吵醒了，不满地看着他们，万丽把孙国海拉出来，两人坐到走廊的长椅上，孙国海说，要不是伊豆豆打电话来，我还蒙在鼓里，你为什么不告诉我？万丽说，打你的手机你没有接嘛。孙国海狠狠地拍了拍自己的脑袋。万丽说，本来还要再打的，后来又觉得没有必要了，就是挂个水，也不用两个人陪着了。孙国海说，那也应该我来陪着。万丽心里一热，眼睛不由有点酸涩，嘴上仍然气道，你要应酬，要喝酒，我不打扰你。孙国海说，你怎么说这种话，那是拿我当外人了嘛。万丽说，有时候，我还真觉得你像个外人。孙国海笑了起来,说,那是你的感觉,我可从来没有这种感觉。他掏出车钥匙想给万丽,但立刻又缩了回来,不行,你还是打车回去吧——说着又想到了什么,噢,对了,打什么车,你的车也在嘛。万丽说,还是我陪吧,就在这里睡一觉,已经和小白说好了,让他天亮后来接我。孙国海说,咦,是00321吗?车明明在停车场嘛。万丽说,不会的,刚才我已经让他们回去了,看到他们车开走的。孙国海又出去看了一下,回过来说,奇怪了,刚才明明看见的,这会儿不在了。

万丽心里明白,耿志军和小白可能是看到孙国海来了,才走的,这么想着,心里不由得又热了起来。尤其是耿志军,虽然一直板着脸,说话也没有一句好听的,但毕竟……但是,一想到耿志军,万丽心底的阴影又爬了出来,前面的路,该怎么走,能不能走好,她心中无数,隐隐地,还有一种说不清的不安不祥的感觉。

孙国海说,万丽,伊豆豆刚才还跟我说,你这边压力挺大,让我多关心关心你。怎么啦?碰到什么麻烦啦?万丽本来早已下定决心,咬紧牙关,工作上的事情,什么都不跟孙国海说,但此时此刻,看到孙国海巴巴的眼光盯着她,实在是有着十分的关注十二分的不放心,另一方面,也因为心里压得太重,太需要宣泄,便忍不住说,唉,我们那个耿总,做事情——怎么说呢,他去找李秋,想要拖延还款时间,结果却去要挟人家,把李秋弄毛了,逼到门上,这不是叫我为难吗?本来李秋那边的账,也许还真的可以拖一拖,现在——话还没说完,孙国海便跳了起来,耿志军,他什么意思?安的什么心?这不是存心给你难堪吗?万丽说,你这话不对,他不是有意给我难堪,他也是着急公司目前的状况。孙国海说,我不同意你的说法,他做了这么多年,连这点水平都没有?谁相信?万丽说,你不了解这个人,不要乱说,他——孙国海又打断她说,就算我不了解他这个人,我还不了解人这种东西?你想想,周洪发出事了,他肯定以为天下是自己的了,结果你来了,他能让你吃好果子?万丽,你不能这么天真,身边有这样的人,你要小心。万丽一听,又来了气,说,孙国海,为什么你身边的人,你处的朋友、同事,个个都是好人,个个都人格伟大、品德高尚,而我身边的人,到了你的嘴里,个个都是小人、坏人、恶人？孙国海说,这可不是到了我嘴里,是你自己说出来的嘛,你说他要挟李秋,好人能做得出来吗？你说我的朋友、同事,他们会做这样的事吗？万丽气道,那是,那是,你的——下面的话竟说不下去了,孙国海自己跟人相处,从来不吵吵闹闹,都是一团和气,凡是跟他熟的人,或跟他共事的人,没有一个不好的,没有一个是有缺点的,他跟他们相处,都是好到可以互换脑袋的,有时候,偶尔万丽听说其中哪一个有点什么问题,回来提醒孙国海,孙国海肯定是替人家说尽好话,打抱不平。有的人,甚至都已经进去了,他还在那里替人家说大话,打包票,谁进去他也不会进去,他要是进去了,我孙国海就改名叫孙子。所以在平时的工作中,即使碰到麻烦,他也总是能够忍让能够化解。但是只要万丽工作上稍有些难处,他就气不打一处来,就要替万丽出头去教训人家,偏偏万丽又最怕他这一招,多少次为这样的事情两个人闹起来,闹到最后,孙国海总是莫名其妙,说,这是你自己说的嘛,万丽呢,也吸取了太多的教训,决心不再跟他说工作上的任何事情。

　　这会儿万丽又恨自己不争气,又去跟他多嘴,后悔得在心里直骂自己不长记性,但孙国海却一点也没有注意到万丽的心思,继续着自己的思路说,耿志军,哪天我要找他问问,什么意思？万丽也明知道孙国海只是嘴上说说,他才不会去找耿志军责问,哪天碰见了,两杯酒下肚,不定又是哥们儿了,这样的事情也不是没有发生过,但尽管如此,尽管对孙国海了如指掌,只要孙国海这种话一说出来,万丽就不能不当真,一当真,心里就急,一急,就说,孙国海,不许你去找耿志军！孙国海呢,一听万丽这么说,就更来劲了,说,为什么？怕他？你怕他？你怕我不怕？我还偏要去问问他！万丽就更走火入魔地陷进去,急不择词地说,孙国海,我告诉你,你没有资格找人家说话！孙国海说，我没有资格？我没有资格谁有资格？他敢欺负我老婆，我不找他谁找他？万丽虽然急得心里直冒火，但很快也发现自己又走火入魔，当年，万丽头一回碰到金美人对付她的时候，不就是这样的一出戏吗？这么多年来，可是演了一次又一次啊。万丽赶紧让自己冷静下来，语气也放慢了，语调也放低了，好声好气地说，孙国海，不说耿志军了吧。孙国海却仍在兴头上，不说还不行，说，这种人，我见得多了，你对付不了，让我去对付——万丽只得说，不用了，我对付得了，对付不了的时候，再找你帮忙。孙国海这才缓下劲来，但仍然没完，说，本来嘛，你的位子，是田常规给的，你还怕了他？不行，你就找田常规说话，田常规还能不支持你？万丽刚刚把自己劝到平静一下，一听这话，一下子又急了，孙国海，你不要乱说了！孙国海对万丽这话倒是想了想，想过之后，明白了什么，点了点头，说，也有道理，虽然你是田常规看中的，但你也不能大大小小的事情都去找他的麻烦，对吧，不如这样，你不方便说，我哪天看到惠正东，我来跟他说。万丽一听，头都大了，赶紧说，行了行了，其实，刚才耿志军来的时候，我已经跟他谈过了，他也知道自己错了，他愿意向李秋去说明情况。孙国海拍了拍万丽的肩，安慰说，本来嘛，他能凶过谁？万丽，你放心，有我呢。万丽心里憋闷得差点大叫起来，但是她不能，她一失控，孙国海更不知会抽什么筋，她只有强逼着自己，把心里的东西仍然压在心里，不再敢露出一点点来了。

　　这样的情形早已经不是一次两次，万丽有时候没办法，也跟伊豆豆说说，伊豆豆却说，这就是你的不对了，孙国海明明是因为爱你，才会这么关心你的事情，你看他自己的事情从来不急，与人相处也是那么的和气，为了你的事情，他都可以改变自己的习惯，你还觉得不满意？万丽的心其实很软，一听伊豆豆这么说，就觉得不无道理，就自我检讨，但是到了下一回，一切又故技重演。万丽其实又何尝不知孙国海，至少，他对她的事情是关心的、关注的，比起她对他的关心,要重得多,这一点,她始终是明白的。但是万丽无论如何也不能接受他的方式,也不明白,为什么他在自己的事情上总是能够心平气和,可到了她的事情,他就变得那样气急败坏、境界低下了?

已经是半夜时分了,孙国海打了个哈欠,正要说什么,万丽的手机突然响了起来,在夜深人静的医院走廊里,显得特别刺耳,特别惊心动魄。

是伊豆豆打来的,万丽一听伊豆豆的声音,吓得魂飞魄散,以为是女儿丫丫那边又有什么事情。伊豆豆当然明白她的心思,所以第一句就说,放心,你宝贝女儿正做着美梦呢。万丽松了一口气,随即说,这么晚了,你发什么神经?伊豆豆说,叶楚洲要独吞科辉广场了。万丽一惊,明明是听清楚了,却还在追问,什么?伊豆豆说,我又没有发神经,这么晚了给你打电话,总是有事情吧。也是刚刚得到消息,很可能明天一早他就会给你来个措手不及,所以我必须现在给你打电话,是吧?万丽说,你哪来的消息?伊豆豆说,你先不管这个吧,消息是绝对准的,信不信由你,准备不准备也由你,你是老总嘛。万丽说,叶楚洲,他什么意思?伊豆豆说,那我就不清楚了。万丽说,是老秦告诉你的?伊豆豆没有回答是不是老秦告诉她的,只是说,我已经找人核实过了,确实有这个迹象。好了,不多说了。

孙国海一直盯着万丽,等她一收手机,就问,这么晚了,有什么事情?万丽摇了摇头,说,没什么,伊豆豆就是这脾气,喜欢大惊小怪。孙国海说,再大惊小怪也不至于半夜三更打电话吧,我听见你们在说叶楚洲,叶楚洲怎么啦?这小子可是个——万丽再次摇了摇头,强调说,真的没什么。刚才的教训还没有过去,万丽再健忘,也不至于这么快就又犯老毛病。

## 三七

  他和万丽一样，要他的政治分，要他的政治前途。他从政界出来，又想再重新回去，是因为他深深知道，在目前的中国社会，政治分的重要。对于一个民营企业家来说，有没有政治背景，有没有政治实力，关系非同小可，甚至涉及生死存亡。

  年后将要召开的人大政协会议，虽然不是换届年，但却有比较大的动作，所以，这一个秋天，比起平时一般只有少量增减没有大出大进的相对平静的年份，也可以算是一个多事之秋了。早已经有消息，政协常委班子，都将增补一些新人，其中重要的内容之一，就是要吸收安排民营企业家进政协常委，南州市里数得上的民营老板们，至少有一半人，心动起来，向往起来，跃跃欲试了。

  叶楚洲的名字，也是早就排在了其中的。当然，如果仅仅按照事业的大小，叶楚洲的名字，恐怕还排不上一号二号。比如开瑞的邱怀之，论盘子论资金，都要超过叶楚洲几倍。但是叶楚洲也有自己的有利条件，在南州多年，做了许多慈善公益事业，捐助希望工程，捐赠救灾物质，帮贫帮困，送医送药，还设立了"叶蓝文学艺术奖"。总之，在社会上，在南州的大大小小的场合，该出现的时候，他都会出现，该掏钱的时候，他毫不心疼。圈内圈外都知道，叶楚洲是一个非常重"名"的商人，这可是等秤上一个重要的砝码，有了这个砝码，有时候就能将对手远远地抛在身后。

  但是叶楚洲还是觉得自己不够分量，每个人都有自己的重要砝码，他还没有能够做到将所有对手远远抛开，要做到这一点，他还必须在现有的基础上，跨出相当大的一步。这一步的起点在哪里，他该如何去跨，他其实早已经在考虑，只是一直没有找到合适的机会,找不到那一步的起点,跨也是白跨。

叶楚洲对万丽的处境很清楚,他知道万丽很难,但她必定是要做好的,这是她的政治分,是她的政治前途,是关系到她今后大踏步进步还是原地踏步甚至往后倒退的极其重要的一步。因此,万丽是会集中所有的人力财力物力,去完成田常规给她的定销房这个使命的。一想到这一点,叶楚洲眼前豁然开朗了,像是点亮了一盏灯,像是打开了一扇窗,他一下子看到了自己的那一步将在哪里跨出去。他和万丽一样,要他的政治分,要他的政治前途。他从政界出来,又想重新再回去,是因为他深深知道,在目前的中国社会,政治分的重要。对于一个民营企业家来说,有没有政治背景,有没有政治实力,关系非同小可,甚至涉及生死存亡。叶楚洲在那一刻,就已经决定,要全盘接过科辉群楼,给自己的等秤上,再加上重要的一码,将竞争对手们远远地甩在身后。但是这件事情急不得,要做,就得做到百分之百的圆满。科辉群楼因为多年来积累的麻烦太多太大,再怎么做,也不能有很大的利益,这是众所周知的事实。叶楚洲的最后防线就是不赔,能赚多少是多少,不赚也无所谓,他的目的是邀功,那就要让所有应该知道他的功劳的人都知道得清清楚楚,毫不含糊。这里就有一个先决条件,万丽做不下去了,他接过来,替市委市政府挑担子,做好锦上添花的事情。

叶楚洲知道,如果他一开始就提出这个方案,万丽也许正中下怀,但是那样让万丽太作难。首先一个,她就无法向耿志军交代,也无法向公司交代。更重要的,这也是万丽无能的表现,她要承担一个项目,就必须放弃另一个甚至另几个项目,这样的形象,不是她万丽想要的,尤其在田老板面前,更不应该一开始就已经山穷水尽了。叶楚洲不能让万丽左右为难,他得让万丽觉得,这件事情,走到这一步,是你好我好大家好,才能做。叶楚洲不必,也不应该向万丽隐藏些什么,他就是想隐藏也隐藏不了,他瞒不过万丽锐利的眼睛。与其两个人心照不宣玩太极拳,还不如坦诚相待,这就是叶楚洲一贯的处事方式。何况，叶楚洲内心深处，一直以来对万丽的那种特殊的感情，始终没有变化，甚至没有随着时间的流逝而有所减弱。

但是如此种种，还只是叶楚洲一个人的想法，对于万丽，他也只是猜测、推测，并不能保证他是了如指掌的，他还得再试探万丽，所以，一开始叶楚洲并没有一步到位地提出他的想法，而是主动提出，将原先方案中的追加投资，从百分之五增加到百分之八。万丽确实有点意外，她虽然与叶楚洲有一段历史的渊源，但事实上她自己心里很清楚，对叶楚洲的了解才刚刚开始，一时三刻，她不可能了解清楚叶楚洲的用意。万丽也没有更多的时间去揣摩叶楚洲的用意，科辉群楼的工程不能等了。但是，叶楚洲的三个百分点却是实实在在的，它的诱惑力是相当的大，不仅一下子打动了她，也一下子打动了耿志军，打动了公司上层的所有的人。

关于科辉群楼，万丽内心深处充满矛盾，她曾经寄希望于耿志军的失败，但很快就明白她的希望不能成为现实，耿志军的保证不是空话，他能弄到钱，要不他就不是耿志军了。虽然万丽刚来不久，但对这一点，她已经坚信不疑了。也就是说，科辉群楼她是必上无疑，别无选择，除非还有别种可能出现。现在别种的可能真的出现了，还是出在叶楚洲那里。

周六的上午，大部分人还赖在难得的早觉中，万丽已经坐在自己的办公室里，她和叶楚洲已经踏上了谈判的路程了，今天要走的这段路，是难，是易，他们心中多少有点把握，但这把握毕竟还都是建立在对对方的揣测上，真正的难易，得走下来看。

叶楚洲不知从谁那里得知万丽夜里一直在医院陪着老太太，电话打通时，第一句话就说，万总，我这个人，是不是太没有人情味，太利欲熏心？电话响起的时候，万丽已经估计到就是叶楚洲了，一瞬间，她就感觉到，伊豆豆，或者说不是伊豆豆，是老秦，他们的能量可真不小，心里不免生出些别样的想法，但她来不及深想了,叶楚洲在电话那头等她呢。万丽说,叶总,既然我知道了你的想法,你不找我,我也会找你的。叶楚洲说,我也想到这一点了,所以,没有犹豫就给你打电话了。他稍一停顿,接着就直接说了,万总,其实我要说的话,就只有一句,我想拿下全部科辉群楼,想听听万总的意见。如果不是伊豆豆的提醒在先,万丽肯定会大吃一惊,但即便是有了足够的思想准备,此时的万丽,心里也仍然有些波动。

　　叶楚洲当然清楚万丽的心情,所以他又补充了一句,万总,这只是我的一个想法,供你参考。万丽心里的混乱,已经在昨天半夜经历过了,该想的问题也都想过了,便说,叶总,我能不能问一问,为什么？叶楚洲好像早已经准备好了答案,很干脆地说,万总,你知道胡雪岩和左宗棠的故事吧,寻求政治靠山,朝中有人好做官,历来就是商人们不遗余力追求的目标。既然叶楚洲说得坦白,万丽也不跟他兜什么圈子,说,你不是一直都有背景的吗？当年香镜湖的开发——叶楚洲笑着打断她说,可是今天的世界变化太快,什么都在变,背景也在变呀。万丽立刻明白了他的意思,叶楚洲曾经有过的"背景"不知是退了,还是出了其他问题,总之是靠不上了,所以叶楚洲得寻找新的"背景"。果然,叶楚洲又直截了当地说,今年人大、政协都有较大的动作,我是政协新增常委的考察对象之一,我也不瞒你说,科辉群楼,既是市委市政府的形象工程,也应该是我们叶蓝房产的形象工程。万丽说,你虽然经了商,也成功了,但还是有政治情结。叶楚洲也不否认,笑了笑说,也许是因为曾经在这个圈子里待过,没有成功,心底里不服。

　　万丽很感激叶楚洲的直率和坦诚,叶楚洲一方面要打政治牌,但同时还是对她挺关照的,说到底,连叶楚洲都要打政治牌了,那她万丽打的牌,就更不要说了。但叶楚洲还是把事情揽到自己身上,如果真能走出这一步,她和叶楚洲,各打各的牌,在各自的战场上,就是双赢。而且,万丽的形象还不受丝毫损害。仅从这一点,万丽一下子就接受了叶楚洲的方式。

但万丽还是半开玩笑半认真地说，叶总这么说了，当然是好，你们都有了形象工程，那我就不要形象了？叶楚洲说，所以，我说，这只是我的想法，也可能根本不能实现。如果能够成为现实，那确实对万总是不公的，但我会有我的方式补偿万总的。明明知道这事情正中万丽下怀，还做出委屈了万丽的姿态，叶楚洲这么做，决不是作秀，作秀是要看对象的，要看观众的，在有些观众面前，你根本用不着作秀，你存在，就是秀。天下的好事，都不是天下掉下来的，都得要自己去拼去抢，或者好事先到了，那就得事后去弥补。像叶楚洲全盘接手科辉这件事情，万丽是一定要有所付出的，她不可能坐享其成。万丽考虑再三，举棋不定。这件事情，如果一下子摆到田常规面前，田常规无疑会支持她退出科辉群楼。田常规要的是南州的脸面，可不是要哪个个别的人的脸面，既然有人挺身而出给南州长脸、撑场面，让万丽腾出手来做更要紧的事情，田常规没有理由不同意。而且，如果这样做了，叶楚洲的目的也达到了，他将如愿以偿地在田常规那里，留下深刻的印象，真是两全其美。也就是说，叶楚洲要借她一用，通过万丽的中介，使自己在田常规那里留下那样的印象。如果万丽帮助了他，他会回报万丽什么呢？第一，明摆着的，就是让万丽名正言顺地腾出手脚。还有呢，叶楚洲说，万总，我在东边有块地，前年就拍下来了，价不高，但是如果我全盘接了科辉群楼，手头就紧了，这块地，我考虑早一点出让了。万丽的心跳顿时加速了，她在激动的同时，甚至有一点寒毛凛凛的感觉，好像她的五脏六腑，早已被叶楚洲看了个清清楚楚。万丽虽然到岗不几天，但已经跑遍看遍南州近郊城乡接合部所有的可能让她建定销房的地方，最中意的一块地，就是叶楚洲说的东边这块地，但一听说这是叶楚洲的地，万丽心里一阵叹息后，就不再去想它了。谁又能料到，叶楚洲居然肯花那么大的代价来做他的政治形象。

万丽挂了叶楚洲的电话后,坐在沙发上好半天都没有回过神来,她是最不应该去打扰田常规的,但是为了完成田常规的任务,又不得不这样做。只是,等到她最后下决心给田常规打电话时,拨的却是惠正东的电话号码。更没有料到的是,惠正东一接电话就说,万总,我正要给你打电话呢,叶楚洲找过你了吧?惠正东已经知道了科辉群楼的事情,万丽在一瞬间,再次感觉到内心深处有一丝可怕的战栗,她顿时觉得,自己好像被包围在无数的眼睛之中,一举一动,一言一行,始始终终都被盯着。万丽不免有些恼,但她不会表露出来,平静地说,刚刚通过电话。惠正东说,叶楚洲想全盘接下科辉群楼,我也是昨天晚上才听说的,昨晚宴会上,田书记告诉我的。这更是万丽万万没有料到的,叶楚洲的工作,不仅早已经做了,甚至一下子就做到田常规那里了。万丽的思绪又有点乱了,既然叶楚洲自己已经把一切都铺垫好了,那还要她做什么?他割地补偿的做法就更令人费解了。惠正东见万丽有点发愣,又说,万总,是不是舍不得科辉群楼?说心里话,换了我,我也会舍不得的,科辉虽然这几年一直僵着,但一旦活起来,可是有大好前程的啊!万丽想,你们的圈子绕得也太大了。她的心思,要集中一切的财力物力,做好定销房的事情,这差不多已经是司马昭之心了,摆脱科辉肯定是正中她下怀的事,但是现在倒变得大家要做她的工作,说服她,动员她,好像她正紧紧抓住科辉死不肯放。果然惠正东又说,万总,我们都知道,昨天田书记也谈到这一点,这可能有点委屈你了,要你让出科辉,实在也是于心不忍的,但是田书记的意思,还是让出去吧。你知道的,明年世界生存大会要在南州召开,我们不能让科辉广场这么破着脸与大家见面。叶楚洲如果集中力量,可以在一年内完成科辉的全部工程,如果两家合作,扯皮的事情必定多,速度就上不去。更何况,你现在手里——万丽说,惠市长,真要谢谢您的关心。惠正东说,应该说是田书记的关心。其实田书记早有这个意思,也跟我谈过,后来就与叶楚洲的想法不谋而合了。万丽说,如果给叶楚洲一家做,也在南州树立了一个民企承担政府重任的先例。惠正东说,田书记确实也有这一层意思,这是一个大方向,得有人出来牵头。叶楚洲做了,相信会有更多的人跟上来。所以,万总,这一回,真得请你忍痛割爱了。万丽说,具体的操作,我和叶楚洲已初步谈了,本来还担心惠市长田书记这里通不过呢。惠正东说,具体的操作,是你们两家的事情,你们商量着办,我们就不过问了,政府这里,因为当时在这个工程上下过一个文的,所以这回还要重新再下个文。万丽说,那就更完满了。这个文一下,万丽对下面也好交代了,这是政府行为,她不要挑担子,也就不必担心耿志军胡搅蛮缠,不必担心公司上下对她有什么看法。她唯一不太明白的,就是除了惠正东说的两个原因,时间的原因和民企介入政府工程的原因,还有没有更大的背景。

但有一点很清楚了,叶楚洲的政协常委,看起来是没有问题了。

打完这两个电话,万丽好像做了一件非常重非常累的体力活,浑身都觉得酸疼。隔壁伊豆豆的办公室也早已有了响动,估计伊豆豆是知道她在打电话,没有进来。这会儿,万丽放了电话,虽然心身疲惫,却又非常想跟谁说说,正想着,伊豆豆就进来了,万丽想,当初决定要伊豆豆做办公室主任,真是个英明的决策。

伊豆豆一进来就说,万总,叶楚洲的电话打过了?万丽没有回答她的问题,说,伊豆豆,我们到科辉广场看看去。伊豆豆说,都是人家的了,还看什么看,多此一举。万丽不高兴地说,你就这么肯定,你来当一把手也不错啊。伊豆豆说,你别拿我出气,让出科辉广场,别说你了,谁心里也会不舍的,但是你能不让吗?既然不能不让,那就是让,既然让了,就不要再多想。万丽明知伊豆豆的话有道理,但就是心里不平衡,说,就是把到手的好处拱手送给别人啊。伊豆豆说,不对,还没到手呢,如果真到了手,谁会送给别人。万丽说,你觉得,我们真就渡不过这个难关?其实,咬咬牙,要是渡得过,不就是——伊豆豆说,万总,你什么都想要,但是你做不到。一个人,不能要得太多,那样会顾此失彼的。万丽终于说不出话了,她长长地叹息了一声,过了半天,说,走吧。伊豆豆奇道,还要看科辉?万丽说,你都说了,已经是人家的了,还看什么看,我们要看的,还是看我们自己的吧。伊豆豆说,哪里?万丽说,到了你就知道。

城东这块地,叶楚洲能够放出来,实在是让万丽不敢相信,伊豆豆一看之下,更是惊愕不已,愣了半天,转到万丽面前,盯着她看了看,说,万总,叶楚洲想干什么?万丽说,我怎么知道?伊豆豆仍然死死盯住她不放,看得万丽倒有点心虚起来,支吾着说,你问我,我还问你呢。伊豆豆忽然坏笑起来,嘿,叶楚洲爱上你了,这是见面礼啊——她被自己的突发奇想弄得开心不已,抢在万丽前面又说,嘿,出手好大方!不过也是嘛,他清楚地知道自己想泡谁啊,可不是一般的女人。万丽说,你闭嘴。幸亏司机小白站得比较远,只能勉强听见她们在说叶楚洲,但听不清说叶楚洲什么。万丽指了指伊豆豆,你这张嘴,给我小心点。伊豆豆说,那就奇怪啦,叶楚洲凭什么这样做?神经啊?这也就是万丽无论如何想不明白的,但是现在也容不得她再多想,这块地,一下子就能够解决掉万丽差不多四分之一的包袱,一大片的定销房,可以在这里竖起来了。

这地点,应该是比较理想的,地价低,成本低,适合低保的动迁户,虽然离市中心远一点,但交通还算方便,周围人气也已经逐渐起来,更何况,这里的土地差不多已经完全具备了建房条件,马上就可以设计图纸,上马工程,如果顺利,不出半年,首批定销房就能面世了。

万丽边看着,心里虽然激动,但心底的疑云却一而再再而三地浮起来。叶楚洲好像是上天派下来协助她的,但天下有这样的好事吗?万丽和伊豆豆正要上车回去,就看到耿志军的车过来了,万丽以为耿志军是听说了科辉群楼的事情,来兴师问罪,政府的文没这么快,耿志军倒是赶在之前来了。但是耿志军下车后,却不提科辉的事,甚至也不问万丽伊豆豆怎么跑到这里来看地,冲着万丽就说,万总,今天中午的饭局,一定请你参加。万丽摸不着头脑,问,什么事?耿志军说,为了科辉群楼的钱嘛,要请你出出场。万丽先是奇怪耿志军居然没有听说科辉群楼已经易主的消息,以为耿志军在玩什么花招,转而一想,耿志军恐怕确实是不知道,耿志军不是个喜欢演戏的人物,他要是知道了,不可能这么沉得住气。万丽刚想告诉他,但话到嘴边,却咽了回去,既然他不知道,就让市政府的文件去告诉他,自己也不必多这个嘴。更何况,耿志军谈的是资金,虽然科辉那边用不上了,但她万丽用得上,要用的地方太多,如果真能谈成,何乐而不为?耿志军见万丽欲言又止,以为万丽不肯参加中午的饭局,一急,口气很冲地说,万总,你一定得去!万丽其实也没说不去,但一听耿志军的口气,毕竟女人心眼儿小一点,心里就不舒服,还偏要跟他过不去,反问道,为什么我一定得去?耿志军说,人家请的是你先生孙国海。万丽一听,头立刻大了,急道,请孙国海干什么?耿志军说,那边的人,只认孙国海,说只要孙国海到场,事情就好解决。万丽脱口说,开什么玩笑?耿志军说,这个,你不是最清楚的吗?孙国海有个铁哥们儿,南州最大的担保公司老总刘坤,做得有人气,有信誉,人家信任他,就这么简单。万丽只觉得头皮发麻,一想到酒桌上孙国海的模样,心里的别扭就源源不断地涌出来,赶紧说,今天中午不行,我另有安排了。耿志军来气了,说,比这个事情更重要?我就不信。万丽打断他说,这是我的事情,与别人无关。耿志军也毫不相让,这是公司的事情,与公司每一个人都相关!伊豆豆看不过去了,对耿志军说,耿总,你没记错日子吧,今天是周六,双休日,你忙的什么劲?耿志军说,那你们又是忙的什么劲?万丽本来是对耿志军一肚子的气,但听了这些话,心里却动了一下,耿志军说得不错,资金问题是公司目前的头等大事,她无论如何也不能因为对孙国海的看法而耽误了大事。万丽朝伊豆豆摆了摆手,让她别说了,自己对耿志军简洁地说,我去。耿志军大概以为还得跟万丽争论一番,没想到万丽这么快就答应了,一时反倒没话了,僵在那里。万丽冷冷地说,耿总,没事了?没事我们就走了,转身上了车,丢下耿志军,还在那里发愣呢。

到了车上,因为碍着小白的面,伊豆豆也不好说什么,大家有些沉默,万丽犹豫了一下,还是打了孙国海的电话,孙国海还在睡觉,迷迷糊糊地问,怎么了?万丽发现孙国海好像不知道中午的事情,就有些奇怪,但车上有人在,她也不好多说什么,就说,我一会儿回来,再说吧。

回到家,孙国海已经起来了,万丽说,你今天中午没有饭局吗?孙国海说,饭局?有呀。万丽说,什么饭?孙国海说,我也搞不太清楚,反正是刘坤他们约的。万丽一听这话,心里又不舒服,说,吃的什么饭都不知道,什么事情都搞不清楚,就答应人家?孙国海满不在乎地说,那有什么,这种事情在我身上多啦,反正刘坤说的,非要我去,我去了,一切难题就迎刃而解。人还刚从睡梦中走出来,还没有完全清醒呢,自我感觉已经来了。万丽心里来气,想不和他说了,但这事情又不能不说,犹豫了一会儿,还是说了出来,今天是耿志军请饭,我们公司的一笔贷款,请刘坤出面帮忙的。孙国海得意地"啊哈"一声,说,嘿嘿,刘坤他敢不出来——说着忽然想到什么,问道,那你,也要去啦?万丽没有直接回答,但她的神情孙国海看得明白,他"咦"了一声,说,刘坤这小子,没告诉我你也要参加呀,想给我来个突然袭击?万丽说,我也是刚刚被耿志军拖住的。孙国海笑起来,说,嘿,今天夫妻双双把酒喝,刘坤这小子,仗量欺人,每次喝酒就他凶,今天你我搭个档,非摆平了他不可!万丽皱了皱眉,说,孙国海,跟你商量个事情,今天这顿饭,你别去了行不行?孙国海大嘴还张着呢,被万丽这突如其来一打击,嘴里像被塞进一团抹布,说不出话来,干瞪着眼了。万丽说,其实你在你不在,事情并没有实质性的变化,你说是不是?刘坤该做的事情,不会因为你不在他就不做了,他不该做不能做的事情,也不会因为你在就做了。孙国海说,话不能这么说,有许多事情,是会发生变化的嘛,本来觉得不能做不该做的,也许到时候,就觉得能做该做甚至不做不行了呢,那就要看现场的操纵了。万丽,你可能都不了解我,我这个人,能力是很强的,尤其是现场的操纵能力——万丽不想再听下去,说,我了解你,你能力强,但是一个人如果只看到自己的能力,看不到自己的弱点,那还是能力不强的表现。孙国海说,但归根到底,我的能力还是强的。万丽的脸越来越板,孙国海又何尝不知,却偏当作不知,嬉皮笑脸地继续发挥,我这个人嘛,外面人人说好,就是老婆不说我好。我知道,这是老婆对我高标准严要求嘛,老话说,打是疼骂是爱——万丽不想听了,打断他说,好了好了,没完没了了,今天中午,反正你不要去了。孙国海说,那不行,我不去,怎么向刘坤交代?再说了,你也莫名其妙呀,为什么不要我去?万丽说,夫妻两个,谈同一个事情,不太妥当,你就说,就说临时有事不能去了。孙国海说,那不行,人家约我在先,三天前就说定了的,怎么能出尔反尔,我没有这样的习惯。万丽无奈得很,只得再退一步,说,孙国海,就算你帮帮我了。孙国海又"咦"了一声,说,帮帮你?我去,不就是为了帮你?万丽跟他实在说不清,她的理由也实在是说不出口的,即使说出了口,孙国海也一样不能明白,不能接受的,干脆就不啰唆了,直接地说,孙国海,要么你去,要么我去。孙国海说,为什么?万丽说,反正两人不要一起去。孙国海本来准备中午好好热闹一场,被万丽这一盆冷水浇得,满心冰凉,但是看万丽这么坚决,又这么冷着脸,他也只好让步了,不情不愿地说,你实在不让我去,我也没办法,但是我答应了刘坤的,我得去照个面,敬他两杯就走,你看怎么样?孙国海已经让到这一步,万丽也不能再得寸进尺,却仍然放心不下,问道,到时候你能走得掉?孙国海说,想走还有走不掉的?万丽说,那就好。说完这事,万丽喝了口水,就先走了,开门时,听到孙国海说,不跟我一起走?万丽心里忽然有点难过,也觉得自己对孙国海有点过分了,回过头来说了一句,单位还有点事,先过去处理一下。

一直到中饭开始,万丽还在担心,怕孙国海说话不算数,但孙国海没有食言,坐下后,先敬了刘坤三杯酒,手机就响起来了,一接手机就大声地说,什么,怎么啦?眼看着他的脸色就变了,说,这怎么可能,这不是出大事了吗?一桌人被他的语气和脸色吓住了,都呆呆地望着他。孙国海继续说,你先别急、别慌,我马上过来!边说边站了起来,向大家致意,对不起了,我有点急事,不能陪了——刘坤,我在,和我不在,一样的啊!刘坤也中计了,说,你放心去,你不在就等于你在。孙国海走后,大家果然沉默了一阵,想看看万丽的态度,是不是知道出了什么事,万丽实在是有点难堪,既委屈了孙国海,又欺骗了大家。但是万丽知道,这事不能不这么做,这会儿孙国海还好好的,一切正常,再三杯酒下肚,就完全不一样了,到时候再收拾残局,就为时过晚了,只能先铁下心肠,把孙国海弄走,余下的事情,得靠她自己解决了。

因为孙国海的突然离去,刘坤确实显得有点情绪不高,也有点不安心,可以看出他跟孙国海的感情确实不错,万丽看在眼里,心里不免有些想不通,为什么她老是觉得孙国海这儿也不顺眼,那儿也没素质,但他外面的朋友,怎么都那么认他?万丽正胡思乱想着,手机响了,孙国海的电话来了,先是压低声音说,我说话算话的吧,你赶我走——万丽说,你在哪里?孙国海说,你们大吃大喝,我只好在外面吃碗面啦。好了,你就对他们说,我这边事情已经摆平了,但来不了了。万丽说,你自己跟刘总说吧,一边说,一边把手机交给刘坤,刘坤接了,听了几句,放心了,脸色也好多了,说,国海你放心,万总的事,就是你的事,我心里有数。放了电话后,刘坤又恢复了开始的兴奋,一兴奋,便要找人灌酒,就不肯放过万丽了,说,万总,本来是国海的酒,现在他开溜了,你怎么说呢?万丽心里觉得有愧,只得硬着头皮说,好呀,孙国海的酒,我喝了,站起来就敬刘坤,刘坤本来好酒量,当然来者不拒,几杯一来,兴致更高了,说,早就听国海说,万总也是海量,一直以为国海吹牛呢,今天才知道,万总名不虚传啊,边说,边动手把自己的杯子和万丽的杯子都换成了大杯。万丽一看,着急起来,哎,哎——动手要抢过大杯再换回小杯。刘坤说,万总,你这就不给我面子了。万丽的手,伸在半空,僵持了一会儿,只得收回去。刘坤开始拿大杯敬万丽,到这份上,万丽也只好横下心来了,连续干了几大杯,只觉得脸上发烫,感觉眼睛都要出血了,五脏六腑更是翻天覆地,只听得刘坤兴奋地大声说话,好,好,万总,女中豪杰,女中豪杰啊!想看看刘坤的脸,却是模模糊糊的了。万丽真后悔将孙国海赶走了,要是孙国海在,不会让她喝这么多的,可是,孙国海要是不走,最后出洋相的也是他,孙国海不出洋相,就是她出洋相,唉,万丽想着想着,伤心起来,为什么就不能有两全其美呢?刘坤却是方兴未艾,仍然盯住万丽不放,这时候就有一个人站了起来,主动给自己也换了大杯,加满了酒,向刘坤说,刘总,谢谢你对我们房产集团的支持和帮助,我酒量有限,但是看到豪饮的人,自己也会鼓起斗志,我先干为敬了!这个人就是耿志军。

　　万丽刚来不久,了解了一点耿志军的脾气,但还不很了解耿志军的酒量,怕他失控,赶紧说,耿总,慢慢喝。耿志军不客气地说,虽然你是一把手,但在喝酒的问题上,你靠边站站!刘坤的斗志,果然被耿志军挑了起来,结果,两个人都喝多了,散席的时候,万丽走在耿志军后边,看耿志军走得跌跌撞撞,她心里涌起感激之情,等刘坤上车先走后,万丽对耿志军说,耿总,谢谢你!耿志军却喷着酒气,轻蔑地看了看她,又轻蔑地说,你以为我是照顾你?告诉你,我实在看不惯女人逞能!看了来气!万丽目瞪口呆,看着耿志军摇摇晃晃上了自己的车,听得车子发动起来,才醒悟过来,惊得喊了出来,哎——耿志军哪里听得见,就算听得见,他也不会停下来。他人虽然已经喝得歪歪斜斜,开的车,却一点也不歪斜,既快又稳,一眨眼就不见了影子。

万丽还是站了半天,心里慌慌地,乱乱地,久久地不能平静下来。

## 三八

伊豆豆就跟了进来,直视着万丽,她的眼睛里竟有了一种万丽从来没有见过的冷意。伊豆豆说,万总,建群集团的老总跳楼了。

这几天万丽似乎感觉出伊豆豆的一些变化,她也说不清楚到底是什么变化,变在哪里,但是女人的敏感和直觉告诉她,和伊豆豆个人生活有关。万丽忍不住问伊豆豆,老秦还找不找你啊?伊豆豆脸红了红,说,老样子,死样子。万丽说,我真不敢相信,还真有这样的人,都什么年代了?伊豆豆说,就是嘛,话又不说一句,屁也不放一个,就永远这样,今天一包炒栗子,明天一袋爆米花,小钱花一点,赔也赔不大。虽然仍然是满口的讽刺挖苦,但万丽却从中听出伊豆豆心情上的一些变化。伊豆豆停了停又说,不过这几天他忙起来了,我也可以少吃点零食了,再这么吃下去,肚子上的肉就下不去了。万丽笑了起来,说,他买了你非得吃啊?伊豆豆说,我扔回去几次,但没有用,今天扔回去,他明天又买来了,不吃也怪可惜的。万丽说,这两天忙起来,不给你买了?伊豆豆说,照买,谁让他的单位,就在市中心,出门就能买到。万丽说,好像听说南星大酒店要扩大规模?伊豆豆说,是呀,来劲了呢。

其实这"扩大"两个字谈何容易,南星大酒店周围市中心的那一片地区,可以搜刮的地皮,哪怕是一星一点,也早就让大家搜刮得干干净净,只剩下最后的一块地,就是南州中心幼儿园。虽然幼儿园的规模等级等都早已经不能适应时代发展的要求,但实在这地方太好，幼儿园哪里肯动，看起来一时半会儿是很难迁走的。开瑞房产也曾在那块边上买下一块地，早在两年前，就计划要在市中心建一座大规模的豪华酒店式公寓，地点正好在南星大酒店旁边。本来开瑞已经完成了征地的过程，但后来经过反复论证，觉得面积偏小了一点，要想赢得更有把握，必须扩大建筑面积。但是周围已经没有面积可以让他们扩大的了，虽然地还在开瑞手里握着，但开瑞基本上已经放弃了这个计划。

却不料偏偏这时候，出了一件大事故，一下子改变了许多事情的方向。中心幼儿园地处市中心，又在交通要道旁，长期以来，孩子上学放学，就是家长们最担心的事情，但好在幼儿园的孩子年龄小，一般都有人接送，只是每天上学放学时，这里的交通就乱成一团，长期以来，一直是市民意见最大的问题之一，但也长期得不到解决。政府也曾经想把幼儿园往外迁一点，但因地盘好，幼儿园不同意，就拖拖拉拉一直不能解决问题，最后就出了一桩事故，一天放学时，一位家长来迟了，孩子等不及，自己偷偷地跑了出来，结果被车撞了，没有抢救过来。家长把幼儿园告上了法庭，闹了整整半年。这件事一出，中心幼儿园搬迁的事就不得不考虑了，再固执再强硬的院长，也不敢拿孩子的生命下赌注了。

消息一出来，大家顿时像注射了强心针般地弹跳起来，赶紧伸手去抢，其中南星大酒店是得了天时地利人和的，他们与中心幼儿园一墙之隔，而且本来就是一家，都属于市行管局，自家人跟自家人当然好说话，所以，从伊豆豆看来，老秦扩展南星大酒店的事情，是十拿九稳的了。万丽说，听说要抢这块地的人很多，也不一定老秦就能抢到手。伊豆豆说，地是行管局的，行管局要给谁就给谁嘛，老秦还兼着行管局的副局长呢。再说了，南星大酒店可是行管局的摇钱树啊，谁不想让自己的摇钱树越长越大，摇下更多的钱来？

听伊豆豆说到这儿，万丽脑子里忽然就冒出了一个念头，这念头一起来,她心里顿时一阵狂跳,一时竟有点控制不住自己,更不敢再去直视伊豆豆的眼睛。伊豆豆也觉得奇怪,话说得好好的,万丽怎么一下子变了情绪,脸色也不对了,伊豆豆有点摸不着头脑,还以为万丽身体忽然不舒服了,关心地问道,你怎么啦?哪里不舒服?万丽却朝伊豆豆挥了一下手。万丽这只手一抬、一挥,伊豆豆的情绪也一下子低落下去,淡淡地说,那我走了。

万丽是被伊豆豆的一句话打动了的,伊豆豆说,地是行管局的,行管局要给谁就给谁嘛。再深一步说,行管局是谁的呢,行管局是市委市政府的,所以,更应该说,市委市政府说给谁就给谁。万丽镇定了一下自己的情绪,抓起电话打到了向一方那里。向一方说,是万总吧,我知道你会给我打电话的。万丽说,你大概在放风想进房产集团时,就看到了这一步吧,向总真是先见之明啊。向一方说,真人面前不说假话,万总分析得一点没错。万丽心里很憋闷,赶觉自己像向一方手里的玩物,但是既然有求于他,既然要做交换,有什么憋闷也只得自己咽下去,便直截了当地说,我如果帮你拿到幼儿园,你呢?向一方也直接地说,城西凤凰村有块地——万丽说,是建群集团早几年买下的。向一方说,万总都已经打听清楚啦,他们一直闲置着,早已经超过了时间,政府正考虑收回来呢。万丽说,向总,那是你的事情,我不管那么多。向一方也干脆,说,好,我们就一言为定。最后又补了一句,我叔叔以前跟我说,万丽是位厉害的女同志,我还不相信不服气,现在看来,不服也得服呀。挂了电话后,万丽觉得自己脸部的肌肉很僵硬,赶紧用手去搓揉,一边搓一边回想着刚才和向一方通话时自己的语气语速,渐渐地感觉到,自己的内心,好像有一种坚硬的东西在一点一点地弥漫开来。

万丽当天就跑到惠正东那里,惠正东说,万总,你迟了一步,行管局的报告,市政府已经批了,再说了,这块地,又小又贵,你拿去有什么用?给南星大酒店做扩展是最合适不过的了。万丽的心直往下沉,但她硬是将它提了起来,赶紧实话实说,惠市长,我已经答应向一方,用这块地跟他换城北的地。惠正东硬戗戗地说,万总,你说什么?我没听错吧,你已经答应向一方?你觉得这块地是你的吗?你要给谁就给谁?万丽压下心头的不快,赶紧说,惠市长,地是您的,您要给谁就给谁。惠正东仍然丝毫不给她面子,说,万总,你说错了,地是国家的,国家的地,可不是谁说给谁就给谁的。万丽见惠正东不肯让步,有些发急,她知道自己没有退路,虽然后边还有田常规,但她既然先来找了惠正东,就无论如何不能再去找田常规。用田常规压惠正东,也许能够逼惠正东吐出这块地来,但那样的话,她以后的日子还要不要过了?本来惠正东对田常规安排万丽到这个位子,而且事先也没有征求他的意见,就有想法,就很敏感,万丽是万万不能再给他的已经装满了不满的秤盘里再加上一丁点儿分量了。

万丽并没有泄气,从惠正东那里出来,直接来到老秦的办公室,老秦乍一见到万丽,顿时有点失措,结结巴巴地说,万,万总,你怎、怎么来了,是不是伊主任,伊主任她——万丽说,伊主任挺好的,正在上班呢,我正好路过这儿,就进来看看你,本来我也不知道你的办公室在哪里,还是伊主任告诉我的呢。老秦说,那就好,那就好。万丽说,秦总,听说你们南星大酒店要扩展,要打报告了吧?老秦木木地看着万丽,嘿嘿一笑,并不回答。万丽又说,报告还没有打上去吧?老秦仍然嘿嘿一笑,说,万总,听说你元和县那边的首批定销房已经打桩了,万总哎,你是坐火箭跟我们比速度呢。万丽想,老秦这个人,看起来没有什么用,只会跟在伊豆豆后面屁颠屁颠的,今天才发现是个厉害角色呢。知道从老秦这儿打探不出什么,就告辞了。

万丽回到公司,一时没了主张,就给康季平发了封邮件,把事情简单地说了说。自从康季平去了韩国,这许多日子来,每每碰到有解决不了的难题,她就给康季平发信,有几次,康季平也帮她分析具体情况,提出建议,但更多的时候,康季平并不能帮她解决什么实际问题,但是只要有康季平的回信,只要康季平在信上写几句鼓励的话,她就真的会鼓足勇气去迎接和解决困难,就像从前袁指导带老女排的时候,在关键的时候,比赛暂停,袁指导会面授机宜,对围在一起的队员说几句话,大家都觉得这几句话一定就是秘密武器,结果电视里播出来,袁指导说,你们要鼓足勇气,要有必胜的信心。奇怪,这是什么秘密武器?连一点点实质性的内容都没有嘛,但就是这几句谁都会说的话,让老女排队员们真的鼓足了勇气,拿下了第五局,取得了五连冠。如今的万丽觉得自己也有点像当年的老女排队员,康季平就像袁指导,虽然他远在他国,虽然他不能帮助她解决任何实质性的问题,但是有他在,有他的信,有他的泛泛的几句话,万丽的信心就又回来了。万丽发过邮件后,就坐在电脑前等待康季平的回信,她计算了一下时间,现在康季平那边应该是午间休息时,康季平的信应该很快就到。果然,过了不多久,康季平的回信就来了,康季平说,这个事情,他不知道说什么好,让万丽等他一会儿,他再好好想一想,再给万丽答复。万丽心神不宁地边处理事情,边等着康季平的信,大约过了半小时,回信来了,康季平说,惠正东的工作,恐怕只有一个人能够做得通,你还记得你在省委党校学习时,当时的省委组织部董部长?他早年曾经在元和县挂过职,挂职期间,和惠正东结下了深厚的情谊,董部长虽然已经退下来好几年,但每年惠正东都要去看他,在南州乃至全省的官场范围里,惠正东一直是一个讲义气够意思的形象,所以,如果能够说动董部长来做惠正东的工作,惠正东可能会给面子的。康季平把董部长的电话号码和手机号码都发了过来,又细心地关照,董这个人不贪,你也不必多带什么东西。万丽犹豫了一下,没有立刻回过去,康季平却已经感觉到了她的犹豫,信已经过来了,说,我知道你在犹豫,董这个人,外面是有些传说,你可能有所顾虑。万丽犹豫和顾虑的正是这一点,万丽写道,那我怎么办?

却轮到康季平犹豫了,万丽等了半天他的信才过来,说,一切看你自己的掌握了。万丽也下了决心,说,好,我立刻就出发。就在发出这最后一封信的时候,万丽差一点补上一句问他,康季平,你远在韩国,怎么会知道得这么清楚,连董部长的电话都带在身边,也太不可思议了,但因为事情紧迫,现在也容不得她花时间去解决自己一直以来对康季平的疑惑。

万丽立刻给董部长打电话,说,董部长,我是万丽,南州的万丽,您肯定不记得我了,当年我在省委党校学习,您到我们班来上课——董部长哈哈地笑起来,说,我怎么不记得你,万丽,不就是小万吗,坐在教室第一排的小万。你来看我?那太好啦。他告诉万丽,自己正在参加省里的一个会议,住在会上,请万丽直接到宾馆看他。

下晚时分,万丽就已经到了董部长的住处,虽然康季平认为万丽不需要带什么东西,但万丽临走时还是买了些上好的茶叶和酒,由小白拎着到董部长的房间,放下东西小白就退出去了。董部长连看都没看那东西,上前就拉住万丽的手,把她拉到沙发上坐下,手仍然没有松开,隔着茶几仍然紧紧拉扯着,说,小万啊,还是这么年轻漂亮啊!万丽不好意思地说,也不年轻了。董部长说,在我眼里,你永远是那个可爱的小女孩。小万啊,自从那一年我们见了面后,我一直就想着你,一直没有忘记你,后来有几次我到南州,都想去看看你,但是你也知道,不太方便,我们是没有自由的人啊。万丽点了点头,那些传言和康季平信上含含糊糊的提醒也得到了印证,万丽不由有些紧张,甚至不敢确定董部长究竟是不是在这里参加省委的什么会,还是特意找了这么个地方来见她的。万丽努力让自己平静下来,想抽回自己的手,但手被董部长抓得死死的,一点也动弹不得,只得任由他抓着。董部长的眼睛一直盯着她,满是喜欢满是欣赏地看着,又说,唉,什么叫如花似玉?!什么叫如花似玉?!万丽也只好应付着说,董部长,您也不见老,真的,一点也不见老。董部长说,是呀,人家也都这么说,别的老同志,退下来以后,眼看着就真的老了,我不一样,我觉得比在职的时候还有劲呢,小万你知道什么原因吗?我的心年轻呀!万丽说,看得出来,董部长是个乐天派。董部长说,除了乐天,还有更重要的,爱美,像你这样的美丽的女孩子,我最喜欢了,恨不得天天见,天天跟你们一起聊天、一起玩。万丽尽量掩饰着自己的尴尬,忽然想到小白提来的东西,便赶紧抽出了手,走到墙角把这些东西又提起来,让董部长看,说,董部长,我也没有什么东西带给你,买了一点茶叶。董部长也走过来,从她手里拿过东西,放下,又一手拉着她的手,一手托着她的腰,把她拉回来坐下,说,你来看我,我已经很开心了,你不用给我带什么东西,我什么东西都有,什么也不缺。万丽说,我知道,可这是我的一点心意,我也不知道你喜欢什么。董部长说,我就是喜欢你这个人嘛,你能来,就是对我最大的心意啦,是不是小万?见一面不容易啊,真的不容易啊。董部长老是这么绕来绕去,万丽怎么也拉不到正题上去,心里不免有些焦急,又有些担心,真不知下面会发生什么,好在走廊里不断地有人来来去去,还大声地说话,喊人,按门铃,因为隔音条件不太好,这些声音都清清楚楚地传到这间屋里,有几次,按隔壁门铃的声音,就像是在按这间屋的门铃,感觉上确实是一个会议,这会儿大家都忙着串门呢,这么一想,万丽稍稍放心了些。但董部长好像根本就没有在意外面的动静,仍然笑眯眯地看着万丽,眼睛扫过万丽胸前,就笑了起来,说,小万啊,一看到你啊,我就想起人家给我说的一个段子,我说给你听听啊,咪咪的故事,你听过吗?一头大象碰到一头骆驼,它嘲笑骆驼说,我从来没有看见过咪咪长在背上的东西。骆驼立刻反击大象说,我更没看见过鸡鸡长在脸上的东西。大象吃了一闷棍,正在生气,一条蛇过来嘲笑大象,鸡鸡长在脸上,鸡鸡长在脸上,大象怒道,鸡鸡长在脸上,总比脸长在鸡鸡好些吧……虽然是个黄段子,但还是很生动很形象的,万丽忍不住"嘻"了一下,董部长大受鼓舞,说,你爱听啊,我再说一个下面的故事:乡长到村里检查工作,午饭时了,村长说,就到我家吃点吧,就到了村长家。村长老婆正在洗澡,听到村长叫门,以为就丈夫一个人回来了,手里提一条毛巾,光着身子就出来开门,一开了门,才发现丈夫背后还跟着个人,赶紧用手里的毛巾往胸前一挡,村长一看急了,赶紧说,下面下面,老婆赶紧又用毛巾去挡下面。乡长在后面听到了,说,下面就不用了,两个馍馍就行了。说完后又补充道,现在社会上啊,真是什么段子都有,你们男同志女同志一起开会吃饭,经常听到吧?万丽只得硬着头皮说,有时候大家也说说的,也习惯了。董部长又说,有些女同志会觉得很反感吧?万丽没想到董部长会问这个问题,都不知怎么回答了。董部长又说,其实我觉得大可不必,有人认为男女同志在一起说段子,是对女同志的骚扰,其实,为什么不能反过来想想呢。万丽不知道董部长说的"反过来想想"是什么意思,不好接他的话。董部长又说,这都是传统的老观念了,过去总是认为,男人征服女人,就像征服权力征服金钱一样,那都是从男人的角度在看问题嘛,但是男人以为自己在征服女人时,有没有想过,女人是怎么想的?女人也许是被动的,也许是无奈的,但会不会她也在征服男人呢?万丽目瞪口呆,简直不敢相信这些话是从董部长嘴里说出来的,又怀疑董部长这是在指桑骂槐说她呢,但是看董部长高兴的样子,又觉得不像,正不知如何是好,董部长又笑着说,我曾经看到过一个国外的统计,说是百分之九十二的女生都受到过性骚扰。为什么这么高的比例?因为它包括了吹口哨、抛媚眼、暗示和讲黄色笑话等,比例当然高了,然后就发动反对性骚扰的运动。其实,这种文化是不利于女同志成长的,不利于女同志和男同志的沟通,因为首先一个,女同志在心理上就处于劣势,天生就感觉到来自男同志的压力和攻击,你说是不是,小万?万丽心里又急又哭笑不得。董部长说,小万啊,所以我觉得,像你这样的女同志,很不容易嘛,你能在男同志一手遮天的机关里,干出自己的成就来,我替你高兴啊。万丽立刻抓住机会,赶紧说,可是我现在碰到难题了,所以来求您的帮助。董部长说,嘿,小丫头,顺利的时候不想到我,碰到困难了,才想起我来啦,说说吧,我能帮你什么忙呢。万丽赶紧把事情说了,董部长边听边想,说,我替你考虑一下啊,惠正东那里,我说话是没有问题的,他会听的,只是这件事情不能硬来,惠正东的难处,你也替他考虑考虑,万丽赶紧点头,对董部长的印象,一下子就改变了许多。董部长伸手过来拍了拍万丽的手背,说,小万你想想,惠正东总不能在政府办公会议上说,把地给向一方造什么酒店公寓。万丽立刻明白了董部长的意思,惠正东可以不把幼儿园的地给南星大酒店,但他不可能为这件事情担什么肩膀,担肩膀的应该是万丽自己。万丽说,董部长,您是说,应该由我们房产集团把地要下来,到时候再另作处理。董部长笑着说,好聪明的女同志,我再说一个啊,大队书记和妇女主任去乡里开会,路上下雨了,躲进桥洞避雨,没事干,就打牌,大队书记伸出两只手:一对五,妇女主任伸出两只脚:一对十,大队书记往下身一掏:一对蛋,妇女主任两手往胸前一揉:一对尖,大队书记扑上去把妇女主任一抱,说,我们俩是一对鬼。万丽只觉得头皮一阵阵地发麻,心里更是一阵阵地发怵,正在这时候,门铃响了,万丽赶紧说,有人敲门,董部长笑眯眯地说,又是哪个小鬼?万丽过去开门,一看竟是小白站在门口,手里拿着手机,满脸惊慌焦急,万丽又惊又喜,说,小白,你怎么——小白说,有电话找你,打到我的手机上了,好像是很紧急的事情。万丽半信半疑地接过小白的手机,一听,大吃一惊,竟是姜银燕的电话,万丽说,姜银燕——下面的话被姜银燕打断了,说,你别说话,你听我说吧,是康季平叫我给你打电话的,我也不知道是什么事,他只是说,让我这个时间打到你的司机的手机上,让司机把你喊出来。万丽顿时明白了,赶紧说,那,那,我马上赶回去!回头对董部长说,董部长,真对不起,家里有点急事,我得马上回去。董部长点头说,你们一线的同志,工作肯定是忙的,我也不留你了,这在会上也不大方便,下次来了,记得来看我啊!万丽赶紧点头。董部长还意犹未尽地说,我现在方便多了,不像从前了,从前像我们这样的人,可不自由啦,小万你知道的,走到哪里都有人跟着嘛,秘书啦,保卫啦,眼睛一眨不眨地盯着,想跟你笑得亲热一点也不行啊,握手时间长一点也不行啊,在办公室里接见一下更是掐好了分分秒秒的。现在好多啦,所以,你一定要来看我啊。万丽说,董部长,一定,一定,逃也似的逃了出来。

　　万丽回到南州已经是后半夜,天都快亮了,干脆不睡了,让小白立刻把公司办公室的文字秘书小项接过来,小项吓了一大跳,以为出什么大事了。万丽说,小项,我说你记。她一边口述,小项一边记录,整理成文字,然后万丽再逐字逐句斟酌修改,报告最后完成时,上班的人已经陆陆续续到了。万丽吩咐小项拿到外面去打印,小项就明白了,说,我知道了。万丽虽然了解小项聪明又嘴紧,但还是再关照了一下,说,小项,这件事情,如果有第三个人知道,就是你说出去的。小项点了点头,就出去了。半个小时后,万丽拿着《关于筹建市房产集团办公楼的报告》的报告,来到惠正东的办公室,惠正东说,万总,想不到你这么快,我都没有喘口气的时间。惠正东这么一说,万丽就知道,董部长没有食言,连夜做了工作,而且真的起了作用。可一想到在董部长那里的情形,心里就涌起一股强烈的自责自疚,恨不得找个地洞钻下去。只是惠正东容不得她的心思往别的地方去,说,报告既然已经打了,就放下吧,我一个人不能说了算,政府办公会议上,会讨论的。万丽心上一块石头终于落了下来,但还是多问了一句,南星大酒店怎么办?惠正东没有回答她南星大酒店的事情,却笑了笑,说,你见到董部长了吧,董部长身体还好吧?万丽的脸,一下子红得要冒出血来了。惠正东说,你这个女同志啊!

　　万丽刚刚回到办公室,伊豆豆就跟了进来,直视着万丽,她的眼睛里竟有了一种万丽从来没有见过的冷意。伊豆豆说,万总,建群集团的老总跳楼了。万丽顿时惊得没有了反应,过了好半天,才喃喃地说,向一方拿了他那块闲置了三年的地?伊豆豆冷冷地说,没有死,伤得很重,可能会终身瘫痪。万丽就觉得,自己心里那块坚硬的东西,继续一点一点地在扩大在扩大,她想制止它扩大,但她制止不住。伊豆豆顿了顿,又说,李秋的电话又来过了。伊豆豆眼中的冷意,使得万丽无法直视伊豆豆,她低垂下眼睛,说,我知道了。

## 三九

**李秋说,我什么意思?我的意思就是,女人比男人更无耻!耿志军拿房子要挟我,你拿什么要挟我?**

李秋给的限期是一个月,很快已经过去了半个月,万丽心里明白,别说再过半个月,就是半年,就是一年,她也拿不出这笔款子来,无奈之下,她几次想去找田常规诉苦,但每次动到这个念头,她就再三告诫自己,田常规把她放在这个位置上,就是要她自己去解决这些难题,把四十万的定销房造起来,如果什么事情都要靠田常规,那又要她万丽干什么?万丽一次次压下不断冒起来的念头,但问题并没有解决,眼看着日子一日逼近一日,李秋中间还打过两次电话给伊豆豆,让伊豆豆提醒万丽别忘了还钱。万丽几乎是山穷水尽了,但有一天突然有了柳暗花明的意思。

年底前,社会部的马部长来汇报工作情况,其中谈到公司与外面的一些部门及个人签的租赁合同,因快到年底,该续签的要续签,该中止的要中止,该结束的要结束,根据公司的规定,马部长已经一一作了处理,也都有完整齐全的书面材料,本来马部长完全可以将书面材料放下就走,但这个同志偏偏工作特别细致认真,从不马虎,一定要口头再汇报一遍,万丽有事缠身,本来心里有点嫌他啰唆,但又不好直截了当地叫他不要汇报,就勉强地听了起来,听的过程中,还不礼貌地看了几次表,但马部长心无二用,根本看不到万丽的暗示,将所有的合同方一一介绍过来,凡是续签的,他都强调为什么要续签,凡是中止的,他也都一一说明为什么要中止。万丽一直似听非听,心不在焉。多半是公司的一些老门面房子,租给别人开店做什么,事情再大也大不到哪里去,万丽见马部长如此细叨,忍不住说,马部长,为什么要续签,为什么要中止,不都是根据公司的规定办的吗?马部长说,是呀,完全是严格按照规定办的。万丽说,既然是严格按规定办的,那就行了,是不是就不用详细听了?马部长摇了摇头,说,那不行,虽然都是按规定办,但其中的问题是错综复杂、千变万化的,具体问题都得具体对待,每一个人和每一个人都不一样,所以,您还是要听一听的。万丽有些哭笑不得,碰到这样的部下,她也无可奈何。马部长继续汇报,他的语调不急不忙,声音不高不低,永远都平平稳稳地在一个调门上,万丽听得都有点昏昏欲睡了。但是忽然间,马部长的一句话,将她惊醒过来,马部长说,主要是中止合同的一些人,虽然他们都有点想法,但我们的工作也都已经做到家了,只有一处,到现在还没有谈定,对方始终不肯松口,坚决要续签,因为签约人是财政局李秋处长的一个远亲,所以,所以这件事情,你看——万丽顿时一愣神,说,什么,你说什么?马部长说,合同到期了,应该结束,她却死活不同意,要续签。万丽说,为什么?马部长说,有利可图嘛。万丽又问,那我们为什么要中止?马部长奇怪地看了万丽一眼,好像不明白万总怎么会问这样的问题,说,公司不是有决议的吗?万丽说,就是说,这利要我们自己来图。马部长说,是呀,那样好的地盘,应该我们自己来操作的,可许红就是仗着有关系,说话硬得很,一直是有李处长罩着的,但我不会理会她的,留下她这一家,其他人要是知道了,怎么摆得平?万丽的心里突然就跳动了一下,急急地问道,他叫什么?和李秋什么关系?马部长说,叫许红,是个女的,什么关系嘛,我也不太清楚。万丽一下子急了,口气就不好听了,说,不清楚,什么都不清楚,你怎么能做事?马部长见万丽说变脸就变脸,也不知自己错在哪里,支吾道,这个合同,两年前签的时候,不是我过手的,我不了解背景。万丽说,是谁过手的?马部长刚要说是谁,万丽已经不耐烦地摆了摆手,说,我不要听具体的过程,你找当时过手的人打听清楚了,这个许红,是怎么进来的,谁推荐来的,是什么背景,弄清楚了,再来汇报。马部长说,好吧,那我先把其他情况说完了再——万丽见他如此腻烦,有点恼了,说,老马,你要干什么?马部长听不懂万丽的话,愣了一会儿,才想明白过来,问道,万总,您是要我先去——万丽赶紧说,对对对,你先去打听清楚了,马上告诉我。马部长出去后,万丽觉得心里并不踏实,赶紧叫伊豆豆来,把情况简单说了一下,伊豆豆说,知道了,我马上去了解。

等马部长重新进来的时候,伊豆豆的消息已经先到了,万丽让马部长先去忙别的事情,留下伊豆豆。伊豆豆告诉万丽,许红根本就不是李秋的什么亲戚,而是平原借了李秋的名义推荐过来的,当时这处房子已经许给别人了,但周洪发二话没说,立刻就从人家手里拿了回来,给了许红,房产公司还给人家赔了毁约金。万丽听了有些奇怪,说,周洪发投李秋所好,这可以理解,但这个合同是两年前签的,两年前平原就借李秋的名义做事情了?伊豆豆说,他们的恋爱不是谈了三年才结婚的吗?两年前,也就应该是他们刚热恋的时候,道理上说得过去。万丽说,李秋知不知道这件事?伊豆豆说,李秋这个人,一向谨慎到极点,就是知道,她会说自己知道吗?我也没敢去找她问一问。万丽赶紧说,万万不可。又说,你让马部长把许红的那份合同书拿过来。

马部长过来了,从厚厚一沓合同中拿出许红的那一份,交给万丽,奇怪地看着她。万丽接过来看了看,说,马部长,这份合同不用了,重新跟她续签。马部长愣了半天,说,续签?她的合同到期了,应该——说到一半,发现万丽的脸色不大好,停了下来,过了一会儿,又嘀咕道,这样我们不好做工作,对其他人怎么交代?万丽指了指桌上那沓合同说,这些产权,都是我们的?马部长说,当然是我们的。万丽说,既然是我们的,就不必要向别人交代什么!万丽不再跟马部长啰唆了,又打电话把伊豆豆叫进来,说,伊主任,这件事情,你和马部长一起办一办,要抓紧。

一小时后,许红的续签合同已经办好了,伊豆豆拿了合同进来给万丽过目,万丽说,伊豆豆,我这样做,是不是太霸道?万丽以为伊豆豆会说你是很霸道,哪知伊豆豆只是淡淡地笑了一下,并没有说话,这在伊豆豆身上是很少出现的表现,万丽心里不由愣了一下,似乎感觉到伊豆豆在开始发生一些什么变化,但事情迫在眉睫,她实在没有时间也没有心情去揣摩伊豆豆的变化。又说,马部长呢,他想不通?伊豆豆说,那也没办法,如果要人人想得通,事情就别做了。万丽点了点头,伊豆豆走后,她犹豫了半天,想给李秋打电话觉得不妥,就给平原打过去,让万丽万万没有想到的是,平原大吃一惊,立刻否认说,万总,你怎么可以没根没据地瞎说,许红是谁,谁是许红?万丽从平原既着急又惊慌的口气中似乎敏感到了什么,心里掠过一丝不祥的感觉,但她硬了硬心肠,说,平局,你不认识许红,但是许红认识你。平原说,她认识我我也不认识她。万丽说,虽然我们现在无法找周洪发对证,但是两年前签合同的时候,除了周洪发,还有其他人在场吧。电话那头平原没有了声音,过了片刻,平原说,万总,你还没有跟李秋说吧?万丽说,我先给你打电话的。平原似乎松了一口气,说,万总,合同续签不续签是你们的事情,但是许红这个人,你千万别跟李秋提起好不好?万丽正想说什么,平原已经先说了,万总,你还债的事情,我尽量做工作。万丽片刻之间在心里打了几个转,她无法断定平原做李秋工作成功的把握有多大,但是现在也别无选择,只有等待平原的答复。如果换一种方式,牺牲平原,将许红的事情直接告诉李秋,会是什么样的结果呢?万丽一想到平原听到许红这个名字时的惊慌,多少已经察觉出其中的问题,如果这样做,就像耿志军以购房的事情要挟李秋一样,做法又拙劣手段又卑劣,而且,以李秋的脾性来看,恐怕更是适得其反,所以,万丽的思路千转百回之后,只能跟平原说,好吧,我等你的好消息。

万丽原以为事情都控制在她一个人的手里,不料偏偏事情出现了意想不到的岔道,固执的马部长心里不服万丽的决定,又不便当面抵抗,便跑到李秋那里把事情说了出来,他觉得李秋是个正直公正的女同志,一定会顾全大局,把许红的事情处理好的。

这一下子事情就闹大了,马部长刚刚离开李秋的办公室,李秋就抓起电话打给了万丽,电话一接通,李秋劈头盖脸就说,你想干什么?万丽听出是李秋的声音,还以为李秋打错了电话搞错了人,赶紧说,李秋,是我,万丽。李秋恼怒道,我找的就是你,你什么意思?万丽也被她弄火了,说,我什么意思?我还没问你什么意思呢!李秋说,我什么意思?我的意思就是,女人比男人更无耻!耿志军拿房子要挟我,你拿什么要挟我?我告诉你,别以为冒出个许红来就能赖掉我的钱?你做梦!万丽我告诉你,我不认识许红,平原也不认识许红!话已经说到这一步,万丽虽然暂时还不清楚李秋是怎么知道内情的,但事实上她已经了解了全部的情况,所以万丽也顾不得更多了,气得大声说,平原认不认识许红,你我心里都明白!李秋说,万丽,我告诉你,我不吃你这一套!万丽"哼"了一声说,你不吃,但你家有人吃!李秋果然一口气噎住了,半天没有说出话来。两个人僵住了,却又都抓着电话不放,运气调息,准备再有新一轮的战斗。这件事情,万丽早已经感觉到其中有些不妙的因素,至少平原和这个许红的关系,平原不想让李秋知道,所以万丽相信平原回去会下死劲做李秋的工作。她也曾经想过,万一平原仍然拿不下李秋,她应该怎么办?无论如何她都不能把许红的事情告诉李秋,因为她的预感不会错,这件事情闹大了,会是一场大祸,于平原于李秋于她都没有好处。但现在李秋竟然已经知道了事情的真相,万丽搞不清楚是平原自己说出来的,还是别的谁告诉李秋的,只是觉得事情僵到这一步,恐怕真的没有退路了。

正在这时候,兴冲冲地回到办公室的马部长进来了,见万丽抓着电话发呆,赶紧说,万总,您先接电话,一会儿我来跟您汇报许红续约的事情。万丽脑子"轰"地一下,也不顾电话那头李秋还听着,厉声道,老马,你找李处长去了?马部长得意地邀功说,万总,我把许红的事情办妥了,李处答应了,许红的合同不续签了。万丽只觉得血往脑门上冲,脸上额头上顿时烫得厉害,气得眼皮突突直跳,想大声训斥马部长,但看到马部长一脸的喜气,等着表扬呢,万丽所有的气一下子泄光了,看着马部长愣了半天,最后才想起来向他摆摆手,说,好,我知道了。马部长走后,万丽对着话筒说,李处,你听到了吧,请你以后不要再把"无耻"这两个字老是挂在嘴上送给别人。李秋冷哼一声,说,敢作敢当,别跟我演双簧。万丽知道今天跟李秋是说不清了,心里沮丧得什么话都不想说了,说,我不想跟你说了,既然事情你都知道了,你自己看着办吧。李秋说,我豁出去,跟平原离婚!万丽气得"啪"地挂了电话。

万丽知道麻烦大了,以李秋的脾气,不仅她房产集团的债赖不掉,恐怕弄得人家家庭都要出问题了,虽然李秋的行为实在气人,说的话也实在难听,但毕竟不能因此去影响到人家的家庭啊。李秋是那样要面子的人,她的前夫就是个拈花惹草的人物,如果第二任丈夫又出现这样的情况,李秋心里的痛,是可想而知的。更何况,一个再婚的家庭,本来就是十分脆弱的,再加上李秋的这根敏感脆弱的神经,闹起来那还得了。更何况,这事情闹大了,她的计划就完全彻底地泡汤了,万丽想到这里,心里一阵阵地发紧,本来是一件公对公的事情,万丽还不还这笔款,李秋收回不收回这笔款,对她们个人来说,也都不至于糟到哪里去,但偏偏两个人都那么顶真较劲,好像在决一高低,咬住不放了,就弄得伤了和气。而且,还真的闹出了大事情,弄得不可收拾了。万丽只有强咽下苦果,想再给李秋打电话,赔不是,却不料电话铃猛地响起来,万丽一接,没想到正是李秋。李秋说,万丽,你不就是想告诉我,许红是平原的情妇吗?我也告诉你,你满世界去宣传也无所谓,我已经给平原打了电话,让他准备离婚,所以,我再跟你说一遍,别再试图跟我玩什么花招,我这个人,你也知道的,什么也不吃。万丽的火气一再地强压下去,又一再地被挑起来,好像今天李秋就是专门来和她过不去,非要惹她,万丽一气之下,也就顾不得许多,大声道,你离婚不离婚关我什么事,只不过我也告诉你,别把自己打扮得跟圣人似的,你不吃,我还偏要你吃,不信你就等着瞧!这回是李秋,没等她说完,已经摔了电话。

　　万丽心里乱跳了半天,怎么也平静不下来了,双方的话都说得绝了,下面的事情,就难办了,要想转弯,也不好转了,但最后吃亏的还是万丽,毕竟这钱,是要万丽掏出来还。万丽思来想去,真是走投无路了,电话又响了,万丽心存的最后一点希望又燃了起来。电话是平原打来的,平原生气地说,万总,我一直很尊重你的人格,可想不到你还是告诉了李秋。万丽说,是不是我告诉李秋的,早晚你们会搞清楚,我现在说,你也不会相信,我不想解释了。平原说,万总,无论是谁说出来的,我也知道,若要人不知,除非己莫为,事情早晚会让人知道的。我给你打电话,是想求你,许红的房约还是跟她续签了吧,我和许红是有过一段往事,当年也是为了她我才离婚的,但早已经结束了。可是许红不肯放过我,如果不跟她续签,她会把这件事情到处宣扬,我自己反正也就这样了,我担心李秋——万丽说,你别说了。她心里一阵一阵地疼痛起来,觉得自己为了逃避债务,把事情做得太过分,实在无脸面对平原和李秋,她鼻子一酸,说,平原,合同已经续签了,手续都办好了,至于公欠李秋的钱，我再另想办法。

事情到了这一步，万丽别无他法了，只有一个她最最不愿意出的最下下策，找上级领导出面协调。但是这个上级领导，不能是田常规，只能是惠正东。万丽熬到第二天的下午，再也煞不下去了，百般不情愿地拨通了惠正东的电话，惠正东一听是万丽，就说，万总，我正要找你说话呢，财政局那头，你们不是有一笔拖了几年的欠款吗，昨天下午方局长跟我说了一下，局里已经讨论过，再缓你们一阵。万丽简直不敢相信自己的耳朵，耳朵边上，李秋的嚷嚷声还没有消失呢，在这样的背景下，惠正东的话实在像是儿戏。万丽怀疑地问道，惠市长，方局长什么时候跟您汇报的？惠正东说，昨天，是昨天下午嘛。万丽"啊"了一声，再也说不出话来。惠正东也不知道万丽"啊"的什么，只是按自己的思路说，万总，你看，方方面面都在支持你啊，你人气好旺嘛，我这个当市长的，有时候要跟老方商量点资金的事情，他还左右不情愿呢，你这儿倒好，人家主动让出来了。万丽的思绪有点混乱，财政局能够做出这样的决定，李秋肯定是起了决定作用的，但是想到昨天上午和她吵架的李秋，要和平原离婚的李秋，最后摔了电话的李秋，她怎么也想不明白李秋怎么会让出这一步，要知道，这一步一让，她李秋几十年如一日的形象，就彻底改变了。

唯一的理由就是爱。为了爱，为了平原，李秋可以改变自己，可以牺牲自己，想到这儿，万丽的眼睛一下子湿了，眼泪在眼眶里打着转，伊豆豆恰好一头撞了进来，看到万丽噙着泪，吓了一跳，愣住了。万丽迅速地平静下来，看伊豆豆愣着，问道，什么事？伊豆豆是来报告不好的消息的，看到万丽的样子，她都不敢说了，在她办公室的电话那头，耿志军正怒火冲天地等着呢。

耿志军也算是个消息灵通的人物，但是这一次在科辉群楼的事情上，却是晚了一步，不仅万丽咬紧牙关没有告诉他，叶楚洲那边也是滴水不漏，就连惠正东，也没有透露一点点风声给耿志军，这三方,虽然事先并未商定要隐瞒耿志军,但至少在心意上是一致的。在耿志军费尽周折为科辉群楼贷款的时候,万丽和叶楚洲已经做好了一切的准备工作,款子一到账,万丽便把科辉群楼易主的决定公开出来,同时,也就把耿志军贷的这笔款紧紧地攥在自己的手心里了。

耿志军哪能咽下这口气,但这个决定是市政府同意的,更是田常规默许的,这两张王牌打在前面,耿志军拿万丽一点办法也没有。何况,万丽告诉他,这一笔交易,对双方都有好处,房产集团获利更大,因为叶楚洲以原价出让了城东的那块地,这是最理想的建造定销房的地点。

耿志军怎么可能相信叶楚洲,他先跑到城东去看了一下,站在那块地上,他的心情和当初万丽伊豆豆去的时候一模一样,不敢相信眼前的事实,他呆呆地站了一会儿,就直奔市规划局去了。果然不出耿志军所料,叶楚洲的这块地,是规划中的环城高速的必经之路,但这个规划,目前还只存在于少数几个专业人员少数几个领导的脑海中,根本还没有上图纸,甚至在规划会议上,也还没有提出来议过,耿志军也是动用了许多关系才打听到这一点消息,可见叶楚洲的嗅觉有多么的灵敏,或者说,他的四通八达的关系网是多么的广泛和周密。

耿志军一出规划局,等不及赶回来,就在路上给万丽打电话,但是万丽的电话一直占线,耿志军一急之下,就打到了伊豆豆那里,让伊豆豆立刻通知万丽。当万丽听到伊豆豆说城东是未来绕城高速的必经之路时,只觉得脑子里又是"轰"的一下,脑子都麻木了,依稀听到伊豆豆说,万总,耿总还在那边等你说话。万丽有气无力地摆了摆手,木呆呆地看着伊豆豆走出去。

## 四〇

余建芳最后没有当上正县长,就是因为她在关键的时候没有挺得住,跑到医院去看朱部长,朱部长临终,她扑到朱部长身上痛哭,谁也拉不起来。

万丽心里明白,定销房指望不上叶楚洲那块地了。

那一天万丽和伊豆豆激动万分地来看城东这块地的时候,伊豆豆还跟她开玩笑,说是叶楚洲送给她的见面礼,虽然万丽不至于浅薄到相信在商界会发生这样的事情,但她内心毕竟是有许多感动,有许多联想的,从一开始她就对叶楚洲抱有好感,这也是许多年以来一直存于她内心最深处的一个隐秘。可是现在,希望的泡沫破灭了,一切都随着破灭了,万丽心里空空荡荡。

但对于这个问题,公司上层会议争论却非常激烈,耿志军虽然对叶楚洲怒气冲冲,但以他为首的大部分人,权衡利弊后,却又都认为,绕城高速不能算什么了不起的大障碍,它只是穿过这个地方而已,它毕竟只是一条路而已,占地并不很大,不能因为要通高速,就丢掉那块宝地,无论从地点还是从周围环境还是从地价成本来看,这块地皮,都是最合适做定销房的,何况如今造房子,哪能保证得了那么多,城市建设日新月异,规划也就是日新月异,谁能跟得上,就算换了地,谁又敢确保什么呢。

但是无论他们怎样列数这块地的种种好处,万丽仍然毫不犹豫地否决了这种想法,万丽要建的定销房,是不能让人有任何话可以说的,是要无可指责的。万丽不能忘记,田常规找她谈话的时候,给她看的那份内参,《南州首批定销房遭到质疑》,其中的原因,一是房子质量,二是房子规格,三就是离高速公路太近。

万丽不能让这样的质疑重演,这样的质疑,表面上看起来是针对造房者的,实际上,却是直指市委市政府,直指田常规,是直接质问政府对底层百姓的态度的。万丽决不能让自己的工作,给田常规带来丝毫的麻烦和不良的影响。

万丽的心思已经是人人皆知了,但她的想法却不是人人都能够接受的,耿志军就接受不了,他当场就跳了起来,说,周总在的时候,永远不会拿良心去换马屁,去换政绩。话说得非常难听不说,在说这话的时候,耿志军完全是拿一种轻蔑的眼光看着万丽,要是换了平时,万丽决不能忍受这样的轻蔑,但此时此刻,她说不出话来,她在心底里问自己,我是在干什么,我这算是对市委对田常规负责吗?耿志军一甩手走了,人到了门口,嘴里还不休不止地嘀咕道,一个女人,这种样子,更让人恶心——虽然是嘀咕着的,但是会议室里的人都听得见,大家本来就已经变了色的脸,此时更加难看,都提心吊胆地等着万丽发作,想看看她的脸色,又都不大敢看,等了一会儿,不见万丽发作,却听到她低声地宣布散会了,今天的会就到这里了,这个问题,我们改天再议。但是万丽并没有等到改天再议,她也不可能等到公司上层统一了思想再做事情。

无论压力有多大,无论对自己内心的责问有多重,万丽已经毫不犹豫地放弃了叶楚洲的地块,她的目光迅速地转到了元和县与南州交界的那些地皮上,这些地皮上,本来都是被一些企业和县属机构占领着,但是元和县配合南州城市改造的动作相当的快,首批搬迁的企业已经搬走,大片的土地,已经令人垂涎三尺地裸露在那里了。当天下午,她就直接打电话给元和县的张书记,张书记当然明白万丽的意图,笑呵呵地表示欢迎,并且约了第二天下午见面。

下晚,万丽给余建芳打了个电话,问她几点能到家,余建芳说大约七八点钟。万丽吃过晚饭,就往余建芳家去了。余建芳最近是春风得意,已经是正县长的考察人选之一,她的另外两个竞争对手,实力都不如她,虽然余建芳已经四十好几开始往五十岁上奔了,但她的精力,永远是那么的充沛,斗志永远是那么的旺盛,所以无论是县机关,还是南州市里,看好余建芳的人居多。虽然余建芳的竞争对手也有反对建芳的道理,但这些道理,无非是工作能力不够,工作方式方法落后,比较空洞,除此之外,也说不出什么实实在在的问题。至于工作能力和工作方法,如果要说它们是个问题,它们就是个问题,也可以是大问题,如果不认为它们是个问题,它们就根本不是个问题,一切都要看余建芳的官运到底如何了。

万丽这时候来找余建芳,也许并不是好时机,正是余建芳心神不宁的时候,三个人的竞争,虽然她的胜算更大些,但毕竟八字未见一撇,心里总是不踏实的。万丽也不是没有考虑到这一层,但实在是时间不等人,明天下午就要和张书记谈实质的内容了,事先不摸一摸张书记的底,万丽如何去面对一个一无所知的张书记,所以,虽然时机并不好,但万丽还是不得不来。

万丽到的时候,余建芳的丈夫田行正系着围裙在打扫厨房,沾着两手的油腻,看到万丽来,也没有想到把围裙解掉,赶紧洗了手,拿着茶杯出来问万丽,万总,你是喜欢绿茶还是红茶?万丽想说"随便",但是看田行期待着她的回答,便说,绿茶吧。田行又问,要淡一些还是浓一些?他见万丽有点愣,又说道,你睡眠好吗?有的人,晚上喝了浓茶睡不好觉。万丽说,我没事。田行瘦瘦高高的,显得很单薄,一进来万丽看着这高个子的田行系着围裙,觉得有点不伦不类,想笑,却觉得不太礼貌,便忍住了,这会儿又见他这么认真地研究泡茶的事情,又想笑,但仍然没有笑起来,只是在心里"嘻"了一下。万丽和田行不熟,只见过一两次,也都只是打个照面而已,说过的话恐怕加起来也不满五句,余建芳又是个不肯多说家事、不肯多提丈夫的人,所以万丽对田行几乎是一无所知的,只知道他是建筑设计院的工程师。田行等万丽坐定后,看了看钟,说,建芳说,七八点钟能回家。万丽点点头,说,我知道,我跟她约了的。再往下,田行就不知道说什么了,挂着两条胳膊,看上去有点不知所措。万丽赶紧说，田工，你去忙你的，我等一等。田行觉得不大好，万丽指指他们的厨房，你里边还没收拾完呢，赶紧去弄吧。田行刚刚回进厨房，卧房的门打开了，一个十多岁的男孩拿着作业本跑进厨房，喊道，爸爸，这道题我不会做。田行还没来得及看作业本，另一个男孩也跑出来，也举着作业本喊，爸爸，这道题我也不会做。两个男孩子是双胞胎，长得一模一样，万丽忍不住说，田工，你们好福气啊。田行笑了笑，耐心地把孩子领到屋里，万丽听到他细声细语地给孩子们讲解，你们看，有一个水池，往水池里加满水，是二十吨——一个男孩嚷起来，爸爸，二十吨水是多少？另一个男孩道，笨蛋，二十吨水就是五吨嘛。第一个男孩又嚷道，你才笨蛋，你笨蛋！田行好声好气地轻声说，好了，不吵啊，我们重新来看，池里装满了水，是二十吨——

　　田行终于忙完了家务，孩子们也暂时地安静下来了，他过来在沙发上坐下，不好意思地向万丽笑笑，对不起，万总。万丽说，你够辛苦的，家务的负担，不像别的工作，那是年年月月天天都要做的，没完没了。田行说，当一些事情变成了习惯，就不再是负担了，有时候，反而会有说不出的兴趣呢。

　　两个孩子又跑了出来，一起嚷嚷，爸爸爸爸，作业做好了，看一会儿电视好吗？田行指了指墙上的钟，说，时间不早了，不看电视了。孩子们很听话，一个说，那就洗脚吧。另一个说，不对，应该先洗脸。万丽忍不住要笑，这两个孩子，对田行可算是言听计从，但两个人之间，总是闹一点小小的别扭，你说一，他非说二，你说东，他就说西，但只要田行说了什么，他们倒是不反对。田行把他们领进卫生间，万丽便走到卫生间门口看着他们，这么大的两个男孩了，还是由田行替他们洗脸，细心地擦上护肤霜，又洗脚，然后擦干脚，一个一个地领上床，回头过来，又将脚布用肥皂洗干净，用开水烫过，小心地晾好，做这一切的事情，田行既不慌不忙又手脚麻利，万丽看着看着，眼前不由出现了第一次见到孙国海的情形，提着两个竹壳的热水瓶，撞掉了万丽的水瓶，结结巴巴地推卸责任，说，是你撞我的，是你撞我的。

快九点了，余建芳还没有回家，田行打她的手机，也一直没有接听，万丽不知余建芳是真有什么要紧的事情耽搁了，还是不想见她，正准备告辞，余建芳家的电话响了，是余建芳打回来的。田行说，建芳，万总还在等你呢。余建芳让万丽接电话，说，万丽，对不起，我有点急事，一时半会儿回不来，要不，改天行吗？但改天肯定是不行的，因为明天下午就和张书记面谈了，在这之前，无论如何也得把底摸一摸，于是万丽说，你别急，我现在回家，等你，你什么时候空了，就给我打电话。余建芳犹豫了一下，说，我也不知道什么时候才能开走，你能不能到我这里来？万丽说，你在哪里？余建芳说，医院。

在医院抢救室外的走廊上，万丽看到了余建芳，她正焦急地在走廊里转来转去，万丽走近了才发现余建芳脸色憔悴，两眼通红，吓了一跳，赶紧问，谁在抢救？余建芳带着哭腔说，朱部长。万丽开始还一愣，没有想到是哪个朱部长，但片刻之后忽然明白了，是向问前任的南州市委组织部朱部长，当年机关里曾经传说余建芳到他面前去哭了一通，就从妇联哭到组织部去了，但后来不知为什么余建芳又主动要求离开组织部，调到宣传部，再后来，干脆宣传部也不干了，回到了元和县老家。关于这些事情，机关里风言风语也传过一阵，但毕竟余建芳人都离开机关了，后来也就没有人再有兴趣多说她了。现在时隔多年，万丽看到余建芳红着眼睛站在医院抢救室门口守候朱部长，顿时相信了当年的一些传说，她向余建芳点了点头，拉着坐立不安的余建芳坐下，说，情况怎么样？余建芳的眼泪"哗"地下来了，说，医生刚才说，很危险，怕过不了这一关了。朱部长得病，是早几年的事情，但动过手术之后，拖拖拉拉也过了两三年，以为能够熬过去了，可前不久又发病，被确诊是转移了，因为身体虚弱，也不能再动二次手术，就在医院做保守疗法。下晚的时候，余建芳来医院看望朱部长，朱部长的病情突然恶化,休克了,被送进了抢救室。

　　万丽正想劝劝余建芳,忽然听到走廊一头传来哇啦哇啦的吵闹声,一个气急败坏的妇女出现在她们面前,一看到余建芳,上前就抓住她的头发,说,你个婊子,你来干什么?万丽大吃一惊,赶紧去拉开她的手,她却把万丽拨拉开,说,你是谁,你给我滚远一点。万丽气道,你是谁?你给我滚远一点。那女人眉毛一挑,用眼角瞥着万丽说,我是朱部长的太太,你怎么样?万丽惊得简直不敢相信自己的耳朵,她也曾经听说过朱部长的老婆是个乡下女人,不仅没文化,而且很粗俗,但怎么也没想到竟然会是这个样子,一时愣住了。余建芳被她揪着头发,也不挣扎,倒是一个护士看不过去了,喝了一声,打架,出去打。朱部长的老婆这才放开了手,骂道,不要脸的婊子,人都要死了,你还缠住他不放,他还能给你什么?你滚吧!余建芳闷着头不吭声,但坚持着不走。朱部长的老婆撒泼似的对闻声出来看热闹的病人和家属说,你们大家来看啊,这就是第三者,这就是那个不要脸的第三者——余建芳"嗷"的一声,双手捂着脸就往外跑,万丽紧紧跟在后面,两个人跑出来后,余建芳一下子扑在万丽身上,失声痛哭起来。

　　朱部长因为娶了这么一个凶神恶煞的老婆,一辈子痛苦,又碍于身份,不敢离婚,当年余建芳找朱部长谈自己的工作问题,朱部长一下子就喜欢上了这个质朴老实的女同志,但是余建芳始终没有敢越雷池一步。为了逃避朱部长,她先是离开了组织部,后来又逃回了老家。余建芳说,万丽,你也许不相信我说的话,但事情就是这样的。万丽点头说,我相信。余建芳说,其实,朱部长是个好人,我没愿意,他一点也没有为难我,我要走,他就让我走了。其实,我走的时候,我和他,我们心里都非常痛苦,非常难过,可是机关里的人,哪会有人相信?三年前,我听说朱部长得了绝症,内心深处的愧疚越来越重,但是他有这么个老婆,即使到了现在,我也不能光明正大地来看朱部长,我摸清了她的行动规律后,总是晚上偷偷摸摸地来。万丽说,没被她撞上过?余建芳摇头,说,哪能呢,撞上过好几次。万丽说,那你还来?余建芳又哭起来,我不能不来,我不来,晚上就睡不着觉。万丽心里忽然就掠过一片阴影,但很快飘浮过去了,她也没有说出来。

余建芳渐渐平静后,她们到附近一家咖啡馆坐了一会儿,余建芳简单地说了说张书记的情况,不知是不是今晚的事情触动了她,余建芳显得特别主动,她告诉万丽,张书记快到年龄了,如果在今年年底班子大调整的时候不能调到南州市里,明年他就要从现在的位子上退下来了。她见万丽微微皱眉,就知道万丽在想什么,又说,是的,这是组织上的事情,可是现在南州许多人,都知道你跟大老板关系特殊,当然也包括张书记。万丽想说,可是事实上并非如此,但她说不出口,不仅不能说出口,她得承认,还得利用这种假象。她现在明白了,明天到了张书记面前,谈判的砝码在哪里。

从咖啡馆出来,余建芳没有回去,她又到医院去了,万丽看着她单薄的背影,感觉出了她内心里躲躲闪闪偷偷摸摸的恐惧,万丽真想追上去对她说,我陪你去吧,但她没有这么做,余建芳虽然今天跟她说了许多话,但事情过去后,心情平静下来,她们两个人都会明白,这些话原本是不应该说出来的。

第二天与张书记的谈判,果然非常顺利,张书记说,定销房是关系到南州许许多多动迁老百姓生计的大事,是市委市政府的大事,我们县里其他地方帮不上什么忙,也只有在土地上可以支援一下了,能够支持到你们,也是我们元和的光荣啊。万丽事先也已经实地考察了元和县的地块,准备分三步走,第一块不行,就退到第二块,第二块不行,再退到第三块。结果在第一块地上就解决了问题。万丽也曾考虑张书记向县里上上下下有个交代的问题,但张书记早就已经考虑好了,他说,我们也一样要采取拍卖的手段,但万总你放心,不是自己人,这一次不放他进拍卖场的。也就是说，到时候县里会组织一些"自己人"来参加竞拍，但最后肯定是让万丽以她能够出得起的价格拿走这块地，如愿以偿地解决首批定销房的问题。张书记送万丽出来的时候，紧紧握住她的手，说，万总，见到田书记，代我问好。万丽从容地点着头，说，张书记，你放心，一定，一定，一边说一边心里想，我自己还不知道哪天能见到田书记呢，这么想着，心头泛起一股尴尬的滋味，我是个骗子，她自嘲地想，一个无耻的女骗子。

余建芳最后没当上正县长，就是因为她在关键的时刻没有挺得住，跑到医院去看朱部长，朱部长临终，她扑在朱部长身上痛哭，谁也拉不起来，朱部长的老婆把当年的事情一起捅出来，她的竞争对手终于有了重磅炸弹，将她轰了下去。后来万丽再见到余建芳时，看不出余建芳有一丝一毫的沮丧，她依然认真工作，依然勤勤恳恳，踏踏实实，一步一个脚印往前走，哪怕走得慢，哪怕走着走着又往后退了几步，但她始终在往前走，她还不老，还有机会，还有希望。

## 四一

**系办公室一位老师说，康老师得了癌症，已经大半年没来上班了。万丽只觉得自己的一颗心往下沉、往下沉，片刻之间，就沉到了自己都摸不着的深渊里。**

如果说坏事常常接二连三一起来，好事其实也一样，正当万丽拿到了元和县的第一块地，开始做首批定销房的规划时，消失了好些时候的叶楚洲突然出现了，他事先也没有通知万丽，一下子就跑到万丽办公室来了，说，万丽，我去了一趟泰国，在普吉岛海滩买了一块地，打算造别墅。万丽说，那当然好，保险，那地方不会建绕城高速。叶楚洲说，知道你在生我的气，所以就直接闯进来了。万丽说,怎么,怕我不见你?我的心胸还没有狭窄到那一步吧。叶楚洲说,你一直是个大气的女人,我早就说过,南州市级机关里,我看来看去,也就只有你。万丽说,不敢当。叶楚洲说,不过你先别得意,那是在过去,最近你还真变了,没有了从前的那种大气、大度、大家闺秀的气派。万丽说,是呀,甘心让你骗,就是大气,就是大度。叶楚洲一时没有说话,只是盯着万丽看,看了半天,说,你真的觉得我城东那块地是骗你的?万丽说,你别说你不知道要建绕城高速。叶楚洲说,我不仅知道要建绕城高速,还知道要建轻轨,城东那一段,是轻轨的地下段,如果是这样的规划,城东这块地,你就还给我吧。一句话,就把万丽说得目瞪口呆。这块地方,建绕城高速还是建轻轨的地下段,那一出一进,可是天壤之别,如果成为绕城高速的必经之地,小区处于交通要道之中,噪声车流,污染严重,万丽决不能考虑把定销房建在这里。如果是轻轨的地下段,那既不影响小区的环保又变成一处交通方便之地,就简直是天下掉下来的大馅饼。万丽呆了半天,又急着说,叶楚洲,你从哪里来的消息?你这消息,会不会又是骗局?叶楚洲说,万丽,你怎么老觉得人在骗你,胆子这么小,怎么做大事?老话说,胆小没官做,你不想升官了?万丽说,你别打哈哈,绕城高速和轻轨,都只是纸上谈兵的事情,但我的定销房不可能等到最后这种远景规划确定以后再建,我没有时间。叶楚洲说,更确切地说,是大老板不给你更多的时间。万丽说,所以,我不能不提防。叶楚洲说,到目前为止,到底是建绕城高速还是建轻轨地下段,恐怕只有一个人心里清楚。叶楚洲没有说这个人是谁,但万丽却知道,他就是田常规。

  只是万丽不能去找田常规。既然是在田常规内心深处的事情,他不愿意现在拿出来,万丽硬要去探出来刺出来,对万丽实在不是一件好事。但是不去问田常规,这件事情就不得解决。万丽给远在韩国的康季平发了一封电子邮件,把自己的两难处境告诉了他。不出二十分钟,康季平的回信就来了,但奇怪的是,这一次康季平的信很短,并没有平时惯常的啰啰唆唆的关心和提醒,更没有了在平平常常的字里行间里蕴藏着的爱意,只是简洁而直接地写道,你说城东的这块地,占了你所需面积的四分之一,既然是这么重的分量,你应该去找田常规问清楚。万丽将这几十个字看了半天,心里的疑惑越来越浓重,但她最后还是丢开了对康季平的疑惑,开始盘算怎么去找田常规,怎么开口打听这件事情。

万丽想了好几个借口,但立刻就被自己否了,什么借口也不能有,有什么借口田常规是看不出来的?所以最后万丽和田常规通电话的时候就直接说,田书记,关于城东那块地,我想跟您汇报一下。田常规说,跟我汇报一块地?万丽老老实实地说,主要是想了解您对这块地的前景的想法。田常规说,呵,想了解我的想法,你就来吧。

万丽走进田常规办公室的那一刻,田常规就笑着道,小万,你比我估计的还来得晚了一点,说明我对你的能力还是估计低了呢。万丽心里顿时一热,又顿时一惊,知道自己的一举一动都在田常规眼里,恐怕连自己内心深处的东西,他也都能看得清清楚楚,所以,这一次她直截了当地说明自己的想法来见田常规是完全正确的,而在片刻之间,她又再次提醒自己,在田常规面前,不要有丝毫的掩饰和伪装,真人面前不说假,明人面前不装蒜。万丽说,田书记,我犹豫斗争了几天,才决定来求您的。田常规点头说,我知道,像你这样的同志,不到迫不得已,不会来找我的麻烦。万丽不好意思地笑了笑,说,其实已经有好几次,我都差一点要来求助于您了。田常规替她接着说下去,但最后还是靠自己解决了。万丽说,可是这一次,城东这块地,事关重大,可以解决近十万的定销房。田常规说,其他条件你都考察论证过了?万丽说,是的,条件相当,可就是不知道——田常规摆了手摆,打断了她的话,平淡地说,既然各方面条件相当的好,为什么不做呢?田常规话音未落,万丽心里就"咯噔"了一下,一块石头落地了,不用再问什么,也不用田常规再说什么,事情已经明摆着了,那地方肯定是轻轨的地下段,就在这一瞬间,万丽的眼睛不由得潮湿了,她哽咽着点了点头,正欲告辞离开,田常规却看了看表,说,本来今天一早,我去省委报到,下午开常委会,现在要抓紧时间赶路了,吃午饭的时间给你拿去了。

万丽兴奋无比甚至有点狂热的心情一下子冷却了许多,田常规用另一种方式在告诉她,他是不希望她来找他的,虽然田常规笑眯眯地把城东这块地的难题给她解决了,但正如她早就预料的,田常规并不高兴,也可以说是很不高兴,万丽能够理解田常规的苦衷,轻轨还只是个梦,而且还是一个暂时不能也不敢说出来的梦,目前国家的政策,正是紧缩的阶段,在一个中型城市发展轻轨,这样的决定,要看赶上的是什么风头,赶上顺风,那是天大的好事,是改革开放中的大踏步前进,是二十一世纪的新开端,但如果赶上的是逆风,那就很难说了,闹不好拔出萝卜带出泥,还会惹来许多相关与不相关的大麻烦呢。所以轻轨的事情,目前只是存在于大家的心底和梦里,谁也不敢先说出来。尽管田常规相信万丽不会把这些不该说的事情说出去,但是只要万丽的定销房在城东那块地上一打桩,轻轨就成为事实了。田常规现在还不知道,这件事情的后果会是怎么样的,可能议论一阵就过去了,但会不会有人利用万丽的这张牌,打他的主意,都难说。万丽知道自己给田常规带来了压力,这些因素她事先也反复考虑过,但她又不能不来,她要完成田常规交给她的任务,是经济的,更是政治的,她要向田常规有完满的交代。

万丽心情复杂地回到办公室,闷坐了半天,先将千头万绪理了一理,首先是想到叶楚洲。关于叶楚洲,万丽有几点想不明白的,第一,轻轨的事情既然如此敏感,叶楚洲的消息又是从哪里来的?第二,叶楚洲既然知道轻轨的内幕,怎么可能拱手把城东的地给她?就是为了那个政协常委吗?第三,万丽虽然相信叶楚洲不会拿轻轨的事情到处去放风，但她还是觉得自己有必要提醒他一下。不料，叶楚洲一接电话后，就开始和她大谈泰国的发展空间，不容得她有任何机会提到城东的地和轻轨的事情。万丽开始还有些着急，但听着听着，她明白过来了，叶楚洲是在告诉她，不用担心，一切他都心中有数。万丽也知道叶楚洲是个极其明白的人，他不会做傻事，但也正因为如此，她搞不懂叶楚洲放地给她的真正用意，但现在她也没有更多的时间去琢磨这件事情，已经走到这一步，哪怕前面是叶楚洲挖的一个大陷阱，她也只能眼睁睁地往里跳了。

挂断叶楚洲的电话后，她又给耿志军打了个电话，告诉他城东地块的用途报告规划局已经批下来，下个星期就开始做招标的准备了。就在她打电话的过程中，伊豆豆进来过两次，看到她通电话，退出去，过一会儿又进来，又退出去，等到她打完了该打的电话，等伊豆豆进来，伊豆豆却又不进来了，万丽不知道伊豆豆有什么事，便把电话打到办公室，办公室说，伊主任出去了，也没说上哪里去了。

万丽这才稍稍地安静下来，一安静下来，就想到了康季平她，立刻给康季平发邮件，告诉康季平，城东的地解决了，但她没有把田常规的担心说出来。万丽万万没料到，片刻之后，康季平的回信已经到了，只有两个字：祝贺。万丽细细地看着这两个字，先前的疑惑再一次浮上心头，这个时候，应该是康季平在那边上课的时间，难道他课也不上，就一直守在电脑边等她的信？这太不可思议了。万丽迅速地发信问道，你是康季平吗？又追发了一封，你到底在哪里？你到底在干什么？一直等了半个小时，也没见回信，万丽更疑惑了，心里好像有一种预感，好像预感到要出什么大事了，她下意识地拨了康季平的手机，这个手机，自从康季平去韩国之后，她就再也没有拨过，此时的万丽，也完全是没有了主张才会拨出这个号码的，却不料，手机一拨就通了，听到一个女人的声音问，找谁？万丽听出来是姜银燕的声音，赶紧说，姜银燕，我是万丽。就在这一瞬间，万丽听到了手机那头康季平的声音，康季平说，把手机给我。康季平接过手机后，说，万丽，我是康季平。康季平的声音又哑又低，好像憋在嗓子里根本没有一点力气说话，万丽顿时傻了，说，康季平，你不在韩国，你肯定不在韩国！康季平说，我刚刚回来，休假。万丽哪里能相信，说，休假？这么巧？康季平轻轻笑了一声，说，无巧不成书嘛。万丽说，那我去看看你。康季平犹豫了一下，说，对不起万丽，我休假时间很短，只有一个星期，家里事情很多，要我处理，再把时间给别人姜银燕会有意见的。万丽简直不敢相信自己的耳朵，这是康季平吗？这是康季平对她说的话吗？是因为姜银燕在场吗？以前也曾有过姜银燕在场时他们通话的事情，康季平也决不会这样说话，万丽心里一乱，不知道康季平到底出了什么事，就听到康季平说，对不起，万丽，就这样了，过两天我就走了，等我完成了任务回来，我们再聚吧。电话已经断了，万丽的手还紧紧抓着自己的话筒，里边嘟嘟嘟的忙音对她好像已经不起作用了。

万丽闷了半天，渐渐理清了思路，她不知道康季平那里发生了什么事情，但知道一定发生了很大的事情。她把电话打到系里，系办公室一位年轻的老师说，康季平老师啊？康老师得了癌症，已经大半年没来上班了。万丽只觉得自己的一颗心往下沉、往下沉，片刻之间，就沉到了自己都摸不着的深渊里。那边的老师还在说，听说前一阵已经从医院回来了，万丽赶紧说，病好了？那边的老师说，不是，听说是没得救了。万丽丢下电话就往外跑，在走廊上狂奔起来，奔了一段，才突然发现其他办公室的同志都出来看着她，司机小白也已经从自己的办公室跟出来，紧紧跟在她身后，万丽强忍着眼泪，说，小白，快走。

车子到了康季平家门口，万丽奔上楼去，敲了半天门，却没有人。万丽的心已经慌得支撑不住了，一屁股坐到楼梯上。过了一会儿，楼上有一位邻居下楼来，看到万丽，说，你找康老师家吗？

万丽说，家里没有人？邻居说，康老师在医院。万丽说，不是已经出院了吗？邻居说，前一阵是出院了，这两天，好像是前天吧，又进去了，听说在抢救了。万丽的眼泪就"唰"地下来了，边哭边问，在哪个医院？邻居摇了摇头，说，不太清楚，你可以等一等，有时候下晚时，姜老师会回来一下，给儿子做饭。

邻居走后，万丽就坐在楼梯上等，等了一会儿，才想起打康季平的手机，但手机已经关机了。万丽心如刀割，眼泪怎么也止不住。等到天快黑了，果然姜银燕回来了，一见万丽坐在她家门口，姜银燕便"哇"的一声大哭起来，万丽也跟着一起淌眼泪，两个人甚至都忘记了要进屋说话，就站在门口痛哭一场。万丽问，在哪个医院？姜银燕只是摇头，不肯说。万丽说，都到这时候了，你还这样？姜银燕伤心地说，不是我不说，他不许我告诉你，从一开始，他就不许我告诉你。万丽说，他根本就没去韩国教汉语，是不是？都是谎言，那时候就病了？姜银燕又哭起来，说，是的，他不想让你知道。万丽说，你告诉我，你要是不告诉我，我就一家一家医院找，我找遍南州所有的医院，一定能找到他！

万丽跟着姜银燕来到医院时，康季平刚打了杜冷丁睡过去了，万丽几乎是扑到了康季平的床前，一眼看到康季平的脸，几乎认不出来了，又黑又瘦，脸上身上插满了各种管子，万丽的眼泪一下子又淌了下来，指着姜银燕说，你不告诉我，你不告诉我，我恨你！护士将她们请出了抢救病房，姜银燕说，我跟你说过了，不是我不告诉你，他不让告诉你。万丽说，为什么？为什么？姜银燕说，还用问为什么，他心疼你，舍不得你难过。

两个人都沉默了，坐在医院走廊的长椅上，很长时间谁都没有说话。当年在大学读书时，姜银燕和万丽同一个宿舍，上下铺，关系非常好，好到不分你我。万丽和康季平谈恋爱的事情，别人都不知道，唯有姜银燕悉知内情，万丽和姜银燕分享着这份幸福。但是最后的结果，康季平挤走了万丽，占了那唯一的一个留校名额，一年后,姜银燕和康季平结婚了,婚后不久,姜银燕也调进了大学。而他们婚后的第二年,康季平给万丽寄来了南州市机关第一次公开招聘机关干部的材料,拉开了他们三个人人生的另一场序幕。

可是,谁又能想到,十五年后,万丽和姜银燕会一起守在抢救病房门口等待着康季平生命的最后消息。

沉默了许久许久以后,姜银燕先说话了,她说,万丽,对不起,当年听说我们结婚时,你心里一定很难过。万丽摇了摇头,说,时间是最好的良药,这么多年都过去了,心里早已经没有痕迹了。姜银燕说,但是时间对康季平是没有作用的,他心里的痕迹,从来没有淡化,只有一年比一年深重。万丽一时不知说什么了,停顿了好一会儿,才问道,姜银燕,他爱你吗?姜银燕摇了摇头,说,不爱。万丽说,对不起姜银燕,当初我也许不应该接受康季平的建议去考机关干部。姜银燕却说,你想错了,和你进不进机关没有关系,他从来就没有爱过我,因为他心里只有你一个,从一开始到最后,都只有你。万丽说,那他,怎么会和你结婚?姜银燕说,是我主动追求他的。万丽说,你知道他身体不好吗?姜银燕说,我知道,他当时就告诉过我。万丽说,你明知他身体不好,你还和他结婚?姜银燕说,因为我爱他,我也不相信医生的话,那时候我相信爱的力量。但我没想到的是,我虽然有爱情的力量,但他也一样有爱情的力量,他对你的爱,战胜了我对他的爱。不等万丽说什么,姜银燕又说,万丽,你别再怪他了,也别再恨他了,当年不是他出卖你的,是我。万丽大吃一惊,呆呆地看姜银燕,好像听不懂她在说什么。姜银燕说,我把你们的事情告诉了系主任,然后又在同学中放风,说是康季平出卖你的。万丽说,为什么?你为什么要这样做?姜银燕说,只有一个理由,爱,我爱他,我要把他从你手里夺过来。万丽气得说,你,你怎么可以这样?你——那,康季平他为什么不跟我解释?姜银燕说,你给过他解释的机会吗?他的解释你能相信吗?再说了,就算你给他解释的机会,我想,他恐怕也不会跟你解释,我心里最清楚,他也许是有意让你误会的。万丽说,为什么?姜银燕说,他知道自己的身体情况,医生早就告诉他,他的生命不掌握在自己手里,他是说倒就倒的,他不想拖累你,所以,他要你恨他,然后忘记他。万丽哭了起来,说,他宁愿拖累你,说明你对他更重要。姜银燕说,但事实是,他为了你,宁可牺牲我,牺牲我的爱和我的一生。万丽哑口无言。姜银燕说,不过,这是我心甘情愿的,只是,他并没有做到自己想做的事情,他不仅没有能够让你忘记他,结婚第二年,他就控制不住自己去找你了,这么多年来,他对你的事业看得比自己的生命还重。万丽含泪说,我知道,我知道,我都知道。姜银燕却摇头说,不,你不知道,有许多事情你并不知道,至少你不知道原因在哪里。原因就是,他占了那个唯一的留校的名额,他没有让给你,这是他一生中犯过的唯一的一次也是最大的一次过错。万丽说,都过去这么多年了,再大的过错也都应该过去了。姜银燕说,所以,你认为时间是最好的良药,但对康季平来说,时间没有任何作用,这许多年来,他永远都在后悔,永远都在弥补,不断地弥补,最后把自己的命都补进去了。你还记得那次你在省委党校学习,他特意去替你安排一个什么见面,喝酒喝得回来大病一场,以他的身体状况,是要严格禁酒,滴酒都不能沾的,从那以后,他的身体就一日一日地垮下去了。

　　万丽想起了北京,她喝醉了酒,康季平第二天就飞到北京,守在她身边。她想起了她和康季平唯一的那一次,可是心心相印的两个人,在性爱上却完全没有感觉。万丽至今不能明白,是他们不应该有性的关系?他们只是为了完成一项仪式?只是因为走到这一步双方都觉得需要做爱而做了一次爱?难道他们之间没有爱?如果有爱,爱和性为什么是不统一的?事过之后,康季平还笑着说,来日方长,安慰万丽也安慰他自己。可是,哪里想到,竟然没有来日了,再也没有来日了,万丽想到这儿,心如刀割,也顾不得姜银燕的感受了,忍不住喃喃地说,再给我一点时间,再给我一点时间。姜银燕似乎完全明白万丽的心思,说,没有用的,就算他没有得病,就算你们重新来过,他也不可能去破坏你的家庭,因为你的家庭的稳定和你的仕途是连在一起的,我早就看出来,他把你的事业,看得比自己的生命还重。万丽说,姜银燕,你为什么不告诉我?姜银燕说,他不许我告诉你。万丽急道,他不许你说,你就不能——姜银燕摇了摇头,过了一会儿,才一字一句地说,万丽,你如果没有如此深爱过一个人,你就不会知道,你就不会理解。万丽说,这一切,都是他告诉你的?姜银燕说,不,他从来也没有跟我说起过。三天前,他再次进了医院,他知道这一回他出不了院了,把他全部的日记给我看了。万丽的眼泪又下来了,这时候抢救病房里的一位护士出来了,说,病人醒了,他问有没有一位姓万的女士,如果来了,请她进去。姜银燕说,你进去吧,我在外面等。

　　康季平已经不能动弹了,笑着对万丽说,我们就不握手了吧,我的手,形象不太好看。康季平的床头,有一台手提电脑,万丽知道,康季平就是用它,一直和她保持着联系,关心着她的工作和事业,只是,今天的最后两封信,一定不是他写的。果然,康季平说,是今天的信露馅儿了吧,我叫姜银燕多写几句,她不听我的,果然不出所料。万丽哭得说不出话来。康季平还是笑着说,我们应该感谢上帝才对,我从小肝就不好,医生早就说过,我这个人活不过四十岁,今年我都四十五岁了,已经赚了五年,应该高兴才对——万丽哭着说,康季平,你再给我一点时间好吗,我求求你,再给我一点点时间。康季平笑道,万丽,你是一个永远也不会有多余时间的人,等你成为一个老太太了,你还在忙着,这就是你的命。对了,万丽,我一直想问你一句话,一直不敢问,再不问恐怕来不及了,你,原谅我了吗?万丽说,我不原谅你,不原谅,这么多年,你都不给我一个机会让我知道事实的真相。你病成这样,还瞒着我,我不原谅你,我不原谅,永远不!康季平的声音越来越低,说,不原谅也好,不——话还没说完,人就迷糊过去了,万丽吓得大叫起来,康季平,

康季平,你怎么啦?康季平又睁开了眼睛,说,我困了,老话说得真对,人是越懒越懒的,睡得越多,越想睡。护士和姜银燕听到万丽的叫喊声,跑了进来,见康季平在说话,都松了一口气。康季平问姜银燕,几点了?姜银燕说,快十二点了。康季平说,万丽,你安心回去休息吧。万丽说,我不走,我不会走的。康季平说,怎么,你觉得我过不去今天,要守我啊?万丽只会哭,说不出话来。康季平又说,你放心,我对自己的身体还是有数的,你明天过来看我,给我带点花好吗?万丽说,带迎春花。康季平说,你还记得?万丽想说,当然记得,永远也不会忘的,当年你在河边折了一束迎春花给我,结果被公园的管理员臭骂一顿。但因为姜银燕在场,她没有说出来。

　　医生进来替康季平看了看,也觉得有些奇怪,早已经奄奄一息的康季平,这会儿精神却好起来,眼睛也有神了,经医生这么一说,万丽也稍稍放心了些,在康季平和姜银燕的再三催促下,万丽离开了医院。

　　万丽刚刚到家,姜银燕的电话就追来了,说,万丽,他走了。万丽一下子尖声喊起来,不可能,决不可能,姜银燕你不要胡说,刚才他还和我说好,明天我要去看他,带迎春花,他不会不等我的,他决不会不等我的!姜银燕的声音反而平静了,说,万丽,其实你也清楚,他的生命早就走到尽头了,但不见你一面,他是不会走的。同样,当着你的面,他也是不会走的,他用最后的一点点力气支撑着,他不能让你看着他走,他不忍心,他怕你难过,你一离开,他就走了。在姜银燕的话语声中,电话从万丽的手中滑落下去,她"嗷"的一声突然爆发出尖厉惨烈的哭喊声,惊醒了已经熟睡的孙国海、丫丫和保姆老太,他们一起跑了出来,吓呆了似的站在她面前看着她,一句话也说不出来。孙国海扑过来紧紧地搂住她,万丽痛哭着说,康季平,康季平,康季平死了,康季平没有了,没有了,康季平没有了!整个的人都瘫在了孙国海的怀里。丫丫走过来,轻轻地拉住万丽的衣服,说,妈妈,还有我呢,我是丫丫。孙国海也说,还有我呢。万丽转身紧紧搂住了丫丫,仍然哭着说,丫丫,丫丫,康季平没有了——她憋过气去,一下子失了声,只看到她张着嘴哭,只看到她的眼泪哗哗地淌下来,却听不到一点点声音。

## 四二

伊豆豆又说,你大概很久没照镜子了吧,你为什么不照照镜子?凶悍的女人,权力欲望太强的女人,脸整天拉着沉着,时间长了,五官都往下挂。你自己照照吧,从前那个靓丽光明的万丽到哪里去了?

在康季平的追悼会上,万丽意外地看到了向问,心里顿时冒起一个大疑团,但大家被悲伤的气氛笼罩着,都没有多说什么,只是互相握了个手。从追悼会上回到办公室,坐了很久,万丽一直都不能释怀,最后终于忍不住,打电话问姜银燕,姜银燕说,你始终不知道他们的关系?康季平一直没有告诉你?万丽说,从来没有。姜银燕顿了一会儿,说,向问是康季平的舅舅,但他不希望你知道,所以,这么多年,一直没有告诉你。万丽顿时傻了,忽然感觉自己是个盲人,但突然有一日,睁开了眼睛,简直不敢相信自己的眼睛看到的是什么。姜银燕又说,不过,知道的人确实不多,我们在大学里,和南州市没有什么关系,再说了,康季平也从来没和任何人说起。万丽挂了电话,瘫坐在办公室的椅子上,有好一阵子,心里乱七八糟,像开了锅似的,翻滚着,一幕幕的往事浮现在眼前。

她慢慢地回忆起来,头一次和向问见面,就有一种说不清的亲切的感觉在心里升起来,好像他和向问之间,天生就有一种自然的沟通,这么多年,她也不明白这究竟是怎么回事,一直到今天,到刚才,她才忽然感悟过来,这种天生的自然的沟通,原来来自于康季平。但一旦明白了这一点,忽然又涌起了更大的悲哀,什么才女,什么工作能力强,什么大气大度有魄力,难道这一切,都是因为康季平?因为向问是康季平的舅舅?难道自己进机关这么多年的进步发展,都是有前提有背景的,而不是靠自己的拼命努力、刻苦工作换来的?万丽只觉得剧烈的痛楚一阵阵地袭来,她唯一的念头就是去摇醒躺在那里的康季平,问一问他,问一问他!可是,此时此刻的康季平,已经化作了一缕轻烟,腾云而去了,她再也见不到他,再也不能问他,再也不能听他对她的官场谈长论短了,万丽不仅觉得自己的心被掏空了,整个的人,整个的世界也都空空如也,毫无意义了。

万丽意外地发现,她信箱里,有一封康季平去世前发来的信,上面写着:庄子说,不要从他人画出自己,不要从过去和未来画出现在,不要从无价值画出价值,不要从无限画出有限,不要从死亡画出生存,这样才能超越束缚而得到自由。

万丽趴到桌上失声痛哭起来。

办公室的门悄悄地被推开了,规划部的钱部长抱着厚厚的一沓材料站到了门口,万丽听到动静,一抬头,被钱部长看到了满脸的泪水,钱部长吓了一跳,什么也没说,赶快退了出去。万丽在那一瞬间,真想对着办公室的门大声地喊,我不干了!但她不会喊出来,她不会不干,即使康季平不在了,即使她过去的一切并不完全是靠自己的努力得来的,她还是得干。耿志军说,别看你是个女的,你也和我一样,早晚都是被套了绳蒙了眼的牵磨驴。

万丽擦干了泪水,给规划部打电话,那边说,钱部长刚好跑出去,万丽让他们转告钱部长,她在办公室等他。过了一会儿,果然有人敲门了,但进来的却是伊豆豆。伊豆豆并没有像往常那样直接走到万丽的办公桌前,而是站在门口,离万丽有好一段距离,万丽奇怪地看着她,伊豆豆冷冷淡淡地说,万总,有件事情,虽然跟工作无关,但我还是向您汇报一下。万丽感觉出伊豆豆用词的变化,说,既然跟工作无关,说什么汇报?伊豆豆没有跟万丽计较说法,只是简洁地说,我离了。万丽瞪着眼看着伊豆豆,说,什么,离了?离什么?伊豆豆淡淡地说,你说离什么?万丽忽地一下站了起来,说,伊豆豆,你搞什么搞?你离婚?滑天下之大稽!你为什么?到底为什么?难道小何待你还不够好?难道天下还有小何这样的好丈夫?伊豆豆说,我不想多说。万丽闷了闷,再次感觉出伊豆豆对她的态度的变化,但现在她没有心思去计较这些,只是为伊豆豆着急,说,伊豆豆,你到底是打算离还是已经办了?伊豆豆说,已经办了,刚才拿了离婚证来上班的。万丽气得说,你离婚连说都不跟我说一声?伊豆豆说,连续好几天,我进来找过你好多次,你的脸色永远都是那么难看,要不就是在打电话吵吵闹闹哇啦哇啦,要不就是拉着脸冷冰冰地问有什么事,再后来,就出了康季平的事情,你也够乱了,我不便再打扰你,就自己办了。万丽哑口无言,闷了好半天,才问了一句,伊豆豆,到底为什么?伊豆豆说,你知道的。万丽心里一惊,脱口道,为了老秦?伊豆豆说,他等了我十年了,整整十年,我得向他有个交代。万丽说,这叫什么话,你向老秦有交代,那小何呢,小何你怎么跟他交代?伊豆豆说,我不知道。万丽长叹了一声,两个人都半天说不出话来。钱部长抱着材料又到了门口,看了看里边的情形,又退走了。伊豆豆说,你有事情,我走了。万丽忽然地大喝一声,你不能走,话还没说完呢,你告诉老秦了吗?伊豆豆说,还没有,你是我的领导,我要先来向你汇报,一会儿就找他去。万丽说,你离了,老秦那边怎么办?伊豆豆说,他会很快解决的。万丽盯着伊豆豆看了半天,说,伊豆豆,我没想到,你真忍心啊。伊豆豆说,我没有办法,你说我该怎么办?万丽说,你不是一直在躲老秦吗,我还以为你不喜欢老秦,很讨厌老秦呢,哪里想到——伊豆豆说,我是不喜欢他,我是一直在躲他,我逃到南星大酒店,他又追来了,再后来我逃到你这里,工作上他追不来了,但平常的日子里,他时时处处在我身边,阴魂不散——

就算是一颗铁种子,被这么捂了十年,也要捂发芽了。万丽说,你们,你们都已经走到不得不离婚的这一步了?伊豆豆说,不管你信不信,我们至今也没有越出那一步。万丽说,不可思议,不可思议,荒唐,荒唐!伊豆豆说,一般的人看起来,是很荒唐,怎么样才不荒唐呢?双方都瞒着自己的配偶,做地下情人,那就不荒唐?万丽说,现在这样的情况多得很,人要的不就是一点点新鲜感一点点新的刺激吗,只要后院不起火,就可以过得去。再说了,也许维持了一段,没了新鲜感,事情就过去了,总比闹得双方离婚要好些吧。伊豆豆说,那不是我做的事情,那样做,我更对不起小何。伊豆豆说出这样的话,更让万丽觉得不可理喻,机关上上下下,谁都知道伊豆豆是个开放的新潮的女同志,她和小何结婚许多年,一直不要孩子,做丁克族,在机关里,可算是前卫人物了。万丽也一直自以为了解伊豆豆,伊豆豆做出什么事,她都不会觉得惊讶,可是,此时此刻,万丽才真正感觉到,原来她一点都不了解伊豆豆。

　　万丽心间挤进了太多的东西,她快承受不了了,心脏快要被挤破了。万丽知道唯一的办法就是把自己的全部身心放到工作中,让工作再把那些东西挤出去。整个下午一直到晚上,万丽把自己关在办公室里看材料,晚上八点钟,她才离开。穿过走廊,单位里所有办公室都已经漆黑一片,门都紧闭着。经过伊豆豆的办公室时,万丽不知怎么心里忽悠了一下,虽然这间办公室和其他办公室一样,门紧闭,里边没有灯光,但万丽偏偏停了下来,似乎冥冥之中有一种感觉在告诉她,里边有人。万丽轻轻地敲了敲门,没有声音,她随手拧了一下门锁,竟是开着的,万丽推门进去,里边无声无息,但是借着窗外透进来的光,万丽看到伊豆豆的身影坐在黑暗中,一动不动。万丽"啪"地开了灯,说,伊豆豆,你干什么?你吓唬谁?伊豆豆不吭声,脸上毫无表情。万丽两步跨到伊豆豆面前,推了推她,说,伊豆豆,出什么事了?伊豆豆忽然笑了一下,说,没出什么事。万丽被伊豆豆的笑吓着了,追问道,到底怎么了,是不是小何？还是老秦？伊豆豆说，都结束了，没有小何，也没有老秦，什么都没有了。

原来老秦一听说伊豆豆办了离婚，要跟他结婚，当场吓得直哆嗦，一再声明自己没有要伊豆豆离婚。伊豆豆说，那你这么多年对我是什么意思？老秦说，他只是喜欢她，但是从来没有想要和她结婚，他自己更不可能离婚。多年来他确实一直默默地跟在她身后，帮助她，照顾她，甚至伺候她，老秦说，他只要能够看得见伊豆豆的身影，听得见伊豆豆的声音，能够帮到伊豆豆一点忙，他就知足了。伊豆豆说到这儿，万丽一跺脚，咬牙骂道，变态，变态！伊豆豆却苦笑着说，也不能怪人家变态，是我自己自作多情。万丽的眼泪却止不住地要淌了下来，开始还忍着，后来怎么也忍不住了，哭了起来。倒是伊豆豆很冷静，说，万总，我都没哭，你哭什么。万丽哭得更厉害了，说，伊豆豆，你别叫我万总好不好，你别叫我万总！伊豆豆不说话了。万丽说，我找姓秦的去，什么东西！伊豆豆说，没有必要了。万丽愣了愣，又说，那，我找小何，我去跟他说——伊豆豆说，也一样没有必要了。她向万丽摇了摇手，说，事情已经过去了，再说也是白说。我不想谈了，你也辛苦了一天，早点回去吧。万丽呆着，不知道是走还是不走。自从她和伊豆豆一起进了房产集团，从来都是她对伊豆豆指派这指派那的，伊豆豆虽然有时也不满意，但她理解万丽的苦衷和难处，不仅不与她计较，还时时处处替她着想，但这会儿，万丽却明显地感觉到了伊豆豆对她的口气和态度的变化，伊豆豆跟她有了距离，有了隔膜，她们中间，有了不可逾越的鸿沟。她有些发愣，不知道该怎么办。

伊豆豆拒人以千里之外的态度，让万丽不能再待下去了，就在万丽离开伊豆豆的办公室随手给她带上门的那一刻，她听到伊豆豆在里边压抑着的抽泣声，万丽心里一阵刺痛，想转身再进去，但即使是隔着厚厚的门板，伊豆豆那冰冷的目光，还是阻挡住了她的脚步，万丽不觉心头一颤。

其实万丽心里是明白的,伊豆豆并不是因自己遭遇了这样的事情才改变了对万丽的态度,伊豆豆的改变,是因为万丽卖了她,卖了老秦,把南星大酒店的地抢给了向一方,换回了自己要的东西。从知道事实真相的那一天起,万丽就明白,她和伊豆豆之间,完了。而正好这时候,伊豆豆碰上了人生如此之大的不幸,万丽还以为能够借这个机会挽回两个人的感情,但是从伊豆豆冰冷的目光里,万丽知道事情已经不可挽回了。

万丽含着眼泪离开了,她没有要小白送她,自己一个人走在大街上,满街都是人,都是车,都是热闹,但她的眼前她的心里却是一片空白,什么也没有。康季平没有了,伊豆豆也没有了,她的工作,她的一切,还有什么意思?她为什么要这样做?她值得吗?她付出的是什么得到的又是什么?她到底为什么要这样做?

就是为了田常规的一次谈话?就是为了田常规把她放到这个位子上?

两天以后,伊豆豆打来了辞职报告。万丽说,你联系好单位了?伊豆豆说,我不想在南州待下去了。万丽吃了一惊,说,你要离开南州?你到哪里去?伊豆豆摇了摇头,说,我不知道,走到哪儿算哪儿吧。万丽把辞职报告扔还给伊豆豆,你拿回去,我不批的。伊豆豆微微笑了一下,说,不批我就不能走?万丽的眼泪又不听话地往下淌,伊豆豆说,万总,你的感情越来越丰富了。万丽气得骂道,伊豆豆,你给我闭嘴!伊豆豆说,从心理上,我已经不是你的部下,不是你要我闭嘴我就能闭嘴的。万丽说,伊豆豆,我从来没有把你当成我的部下。伊豆豆说,但事实上我就是你的部下。万丽说,你这话不公道,也许有时候我的态度是生硬了一点,可你知道,我的压力——不说这个,其实你心里最清楚,你在我心里的位置,你在单位里的位置——伊豆豆打断她说,我并不是因为我的位置,也不是因为你对我个人的态度,我是不想看见一个越变越强悍的女人,尤其是你!万丽呆呆地看着伊豆豆,她不敢相信从伊豆豆嘴里吐出"强悍"两个字是送给她的？伊豆豆却不罢休，继续说，女人的权力欲果真比男人更疯狂、更可怕，动辄一挥手，动辄一挥手，真像铁娘子，真像个大人物啊。万丽下意识地抬了抬手，委屈地说，你难道看不见，我忙成——伊豆豆立刻打断她说，是的，你可以说你忙，你也确实是忙，你压力大，你身负田书记对你的厚望，你不能让田书记失望，你要让田书记满意，可是你有没有想一想，你为了让一个人对你满意，你让多少人不满意了，让多少人对你失望了？万丽目瞪口呆，说不出话来。伊豆豆又说，你大概很久没有照镜子了吧，你为什么不照照镜子？凶悍的女人，权力欲望太强的女人，脸整天拉着沉着，时间长了，五官都往下挂，你照照你自己吧，从前那个靓丽光明的万丽到哪里去了？！万丽简直不敢相信这是伊豆豆在对她说话，但她还是下意识地抹了一下自己的脸，她不能承认伊豆豆对她的形象的评价。伊豆豆已经收不住自己的气概了，又说，女人的美是由内而外的，一个权力欲太强的女人，即使给人看到的是她光彩照人的一面，但谁会相信这种假象？卸了妆以后自己再看看自己，内心的焦虑、欲望、不满足、贪得无厌就全暴露出来了。这正是万丽调进房产集团以后，克服了重重困难，步步前进的时候，万丽满以为，她的工作能力，她的工作实绩，大家是有目共睹的，也会交口称赞的，哪料伊豆豆竟然说出了这么一番话来，万丽简直如雷击顶，怎么也接受不了，情急之下，竟然说，伊豆豆，你疯了？你是不是自己感情上遭到了打击就来攻击我？你想干什么？伊豆豆冷笑一声，说，我想干什么，我来当你的办公室主任，就是想谋你的老总位子，谋不到，就攻击你，就是这样，多顺理成章！万丽张了张嘴，倒抽了一口凉气进去，心里边凉透凉透的。但她实在不服，实在太冤，刚想抬手指责伊豆豆，这手臂却沉重得抬不起来，因为伊豆豆尖利的目光，刚好落在她的手臂上，万丽放下了手臂，说，伊豆豆，你的话不公道，建定销房，确实是田书记给我的硬任务，但这个任务和其他任务不一样，它不是南州的什么干部形象工程,也不是为少数人谋利益的,定销房早一天建好,得益的是老百姓,是弱势群体,我不说我辛辛苦苦是为老百姓,但事实上,我今天做的工作,难道不是为人民做的?伊豆豆说,可是你的内心深处,是为田书记做的。你如果能反过来想一想,你是在为老百姓造房子,你的情绪,你的心态,你的工作方式,也许就会不一样。万丽说,你说得轻巧,我难道应该去和叶楚洲向一方之类说,你们高抬贵手帮帮我,我是在为人民服务?难道我说了我是为人民服务,他们就感动了,就拱手把地送给建造定销房?伊豆豆说,你扯远了,其实你心里最清楚,许多事情,与他人无关,关键只在自己的内心。万丽说,你觉得我的心变了是吧?伊豆豆说,这也要你自己去体会。说完这句话,伊豆豆站了起来,万丽知道,伊豆豆决心已定,恐怕拉不回来了,最后只说了一句,只要有我能帮到你的地方,我一定——伊豆豆说,这话你说都不用说,我不怀疑。

　　伊豆豆走了,万丽眼看着她一步一步地离去,想站起来去拉住她,但她浑身发软,伊豆豆用的"强悍"两个字,犹如一记重拳,打得她差点背过气去。她心里实在不服,如果她不是一个女同志,而是一位男同志,她的所作所为,会被认为是"强悍"吗?在男同志身上,这是能力,是魄力,是威信,是强大的信心。可是,因为她是一个女同志,一个女人,她就没有权利大声地说话,不可以挥手,不可以生气,更不可以发脾气。如果别人有这样的观点,万丽也许还可以理解、可以原谅,但偏偏是伊豆豆说出来,连伊豆豆都这么想……万丽心里升起了一股不可遏制的悲哀,顷刻间弥漫了全身。女同志就应该和风细雨地工作,轻声轻气地说话,可是,如果真的和风细雨轻声轻气,她能坚持下去吗?田常规给她压担子的时候,可没有把她当成一个女同志啊!万丽正胡思乱想着,已经走到门口的伊豆豆忽然又停了下来,就站在门口,回头对万丽说,不过我还得把话再说回来,女人权力欲太强,是令人讨厌,但偏偏大家又认为这样的女人有能力,能当官,反过来,权力欲不强的女人,别人就会认为她太软弱,没有能力,不适合当官。世界就是这样,所以,我虽然要走了,但有件事情,还是得告诉你提醒你一下,老干部局正在谋白水湾的那块地,打算建老干部活动中心。如果建成,那在全省甚至全国都算是上规模上档次的中心了,会是南州的一件大事,会给南州的现任领导加很多分。万丽脱口说,那怎么可能,白水湾我已经拿到手了。看到伊豆豆微微的一皱眉头,万丽知道自己说话的口气又"强悍"了,赶紧自嘲地一笑,说,从前只是听人说,一个人手里有了权,脾气就会变,当时还不相信,想,我要是有了权,决不会变,哪里想到,这权抓在手里还没有热呢,倒已经把自己烫成一个悍妇的形象了。

## 四三

丫丫小心翼翼地看着万丽,说,妈妈,我们老师说,万总是位女强人,老师叫女同学都向你学习,长大了和你一样。

白水湾的地,原先是市机关党校所在地,后来机关党校重建了,这地方就空了出来。万丽一听说老干部局想要这块地,怎么能不着急,立刻打电话给陈佳询问情况,陈佳一如既往地心平气和,说,万总,你的消息是准确的,建老干部活动中心,是市委的意见,也是全体老干部多年以来的想法。虽然陈佳说话和风细雨,但万丽不知怎么搞的,特别沉不住气,一下子又急了,说,这不可能的,白水湾的地早就是我的了。陈佳笑了笑说,万总,如果真是你的,你也不用给我打电话了呀。万丽说,我找你,就是要告诉你,白水湾的地是我的,你们不要再动什么脑筋了。陈佳仍然平平淡淡地说,如果真是你的,别人把脑筋动翻了也没有用。如果不是你的,你把脑筋动翻了你也拿不到手,你说是不是。陈佳越冷静,万丽越不冷静,急得说,陈佳,我不跟你斗嘴,市土地局,白水湾乡政府,市规划局,方方面面我都跑过了。陈佳笑道,我还比你多跑了几个局呢,不过万总,这一回,可不是多跑少跑几个局的问题,虽然大家知道你的能力,但是这一回,你的对手可不是一般的人。万丽心里一惊,陈佳又说了,我跟你明说了,建老干部活动中心,是"老人家"建议的,并且还打算亲自督阵。万丽一听,心里顿时"咯噔"了一下,又开始往下沉,往下沉。陈佳说的这位"老人家"与田常规有着很深的渊源关系,又是南州的数朝元老,他的大儿子,在中央某部担任副部长,这左一个砝码右一个砝码加起来,别说田常规要让他七八分,就是省委一把手,甚至中央的一些领导,每次来南州,都要登门拜访请安。万丽只觉得自己的心,被"老人家"三个字压得一个劲地往下沉,她想把它提起来,可怎么也提不起来,一时间感觉胸闷气短,说不出话来。陈佳口气始终很和缓,说,万总,南州的地皮多的是,何苦非要和自己过不去又和别人过不去呢。万丽的眼泪在眼眶里打着转,说,但我手里没有钱哪,只有一个个等着花钱的大窟窿,南州的地再多,我只能眼睁睁地看着别人把地都抢了去。陈佳说,那就是说,你实力不如别人。既然实力不够,就承认事实,到另一个起跑线上去,别挤在这一个起跑线上了。万丽的眼泪无声地淌了下来,听到陈佳最后说了一句,万总,我再劝你一句,跟谁争,也不要跟"老人家"争。

　　万丽被陈佳这当头一棒打晕了,垂头丧气地挂了电话,她心里明白得很,和别人的气争得,但是和陈佳和"老人家"的这口气是万万争不得的,要想争赢这口气,最后说不定就毁了自己的前程。毫无疑问,万丽得赶紧把白水湾从自己的脑海里赶走。只是,白水湾还没有被赶走,其他乱七八糟的念头就已经紧紧跟上,她感觉自己像条忠诚的猎狗,刚替主人捕捉了猎物,还没赏到一块骨头呢,一转身又到处乱嗅起来。

　　晚上万丽心绪烦躁地回了家,脸色非常难看,丫丫胆怯怯地拿着考卷过来要妈妈签字,万丽一推她,说,丫丫你烦不烦。丫丫的眼泪噙在眼睛里,赔着小心看着妈妈的脸。保姆老太说,丫丫,妈妈累了,你拍拍妈妈的马屁吧。丫丫说,好的,我拍妈妈的马屁。又小心翼翼地看着妈妈的脸说,妈妈,我们老师说,万总是位女强人,老师叫女同学都向你学习,长大了和你一样——万丽愣了半天,一下子紧紧抱住了丫丫,眼泪涂得丫丫满脸都是。保姆老太过来拉走丫丫,说,丫丫,洗脚了。万丽却拉住丫丫不放,说,阿婆,今天我来给丫丫洗。丫丫仍然胆怯怯地看着妈妈,小心地说,妈妈,我自己会洗。万丽愣了一下,保姆老太笑了起来,说,万同志,你大概还以为丫丫是个小丫头吧,早几年前,丫丫就自己洗了。万丽又愣了一会儿,说,丫丫,今天妈妈给你洗一次行吗?丫丫看了看保姆老太,又回头看看妈妈,不知说什么好。万丽心里很难过,搂住丫丫说,丫丫,妈妈很凶吗?丫丫连忙说,妈妈不凶,妈妈才不凶呢。万丽牵着丫丫的手,进了卫生间,忽然就想起在余建芳家看到余建芳的丈夫田行给两个那么大的儿子洗脸洗脚,当时万丽心中无比感慨,觉得余建芳真是好福气,有田行这么个好丈夫,就怨恨孙国海,觉得孙国海不是个好丈夫好爸爸,可这会儿,万丽心里一阵难过,忍不住在心里问自己,你自己呢,你是个好妻子好妈妈吗?丫丫看妈妈发愣,自己打了水,坐到小板凳上,讨好地说,妈妈你看。万丽说,丫丫,妈妈是好妈妈吗?丫丫说,我作业做得不好,老师说,你妈妈那么能干,你怎么这么笨。万丽心头被猛击了一棍,闷了半天说不出话来,也害得丫丫好半天都不敢吭声。

刚刚进机关的时候,万丽写了一篇"当代妇女自然人格和社会人格和谐统一论",向秘书长说,你对这个问题,没有自己明确的观点,你左右摇摆,自己都不知道出路在哪里。万丽想,这么多年过去,我知道出路在哪里了吗?如果今天再写这篇文章,我能写好它吗?

首批定销房封顶了,根据耿志军的意思,特意留出了十几套,开了一个盘,纯粹是为了给集团扬名的,并没有寄予多大的希望。

开盘那天一大早,万丽没有告诉公司任何人,一个人来到售楼处,想看看大家对定销房的反映,哪知现场人山人海,差点把售楼处给挤塌了,万丽惊得出了一身冷汗。她也像一个普通的抢房者,挤在人群中,听到大家的议论才知道,昨天晚上队伍就已经排出去几里长了,售楼工作人员告诉他们一共只有十几套,他们硬是不肯走。甚至还有许多拆迁户,已经知道自己有一套定销房了,也过来试试运气,还想买第二套。正在万丽想抽身离去的时候,意想不到的事情发生了,当售楼工作人员宣布十几套定销房已经售完的消息后,全场出奇地安静下来,片刻之后,只听"扑通"一声,一个五十多岁的男子当众跪在了一位售楼小姐面前,喃喃地说,小姐,求求你了,给我一套定销房吧。他这一跪,竟然感染了许多人,现场立刻安静下来,大家自觉地往后退了退,似乎要给这个下跪的人更多一点的空间。在一片寂静中,这个下跪的人又说了一遍,小姐,求您给我一套定销房吧。他的声音很低,但这是他心底里的呐喊,是他生命的呼唤,是震撼人心和灵魂的呐喊和呼唤。售楼小姐想要把他拉起来,他却坚决不起来。万丽挤了过去,问他,你是动迁户吗?中年人含泪说,我不是,我没有那样好的福气。他指了指售楼处的沙盘,又说,我要是动迁户,这里边就有我的房子了,可我不是呀。他不认识万丽,转身又跪向售楼小姐,带着哭腔说,小姐,我全家积蓄了一辈子的钱,就够买你们的定销房,小姐,小姐,你救救我吧,我儿子已经三十五岁了,已经谈了第六个女朋友了,再没有房子,女朋友又要走了,我儿子说,如果她再走了,他就一定自杀,小姐,你救救我儿子,救救我一家,我家里还有八十岁的老父亲老母亲——他的眼泪淌得满脸都是,售楼小姐也忍不住哭了起来,他们两个一哭,现场更肃穆了,万丽也快忍不住了,赶紧冲出人群,眼泪已经"哗哗"地涌了出来。

回到办公室,万丽好半天都没有回过神来,一直到收发室的同志把当天的报纸送进来,万丽才清醒了一点,她一翻报纸,就看到一个大标题："请别占了子孙田"。万丽也没来得及细看内容,好像就已经嗅到些什么气息,心里一惊,打开电脑,上网一看新闻,就看到一条最新的滚动新闻:国务院召开紧急会议,整顿治理土地市场。一直在传说的中央对全国房地产业的宏观调控眼看着就要来临了,万丽心头一阵紧缩,一只手就不由自主地伸过去,鬼使神差地拨通了"大秘"的电话。大秘是前任省委周书记的秘书,但周书记走,王书记来,他不仅没有离开省委办公厅,反而当了办公厅的副主任。一接到万丽的电话,大秘压低声音说,我现在正在开会,下午两点有空,你有事到我办公室面谈吧。万丽放下电话,叫上小白,什么人也没有告诉,直奔省城去了。

一见到万丽,大秘就说,我听说了,康季平去世了。万丽眼圈一红,大秘又说,可惜了,是个人才,他在大学这些年,出了不少文学理论方面的专著,我都看过,很有见地,我还和他交流过几次。万丽心里猛地一刺,康季平出书,她也知道,手头也有几本,可是这么多年,她始终在为自己的"事业"忙着,竟没有时间也没有心情看完过其中的任何一本,更不可能去和康季平交流什么想法,这么多年来,康季平是用自己的生命在关心帮助她,而她呢……自私,冷酷,无情,心里只有自己,只有自己所谓的进步,一直到康季平走,她的时间表上都从来没有给他安排出一点点时间。康季平走了,永远不会再回来,她连弥补的机会也没有了,想到这里,万丽忍不住哭了起来。大秘说,哎哎,你忘记了一句话,机关里常说的,不要在办公室流眼泪,尤其是女同志。万丽点了点头,说,对不起,真不好意思——大秘说,从另一个角度看,也说明你可爱嘛。万丽不太清楚大秘到底有多大年纪,但感觉上和她也差不了几岁,说不定还比她小一点呢,可从他嘴里说出"可爱"两个字,让万丽觉得大秘更像是她的一位长辈。大秘却不再说其他话了,直接地说,你说吧,什么事。万丽把事情经过简单地说了一下,大秘也很干脆,说,这件事情,无论你怎么操作,田书记都知道是你在背后做。你做这事情,会让田书记为难,你想过没有?万丽说,我想过。大秘说,你很可能在田书记那里失分。万丽说,我知道,但是我不能不造定销房。大秘又问,你决定了?万丽点了点头,大秘也点了点头,说,既然这样,也不要做其他什么操作了,下个星期,王书记要去南州考察调研,我安排一下,让他去看一看你已经造好的定销房。如果田书记请你出来作陪,到时候,你就当着田书记的面,向王书记汇报南州定销房的工作,再当着王书记的面,向田书记申请你要的那块地。大秘说话干脆利索,没有一个多余的字。万丽点着头,忽然想到一个问题,说,万一田书记没有叫我出来怎么办呢?大秘歪了一下嘴,嘲笑了一声,但却是那种家长喜欢孩子式的嘲笑。大秘说,那就是你自己的事情了,不管你怎么办,你都得出现在定销房的现场,要不然,我们的阴谋诡计,就是白谋白计了。说完这句话,大秘就站了起来,向万丽伸出了告别的手。万丽和大秘握手的时候,眼泪又不争气地淌出来了。大秘说,我小时候,只要妹妹一哭,爸爸妈妈总是不问青红皂白就怪到我头上,我不能理解,奶奶就告诉我说,哭赢哭赢,这就是哭赢嘛。我还是不懂,现在才明白了,原来女同志有个强项,就是哭,一哭就能赢嘛。

  还没有等到王书记来南州,田常规就找万丽了,说,万总,你现在名气很大嘛,省委王书记都指定要来看你的定销房。万丽知道田常规已经不大高兴了,赶紧硬着头皮解释说,田书记,其实我——田常规摆了摆手,说,你这样吧,写个东西送到省委办公厅,请他们批转到我这里,这你能做到吧?万丽立刻明白了田常规的用意,知道白水湾的地田常规已经决定给她了。田常规做出这个决定以后,长长地叹息了一声,又说,唉,老百姓,老干部,手心手背都是肉啊。

  虽然最后田常规是拿了省委批转的"群众来信"去向"老人家"通报的,但"老人家"仍然发了一通大火,拍着桌子说,既然是批转下来的,就是让你处理的,既然是你处理,就是你自己的主意,你的主意是什么,就是欺负老同志?

一个星期以后,陈佳被任命为市发展计划局局长。

## 四四

万丽拿起电话"喂"了一声,就听到孙国海很粗鲁很无礼地说,叶楚洲在你房间里吧。

拿到了白水湾的地,最后一批定销房也有了着落,集团上下是兴高采烈,但唯有一个人高兴不起来,那就是万丽自己。正如大秘所说,她在田常规那里失了分,而且还失得很大。可万丽没有时间去考虑得失,地拿到了,麻烦事也就跟着来了。在考虑房型的时候,因为是最后的一批定销房,集团可用的钱已经很少很少,万丽拿不定主意在建造的质量和规格上应该如何把握。集团上层的大部分领导都觉得应该按定销房的最低标准造,只要不突破政策的下限就可以了。因为面积大,按最低标准或按最高标准造,这里的差别就非常大。从万丽内心来讲,当然是想把定销房造得标准高一点,这是她向田常规交的答卷啊,但是事情进展到这一步,万丽早已经心力交瘁,似乎再也挤不出一点点力量来为这个"高标准"去拼搏了。可是偏偏耿志军不同意,在论证会上,他几乎是孤军独战,和几个副总吵得不可开交。其中一人攻击他说,耿总,你搞清楚,这是定销房,你以为是周洪发的青萍园?你以为住定销房的都是暴发户?耿志军说,凭什么动迁的老百姓就不能住好一点?另一副总说,耿总,你真是在为动迁的老百姓考虑吗?耿志军说,我当然是为老百姓考虑,我也为我们集团考虑,都二十一世纪了,还建造出带"黑屋子"的楼,丢的是谁的脸?耿志军所说的"黑屋子"曾经是早年的公寓房的一大特色,凡是一梯带三户四户的,其中至少有一两户人家的客厅或卧室或卫生间厨房只有内窗,没有直接对外的窗户,有的甚至连内窗都没有。这种带"黑屋子"的楼,随着时代的进步已经逐渐淘汰,现在的新楼,一般都是一梯两户,甚至一梯一户,加上设计的先进合理,就完全彻底避免了"黑屋子"的出现。可定销房的格局,因为造价低,只能仍然采取一梯三户的户型,要避免"黑屋子"难度就相当的大。最后大家等着万丽的一锤定音,万丽却意外地改变了初衷,支持了耿志军。万丽说,耿总说得对,凭什么动迁的老百姓就不能住得好一点?另外几位副总刚要反问,耿志军却一下子激动地站起来,说,万总,我只要你这一句话,钱我来解决,哪怕把我自己卖了,我也得建出像模像样的定销房来。

把这些事情办完,万丽的精神几乎到了要崩溃的地步,没想到孙国海那边又出了问题。孙国海替朋友担保贷款的一家企业倒闭了,业主携款逃跑,结果把孙国海给抵在那里了。万丽乍一听到这个消息,呆了半天,她不知道孙国海能拿什么东西抵押替人担保,思来想去,忽然就吓出了一身冷汗,赶紧回家翻抽屉,果然找不到房产证了。万丽心慌意乱地打孙国海的手机,又总是不接听,一直到七点多,和丫丫保姆老太一起吃过晚饭,孙国海的回电倒打过来了,说,你打我手机?万丽没好气地说,你在哪里?孙国海喝得舌头都大了,口齿不清地说,我在哪里?我?我在,咦,这不是家门口了吗?万丽将信将疑地去开了门,可门口哪里有孙国海的影子。万丽气急败坏地追到饭店,听到孙国海正刁着舌头在安慰别人呢,老豆你放心,这笔款子,小事情,我不是有个老婆叫万丽吗?万丽你们不知道吗?大家七嘴八舌说,知道知道,万丽谁不知道。孙国海乐了,又说,就是这个万丽呀,就是我的老婆万丽呀,她能干着呢,连田大老板都服帖她的,都喊她女强人呢。万丽气得脸上的肌肉抽动起来,走上去就说,孙国海,你胡说什么?孙国海醉意蒙眬,看到万丽来了,一把拉住万丽的手,呵呵地笑起来,对周围的人说，你们看，我不吹牛吧，这就是万丽，我老婆万丽，你们不是说我碰到困难吗，万丽来啦——万丽用力甩开了孙国海的拉扯，厉声道，孙国海，你喝多了，闭嘴别说了！大家哄笑起来，乱哄哄地学着万丽嚷嚷，孙国海，你喝多了，给我闭嘴！孙国海拿一根手指放在嘴上"嘘"了一声，说，别吵别吵，让我跟老婆说几句悄悄话——又是一阵哄堂大笑。孙国海继续说，老豆啊，我跟你说的吧，这笔钱算不了什么，小菜一碟，万丽手里，资金大大的，我叫她调一点出来，我们就渡难关啦。万丽更急了，说，你把家里的房产证都拿去抵押了，你知道不知道，银行要来封房子的！孙国海笑道，封房也不能封到房产集团老总家里呀。万丽拿醉醺醺的孙国海没办法，无奈之下，也顾不得面子，转向其他人说，孙国海出了事，你们还在这里吃喝，还这么高兴？其他人显然没有想到万丽会这么说，顿时愣住了，面面相觑着，孙国海却很清醒地说话了，舌头也不大了，万丽，谁说我出事了，我这不好好的，不就是百把万的资金嘛，多大个事啊。万丽一听，头都大了，说，你一个机关干部，又不经商，资金不资金的，跟你有什么关系，你搅到里边去干什么？孙国海笑道，看你急的，女人就是女人，没见过大世面——万丽实在待不下去了，一转身跑了出来。

　　大街上灯火通明，万丽漫无目的地走着，心情大起大落，一时觉得万念俱灰，什么话都不想说，一时又觉得愤懑不已，恨不得立刻找个人一吐为快。可是，能够听她诉说的人，却已经一个个地离去了。走着走着，忽然发现眼前站着一个人，定睛一看，竟是耿志军。耿志军说，万总，我给你拉回来一个人。万丽再一看，伊豆豆像从地底下冒了出来似的，面带桃花笑着对耿志军说，去你的，你拉我回来？你试试看，拉得动吗？万总，是我自己要回来的。万丽一看到伊豆豆，眼泪又快控制不住了。伊豆豆却依旧嘻嘻哈哈，说，那天开盘时，我去现场看了看，碰到一个小学同学，夫妻俩都下岗了，穷得叮当响，破房子都快倒了，也没钱修，没想到遇上了动迁,拿到一套像模像样的定销房,高兴得夫妻俩抱头痛哭。那天正好看到我,拉住了就一定要请我吃饭,我又不能说,我已不在房产集团了,只能去吃这顿饭啊,结果夫妻俩七拼八凑连零钱都摸出来,才凑了四十几块钱。我要付账,他们还跟我生气。吃了这顿饭,我就想,我不能冒名顶替吧,我还得回到我的位子上来,要不然,我那小学同学去报案告我欺骗罪,我可要吃不了兜着走啦。更何况,下面白水湾又开始了,说不定我又有个中学同学在那里也拿一套房子,我不是又有人请饭吃了吗!伊豆豆边笑边说,万丽的眼泪却怎么也止不住了,淌了下来。耿志军一看,立刻"哼"了一声,说,谁稀罕看你哭,但要是没有人看,你不是白哭了?现在行了,伊主任回来了,还是让她看你哭吧。万丽的眼泪流淌得更汹涌了,耿志军一甩手走了,边走边说,哭吧哭吧,女人有什么本事,就是会哭。耿志军走后,万丽也渐渐地平静下来,对伊豆豆说,开盘那天我也去了现场。伊豆豆说,我看见你了,但是没有喊你。万丽说,伊豆豆,孙国海闯了祸。伊豆豆说,我听说了,你打算怎么办?万丽摇了摇头,没有说怎么办,闷了半天,却说,伊豆豆,我一直想跟你说说,我跟孙国海的感情,越来越淡,共同语言也越来越少,简直都不想跟他说话。不知是他越来越不像样子,还是我越来越看不惯他,有时候我真想不通,当初怎么嫁给这么一个人?吹起牛来脸都不带红一红,他怎么永远不知道,一个人,越是虚张声势,就越显得没有底气,真正有自信的人,用得着这样吗?伊豆豆说,你也别看不惯他,其实跟你也有关系,你太强,在你面前,他就没有自信了,没自信的人,就靠吹牛吧。万丽说,我知道你们都会这么想,可我搞不清楚,我觉得我最大的失败,就是结婚十多年,我竟然到今天也看不清他到底是什么样的面目。有时候我觉得他很愚蠢,简直是愚不可及,但有的时候,又觉得他暗藏着特别的聪明,比我要聪明百倍千倍。伊豆豆忍不住笑了起来,张口要说什么,万丽却迫不及待地自顾往下说,那天你告诉我你离婚了,我想得最多的就是自己的婚姻。伊豆豆说，你可别跟我说你也要离婚啊。万丽看着她，说不出话来。伊豆豆说，你跟我的情况不一样，首先一个，你心肠没有我硬——伊豆豆这话一出口，万丽直摇头，说，我自己都觉得，我的心在一点一点地坚硬起来，而且是越来越坚硬，我要是不硬起心肠，我就工作不下去。伊豆豆说，那是在工作上，可是在孙国海的问题上，你做不到，我都替你看清楚了，你现在觉得孙国海一千个不是一万个不是，但真的要丢掉他，你会于心不忍的，你会想到，孙国海毕竟不是个坏人，毕竟也有那么多的人说他好呢。另一方面，可能也是更重要的方面，女人当了官，离婚更麻烦，尤其是仕途顺利的，人家必定骂你是女陈世美，对你不利，尤其是以后的发展不利，这就成为你的软肋和把柄了。万丽说，但是这么糊弄下去，人很痛苦，也很没劲，有些事情你其实也都清楚，有时候一起出去活动，我觉得自己的脸都给他丢尽了。伊豆豆说，孙国海有时候说话行事，确实水平低一点，但也不至于像你说的那样，把你的脸丢尽了，没有那么严重，严重的是你自己的心态。你想想，同样一句话，你觉得没水平，别人还觉得他水平挺高，角度立场不同嘛。如果换一个人，不是孙国海，也说同样的话，你会觉得他丢脸吗？才不会呢，所以，说到底，你还是太在意他，你还是太希望他好。万丽说，你说得对，他要不是我丈夫，他说什么做什么，我都不会跟他急，但是孙国海这个人，怎么就永远不思长进呢？伊豆豆又停了停，说，我们从小都知道燕雀安知鸿鹄之志，都知道人要有志向，要进步，但也有人觉得，虽然大鹏鸟飞得高，可小麻雀也有小麻雀的快乐，它飞到树枝上唱唱歌，飞到地上吃个小虫子，有什么不好呢。连伊豆豆自己也没有想到，就这一句话，把万丽所有的想法都截断了。

　　一年一度的房地产高峰论坛又启动了，会场就在香镜湖的五星宾馆，开幕的那天下午，万丽迟到了，进了会场，就悄没声息地坐到后排的一个角落，主办单位的负责人已经介绍完了本届峰会的主题,接着就是大会发言了。第一个发言的,是大会特意从深圳请来的全国著名的房地产商万平先生,他的精彩演讲不断博得热烈的掌声。奇怪的是,万丽在会场上一直没有看到叶楚洲,吃过晚饭,会议安排了各种活动,万丽没去参加,在房间里打开电视,正有一档智力竞赛的节目,万丽以前也曾看过,开始是五个选手,每过一轮,就由大家投票排除掉一个,这么一轮一轮下来,排除掉的大都是知识渊博志在必得的男生,常常就是最无信心的一位女生获得了最后的大奖。今天的这场比赛,前面的过程也与平时相差不多,当场上剩下二女一男的时候,二女无疑应该共同联手把那位厉害的男生杀掉,那个男生也十分无奈地做好了下场的准备。万丽心中不由一阵感慨,不由想起康季平曾经跟她说过的无用之木的故事,有一种树长在山里,因为它的木材不能打家具,不能造房子,甚至不能当柴烧,就永远没有人来砍走它们,它们也就永远不用操心自己的命运。不能说台上的两位女生是无用之木,但比起那位锋芒毕露的男生,她们给人的感觉确实要弱得多。但偏偏这一场发生了意想不到的变化,其中一位女生,心肠软了一下,留下了那位男生。主持人问她为什么要留下这位男生时,女生说,我觉得他很厉害,才智还没有来得及展现,就这么被杀下去,太不公平,结果是她自己被她亲手留下的男生毫不客气地杀掉了。

快到晚上九点时,叶楚洲来了,万丽说,你怎么没来开会?叶楚洲说,你这么问,说明你还是很关心我的,让我心里多少有点安慰啊。他从身上拿出一件东西推到万丽面前,万丽一看,竟是她家的那张房产证。叶楚洲说,一小时前,我们签了正式合同,我的下属公司接管了那家倒闭的企业。万丽说,为什么?你怕我和女儿没地方住?叶楚洲说,你也不感激我?万丽说,你是想要讨我的谢谢才来的吗?叶楚洲说,当然不是。其实,也不用谢,有一点你是清楚的,我是商人,我不是为了你,不是担心你没地方住,是因为这家企业还有救,我还能从中得利。你记住,在商人面前,除了利益，别谈其他。万丽说，我记住了。叶楚洲笑了笑，忽然换了个话题，说，万丽，我问你一个问题，如果不是因为康季平的阻拦，当年你会不会跟我走？万丽说，在许多事情上，我确实听康季平的意见，但唯独你邀我下海那件事情，我没有告诉康季平，是我自己做的主。叶楚洲说，到了今天，时隔好几年了，回头看看，你觉得你的选择是对还是错？万丽说，我说不清楚，但既然已经选择了，只能走下去。叶楚洲忽然又说，说句没头没脑的话吧，我至今仍然单身一人。万丽笑道，你不会是在等我吧？叶楚洲说，有这个因素吧，但是我知道没有这个可能，因为你心里容不下第二个人，他永远在你心里，生与死，只是一个形式而已。泪水涌了出来，万丽没有擦，也没有说话，只是任凭泪水不停地往外涌，往下淌。叶楚洲无声地看着她，不再说话。等万丽平静下来，叶楚洲说，有一种男人，他们可以阅尽人间春色，可以交结各种类型的女性，接触许多女性的肉体，但是他们情感最后的归宿，却是女人的气质和精神。万丽没有接他的话茬，她内心不可避免地有些慌乱了，她无法再接着他的话题往下说。叶楚洲完全明白万丽的心思，很快就换了个话题，说，国企的改革，搞股份制，已近在眼前了，你有什么打算？万丽说，我们恐怕还没那么快的步子。叶楚洲却摇了摇头说，会很快的，到时候你就是股份制集团的董事长，南房集团就是你的了，你也跟我一样，成为真正的老板，但这样一来，你政治上的进步也就到头了。万丽说，我不知道，我不知道该怎么办。叶楚洲说，我理解，这个时候，你心里肯定是乱的。其实，大老板动你到房产集团的那一天起，你离政治就远了一步，但是你想回去，你很想回去。万丽自嘲地一笑，说，你们都觉得，这个女人当官有瘾。叶楚洲说，也许是吧，但这没有什么不好，你大可不必在别人面前抬不起头来，你当官，和有些人当官不一样，你不是要为自己谋私利，不是用手中的权力为自己服务，当官就是你的工作，你的进步，你的事业，你不可能不想进步，也就不可能不想当官，就像我，我做商人，哪天不在想着进步,哪天不在想着把自己的盘子越做越大,越做越强,说到底,我们这些人,都是有着太强的事业心和责任心,怎么也摆脱不了的,"进步"或者说"进取"这两个字是印在我们骨子里的,是固守在我们灵魂深处的,与生俱来,也永远不会离开我们。换一个人不走仕途不经商的,就说一个画家吧,他每天考虑的,每天努力的,不也是进步和进取吗?不也是登上艺术的高峰吗?为什么他登艺术高峰的行为就值得称道,你在仕途上的努力,也想登自己的人生高峰就要被人嘲笑甚至自嘲呢?所以你嘛,既然认定了自己的道路,就理直气壮地去努力,心怀坦白地去攀登高峰。万丽微微点了点头,但随即又说,可是,作为一个女同志,过于追求进步,总是让人有点接受不了,在大家眼里,一个女人,这么想当官,一定不是件好事情。叶楚洲说,妇女解放,解放到今天,妇女仍然是妇女,仍然要被社会另眼相看。虽然现在有许多人认为,女同志当领导,更民主,更懂得发挥集体的作用,更注重从人的角度考虑问题,更能够处理好人际关系,以后会有越来越多的女同志担任领导职务,对领导班子里女同志比例也会越来越重视——万丽忍不住说,这不就是进步的体现吗?叶楚洲摇头说,我的想法恰恰相反,我觉得,在某个班子里配以适当比例的女干部这种做法,是以平等为名,实行的不平等措施。这种强制性的均等,相对现代公民制来说是人类自然发展中的一种倒退。万丽说,你的说法是不是太偏激了,班子里有女同志的比例,毕竟要比不考虑女同志更进步一点吧。叶楚洲说,在一个注重自我评价和社会承认的时代,这种限额制,把女性重新置于了"软弱性别"的位置。你想想,一个女同志,再怎么努力,也要靠男人的"照顾",因为她是女同志,因为班子里必须有女同志,她才能进某个班子,虽然这个女同志以及其他许多因此而进了班子的女同志,和男同志一样极大限度地参与了政治,但这种作为不仅不能改变传统女性需要呵护的脆弱形象,反而从某种程度上更贬低了女同志的价值。所以西方有些女性拒不接受这种比例制,认为这是女性的最大耻辱。叶楚洲说到这儿,突然笑了起来,说,和你扯得太远了,这不是你我要讨论的问题。万丽也笑起来,说,那你我要讨论什么呢?叶楚洲说,就是你的现实问题嘛,如果实行股份制,你怎么办?既然你是想回去的,你就得早作准备,这一天,早晚会来的。万丽说,我不能半途而废。叶楚洲说,这也是我早就预料到的,所以我刚才跟你谈到女性参政的比例问题。万丽说,但我不是因为比例在工作。叶楚洲说,你没有听明白我的意思。万丽说,你什么意思?叶楚洲却不回答了,他默默地看着万丽,万丽却忍不住问他,叶楚洲,我一直想不通,城东那块地,你怎么会放给我?叶楚洲说,我跟你说过,我不是康季平,如果是康季平,他会因为对你的感情把这块地放给你,我不是他,我放给你,两个原因,一是我要集中资金做科辉群楼。另一个,也是最主要的,我不知道那个地方到底是建轻轨地下段还是做绕城高架,田常规可以把暗示给你,但我不是你,他绝对不会给我一丝一毫的信息,甚至不会允许我产生试探的念头,所以,我不敢冒这个险。但最后叶楚洲却说,万丽,我也许会结婚,但是我心里有一块地方是永远留给你的。

  叶楚洲走后,万丽的心情一直不能平静下来,过了一会儿,房间的电话响了,万丽以为是叶楚洲打来的,接了电话"喂"了一声,就听到孙国海很粗鲁很无礼地说,叶楚洲在你房间里吧?万丽心里又惊又气又慌,说,孙国海,你说什么?孙国海说,我说什么你不知道?这么晚了叶楚洲在你那里干什么?万丽说,你乱说什么,这是总机转的电话。孙国海说,总机转?我就是要总机转,总机转了才能让大家都听到——万丽"啪"地挂了电话,心里一阵乱跳,过了好一阵,忍不住抓起电话,拨到了叶楚洲的房间,听到叶楚洲"喂"了一声,万丽的心一下子提到嗓子眼儿,什么话也不敢说了。过了片刻,听得叶楚洲说,我知道是你。万丽仍然没吭声,屏住呼吸,这边大气都不敢出,她心里很明白,只要她一开口,一说话,她就会把握不住自己,下面的事情就不知道该怎么办了。叶楚洲说,也好,你不要说话,无声,也是一种交流嘛。眼泪涌出了眼眶,过了好一会儿,万丽才慢慢地轻轻地搁下了电话,好像怕惊动一个已经熟睡的人。

　　第二天下晚万丽回到家,一开门,就被满屋子的鲜花惊住了,保姆老太说,是孙同志买的,明天是你的生日。万丽说,他人呢?保姆老太说,孙同志带着丫丫去超市买东西了。又说,今天奶奶和叔叔也来过。万丽说,人呢?保姆老太说,回去了,我留他们的,他们说家里还有事情,就走了。万丽觉得奇怪,说,那他们来干什么的?保姆老太说,我也不太清楚,好像是交给孙同志什么东西。万丽走上阳台,远远地看到孙国海牵着丫丫的手,父女俩正开心地逗路边的一只小狗,丫丫欢快的笑声,一声连一声的"爸爸爸爸"的喊声,声声打在万丽的心上。

　　晚上孙国海一直忙前忙后,情绪高涨,好像根本就没有发生过昨天晚上打电话的事情,丫丫和保姆老太刚一睡下,孙国海赶紧过来搂住万丽就要亲热,万丽简直觉得不可思议,冷冷地推开了他,说,孙国海,我想来想去,这样下去没有意思,一点意思都没有。孙国海愣住了,看着她的脸,好像没有听懂她的话,过了半天才问,你说什么,什么没有意思?万丽说,我们俩的关系,你觉得有意思吗?孙国海仍然听不懂,还是那样懵懵懂懂地看着她。万丽也不知道他是装的还是真不明白,干脆直说,与其这样下去,还不如分开算了。孙国海还是不懂,说,分开?分开什么?什么分开?万丽加重语气说,分开你都不懂?孙国海这下子才彻底明白了,惊愕地看着万丽,说,你是说我们分开,那不就是离婚吗?你是说我们?离婚?孙国海两眼瞪得吓人,眼球都差点要暴出眼眶了,一迭连声地说,离婚?你跟我离婚?你什么意思,你开什么玩笑,你怎么想得出来,你怎么搞的,刚才还好好的,怎么一会儿要离婚了?万丽本来是狠下了心肠开这个口的,她也做好充分的准备,孙国海要是跟她闹,干脆就撕破脸皮闹到底,也就一了百了,无牵无挂了,但孙国海这一脸无辜的样子,让万丽闷得透不过气来,就像铁拳打在棉花上,棉花无动于衷,铁拳却砸伤了自己。孙国海见万丽不吭声了,赶紧说,是不是因为房产证的事情,是我不好,我没有征求你的意见就拿出去抵押了,可你也实在太忙——万丽冷笑一声,说,你不忙吗?你在忙些什么?孙国海说,我就是在忙房产证呀,马上就能拿回来了。万丽说,你凭什么拿回来?孙国海赶紧拉开抽屉,从里边拿出几张支票,拿到万丽面前,说,我凑齐了。万丽脸一沉说,你又做了什么?孙国海说,冤枉,这是我的几个朋友替我凑的,我妈和我弟弟今天也专程给我送过来,他们又坐夜车回去了。他边说边抽出其中两张,说,这两张就是我妈和我弟弟他们凑的,你看,这一张是我妈的,这一张是我弟弟的。万丽喉头一哽,眼睛发酸,支票在她眼前就花了起来,上面的数字也看不清了。

## 四五

本来这一天,她是要在康季平那里度过的,什么也不想干,什么也不想听,就想无声无息地坐在那里,陪着康季平。可是,一接到小邢的电话,她又不由自主地以最快的速度离开了那里,把康季平远远地抛在了墓地里。

四十万平方米定销房中的最后一个小区——白水湾小区打桩的那天上午,万丽参加完简短的奠基仪式后,一个人来到康季平坟前,她没有要小白送她,是自己打的过来的。下车时,司机告诉她这个地方很少有出租车来往,怕她回去打不着车,问她要不要等。万丽摇了摇头,司机就走了。空旷的公路上,留下了万丽一个人。这不是一个踏青扫墓的季节,偌大的公墓空无一人,万丽在山坡上找到了康季平的墓,在他的墓前坐下,她没有带花,没有带纸钱,也没有带任何东西,她只想这么无声无息地坐下去。可是,刚刚坐下不久,手机却响了起来,万丽没有接听,任它在口袋里闹了一会儿,她让自己的心在手机的躁动中安静下来。手机终于停了,但过了片刻,又响起来,万丽掏出手机,看都没看来电显示,"啪"地就关了机,可是就在关机那一瞬间,心里不知为什么跳了一下,又赶紧开了机,刚一开机,手机再次响了起来,万丽不得不接听了,似乎是为了证实自己的什么预感。电话是田常规的秘书小邢打来的,说田书记要他问一问万总,今天有没有时间,有时间的话,田书记想请她半小时之后过来一趟。万丽脱口就说,好,我半个小时之后到。小邢说,好,我向田书记报告。电话挂断后,万丽慢慢地收起手机,看着墓碑上康季平的照片,康季平在墓碑上朝她微笑,说,去吧,这就是你。万丽走出几步,又回过头看着康季平,康季平仍然微笑着说,走吧,走吧,安心干你的事情,你到哪里,我都陪着你。两行热泪缓缓地淌过万丽的脸颊,她一边抹泪,一边加快了下山的步伐。

万丽出了公墓,在公路上等了好久,也没有等到一辆车,眼看着时间一分一秒地过去了,万丽心急火燎,看到一辆摩托车远远地过来,万丽赶紧站到路中间,把摩托车拦了下来,说,你能不能带我进城?我付钱给你。开摩托车的是个年轻的农民,长得黑大高粗,不知万丽是从哪里冒出来的,一开始就已经吓了一跳,这会儿万丽说要搭他的车进城,就更慌了,说,你要干什么?万丽说,我有急事要赶着进城,你带我一段,到有出租车的地方我就下。农民好像不敢相信她的话,说,这,这不大好吧。万丽说,我都不怕你,你怕我干什么?农民说,我不是怕你,我是没有碰到过这样的事情,像你这样的女人,在这样的荒郊野外,怎么敢搭我的车呢?要不是因为时间太急,万丽都差一点笑出来,赶紧说,我看你不像个坏人。农民这才松了一口气,说,就是嘛,因为我长得不好看,人家男的都不大敢搭我的车。万丽说，你要多少钱我都给你。农民说，你可不能说这样的话，要是我是坏人，你就危险了，我还以为你身上有很多钱呢。万丽一听，吓出一身冷汗，赶紧闭了嘴，坐到摩托车后座上，农民拿出一顶帽子给她戴上，说，你抓住了啊，我开了。摩托车开得飞快，到了有出租车的地方，停下来，万丽掏出一张百元钞票给他，说，不用找了。农民接过去，说，谢谢小姐，我干三天也挣不到这个数。到底干你们这行的来钱。万丽不知道他说的干你们这行是干什么行，但从农民的笑意中看出了一点意思，哭笑不得地向他挥挥手，赶紧钻进了出租车。

万丽踩着点走进了市委办公大楼，才知道田常规并不是找她单独谈话，而是让她来旁听一个会议，有关南州新城发展前景规划的务虚研讨会，为了这个发展规划，南州特意从北京上海和深圳等地请来一些专家学者共商大计。万丽朝会场走去的时候，正好田常规也从自己的办公室出来往会场来，看到万丽，田常规微微一笑，点了点头，说，来啦。话语中并没有什么特别的意思，万丽心里似乎有些失落，本来这半天，她是要在康季平那里度过的，她什么也不想干，什么也不想听，就想无声无息地坐在那里，陪着康季平。可是，一接到小邢的电话，她又不由自主地以最快的速度离开了那里，把康季平远远抛在了墓地里。万丽甚至有点埋怨小邢，也不说清楚到底什么事，她还以为是田常规找谈话呢，但是，即便小邢在电话里告诉她，不是田常规找谈话，是田常规请她来参加会，她又会怎么样，会不来吗？会迟一点到吗？

会场上，除了外地请来的专家，南州方面大多是四套班子的领导成员，像万丽这样的正处级干部，万丽以外还有另一位，就是陈佳，她现在是南州市发展计划局局长，讨论城市发展规划这样的活动她是必定要到场的。万丽进来时，陈佳已经坐着了，隔着一段距离朝万丽点了一下头，微微一笑。

因为会议内容与自己目前的工作关系不是很大，万丽一直在开小差,一直到最后田常规讲话时,她还没有收回乱七八糟的想法,但忽然间,田常规的一段话警钟似的在她耳边敲响了,田常规说,这两年,我也一直在考虑,我们的人才为什么抢不过兄弟省市,许多大学毕业生研究生,来了,又走,来了,又走,我们为什么留不住他们?人才都走了,南州怎么发展?我以前也曾经考虑过其中的许多因素,但想得比较多的是怎么重视他们的才干,怎么发挥他们的作用,却忽视了另一个同样重要的问题,那就是他们的生存问题。当然,对于大学生研究生来说,不像许多农民工那样还面临温饱问题和就业问题,但他们一样也有生存的难题。就在昨天,一条电视新闻触动了我,我忽然就想到了一个很实际的问题,我们的房价太贵,这难道不是原因?我们大家替这些大学生研究生还有那些海归族算一算,他们来南州工作,要熬多少年才能有个像样的稍稍体面一点的住房?他们抱着满腔热情来了,一来就住集体宿舍,或者租住廉价房,有的还不如在大学读书时的条件,他们的心态会好吗?还有什么自信可言?过去我们只想到用人才,没想到我们应该让我们的人才过得体体面面的,才能够更好地发挥他们的作用。我想,我们南州,如果能够集中在新城造一批大学生研究生公寓或者干脆就叫人才公寓,档次要高,又是经济实惠型的,推向市场,这也不失为一种手段嘛——田常规说到这里,眼睛朝会场扫了一下,说,房产集团的万总今天也来了吧?大家的目光一下子集中到万丽身上,万丽却头皮一麻,心里叫苦,我的妈,这难度可是更大啦,不管怎么说,定销房虽然难,但至少对住房区域和住房质量的要求还不算很高,可这人才公寓,都是给精英们住的,要高档次,又要经济实惠,羊毛出在羊身上,可到底谁是羊?从谁身上去拔羊毛?田常规朝万丽笑了笑,说,怎么,万总,觉得有难度吧?万丽不好回答,只能红着脸笑笑。田常规说,当然有难度,没有难度,要我们的党员干部干什么?接着田常规就换了另外一个话题,万丽的心却再次被搅乱了。本来,白水湾小区打桩后,田常规给她的四十万平方米的定销房任务算是基本完成,她以为可以喘一口气了,接下来就要调整集团的产业结构,重点要放在发展集团的自身利益上了,这也正是南州房地产业蒸蒸日上的大好时机,众多房产商都在为来年的房地产业的肥美大餐摩拳擦掌,万丽更不可能坐失良机。定销房只能是田常规对房产集团的临时性的硬派任务,至少还属于半拉子政府行为,但房产集团终究是要市场化,要完全走向市场的。

万丽刚回到办公室,叶楚洲的电话就过来了,直截了当地说,万丽,其实在香镜湖那天晚上我就想告诉你,但是忍住了没说,想等消息确切了再告诉你。现在消息确切了,南州的市政府班子里,一直没有一位女副市长,这是今年一定要解决的问题,你是三位候选人之一——他忽然一笑,又说,虽然我认为这是一种性别不平等措施,但你还是要抓住这个不平等去争取自己的进步。万丽的心猛地一阵紧缩,但片刻之间,她镇定下来,努力地稳了稳自己的情绪,说,哪来的消息?叶楚洲没有说哪来的消息,只是说,最新消息。万丽忽然思路一跳,想到今天田常规召开的这个研讨会,和她的关系并不大,田常规却点名要她参加,万丽心里一动,难道田常规是在放信息给她?可没容她再细想,叶楚洲却当头泼了她一盆冷水,说,但是这一次,你的条件并不理想,首先一个,田常规并不太看好你。万丽的心里被狠狠地一刺,嘴上说,是的,我知道,白水湾的事情上,我让他为难了。叶楚洲说,恐怕还不仅是这一件事,万丽,你太要强了,太认真了,他当初把定销房的任务压给你,是对你的重视,但也决不如你想的那样,一定得豁出命去拼,一定要提前超额完成才对得起他,他才会更看重你,官场上的事情,有时候按规律,有时候又不按规律,但是有一条规律是不会变的,那就是利益,从这一点上说,官场和商场完全一样。田常规为了你的定销房,得罪了"老人家",这就碍着了田常规自己的利益了。虽然他迅速地提了陈佳到重要的位置上,平息了"老人家"的不满,但这样的事情最好还是不要发生。万丽委屈地想,我的定销房?是我的定销房吗?但她只是想想而已,话到嘴边,没有说出来,电话那头的不是康季平。万丽沉默了一会儿,问道,还有两位是谁?叶楚洲说,你都认得,聂小妹和陈佳。这两个名字刚一从叶楚洲嘴里吐出来,就像两根钢针猛刺着万丽的心脏,叶楚洲明白万丽的心情,一时也没有说话,那种时时刻刻都跟随着他的潇洒也不见了。停了半天,有些沉闷地说,万丽,又碰上老对手了。

听到聂小妹和陈佳的名字,对万丽来说,既出乎意料,又应该是在意料之中。聂小妹援藏三年回来后,万丽曾见过她一两次,高原的艰苦生活,使她整个人的形象都改变了,本来很清秀的脸,现在变得十分粗糙,两坨高原红永远地挂在她曾经白皙的脸上了,说话的嗓音也变了,聂小妹自己还说,她不仅外表变化大,医生说她的心肺都比从前大了许多。唯一没有改变的,就是她的眼睛,她的眼睛里透露出来的坚不可摧的进取精神,依然如故。如果不是那一次党校发言的原因,她早就留在省直机关,恐怕也早已是副厅以上的干部了,现在把她放在南州副市长的候选人中,也是理所当然。陈佳这几年更是凭着她的出众才能把工作干得有声有色,更何况她还有着"老人家"这棵大树。残酷的命运,又把这三个人一起放到火上来烤了。万丽心念至此,心里越来越乱,也越来越沉不住气,就听到叶楚洲说,万丽,你知道元和县的余建芳竞争县长为什么没能上去吗?万丽心里猛地一动,还没有回答,叶楚洲又说,每个人都有自己的软肋,如果我给你提供另外两位候选人的材料,你会用吗?万丽不作声。叶楚洲又说,事情明摆着,你们三个,各有各的强,各有各的弱,你得踩掉她们,自己才能上去,这个时候,可万万不能有妇人之仁啊!万丽顿了顿,说,你为什么这样做?叶楚洲说,我不是康季平,康季平是为了帮你而帮你,我是为了帮自己而帮你。万丽再次沉默了。最后叶楚洲说,如果是康季平,他不会做这样的事情,但我不是康季平,我是叶楚洲,你想要的话,就给我打电话。

　　放下电话,万丽平静了一下自己的心情,给康季平写了一封信,康季平的回信很快就来了:我无法给你任何答案,说实在话,我也不知道你应该怎么做。我的作用,就是听你说,看你哭,你说过了,哭过了,就好了,雨过天晴,你又是你了,你又振奋起来,你又活过来了,你又往前走了。万丽回信说,我懂了。